Knaur.

Knaur.

Im Knaur Taschenbuch Verlag ist bereits folgendes Buch des Autors erschienen:
Blutige Ernte

Über den Autor:
Richard Kunzmann wurde 1976 in Namibia geboren und hat in Südafrika Kriminologie studiert. Anschließend arbeitete er als Buchhändler in London. Mit *Blutige Ernte* wurde er in England auf Anhieb für das beste Krimi-Debüt des Jahres, den Jon Creasey Award der britischen Crime Writers' Association, nominiert.

RICHARD KUNZMANN

BRENNENDE ERDE

THRILLER

Aus dem Englischen
von Silvia Visintini

Knaur Taschenbuch Verlag

Die englische Originalausgabe erschien 2008
unter dem Titel »Dead-End Road« bei Macmillan, London.

Besuchen Sie uns im Internet:
www.knaur.de

FSC
www.fsc.org
MIX
Papier aus verantwortungsvollen Quellen
FSC® C014496

Deutsche Erstausgabe April 2011

Redaktion: Michelle Stöger
Umschlaggestaltung: ZERO Werbeagentur, München
Umschlagabbildung: Gettyimages / Flickr
Satz: Adobe InDesign im Verlag
Druck und Bindung: GGP Media GmbH, Pößneck
Printed in Germany
ISBN 978-3-426-50464-2

2 4 5 3 1

Dieses Buch ist für

Peter Lavery,

der nicht nur ein
hervorragender Lektor und Mentor,
sondern auch ein guter Freund ist.

Kapitel 1

1

Beißend kalte Luft empfängt Captain Harry Mason, als er vor die Tür tritt und das trostlose Gelände des Provinzpolizeipostens durch den Nebel seines eigenen Atems betrachtet. Ein einsamer Scheinwerfer beleuchtet verschwommene menschliche Gestalten, die in der Dunkelheit des beginnenden Tages umherhuschen. Angehörige von Armee und örtlicher Polizei sowie Männer von der Abteilung Kapitalverbrechen strömen aus Armee-Tarnzelten und tragen Einsatztaschen, Metalldetektoren, kugelsichere Westen und Automatikwaffen zu schlammbespritzten Geländewagen. Die, die in dieser Nacht Ende August nicht schlafen konnten, haben bereits gepackt und sitzen in kleinen Gruppen eng zusammen, trinken dampfenden Kaffee, rauchen Kette und sprechen mit gedämpften Stimmen über das, was vor ihnen liegt. Am violetten Horizont färbt ein Scheibchen Sonne den rostfarbenen Kohlenrauch, der über einer Township hängt. Seit Harry am vergangenen Abend hier in Maclear am Ostkap aus dem Hubschrauber gestiegen ist, brennt ihm dieser Rauch in Augen und Lunge.

Hinter ihm scharrt ein schwerer Stiefel über die Türschwelle aus nacktem Beton, und eine behandschuhte Hand landet auf seiner Schulter.

»Haben Sie schon beschlossen, wie Sie vorgehen wollen?«

Harry schüttelt die Hand ab. »Nein.«

»Vergessen Sie nicht, dass das Leben anderer hier auf dem Spiel steht. Das von Kindern. Und einer Ehefrau.«

»Die sind der einzige Grund, warum ich noch dastehe.«

»Ganz schön brutal, was Sie da sagen, Harry.«
»Finde ich nicht.«
Das Schweigen, mit dem Senior Superintendent Russell Swarts diese Antwort quittiert, bereitet beiden Männern Unbehagen.
»Jirre«, sagt er schließlich. »Gott, wie ich das vermisse. Diese Morgenstimmung. Besonders die draußen auf der Farm. Sie sollten mal hinkommen. Ist eine schöne Fahrt, raus nach Limpopo.«
Harry tritt zur Seite, um den Mann durchzulassen.
»Ich überleg's mir.«
»Sind Sie bereit?«, fragt Swarts.
»So gut wie.«
»Haben Sie Naidoo heute schon gesehen? Und den Rest meiner *Ballies?*«
»Die stehen da drüben und reden mit Moraal.« Harry trinkt noch einen Schluck von seinem Instantkaffee, der kaum verlockender wäre als Bremsflüssigkeit, wäre es zu dieser frühen Morgenstunde nicht so eisig kalt. Seit seiner Kindheit in England hat er nicht mehr so gefroren. Ein paar Meter von ihnen entfernt stehen die übrigen Angehörigen von Harrys Einsatzteam, oder zumindest Swarts' engster Kreis – seine *Ballies,* wie er sie nennt –, und studieren gemeinsam mit einem Armeeoffizier eine Karte.
»Sieht aus, als könnten wir um fünf losfahren«, sagt er.
»Ja. Sieht so aus«, erwidert Swarts. »Ich wundere mich über die Kollegen hier. Hätte nicht gedacht, dass sie für so eine Operation auf die Schnelle zu haben sind.«
Harry wirft dem Mann, der Kaffee schlürfend neben ihm steht, einen verstohlenen Blick zu. Russell Swarts ist beinahe einen Kopf größer als er, und der gepflegte Bart, der sein ovales Gesicht umrahmt, zeigt mehr Grau als Braun. Der rosige Schimmer auf seinen Wangen verrät Harry, dass der Kaffee seines

Vorgesetzten schon mit einem großzügigen Schuss Schnaps angereichert ist.

Swarts wendet sich an ihn. »Wollen wir hoffen, dass Ihr Informant die Wahrheit gesagt hat und dass die Mohrenköpfe da oben in den Bergen keine Ahnung haben, dass wir sie gleich schnappen. Dann kann eigentlich nichts mehr schiefgehen.«

»Der Typ kann mich zwar nicht ausstehen, aber bei so was würde er mich nicht reinlegen.«

»Eins lernt man, wenn man so lange bei der Drogenfahndung ist wie ich: Trau keinem, nur weil er dich bisher nicht verarscht hat. Besonders dann, wenn er mit geheimen Informationen handelt.«

»Für den lege ich meine Hand ins Feuer«, antwortet Harry und hofft, dass er mehr Zuversicht ausstrahlt, als er empfindet. Dies ist mit Abstand die größte Operation, an der er je teilgenommen hat. Dass sie sich dabei auf Informationen verlassen, die ihm, und nur ihm, zugespielt wurden, bedeutet, dass es ihn den Kopf kosten würde, wenn etwas schiefgeht.

»Hunderttausend plus Extras ist viel Geld für einen Spitzel.« Swarts lacht auf. »Wenn die Waffen tatsächlich dort sind, kassiert Ihr Mann mehr, als ich Rente kriege. Stellen Sie sich das vor, Mann: Dreißig Jahre bei dem Verein sind weniger wert als die Behauptungen eines Spitzels.«

Harry lächelt unverbindlich.

»Sie wollen mir immer noch nicht verraten, wer es ist?«, fragt Swarts.

»Lieber nicht.« Harry schüttelt den Kopf, milder gestimmt, nun da sie sich wieder auf vertrautem Terrain bewegen.

»Sie wollen sich doch hoffentlich nicht die ganze Kohle selbst unter den Nagel reißen, oder?« Doch noch ehe Harry antworten kann, klopft Swarts ihm auf die Schulter. »War nur ein Witz, Bond! Darauf erwarte ich wirklich keine Antwort!«

Das war eines der Dinge, an die sich Harry erst wieder gewöhnen musste, als er in den Polizeidienst zurückkehrte: die Unmenge von sonderbaren und ständig wechselnden Spitznamen, die Polizisten einander verpassen. Und die SVC, die Abteilung Kapitalverbrechen, bildete da keine Ausnahme. Manchmal hatte man Glück, mit einem wie »Bond« oder »Super Supe Russie Swarts«. Damit konnte man leben. Andere hatten weniger Glück. Wie der Deutsche, Gustav Vok, der mit ihm die Polizeischule besucht hatte. Dass *Vok* wie »fuck« auf Afrikaans klang, war wenig vorteilhaft, und schon nach einem Jahr quittierte er den Polizeidienst. So lange hatte es gedauert, bis sich sein Familienname unter den Zuhältern und Prostituierten in seinem Revier, Rosettenville, herumgesprochen hatte.
»Also dann«, sagt Swarts. »Hoffen wir, dass wir nicht zu unserer eigenen Beerdigung fahren.« Er schüttet den Rest seines Kaffees in das Unkraut, das an der Mauer des Polizeigebäudes emporwuchert. »Ich muss noch ein Wörtchen mit diesem Idioten Naidoo reden. Der hat heute Nacht einen ganzen Wald umgesägt.«
Die schweren Stiefel trampeln die letzten Betonstufen hinunter. Dann dreht Swarts sich noch einmal um und grinst Harry wie ein kleiner Junge an – das erste Lächeln, das dieser seit Tagen gesehen hat. »Ich liebe das!« Er breitet die Arme aus. »Das Ganze hier, Harry – ich will nicht aufhören.«
»Vielleicht müssen Sie ja nicht«, antwortet Harry. »Tun Sie einfach, was getan werden muss.«
»Alles hat ein Ende, auch für uns.« Swarts schüttelt den Kopf, und seine Miene wird ernst. »Wenn nicht längst einer von den Hinterwäldlern auf diesem Scheißposten losgeritten ist, um uns anzukündigen, dann sehen sie uns schon aus zig Kilometern Entfernung anrauschen, wenn sie nicht ganz verblödet sind. Diese *Dagga*-Pflanzer sind Razzien so gewöhnt wie ich den

verfluchten Dienstags-*Bobotie* von meiner Frau. Wir reiten uns gerade tief in die Scheiße, Harry, egal, wie man's betrachtet. Bei Aktionen wie dieser zeigt sich, ob jemand für die SVC taugt. Denken Sie dran. Und denken Sie auch dran, wer Ihnen den Rücken freihält.«

Harry hebt seinen Becher, zum Zeichen, dass er die Warnung seines Kommandanten verstanden hat. Sagen kann er nichts, denn ein plötzlicher Schauder verschlägt ihm die Sprache.

Swarts schüttelt den Kopf, dann dreht er sich um und geht zu Captain Sameer »Sammy« Naidoo und den anderen Angehörigen der SVC-Einsatztruppe aus Johannesburg – Captain Franklin und Captain Combrink. In diesem Augenblick wird der Motor des Hubschraubers gestartet, der über Nacht auf dem an den Polizeiposten grenzenden grobsandigen Fußballplatz abgestellt war. In Sekundenschnelle ist das provisorische Zeltlager in eine Staubwolke gehüllt. Eine Tirade von Kraftausdrücken ertönt, und Harry betritt das Gebäude, um seine Ausrüstung aus der leeren Gefängniszelle zu holen, in der er sein Nachtlager aufgeschlagen hat. Während er seine Pistole und seine Reserveladestreifen ein letztes Mal kontrolliert, wandern seine Gedanken zurück zu den Dossiers, die sich in seinem Besitz befinden, und deren Bedeutung für ihn.

2

Die Ermittlung war richtig in Gang gekommen, als Supe Russie Swarts, den manche sogar Super Supe nannten, eines Morgens in Harrys neues Büro spazierte. Es war kaum drei Monate her, dass Harry schließlich doch den verlockenden Angeboten Director Molethes erlegen war, in die Abteilung Kapitalverbrechen der Johannesburger Polizei einzutreten. Eigentlich hatte er zu seiner alten Einheit zurückkehren wollen, der sein Freund

Jacob Tshabalala noch angehörte. Doch als Molethe ihm eröffnete, dass er wieder zu dem legendären Swarts stoßen würde, mit dem er schon Ende der neunziger Jahre zusammengearbeitet hatte, hatte er ihn an der Angel.

Das Büro war komplett ausgestattet, es gab einen neuen Computer, Internetanschluss und Fax, und er hatte es ganz für sich allein. Die Einrichtung aus abgeschlagenem braunem Holz und nacktem Stahl, an die er sich während der ersten fünfzehn Jahre seines Polizeidienstes gewöhnt hatte, konnte nicht mithalten mit dem, was ihn hier erwartete. Als er auf dem neuen Bürostuhl hinter dem L-förmigen Schreibtisch mit seiner großen, aufgeräumten Arbeitsfläche Platz genommen hatte, hatte er das Gefühl gehabt, er gehöre hierher.

»Mason«, sagte Swarts, denn damals hatte er Harry seinen Spitznamen noch nicht verliehen, »das ist Ihr Fall.«

Er warf ihm einen Aktenordner auf den Tisch, der mit dem in drei Monaten angesammelten Papierkram bereits vollgestopft wie ein Elsternnest war, und machte es sich auf einem der beiden gepolsterten Besucherstühle bequem. Harry zog den Ordner zu sich heran, überflog den gelben Laufzettel, der auf dem Deckel klebte, und schlug ihn auf.

»Der macht schon seit Ewigkeiten die Runde durch die Reviere, aber jetzt hat er endlich seinen Weg zu Ihnen gefunden, mein Freund.«

Der Bericht schilderte in allen Einzelheiten, wie eine dreiköpfige Familie in ihrem kleinen Vierzimmerhaus in Diepsloot eingeschlossen wurde, ehe man es mit Molotowcocktails in Brand steckte. Der Mann, seine Frau und der sechzehnjährige Sohn hatten nicht die geringste Chance zu entkommen: Die beiden Türen waren von außen verrammelt, sämtliche Fenster bereits mit Gittern gegen Einbrecher gesichert. Harry blätterte in den spärlichen Zeugenaussagen und Ermittlungsergebnissen und fragte schließlich: »Warum ist das bei uns gelandet? Es ist doch nicht unsere Aufgabe, die Fälle aufzuklären, die die auf den örtlichen Revieren nicht knacken können, oder?«

»Normalerweise nicht, aber der Vater war Christof Mohosh, ein kleinerer Bezirksvertreter des ANC. Die Tatsache, dass er in der Politik war, und der Name der Organisation, die jetzt verdächtigt wird, die Morde angeordnet zu haben, reichten, um den Fall der SVC weiterzureichen.«

»Aha?«

»Ich nehme an, Sie haben schon von den Abasindisi gehört? Also, man munkelt, dass die dahinterstecken.«

Einen Augenblick lang hing der Name »Abasindisi« zwischen ihnen in der Luft. Die Gruppe war also wieder in Erscheinung getreten. Die »Erlöser« waren eine Organisation, die Mitte der neunziger Jahre von aus der wirtschaftlich verarmten Provinz Ostkap ausgewanderten Minenarbeitern gegründet worden war. Aufgebracht über Berichte, dass in der Heimat ihr Vieh gestohlen, ihre Frauen und Kinder Opfer von Gewalt und ihre Häuser dem Erdboden gleichgemacht wurden, während sie sich im weit entfernten Norden in den Goldminen abrackerten, beschlossen sie, das Gesetz in die eigenen Hände zu nehmen. Sie wollten jemand Verlässlicheres als die Polizei, der auf ihre Familien und ihren dürftigen Besitz aufpasste, während sie sich unter Tage zu Tode schufteten. Deshalb legten sie zusammen und besorgten sich Waffen von jenen Händlern, die schon zu Zeiten des bewaffneten Widerstands gegen die Apartheid ihre Geschäfte gemacht und niemals ganz damit aufgehört hatten. Hauptsächlich mit Hilfe von Nötigung bekamen sie heraus, wer ihre Familien überfiel, und übten schließlich Vergeltung, indem sie Mörder ans Ostkap schickten, rekrutiert aus ihren eigenen Reihen – den Menschen in den heimgesuchten Dörfern jedoch unbekannt.

Es dauerte nicht lange, da hatten die Viehdiebe durchschaut, wie die Erlöser operierten, und bildeten ihrerseits geheime Killerkommandos, um zurückzuschlagen. Und so entwickelte sich ein ständiges Hin und Her von Anschlägen zwischen abgelegenen Dörfern – ein Wie-du-mir-so-ich-dir, das eine ganze Provinz zum Schauplatz eines Vergeltungskriegs machte. Familien, die, um der eskalierenden Gewalt ein Ende zu bereiten, damit drohten, keine Mitgliedsbeiträge mehr zu bezahlen, gerieten nun ihrerseits auf die Todeslisten der Abasindisi.

»Ich dachte, denen hätte man das Handwerk gelegt, die führenden Köpfe aus dem Verkehr gezogen.«

Swarts beugte sich vor, um sich aus Harrys Kaffeemaschine zu bedienen. »Nicht im Traum, mein Freund. Das wird nie passieren. Wenn erst mal das Fundament für eine funktionierende kriminelle Vereinigung gelegt ist, dann verschwindet die nie wieder. Als man in New York City die Gambino-Familie zerlegt hat, war das doch auch nicht das Ende der organisierten Kriminalität.«

»Aber damals beschränkten sich die Aktionen der Abasindisi auf Siedlungen am Ostkap. Glauben Sie denn, dass sie inzwischen weitergezogen sind?«

Swarts schlürfte aus seinem Kaffeebecher und nickte. »Es war nur eine Frage der Zeit, bis das ganze Blut, das dort unten vergossen wurde, flussaufwärts an seinen Ursprung zurückkehren würde. Wie wir inzwischen wissen, kamen die Befehle für die Morde und die Überfälle aus der Sicherheit der Bergarbeiterunterkünfte hier am Witwatersrand. Unser Opfer Mohosh war zwar selbst ein Tswana, hatte aber familiäre Verbindungen zu den Xhosa in der Gegend von Tsolo. Er könnte sich also ohne weiteres zur potenziellen Zielscheibe gemacht haben, weil er den Abasindisi oder ihren Verbündeten in die Quere gekommen ist. Vorausgesetzt, er war nicht selbst in die Aktionen verwickelt.«

Harry blätterte die Akte noch einmal durch. »Und das soll ich jetzt also herausfinden.«
Swarts prostete Harry mit dessen eigenem violetten Keramikbecher mit der Aufschrift I ♥ Dad zu und zwinkerte. »Sie haben's erfasst, *Boet.* Das ist keine Ermittlung für die Instant-Polizisten, die heutzutage überall rumlaufen. Ich brauche einen erfahrenen Mann, der unvoreingenommen an die Sache herangeht. Wir wollen nämlich nicht nur die Mörder, wir müssen das ganze Spinnennetz verbrennen, bevor diese Stadt sich in dem Geflecht aus Gewalt verheddert, das sich dort unten schon ausgebreitet hat. Sind Sie dabei, Captain?«
»Klar, Supe«, hatte Harry sofort gesagt, ohne sich darüber Gedanken zu machen, worauf er sich da möglicherweise einließ.
»Gut.« Swarts nickte anerkennend. »Die schleppen mir ihren dreckigen kleinen Krieg nicht auch noch in meine Stadt, das kann ich Ihnen versichern.«

3

Die Sonne hat es endlich über den Horizont geschafft und beleuchtet mit ihrem schwachen Schein eine Welt aus langem, trockenem Gras und zerklüfteten Felsen. Die kalte, graue Luft erinnert Harry an London, obwohl diese endlose goldene Wildnis um ihn herum nicht die geringste Ähnlichkeit mit seiner Geburtsstadt hat.
Mit ihm im Polizei-Pick-up sitzen Swarts und Moqomo, der Leiter der Polizeidienststelle Maclear. Ihnen voran jagen drei Soldaten in kugelsicheren braunen Westen mit der weißen Aufschrift SANDF auf ihren Scramblern dahin. Quer über dem Rücken tragen sie halbautomatische R4-Sturmgewehre. Manchmal spritzt unter den Rädern ihrer Maschinen Kies aus

der von tiefen Spurrillen durchzogenen Straße hoch auf die Windschutzscheibe des Pick-ups. Von hinten hören sie schwach das wütende Brummen eines schweren Militärfahrzeugs.

»Was für ein Ort«, sagt Harry über das Dröhnen der Heizung und das Klappern loser Steine in den Radkästen hinweg. Vor dem Aufbruch war sein Nervenkostüm angesichts dessen, was ihnen heute bevorsteht, noch ziemlich intakt, doch jetzt, beim Anblick der tiefen Schlucht, die links von der schmalen Piste jäh abfällt, wird ihm langsam mulmig. Großen Höhen konnte er noch nie etwas abgewinnen.

»Wieso? Was ist damit?«, fragt Swarts.

»Gerade scheint noch die Sonne, im nächsten Moment regnet es, und alles ist neblig.«

»Es heißt, Saddam und die Amis haben uns das Wetter versaut«, erwidert Swarts. »Das war der wärmste Winter, den wir je hatten. Es war nicht kalt genug, dass das ganze Ungeziefer erfroren wäre, und jetzt kriecht die Malaria langsam in die Berge rauf. Angeblich auch nach Durban runter. Cholera in unserem Wasser, Aids an allen Ecken und Enden … Eines sag ich Ihnen, Bond, hier gibt's keine Zukunft, nur Seuchen und Krankheiten.«

Revierleiter Moqomo nickt weise. »Dieses Wetter, das ist jetzt zwei Monate zu früh dran. Kein gutes Zeichen. Erinnert mich an die Plagen, die Moses auf Ägypten herabgerufen hat.«

Swarts angelt einen silbernen Flachmann aus seiner Tasche, schraubt ihn auf und hält ihn Harry hin. »Na dann, auf ins Gelobte Land.«

Harry deutet mit dem Kopf auf das Fläschchen. »Sind Sie sicher, dass das eine gute Idee ist?«

Swarts schenkt ihm ein verkniffenes Lächeln. »Gar nichts ist sicher, Bond. Nicht mehr. Nur das eine: Das hier wärmt und

beruhigt die Nerven ein bisschen. Ein Tropfen könnte Ihnen guttun.«
»Nein, danke. Später vielleicht.«
»Wie der Herr belieben.« Swarts kippt sich einen Schluck in die Kehle, dass ihm die Luft wegbleibt, und schlägt sich mit der Faust auf die Brust. »Schaut euch doch mal um! All diese Zeichen und Wunder! Da fragt man sich doch, was der Allmächtige uns sagen will.«
»So dürfen Sie nicht denken.« Moqomo schüttelt den Kopf. »Das ist ein guter Ort.«
»Blödsinn, mein Freund«, sagt Swarts. »Das sagen alle, die zu faul sind, von hier abzuhauen. Mir reicht's. Ich hab was Besseres vor. Anständige Arbeit.«
»Zum Beispiel?«, fragt Harry.
»Das verrate ich lieber nicht, solange ich nicht weiß, auf welcher Seite Sie stehen, mein Freund.«
Harry beschließt, diese Bemerkung zu ignorieren, und richtet seinen Blick wieder auf den steilen Abhang auf seiner Seite des Wagens. Dennoch entgeht ihm nicht, dass Swarts den Kopf schüttelt. »Was bleibt einem denn übrig?«
Plötzlich jault der Motor des Pick-ups auf. Sie fahren gerade über ein Stück weichen Sand, und die Räder verlieren die Bodenhaftung. Zu Harrys Entsetzen rutscht der Wagen langsam auf den von seinem Fenster deutlich erkennbaren Abgrund zu.
»Moqomo!«, schnauzt Swarts.
»Keine Angst! Ich hab alles im Griff.«
Tief unter ihnen schäumt Wildwasser an haushohen, zerklüfteten Felsen hoch. Mit heulendem Motor und durchdrehenden Rädern rutscht der Wagen immer schneller auf den Abgrund zu.
»Herrgott, ich dachte, der hat Allradantrieb!«, brüllt Swarts.

»Hat er auch.«
»Dann kriegen Sie das verdammte Ding wieder unter Kontrolle!«
Steine schießen unter dem Geländewagen hervor, hüpfen über den Rand der Piste und prasseln die steile Felswand hinunter in den schäumenden Fluss.
»Hab ihn!«
Irgendwie gelingt es Moqomo, den Wagen in die Mitte der Piste zurückzumanövrieren, glücklicherweise ohne ihn dabei zu weit nach rechts zu verreißen. Die Fahrzeuge hinter ihnen haben mit dieser gefährlichen Stelle anscheinend kaum Probleme.
Swarts bricht in Gelächter aus und rammt Harry seinen Ellbogen in die Seite. »Haben Sie das gesehen, Bond?«
Er nimmt einen großen Schluck aus seinem Flachmann und reicht ihn dann an den Ortspolizisten weiter. »Saubere Arbeit, mein Herr! Verdammt saubere Arbeit.«
Harry zwingt sich, die verkrampften Finger zu lockern, mit denen er den Haltegriff über seinem Kopf umklammert hat. »Wie zum Teufel sind die mit dem Bulldozer da raufgekommen, um diese Scheißpiste überhaupt zu planieren?«, fragt er.
Moqomo schnaubt vor Lachen. »Ich glaube nicht, dass die hier oben je einen Bulldozer gesehen haben.« Er trinkt einen Schluck aus dem Flachmann und hat dadurch nur mehr eine Hand für das flatterige Lenkrad frei. »Pferde und Esel, davon gibt's hier genug, und die zwei Beine, die Gott uns allen gegeben hat. Damit hat sich's.«
Er gibt das Fläschchen seinem Besitzer zurück und schaltet dann die Scheibenwischer ein. Staub und Feuchtigkeit verbinden sich im Handumdrehen zu braunem Matsch, der die Sicht auf nahezu null reduziert. Mit wachsender Besorgnis beobachtet Harry die dichte Nebelbank, die unter den fernen Berggip-

feln heranwallt und die Hügelkette an ihrem Fuß bereits zugedeckt hat. Aus dem Polizeifunkgerät ist auf einmal heftiges Rauschen zu hören, welches das Dröhnen des Motors einen Augenblick lang übertönt. Es ist der Hubschrauberpilot: Der plötzliche Wetterumschwung macht eine Luftüberwachung weiter landeinwärts unmöglich. Sie kehren zur Basis zurück.

»Das gefällt mir gar nicht«, meint Harry, als Swarts den Empfänger wieder in die Halterung hängt.

»Ach was, die waren eh nur für den Notfall da, falls das Waffenlager das Dorf verlassen sollte, bevor wir es erreichen. Diese *Dagga*-Bauern haben hier in den Bergen überall ihre Verstecke.«

Er sagt es in leichtem Ton, doch Harry sieht die enttäuschte Miene des Superintendenten. Bei dem ganzen Aufwand, der zur Vorbereitung dieser Operation betrieben wurde, erwarten die Bosse in Johannesburg Ergebnisse.

»Ich hoffe nur, unsere Walkie-Talkies funktionieren bei diesem herrlichen englischen Wetter.«

»Ruhig Blut, Mason«, sagt Swarts. »Das ist eine Durchsuchung und Beschlagnahme, verdammt noch mal, und kein taktischer Angriff. Wir machen das doch nicht zum ersten Mal.« Er kratzt sich unter seiner blauen kugelsicheren Weste mit dem in fetten Goldbuchstaben aufgedruckten Schriftzug der südafrikanischen Polizei – SAPS – und fügt hinzu: »Wenigstens wird der Nebel den Krach des Casspir ein bisschen dämpfen.«

Harrys Handy vibriert in seiner Tasche. Er holt es heraus, um die neue Nachricht zu lesen.

»Sie haben hier oben noch immer Empfang, Bond?«

»Sollte eigentlich nicht passieren«, murmelt Moqomo.

Der Nachrichteneingangsordner klappt auf.

Ich liebe dich. Pass auf dich auf.

Harry lächelt und steckt das Handy wieder ein, ohne einen

Gedanken daran zu verschwenden, wie wichtig eine Antwort sein könnte.
Anscheinend ohne ersichtlichen Grund lacht Swarts plötzlich laut auf. »Ist das nicht wunderbar?«, fragt er, ohne jemand Bestimmten dabei anzusprechen. »Zum Teufel damit. Zum Teufel mit uns allen.«
Harry wundert sich. Merkwürdig, so etwas zu sagen. Selbst für jemanden wie den Supe.

4

Sie hatten sich zu einem letzten Mittagessen vor seiner Abreise ans Ostkap verabredet, und Harry hatte sich verspätet. Als er in das Restaurant in Greenside, einem besonders grünen Vorort von Johannesburg, stürmte, hätte er die Blumen, die er unterwegs besorgt hatte, beinahe in der sich schließenden Tür eingeklemmt. Das Route 69 war einem klassischen American Diner der 1950er Jahre nachempfunden – viel Chrom, Sitznischen und rot-blaue Barhocker. An den Wänden hingen riesige Fotografien der endlosen Highways des amerikanischen Westens – Nevada, Arizona, Kalifornien – zwischen Kühlergrills von Buicks, Plymouths und Mustangs. Kellner mit Kappen im US-Air-Force-Stil und gebügelten weißen Schürzen gaben lautstark Bestellungen auf, die sich mit dem Lärm eines gut besuchten Restaurants und der aus allen Lautsprechern plärrenden Rockabilly-Musik von Buddy Holly und Jerry Lee Lewis mischten.
»He, Officer, hier drüben!«
Harry ignorierte die vielen Gesichter, die sich plötzlich zu ihm umdrehten. Er spürte nur die Freude, die ihm wie ein Blitz in die Brust einschlug, als er die schlanke Frau mit der nur von einem knallorangen Haarband gebändigten schwarzen Mähne

erblickte. Sie winkte ihn zu sich an einen Tisch mit zwei Bänken unter einem überdimensionalen Airbrush-Gemälde von Elvis, der in einem mit Pailletten bestickten weißen Overall die Hüften schwang.

»Tut mir leid, dass ich zu spät komme. Der verdammte …«

Zwei Hände legten sich um sein Gesicht und zogen ihn zu einem schnellen Kuss auf die Nase und dann auf den Mund heran. Tanya Fouché lachte und fuhr ihm durchs Haar, als wäre er ein zehnjähriger Junge.

»Schau dir mal deine Haare an! Die stehen immer in alle Richtungen. Bist du dir sicher, dass die Verbrecher dich ernst nehmen? Und die, sind die für mich? Die sind ja schön, Harry! Wunderschön!«

Er schlüpfte in die Bank ihr gegenüber, und sie plapperte weiter. Ihm machte das nichts aus. Er war glücklich, einfach nur dasitzen und ihrer fröhlichen, melodischen Stimme lauschen zu können.

Sie hatten sich erst vor vier Monaten kennengelernt, in einem Jazz-Club in Newtown, in dem der legendäre Willie Pick eines seiner seltenen Solo-Blues-Konzerte gab. Keiner von beiden war darauf gefasst gewesen, welche Anziehung sie aus heiterem Himmel aufeinander ausüben sollten. Als hätten nur sie beide in dem überfüllten Lokal plötzlich im Rampenlicht gestanden. Was sich sonst noch um sie herum abspielte, entging ihrer Aufmerksamkeit völlig. Einer nach dem anderen verließen müde Bekannte den Tisch mit dem Durcheinander aus leeren Bierflaschen, Weinpfützen und überquellenden Aschenbechern. Doch Tanya und Harry wollten sich den Zauber des Augenblicks nicht rauben lassen und schwatzten unbeirrt weiter. Als schließlich die grellen Neonlichter angingen und das Personal um ihre Beine herum Zigarettenkippen und leere Bierflaschen aufzukehren begann, hatte er sie zu ihrem Wagen begleitet, der zwei

Straßen weiter am Market Theatre geparkt war. Sie hatten sich unbeholfen umarmt und widerstrebend verabschiedet. Eine Woche später hatte er all seinen Mut zusammengenommen, sie angerufen und festgestellt, dass sie schon auf seinen Anruf gewartet hatte.

Tanya unterbrach seine Reminiszenzen. »Also, wann lerne ich deine süße Maus jetzt kennen?«, fragte sie zwischen zwei Bissen von einem wagenradgroßen Monkey-Gland-Burger.

»Ich weiß nicht. Wann würde es dir denn passen?«

»Gute Frage.« Tanya sah zur Decke hinauf. »Mist, diese Woche ist ziemlich hektisch. Ich kämpfe noch immer mit Isaacson, um vom Gemeinderat Geld für die Kinder zu kriegen.«

»Wem sagst du das! Dieser Fall, an dem ich gerade dran bin, lässt mir keine ruhige Minute.«

»Ach, du liebe Zeit!« Tanya hielt sich in gespielter Überraschung die Hand vor den Mund. »Harry, wir schieben das doch nicht auf die lange Bank, oder? Meine Güte, doch, wir tun's!«

Er überlegte. Er hatte Jeanie noch nichts von Tanya gesagt. Doch nur, weil er nicht wusste, wie diese Geschichte sich entwickeln würde, nicht, weil er nicht wollte, dass seine zehnjährige Tochter Tanya kennenlernte. Er wollte nicht unnötig Unruhe in Jeanies Leben bringen, davon hatte sie in den letzten Jahren mehr als genug gehabt. Oder zumindest redete er sich das ein.

»Möglich wär's.«

Plötzlich schien die Luft im Restaurant stickig von dem Geruch gebratener Zwiebeln und dem Pulsieren menschlicher Körper. Sie begaben sich hier auf unsicheres Terrain, das zu betreten er in den letzten zwei Wochen sorgfältig vermieden hatte. Denn in Wahrheit genoss er viel zu sehr das Neue, Leichte all dessen, was ihn momentan mit Tanya verband. Sie und Jeanie zusammenbringen; er hatte das Gefühl, dass diese

Begegnung ihre Beziehung unweigerlich erschweren und letztendlich aus den Wolken herunterholen würde.
Harry zuckte die Achseln. »Ja, wir tun's ... oder besser gesagt: Ich tu's.«
»Wann sind wir Erwachsenen eigentlich im Umgang mit Kindern so gehemmt geworden?«
Er dachte nach. »Wahrscheinlich, als uns klar wurde, dass sie ehrlicher sind als wir.«
Tanya lachte und wischte sich die Hände mit einer rot-weiß karierten Serviette ab. »Dann wäre es aber höchste Zeit, dass wir unseren kleinen Kindern die Politik überlassen.«
Harry beugte sich vor und strich ihr eine entschlüpfte Haarsträhne aus dem Gesicht hinters Ohr. »Vielleicht ginge es nächste Woche – Freitagabend, zum Beispiel. Dann habe ich diese Geschichte in Tsolo hoffentlich hinter mir. Wie hört sich das an?«
»Gut.« Tanya ergriff seine Hand und drückte die Innenfläche an ihre warme Wange. »Abendessen und Kino?«
»Sie war schon immer verrückt auf Kino.«
Ihre dunkelbraunen Augen wurden ernst. »Dann also Freitagabend, Officer.«
Ihre Finger schlossen sich fester um seine, und in ihrem Griff spürte er das Echo seiner eigenen Beklommenheit. Bis jetzt hatte keiner von ihnen es ausgesprochen, aber Jeanies Meinung über Tanya würde die erste richtige Bewährungsprobe für ihre Beziehung sein.
»Wann bist du voraussichtlich wieder zurück?«, fragte sie.
»Mittwoch. Spätestens. Alles hängt davon ab, wie schnell wir das finden, was wir suchen.«
»Kann ich dich anrufen, während du da unten bist? Ich meine, wär's dir sehr unangenehm, wenn jemand am Telefon sagt ›ich liebe dich‹, und ein Zelt voll biertrinkender Polizisten sitzt dabei und hört zu?«

Harry lächelte. »Nein. Aber ich glaube nicht, dass ich Empfang habe, da, wo ich hinmuss.«
Tanya fuhr sich mit der Zungenspitze über die Oberlippe und zwinkerte ihm zu. »Wenn ich heute Abend einen Mann von der Kripo in meine Lasterhöhle locken wollte, hätte ich da Chancen?«
Mit einem albernen Grinsen im Gesicht zwinkerte er zurück. »So gern sich dieser Kripomann hier von einer Frau wie dir korrumpieren lassen würde, muss er doch an seine Tochter denken. Ich sehe sie jetzt eine Woche lang nicht, deshalb muss ich nach Hause. Das verstehst du doch, oder?«
Sie schmollte wie ein verzogener Teenager, der seinen Willen nicht bekommt. »Na gut, aber das heißt, dass ich als Erste dran bin, wenn du zurückkommst.«
»Abgemacht.«
»Dass du mir ja aufpasst da draußen, hörst du? Dann sehen wir uns also nächsten Freitag.«

5

Bei der Erinnerung an dieses Gespräch schüttelt Harry den Kopf. Er vermisst Tanyas Lachen jetzt schon. Frauen aus der Generation seiner Mutter hätten dessen Ausgelassenheit und Herzhaftigkeit mit dem Gewieher einer Hafennutte beim Knacken des Jackpots verglichen, für ihn jedoch ist es der Klang einer neuen, befreienden Freude.
»Sieht aus wie Scheiße da draußen«, unterbricht Swarts Harrys Gedankengänge.
»Stimmt«, bestätigt Moqomo.
Mittlerweile hat der Nebel den Konvoi völlig eingehüllt und alles darum herum in undurchdringliches Grau verwandelt. Die Sichtweite auf der Staubpiste vor ihnen beträgt ungefähr

einen Meter, weshalb sie von ihrer Motorradvorhut weder etwas sehen noch hören. Vor ein paar Minuten hat Moqomo das Tempo auf Schrittgeschwindigkeit verringert und Swarts die Heizung niedriger geschaltet, als könne er dadurch ihre Position in der feindseligen Umgebung besser bestimmen. Harry betrachtet den Mann am Steuer, der den Großteil seines Lebens damit verbracht hat, hier oben Rinder zu hüten oder die Berge auf der Suche nach Viehdieben zu Fuß zu durchstreifen. Seine Miene, die noch vor einer Stunde so heiter war, wirkt jetzt sorgenvoll. Swarts hat schon längere Zeit nichts mehr gesagt, sondern nur noch in regelmäßigen Abständen an seinem Flachmann genippt.

Harry hält Ausschau nach den Begleitfahrzeugen hinter ihnen, kann aber nichts erkennen, nicht einmal das Licht eines Scheinwerfers.

»Woran denken Sie, Bond?«

Ehe er antworten kann, meldet sich das Funkgerät.

»Du, *Wallah,* geh mal ran!« Es ist Naidoo, der mit Franklin und Combrink die Nachhut bildet. »Wie lange soll das noch so weitergehen, he? Muss erst einer in den Abgrund fahren, bevor du anhalten lässt, Mann?«

Swarts greift nach dem Mikrofon. »Geht dir die Düse da hinten, Sammy? Ich bin fast zehn Jahre älter als du und sitze hier so gemütlich wie der heilige Petrus auf einer Wolke.« Er zwinkert Harry zu, was allerdings ein wenig aufgesetzt wirkt.

»Das kommt davon, weil du die Felsstürze nicht siehst, die der Casspir vor uns auslöst, du sauberer Heiliger. Wer hat sich diesen Scheiß überhaupt ausgedacht, he?«

»Beruhig dich, Sammy.«

»He, leck mich, Russie! Ich bin ein Stadtmensch und kein *Plaasjapie,* Mann. Ich bin nicht zur Polizei gegangen, damit ich in einen Abgrund stürze und in Schlamm und Kuhscheiße verrecke. Du lässt jetzt anhalten, *Wallah,* oder ich gehe zu Fuß zurück.«

Harry zuckt zusammen. Es gibt nicht viele rangniedrigere Polizisten, die, selbst wenn sie schon jahrelang mit ihm zusammenarbeiten, es wagen würden, Swarts anders als mit »Supe« anzureden, geschweige denn, ihn zu beschimpfen. Allerdings kennen Naidoo und der Supe einander schon eine Ewigkeit, seit ihrer gemeinsamen Zeit bei der Drogenfahndung.

Swarts lacht aus vollem Halse. »Drei Kugeln hast du dir im Einsatz schon eingefangen, und jetzt machst du dir wegen ein bisschen Höhe ins Hemd?«

»He!«, brüllt Naidoo. »Hörst du das? Ich mache gerade die Wagentür auf. Ich steig aus, hörst du? Ich bin weg.«

Plötzlich bleibt ein rotes Motorrad mit einem Satz vor ihnen stehen, und Moqomo kann nur um Haaresbreite eine Kollision verhindern. Der Soldat, der darauf sitzt, dreht nur am Gasgriff, doch sein fragend geneigter Kopf und der unverwandte Blick vermitteln eine klare Botschaft: *Erwarten Sie allen Ernstes, dass wir* da *hineinfahren?*

So plötzlich wie er aufgetaucht ist, verschwindet der Soldat wieder, nur das abgehackte Röhren des kleinen Motors ist noch zu hören.

Swarts verzieht das Gesicht. »Ich schmeiß das jetzt nicht einfach hin, wo wir schon so weit gekommen sind. Herrgott, ich bin auf Knien zu dem verdammten Polizeipräsidenten gekrochen, um diese Razzia genehmigt zu kriegen!«

»Wenn wir bis morgen warten, gibt es garantiert nichts mehr zu konfiszieren, nicht mal mehr eine Handvoll *Dagga*«, pflichtet Harry ihm bei. »Und dann haben wir nichts gegen die Abasindisi in der Hand.«

Swarts wendet sich an den Leiter der Dienststelle Maclear. »Moqomo, was meinen Sie? Kommen wir zu Fuß weiter?«

Die Antwort des Mannes kommt wie aus der Pistole geschossen, als brenne ihm dieser Vorschlag schon seit einer Stunde auf der Zunge. »Ja. Diese Piste, die wird nur noch schlimmer.«
Swarts schnappt sich das Funkgerät und gibt Befehl, den Konvoi anzuhalten. »Hoffentlich sind uns die *Troepies* da oben in den Bergen bei diesem verfluchten Wetter noch nicht zu Eiszapfen erstarrt.«
»Ich bin sicher, denen geht's gut, Supe.«
Harry schickt sich zum Aussteigen an, doch eine Hand packt ihn an der Schulter. Er dreht sich um und sieht die Frustration und das Flehen in Swarts' Augen. Die Augen eines Mannes, der es nicht gewohnt ist, jemanden um einen Gefallen zu bitten.
»Was ist?«, fragt er.
Swarts lässt ihn los und klopft ihm auf den Rücken. »Nichts, Captain. Wir ziehen das doch gemeinsam durch, oder?«
»So war's doch gedacht, oder?«, antwortet Harry.
»Ja.« Swarts rutscht auf der Fahrerseite aus dem Wagen. »So war's gedacht.«
Alle Angehörigen der Einsatzgruppe sammeln sich auf der Piste, und als sämtliche Motoren abgeschaltet und sämtliche Türen zugeschlagen sind, können selbst die Soldaten die plötzlich undurchdringliche Stille kaum fassen. Nur das dünne, an- und abschwellende Pfeifen eines eisigen Windes, der den Nebel über die schroffen Felswände treibt, ist zu hören. In ihren Ohren klingt es nach lauernder Gefahr, spähenden Augen, und keiner von ihnen fühlt sich wohl in seiner Haut.

6

Diese Ermittlung in dem Dreifachmord in Diepsloot war nur im Schneckentempo vorangekommen und hatte Harry unendlich frustriert. Es war der erste knifflige Fall, der ihm in der

SVC zugeteilt worden war, welche normalerweise in verschworenen Teams arbeitete, und Harry hatte gehofft, seinen Vorgesetzten beweisen zu können, dass er der Aufgabe auch nach fünfjähriger Abwesenheit vom Polizeidienst gewachsen war. Er musste allerdings bald einsehen, dass er die Schwierigkeit der Ermittlung unterschätzt hatte, obwohl die mutmaßlichen Täter bereits identifiziert worden waren. Aussagen von Nachbarn der Opfer über die Ereignisse in der Nacht des Brandanschlags widersprachen sich, und die geheimnisvolle Adresse auf dem Umschlag der Akte gehörte zu einem leeren Grundstück, auf dem buchstäblich über Nacht eine Hütte vom Erdboden verschwunden war. Von ihrem letzten Bewohner wussten die Nachbarn nicht mehr als den Namen: Jonas aus Mayflower. In der Zwischenzeit hatte ein Zeuge seine Aussage widerrufen und behauptet, er sei in jener Nacht zu betrunken gewesen, um sich richtig erinnern zu können, und zwei weitere waren überhaupt nicht mehr aufzutreiben, als Swarts Harry den Ordner mit der Fallakte auf den Tisch knallte. Dass die Ermittlung so rasch im Sande verlaufen war, kam für Harry, der während seiner Zeit im Mord- und Raubdezernat genügend Ermittlungspannen erlebt hatte, keineswegs überraschend. Es passierte immer wieder, dass Streifenpolizisten den Kollegen von der Kripo von vornherein jede Chance auf Aufklärung eines Falls zunichtemachten, entweder, weil sie vergaßen, Zeugen festzuhalten, oder wie die Axt im Walde an einem Tatort hausten. Noch heute lachten Ermittler über die Finger, die im gerichtsmedizinischen Labor in Silverton auf dem Fensterbrett eines Kriminaltechnikers in einem Erdnussbutterglas voll Formaldehyd schwammen. Ein Uniformierter, dem man gesagt hatte, er solle die Fingerabdrücke am Tatort sichern, hatte sie abgeschnitten und ins Labor geschickt.

Auf jeden Fall war Harry drei Monate später, ohne Zeugen

oder den kleinsten Fitzel von Beweismaterial, außer drei Toten in Leichenkühlzellen, zu Swarts ins Büro gegangen, um einzugestehen, dass der erste Fall, an dem er als Hauptermittler arbeitete, auch seine erste richtig harte Nuss bei der SVC war.

»Ah!«, hatten drei fröhliche Stimmen unisono gerufen. »Wen haben wir denn da?«

Supe Russell Swarts, erinnert er sich, hatte die Füße auf dem Schreibtisch. Daneben stand ein mit Weichzeichner aufgenommenes Porträt seiner beiden jugendlichen Söhne, in der Mitte deren Mutter in majestätischer Pose. Captain James »Blondie« Franklin lehnte an der Wand, einen Fuß daran abgestützt. In der einen Hand hielt er ein Pornoheft, in dem er gerade noch geblättert hatte, die andere umschloss eine Pfeife, die er im Mund stecken hatte. Im Gegensatz zu anderen Kollegen in der Abteilung, die ihre Waffe so gut es ging verbargen, trug er seine Pistole so auffällig wie möglich in einem tief um die Hüfte geschlungenen Holster. Captain Combrink, im Clan als »Kommie« bekannt, saß neben Naidoo auf einem Besucherstuhl. Der Unterschied zwischen den beiden hätte krasser nicht sein können: Combrinks Teint war von so ungesunder Blässe, dass es aussah, als hätte er Besenreiser um die von dicken, plastikgerahmten Brillengläsern vergrößerten Augen. Naidoo hingegen war so dunkel wie ein indischstämmiger Südafrikaner nur sein konnte. Übergewichtig und unförmig, lebte er immer noch bei seinen Eltern, weil seine Mutter bis jetzt noch keine passende Braut für ihn gefunden hatte. Zusammen bildeten diese vier Männer das Herz der Zentralabteilung Kapitalverbrechen in Johannesburg, und soweit Harry das beurteilen konnte, konnten sie zu viert mehr Verhaftungen verzeichnen als sämtliche anderen Kollegen in dieser Abteilung. *Ballies* wurden sie genannt: alte Hasen. Diesen Namen hatten sie jedoch weniger ihrem tatsächlichen Alter zu verdanken oder ihrer langjährigen

Zugehörigkeit zur Abteilung, sondern er war ein Zeichen des Respekts vor ihrem beruflichen Engagement.

»Nur herein.« Franklin hatte ungeduldig mit seiner Pfeife gewunken. »Wir haben gerade über den guten Naidoo hier gesprochen. Anscheinend hat ihn noch keiner an Blut gewöhnt – ist das zu fassen?«

An Blut gewöhnt. Diesen Ausdruck hatte Harry schon lange nicht mehr gehört. Zur Zeit seiner Rekrutierung, damals im Jahr 1985, war es innerhalb der Spezialabteilungen jedoch die gängige Bezeichnung für einen ganz bestimmten Initiationsritus. Da forderten Vorgesetzte ihre Untergebenen auf, einen Verdächtigen, meistens einen Schwarzen, zu töten und damit zu beweisen, dass sie hart genug, *verlässlich* genug waren, um zur Elite zu gehören. Es war ein Blutpakt, der Polizisten einer bestimmten Kategorie zusammenschweißte, aber auch das Ende einer Karriere bedeuten konnte, noch bevor diese überhaupt begonnen hatte. Dann nämlich, wenn der Anwärter mit diesem Druck nicht umgehen konnte oder sein Opfer nicht tötete.

Die erwartungsvolle Atmosphäre, die plötzlich spürbar war, beunruhigte Harry, und es erschein ihm ratsam, sich auf Naidoo zu konzentrieren. »Sie wurden schon mehrmals in Ausübung Ihres Amtes angeschossen. Dreimal, oder?«

Der Angesprochene reagierte mit Erleichterung auf diese Frage, hier befand er sich auf vertrautem Terrain. »Dreimal in einer Nacht. .38 Special. Ein Junkie auf Angel Dust, völlig hinüber – weißt du noch, Russie? Lief mit der Knarre in der Hand nackt auf der Eloff Street rum, vollgepisst und vollgeschissen wie ein verstopftes Scheißhaus. Was hat er noch mal gebrüllt? Irgendwas wie der Teufel kommt aus der Erde und will ihn holen. Hat die ganze Zeit mit dem Ding auf den Asphalt gezielt. Erinnerst du dich, *Boet?* Ich weiß noch, als er dann anfing rumzuballern, da haben zwei Tierärzte – Tierärzte, darauf muss einer erst mal kommen! – versucht, ihn mit einer Ladung Ketaminpfeilen abzuschießen, die für ein Rhinozeros gereicht hätte. War's nicht so, Russie?«

Franklin schüttelte mit einem schiefen Grinsen den Kopf, ohne jedoch etwas zu sagen oder den Blick von der nackten Schönheit in seiner Zeitschrift abzuwenden, die er gerade bewunderte. Auf Harry wirkte das wie eine Geste der Herablassung.

Naidoo schien das auch so zu empfinden. »He, so was wünsch ich keinem, nicht mal dir, du Hackfresse. Weißt du, wie weh das getan hat? Acht Monate im Bett mit einem Kolostomiebeutel um den Bauch, ein Nilpferd von einer Pflegerin, die dir den Hintern wischen muss wie einem Neugeborenen – das macht dich fertig, *Boet,* das kann ich dir sagen. Ich hab mein Lehrgeld gezahlt.«

»Da kann man nur Halleluja singen«, erwiderte Swarts.

»Und da sind Sie noch immer hier und haben nicht bei so einer windigen Sicherheitsfirma angeheuert?« Harry lächelte und zuckte die Schultern. »Klingt für mich so, als hätte er sich seine Sternchen mehr verdient als die meisten anderen.«

Alle fanden das zum Brüllen komisch, und Harry war erleichtert, dass er damit die Diskussion von Initiationsriten abgewendet hatte. Egal, wer diese vier waren und wie sie letzten Endes in dieser Abteilung gelandet waren, ihre Aufklärungsquote sprach eine deutliche Sprache und brachte oft auch kritische Stimmen zum Schweigen. Als Harrys und Swarts' Blicke sich trafen, nickte Letzterer wie um zu bestätigen, dass Harry eine Art Eignungstest bestanden habe.

Combrink schob sich seine verbogene Brille mit dem Mittelfinger die Nase hoch. Wie immer war sein Gesicht mit einem dünnen Schweißfilm überzogen. Das hatte was mit seinen Drüsen zu tun, wie Harry einmal von Swarts erfahren hatte, und war auch der Grund, warum er immer wie der Dunstabzug einer Imbissbude roch.

»Schließlich sind wir diejenigen, die die Arschlöcher abknallen, und nicht umgekehrt«, sagte er mit seinem schwerfälligen Afrikaans-Akzent.

»Klar, es ist immer besser selbst zu schießen, als abgeschossen zu werden.« Swarts erhob die Stimme, ohne den Blick von Harry zu wenden. »Aber einer, der eine Kugel abkriegt und trotzdem weitermacht, ist besser, als einer, der seinen Dienst noch nie unter Schmerzen geleistet hat.«

Harry wandte sich wieder an Franklin. »Und *Sie?*«

»Ich? Was? Ob ich an Blut gewöhnt bin?« Seine Zähne ließen das Mundstück seiner Pfeife keinen Augenblick los. »Verdammt, Mason, was ist das denn für eine Frage?«

Er knöpfte die Manschette seines rechten Ärmels auf und rollte ihn bis zum Ellbogen hoch. Seinen Unterarm zierte die verblichene, aber noch immer unverkennbare Tätowierung der Luftlandetruppen. »Bevor ich zur Polizei gegangen bin, konnte ich oben in Angola nach Herzenslust killen, vielen Dank.«

Wieder brüllten die *Ballies* vor Lachen, und Harry fragte sich, woher ihre gute Laune kam.

»Womit kann ich Ihnen helfen, Bond? Sie sehen aus, als hätten Sie sich den Magen verdorben.«

Da hatte Harry Swarts und den Clan über den inzwischen eiskalten Mohosh-Fall informiert. Als er geendet hatte, herrschte kurz Schweigen im Raum.

»Also, meine Herren, was denken Sie?« Swarts nahm die Beine vom Tisch und sah die Mitglieder seiner Mannschaft einen nach dem anderen an. In seinen Augen lag ein erregtes Glitzern, das nicht zu übersehen war.

Combrink ergriff als Erster das Wort. »Sieht so aus, als hätte Bond hier eine ziemlich harte Nuss zu knacken.«

»Besser er beißt sich die Zähne aus als ich, was, Kommie?« Naidoo deutete auf Harry. »Übernimm du doch seinen Fall und lass die Finger von meinem.«

»So dämlich bin ich auch wieder nicht. Wenn ich mir den anhängen lasse, dann ist mein Bilanzbogen weniger wert als das Papier, mit dem ich mir den Arsch abwische.«

Franklin stopfte sich seine Pfeife neu und schnaubte.

»Sieht so aus, als müssten wir diesmal in die Röhre gucken.« Swarts beugte sich vor und sah sich mit Verschwörermiene im Raum um. »Wenn ihr Arschgeigen jetzt mal eine Sekunde die Klappe halten könntet, ich glaube, wir sollten das mal so angehen …«

Harry war seinem Vorgesetzten dankbar, dass er den Mohosh-Fall als ein gemeinsames Problem des Teams betrachtete und nicht als Harrys persönliches Versagen, womit er eigentlich gerechnet hatte. Außerdem war er schwer beeindruckt, als er hörte, wie der Superintendent aus der problematischen Situation, die Harry als Sackgasse gesehen hatte, in wenigen Worten einen unbedeutenden Rückschlag machte. Swarts' Plan war umfassend und würde wahrscheinlich mehr Menschen das Leben retten als die Verhaftung von zwei, drei Verdächtigen, die in Anbetracht der dürftigen Beweislage ohnehin ungeschoren davonkommen würden. Für ihn ging es nicht mehr um den Mörder der Familie Mohosh. Welche Gruppe diesen Dreifachmord auch begangen hatte, sie hatte Swarts dermaßen gereizt, dass er sich jetzt hier, am Witwatersrand, eine Bürgerwehr nach der anderen vorknöpfen würde.

Das war proaktive Polizeiarbeit im besten Sinne. Denn, wie Swarts es gern formulierte, »ein guter Handwerker hält seine Werkstatt sauber. Sonst rutscht er vielleicht auf seiner eigenen Scheiße aus und fällt auf die Schnauze. Aber dann kann er niemand anderem die Schuld dafür geben.«

Swarts fuhr fort: »Wir wissen, zu welcher Gruppe die Täter wahrscheinlich gehören. Also nehmen wir uns als Erstes die Abasindisi vor. Wenn sie abtauchen, tauchen wir ihnen nach. Wenn sie uns Ärger machen, buchten wir sie ein, auch wenn nur einer in der Öffentlichkeit in der Nase bohrt. An die, deren Namen wir kennen, kleben wir uns wie die Kletten. Bis sie sich so tief einbuddeln, dass sie entweder in der Hölle rauskommen oder ihre Bosse sie uns zum Fraß vorwerfen, um ihren eigenen Hals zu retten. Wenn wir die Mörder nicht schnappen und nicht beweisen können, dass die Abasindisi die Morde in Auftrag gegeben haben, dann schikanieren wir sie so lange, bis sie einen Fehler machen.«

Franklin riss ein Streichholz an und zog damit die allgemeine Aufmerksamkeit auf sich. »Könnte spaßig werden. Vielleicht knapse ich mir dafür sogar ein bisschen Zeit ab. Aber wir müssen Molethe überzeugen, dass es das wert ist. Ohne Reißleine geh ich da nämlich nicht rein.«

»Director Molethe macht da auf jeden Fall mit.« Die Entschlossenheit, mit der Swarts das sagte, duldete keinen Widerspruch. Es war eine gute Strategie, und sie kam von einem Mann, der in der mittlerweile aufgelösten südafrikanischen Drogenbehörde bereits als Legende galt. Harry hatte sich manchmal gefragt, warum dieser Mann, der drei Jahre hintereinander als bester Ermittler ausgezeichnet worden war, es immer noch nicht weiter als bis zum Senior Superintendent gebracht hatte. Doch dann hatte er gehört, dass Swarts bei einer Preisverleihung im Hotel Sheraton in Pretoria ein bisschen zu tief ins Cognac-Glas geschaut hatte. Es war ein Riesentamtam gewesen: die Medien, der Polizeipräsident, der Minister für öffentliche Sicherheit, alle waren da. Es ging das Gerücht, dass der Polizeipräsident Swarts zur Rede gestellt hatte, weil er in der Öffentlichkeit trank und dadurch die Polizei in einem erbärmlichen Licht erscheinen ließ. Daraufhin soll Swarts ihn von sich gestoßen und laut gesagt haben: »Und Sie, *groot Kokkedoor*, haben ein erbärmlich kleines Hirn, ungefähr so groß wie mein linker Hoden, wenn Sie's genau wissen wollen!«

Mit dieser Bemerkung hatte Swarts für Schlagzeilen in so gut wie allen Zeitungen von Kapstadt bis Mussina sowie für seine sechsmonatige Suspendierung vom Dienst gesorgt.

Der Superintendent war eine Ikone für die Stoßtrupps der Polizei. Keiner von denen, die in den oberen Etagen oder in der politischen Arena eine gute Figur machten, wo man seine Zeit in endlosen *Lekgotla*s verbrachte – Strategiesitzungen weit weg vom Büro, in denen man sich über Maßnahmen zur Prävention von Verbrechen stritt, die dann sechs Jahre brauchten, um in Kraft zu treten. Das Einzige, was Swarts an jenem Abend gerettet hatte, war wahrscheinlich die Auszeichnung für sein Lebenswerk gewesen, die er entgegengenommen hatte. Mit achtundvierzig war Russell Swarts der jüngste Polizist, der sie je bekommen hatte.

Das und der Umstand, dass sein Partner zwei Wochen vor dem Vorfall bei einer Bombenexplosion in Kapstadt in Stücke gerissen worden war. Die beiden waren gerade dabei, eine bereits zwei Jahre andauernde Ermittlung in trockene Tücher zu bringen, bei der es um umfangreiche Lieferungen von Mandrax ins Revier der Hard Livings in den Townships ging. Da kam die Bande zu der Erkenntnis, dass ein Höflichkeitsbesuch bei den zwei Kriminalpolizisten angebracht wäre …

Combrink unterbrach Harrys Gedankengang. »Die haben doch jetzt schon gezeigt, dass sie glatter sind als jeder Aal, was lässt dich vermuten, dass wir *denen* das Leben schwerer machen werden als die *uns?*«

»Kommie, um es mit Captain Kirk zu sagen: Wir machen's einfach.« Swarts stand auf und ging um den Tisch herum, um

Combrink die Schultern zu massieren. »Weil ich unserem guten Bond glaube, wenn er sagt, dass unsere Killer schon längst aus Diepsloot verschwunden sind, werden wir ein Pläuschchen mit den verdächtigen Abasindisi halten, die wir schon hinter Gittern haben.«

Da schoss Harry ein Gedanke durch den Kopf. »Ich habe da vielleicht eine bessere Idee.«

»Boh!« Franklin grinste. »Und auf einmal eröffnet er uns einen genialen neuen Blickwinkel, obwohl ihm noch vor ein paar Minuten nichts mehr eingefallen ist. Schießen Sie los, Bond. Wir sind ganz Ohr.«

Harry ignorierte ihn. »Die meisten Abasindisi sind doch Bergarbeiter, oder?«

»Goldrichtig«, antwortete Combrink. Er wirkte seltsam verlegen mit seiner verbogenen Brille und Swarts' Pranken, die ihm die Schultern massierten.

»Ich glaube, ich kenne da jemanden, der uns helfen kann«, sagte Harry, obwohl er noch immer nicht die leiseste Ahnung hatte, wie er Makhe Motale jemals überreden sollte, ebendies zu tun.

Als er den Mann das letzte Mal gesehen hatte, im Jahr 2000, hatten seine Schläger Harrys Gesicht in den Dreck gedrückt und zwei hungrige Rottweiler ihn zwischen den Beinen beschnüffelt. Makhe selbst hatte ihm ein Springmesser ans Auge gehalten und eine unmissverständliche Botschaft verkündet: »*Suka*, Schweinefresse, solange du noch kannst! Schweine wie du haben in Alexandra nichts zu suchen.«

»Wie gesagt, Mason, wir hören zu«, erklärte Franklin durch blauen Pfeifennebel. Das ausdrückliche Rauchverbot im Gebäude scherte ihn wenig.

Und so unterbreitete Harry ihnen seinen Plan.

7

Seit einer halben Stunde sind sie nun zu Fuß in Richtung Tsolo unterwegs. Es ist ein langer Marsch. Die Motorräder wurden zusammen mit allen anderen Fahrzeugen zurückgelassen. Als Harry von seinen dahinstapfenden Stiefeln aufsieht, bemerkt er, dass er direkt hinter Revierleiter Moqomo herzockelt, der anscheinend nur allzu bereitwillig dem SVC-Team aus Johannesburg die Einsatzleitung überlassen und selbst nur eine Nebenrolle übernommen hat. Die Soldaten marschieren in einer wachsamen Gruppe neben ihm. Die Einzigen, die anscheinend bester Stimmung sind, sind Swarts' *Ballies* an der Spitze der Kolonne. Harry kann sie bei dem Nebel zwar nicht sehen, aber hin und wieder hört er ihr ausgelassenes Gelächter. Offensichtlich ist Swarts nicht der Einzige, der einen Flachmann dabeihat.

Wie ein Haufen Rugby-Fans auf dem Weg zum nächsten Spiel, denkt Harry. Er hat schon mit einer Reihe von Polizisten zusammengearbeitet, die ihren Mut aus der Flasche schöpften. Seiner Ansicht nach liegt das in der Natur der Sache, und persönlich hatte er lieber einen gelassenen Betrunkenen an seiner Seite als ein nüchternes Nervenbündel, das ihn womöglich in einem Anfall von Panik über den Haufen schoss. Wann allerdings das Zittern des Betrunkenen zur Gefahr werden konnte, das war eine Frage, die er sich noch nicht gestellt hatte – bis zu diesem Moment.

»He, Mason!« Grob zerreißt Naidoos Stimme die geheimnisvolle neblige Atmosphäre. »Was glauben Sie, was das hier ist? Ein Pfadfinderausflug? Nach vorn, *Boet.* Anordnung vom Supe.«

»Machen Sie's einfach!«, johlt Franklin, der als Einziger von ihnen keine kugelsichere Weste trägt. »Ist doch witzlos, etwas anzuziehen, das einen zur Schildkröte macht«, hatte er einmal erklärt, kurz bevor er einem taktischen Einsatztrupp in eine von Triaden betriebene Speed-Fabrik in Westdeen folgte. »Wenn deine Stunde geschlagen hat, hat sie geschlagen. Da nützt dir auch eine Keramikplatte nichts.«

»Wenn Sie wollen, dass die uns auch ganz bestimmt hören, dann brüllen Sie ruhig so weiter«, erwidert Harry in leiserem Ton.

»Darum brauchen wir uns jetzt keine Sorgen mehr zu machen«, kommt es zurück, doch bei dem Nebel ist nicht auszumachen, von wem.

Harry bleibt einen Augenblick stehen und zieht die Schutzweste zurecht, die ihm in den Achselhöhlen scheuert.

»Er hat gesagt, vorkommen, Bond!«, schreit Franklin, und ein beißender Ton liegt in seiner Stimme. »Sie sind doch hier der zuständige Ermittler, oder?«

Vernichtende Blicke der Soldaten begleiten Harry, als er nach vorne geht.

»Captain Mason, können Sie denen vielleicht das Maul stopfen, bevor wir hier alle in einem Hinterhalt landen?«

»Nur die Ruhe.« Mehr fällt Harry nicht ein.

»Scheiße, wenn ich gewusst hätte, dass ich da mit einem Haufen *Mamparas* durch muss, hätte ich ...«

Das Ende der Schimpftirade des Lieutenant bekommt Harry nicht mehr mit. Rasch holt er auf und lässt den grölenden Willkommensgruß der anderen *Ballies* über sich ergehen. Nun, da er Seite an Seite mit Swarts marschiert, kann er sehen, dass dessen Gesicht vor Alkohol, Anstrengung und Kälte gerötet ist.

»Vielleicht können wir mit dem Schnaps mal ein bisschen Pause machen. Ich glaube nicht, dass das jetzt die richtige Zeit dafür ist.«

Franklin rempelt ihn heftig an. »Was'n das für'n Scheiß, Bond?« Der Blick seiner blassblauen Augen ist klarer als Kristall und nicht vom Alkohol vernebelt, wie Harry eigentlich erwartet hatte. Der Gedanke beschleicht ihn, dass das Ganze womöglich nur gespielt sein könnte.

»Wollen Sie uns vielleicht bevormunden?«, ruft Naidoo. »Wenn ja, sollten Sie sich das verdammt gut überlegen.«

Harry wirft Naidoo einen verächtlichen Blick zu. Der blinzelt überrascht und wendet sich ab.

»Meine Herren.« Swarts hängt sich seinen Flachmann wieder an den Gürtel und versetzt diesem einen kleinen Klaps. Alle warten darauf, was noch kommt. Doch das war's. Swarts' Schweigen veranlasst nun auch Combrink, seine Flasche wegzustecken.

Das Schweigen, das sich nun schlagartig über die dahintrottende Kolonne legt, erinnert Harry an einen Leichenzug. Ohne das ununterbrochene Geschnatter schnürt sich der dichte Nebel wie ein Strick immer enger um ihre Kehlen. Bald wird ihm klar, dass das Gequassel möglicherweise auch ein Gutes hatte, nämlich die Stimmung nicht allzu tief in den Keller sinken zu lassen.

Plötzlich kracht in der Ferne ein Schuss. Der ganze Konvoi kommt abrupt zum Stehen und lauscht. Doch der Knall wird sofort vom rauchigen Morgenlicht und der bleiernen Stille verschluckt.

»Woher ist das denn gekommen?«, fragt Swarts schließlich.

»Schwer zu sagen«, antwortet Harry. »Klang aber nach einem schweren Kaliber – R1. Was meinen Sie, Franklin?«

Die übrigen *Ballies* treten näher.

»R5 würde ich sagen.« Franklin klopft mit seiner Pfeife an den Griff der Pistole in seinem Holster. »War was Leichteres.«

»Woher willst du das wissen?«, fragt Combrink. »War doch nur ein Schuss.«

»Ich weiß es halt.«

»War aber nicht in der Nähe.«
»Vielleicht ein Jäger«, fügt Naidoo hinzu.
»Ein Jäger mit einem R5? Bei diesem Wetter?« Combrink zieht ein Taschentuch heraus und putzt seine beschlagene Brille. »*Jirre*, hat jemand Klopapier dabei, dass der Typ sich die Scheiße abwischen kann, die ihm aus dem Maul läuft?«
»Pssst.« An Swarts' abwesender Miene erkennt man, dass er über die nächsten Schritte nachdenkt.
Hinter den Soldaten kommt Moqomo aus der dicken Nebelsuppe gewatet, dicht gefolgt von seinen Männern. Seine Miene ist besorgt.
»Superintendent Moqomo, was haben Sie zu melden?«, fragt Swarts.
»Wir hätten schon auf Leute aus dem Dorf treffen müssen. Bis zum ersten Haus sind es vielleicht noch zweihundert Meter.«
»Wenn das ein Warnschuss war, damit alle wissen, dass wir kommen, können wir gleich nach Hause gehen«, meint Combrink. »In diesem Chaos sind die mit ihren Waffen und ihrem *Dagga* längst über alle Berge, und wir finden nicht mehr die kleinste Spur.«
»Schließ nicht von dir auf andere, Kommie«, sagt Franklin. »*Ich* finde sie, Russie – wenn die Jungs in den Bergen sie nicht vorher erwischen.«
Swarts nickt, sagt aber nichts. Nur seine Hand wandert zu dem Flachmann an seinem Gürtel. Erst im letzten Augenblick lässt er sie sinken, ohne ihn herauszuziehen.
»Wenn sie das Dorf Richtung Norden verlassen wollen, stehen da unsere Männer und halten sie auf«, verkündet der stämmige afrikanische Sergeant mit den schwarzen Aknenarben auf den Wangen, der Harry soeben noch niedergeschlagen angesehen hatte. Die Begeisterung, die in seinen Augen funkelt, sieht verdächtig nach Schießwütigkeit aus.

Swarts lacht. »Sergeant, ich mach das jetzt schon seit vier Jahren. Ihre Flachlandindianer frisch aus der Militärschule haben keinen blassen Schimmer von der Situation hier in den Bergen. Das ganze Dorf könnte keine fünfzig Meter um uns herum Ringelreihen tanzen und wir würden's nicht mitkriegen.«
»Wir können jetzt nicht einfach zurückfahren«, sagt Harry. »Zeigen wir den Arschlöchern doch wenigstens, dass wir sie auf dem Kieker haben.«
»Aye«, erwidert Franklin. »Da bin ich auch dafür.«
»Dann sollten wir's langsam angehen. Ankündigen, dass wir kommen.« Ein Unterton von Nervosität liegt in Combrinks Stimme, und aus dem vertrauten Schweißfilm auf seinem Gesicht ist ein dicker feuchter Belag geworden. »Ich weiß ja nicht, wie's euch geht, aber ich seh sie lieber vor mir rennen, als hinter mir losballern.«
»Was?«, sagt Naidoo. »Seid ihr alle bescheuert?« Er wendet sich an Swarts. »Russie, wir können's doch morgen noch mal probieren. Das ist es jetzt nicht wert.«
Harry hebt einen Stein auf und schleudert ihn tief in den Nebel hinein, der selbst das *Plopp* des Aufpralls auf der Piste beinahe verschluckt. »Bei diesem Nebel erkennen sie nicht unbedingt gleich, dass wir von der Polizei sind. Und Kommie hat recht. Die werden jetzt schon seit einem halben Jahr von dem einen oder anderen Dorf überfallen oder überfallen ihrerseits Dörfer. Wenn wir uns nicht zu erkennen geben, sind wir nichts anderes als noch ein paar Feinde im Nebel. Was immer sie da oben versteckt haben – wenn sie wissen, dass wir Polizisten sind, werden sie eher versuchen, es rauszuschmuggeln, statt blind auf uns zu feuern.«
»Träum weiter«, murmelt Naidoo verdrießlich.
Franklin räuspert sich laut und spuckt zur Seite aus. »Naidoo, wie war das noch mal mit diesen Schüssen damals? Hast du die

in die Brust oder in den Buckel gekriegt? Wenn's nämlich der Buckel war, dann doch wohl eher nicht, weil jemand aus 'nem Hinterhalt auf dich geschossen hat.«

»Leck mich, Blondie.«

Das schiefe Lächeln, das sich auf Franklins Gesicht ausbreitet, ist erstaunlich grausam, und in diesem Augenblick fällt es Harry nicht schwer, sich den Mann vorzustellen, wie er als eine Art afrikanischer Captain Willard mit bemaltem Gesicht in den Tiefen des angolanischen Buschs herumrennt.

»Wir könnten abwarten. Vielleicht lichtet sich der Nebel ja«, sagt Swarts ohne Überzeugung.

»Wir wissen nicht, wie viel Schiss sie haben«, meint Moraal. »Und das macht sie unberechenbar – und saugefährlich.«

Swarts kratzt sich den Bart, noch immer nicht bereit, jemandem in die Augen zu sehen. Mittlerweile hat sich die gesamte Einsatztruppe um ihn versammelt, dicht an dicht, wie Fußballer in der Halbzeit um den Trainer.

»Lieutenant Moraal, konnten Sie schon mit Ihren *Troepies* im Norden Kontakt aufnehmen?«

»Nein, Sir. Dieser Nebel hat unseren Funk lahmgelegt. Aber sie haben Befehl, sich nicht von der Stelle zu rühren, bis sie wieder von uns hören.«

»Das heißt, sie könnten überall und nirgends sein.« Swarts klatscht in die Hände. »Also gut, was wird passieren? Wenn wir da jetzt mit großem Getöse reingehen, kann es sein, dass uns diese Waffen durch die Lappen gehen, muss aber nicht. Wenn wir's erst morgen tun oder auch nur heute Nachmittag, sind sie ganz sicher weg. Ich will hier niemandem was vormachen, die Oberen in Jozi würden mir viel zu viele unangenehme Fragen stellen, wenn eine Aktion scheitert, die schon jetzt das Budget sprengt. Chief Molethe wird garantiert nicht für mich den Kopf hinhalten. Also gehen wir jetzt rein, und zwar mit

viel Tamtam. Es kommt nämlich nicht in Frage, dass unter meinem Kommando einer erschossen wird, nur weil wir versucht haben, sie zu überrumpeln. Sind alle einverstanden? Irgendwelche Einwände? Wenn ja, dann jetzt.«
Zustimmendes Raunen erhebt sich. Franklin reißt ein Streichholz an und pafft wieder an seiner Pfeife.
»Dann lassen Sie einen Ihrer weißen Jungs rufen.« In Moqomos Stimme liegt nun eine unüberhörbare Schärfe, die vorher nicht da war. »Einem Schwarzen, der ›Polizei‹ ruft, trauen die nicht. Dafür haben die Überfälle der letzten Wochen gesorgt. Sie werden jeden erschießen, von dem sie glauben, dass er aus einem der anderen Dörfer kommt.«
Naidoo schickt sich an, noch etwas zu sagen, schluckt es jedoch hinunter, als Franklin ihn scharf ansieht. Er blickt von einem zum anderen, dann zündet er sich eine Zigarette an und stolziert schweigend davon.
»Bringen wir's hinter uns.« Franklin öffnet die Sicherungsschlaufe seines Holsters und marschiert los. »Ich krieg langsam Hunger.«

8

Anfangs wusste Harry nicht das Geringste über das geheime Waffenarsenal in Tsolo, ebenso wenig wie über die Phaliso-Brüder, die angeblich den Kopf der Abasindisi bildeten. Diese Zusammenhänge offenbarten sich ihm erst allmählich. Doch dazu musste er zunächst einmal an einem bedeckten Tag Ende Februar allein nach Alexandra fahren und sich auf die Suche nach dem Mann begeben, der gedroht hatte, ihn umzubringen, sollten sich ihre Wege je wieder kreuzen.
Und so stolperte er, ein einzelner weißer Polizist, blindlings in eine schwarze Township, deren Bevölkerung zwar so groß war

wie die einer mittleren Kleinstadt, aber zusammengepfercht auf einer Fläche lebte, die eher einem mittelgroßen Villenviertel entsprach. Wie immer bei solchen Expeditionen, fühlte er sich wie das sprichwörtliche schwarze Schaf, das aus einer blütenweißen Herde herausstach.

Jede Township rund um Johannesburg hat ihren eigenen Charakter: Soweto ist eine vielschichtige Mischung aus Reich und Arm, quirlig und geschichtsträchtig. Thokoza und Kathlehong sind nichts weiter als grob zusammengeklotzte, trostlose Bergarbeitersiedlungen. Außerdem sind da noch die ironisch kolonial klingenden ...*villes:* Troyville, Slovoville, Dobsonville ... Leachville in der Nähe der Auslaugungszonen der Goldminen, Payneville an den toxischen Schlammhalden, Sharpeville, wo das Massaker vom 21. März 1960 eine Nation bis ins Mark erschütterte. Und dann gibt es Alexandra.

Es erstreckt sich entlang der London Road, zwischen Wynberg, dem Industriegebiet im Osten Johannesburgs, und den riesigen Müllbergen an der N 3 Richtung Flughafen, über denen ständig eine Wolke von Möwen hängt, die anscheinend vergessen haben, dass sie viel zu weit ins Landesinnere geflogen sind. Manche nennen Alexandra den Slum aller Slums, andere ihr Zuhause, denn hier, wie anderswo, spielen Kinder auf den wenigen von Gras bedeckten Stellen am Fluss Jukskei – ein Fluss nur nach afrikanischen Maßstäben, verglichen mit europäischen Wasserstraßen ist es nichts als ein Rinnsal. Hier leben Familien, unterrichten Lehrer, treffen sich Freunde auf staubigen Freiflächen, um zu essen, zu trinken und zu singen. Sie klatschen mit den Händen, stampfen mit den Füßen auf dem nackten Boden, und der Offbeat-Rhythmus uralter, vom Vater an den Sohn, an den Enkel weitervererbter Bigband-Instrumente begleitet ihre Gesänge. Hier, wie anderswo, ist das Summen und Brummen des menschlichen Bienenstocks unüberhörbar. Es gibt Tragödien, Romantik, Menschen, die einander beim Vornamen rufen. Alles in allem nichts, was sich von anderen Orten unterscheidet. Nichts Merkwürdiges oder Exotisches. Nur Menschen.

Hier also machte Harry sich auf die Suche nach Makhe Motale, den er im Herbst 1987, als er noch ein junger Streifenpolizist im Dienste des bereits zerfallenden Apartheidstaats war, während eines Aufstands vor dem Flammentod gerettet hatte.

Er parkte seinen weißen Polizei-Mazda, auf der dem Friedhof zugewandten Seite einer eingestürzten Brücke, die über einen mit einer sirupartigen Brühe gefüllten Flussabschnitt ragte. Harry stieg aus, schlug die Wagentür zu und sah sich nach der besten Stelle zum Überqueren des Flusses um. Beide Ufer waren unter Tonnen von Müll begraben, den das durch die überaus heftigen jährlichen Sommergewitter verursachte Hochwasser aus dem Zentrum von Johannesburg mitgerissen hatte. Etwas weiter links entdeckte er einen ausgetretenen Pfad, der am östlichen Ufer entlang zu mehreren aus dem seichten Wasser ragenden Betonblöcken führte, über die er das Labyrinth von Hütten auf der anderen Seite zu erreichen hoffte.

Schon nach kürzester Zeit hatte der einsame weiße Polizist neben seinem weißen Wagen mit der blauen Aufschrift SAPS auf den Türen Aufmerksamkeit erregt. Zwei junge Gangster erschienen auf der anderen Seite des Flusses, jeder führte einen Rottweiler, der aufgeregt an seiner Kette zog. Sie kamen über einen brüchigen Asphaltweg auf die Brücke zu – die vielen der Anwohner in Trümmern lieber war, weil sie eine natürliche Barriere gegen den unerwünschten Besuch von Streifenwagen bildete. Einen Augenblick überlegte Harry, was er tun sollte, wenn die beiden die Hunde losließen, und plötzlich fühlte sich die Pistole, die er sich an den Bund seiner ausgebleichten Jeans geklipst hatte, viel beruhigender an.

Die zwei Männer blieben mit ihren Hunden an der Stelle stehen, wo die eingestürzte Brücke ins Wasser hing. Einer der beiden winkte Harry schließlich herüber. Ob es die Einladung zu einem Palaver oder einer Abreibung war, konnte er nicht erkennen. Trotzdem folgte er der Geste.

9

Vor ihnen taucht die erste Hütte aus dem kalten Nebel auf. Sie ist aus verschiedenen wiederverwendeten Materialien zusammengestückelt und den Gebäuden in der Barackensiedlung Alexandra nicht unähnlich. Auf einem Grashügel links der Staubpiste stehend gleicht sie in jeder Hinsicht einem Wachturm. Undeutlich zu sehen sind schlaff von langen dünnen Schilfstangen hängende grüne und rote Flaggen. Der schwarze Rachen der offenen Tür klafft wie zu einem stummen Schrei aufgerissen. Harry ruft, zuerst auf Englisch, dann auf Afrikaans, doch nichts rührt sich. Alles, was er hört, ist das *deng-deng, deng-deng* einer Kuhglocke in der Nähe, wie von einer auf hoher See treibenden Boje. Moqomo ruft dieselbe Warnung auf Xhosa, und sie warten eine geschlagene Minute. Dann schüttelt der Revierleiter den Kopf.

»Hier stimmt etwas nicht, ganz klar«, sagt er. »Wo sind die Kinder? Bei dem Krach, den wir gemacht haben, müssten uns schon längst die jungen Männer mit den Dorfältesten entgegenkommen.«

»Auch wenn sie Rauschgift anbauen?«, fragt Harry.

»Ja.«

Schweigend betrachtet er das Gebäude. Aus einem zum Schornstein umfunktionierten verbeulten Farbeimer steigt bräunlicher Rauch auf. »Es müsste zumindest jemand da sein, der sich um das Feuer da drinnen kümmert.«

Der Wind säuselt in unsichtbarem langem Gras, manchmal so hoch, dass er klingt wie eine Trillerpfeife, dann wieder so tief, dass es eher dem Heulen eines Tiers ähnelt. Und dazu das ununterbrochene Scheppern der Kuhglocke.

»Dieses Scheißding treibt mich noch in den Wahnsinn«, sagt Swarts.

Harry nickt. Ihm ist klar, dass dem Supe nicht die einsame Glocke zu schaffen macht, sondern das Gefühl, beobachtet zu werden. »In einer Siedlung wie der hier müsste uns mindestens ein Dutzend Hunde anbellen.«

»Glaubst du wirklich, dass die uns in einen Hinterhalt locken würden?«, fragt Naidoo.

»Hast du ein Problem damit?«

Das erste Mal, seit Harry mit ihm zusammenarbeitet, zeigt Franklin Nerven.

»Immer mit der Ruhe«, sagt Harry. »Möglich, dass das eine Abasindisi-Hochburg ist, das heißt aber nicht, dass alle hier aktive Mitglieder sind. So wie's da aussieht, sind das eher *Dagga*-Bauern kurz vor dem Verhungern.«

»Ein Grund mehr, auf uns zu schießen, Bond«, sagt Naidoo.

Swarts klopft Naidoo auf die Schulter. »Wir machen das doch nicht zum ersten Mal, Männer. Damals wussten wir auch, dass uns die Scheiße um die Ohren fliegen wird, und wir sind trotzdem reingegangen. Also los, ziehen wir's durch.«

Zwei Schritte weiter erweisen sich sekundenschnell als zwei Schritte in die falsche Richtung. Mit einem Mal zerreißen Gewehrsalven die Luft. Gleich darauf folgt ein dumpfer Knall. Moqomo wird mitten in die Brust getroffen. Ein erschrockenes Krächzen entfährt ihm, dann kippt er hintenüber, die Hand auf dem Brustbein.

Sofort wirft sich alles in das lange Gras zu beiden Seiten der Staubpiste. Die Soldaten verteilen sich und sichern die

Umgebung, kniend und ihre Gewehre im Anschlag, instinktiv nach vorne und nach hinten ab.

»Volle Deckung!«, schreit Swarts zu spät.

Harry und Franklin packen Moqomo unter den Achseln und zerren ihn weg von der Piste und hin zu dem großen Felsblock am Fuß einer steilen Anhöhe, hinter den Swarts sich geduckt hat. Als das Echo der Schüsse verklungen und wieder Stille eingekehrt ist, ist die gesamte Einsatztruppe in Deckung gegangen, wo immer sie zu finden war.

»Scheiße, wo ist das denn hergekommen?« Die 9-mm-Pistole, mit der Naidoo in Richtung des ausgedehnten Gebirgsmassivs wedelt, wirkt so gefährlich wie ein Zahnstocher. »Wo sind die, he? Habt ihr sie gesehen? He?«

Harry lauscht den Soldaten, die erregt in einer ihm unbekannten Sprache durcheinanderreden. Lieutenant Moraal hingegen scheint ihnen problemlos folgen zu können.

»Sie sagen, sie haben einen Blitz rechts hinter der Hütte gesehen.«

»Nicht schießen!«, bellt Swarts.

»Was?«, schreit Naidoo. »Bist du wahnsinnig, *Wallah?*«

Swarts deutet mit dem Kopf auf Moqomo. »Wie geht's ihm?«

Harry und Franklin haben den Verwundeten bereits auf den Rücken gerollt und tasten ihn fieberhaft ab. Moqomos Augen sind vor Angst geweitet und Schweiß steht ihm auf Stirn und Oberlippe. Sein Atem kommt nur stoßweise, obwohl sein Mund offen steht.

»Wo ist die Einschussstelle?« Franklin hantiert hektisch am Reißverschluss von Moqomos dicker Jacke. »Mist, können Sie was sehen?«

»Nichts!«

Der Verwundete sucht Harrys Blick und stößt mit zusammengebissenen Zähnen ein paar Worte hervor.

»Wie war das?« Harry beugt sich zu ihm hinunter und hält dem Liegenden das Ohr an den Mund. »Wo sind Sie verletzt?«
»Russie, ich schieß auf jeden Arsch, der sich hebt«, kreischt Naidoo. »Egal, wer's ist, das schwör ich dir.«
»Halt die Klappe und hör zu, Mann!«
»Ich wiederhole: Nicht schießen!« Swarts bewegt eine Hand mehrmals auf und ab und späht dabei hinter dem Felsblock hervor zur Hütte hinauf.
Tief aus dem Inneren der Nebelwand krachen neue Gewehrsalven.
»Sir, das könnte ein Zusammenstoß mit unseren eigenen Leuten oben im Norden sein.«
»Dann versuchen Sie, ob Sie jetzt Funkkontakt herstellen können, verdammt!«
»Da, was ist das?« Franklin legt einen Finger auf ein Loch in Moqomos Anorak.
»Was ist das?« Ungeduldig redet Harry auf Moqomo ein.
»Brust.« Moqomos Blick ist wild vor Panik.
Mit einem Ruck öffnet Franklin Moqomos Reißverschluss. Eine beißende Kombination von Eau de Cologne und frischem Schweiß schlägt ihm entgegen.
»Und? Was ist los mit ihm, verdammt noch mal?«
Und da, nur einen Zentimeter unter dem Rand der Keramikplatten hat sich ein völlig verformtes 7,62-mm-Projektil tief in das Material der Schutzweste gebohrt.
»Ist in der Weste stecken geblieben.« Mit einem Seufzer der Erleichterung lehnt Franklin sich zurück. »Schwein gehabt.«
»Dann ist es ja wohl höchste Zeit, dass du eine abkriegst, was?«, sagt Swarts zu ihm. Er wackelt auf Franklin zu, tätschelt ihm lachend die Wange. Zu Moqomo gewandt fragt er: »Alles in Ordnung bei Ihnen? Schätze, das hat Sie so richtig wach gemacht, he?«

Moqomo gelingt es, sich aufzusetzen. Er schüttelt den Kopf. »*Hi wena,* das ist nicht lustig.«

Swarts richtet seinen Blick wieder auf die Hütte, doch eine neue Nebelbank verhüllt sie. »Verfluchter Nebel«, murmelt er vor sich hin. Dann sagt er laut: »Moraal, können Sie da hinten irgendwas erkennen?«

»Nein, Sir.«

Das Gewehrfeuer in der Ferne wird immer heftiger. Harry zieht seine Pistole und spannt den Hahn. Am Fuß des Hangs sieht er Moraal neben einem Soldaten knien, der mit seinem unhandlichen Militärfunkgerät verzweifelt versucht, die anderen Einheiten zu erreichen.

»Ich kann nichts sehen«, kreischt Naidoo. »Wenn wir so weitermachen, werden wir alle sterben.«

»Hältst du jetzt endlich die Klappe, Sameer!«, brüllt Franklin.

»Lieutenant!« Erleichterung klingt aus der Stimme des Funkers, als er Moraal den Hörer hinhält. »Beta ist in ein Gefecht verwickelt, etwa zwei Kilometer von hier. Sie werden von Süden *und* Westen beschossen.«

»Das ist nichts für uns«, sagt Naidoo mit ruhigerer Stimme. »Mann, Russie, überlass das der Armee.«

»Du *weißt,* dass wir das nicht können.« Der aggressive Ton, in dem Franklin ihn anfährt, lässt Harry erschrocken nach hinten sehen, weil er glaubt, jener sei drauf und dran, auf Naidoo loszugehen. Es sieht so aus, also wolle Franklin noch etwas hinzufügen, doch er fängt Harrys Blick auf und lässt es bleiben.

»Scheiß-Paki«, knurrt er und stapft davon.

»Wie hast du mich genannt?«, schreit Naidoo ihm nach. »He, ich rede mit dir!«

»Ich hab gesagt, du bist ein stinkender Fettarsch.«

»Wollt ihr zwei wohl die Fresse halten?«, donnert Swarts. »Herrgott im Himmel, wenn ich gewusst hätte, dass ich mit so

einem spätpubertierenden Haufen ins Feld ziehen muss, hätte ich mir selbst eine Kugel in den Kopf gejagt und den Arschlöchern dort drüben die Arbeit erspart.«
Harry überprüft noch einmal seine Pistole. Zu seiner Linken sitzt Moqomo, der seine Schutzweste gelockert hat, um sich die geprellte Brust zu massieren. Zwei seiner Männer sind bei ihm. Erleichtert hält er Harry eine Hand mit hochgerecktem Daumen hin. »Danke.«
Harry nickt zurück. Er weiß, dass ihnen das Schlimmste noch bevorsteht. »Keine Ursache.«
Als ihm eine Hand auf die Schulter klopft, fährt er vor Schreck in die Höhe. Schnapsatem attackiert seine Nase.
»Ruhig Blut.« Swarts' Stimme ist leise und beruhigend. »Was meinen *Sie?*«
»Was, zum Teufel, läuft da zwischen Ihnen vieren?«
Swarts wirft einen Blick zurück zu Naidoo, der ein Stück abseits steht und tief an seiner Zigarette zieht, während Franklin und Combrink heftig gestikulierend die Köpfe zusammenstecken.
»Sie sind nur ein bisschen übermotiviert«, sagt er. »Von dieser Aktion hängt viel ab, das müssten Sie doch eigentlich schon mitgekriegt haben.«
»Ist das alles?«
Swarts hält Harrys Blick stand. »Was die drei betrifft, ja. Was sollte sonst sein?«
»Keine Ahnung. Vielleicht können Sie's mir ja sagen.«
»Mensch, Harry, hab ich's Ihnen nicht schon heute Morgen gesagt? Ich halte Ihnen den Rücken frei. Hab ich, oder hab ich nicht?«
Harry sucht in der Miene des Superintendenten nach einem Widerschein seiner eigenen Zweifel, doch dessen bärtiges Gesicht macht es unmöglich, seine Gedanken zu lesen.

»Haben Sie.«
»Gut. Also, ich habe Sie gefragt, was *Sie* von der Sache halten.«
Harry richtet seinen Blick auf das Dorf vor ihnen, und seine Gedanken überschlagen sich auf der Suche nach plausiblen Erklärungen: Der einzelne Feuerstoß hier, die Beta-Einheit der Armee weiter oben in den Bergen unter Beschuss von zwei Seiten, die unheimliche Stille um sie herum. Wie er das Ganze auch dreht und wendet, er hat jede Menge Vermutungen und keine Fakten, um sie zu untermauern. Gar keine.
»Ich weiß es wirklich nicht. Aber diese eine Salve, die Moqomo getroffen hat, die hat jemand abgefeuert, der keine Ahnung von Sturmgewehren hat, sonst hätte er ihn problemlos abknallen können.«
Swarts schüttelt den Kopf. »Wissen tu ich's auch nicht, Captain, aber ich würde sagen, wir würden schon viel tiefer in der Scheiße stecken, wenn wir das Hauptziel wären. Und was den Schützen betrifft, haben Sie wahrscheinlich recht. Ist wahrscheinlich der Dorftrottel, den sie zur Ablenkung dagelassen haben, während alle anderen sich in die Berge verzogen haben.«
Moqomo rutscht näher. »Wenn die Leute aus dem Dorf dachten, dieser Angriff, der kommt heute, dann wären sie zu den Höhlen gegangen. Da gibt's hier viele.«
»Harry, sind Sie sicher, dass Ihr Informant uns hier nicht verarscht?«
»Ja, ganz sicher.«
»Aber warum? Wer ist das denn?«
Er überlegt, wie er seinem Vorgesetzten sagen soll, dass genau der abgrundtiefe Hass, den Makhe Motale für ihn, Harry, empfindet, der Grund ist, in dieser Angelegenheit ehrlich zu ihm zu sein.

»Vertrauen Sie mir einfach«, ist alles, was er schließlich herausbringt.
Franklin kommt zurück. Er wirkt jetzt viel ruhiger und geht, sich auf ein Knie stützend, neben ihnen zu Boden. Zur Abwechslung steckt eine Zigarette statt der Pfeife in seinem Mund.
»Und? Was machen wir jetzt mit unserem Heckenschützen?«
»Sir!«, ruft Moraal von der Stelle herüber, wo er mit seinem Sergeant und dem Funker eng zusammensteht. »Alpha erreichen wir noch immer nicht, aber Beta braucht Verstärkung.«
»Ich glaube, wir sollten die Männer vom Militär gehen lassen, damit sie ihren eigenen Leuten helfen können«, sagt Harry. »Und dann teilen wir ihre Suchabschnitte unter uns auf.«
»Gute Idee, Mason.«
»Vielleicht wäre die taktische Einheit doch was für mich gewesen.« Bedauernd schüttelt Swarts den Kopf. »Hubschrauberstaffel auch.«
»Das wird ein langer Tag«, fügt Franklin hinzu.
Harry spürt einen frischen Adrenalinstoß und grinst. »Kommen Sie, Supe«, sagt er. »Sie sind doch ein alter Hase.«
Harrys Ton bringt Superintendent Russell Swarts zum Lachen. Er gibt dem Jüngeren einen Klaps auf den Hinterkopf. »Und Sie meinen wohl, dieser alte Hase kann nicht mehr so weit hüpfen wie früher?«
»Das wollen wir jetzt mal sehen«, erwidert Harry.
Franklin zieht eine Braue hoch. »Sie sind schon ein unverschämter Hund, Mason, das muss man Ihnen lassen.«
Swarts legt eine gewölbte Hand an den Mund. »Lieutenant Moraal, Sie und Ihre Leute gehen zu Ihren Männern. Und an alle anderen: Sie kennen das Gelände, also Arschbacken zusammenkneifen und ab in Ihre Abschnitte. Sie schießen nur, wenn man das Feuer auf Sie eröffnet, verstanden?« Ohne eine Antwort abzuwarten dreht er sich zu Harry um. »Wir sind sicher,

dass diese Waffen am ehesten in Abschnitt drei und vier zu finden sind?«

»So sicher, wie man nur sein kann.«

»Dann auf in den Kampf.«

Leicht in die Knie gehend stürzt er los, behende, als wäre er zehn Jahre jünger. Wortlos tun seine *Ballies* es ihm gleich, ihre Animositäten gleiten vorübergehend von ihnen ab, wie Wasser von einem Regenmantel.

Harry sieht ihnen nach. Er hat sich dafür entschieden, bei Moqomo und seinen Männern zu bleiben. Ein kurzer Anflug von Eifersucht befällt ihn. Die Art, wie sie sich gemeinsam bewegen – als wäre einer die Verlängerung des anderen – lässt ihn wehmütig an seine Zeit mit Jacob Tshabalala zurückdenken, seinem Partner im Raub- und Morddezernat.

Er wendet sich an Revierleiter Moqomo. »Bereit?«

Moqomo grinst von einem Ohr zum anderen. *»Yebo.«*

»Dann folgen Sie mir.«

Harry geht die Holperpiste voran und biegt, sobald möglich, nach Osten ins Dorf ab. In Sekundenschnelle hat er Swarts und seine *Ballies* aus den Augen verloren. Auch die Soldaten sind mittlerweile zu seiner Rechten im Nebel verschwunden. Und so dringen die fünf verbliebenen Polizisten allein in die Ansammlung verlassener Hütten vor.

10

Harrys Kopf flog zur Seite und schlug so heftig gegen die Wellblechwand der armseligen Hütte, dass er sich die Innenseite der Wange an den Zähnen aufriss und sein Mund sich mit Blut füllte. Der größere von Makhe Motales Gorillas verdrehte Harry den Arm, bis er vor Schmerz aufstöhnte. Dann packte er ihn bei den Haaren und riss ihm den Kopf nach hinten.

»Schau mich an, *Umlungu*«, sagte eine leise Stimme.
Auf der Motorhaube einer leeren, verrosteten Chevrolet-Karosserie saß ein Mann, dessen Blick Harry mit der Glut eines Hochofens durchbohrte.
»Das ist nicht sehr schlau von dir«, sagte Harry mit zusammengebissenen Zähnen.
»Aber wie ein streunender Hund kommst du immer wieder, um dir eine Tracht Prügel abzuholen.« Makhe zog seine verkrüppelten Beine hoch auf die Motorhaube und umfasste sie mit den Händen. »Weißt du, warum wir hier in Alexandra kein Schweinefleisch essen? Weil es zu sehr nach dem Fleisch der Weißen stinkt. Ihr Scheiß-*Umlungus* riecht für uns alle nach wässrigem Schweinefleisch. Deshalb gehe ich auch nie raus aus Alexandra. Da draußen müsste ich nämlich dauernd kotzen, von eurem Gestank in den Städten, die ihr euch gebaut habt.«
»Dir ist also der Geruch dieser Kloake, die ihr Fluss nennt, lieber?« Harry spuckte Blut, was einem der Rottweiler ein tiefes Knurren entlockte. Als er zu dem Hund hinsah, entdeckte er die durchsichtigen Fäden, die ihm von seinen schwarzen Lefzen hinabliefen. Der andere Gorilla – der ihn vorhin nach Waffen abgeklopft, seine Pistole entdeckt und ihm sofort einen Kinnhaken verpasst hatte – grinste nur. »Schon komisch«, sagte Harry. »Hat sich kaum was verändert hier, trotz der vielen heißen Luft.«
Sofort wurde sein Arm wieder nach hinten gedreht, diesmal so weit nach oben, dass seine Hand auf Höhe der Schulterblätter geriet. Grellblaue Blitze zuckten vor ihm auf, doch irgendwie gelang es ihm, einen Schrei zu unterdrücken.
»Pass auf, was du sagst, Mann.« In der Stimme des Gorillas lag die Wucht einer Bowlingkugel. »Er hat mehr für uns getan, als du in deinem ganzen Leben hinkriegen wirst.«
»Warum bist du hergekommen?«, fragte Makhe.

»Ich brauch deine Hilfe«, ächzte Harry.
Makhe musste lachen und zeigte seine großen, gelblichen Zähne. Er war Mitte dreißig, mit babypoglatt geschorenem Kopf und kräftiger Statur. Nur seine Beine waren unterentwickelt, die Folge der Spina bifida, mit der er zur Welt gekommen war. Das Autowrack, auf dem er saß, diente ihm als Wohnung. Das Innenleben war entfernt worden, um Platz für eine Matratze zu schaffen, und das mit zerfledderten Zeitschriften beklebte Armaturenbrett diente als Konsole für einen von einer Gleichstrombatterie betriebenen kleinen Fernseher. An diesem improvisierten Wohnwagen lehnte Makhes bevorzugtes Transportmittel, ein ramponiertes Skateboard, zwischen dessen Achsen ein Bild von P. W. Botha klebte. TOTALER ANGRIFF war mit rotem Stift über dessen kahlen Schädel gekritzelt. Es war dasselbe Skateboard, das Makhe schon benutzt hatte, als Harry ihm vor zwanzig Jahren zum ersten Mal begegnet war. Damals waren sie beide Jugendliche gewesen, gefangen in einer verrückten Welt, die sie nicht geschaffen hatten. Um dem Militärdienst an der Grenze zwischen zwei Ländern zu entgehen, in denen er noch nie gewesen war, beschloss Harry, zur Polizei zu gehen, sobald das Schulsystem ihn ausgespuckt hatte. Makhe hingegen, kaum vierzehnjährig, war eines von zahllosen Schulkindern, die nicht mehr bereit waren, die Erniedrigungen hinzunehmen, mit denen der Apartheidstaat sie überhäufte.
»Du brauchst meine Hilfe?«, wiederholte Makhe ungläubig. »King, hilf bitte seinem Gedächtnis ein bisschen auf die Sprünge.«
Der Muskelmann, der Harry festhielt, riss ihn nach hinten und stieß ihn mit voller Wucht mit dem Gesicht voran gegen das glutheiße Blech der Hütte. Harry fluchte laut auf, als ihm Schmerz und Krach durch den Schädel fuhren.
»Das hier war noch nie ein Ort, an dem Weiße Hilfe erwarten

konnten.« Obwohl Makhe in Alexandra geboren und aufgewachsen war, sprach er ein so elegantes Englisch, dass Harry vermutete, er sei im Ausland zur Schule gegangen. »Die Zeiten sind vorbei, dass ihr euch auf dem Rücken von uns Schwarzen ein schönes Leben macht. Ich dachte, ich hätte mich letztes Mal klar genug ausgedrückt.«

»Kann man wohl sagen«, antwortete Harry und spuckte eine schaumige Mischung aus Blut und Speichel aus.

Makhe stieß ein kurzes, ungläubiges Lachen aus. »Dann bist du also nicht nur arrogant und verbohrt, sondern auch noch dämlich?«

»Gut möglich.«

»Du hast nicht mal mehr eine Minute, um mich zu überreden, nicht die Hunde auf dich zu hetzen.«

Harry bemühte sich, ohne nennenswerten Erfolg, eine bequemere Stellung zu finden. »Du bluffst doch, Makhe, und wir wissen es beide.«

»Ich kann hier machen, was ich will«, antwortete Motale leichthin. »Nur weil du mich von dieser Straße weggeschleppt hast, als es gar nicht nötig war, bin ich dir noch lange nichts schuldig.«

»Wenn du machen kannst, was du willst, warum sitzt du dann nicht in der Regierung, wo du tatsächlich was für deine Leute bewegen könntest, statt hier herumzuhocken und in die Gosse zu jammern?«

»Du weißt doch genau, was ich von diesen Scheiß-Intellektuellen halte, die uns erst in die Schusslinie brachten und dann abhauten, sobald der erste Schuss fiel.«

Harry musste grinsen. »Dass du hier gestrandet bist, hat mit denen aber nicht das Geringste zu tun.«

»Wer redet denn von gestrandet?«, fuhr Makhe ihn gereizt an. »Nicht jeden zieht es in eure babylonischen Türme, Engländer!

Trau dich ja nicht wieder hierher, weil du Informationen über einen Bruder willst.«

Harry grinste unbekümmert. »Ich will Informationen über einen Bruder, *mfo.*«

Der Mann, den sie King nennen, riss Harry von der Wand und schleuderte ihn wieder dagegen. Mehrere Male hintereinander, und bei jedem Aufprall ächzte das Blech. Als Harry allmählich in die Knie ging, ließ der Schläger, offenbar auf ein Zeichen seines Bosses hin, endlich von ihm ab. Der eiserne Griff um seinen Arm lockerte sich, und Harry ging zu Boden. Sofort begannen die Rottweiler zu bellen und umherzuspringen, als erwarteten sie, dass er fliehen würde.

Ohne King aus den Augen zu lassen, erhob sich Harry mühsam aus dem Staub. »Zu deinem Glück glaube ich nicht, dass dein Hirn größer ist als eine Erdnuss. Sonst wärst du schneller in Sun City, als du dir deine Pferdesteroide reindrücken kannst. Aber für mehr als eine aufgepumpte männliche Nutte würdest du dort nicht taugen. Also geh lieber heim zu deiner Mami!«

King warf Makhe einen unschlüssigen Blick zu. Der schüttelte bloß den Kopf.

Harry entdeckte in einer Ecke des mit grobem Sand bedeckten Hofs einen durchgesessenen Bürostuhl. Er ließ sich darauf fallen und bürstete sich den Staub von den Kleidern. Von einem nahe gelegenen Plumpsklo wehte ein abscheulicher Gestank herüber. Harrys Blick glitt über eine riesige Schultafel an der Wand der Hütte und einen hohen Stapel gestohlener Coca-Cola-Kästen aus rotem Plastik, der jeden Moment einzustürzen drohte. Wozu die wohl dienten?

»Du hast mir mal erzählt, dass die Gewerkschaften eines Tages der Lebenssaft sein würden, der dieses Land retten würde. Dass ihre Vertrauensleute die Menschen von ganz unten nach oben

führen würden. Und überhaupt habe ich mir dieses ganze Proletariatsgedöns von dir anhören müssen.«
»Wenn du mich beleidigen ...«
»Was würdest du davon halten, wenn ich dir sage, dass ein paar Arschlöcher deine geheiligten, unfehlbaren Bergarbeitergewerkschaften missbrauchen, um ein ganzes Netz von Meuchelmördern aufzubauen, die die Häuser des Volkes abfackeln, mitsamt den Kindern der Nation, die sich noch drin aufhalten?«
Makhe antwortete nicht sofort. Stattdessen rief er einen der Hunde zu sich, der sich aufrichtete, sich mit den Vorderpfoten auf dem Wagen abstützte und Makhe die flache Hand abzulecken begann. »›Meuchelmörder‹? So nennst du die Abasindisi? So wie sie uns ›Terroristen‹ nannten, obwohl wir nur für einen gerechten Anteil an der Freiheit in diesem Land kämpften?«
»Spar dir den Scheiß«, sagte Harry. »Was tun sie denn? Sie brechen die Gesetze eines freien Landes und ermorden wahllos Menschen.«
»Mord ist nie wahllos, Engländer. Es steckt immer ein Zweck dahinter. Die Männer, die du ›Meuchelmörder‹ nennst, haben den Schutz ihrer Familien selbst in die Hand genommen, weil das Gesetz, von dem du sprichst, jenseits eurer gepflegten weißen Vorstadtidylle nirgendwo zu finden ist.«
»Die Abasindisi sind nichts anderes als ein Erpresserring, der mit der Angst der Menschen vor Verbrechen spielt.«
»Wie die ›legitimen‹ Sicherheitsdienste, die ihr bezahlt, damit sie einen Schwarzen von einem Stück grünem Rasen verjagen, wo er sich unter einer fremden Eiche kurz ausruht, weil er sich keinen Busfahrschein leisten kann und nach einem langen Arbeitstag auch noch zu Fuß nach Hause gehen muss?« Ein bitteres Lächeln huschte über Makhes Gesicht. »Wie kommst du dazu, von einem Erpresserring zu reden? Hast du je mit

einem der Menschen gesprochen, die sie beschützen? Moment, das habe ich ja ganz vergessen: Für euch Weiße ist es ja unter eurer Würde, mit jemandem zu sprechen, dessen Haut dunkler ist als die eines frisch gerupften Huhns, *nè, Baas?* In den Gegenden, wo die Abasindisi patrouillieren, ist die Verbrechensrate gesunken. Dort fühlen die Menschen sich jetzt sicher, verteidigt. Ihr solltet nicht ausgerechnet die Leute verfolgen, die etwas für die Gemeinschaft tun.«

»In den Polizeistatistiken schlägt sich das aber nicht nieder.«

Makhe lachte. »Polizeistatistik? *He banna!* Wie viele Leute gehen denn zur Polizei, wenn sie genau wissen, dass eh nichts dabei rauskommt? Polizeistatistik, *my Gat!* Meinst du die Statistiken, von denen die an den Schalthebeln sitzen und nicht wollen, dass sie von unabhängiger Seite überprüft werden?«

»Hörst du mir jetzt endlich zu?«, fragte Harry. »Oder willst du mir noch mehr Zeit stehlen?«

»Siehst du? Genau davon spreche ich. Ihr könnt uns immer nur herumkommandieren. Nie wie ein zivilisierter Mensch mit einem anderen reden.«

Mit einem höhnischen Lachen glitt Makhe von der Motorhaube und rutschte, sich mit den Fingerknöcheln abstoßend, flink über den nackten Erdboden. Auf seine ausgeblichenen Jeans waren eigens Lederflicken aufgenäht, um sie vor dieser groben Behandlung zu schützen. Er verschwand im hüttenartigen Anbau eines Hauses aus Betonschalstein, der als Küche diente, um im Inneren des Hauses mehr Platz für die Familie zu schaffen. Eine Kühlschranktür ging auf und Flaschen klirrten.

»Bier, Engländer?«, rief Makhe von drinnen.

»Klaust du noch immer den Strom aus dem öffentlichen Netz?«

»Elektrizität ist ein Grundrecht, kein Privileg.«

»Es ist illegal und außerdem gefährlich.«

»Willst du jetzt ein Bier oder nicht?«
Wie in früheren Zeiten wärmte sich dieser Revolutionär gerade erst auf für eine hitzige Debatte mit dem einzigen Weißen, den er, soweit Harry wusste, an sich heranließ.
Harry schüttelte den Kopf. »Ich kann nicht zu meiner Tochter nach Hause fahren und stinken wie eine Brauerei.«
Wieder lachte Makhe, und diesmal konnte Harry hören, dass es ein freudiges Lachen war.
»Eine Tochter, Engländer? Ist es wirklich schon so lange her?«
»Ja.«
»Wie alt?«
»Fast elf.«
Auch aus dem Inneren des Hauses war jetzt Lachen zu hören. Bei Harrys letztem Besuch hatten da außer Makhe noch seine Mutter, seine beiden Schwestern und deren Kinder gewohnt.
»Willst du mir vielleicht erzählen, dass du mit deiner hässlichen Visage eine Frau gefunden hast?«
Diese Bemerkung ging Harry sehr nahe. Sie erinnerte ihn an die Zeit, als seine Frau Amy noch gelebt und er versucht hatte, die beiden miteinander bekannt zu machen. Doch Makhe hatte keine Lust gehabt, seine gewohnte Umgebung zu verlassen, und Amy, damals erst Harrys Verlobte, war zu ängstlich gewesen, um einen Fuß in eine Township zu setzen. Damit war die Sache erledigt gewesen.
»Genau«, sagte er. »Für mich kein Bier, danke.«
»Selber schuld.«
Makhe stellte die Dreiviertelliterflaschen auf den Boden, zog sich ein paar Schritte nach vorn, streckte die Hand nach hinten aus, nahm die Flaschen, reichte King und dessen Gefährten je eine, ehe er selbst einen großen Schluck aus seiner nahm. Jahrelanges Schieben und Ziehen hatte aus der Haut an seinen Händen eine dicke Hornschwiele gemacht.

»Wenn die Abasindisi so ein Segen sind, warum brennen dann am Ostkap schon wieder Dörfer?«, fragte Harry. »Warum gibt es Gerüchte, dass die regionalen Vertreter unschuldige Leute unter Druck setzen, nur weil sie ihre Mitgliedschaft beenden und keinen Ärger mehr wollen?«

»Diese ›Unschuldigen‹, von denen du sprichst, Engländer, sind ebensolche Verräter wie die Typen, die momentan an der Regierung sind. Sie bitten diese Männer um Schutz, weil sie von zu Hause wegmüssen, um die Familie zu ernähren. Diese Männer sagen, in Ordnung, wir machen das. Gebt uns die Knete und die Unterstützung, die wir brauchen, wenn wir Gewalt anwenden müssen, dann machen wir das. Die Gemeinde sagt, einverstanden – die würden alles sagen, um Ruhe vor den *Tsotsis* zu haben – aber in dem Moment, wo sie sehen, was Schutz wirklich bedeutet, kriegen sie's mit der Angst zu tun vor dem, was in ihrem Namen geschieht.« Anklagend zeigt Makhe mit dem Finger auf Harry. »Sag du mir, wer da im Unrecht ist: die Männer, die so tapfer sind, der Gemeinde die Drecksarbeit abzunehmen, oder die Gemeinde selbst, die diesen Männern auf halber Strecke in den Rücken fällt?«

»Es gibt für alles Grenzen«, widerspricht ihm Harry. »Körperverletzung, Mord, Brandstiftung – das hat nichts mit Schutz zu tun, das ist kriminell. Diese Leute bewegen sich außerhalb des gesetzlichen Rahmens eines demokratischen Staates mit einer Verfassung und verbrieften Menschenrechten.«

»Sag mir eines, Harry: Warum hören Menschen auf Polizisten?«

»Ich bin sicher, dass alles, was ich sage, in deinen Augen falsch ist, also klär mich bitte auf.«

»Weil ihr eine Uniform habt, und Waffen. Ihr seid ein Symbol staatlich sanktionierter Gewalt.«

»Und?«

»Dann muss also jeder, der sein Hab und Gut schützen will, weil der Staat es nicht tut, sich selbst so ein Symbol schaffen. Er muss gefürchtet werden, wie ein Polizist gefürchtet wird. Schon möglich, dass die Methoden der Abasindisi auch mal kriminell werden, aber dann kann man die Androhung der Gewalt, wie ihr Polizisten sie praktiziert, um euch auf der Straße Respekt zu verschaffen, genauso gut als kriminell bezeichnen. Nur könnt ihr euch hinter den Barrikaden von Gesetzen und Bürokratie verschanzen. Ihr behindert den Gang der Justiz, um euch gegenseitig zu schützen. Nein, Engländer, diese Männer, die gibt es, weil unser Staat uns vergessen hat, weil es euch Polizisten nur um eure eigenen Interessen geht, und weil sich für uns Arme kaum etwas geändert hat, mit oder ohne Apartheid. Wir müssen noch immer selbst zusehen, wo wir bleiben.«
Ein verschmitztes Lächeln breitete sich auf Makhes Gesicht aus. Siegessicher nahm er einen weiteren großen Schluck aus der Flasche, die er an ihrem Hals festhielt. Was konnte Harry darauf noch erwidern? Solange überall in diesem gewalttätigen Land Verbrechen geschahen, würden die Menschen hier mit dem Polizeiwesen unzufrieden sein. Der Öffentlichkeit war es gleichgültig, welcher Anteil der Kriminalität auf ein so gut wie nicht existierendes Sozialwesen zurückzuführen war und welcher auf die Rückständigkeit in Wirtschaft und Wirtschaftspolitik: Je unsicherer ihre Lage, desto mehr waren die Menschen der Überzeugung, Verbrechen begehen zu dürfen, um das ihnen angetane Unrecht wiedergutzumachen.
Harry seufzte frustriert. Makhes Miene hellte sich noch mehr auf.
»Du weißt, dass ich recht habe, stimmt's?«, fragte er.
»Hör mal, Makhe, ich bin nicht hergekommen, um darüber zu diskutieren, wessen Moralvorstellungen die des anderen übertreffen. In unserer Leichenhalle liegt ein sechzehnjähriger

Junge, schön knusprig gebraten, genau wie seine Eltern, und die Chancen stehen gut, dass es noch viele mehr werden, wo immer die Abasindisi operieren. Ich will die Verantwortlichen zur Strecke bringen, und dazu brauche ich deine Verbindungen in die Bergarbeitergewerkschaften.«

Makhe wischte sich Bierschaum von den Lippen und lächelte diabolisch. »Das meinst du doch nicht ernst, Engländer. Du bittest mich um so etwas, nach allem, was ich dir dazu schon gesagt habe, und das nicht nur einmal?«

»Genau.«

»Aber warum?«

»Weil es wichtig ist.«

»Dabei kann nichts Gutes rauskommen. Nie im Leben.«

Harry sah den Mann, der auf der Türschwelle hockte, fest in die Augen. »Wenn du mir damals, als ich dich darum gebeten habe, Ntombini geliefert hättest, wäre vielleicht alles nicht so schlimm gekommen.«

Das wär's also. Wir sind wieder da, wo wir angefangen haben.

Es war im Jahre 1998 gewesen, als Parapara Ntombini mit dem grauenhaften Mord an einer Heroinsüchtigen in Yeoville in Verbindung gebracht wurde. Harry war einer aus Mitgliedern der Drogenfahndung sowie des Raub- und Morddezernats zusammengestellten Einsatzgruppe zugeteilt worden. Ihr Auftrag lautete, den Schuldigen zu finden. Die rasch schrumpfende jüdische Gemeinde des Viertels war in Aufruhr. Es spielte keine Rolle, ob es die Süchtige nun bei der Übergabe von Drogen erwischt hatte oder nicht. Der Mord an einer Frau, die allein in einem Auto unterwegs war, war der Tropfen, der das Fass zum Überlaufen brachte. Die Menschen in Yeoville forderten, dass die Polizei unverzüglich etwas gegen den weiteren Abstieg der Rocky Street, der Hauptstraße des Viertels, unternahm, in der sich einige der brutalsten Drogen- und Zuhälterringe breitgemacht hatten, nachdem dort zuvor schon die Clubszene wie Pilze aus dem Boden geschossen war. Dabei hatte Harry Swarts kennengelernt, der damals eben erst Superintendent geworden war und sein neugebildetes Team mit jenem unerbittlichen Eifer führte, für den er später berühmt werden sollte, und binnen zwei Wochen hatten sie einen Namen. Eine Woche später wussten sie auch, wo Ntombini sich wahrscheinlich versteckt hielt: in Alexandra.

Doch irgendwann im Laufe der Ermittlung hatten sie das Ziel aus den Augen verloren. Es folgte eine Art Gleichgewicht des Schreckens zwischen den nervös gewordenen Banden, die in Yeoville operierten, und der Drogenbehörde. Die einen verloren mit jeder weiteren Woche, die das Einsatzteam ihre Kundschaft drangsalierte, Tausende von Rand. Die andere war verzweifelt darum bemüht zu beweisen, dass das südafrikanische Polizeisystem, welches immer mehr dazu tendierte, die Drogenbekämpfung zu dezentralisieren, von ihrem Fortbestehen profitierte. Als die Situation eskalierte, geriet der Mord an der Süchtigen in Vergessenheit, und als Ntombini eines Tages tot aufgefunden wurde, allem Anschein nach das Werk eines Profikillers, verschwand die Akte der Drogenabhängigen flugs in dem Aktenschrank für ungeklärte Fälle. Dort landeten auch die bis dahin ermittelten Hinweise, die allesamt zu keinem greifbaren Ergebnis geführt hatten, ebenso wie die Personalien ihres angeblichen Mörders. Dem Vernehmen nach wurde die Akte damit geschlossen, und der kalte Krieg draußen auf den Straßen war binnen eines Monats vorüber. In den oberen Etagen war man genauso erleichtert wie unten beim Fußvolk, denn niemand wollte es darauf ankommen lassen, dass das Ganze mit dem Tod eines Polizisten endete.

»Ich habe dir doch gesagt, dass er nichts damit zu tun hat, aber hast du irgendwas getan, um die Ermittlungen in eine andere

Richtung zu lenken?«, fragte Makhe. »Nein, hast du nicht. Denn was zählt schon das Wort eines Schwarzen, wo doch der weiße Mann seine Autorität von Gott empfangen hat?«
»Die Sachlage war eindeutig«, wandte Harry ein. »Wir hätten ihn nur noch schnappen und vor Gericht bringen müssen.«
Makhe schüttelte den Kopf. »Eindeutig für einen Haufen Buren, denen die Wahrheit scheißegal ist.«
Da riss Harry der Geduldsfaden. »Nicht alles, was in diesem Land geschieht, geschieht deshalb, weil der Staat drauf aus ist, euch über den Tisch zu ziehen! Seine Fingerabdrücke wurden in ihrem Wagen gefunden. Er wurde als Letzter mit dem Opfer gesehen, und ihre Handtasche wurde später in einem Wagen gefunden, den er gefahren hatte. Ja, er hat's getan, und wir haben ihn nur deshalb nicht wegen Mordes drangekriegt, weil er umgebracht wurde, bevor wir ihn vor Gericht stellen konnten.«
»Ihr wart es doch, die ihn umgebracht habt!«
»Warum hätten wir das tun sollen? Wir hätten doch nur noch ihn gebraucht, und der Fall wäre geklärt gewesen.«
Plötzlich schleuderte Makhe seine Bierflasche quer über den Hof, dass sie an der gegenüberliegenden Mauer zerschellte. Die Hunde begannen wütend zu bellen, als der Schaum in alle Richtungen spritzte. »King, gib dem Wichser seine Knarre zurück. Wir sind hier fertig.«
Harry fuhr sich mit der Hand über die Bartstoppeln auf seiner Wange und erhob sich von dem Bürostuhl. Er hätte es wissen müssen: Mit Makhe über diese Sache zu sprechen war wie die sprichwörtliche Katze, die sich in den eigenen Schwanz beißt.
»Fühlst du dich nicht wenigstens ein kleines bisschen der Gesellschaft im weiteren Sinne verpflichtet, nicht nur diesem Viertel, in dem du dich versteckst?«
»Dieses Land hat keine Gesellschaft im weiteren Sinne. Nicht mehr.«

»Du hast doch nicht die ganze Welt gegen dich, Makhe. Höchste Zeit, dass du das kapierst.« Harry fischte eine Visitenkarte aus der Brusttasche seines Hemds und ließ sie in den Staub fallen. »Wenn du dir bei Ntombini so sicher bist, dann bring mir einen Beweis dafür, dass Polizisten ihn umgebracht haben. Ich gebe dir noch immer die Gelegenheit dazu, so wie damals. Ich verspreche, ich werde dem nachgehen. Aber dafür will ich von dir ein paar Namen von aktiven Abasindisi-Funktionären.«

»Deinen Deal kannst du dir in den Arsch schieben, Engländer.«

Als er zu seinem Wagen zurückkam, war daraus alles gestohlen, was nicht niet- und nagelfest war, von den Reifen angefangen bis hin zum Radio und den Zündkerzen. Hilflos schlug Harry mit der Faust aufs Dach. Als er sich umwandte, sah er, wie King ihm von der anderen Seite der eingestürzten Brücke lässig zuwinkte. Er wäre vielleicht zurückgegangen und hätte ihm das Grinsen aus der Visage poliert, doch in diesem Augenblick kam eine Gruppe Grundschulkinder in grau-weißen Uniformen auf den Schläger und seinen Rottweiler zugelaufen und umringte beide mit lautem, fröhlichen Gejohle. Da überlegte Harry es sich anders, zog sein Handy heraus und rief die Zentrale an.

11

Der ursprüngliche Plan sah vor, das kleine Dorf zu umstellen und auf friedlichem Wege die Zustimmung zur Durchsuchung der einzelnen Häuser und Kraals zu erreichen. Mit Hilfe der von Makhe Motale beschafften groben Skizze war das Dorf in einzelne Abschnitte aufgeteilt worden, die von Teams zu je vier Polizisten oder Soldaten durchsucht werden sollten, bis das vermutete Waffenversteck gefunden wurde.

Natürlich musste dieser Plan über den Haufen geworfen werden, als der Nebel sich über die Vorberge senkte und die Truppe unter Beschuss geriet.
Als die Temperaturen stiegen, kam eine leichte Brise auf, die den Nebel jetzt den Berg abwärts Richtung Südosten bläst. Es riecht durchdringend nach nassem Heu und Dung. In der Ferne flackert immer wieder Gewehrfeuer auf und hallt von den Bergen wider. Gelegentlich weht von dort auch ein Hauch von Kordit herüber.
Harry wischt sich kalten Schweiß von der Stirn und blickt hinüber zu den unsichtbaren Felswänden. Der dichte weiße Schleier hat sich etwas gelichtet und reißt ab und zu sogar ganz auf. Dann sind Haufen traditioneller strohgedeckter Lehmhütten mit vereinzelt dazwischengestellten Blechhütten zu sehen. Manche sind nicht viel mehr als ein Unterstand, andere neigen sich gefährlich auf eine Seite, als könnten sie jeden Moment einstürzen. Den Raum dazwischen nehmen Fußwege aus gestampfter Erde ein. Sämtliche Viehkraals sind aufgebrochen und stehen jetzt leer.
Links von Harry späht Moqomo, die Pistole fest mit beiden Händen umklammert, vorsichtig in das nächste, anscheinend verlassene Haus. Dass der Mann noch immer mitmacht, obwohl die Kugel, die ihn hätte töten können, noch in seiner Weste steckt, beeindruckt Harry.
»Die hier: sauber«, ruft der Revierleiter.
Den Rest seiner Mannschaft kann er zwar nicht sehen, aber hören. Auch seine Mitarbeiter arbeiten sich methodisch von Haus zu Haus vor, in der Hoffnung, auf jemanden zu stoßen, den sie über die jüngsten Ereignisse hier und, was noch wichtiger ist, das Waffenversteck der Abasindisi befragen können.
Der leichte Wind bewegt den Nebelschleier ein wenig und gibt einen Moment lang den Blick frei auf eine mollige Frau Ende

zwanzig, die mit einer Gesichtshälfte nach unten auf einer grasbewachsenen Stelle neben einem Hühnerstall liegt. Sie hat noch immer die blaue Fleece-Decke um, die sie sich wohl zum Schutz gegen die Kälte um die Taille geschlungen hat. Harry sieht, dass ihre Augen halb offen stehen. Hinter ihr liegen mehrere Hühner mit umgedrehten Hälsen.

»Hier ist noch eine Leiche!«, ruft er Moqomo zu. »Damit sind es schon fünf.«

»Oh, *Thixo!*«, schreit Moqomo aus einer Hütte heraus. »Dann ist das hier die sechste. Der Angriff, er muss schnell gekommen sein. Dieser Mann, der war noch im Bett.«

Was sie erwartete, wussten die Männer bereits, kurz nachdem sie das Dorf betreten hatten, aus dem auf Moqomo geschossen worden war. Dort lagen, keine zwei Meter voneinander entfernt, zwei Kämpfer auf einer steilen Böschung, die an die Hauptroute in Richtung Siedlung grenzte. Einer war durch eine von einem Panga-Messer verursachte tiefe Kopfwunde getötet worden, der andere höchstwahrscheinlich durch einen Schuss aus der selbstgebastelten Pistole, die der erste Tote noch umklammert hielt.

Harry wird das Gefühl nicht los, in das Herz der Finsternis dieser Nation vorgedrungen zu sein. Sie sind gekommen, um eine großflächige, aber unkomplizierte Durchsuchungs- und Beschlagnahmeaktion durchzuführen, mit der sie Druck auf die örtlichen Abasindisi-Mitglieder ausüben wollten, und jetzt das hier ... Was sollten sie denn hier ausrichten, auf diesen Schlachtfeldern?

»Dieser Angriff auf das Dorf, das war Rache.« Moqomos Stimme treibt düster zwischen den Nebelschwaden daher. »Die Diebe, die stehlen nicht mal mehr das Vieh. Die Leute umzubringen reicht ihnen nicht mehr. Sieht aus, als wollten sie, dass Überlebende nachher verhungern.«

Harrys Magen krampft sich zusammen, als zu dem Feuer aus halbautomatischen Waffen jetzt auch noch das unverkennbare Dröhnen einer Granate hinzukommt.

Haben wir die Lage noch im Griff? Kaum hat sich dieser Gedanke in seinem Kopf geformt, folgt schon der nächste: *Hatten wir sie überhaupt mal im Griff?*

»Vergessen Sie nicht, die Leute hier hätten mit den Nachbarn wahrscheinlich dasselbe gemacht, wenn sie die Chance gehabt hätten.«

»Ja, ich weiß.«

Harry kniet sich neben die Frau in der Fleece-Decke und tastet nach ihrem Puls. Ihr Körper ist zwar noch warm vom nachglimmenden Leben, doch er weiß, dass diese Geste reine Formsache ist.

Unten auf dem Boden, wo er jetzt hockt, ist der Nebel nicht so dicht, und er sieht, wie Moqomos Füße über einen wohlgenährten Deutschen Schäferhund steigen, der in einer Pfütze aus Abwaschwasser liegt. Das Tier ist umgeben von Decken, die wahrscheinlich in der Nacht oder kurz vor Morgengrauen von fliehenden Dorfbewohnern abgeschüttelt wurden.

Eine plötzliche Bewegung zu seiner Rechten lenkt Harrys Aufmerksamkeit auf sich. Füße ohne Schuhe. Nackte Beine.

Er springt auf und fordert den Unbekannten auf, stehen zu bleiben, folgt ihm ein paar Schritte. Doch so unvermittelt wie die Füße aufgetaucht sind, verschwinden sie auch wieder. Harry bleibt stehen, um zu lauschen, hört aber nur Gewehrfeuer, den Wind und noch immer dieses infernalische Kuhglockengebimmel.

»Was ist los, Harry?«, fragt Moqomo.

Harry wirft einen Blick zurück in die Richtung, in der er seine Teamkollegen vermutet. Doch ein frischer weißer Nebelschleier hat ihn eingehüllt, und die anderen sind plötzlich nur mehr körperlose Stimmen, die auf ihn einflüstern.

»Ich weiß nicht«, murmelt er unsicher.
Noch einmal sieht er sich hilflos um. Mit einem Mal fühlt er sich wie auf dem Präsentierteller. Nicht nur die Toten liegen zwischen den Gebäuden auf der Lauer.
»Wo sind Sie denn?«, fragt Moqomo. Seine Stimme verrät Nervosität.
»Bin gleich da«, ruft Harry zurück.
Er sinkt auf ein Knie, um unter der dicken Nebeldecke hindurchspähen zu können. Hinter sich hört er Moqomo auf Xhosa eindringlich auf seine Männer einreden.
Keine Spur mehr von den Geisterbeinen in den ausgefransten, abgeschnittenen Jeans, die zu niemandem gehören konnten, der älter als sechzehn war. Harry beschließt, tiefer in die Nebelbank vorzustoßen.
Komm schon, Junge. Zeig dich, bevor sie dich aus Versehen über den Haufen schießen.
Er lauscht aufmerksam. Kein ungewöhnliches Geräusch in der Nähe.
Aber irgendwer beobachtet dich doch, oder?, sagt er sich. Er spürt, wie ihm die Gänsehaut über die Arme läuft. *Jemand beobachtet dich, das weißt du ganz genau.*
»Mason!«, schreit Moqomo. »Mason? Kommen Sie zur Gruppe zurück.«
»Ich bin doch hier!«, brüllt Harry, plötzlich wütend über die ständigen geräuschvollen Unterbrechungen.
Sein unvermuteter Ausbruch scheucht das Kind auf, das sich hinter einer nahe gelegenen Teufelskrallenstaude versteckt hat. Das Erste, was Harry auffällt, ist das verbeulte AK-47, das eine magere Hand umklammert hält. Dann erhascht er einen kurzen Blick auf ein tränenüberströmtes Gesicht. Eine Sekunde später ist das Kind auf und davon.
Reflexartig reißt Harry seine Pistole hoch, lässt sie aber gleich

wieder sinken. Der Junge ist zwar bewaffnet, aber bei weitem nicht so gefährlich, dass er den Fliehenden in den Rücken schießen muss. *»Mfana!«*, schreit er. »Stehen bleiben!«

Bevor der Junge gänzlich im Nebel verschwindet, schaut er noch einmal über die Schulter. Der völlig verängstigte Blick, den Harry dabei auffängt, erinnert ihn an den Mann, der sie hierher dirigiert hat. Zur Zeit des Aufstands im Jahre 1987 war Makhe ungefähr im gleichen Alter gewesen und hatte ziemlich genau denselben Ausdruck im Gesicht gehabt, während er sich erfolglos bemühte, sich in Sicherheit zu bringen. Mit einem gebrochenen Arm, der ihm nutzlos am Körper herunterhing, saß er, von seinen in Panik geratenen Spielkameraden mitten auf einer Straße in Alexandra im Stich gelassen, mutterseelenallein und wehrlos da, während um ihn herum Kugeln, Steine und Brandbomben in alle Richtungen flogen. Ein lebender Lockvogel.

Ohne zu überlegen, worauf er sich da möglicherweise einlässt, rennt Harry dem Jungen hinterher.

12

Fast auf den Tag genau einen Monat vor dieser Razzia in Tsolo erhielt Harry den erhofften Anruf von Makhe Motale.

Bis zu diesem Zeitpunkt hatte sich in der Abteilung die Stimmung zunehmend gegen ihn gerichtet. An dem Tag, an dem sie im Büro des Supe zum ersten Mal über die Organisation der Abasindisi gesprochen hatten, hatten Swarts und seine *Ballies* Blut geleckt und waren ganz erpicht darauf gewesen, mit dem Fall weiterzukommen. Doch als Harrys Spur sich beinahe so schnell verflüchtigte, wie er sie vorgestellt hatte, wurden aus den üblichen rauhen, aber gutmütigen Sticheleien ziemlich schnell bösartige Kommentare. Swarts schloss sich diesen Attacken zwar nicht an und zuckte nur stumm die Achseln, als

Harry ihm vermelden musste, dass er nichts weiter über die Abasindisi herausbekommen hatte. Dennoch bereitete Harry seine Enttäuschung ebenso großes Unbehagen wie die spitzen Bemerkungen der anderen. Die Nachricht über sein Scheitern machte rasch in der ganzen Abteilung die Runde, und zum ersten Mal stellte Harry sich die Frage, ob dieses Team tatsächlich so auf der Höhe war, wie er anfangs gedacht hatte.

An einem Vormittag im Juli kam es am Rande von Alexandra zum Eklat. Er saß mit Franklin in einem Polizeiwagen an der Einfahrt in eine Sackgasse und beobachtete das Haus der beiden Phaliso-Brüder, de mutmaßlichen Köpfe der Abasindisi-Organisation. Sie waren einander schon den ganzen Morgen auf die Nerven gegangen. Da spuckte Franklin endlich aus, worauf die alten Hasen wahrscheinlich schon die ganze Zeit herumkauten.

»Wenn Sie Ihre Versprechen nicht halten können, Bond, was machen Sie eigentlich noch hier?«

»Von Versprechen kann doch wohl keine Rede sein.« Die Heftigkeit dieser Bemerkung hatte Harry völlig unvorbereitet getroffen.

»Das ist Ihr erster Fall, und ich hänge mit drin. Aber ich verschwende hauptsächlich meine Zeit damit, statt mich um meinen eigenen Scheißdreck zu kümmern.« Mit diesen Worten war Franklin ausgestiegen, um in aller Ruhe an die nächste Wand zu pinkeln. »Die SVC ist nur was für Leute, die jeden Augenblick nutzen«, rief er Harry über die Schulter zu. »Wenn Ihnen das Ganze 'ne Nummer zu groß ist, sollten Sie vielleicht lieber wieder in die Abteilung Allgemeine Ermittlung zurückgehen und jugendliche Ladendiebe verdreschen.«

»Engländer, die Information, die du wolltest, die habe ich.« Endlich war der ersehnte Anruf von Makhe gekommen.

Harry antwortete in einem Ton, als hätte er soeben Hundekacke auf seiner Schuhsohle entdeckt. Die Flut von Formularen und Erklärungen, die er nach dem Ausschlachten seines unbeaufsichtigt in Alexandra zurückgelassenen Dienstwagens zu bewältigen hatte, war nur eines von vielen Ereignissen, die ihm in den letzten Tagen Kopfschmerzen bereiteten.

»Wie läuft denn das Geschäft mit Ersatzteilen? Hast du in letzter Zeit vielleicht ein paar gestohlene Mazda-Radkappen verhökert?«

Makhe lachte, und der unüberhörbare Spott in seiner Stimme bestätigte Harry in seiner Vermutung, dass Makhe bestens über das geplünderte Polizeiauto Bescheid wusste.

»*Eish!* Tut mir wirklich leid, was da passiert ist, *Baas.* Ist schon ein Pech, *Baas,* aber du weißt ja, was man über die Townships sagt, *né?*« Der Authentizität seiner Imitation eines glücklosen Schwarzen aus den Slums tat nur der distanzierte Zynismus ein wenig Abbruch. »Da wimmelt es ja nur so von *Tsotsis. Baas* hätte doch wissen müssen, dass da nicht ein einziger ehrlicher Mensch zu finden ist.«

So wie er sich an diesem Tag fühlte, hätte Harry den Hörer am liebsten an die Wand geknallt. Es wäre ihm dann vielleicht besser gegangen, aber mit Motale wäre er kein Stück weitergekommen. Also holte er tief Luft und kam zum Punkt.

»Ach, und was soll das für eine Information sein?« Harry sprach so beiläufig wie möglich. Er wusste, das geringste Anzeichen von Interesse seinerseits, und Motale würde ihn nach Strich und Faden auflaufen lassen. »Und warum jetzt auf einmal?«

Diesmal lag echte Heiterkeit in Makhes Lachen. »Ich habe, was du über Ntombini wissen wolltest, und, stell dir mal vor, Engländer, ich hab's mir anders überlegt. Diese Geschichte mit den Abasindisi, die konnte ich nicht einfach auf sich beruhen lassen, also habe ich ein bisschen nachgeforscht.«

Blödsinn, du hast doch noch einen Trumpf im Ärmel, war Harrys erster Gedanke.
»Als ob du jemals etwas auf sich beruhen lassen könntest, Makhe.«
»Ich glaube, wir beide sollten uns treffen und reden, Engländer. Und eins kannst du mir glauben: Gesprächsstoff gibt's genug.«
»Ich weiß nicht. Ich habe wieder einen Wagen und genieße das sehr. Und mit deinen Schlägerfreunden auf Tuchfühlung zu gehen und mir von deinen Hunden zwischen den Beinen rumschnüffeln zu lassen, ist auch nicht unbedingt eine verlockende Aussicht.«
Bei diesen Worten schien es Makhe vor Überraschung über Harrys abweisenden Ton zum ersten Mal wirklich die Sprache zu verschlagen. Als er sich wieder erholt hatte, sprach er mit mehr Ernst in der Stimme.
»Engländer, wir beide haben noch etwas zu erledigen.«
»Wenn du noch immer glaubst, dass ein Polizist Ntombini umgelegt hat, geh damit zum Ermittlungsleiter oder zur Unabhängigen Beschwerdekommission. Mich interessiert das nicht mehr. Tschüs.«
»Warte!«
»Deine Stimme klingt nach einem Scheißdeal, Makhe.«
Motale lachte aus vollem Halse, und Harry stellte sich ihn vor, wie er den Kopf schüttelte. »Du und ich, Engländer. *Du* weißt, dass Makhe Motale dich nie im Leben umbringen würde, und *ich* weiß, dass unter dem ganzen Schweinefleisch ein sehr neugieriger – und vielleicht sogar ehrlicher – Polizist steckt. Deshalb kann ich Harry Mason nicht so einfach abschreiben, und das macht mir ein bisschen Hoffnung. Treffen wir uns im Winston – weißt du noch, wo das ist? – Ecke Capsicum und Hollyhock Crescent. Die Gegend mit all den schönen …«
Harry beendet den Satz für ihn. »…weißen Straßennamen für

hässliche schwarze Townships. Mensch, Makhe, wenn jemand einen Sprung in der Platte hat, dann du. In Ordnung, ich komme.«

Eine Stunde später saß er an einem Picknicktisch, der auf dem Betonboden einer *Shebeen* in einem Hinterhof am Rande von Alexandra festgeschraubt war. Billiges Bier und ungehinderter Zutritt, darauf kam es den meisten Gästen an – allesamt Angehörige der schwarzen Arbeiterklasse, die Harry misstrauisch beäugten.

Er musste nicht lange warten, bis von jenseits der hohen Mauer, die den Hof umgab, das unverkennbare Geräusch eines über groben Asphalt rollenden Skateboards erklang, musikalisch untermalt von der alten Nationalhymne der Buren, »Die Stem«. Als die Gäste die ungeliebte Melodie vernahmen, verstummte einen Augenblick lang das lebhafte Geplauder. Dann erkannten sie, wer da sang, und das Lokal tobte vor Lachen. Laute Grußworte flogen Makhe Motale von der zur Straße liegenden Veranda entgegen, und er begrüßte Bekannte an mehreren Tischen mit Handschlag. Für die übrigen Gäste hatte er ein strahlendes Lächeln, in dem nicht die geringste Spur des Grolls zu sehen war, an die Harry sich mittlerweile gewöhnt hatte.

»Harry Mason, was zum Teufel hast du mit diesem Kaffernkrüppel zu schaffen?«, hörte er plötzlich wieder den Polizeileutnant rufen, wie damals vor zwanzig Jahren, als um ihn herum das totale Chaos herrschte und er einem verletzten Demonstranten zu Hilfe eilte, dem sein Skateboard und der Gebrauch eines Arms abhanden gekommen war. Wegen dieses Akts der Nächstenliebe hätte Harry sich später beinahe einem Disziplinarverfahren unterziehen müssen. Gegen die Vorschriften, einem Regimekritiker zu Hilfe zu eilen, gleichgültig, ob der nun behindert war oder nicht, gehörte in den späten achtziger Jahren ganz bestimmt nicht zum Berufsbild eines südafrikanischen Polizisten.

»Engländer«, war alles, was Makhe zur Begrüßung sagte. Er warf zwei braune Ordner auf den mit Teer versiegelten Tisch. Harry sah auf den ersten Blick, dass zumindest einer davon mit Informationen vollgestopft war.

»Jetzt, wo Mama Annie Twala tot ist«, hatte Makhe einmal, als er betrunken war, vor Harry geprahlt, »bin ich der Mittelpunkt von Alexandra. Ihr Blut fließt in meinen Adern. Sie kennt mich, und ich kenne sie, so wie Mann und Frau sich unter der Bettdecke kennen.«

Harry griff nicht gleich nach den Ordnern. »Ich merke, dass sich bei dir einiges geändert hat. Du hast dir einen Akzent wie ein BBC-Reporter zugelegt und hast es hier zu einiger Berühmtheit gebracht.«

»Die alte chinesische Weisheit ›Kenne deinen Feind‹ hat mir schon oft das Leben gerettet, Schweinskopf.«

Eine hübsche Jugendliche mit einer roten Bluse, deren Zipfel sie über dem flachen Bauch verknotet hatte, brachte vier Bierflaschen und knallte sie auf den Tisch – mit den besten Empfehlungen des Wirts, wie sie erklärte.

Harry lehnte sich zurück. »Für mich nicht, danke. Ich bin im Dienst.«

Makhe stemmte sich auf die Bank ihm gegenüber hoch, so dass er ihm direkt ins Gesicht sehen konnte. »Komm schon, Engländer, reden ist Schwerstarbeit, und ich trinke nicht gern allein.«

Der kummervolle Ausdruck, mit dem Makhe ihn betrachtete, bereitete Harry Unbehagen. Das Mädchen musterte ihn von oben bis unten und sagte etwas auf Tswana zu Makhe, über das dieser schallend lachte.

»Was hat sie gesagt?«, fragte Harry.

»Sie sagt, du siehst aus, als hättest du eine Kakerlake verschluckt.«
Makhe öffnete zwei der Flaschen und stellte eine davon Harry hin, ohne dessen Proteste weiter zu beachten.
»Ich verlasse mich darauf, dass das nicht wieder einer von deinen Streichen ist.« Harry deutete auf die beiden Ordner.
»Ich habe einiges von dem, was du wolltest, vielleicht sogar ein bisschen mehr.« Makhe zuckte die Schultern. »Aber solange du den Mord an Ntombini nicht unter die Lupe nimmst, kriegst du gar nichts.«
»Ungelöste Drogenmorde fallen offiziell nicht in meinen Aufgabenbereich.«
»Es war ein SANAB-Ermittler, der ihn umgebracht hat.«
»Wieso bist du dir da so sicher? Ntombini war eine Last für die ganze Drogenindustrie in Yeoville. Und hatte sich damit jede Menge Feinde gemacht.«
»Warst du da, als es passierte?«
»Nein.«
»Dann weißt du also nichts Genaues, oder?«
Harry seufzte. »Na, gib schon her.«
»Du kannst dir den Ordner in aller Ruhe ansehen. Versprich mir nur eins: Dass du ihn von vorn bis hinten durchgehst, egal, was drinsteht.«
»Das weißt du doch.«
Makhe schob Harry den oberen Ordner hin. »Dessen kann ich mir nie sicher sein, genauso wenig, wie du sicher sein kannst, was in der Nacht passiert ist, als Ntombini umgebracht wurde. Er wurde nur aus Überheblichkeit ermordet. Denk doch nach. Warum sollte er die Weiße denn töten, wo sie für ihn doch eine verlässliche Einkommensquelle war? Nein, die Beweise, von denen du sprichst, die wurden ihm untergejubelt. Alle.«
»Sie könnte ihm Geld geschuldet oder ihn irgendwie bedroht

haben. Vielleicht hat sie ihn mit einem anderen Dealer betrogen, was weiß denn ich? Es wäre auf jeden Fall nicht das erste Mal, dass ein Lieferant einen Kunden tötet.«

»Ich will, dass nur du dir das anguckst, und niemand anderes, verstanden?«

Harry zögerte, ehe er den Ordner nahm. Was würde er darin finden? Und noch wichtiger: Wem sollte er sich, wenn es nach Makhe ging, an die Fersen heften? Wenn er den Ordner nahm, konnte es sein, dass er einen Kollegen ins Visier nehmen musste. Nicht nur einen einfachen Streifenpolizisten, sondern jemanden von der Kripo, höchstwahrscheinlich sogar einen, mit dem er schon zusammengearbeitet hatte. Und wenn er ihn nicht nahm? Nun, dann wäre es an Makhe, diese Beweise an den richtigen Mann zu bringen. Aber was würde dann aus dem Plan, die Abasindisi dranzukriegen?

»Ich hab's dir schon einmal gesagt, wenn du glaubst, dass einer von *uns* ihn auf dem Gewissen hat, dann geh zur Unabhängigen Beschwerdekommission. Ich persönlich kann mir nicht vorstellen, dass ein Polizist wegen einem Stück Scheiße wie Ntombini seinen Posten und seine Rente riskiert. Wozu? Die Zeiten sind vorbei. So was passiert einfach nicht mehr wie früher.«

Makhe schnaubte. »Willst du mich auf den Arm nehmen, Engländer? Ich arbeite für keine Zeitung, bei mir kannst du dir den Schwachsinn sparen. Und was die Beschwerdekommission angeht, die sind dort doch zu blöd, einen von euch vor Gericht zu bringen, selbst wenn ihr Leben davon abhinge.«

Makhe beugte sich vor. Der gewohnte Groll flammte in seinen Augen auf. »Jetzt hör mir mal zu, Engländer, hör mir gut zu. Der Polizeiapparat, dem du angehörst, ist korrupter, als du denkst. Oder wenigstens, als du glauben willst. Mir kommt vor, du redest dir selbst ein, dass es anders ist. Wie sonst könnte ein Mann wie du jeden Tag zur Arbeit gehen und gleichzeitig wissen, dass er überall und jederzeit einen windigen *Gata* als Partner im Rücken hat. Ntombini war vielleicht nicht der Prototyp des braven Staatsbürgers, den du deiner Mutter vorstellen würdest, aber das ist kein Grund für einen kaltblütigen Mord.«

Harry schüttelte den Kopf. Er wusste nur zu gut, wohin dieses Gespräch führen würde. »Sag mir einfach, was ich über die Abasindisi wissen muss.«

»Ungeduldig, was?«

»Auf mich wartet ein Haufen Arbeit, und dieses Hickhack geht mir auf den Wecker.«

Makhe lehnte sich zurück und lachte leise.

»Über den Mann, der diesen Mohosh, euren Politiker, umgebracht hat, konnte ich nichts rausfinden. Könnte sogar sein, dass die Abasindisi gar nichts damit zu tun haben. Schließlich sind sie nicht die Einzigen, die Leute in ihren Häusern abfackeln. Aber etwas ist mir untergekommen, das gefällt dir bestimmt.«

Harry zog eine Augenbraue hoch.

»Was würdest du sagen, wenn du hörst, das die Abasindisi über fünfzig AK-47 beiseitegeschafft haben, dazu kistenweise Munition und ein paar Granaten obendrauf? Vierundfünfzig Gewehre, um genau zu sein.«

»Ich würde sagen, dass du gesetzlich dazu verpflichtet bist, mir zu sagen, wo die sind.« Wieder streckte Harry die Hand nach dem Ordner aus, aber Makhe war schneller und schnappte ihn ihm weg.

»Steht alles da drin, aber …« Er hob die Finger und machte eine unmissverständliche Geste.

»Verlangst du etwa Geld von mir?«

»Ja. Und dass du Ntombinis Tod untersuchst.«

Harry starrte ihn entgeistert an.
»Überrascht dich das?«
Beinahe ein Jahrzehnt lang hatte Makhe Motale die personifizierte Entrüstung zur Schau gestellt, nachdem Harry ihn um Informationen über einen Mordverdächtigen gebeten hatte, und jetzt hatte er keine Skrupel, eine Gruppe hinzuhängen, die er noch vor kurzem heftig verteidigt hatte. Natürlich war Harry da überrascht, denn irgendwas roch da oberfaul.
»Sind wir also schon so weit, Makhe? Verkommst auch du zu guter Letzt zum gemeinen Informanten?«
»*Quid pro quo,* wie der Lateiner sagen würde, Engländer.«
»Über wie viel reden wir eigentlich?«
»Hundert Riesen.«
Harry schnaubte ungläubig.
»Dafür kriegst du viel mehr, als du verlangt hast«, sagte Makhe. »Das garantiere ich dir.«
»Was hältst du davon, wenn ich dich jetzt auf der Stelle verhafte und ins Gefängnis werfe. Vielleicht setze ich auch das Gerücht in die Welt, dass du ein Spitzel bist. Mal sehen, was passiert, wenn die *Twenty-Eights* dich in die Finger kriegen. Ich bin sicher, dass du da in null Komma nichts mit der Sprache rausrückst. Und gratis noch dazu.«
Makhe schnalzte missbilligend mit der Zunge. »Harry Mason, mein englischer Gentleman, überlass solches Geschwätz deinen Kollegen, ja? Ich will ehrlich sein: Wenn ich mit meiner Forderung durchkomme, gehe ich bestimmt nicht leer aus. Aber eins will ich dir auch gleich dazusagen: Diese Knete werde ich mir nicht in die eigene Tasche stecken.«
»Ich kauf dir deinen plötzlichen Sinneswandel noch immer nicht ab.«
Makhes Grinsen wurde noch ein bisschen breiter. »Das ist ein ganz einfaches Geschäft. Du findest raus, wer Ntombini

umgebracht hat, und ich helfe dir dabei. Dieses Ding in Tsolo, sagen wir doch einfach, es ist mir in den Schoß gefallen, als ich anfing, Fragen zu stellen. Nennen wir's eine Zugabe für jeden von uns. Ein kluger Mann wie du kann dabei doch bestimmt eine ganz dicke Beförderung für sich rausschlagen.«

»Warum habe ich nur das Gefühl, dass ich einen Pakt mit dem Teufel eingehe?«

»Weil ich ein Schwarzer bin, auf die Welt gekommen mit einem Schwanz, den die Ärzte erst abschneiden mussten? Keine Ahnung. Wenn wir das hinter uns haben, dann sind wir quitt. Ich kaufe mir mit dem heutigen Tag meine Seele zurück, verstehst du? Du hast mir einmal das Leben gerettet, und sosehr mir das gegen den Strich geht, dafür bin ich dir was schuldig.«

»Ich habe nie …«

»Bis du plötzlich aufgetaucht bist und mich um einen Gefallen gebeten hast!« Makhe spuckte zur Seite aus. »Ich dachte, du bist anders, aber ihr seid alle gleich. An dem Tag, an dem ich einen Bullen treffe, der weiß, was Geben heißt, ich schwöre, da beiße ich mir auch das noch ab, was von meinen Beinen übrig ist.«

Die Verachtung in seinem Blick ließ Harry erröten. Er wünschte, er hätte sich gleich damals, nach dem ursprünglichen Streit, darum bemüht, seine Freundschaft mit diesem Mann wieder ins Lot zu bringen. Doch jetzt war es zu spät, viel zu spät.

»Meinetwegen. Wenn du's so haben willst. Aber für hundert Riesen sollte da schon was drin stehen, was das Lesen wirklich lohnt. Bei dieser Summe müssen nämlich eine Menge Leute überredet werden, das Geld rauszurücken.«

Makhe lachte wieder. »*Aye,* das weiß ich. Und unser Kanarienvogel weiß das auch. Was ich hier habe, ist nur ein Appetitanreger, und ich muss mich darauf verlassen können, dass du keinen Gebrauch davon machst, bis du das Geld aufgetrieben hast.«

»Das kann ich dir nicht garantieren.«

»Solltest du aber, mein englischer Gentleman, denn diese Waffen werden dich zu niemand Bestimmtem führen. Dafür haben die Abasindisi schon gesorgt. Es gibt keinen einzelnen Besitzer, und sie sind auf Gemeindegrund versteckt. Wie willst du ein ganzes Dorf verhaften, mein Freund? Wen genau willst du denn anklagen? Dass sie sich an einem bestimmten Ort befinden, beweist doch nur den guten Willen deines Informanten.«

»Ein Haufen Gewehre wird nicht reichen, und eine Liste verübter Verbrechen ist ohne Beweise nur Hörensagen. Wer immer es ist, er wird vor Gericht aussagen, uns an Tatorte führen müssen, et cetera.«

Trotz seines Vorbehalts gegen den Köder, den Makhe ihm hingeworfen hatte, spürte Harry, wie ihn das Angebot in Erregung versetzte.

»Ich glaube, unser Vogel hat sich das reiflich überlegt. Er lässt dir ausrichten, dass er bereit ist auszusagen, wenn du ihm vollständige Straffreiheit und Zeugenschutz garantieren kannst. Aber nicht den Scheiß, mit dem ihr üblicherweise daherkommt. Unser Singvogel spielt mit dem Gedanken, im Winter nach Norden zu fliegen, vielleicht für immer.«

Jetzt war es an Harry zu lachen. »Wir sind doch hier nicht in den Staaten, verdammt noch mal! Hundert Riesen sind nichts im Vergleich zu dem, was uns ein internationales Zeugenschutzprogramm kostet.«

»*Aye*, Engländer«, sagte Makhe in geschäftsmäßigem Ton, als wäre der Pakt damit besiegelt. Er hob seine Bierflasche am Hals hoch. »Und in deinem Gesicht kann ich lesen, dass es den ganzen Papierkram wert sein wird, den du wirst ausfüllen müssen. Trinken wir auf unseren kleinen Vogel, auf dich, Schweinefresse, und auf mich. Und dass wir endgültig voneinander befreit sind.«

13

Flink wie eine Gazelle hetzt der zu Tode erschrockene Junge in großen Sprüngen vor Harry Mason durch das verfallene Dorf Tsolo. Einmal hätte Harry ihn beinahe mit einem Tritt gegen den Knöchel erwischt, doch der Junge schlug einen Haken und warf das Gewehr, das er in der Hand hatte, nach seinem Verfolger, was diesen veranlasste, sich zu ducken.

Frei von seiner Last und auf vertrautem Terrain unterwegs, kann der Junge den Abstand zu Harry immer weiter ausbauen. Er hüpft über rostige, mit Gemüse bewachsene Zäune, Haufen von getrocknetem Kuhdung, die zum Bestreichen der Wände von Lehmhütten benutzt werden, einen Hauklotz zum Spalten von Holz. Die Umgebung huscht vorbei, ohne dass Harry sie wirklich wahrnimmt, er erkennt nur die Hindernisse zwischen sich und dem fliehenden Kind. Sie rennen über ein Stück freies Land, das, nach den darauf verstreuten Rinderknochen zu urteilen, wohl als Schlachtplatz für das Vieh dient.

Schlechter Zug, Mason, schlechter Zug, nörgelt eine Stimme in seinem Kopf, zweifellos die Stimme der Vernunft, die ihn darauf hinweisen will, dass er die beschwörenden Rufe seiner Teamkollegen schon weit hinter sich gelassen hat. *In was verrennst du dich denn da?*

Das Schießen in der Ferne hat aufgehört, und in dem sich lichtenden Nebel sind besorgte Stimmen zu hören, die einander etwas zurufen. Wäre Harry nicht so darauf fixiert, den Jungen einzuholen, könnte er zum ersten Mal an diesem Vormittag die Wärme der Sonne auf seinen Schultern spüren.

Das Kind verschwindet in der nächsten, in einem tiefen Donga festhängenden Nebelbank, und Harrys ohnehin schon rasendes Herz schlägt Alarm. Doch dann taucht der Junge wieder auf, klettert die von violetter Prunkwinde und Teufelskralle überwucherte andere Grabenböschung hinauf. Harry will gerade die vor ihm liegende Böschung hinunterrutschen, da lässt ihn das laute Geräusch von Holz, das gegen etwas Hartes kracht, innehalten. Er wirbelt herum, kann gerade noch das unterdrückte Zischen eines Menschen hören und die Umrisse einer Gestalt ausmachen, die sich mit gespannten Muskeln über eine Holzkiste beugt.

»Polizei!«, schreit er instinktiv. »Kei...«

Doch die verschwommene Gestalt reagiert schneller. Ein oranger Blitz, ein lauter Knall, und weißes Licht, das Harrys Gesichtsfeld auslöscht. Etwas explodiert in seinen Ohren, er wird nach hinten geschleudert, und seine Beine geben nach. Etwas Feuchtes, Warmes spritzt ihm auf die Wange. Dann spürt er, wie sich direkt unter der kugelsicheren Weste ein heißer Schürhaken in seinen Bauch bohrt und sein Körper zusammenzuckt. Die Verblüffung verschlägt ihm den Atem, und der Warnruf, den er soeben noch ausstoßen wollte, erstirbt ihm auf den Lippen. Einen Augenblick taumelt er, kann nichts sehen außer dem gleißenden Licht, nichts hören als ein schrilles Klingeln. Dann spürt er, wie seine Arme erschlaffen, das Gewehr seiner Hand entgleitet und seine Beine schließlich gänzlich unter ihm wegsacken.

Mit dem Gesicht voran fällt Harry ins kalte, nasse Gras und verliert das Bewusstsein.

Kapitel 2

1

Zwei Tage später erwacht Jacob Tshabalala vom Geräusch der heftigen Böen einer neuerlichen Kaltfront, die an den Dächern der Nachbarhäuser rütteln. Aufgewirbelter grober Sand kratzt am Schlafzimmerfenster, und die Küchentür klappert in ihrem Rahmen. Einen Augenblick lang denkt er an eine große Ratte oder einen Vogel, die über sein Dach huschen, und war das der Ruf einer Eule? Wann hat er zuletzt eine Eule in Soweto gehört? Blinzelnd öffnen sich Jacobs Augen. Er blickt hoch zur dunklen Decke seines bescheidenen Schlafzimmers und versucht vergeblich, sein wild pochendes Herz durch mehrmaliges tiefes Einatmen zur Ruhe zu bringen. Die Vertrautheit des Zimmers, die leisen Geräusche von Nomsa, die neben ihm schläft, das warme, beruhigende Gewicht der Bettdecke müssten ihm eigentlich ein Gefühl der Sicherheit verleihen, doch Jacob steht völlig unter dem Eindruck, in einem bösen Traum gefangen zu sein – an einem unbekannten Ort, an dem etwas Schlimmes geschehen ist.

Entspann dich. Es ist nur der Wind.

Doch dass sein aufwühlender Traum mit dem unheimlichen Wetter draußen zusammenfällt, beunruhigt ihn noch zusätzlich.

Er schaltet die Nachttischlampe ein und schaut auf den Digitalwecker. Es ist halb vier, eine Stunde früher, als er eigentlich aufstehen wollte. Neben ihm seufzt Nomsa leise im Schlaf. Jacob streicht ihr zärtlich über die Wange und spürt, wie sich ihre Gesichtsmuskeln anspannen. Sie lächelt im Schlaf.

Das beunruhigende Gefühl, ganz woanders zu sein, will jedoch nicht weichen, und Jacob fragt sich, ob es vielleicht eine Art Vorahnung ist. Hat dieses Gefühl etwas mit seinem kranken Vater zu tun, der die letzten fünf Jahre an der Schwelle zum Tod verbracht hat, oder vielleicht mit Harry Mason?

Beim Gedanken an Harry durchfährt Jacob ein stechender Schmerz im Bauch, und er muss an den Anruf von Director Molethe denken an dem Tag, an dem sein Ex-Partner angeschossen wurde. Harry hatte eine Kugel in den Unterleib abbekommen, eine zweite war von seinem Schädel abgeprallt. Jetzt liegt er auf einer Intensivstation in Port Elizabeth im Koma, und kein Mensch weiß, wer die Schüsse abgefeuert haben könnte. Aus seiner knappen Mitteilung schloss Jacob, dass auch der Leiter der SVC noch weitgehend im Dunkeln tappt, was die Ereignisse in Tsolo angeht. Jacob hat keine Ahnung, ob Harrys Zustand sich in der Nacht plötzlich verschlechtert hat, doch er ist sich sicher, dass Harrys Mutter, die sofort aus England hergeflogen war, um bei ihrem Sohn zu sein, ihn angerufen hätte, wenn sich etwas zum Schlechteren verändert hätte. Und auch wenn etwas mit seinem kranken Vater wäre, wenn dieser angekündigt hätte, seine Stunde sei endlich gekommen, hätte man ihn umgehend verständigt. Eines steht nämlich fest: Der Alte ist einer von den unbeugsamen Typen, die den Tod wissen lassen, wann sie bereit sind abzutreten, und nicht umgekehrt.

Jacob dreht sich so, dass er Nomsa ansehen kann. Sie riecht nach Seife, als sei sie gerade einem heißen Bad entstiegen, und dankbar lässt er sich in den Bann ihres friedlichen Schlafs ziehen.

Seine Träume waren in letzter Zeit zwar beunruhigend, aber nicht im Entferntesten so intensiv wie die Vorahnung eines Todes. Sie waren – er denkt kurz zurück – mehr wie ein *Ukuthwasa,* ein Ruf der Ahnen, den er in der Vergangenheit immer

wieder verspürt hatte. Es ist dieses tiefsitzende Gefühl der Ruhelosigkeit und Unerfülltheit, das jene verspüren, die nicht, wie sie es hätten tun müssen, ihrer mystischen Berufung gefolgt sind, im Einklang mit der Geisterwelt Heil zu bringen.
Ein Lächeln zuckt um Jacobs Mund, beinahe ein Lachen. *Verlierst du schon wieder die Geduld mit mir, Großvater?*
Einen Augenblick lang kann er den alten Heiler fast berühren, so lebhaft ist seine plötzliche Erinnerung an ihn: Wie er, in einer Hand seinen Gehstock, mit erhobenen Armen hinter dem kleinen Jacob und seinen Cousins herläuft und brüllt, als wäre er der blinde Geist Lumukanda selbst. Jacob hebt eine Hand an seine Brust. Seine Finger gleiten an dem Goldkreuz vorbei, das Nomsa ihm zum vierunddreißigsten Geburtstag geschenkt hat, und berühren das Amulett, das sein Großvater noch am Tag seiner Geburt für ihn gemacht hat. Er besteht aus einer Lederschnur, an der ein zusammengerolltes Stück der Glückshaube befestigt ist, die seinen Kopf bei der Geburt bedeckte. Für manche ist sie ein Zeichen, dass er die Gabe der Weissagung besitzt, für andere ein mächtiger Schutz gegen den bösen Blick. Für Jacob jedoch ist es noch mehr – ein Symbol des immer noch existierenden Bandes der Zuneigung zwischen ihm und seinem toten Vorfahren.
»Wie spät ist es?«, murmelt Nomsa auf Zulu.
Unter der Decke schiebt seine Hand sich unter ihr Hemd und bleibt auf ihrem warmen Bauch liegen. »Es ist noch nicht so weit, Schatz«, flüstert er ihr ins Ohr. »Ich wecke dich, wenn's Zeit ist.«
»Mit Frühstück?«
Vertraut mit der Landschaft ihres Gesichts, finden seine Lippen auch im Dunkeln ihre Lider und hauchen einen Kuss darauf. »Mit Frühstück.«

2

Das Erste, was Jacob sieht, als er das Neonlicht in der Küche einschaltet, ist ein Kurzbrief des Mord- und Raubdezernats auf dem quadratischen, mit Linoleum bespannten Tisch. Er trägt die Unterschriften von Senior Superintendent Niehaus und Director Visier, die erklären, dass sie zu ihrem Bedauern seiner Bitte um Versetzung von der Abteilung Raub und Mord in die Abteilung Kapitalverbrechen »aufgrund der momentan außergewöhnlich hohen Anzahl von Gesuchen um Versetzung in o.g. Abteilung« nicht stattgeben können. Mit Ausnahme der Abteilungen OCS und SVC, Organisierte Kriminalität und Kapitalverbrechen, sollen sämtliche Spezialeinheiten auf normale Revierebene oder in den Bereich Allgemeine Ermittlungen verlagert werden. Angesichts dieser neuerlichen Umstrukturierung im Polizeiwesen fürchtet Jacob, sich für alle Zeiten mit dem Rang eines Detective Inspector begnügen zu müssen, und hat deshalb um Versetzung gebeten.

Und wie's aussieht, bin ich nicht der Einzige.

Wieder klappert die Küchentür im Rahmen. Jacob erschrickt. Einen Augenblick hat es sich sogar angehört, als habe jemand am Türknauf gedreht.

Beim Anblick des sauber getippten Bescheids bricht sich die Enttäuschung wieder Bahn, die Jacob verspürte, als er ihn gestern bekam. Zehn Jahre bei Mord und Raub, fünf davon in Brixton, einem der gefährlichsten Reviere des Landes, und Empfehlungen von allen Vorgesetzten, die seine Versetzung direkt bewerkstelligen könnten – und trotzdem findet sich keine Lücke für ihn. Er wird das Gefühl nicht los, irgendetwas getan zu haben, was jemanden ganz hoch oben übel aufgestoßen ist, und dass er irgendwie nicht gut genug für die SVC ist.

Jacob seufzt. Er hätte es wissen müssen. Er hätte früher aktiv werden müssen.
Praktisch alle Kollegen unter dem Rang eines Superintendent schieben und rempeln wie Fußballspieler im Strafraum, um sich in eine der beiden Abteilungen, OCS oder SVC, zu retten. Nur dort kann man es zu was bringen, nur dort öffnen sich einem auch andere Türen. Es gibt zusätzliche Mittel und Personal, um Fälle rascher lösen zu können. Und auch die Bezahlung ist besser.
Er setzt das Teewasser auf, und ihm fällt wieder Nomsas Reaktion auf den Bescheid ein.
»Rassisten sind das, alle miteinander!«, schrie sie. »Dieser Niehaus und dieser Visier, die könnten es nicht ertragen, mit anzusehen, wie ein Schwarzer Karriere macht.« Als er sie darauf hinwies, dass es ein Schwarzer sei, Director Molethe nämlich, der Versetzungen zur SVC abnicke, änderte sie ihren Tonfall. »Aber wie kannst du sicher sein, dass sie ihm dein Gesuch überhaupt weitergereicht haben?« Er erklärte, dass er sich natürlich nicht sicher sein konnte, den beiden Männern jedoch vertraute, weil er jahrelang eng mit ihnen zusammengearbeitet hatte. Resigniert schüttelte sie den Kopf. »Jacob, Schatz, ich weiß nicht, wie ich dir das sagen soll, aber nicht alle Menschen sind wie du. Du bist einfach zu gutmütig. Zu vertrauensselig. Denk doch ein einziges Mal nur an dich! Bitte!«
Ihre Worte amüsierten und trafen ihn gleichzeitig. Sie amüsierten ihn, weil ihre Vorhaltungen eher Ausdruck ihrer Zuneigung für ihn und ihrer Solidarität mit ihm waren, als dass sie tatsächlichen Ärger bedeuteten; und sie trafen ihn, weil sie einen Verdacht geäußert hatte, der ihn zwar selbst schon eine Weile plagte, mit dem er sich allerdings nicht näher beschäftigen wollte. Er wollte nicht glauben, dass die Polizei ihn vielleicht die ganze Zeit nur benutzt hatte, dass er sich vielleicht selbst im

Weg gestanden hatte, indem er Polizeinovizen mit allem vertraut machte und dabei seine eigene Karriere vernachlässigte. *Anderen die Schuld für deine eigenen Versäumnisse zuzuschieben, bringt niemandem etwas, am allerwenigsten dir selbst.*

Die Lichter eines Minibus-Taxis wandern über das Küchenfenster und holen ihn in die Wirklichkeit zurück. Er zieht die Vorhänge auf und sieht einen stetigen Strom von Werktätigen durch die dunklen Straßen ziehen: Hausangestellte in dünnen Winterjacken mit bunten Kopftüchern und Schürzen; Bergarbeiter, bereits mit Helm und Arbeitskleidung; Handwerker mit ihren Pinseln, Fliesenschneidern und Wasserwaagen. Manche von ihnen schirmen ihre Augen gegen den groben Sand und den Kohlenrauch ab, den die Böen die düsteren Straßen entlangfegen.

Hinter ihm schlappt Nomsa in ihren Hausschuhen mit den Plastiksohlen laut gähnend in die Küche. »Wühlt da draußen wieder der braune Hund im Müll?«

Jacob lässt den Vorhang los und dreht sich lächelnd zu ihr um. »Nein. Ich glaube, der alte Tito hat ihn letztendlich doch erwischt und ihn als Trophäe für den Kaminsims ausgestopft.«

»Sag so was nicht!«

Jacob lacht. »Wieso bist du überhaupt schon auf? Habe ich dir nicht Frühstück im Bett versprochen?«

Nomsa fährt sich mit dem Unterarm über ihre verschlafenen Augen. Diese Geste und ihr rundes Gesicht mit dem kurzen, eng am Kopf liegenden Haar, lassen sie fünfzehn Jahre jünger aussehen als ihre tatsächlichen dreißig. Sie schlingt die Arme um Jacobs Taille und spreizt die Finger über seinen Po. »Eigentlich sollte ich *dir* Frühstück ans Bett bringen.«

Jacob küsst sie auf die Stirn. »Wieso das denn?«

Sie legt eine Wange an seine Brust und drückt ihn fester an sich. »Die Tournee. Das war so lieb von dir. Ich glaube, das war das schönste Geschenk, das ich je bekommen habe.«

Ihre offenkundige Freude erfüllt ihn mit großer Zufriedenheit. Der Kirchenchor – in dem seiner Meinung nach Nomsa mit Abstand die beste Sängerin ist – plant schon seit Monaten eine Tournee durch das Westkap, doch im letzten Moment stellte sich heraus, dass die Mittel nicht reichen würden. Um die Reise doch noch zu retten, bat das Komitee die Mitglieder, sie sich selbst zu finanzieren. Das war ein schwerer Schlag für Nomsa, deren Einkommen als Kassiererin in einem Supermarkt dafür nicht reichte. Ihre große Enttäuschung bewog Jacob, sich von einem Cousin und seiner Patentante, Mama Hettie Solilo, Geld zu leihen.

»Das wäre wirklich nicht nötig gewesen«, sagt sie jetzt wieder. »Das weißt du schon?«

»Aber du hast es dir verdient«, erwidert er liebevoll, obwohl er nicht die leiseste Ahnung hat, wie er dieses Darlehen zurückzahlen soll. Schon jetzt kann er nur mit Mühe die monatlichen Raten für das Haus und den Wagen abzahlen. »Außerdem wäre unser Chor ohne dich ganz schön aufgeschmissen. Und darum schicke ich dich mit, damit sie sich nicht allzu sehr blamieren.«

»Sei nicht so gemein!« Nomsa versetzt ihm in gespieltem Ärger einen Klaps auf die Brust.

»Ich bin nicht gemein, nur ehrlich.«

Ihre Hände tasten sich zu seinem Gesicht hoch, und sie zieht seinen Kopf zu sich. Ihr dankbarer Kuss wird rasch leidenschaftlicher, und schließlich wünscht Jacob sich, jeder Tag möge so einen Moment bringen.

3

Auf der Ladefläche von Jacobs kompaktem rotem Pick-up hocken Bekannte aus der Nachbarschaft, die er in die Stadt mitnimmt. Im Wageninneren sitzt Nomsa eingezwängt zwi-

schen Jacob und Tito. Der Wagen biegt auf den Golden Highway ab und fährt nach Osten, Richtung Johannesburg Zentrum. Der Himmel über ihnen ist mit grauen Wolkenfetzen verhangen, die nichts Gutes verheißen, und der Wind wirbelt Schleier aus grobem, gelbem Sand hoch, die über die verbrannte, ausgedörrte Landschaft fegen.
Während die unheildrohende Witterung anscheinend auch von seinen Passagieren wahrgenommen wird, fühlt sich Jacob durch den in der Luft liegenden Regen besser – auch wenn es für ein Gewitter eigentlich schon zu spät im Jahr ist. Schutz suchend gleitet Nomsas Hand über seinen Schenkel.
»So ein grässlicher Tag«, bemerkt sie.
»Unsinn«, sagt Jacob. »Es schaut nach Regen aus. Was Besseres gibt's doch gar nicht.«
Als weder Nomsa noch Tito darauf antworten, fügt auch er nichts mehr hinzu, und unterdrückt den Wunsch, sein Fenster zu öffnen, um die eisige Luft auf seinem Gesicht zu spüren.

4

Im Büro angekommen ruft Jacob als Allererstes Joan Mason an, um sich nach dem Zustand ihres Sohnes zu erkundigen. Zu seiner Erleichterung teilt sie ihm mit, dass er stabil ist. Dennoch will sich das unbehagliche Gefühl, das ihn schon vorher gequält hat, nicht legen.
Was ist denn los? Was ist in dich gefahren?
Er zögert einen Augenblick, ehe er bei seinen Eltern anruft. Er stellt sich vor, wie seine Mutter darauf besteht, seinem bettlägerigen Vater das Telefon zu bringen, und kann die schnarrende Stimme des Alten beinahe schon hören: *Du besuchst uns doch ohnehin nicht mehr, warum sollten wir dich also anrufen, wenn hier was nicht stimmt?*

Dann kommt er zu der Einsicht, dass ihm der Kommentar seines Vaters egal sein kann, und wählt die Nummer seiner Eltern. Nach einem kurzen Rauschen in der Leitung hört er das Klingeln am anderen Ende. Es klingelt und klingelt …

Eine Faust beginnt in seinen Eingeweiden zu wühlen. *Das war's. Jetzt ist er endgültig weg.*

Dann klickt es plötzlich, und eine klangvolle Stimme sagt: »Tshabalala.«

Es ist seine Mutter, und sie spricht, als ob alles wäre wie immer.

»Ma«, sagt er. »Ich bin's. Ich wollte nur hören, ob bei euch alles in Ordnung ist. Wir haben schon lange nichts mehr voneinander gehört.«

»Jacob? Ja, wieso fragst du?«

»Wie geht's Taté?«

»Du weißt ja, wie das bei ihm ist. Er sieht von Tag zu Tag schlechter aus, aber seine Augen, die sind noch so lebhaft wie immer.« Jacob hört das Lächeln, das sich in der Stimme der alten Frau ausbreitet. »Er wird nicht loslassen, bis du …«

»Dann geht's ihm also gut?«, unterbricht Jacob sie.

»Ja.« Dann hört er, wie ihr aufgeht, woher seine plötzliche Besorgnis kommt. »Jacob, hast du etwas gesehen?«

Seine Mutter ist davon überzeugt, dass er die Gabe der Weissagung besitzt, seit er ihr als Kind von einer Vorahnung erzählt hatte, die von ihm Besitz ergriffen hatte. An jenem Tag hatte er sich seltsam krank gefühlt, und kurz darauf wurden sein Vater und sein Großvater wegen ihrer Teilnahme bei der Tötung eines Zauberers aus der Gegend verhaftet. In der Vorstellung seiner Eltern ist er immerhin der erstgeborene Sohn in einer langen Ahnenreihe angesehener *Sangomas* aus dem Stamm der Zulu. Allerdings ist er auch der Erste, der seiner Bestimmung nicht folgt.

»Nein«, sagt er. »Nichts. Wahrscheinlich geistert nur Ndoda wieder durch meine Träume.«
Seine Mutter lacht. »Dieser Mann! Seine alten Tage hat er damit verbracht, dich *ins* Bett zu bringen, und im Jenseits hat er nichts Besseres zu tun, als dich *aus* dem Bett zu werfen.«
»Ab und zu könnte er mich schon mal in Ruhe lassen«, stimmt Jacob ihr zu.
»Dein Vater würde dir raten, ein Trank-Opfer darzubringen.«
»Ndoda lebt in meinem Herzen, Ma. Vergossenes Bier würde ihn auch nicht glücklich machen.«
Sie lacht. »Ja, er hatte sein Bier am liebsten in einer Kalebasse. Alles andere war für ihn Verschwendung.«
Tief Luft holen, Tshabalala, mehr brauchst du nicht, versucht er sich zu beruhigen, als er auflegt.
Ein gelber Post-it auf seinem Schreibtisch erregt seine Aufmerksamkeit. Eine Nachricht, hingekritzelt von Supe Niehaus. Jacob ruft ihn an, und sein Vorgesetzter meldet sich beim ersten Klingelzeichen. Während er den morgendlichen Anweisungen lauscht, wandert seine freie Hand zu seinem Nasenrücken hoch, und er drückt fest zu.
»Entschuldigen Sie, Supe«, unterbricht er Niehaus, »*wo* soll ich hin?«
»Boet«, kommt die Antwort aus dem Hörer, »das haben die mir heute Morgen wie eine Ladung Vogelkacke über den Schädel geschüttet. Die sind der Meinung, nach dem, was letzten Donnerstag in Hillbrow los war, brauchen die Uniformierten und die Bereitschaftspolizei Verstärkung. Die Anfrage ist an alle Abteilungen gegangen, nicht nur an uns. Ich bin schon vor Ort, und ich weiß, dass Sie einer der wenigen sind, die so früh ins Büro kommen, also könnten Sie hopp-hopp rüberkommen? Wir sind nur die Verstärkung. Um zehn könnten wir uns schon wieder um unseren eigenen Kram kümmern.«

So ein Einsatz hat nichts mit Ermittlungsarbeit zu tun. Das ist der tägliche Grabenkampf der uniformierten Polizei. Jacob schaut auf seine Uhr und dann auf die einsturzgefährdeten Aktenstapel in seinen Posteingangskörben.

»Supe, ich ... auf mich wartet hier jede Menge Arbeit.«

»Ich weiß, ich weiß. Hören Sie, dafür kriegen Sie Ende der Woche frei. Was halten Sie davon?«

Jacob verzieht das Gesicht bei dieser leeren Versprechung. Es gibt keine Zeit für einen freien Tag. Er hat dieses Jahr bereits über sechshundert unbezahlte Überstunden – und die Belege dafür – angesammelt. Nichts als ein Haufen Zettel, mit denen er weder seine Rechnungen bezahlen noch die versäumte Zeit mit Nomsa nachholen kann.

»Jakes, ich bitte Sie inständig.«

Jacob könnte die Wände hochgehen. Es ist nicht das erste Mal diese Woche, dass er alles liegen- und stehenlassen muss, egal wie dringend es ist. Er muss mehr als zehn Fälle für die Staatsanwaltschaft und seinen eigenen Auftritt vor Gericht kommenden Freitag vorbereiten. Außerdem müsste er nach Pretoria fahren, um Blut- und Haarproben abzuholen, die irgendwo zwischen dem Büro in Johannesburg und dem Labor auf der Strecke geblieben sind. Doch was spielt das alles für eine Rolle, wenn dieser Mann, der regelmäßig für seine Mitarbeiter den Kopf hinhält, ihn um einen Gefallen bittet?

»Geht klar, Supe«, willigt er schließlich ein. »Geben Sie mir eine halbe Stunde.«

Als er auflegt, fällt ihm wieder ein, was Nomsa gestern Abend gesagt hat. »Du bist einfach zu gutmütig.« Es ist nicht das erste Mal heute, dass er diesen Satz aus seinen Gedanken verbannt. Er will sich nicht damit auseinandersetzen. Nicht jetzt.

Zwanzig Minuten später ist er in einem nicht gekennzeichneten Wagen, ähnlich jenem, der Harry in Alexandra zerlegt wurde, unterwegs nach Wynberg. Der Wagen macht ein Geräusch, als kullerten ein Dutzend Golfbälle im Motorblock herum, und Jacob kann nur hoffen, dass er ihn an sein Ziel bringt.

5

Jacob parkt den Wagen am oberen Ende einer abschüssigen Straße, die in einen heruntergekommenen Teil des westlich der Township Alexandra gelegenen Industriegebiets von Wynberg führt. Er lehnt sich an die Autotür und lässt seinen Blick über das niedrige graue Fabrikgebäude am Ende der Sackgasse schweifen. Im Morgendunst hockt es da wie ein riesiger Mistkäfer und entlässt aus Öffnungen in den Seitenmauern seinen feuchten Pesthauch in die kalte Luft. Vor dem Tor haben sich zahlreiche Aktivisten verschiedener Antikapitalismus- und Menschenrechtsgruppen mit über vierhundert Hausbesetzern hinter Barrikaden aus brennenden Reifen und herausgerissenem Straßenpflaster verschanzt. Jacob sieht einen Mann auf einem Skateboard, der sich abstößt und die Straße hinunterrollt. Der Mann trägt ein rotes T-Shirt, bedruckt mit goldenem Hammer und Sichel. Jetzt reißt er die zu Fäusten geballten Hände in die Höhe und rollt immer schneller auf die Menschenmenge zu.

»*Amandla awethu*, Brüder und Schwestern!«, schreit er ihnen entgegen, einen alten Schlachtruf aus der Zeit der Apartheid. »Die Macht ist euer! Euer Kampf ist noch nicht vorbei. Der Staat macht immer Versprechungen, nimmt euch aber alles nur weg. Ihr habt ein Recht auf dieses Dach über eurem Kopf. Das steht in der Verfassung, und dafür kämpfen wir hier und heute!«

Die Antwort erschallt aus Hunderten zornigen Kehlen. In den vordersten Reihen vollführen junge Männer die ruckartigen,

aggressiven Hüft- und Schulterbewegungen des *Toyi-Toyi*, schwingen mit Nägeln gespickte Stöcke, Rohre und Stangen über ihren Köpfen. Zwei *Sangomas* mit Tierfellen über Jeans und Fleece-Shirts streifen von einer Flanke der Demonstrierenden zur anderen, spornen sie an, sich nicht unterkriegen zu lassen und bieten ihnen Kräutertränke an, um ihren Mut zu stärken. Hinter den Reihen der *Impis* – der selbsternannten Kämpfer für die Entrechteten – stehen besorgte Frauen mit Kindern, die sie in um die Hüfte oder die Schultern geschlungenen Tüchern tragen oder neben sich sitzen haben. In ihren Gesichtern leuchtet die letzte Hoffnung, dass diese jüngste Zwangsräumung noch irgendwie abgewehrt werden kann.
Ein Brüllen hinter ihm lenkt Jacobs Aufmerksamkeit wieder zurück auf die Lees Street. Zwischen den Streifenfahrzeugen und den Transportern der Bereitschaftspolizei nimmt eine weitere Kampfreihe Aufstellung. Diese etwa hundert Mann sehen mit ihren roten Schutzhelmen und -anzügen, Plexiglasschilden und schwarzen Sjamboks wie eine kleine Armee von Kammerjägern aus. Die Army Ants, Wanderameisen, wie der Räumungstrupp von den Bewohnern der innerstädtischen Slums genannt wird, hören einem rundlichen Schwarzen in einem billigen, karierten Khakianzug zu, der vor ihnen auf- und abmarschiert und Befehle brüllt. Daneben stehen zwei Männer mit olivfarbener Haut – in ihren exakt gebügelten Hemden und Chinohosen allem Anschein nach Geschäftsleute –, die wahrscheinlich diese private Sicherheitsfirma angeheuert haben, um den Räumungsbefehl des *Sheriffs* zu vollstrecken. Bei den beiden Männern in Freizeithosen steht ein dritter im Anzug. Seiner Adlernase nach könnte er Nordafrikaner sein, doch dazu ist er zu hellhäutig. Das Grüppchen wirkt unbekümmert, der Gedanke an einen möglichen Ausbruch von Gewalttätigkeiten scheint sie nicht zu belasten. Ebenso wenig wie die Sorge, wo

die Menge der Obdachlosen, die sie an diesem Morgen vertreiben lassen, heute Nacht schlafen werden.

»Das kann ja heiter werden«, sagt jemand auf Afrikaans.

Niehaus kommt angetrampelt, in einer Hand ein Walkie-Talkie. Ein bitteres Lächeln verzerrt seinen Mund mit dem dünnen Oberlippenbart. »Das Beste haben Sie verpasst, Jakes. Das versteht man wohl im 21. Jahrhundert unter geschickten Verhandlungen: zehn Minuten selbstgerechten Schwachsinn verzapfen. Ungefähr so hilfreich, wie eine Aids-Warnung an ein Kondom zu tackern. Wer ist dieser Typ auf dem Skateboard überhaupt?«

»Sie konnten sich also nicht einigen?« Jacob zieht den Reißverschluss seines Anoraks ganz hinauf bis zum Hals, in der Hoffnung, die Kälte abhalten zu können. Über ihm haben sich die Wolkenfetzen zu dunklen, regenschweren Massen verdichtet, die ihre mächtigen Schatten auf die unter raren, kraftlosen Sonnenstrahlen aufblitzende Landschaft werfen.

»Konnten nicht?« Niehaus lacht. »*Wollten* nicht trifft's schon eher. Glauben Sie vielleicht, diese zwei elenden Griechen zahlen dafür, dass irgendwo anders ein paar hundert Zelte aufgestellt werden oder dass sich die Regierung hier und jetzt eine Sozialsiedlung aus dem Arsch popelt?«

»So geht's aber doch auch nicht.«

Vor zwei Wochen war vor einem zum Abriss bestimmten Gebäude in Joubert Park eine ähnliche Situation zu regelrechten Krawallen eskaliert. Eine andere Sicherheitsfirma hatte die Habseligkeiten von ein paar Hundert Hausbesetzern auf die Noord Street geworfen und die aus dem Haus Vertriebenen dann angeblich daran gehindert, sich ihr Eigentum wiederzuholen. Einige der Männer des Räumungstrupps hatten sogar schon begonnen, sich ihren Anteil an der Beute zu sichern. Die dadurch entfachten Ausschreitungen waren nur mit Mühe unter Kontrolle gebracht worden, und zurück blieben die weiträumig um die Johannesburg Art Gallery verstreuten Waren der fliegenden Händler, die im nahe gelegenen Bahnhofsviertel ihren Geschäften nachgingen.

Niehaus wird ernst. »Natürlich nicht, aber diese Leute verstoßen gegen das Gesetz, Jakes. Der Sheriff hat ihnen den Räumungsbescheid schon vor sieben Monaten zugestellt, und sie sind immer noch da. Jetzt ist ihre Zeit um.«

»Aber wo sollen sie denn hin?«

Niehaus zuckt die Achseln. »Über die Tatsache hinaus, dass sie momentan gesetzwidrig handeln, ist das nicht unser Problem.«

»Ich würde mich auch nicht von der Stelle rühren!« Jacob schlägt die Autotür zu. »Wenn dieses Haus schon vier Jahre leer steht und ich nicht wüsste, wo ich hinsoll, würde ich auch nicht gehen.«

»Wenn wir Privateigentum nicht schützen würden, was meinen Sie, wie's hier zuginge, Jakes?« Niehaus seufzt und kratzt sich sein Bleistiftbärtchen. »Kommen Sie, wir sind hier nur zur Verstärkung. Nehmen Sie sich das nicht zu sehr zu Herzen.«

»*Aikona,* Kobus! Ich weiß nicht, wo mir vor Arbeit der Kopf steht, und muss alles liegen- und stehenlassen, um bei einer Zwangsräumung zuzusehen. Ich dachte, *die* Zeiten wären vorbei.«

»Das ist was ...«

»Was ist mit der Würde dieser Menschen? Sie, sie ...« Jacob winkt hilflos ab. »So geht man mit *Hunden* um, Supe!«

Niehaus saugt an seinen Zähnen. »Wie sind Sie denn drauf, he? Ist es wegen Harry?«

»Ja und nein«, antwortet Jacob, nun mit ruhigerer Stimme. »Aber die Vorstellung, dass all diese Menschen heute Nacht in den Büschen entlang der Autobahn schlafen müssen ... Das darf einfach nicht sein!«

Niehaus klopft Jacob auf die Schulter. »Sobald sein Zustand stabil ist, werden sie ihn herauffliegen. Machen Sie sich keine Sorgen, der Kerl schafft das schon.«
Befehle werden die Phalanx der Bereitschaftspolizei entlang geschrien. Helmriemen festgezurrt, Tränengaswerfer, Gewehre und Wasserschläuche kontrolliert. Reporterteams rücken zentimeterweise näher heran, begierig, die bevorstehenden Geschehnisse für die Vormittagsnachrichten in Fernsehen und Presse zu dokumentieren. Weiter unten auf der breiten Straße verdeckt öliger Rauch die skandierenden, tanzenden, Schmährufe ausstoßenden Demonstranten. Ein junger Mann mit nacktem Oberkörper läuft vor, springt in die Luft und schreit aus vollem Hals, ehe er sich zu Boden fallen lässt und so tut, als sei er tödlich verwundet worden. Mütter und Großmütter jeden Alters treiben Kinder zusammen und führen sie in das Fabrikgebäude zurück. Nur eine Frau im rosa Trainingsanzug bleibt einfach am Fabriktor stehen und sieht zu. An ihre Beine drängen sich drei kleine Mädchen, auch sie in ähnlichen rosa Anzügen.
Jacob dreht sich zu seinem Vorgesetzten um. Er hat beschlossen, auszusprechen, was ihm seit gestern Nachmittag nicht mehr aus dem Kopf will. »Ich habe gestern einen Brief von Director Visier bekommen. Hätten Sie's mir nicht selbst sagen können?«
Niehaus stemmt beide Hände in die Hüften, sieht zu Boden und nickt langsam. »Ich hab mir schon gedacht, dass Sie das vielleicht falsch verstehen. Ich habe gestern den ganzen Tag in Bloem festgesessen. Eigentlich hatte ich darum gebeten, dass der Brief nicht rausgeht, bevor wir beide darüber gesprochen haben. Ist aber leider doch passiert.«
»Sie und der Chief zusammen konnten wirklich *absolut* nichts für mich finden?«
»Um's kurz zu machen: Seit die Umstrukturierung angekündigt

wurde, rennen die besten und erfahrensten Kripoleute Chief Molethe mit ihren Versetzungsgesuchen die Tür ein. Verdammt noch mal, da bewerben sich Captains, die sich mit dem Gehalt eines Inspektors zufriedengeben würden. Irgendwo im Land hätte man Sie schon in einer OCS oder SVC untergebracht, aber Sie wollen ja unbedingt in Johannesburg bleiben.«

»Sie wissen, dass ich hier nicht weg kann. Ich habe das Haus, und meine Partnerin hat hier einen Job.«

Niehaus zuckt die Schultern in einer Geste, die bedeutet: *Genau das ist der Punkt.*

Laut sagt er: »Dann müssen Sie noch ein bisschen Geduld haben.«

Direkt hinter den Polizisten ertönt plötzlich das nervöse Gackern einer Journalistin: »Und hier? Wie schaut's hier aus? Können wir bitte von hier draufhalten. Mikey, dreh doch die Kamera mal hierher. *Hierher!«* Beide drehen sich um und sehen in ihre Richtung. Die Frau in dem cremefarbenen Mantel, ein Mikrofon des südafrikanischen Fernsehens in der Hand, sieht Jacob einen Moment in die Augen, dann huscht ihr Blick wieder davon, und sie bombardiert einen der Bauunternehmer mit ihren Fragen. Die behaarten Arme herausfordernd vor der Brust verschränkt, antwortet der mit Selbstbewusstsein und Entschiedenheit: In diesem Fabrikgebäude hausen über sechshundert Menschen in elenden Verhältnissen. Sie haben keine abgeteilten Schlafplätze, und das Gebäude wurde nicht zu Wohnzwecken erbaut. Die Gesamtfläche ist momentan in 130 Räume unterteilt, die nur durch grob gespannte Leinen mit darübergehängten Decken voneinander getrennt sind. »Nach Toiletten fragen Sie mich? Woher denn! Das Wasser wurde als Allererstes abgestellt, als die Fabrik vor vier Jahren geschlossen wurde. Das heißt kein fließendes Wasser, nein. Überlegen Sie sich das mal«, sagt der Mann nach einer einstudierten Pause.

»Es gibt auch keinen Strom«, fährt er fort. »Da drinnen ist es so dreckig, dass Sie nicht mal atmen können. Sie können sich das gar nicht vorstellen. Und die Kinder, die sind rund um die Uhr da eingesperrt, gehen nicht zur Schule, kriegen nichts Anständiges zu essen. Das kann doch nicht erlaubt sein, oder? Doch abgesehen davon, dass es am Allernotwendigsten fehlt«, fügt er in einem leutseligen Ton hinzu, der Jacob rasend macht, »ist die Lagerhalle eine Brandbombe, die jeden Moment in die Luft gehen kann. Das muss man sich mal vorstellen, die ganzen Paraffinkocher neben den Betten und unter den Decken, die als Raumteiler dienen. Und dann noch die vielen *Kinder* ..., das schreit nach Ärger, Shanie, das brauche ich Ihnen wohl nicht zu sagen. Wir pochen jetzt hier nicht nur auf unsere Rechte als Eigentümer. Auf lange Sicht retten wir zweifellos eine Menge Leben.«

Die in bedächtigem Ton vorgetragenen Ausführungen des Mannes allein hätten für Jacob noch lange nicht überzeugend geklungen, doch er kann selbst sehen, dass der ganze Parkplatz von dem Müll vieler Hunderter Menschen übersät ist, der sich in all den Jahren angesammelt hat, ohne dass die Stadtverwaltung etwas zu seiner Entsorgung getan hätte. Und er riecht auch den Gestank von Verwesung und menschlichen Ausscheidungen, obwohl der Wind in die andere Richtung weht.

Als die Reporterin dem Geschäftsmann einige unbequeme Fragen zu der Vertreibung dieser mittellosen Menschen stellt – hat er ein schlechtes Gewissen deswegen? Wie sieht es mit der ethischen Tragweite dieser Entscheidung für die Firma aus? Wie stehe sie zu den Vorwürfen, dies sei eine neue Form von Zwangsräumung mit dem ausschließlichen Ziel, Geld zu machen? –, hebt er eine tadellos gepflegte Hand, an deren Gelenk ein dickes Goldarmband baumelt.

»Das ist keine praktische Übung in Apartheid. Versuchen Sie

bitte nicht, das Ganze in diese Ecke zu drängen. Vergessen Sie nicht, es gab einen rechtmäßigen Gerichtsbeschluss. Was würden Sie tun, wenn drei, vier, ja hundert Familien beschlossen hätten, in Ihr Haus zu ziehen, nur weil es leer stand, als Sie im Urlaub waren?« Er macht eine Pause, während der die Journalistin hektisch nach einer passenden Antwort sucht, dann fährt er unvermittelt fort. »Darüber sollten Sie sich einmal Gedanken machen. Was aus diesen Leuten jetzt wird, ist das Problem der Regierung, nicht unseres.«

Niehaus gibt ein kurzes, ungläubiges Lachen von sich. »Raffzähne, alle miteinander. Wedeln Sie ihnen mit einem Bündel Geldscheinen vor der Nase rum, und schon verwandeln sie sich in einen Haufen Haie zur Fütterungszeit. So läuft das in dieser Stadt, Jakes. So läuft das hier.«

Mit einem Kopfnicken deutet Jacob zu den beiden schwarzen Geschäftsmännern, die neben den anderen stehen. »Sind das nicht die Phaliso-Brüder?«

»In all ihrem Glanz, mein Freund.«

»Ich wusste gar nicht, dass die Army Ants den Abasindisi gehören.«

»Die lassen nichts aus, wenn sie nur ihre gierigen Zähne in jeden Sicherheitskuchen schlagen können, der ihnen unter die Nase kommt.«

»Aber verurteilte Verbrecher dürfen doch wohl keine Sicherheitsfirmen besitzen?«

»Da haben Sie schon recht, aber die beiden sind ja nie wegen irgendwas verurteilt worden. Ich weiß gar nicht, ob überhaupt mal jemand den Mut hatte, sie anzuklagen. Den Hausbesetzer zeigen Sie mir, der sich traut, bei einer Gegenüberstellung mit dem Finger auf einen der beiden zu deuten. Niemand lässt sich gern dabei sehen, wie er einen Helden der Gemeinschaft eines Vergehens beschuldigt – auch wenn der ihm gerade die eigene

Frau aufgehängt hat, weil sie ein Darlehen von fünfzig Rand nicht rechtzeitig zurückzahlen konnte. Bei dem Rückhalt, den die beiden in der Bevölkerung in den Townships haben, sind sie praktisch unantastbar.«

Die erste Gruppe der Bereitschaftspolizei marschiert im Gleichschritt an ihnen vorüber auf die Fabrik zu. Die Männer trommeln mit ihren Schlagstöcken auf ihre transparenten Schutzschilde. Die Reihe der Ants ist verstummt, Nervosität ist spürbar. Sie warten ab, dass die Polizei in der Anfangsphase des Einsatzes die Führung übernimmt. Am unteren Ende der Straße ziehen sich ein paar widerstrebende Demonstranten aus den hinteren Reihen zurück, doch die in den vorderen, die auf eine Konfrontation brennen, werfen die ersten Benzinbomben und Ziegelsteine auf die herannahende Polizei.

»Wenn sie schon vier Jahre da sind, was spielt es dann für eine Rolle, wenn sie noch ein Jahr bleiben, bis man vernünftige Unterkünfte für sie gefunden hat?«

Diese Frage ist Ausdruck von Jacobs Hilflosigkeit. Er ist sich bewusst, wie naiv, ja hoffnungslos sie klingt. In einem armen Land, das vorgibt, reich zu sein, ist für Arme kein Geld da. Oder besser gesagt: kein politischer Wille.

Gut zwanzig Meter hinter der Bereitschaftspolizei marschieren jetzt auch die Army Ants los. Ihre Aufgabe ist es, den Hausrat der Fabrikbesetzer aus dem Gebäude zu entfernen und die Fabrik dann bis zur Errichtung einer Schutzmauer oder gegebenenfalls bis zum Abschluss der Renovierungsarbeiten und dem Weiterverkauf zu bewachen.

»Alles wäre viel besser gelaufen, wenn dieser Hardliner auf dem Skateboard seine Nase nicht in diese Sache gesteckt hätte. Makhe Motale heißt er, oder so ähnlich.«

Eine heftige Bö fegt Ranken goldenen Sands und eine silberne Knabbergebäckpackung die Straße entlang. Jacob sieht, wie der

Aktivist sich mit seinen kräftigen, baumstammdicken Armen furchtlos den Polizisten entgegenschiebt. Er wird von zwei jungen Schlägertypen flankiert, die aussehen, als hätten sie Testosteron statt Muttermilch bekommen. Einer der beiden filmt den Anmarsch der Polizei bereits mit einem digitalen Camcorder.

»Wir verlangen nicht viel!«, ruft Makhe den Polizisten auf Englisch zu. »Wir wollen nur ein Dach über dem Kopf, über den Köpfen unserer *Kinder!* Aber auch das ist noch zu viel, wenn es darum geht, auf unseren geschundenen Rücken Geld zu machen.«

»Ich habe keine Ahnung, wer das ist, aber er weiß genau, was er tut.« Jacob nimmt die Pistole von seinem Gürtel ab und hält sie Niehaus hin.

Der Superintendent mustert ihn von oben bis unten. »Was soll das?«

»Tut mir leid, Supe, das ist Schwachsinn. Ich gehe da jetzt runter und sehe, dass ich dem irgendwie ein Ende mache. Ich bin sicher, ich kann mit diesem Makhe reden.«

Niehaus packt Jacob am Hemd. »Wir halten uns im Hintergrund, Jacob. Sie gehen keinen Schritt weiter. Das ist eine Sache zwischen denen und der zuständigen Behörde. Sie haben sich bereits entschieden.«

Genau in diesem Augenblick tönt das dumpfe Aufschlagen von Tränengaskanistern zu ihnen hoch. Als sie aufblicken, sehen sie, wie sich dichte weiße Rauchfahnen zischend über die Köpfe der anmarschierenden Polizei durch die Luft schlängeln und tief in die Reihen der Demonstranten eintauchen.

»Was machen die für einen Scheiß?«, schreit Niehaus. »Bei diesem Mistwetter wissen die doch gar nicht, in welche Richtung das Zeug weht.«

In Sekundenschnelle spritzen die Demonstranten wie Schrot-

kugeln auseinander, einige, zu allem Entschlossene, packen jedoch die rauchenden Kanister mit Topfhandschuhen und schleudern sie zu den anrückenden Polizisten zurück. Einer der Behälter fällt neben Makhe zu Boden und rollt die Straße hinab. Dieser hat sich mittlerweile von seinem Skateboard gestemmt und sich, von dem um ihn herum brodelnden Tränengas anscheinend unbeeindruckt, im Schneidersitz und mit vor der Brust verschränkten Armen mitten auf den Asphalt gesetzt. Er sitzt da wie ein zürnender Messias im Angesicht seiner Feinde. Seine Entschlossenheit verfehlt ihre Wirkung auf Jacob nicht.
»Schaut sie euch an!«, ruft Ncolela Phaliso im Khakianzug. »Wie Ameisen unter dem Vergrößerungsglas. Schaut sie euch bloß an.«
Die vier Männer, die die Räumung überwachen, haben sich weiter die Straße hinauf zurückgezogen, beobachten das Geschehen jedoch immer noch gespannt. Ncolela stampft aufgeregt mit dem Fuß und hat seinen links und rechts von ihm stehenden Geschäftspartnern die Arme auf die Schultern gelegt. Beide wirken unangenehm berührt von dem engen Körperkontakt. Godun Phaliso steht mit hinter dem Rücken verschränkten Armen allein etwas abseits. Er ist deutlich magerer, als Jacob im ersten Augenblick dachte, regelrecht ausgezehrt.
»Jesus Christus.« Niehaus lässt Jacobs Hemd los und dreht sich zu dem ausbrechenden Chaos um. »Was für eine Scheiße.«
»Bitte keine Gotteslästerungen in meiner Gegenwart.« Jacob lässt die Menge keine Sekunde aus den Augen.
»Verzeihung.« Der Superintendent interessiert sich plötzlich brennend für seine Schuhe.
Gut zehn Meter von ihnen entfernt nehmen die Polizisten mit dem Sicherheitsdienst als Nachhut außerhalb des vom Tränengas verpesteten Bereichs Aufstellung. Schüsse krachen.

Gummigeschosse, Schrotkugeln und leere Patronenhülsen pfeifen durch die Luft. Der Gestank von verbranntem Gummi und Tränengas weht zu ihnen hoch und nimmt ihnen den Atem. Überall rennen aufgeregte Demonstranten herum, verzweifelt bemüht, den stechenden weißen Wolken zu entkommen. Doch an mehreren Stellen sinken welche zu Boden, entweder von Projektilen getroffen oder von den schlimmsten Dämpfen halb erstickt.

Ohne Vorwarnung brechen zehn Polizisten zu beiden Seiten der angriffslustigen Phalanx aus und stürzen sich auf Makhe und seine Leibwächter. Als hätten sie geahnt, was auf sie zukommt, und dafür geprobt, dreht sich der Typ mit dem Camcorder jäh um und flüchtet sich in die dichteste Gruppe unerschrockener Demonstranten, während der andere Schläger näher an Makhe herantritt und sich für den Angriff wappnet, der einen Sekundenbruchteil später mit der Wucht heranbrausender Güterzüge auch tatsächlich erfolgt. Ohne Rücksicht auf sein Gebrechen wird Makhe Motale herumgewirbelt.

»Jes – ich meine, *verdammt!* Sehen Sie sich den an.« Niehaus lacht, als Makhe einem der gepanzerten Polizisten einen Stoß versetzt, dass der mit ausgestreckten Armen und Beinen rückwärts zu Boden geht. Gleichzeitig gelingt es ihm, einen zweiten in den Schwitzkasten zu nehmen, als der sich, nichts Böses ahnend, zu ihm hinunterbeugt, um ihm Handschellen anzulegen. Makhe wirft auch diesen Polizisten mit einem Schulterwurf krachend zu Boden.

»Ha! Ein Krüppel schleudert sie durch die Luft wie Ausschneidepuppen. Mann, da werden sie sich in den Umkleiden aber schwertun mit Ausreden.«

Jacob findet das Ganze weniger lustig. Er muss bei diesen Szenen an die Krawalle der achtziger Jahre zurückdenken, deren Ausbruch im ganzen Land er in der Geborgenheit von Mama

Hettie Solilos Wohnzimmer am Fernsehbildschirm verfolgt hat. Das war noch vor Nelson Mandelas Freilassung aus dem Gefängnis und seiner eigenen Aufnahme in die Polizeischule. Er erinnert sich an diese Zeit als eine Periode des Schreckens und der Ungewissheit, auch wenn die Menschen von Hoffnung sangen.

»Jacob«, sagte Mama Solilo damals oft, »willst du auch einer von den vielen jungen Leuten sein, die auf den Straßen sterben? Stellst du dir deine Zukunft so vor?«

Er saß dann immer im Wohnzimmer auf dem Boden, die knubbeligen Knie des Heranwachsenden an die Brust gezogen, und blickte über die Schulter auf die alte Naturheilerin, die, in eine Steppdecke gehüllt, zusammengesunken in ihrem grünen Lehnstuhl saß. So gern er tagsüber mitmachte, wenn seine Schulkameraden sich im Freiheitskampf übten, zu Hause, unter Hetties missbilligendem Blick, vermochte er die in ihm brodelnde Erregung doch stets im Zaum zu halten. Sie war entschieden der Meinung, dass es künftigen Generationen mehr nützen würde, wenn er etwas lernte, als wenn er gegen Gesetze verstieß, die ohnehin nicht mehr lange Bestand haben würden.

»Nein, *Magogo*«, sagte er dann, »aber irgendwie finde ich es nicht richtig, nur rumzusitzen.«

Sie nickte. »Gut, mein Junge. Diese Demonstranten haben ja nicht unrecht, versteh mich nicht falsch. Aber dein Großvater und die Ahnen deines Stammes haben Größeres mit dir vor.

»Diese Menschen«, sagte sie dann mit einer Mischung aus Trauer und Respekt in ihrer Stimme, »sind die *Impis* von heute. Sieh mal, wie sie alles kaputt machen! Aber du – du wirst einmal jemand für die Zukunft sein. Du wirst nicht beim Zerstören helfen, sondern beim Aufbauen. Das liegt in deiner Natur, Jacob Tshabalala.«

Die Erinnerung ist so lebendig, dass er unwillkürlich den Kopf schüttelt, doch so einfach lässt sie sich nicht vertreiben. Eine bessere Zukunft gestalten? Zwanzig Jahre später steht er hier, und es passiert wieder genau dasselbe. Dazu ist er nicht Polizist geworden. So hat er sich das nicht vorgestellt.

KHUMBULA!

Wie Blitz und Donner grollt es in Jacobs Kopf, und er taumelt wie geblendet rückwärts. Niehaus' aufgeregter Kommentar tritt augenblicklich in den Hintergrund, ebenso wie das übrige Getöse, und Jacobs Haut beginnt zu kribbeln, als wäre sie von Spinnweben überzogen.

Khumbula, Jacob!

Dieser Eingriff in sein Bewusstsein erschüttert ihn so sehr, dass er seinem Vorgesetzten einen nervösen Blick zuwirft, doch Niehaus ist von dem Spektakel so in Bann gezogen, dass er die Betroffenheit seines Inspektors anscheinend gar nicht bemerkt.

Erinnere dich!

Es ist die gebieterische Stimme seines Großvaters, so wie er sie aus der Zeit in Erinnerung hat, als der Alte noch lebte. Und der klingt zorniger als an dem Tag, als Jacob und seine Cousins vergessen hatten, den Viehkraal der Familie zu schließen, woraufhin die drei Ziegen daraus verschwanden. Erschrocken sieht er sich nach der Herkunft der Stimme um, denn diesmal ist sie so laut, dass sie unmöglich aus seinem Kopf kommen kann. Doch er sieht nur Zeitlupenausschnitte von Niehaus' Lippen, die sich ununterbrochen bewegen; die selbstzufriedenen Gesichter der Immobilienhändler, die den Phaliso-Brüdern die Hand schütteln; leere Patronenhülsen, die wie Kreisel durch die Luft wirbeln; die wachsamen, reglosen Mienen der Polizisten und Sicherheitsleute. Während ein paar Meter von ihm entfernt Schlagstöcke noch immer auf Makhes Leibwächter einprügeln – er selbst liegt mittlerweile zusammengerollt auf dem

Boden – verschwimmt unten an den Fabriktoren die Reihe zurückweichender, aber noch immer entschlossener Demonstranten in der von den brennenden Kisten und Reifen aufsteigenden heißen Luft zu einer flimmernden Fata Morgana. Und über all dem flackert immer wieder kraftloses Sonnenlicht aus düsteren Wolken.

Dort! Am Rande des Tumults, links von den Toren, steht die drahtige Gestalt eines Afrikaners, in Leoparden- und Schakalfelle gehüllt und mit Perlen behängt, wie es einem *Sangoma* zukommt. In einer Hand hält er einen weißen Stab. Der Anblick der vertrauten Erscheinung entlockt Jacob ein Lächeln …, doch so plötzlich er diesem Hexenkessel enthoben wurde, so unvermittelt wird er wieder dahin zurückgestoßen. Die Figur, in der er seinen Großvater zu erkennen glaubte, ist verschwunden, und an ihrer Stelle erregt das Aufleuchten eines rosa Kleids Jacobs Aufmerksamkeit. Zu seinem Entsetzen sieht er ein kleines Mädchen zwischen den in Panik davonstürzenden Menschen. Es reibt sich die von Tränengas blinden Augen, seine Mutter und die Geschwister sind nirgendwo zu sehen. Jacob kann es in dem Chaos zwar nicht hören, aber er kann sehen, dass es aus voller Kehle schreit.

»Maye babo!«, ruft er.

»Wie war das?«, fragt Niehaus.

Doch Jacob hat seinem Superintendent bereits seine Waffe in die Hand gedrückt und ist ohne zu antworten losgesprintet.

So schnell ihn seine Beine tragen, rennt er an den Army Ants vorüber, die den Hang hinunterschwärmen, und schlängelt sich an der hinteren Reihe der Bereitschaftspolizisten vorbei. Jetzt erkennt er, dass auch ein dürrer Demonstrant das Mädchen bemerkt hat. Der Mann löst sich aus der Gruppe der zurückweichenden Hausbesetzter und stürzt auf das hilflose Kind zu. Doch ehe er es erreichen kann, werden drei Polizisten auf seinen Ausfall aufmerksam und eröffnen das Feuer auf ihn. Unter dem Aufprall von Gummigeschossen und Schrotkugeln beginnt er zu taumeln, und das Letzte, was Jacob von dem verhinderten Retter sieht, ist, wie er, die Hände vors Gesicht geschlagen, zu Boden geht. Blut dringt zwischen seinen Fingern hervor.

Jacob stürmt an den drei Polizisten vorbei, die noch immer mit Makhe Motale ringen, um ihm Handschellen anzulegen. Ihre Blicke kreuzen sich – Jacobs Augen sind von Adrenalin geweitet, Makhes von Hass erfüllt –, doch da spürt der Anarchist eine Bresche in der Verteidigung eines seiner Angreifer und beißt ihn mit aller Kraft in den Hals. Der verblüffte Aufschrei des Mannes folgt Jacob die Straße hinunter. Er kämpft sich durch den stinkenden schwarzen Gummirauch und die Tränengaswolken. Die Dämpfe beißen in seinen Augen und seinem Hals, brennen auf seiner Haut. Ein paar Schritte noch, dann schnürt ihm der dicke Rauch die Kehle zu und, überwältigt von einem Hustenkrampf, muss er stehen bleiben.

»Sie da, aus dem Weg!«, brüllt jemand vom oberen Ende der Straße.

Gegen die drohende Ohnmacht ankämpfend erkennt er, dass die angsterfüllten Schreie des kleinen Mädchens in den letzten Sekunden deutlich näher zu hören waren, während aus dem Inneren des Menschenauflaufs die von Panik und wachsender Verzweiflung erfüllte Stimme der Mutter nach dem Kind ruft, das sie hören, aber nicht sehen kann. Da entdeckt Jacob das Mädchen, das orientierungslos an einem Haufen brennender Reifen vorüberstolpert. Seine dichten Afrolocken beginnen in der Hitze bereits zu knistern.

»Bekha!«, brüllt Jacob und macht einen Satz nach vorn. *»Ntombi, bekha!«*

Sein Schreien muss die Kleine noch mehr erschreckt haben,

denn im nächsten Augenblick macht sie einen letzten unbeholfenen Schritt von ihm weg und steigt geradewegs in die kniehoch gestapelten brennenden Reifen hinter ihr.

6

Die Haare des Mädchens gehen wie ein Strohballen in Flammen auf, und seine Entsetzensschreie gellen noch ein paar Oktaven höher.

Jacob packt es mit beiden Armen und reißt es von den Flammen weg. Der Schwung, mit dem er sich auf die Kleine gestürzt hat, zwingt ihn jedoch zu einem ungeschickten Sprung über die Barrikade. Noch immer streicht er fiebrig über das schwelende Haar, da stolpert er über ein Stück Beton und fällt nach vorn. Instinktiv rollt er sich ab, bedeckt im Fallen mit einer Hand schützend den Kopf der Kleinen und kracht mit der rechten Schulter auf den Asphalt. Benommen setzt er sich auf. Das Erste, was er sieht, ist Makhes Statthalter, der ihn mit dem Camcorder filmt.

»Hol Hilfe!«, schreit er wütend auf Sotho. »Sie ist schwer verletzt.«

Doch die Kamera läuft weiter, der Mann verhält sich wie ein Dokumentarfilmer und nicht wie jemand, der gerade Zeuge einer menschlichen Tragödie wird.

Völlig unerwartet reißt jemand Jacob das Mädchen aus den Armen, und Fausthiebe prasseln auf ihn herab. Fußtritte treffen ihn in Rippen, Gesicht und Rücken. Stöcke und Steine finden einen Weg, ihn zu verletzen, obwohl er sich gegen den plötzlichen Angriff wie ein Fötus zusammenrollt und die Hände schützend über dem Kopf verschränkt. Nach wenigen Sekunden ist sein Körper taub von den Schlägen, und er muss mit aller Kraft gegen eine Ohnmacht ankämpfen.

Er weiß nicht wie lange es dauert, bis sich Bereitschaftspolizisten in die Menge stürzen, die ihn attackiert. Angst und Schmerz verbreiten sich um ihn herum, doch er ist zu unorientiert, um die Chance zu nützen, die sich ihm bietet. Dann packen ihn grobe Hände am Kragen seines Anoraks und zerren ihn weg, die Straße hinauf, und eine Stimme schreit ihn auf Afrikaans an: »*Is jy okay? Praat met my, ou!* Wie heißt du?«
Der rauhe Teer reißt Löcher in Jacobs Anorak, und ab und zu schlägt seine Wange gegen rennende Fersen. Erschöpft und außer Atem, das Brennen von Tränengas in Nase, Mund und Augen, bringt er nur ein Krächzen hervor. Doch in seinem Kopf hat sich ein Mantra gebildet.
»Gott sei Dank, ja, mir geht's gut.«

7

»Scheiße, Tshabalala!«, keift ein wutentbrannter Niehaus so nah an seinem Gesicht, dass Jacob ein feiner Speichelregen ins Gesicht sprüht. »Sind Sie vollkommen übergeschnappt? Was haben Sie sich denn dabei gedacht, he?«
Jacob schenkt der grimmigen Zurechtweisung durch seinen Vorgesetzten wenig Beachtung. Im Außenspiegel eines Rettungswagens untersucht er eingehend den tiefen Riss über seinem Auge. Die Wunde blutet stark, doch er glaubt nicht, dass sie genäht werden muss. Überall auf seinem frisch geschorenen Schädel zeigen sich erste Schwellungen, und seine Rippen fühlen sich an, als hätte er gerade zwölf Runden mit George Foreman hinter sich.
»Ich habe Ihnen doch gesagt, Sie sollen da *nicht* hingehen!«, brüllt Niehaus. »Welchen Teil dieses speziellen Befehls haben Sie nicht verstanden?«
Ein breites, freundliches Lächeln, acht Zehntel Heiterkeit und

zwei Zehntel Erleichterung, erhellt Jacobs Miene. »Sie meinen, ich hätte die Kleine verbrennen lassen sollen, Supe?«
Die Medien drängen sich um einen Rettungswagen auf der anderen Straßenseite, in dem sich ein Notfallteam um das Kind kümmert. Die Schmerzensschreie der Kleinen werden nur vom Kreischen der wutschäumenden Mutter übertönt, die auf Sotho die Köpfe des Sheriffs, des Richters, der Bauunternehmer fordert, das Ganze gespickt mit Flüchen, die selbst altgediente Bergarbeiter hätten erröten lassen. Jacob sieht, wie die schwarzen Tontechniker und Kameraleute einander zugrinsen, während die weißen Reporter darauf brennen, ihnen eine Übersetzung zu entlocken.
Niehaus verschränkt die Finger über dem Kopf und sieht aus, als werde er jeden Augenblick in sich zusammensinken. »Ja ... nein. *Ag fok,* keine Ahnung. Wie, zum Teufel, haben Sie sie überhaupt entdeckt? Ich habe von da, wo wir gestanden haben, rein gar nichts gesehen.«
Jacob hält seine verbrannte linke Hand einem Sanitäter mit karottenrotem Haar hin, der sie mit einer fettigen Salbe bestreicht und verbindet. »Ich habe sie auf einmal gesehen. Vielleicht habe ich sie schreien gehört. Ich weiß nicht mehr.«
Niehaus zieht eine Packung Erdnüsse aus der Tasche seines Blazers, reißt sie auf und leert sich die Hälfte des Inhalts mit einer einzigen raschen Bewegung in den Mund. »Bei diesem Krach?«, fragt er skeptisch während er kaut. »Klar. Und ich bin König Goodwill Zwelithini zu Ihren Diensten, Sie verdammter Irrer.«
Jacob sagt seinem Vorgesetzten lieber nicht, was es eigentlich war, das ihn auf die Not des Mädchens aufmerksam gemacht hat. Stumm lässt er seinen Blick zurückschweifen zu der immer größer werdenden Schar von Menschen auf der anderen Straßenseite, wo sich Kamerateams und mediengeile Hausbesetzer, die

hoffen, sich in den Abendnachrichten im Fernsehen wiederzusehen, gegenseitig im Weg stehen. Die beiden Schwestern des verletzten Mädchens hängen an den Knien ihrer Mutter, völlig verunsichert von der wogenden Menschenmenge um sie herum.

Als seine Hand fertig bandagiert ist, schiebt Jacob sich an Niehaus vorbei und schlängelt sich so geschickt über die Straße, dass es ihm gelingt, unbemerkt durch die Fahrertür in den anderen Rettungswagen einzusteigen. Kurz darauf wird die hintere Tür geöffnet, und zwei gestresste Sanitäter befördern ihre verängstigte Patientin in das Wageninnere. Genau in dem Moment, in dem die Mutter und die Schwestern der Kleinen ebenfalls einsteigen, entdeckt Jacob auf dem Armaturenbrett Stift und Papier und kritzelt eine Telefonnummer darauf. Als sich die Tür hinter ihnen schließt, löst sich die Bösartigkeit der Mutter in nichts auf, und sie wirft sich neben ihrem Kind auf die Knie. Aus der Nähe wirkt die leuchtend rosa Kleidung der Familie dreckig, und auch das zerzauste Haar der Mutter ist grau von Staub und Schmutz. Der herbe Geruch der Armut steigt Jacob in die Nase.

»Meine Schwester.« Jacob zwängt sich zwischen den Vordersitzen hindurch nach hinten. »Wie geht es ihr?«

Die Frau blickt erschrocken auf, und das Feuer in ihren Augen flammt wieder auf. »Was wollen Sie?«

Ehe er antworten kann, geht die Fahrertür auf, und ein Sanitäter zuckt beim Anblick des Unbekannten in seinem Wagen erstaunt zusammen. Ohne seinen zerrissenen Anorak trägt Jacob nichts, das ihn als Polizisten erkennbar macht. »Was, zum Teufel, machen Sie hier drin? Raus, aber sofort!«

Jacob hebt eine Hand. »Ganz ruhig. Ich bin von der Polizei.«

»Von der Polizei?«, schreit die Frau. »Verschwinde, du *Gata!* Siehst du, was du meiner Tochter angetan hast? Schau sie dir nur an.«

»Bitte beruhige dich, *Sisie.*«

»Was du willst, hab ich dich gefragt«, faucht sie.

Mit dem wärmsten Lächeln, das er sich unter den gegebenen Umständen abringen kann, macht er mit der bandagierten Hand ein Zeichen, sie solle sich abregen. »Ich wollte nur sehen, wie's der kleinen *Ntwana* geht, und dir die Telefonnummer von einer Unterkunft geben, wo ihr hingehen könnt.«

»Ihr würde es gutgehen, wenn ihr uns erst gar nicht aus unserer Wohnung vertrieben hättet!«

»He, Kumpel, was ist jetzt?«, sagt der Sanitäter hinter ihm.

»Einen Moment noch«, antwortet Jacob.

»Die Kleine muss ins Krankenhaus, und zwar zackig.«

Die Miene der Frau verrät Jacob, dass sie nicht mit sich reden lassen wird, zumindest vorläufig nicht. Er wirft einen Blick auf das kleine Mädchen, das sich unter der Wirkung der Schmerzmittel langsam beruhigt.

»Meine persönliche Meinung ist, dass das, was hier passiert ist, falsch war.« Er hält ihr den Zettel hin. »Bitte nimm das.«

»Für Leute wie euch sind wir doch der letzte *Dreck!* Weißt du, wie man sich fühlt, wenn man wie Vieh behandelt wird?«

Jacob spürt, wie seine Lippen schmal werden. »Es ist die Nummer eines kirchlichen Heims in Soweto. Meine Nummer ist …«

Die Frau räuspert sich geräuschvoll, und zu Jacobs Verblüffung spuckt sie ihm ins Gesicht. »Du sollst verschwinden, hab ich gesagt! Lass uns in Ruhe, *Gata.*«

Das letzte Wort speit sie aus, als sei es Gift, und die gegenseitige Abscheu hängt zwischen ihnen wie Pesthauch. Kochend heiße Wut droht Jacob zu überwältigen. Er hätte sich auf die Frau gestürzt, wären da nicht plötzlich die warnende Stimme seines Großvaters in seinem Hinterkopf und der Sanitäter gewesen, der ihn am Oberarm packt. Er wirft einen Blick auf die beiden kleinen Schwestern, die sich zusammengekauert an die Hecktür drücken, eine mit dem Daumen im Mund.

»Wie du willst, *Sisie.*« Um Fassung ringend wischt er sich, so gut er kann, mit dem Hemdärmel die Spucke aus dem Gesicht und verlässt den Krankenwagen so, wie er eingestiegen ist. Erst auf dem Weg zurück zu den Polizeifahrzeugen lässt er seiner Wut freien Lauf.

8

Jacobs geschundener Körper zittert dermaßen, dass er beinahe von der Straße abkommt, als er in die Pretoria Main Road einbiegt, um ins Büro zurückzufahren.

Er beugt sich hinüber zum Handschuhfach und fischt noch eine der Servietten vom Schnellimbiss heraus, die er dort entdeckt hat. Sich das Gesicht abzurubbeln, bis die Haut schmerzt, vermag nur wenig gegen den Ekel darüber auszurichten, dass die Frau ihn angespuckt hat. Tausend zornige Fragen hämmern in seinem Kopf, und alle kreisen darum, wieso sie das getan hat, obwohl er derjenige war, der ihr Kind gerettet hat.

Wo war sie denn überhaupt, als das geschah? Und wo waren ihre Kinder?

Du standest auf der falschen Seite, sagt eine andere, ruhigere Stimme in seinem Kopf. *Das ist, was für sie zählt.*

Ich habe doch nur geholfen!

Hat das für sie wirklich so ausgesehen?, mischt sich die Stimme seines Großvaters ein.

Herrgott noch mal, ich bin doch Polizist! Er drischt mit einer Faust auf das Lenkrad. *Das lasse ich mir von niemandem gefallen.*

Er fragt sich, ob es den Durchschnittsbürger überhaupt noch kümmert, ob jemand Polizist ist oder nicht. Wohl eher nicht, wenn man sich ansieht, was die Leute sich heutzutage alles herausnehmen.

Das kümmert kein Schwein, spottet eine Stimme, die sehr wie seine eigene klingt. *Schon lange nicht mehr.*

Nie hätte er gedacht, dass sich die Kaninchen da draußen eines Tages für stärker halten würden als die Wölfe im Staatsdienst, und dennoch ist es so weit gekommen. Für sie ist ein Polizist nur jemand, der keinen besseren Posten bekommen kann. Ein Polizist ist nichts anderes als ein Neandertaler, der für ein bisschen *tjôtjô* gerne andere Leute schikaniert. Das Einzige, was ihn von allen anderen Gangstern auf der Straße unterscheidet – und schützt –, ist die blaue Uniform.

Wann hat das angefangen?, fragt er sich. *Wo sind wir vom rechten Weg abgekommen?*

Hast du nicht gemerkt, dass ich euch helfen wollte? Im Geiste ist er wieder im Rettungswagen, doch diesmal schreit er die Frau an, um sie zur Vernunft zu bringen, schüttelt sie, bis die Aufsässigkeit aus ihrem Blick verschwindet. Woher kommt dieser blindwütige, undifferenzierte, gnadenlose Hass?

Jacob kurbelt das Fenster herunter und lässt sich die kalte Luft ins Gesicht wehen, um einen klaren Kopf zu bekommen. Mit jedem Tag fällt es ihm schwerer, sich zu beherrschen. Nicht mehr lange, dann ist unter dem Gewicht des wolkenverhangenen Himmels das Tageslicht nur mehr erstickende, verfrühte Dämmerung. Er wüsste gerne, ob sich die Frau unter den gegebenen Umständen auch bei jedem anderen so aufgeführt und ihm ins Gesicht gespuckt hätte.

Nein, Jakes, das war, weil Sie Polizist sind, sagt eine Stimme, die jetzt klingt wie die von Niehaus. *Das müssten Sie inzwischen aber schon wissen.*

Und die spöttische Stimme fügt schnell hinzu: Mfo, *das war, weil du schwarz bist und ein Gata; ein Bure und ein Dreckschwein in ihren Augen.*

Das klingt plausibel, egal, wie er es betrachtet. Bei einem

weißen Polizisten hätte sie sich das nicht getraut, da ist er sich sicher. Die flößen noch immer, wenn auch widerwilligen, Respekt ein, obwohl sie die politische Macht in diesem Land längst abgeben mussten, und trotz des schändlichen Vermächtnisses, das weiße Polizisten aus der Ära der Apartheid hinterlassen haben. Er hat es oft genug erlebt, als er noch mit Harry Mason zusammenarbeitete. Und noch heute gilt in den Feierabendkneipen an Freitagabenden das Motto, nimm dir einen *Umlungu* mit, und du hast größere Chancen, dass der Abschaum der Stadt nicht versucht, dich zu kaufen oder dir eine Kugel zu verpassen. Wenn du ein Polizeiabzeichen an der Brust trägst und eine Hautfarbe hast, die diesen Namen auch verdient, behandeln die Zivilisten dich schlimmer als Scheiße. Klopf an eine Tür mit einem weißen Polizisten an deiner Seite, und egal, wer da vor dir steht, schwarz oder weiß, er wird mit dem *Umlungu* reden, mit dem Mann, der die Macht hat. Es wäre völlig gleichgültig, wer den höheren Rang bekleidet, denn die Geschichte lebt, auch wenn die meisten so tun, als wäre sie tot und begraben.
Jacob holt tief Luft und zwingt seine schmerzenden Muskeln, sich zu lockern. Wenn er auch weiterhin ständig darüber grübelt, wie die Gesellschaft auf die Farbe seiner Haut reagiert, kann er seine Dienstpistole und -marke gleich abgeben. Ein ironisches Lächeln stiehlt sich auf seine Lippen, als ihm einer von Harry Masons Lieblingssprüchen einfällt:
»Über eines musst du dir im Klaren sein: In unserem Job geht's nicht darum, Dinge in Ordnung zu bringen. Wir können nur durch den Sumpf des menschlichen Lebens waten und herausfischen, was erhaltenswert ist. Das macht den Wert unseres Berufs aus.«
Der erste Tropfen des Regens, der schon den ganzen Tag in der Luft lag, klatscht an die Windschutzscheibe, und gleich darauf

überflutet schaumiges Abwasser die Autobahn und zwingt den Verkehr zu Kriechtempo.
Regen im August? Jacob bleibt unter einer Brücke stehen und sieht zu, wie die Scheibenwischer sich gegenseitig über die Windschutzscheibe jagen. *Wer hätte je von so einem Regen im August gehört?*

9

Zurück im Büro, steht Jacob vor einem Waschbecken in der Herrentoilette im dritten Stock und spritzt sich heißes Wasser ins Gesicht und über den Kopf, als wolle er sich damit den Rest seiner Wut abwaschen. Da geht laut knarrend die Tür auf und ein großer Mann Anfang vierzig schlendert herein. Sein goldblondes Haar ist akkurat geschnitten, und seine langen Hände baumeln an den Seiten wie die eines Cowboys. Jacob merkt, dass er den Mann schon einmal gesehen hat.
»Sie sind doch James Franklin, oder?«, sagt er zu dessen Spiegelbild. »Von der SVC.«
Der Kripomann stellt sich kurz auf die Zehenspitzen, als er den Reißverschluss seiner Hose öffnet und ins Urinal pinkelt.
»Glaub schon.«
»Dachte ich's mir doch.« Jacob wirft das nasse Papiertuch in einen Mülleimer. »Harry Mason hat uns vor zirka zwei Monaten bekannt gemacht.«
»Tatsächlich?« Franklin pinkelt weiter und starrt mit einem Ausdruck beinahe frommer Glückseligkeit auf die Wand. »Kann mich gar nicht erinnern.«
»Kein Problem. Jacob Tshabalala. Mord und Raub.«
»Aha.«
Jacob tritt ans Fenster und schaut hinaus. »Waren Sie am Montag auch in Tsolo dabei, als Harry angeschossen wurde?«

»Ja.«
»Was ist eigentlich genau passiert?«
Franklin lässt sich Zeit mit seiner Antwort. Er betätigt die Spülung, macht seinen Reißverschluss zu und schlendert ans Waschbecken.
»Ein Stoßtrupp aus Qumbu, das liegt ungefähr fünf Kilometer östlich, hat das Dorf im Morgengrauen überfallen. Die Kämpfe waren noch im Gange, als wir in Tsolo ankamen, aber diesmal waren sie nicht auf Vieh aus. Anscheinend wollten sie Rache für zwei Hirtenjungen, die in der Woche davor oben in den Bergen umgebracht worden waren. Bei unserer Ankunft herrschte totaler Nebel, man konnte die Hand vor Augen nicht sehen. Einer der Männer aus dem Team sagt, Mason muss jemanden gesehen haben, denn er rief etwas und rannte einfach los. Als wären wir irgendwo auf Shopping-Tour. Keine Ahnung, was er sich dabei gedacht hat, einfach abzuhauen, in ein Gebiet, das nicht gesichert war.« Franklin steckt die Daumen in die vorderen Schlaufen seiner Jeans und zuckt die Schultern. »Dafür hat er halt bezahlen müssen.«
»Irgendeine Ahnung, wer das war?«
Franklin erforscht mit der Zunge irgendetwas in seinem Mund. Sein starrer Gasflammenblick macht Jacob langsam kribbelig. »Keine. Aber wir kümmern uns drum, also machen Sie sich keinen Kopf.«
In diesem Augenblick öffnet sich die Tür wieder mit einem Knarren. »Tshabalala, sind Sie da drin?«, ruft eine schroffe Stimme auf Afrikaans.
»Ja.«
»Ein Anruf für Sie. Die Dame sagt, es ist dringend.«
»Ich komme.« Zu Franklin: »Wer hat ihn denn gefunden?«
»Der Supe, Russie Swarts. Hat den Jungen auf dem Rücken bis aufs nächste freie Feld geschleppt. Er hat Riesenschwein ge-

habt, dass der Nebel sich rechtzeitig gelichtet hat. Wenn der Hubschrauber nicht hätte landen können, wäre Mason jetzt tot.«

10

Detective Inspector Tshabalala«, meldet sich eine sachliche, aber von Erschöpfung schwere Stimme mit britischem Akzent. Mrs. Masons erster Instinkt ist noch immer, ihn so anzusprechen, obwohl er sie schon mehrmals gebeten hat, es nicht zu tun. »Jacob, meine ich.«

Ihm gefriert das Blut in den Adern. Ein dringender Anruf von Harrys Mutter kann wohl nur eines bedeuten. »Ist alles in Ordnung?«

»Unter den gegebenen Umständen, würde ich sagen, ja. Die Ärzte sagen, sein Zustand ist stabil, aber es ist noch immer zu früh, ihn aus diesem Nest hier rauszubringen.«

Eine längere Pause tritt ein, und Jacob hört eine dringend klingende Durchsage im Hintergrund. Er stellt sich vor, dass auch Joan Mason aufmerksam lauscht.

»Ja?«, fragt er schließlich.

»Wissen Sie vielleicht, wer Tanya ist?«

Tanya? »Nein«, erwidert er. »Aber können Sie mir mehr sagen?«

»Vor ungefähr einer Stunde hat er sich plötzlich bewegt und diesen Namen gemurmelt.« Dann folgt ein tiefer Seufzer am anderen Ende der Leitung, und Jacob überlegt, ob er jemals zuvor eine so ausgebrannte Stimme gehört hat.

Tanya. So sehr er sich auch den Kopf zerbricht, ihm fällt niemand ein, der so heißt, es sei denn …

Auf einmal entsinnt er sich einer ungewöhnlichen Beobachtung, die er vor noch nicht einmal sechs Wochen gemacht, aber gleich wieder aus seinem Gedächtnis gestrichen hat. Er und Nomsa waren an einem Sonntag bei Harry in Brixton zum Grillen eingeladen. Während Harry Lammkoteletts und mariniertes Huhn über dem Feuer wendete, schien er so guter Dinge, wie Jacob ihn seit einer Ewigkeit nicht mehr erlebt hatte, und gleichzeitig zerstreuter als sonst. Ständig sah er auf sein Handy und schickte Nachrichten, wenn er sich unbeobachtet glaubte. Schließlich konnte Jacob seine Neugier nicht länger bezähmen und fragte: »Was ist los mit dir, mein Freund? Hast du in der Lotterie gewonnen?«

Harry hatte ihn erstaunt angesehen und dann albern gegrinst. »Nein, viel besser.«

Als Jacob nachbohrte, lächelte sein Freund und tat seine Fragen mit einem Schulterzucken ab. »Du wirst es noch früh genug erfahren. Nenn du *mich* zur Abwechslung mal abergläubisch, aber ich will das jetzt nicht verschreien.«

Hat er endlich eine Freundin?, überlegt Jacob. *Hat er endlich aufgehört, um Amy zu trauern?*

Tanya?

Zu Harrys Mutter sagt er: »Ich kenne niemanden dieses Namens, aber haben Sie in seinem Handy nachgesehen?«

»Es war ... es wurde ganz nass von seinem Blut und funktionierte nicht mehr. Gut möglich, dass eine Menge Leute jetzt keine Ahnung haben, was mit ihm ist.«

»Ich werde alles tun, um rauszufinden, wer sie ist, und Sie mit ihr zusammenzubringen«, sagt Jacob. »Einverstanden?«

»Wenn es jemand ist, den er liebt, dann brauche ich sie hier bei mir, Jacob, Unbedingt.« Damit legt Harrys Mutter jäh auf, doch die plötzlichen Tränen in ihrer Stimme sind Jacob nicht verborgen geblieben.

11

Am Nachmittag fährt Jacob mit dem Aufzug zwei Stockwerke nach oben in die Abteilung Kapitalverbrechen. Beim Warten auf das Öffnen der Türen, machen sich die Schmerzen und die Erschöpfung mit voller Wucht bemerkbar. Er ist gereizt und kann es kaum mehr erwarten, nach Hause fahren zu können.
Als die Türen mit einem Ping auseinandergleiten, fällt sein Blick auf einen stämmigen Mann in einem dunkelgrünen Anzug, der den Ausstieg blockiert. Er blickt von einem Packen loser Zettel auf, die in seinen Händen liegen. Eine Wange ist von einer sternförmigen Narbe verzogen, der Rest des Gesichts macht einen seltsam zermatschten Eindruck – des Endresultat jahrelangen Boxens mit bloßen Fäusten während seiner Jugendzeit in den verrufeneren Vierteln von Soweto.
»Sawubona, Tshabalala!« Director Simon Molethe begrüßt ihn auf Zulu und tritt zur Seite, um Jacob aussteigen zu lassen. Sein umfangreicher Bauch strapaziert das Fassungsvermögen seines Sakkos. Dann fügt er in einem Mischmasch aus Xhosa und Englisch hinzu: »*Eish, mfo,* lange nicht gesehen, Mann. Was ist denn mit Ihrem Gesicht passiert?«
Jacob lächelt, als der Director ihn wie einen alten Freund anspricht. »Das Übliche«, antwortet er mit einem Achselzucken. Molethe, der viele Jahre das Mord- und Raubdezernat geleitet hat, ehe er in die SVC befördert wurde, schüttelt wissend den Kopf. »Manche von euch können einfach nicht aufhören, sich zu prügeln. Wie die kleinen Kinder.«
»Dürfte ich vielleicht einen Blick auf Harrys Schreibtisch werfen?«, fragt Jacob auf Sotho, Molethes Muttersprache. »Ich suche eine Telefonnummer.«
Molethes Miene verdüstert sich. »Und wessen Nummer soll das sein?«

»Seine Mutter sagt, er ist kurz zu sich gekommen und hat nach einer Tanya gefragt.«

Molethes Blick wandert zur Decke, dann schüttelt er den Kopf. »Ich kenne keine Tanya.«

»Es könnte wichtig sein, darf ich also nachsehen?«

»Ja, aber nehmen Sie nichts weg. Das muss alles für die Untersuchung zusammengepackt werden.« Jacobs erstaunte Miene veranlasst ihn, hinzuzufügen: »Harry steckte knietief in etwas, das bis jetzt keiner wirklich versteht – und immerhin gab es bei der Aktion Tote.«

»Aber ich dachte, Sie hätten Waffen gefunden, und es war höchstwahrscheinlich nur ein in Panik geratener Dorfbewohner, der auf ihn geschossen hat?«

»Wir haben eigentlich nicht gefunden, wonach wir gesucht haben, und es geht auch nicht nur um das Waffenversteck.« Molethe wirft einen Blick über die Schulter, als er von zwei vorbeikommenden Mitarbeitern gegrüßt wird, dann packt er Jacob am Ellbogen und zieht ihn näher an die Wand heran. »Vier Soldaten sind da draußen getötet worden, einer davon ein Offizier, außerdem haben wir fünfzehn tote Einheimische. Die Zeitungen sprechen von einem Massaker, Jacob, und spätestens heute Abend werden sich Leute von der Unabhängigen Beschwerdekommission über meine Abteilung hermachen wie Fliegen über ein totes Pferd. Ich habe keine Ahnung, was da los ist, und das ist von allem das Schlimmste.«

Chief Molethe lässt Jacobs Arm los und fährt sich mit einer Hand, so groß wie ein Baseballhandschuh, übers Gesicht. Ringe der Erschöpfung liegen unter seinen Augen, und sie sind so ausgeprägt wie die Ringe an einem gefällten Baumstamm. Die Unabhängige Beschwerdekommission wurde zu einem einzigen Zweck ins Leben gerufen: Polizisten dranzukriegen, die entweder gegen das Gesetz verstoßen oder die Menschenrechte von Zivilisten verletzen. Es gibt genügend Kollegen, die diese Institution – chronisch unterbesetzt, wie sie ist, und mit zu wenig Mitteln ausgestattet, um komplizierte Fälle vor Gericht zu bringen – nicht ernst nehmen, dennoch gelingt es ihr immer wieder, zuwiderhandelnde Polizisten zu ertappen.

»Auf wen haben sie's denn abgesehen?«, fragt Jacob.

Molethe schüttelt den Kopf. »Machen Sie sich darüber keine Gedanken?«

»Chief?«

Der Director schneidet eine Grimasse, als wolle er seinen Mund mit aller Kraft am Sprechen hindern, und seufzt dann tief. »Es gibt Gerüchte, dass das Militär eine formelle Dienstaufsichtsbeschwerde einreichen will. Die Kommission behauptet, Harry und Russell Swarts haben eine Situation herbeigeführt, für die niemand hinreichend gerüstet war.«

»Aber nach allem, was Sie mir erzählt haben, hatten sie ja gar keine andere Wahl.«

Molethe antwortet nicht gleich, sondern beschäftigt sich übereifrig mit seinen Papieren. »Das ist, was Swarts mir gesagt hat.«

»Sagen Sie mir, auf wen sie's abgesehen haben, Chief, bitte«, drängt Jacob. Doch die Frage erübrigt sich. Molethes schuldbewusste Miene sagt alles.

»Harry war nun mal der zuständige Ermittler«, sagt Molethe vorsichtig, als wolle er Jacob nicht beleidigen.

»Aber Swarts war sein Vorgesetzter!«

»Es gibt noch eine Menge Fragen zu beantworten, Jacob.« Molethe blickt zu Boden. »Und niemand ist da, der das tun könnte. Russell ist noch mit Harry in Port Elizabeth, und der Rest der Mannschaft behauptet, sie wüssten keine Einzelheiten. Harry und Russell hätten alles im Griff gehabt, und Harrys Informant wäre der Dreh- und Angelpunkt des Ganzen gewesen.«

»Er liegt im Koma, und die wollen ihn über die Klinge springen lassen? Was ist da los?«
»Seien Sie nicht so ungeduldig, Jacob. Von über die Klinge springen lassen kann gar keine Rede sein. Harry ist ein guter Mann, genau wie die anderen. Auch für Russell selbst steht jede Menge auf dem Spiel. Er steht mit seinem Namen für diese Ermittlung und hat dafür Gefälligkeiten von Leuten eingefordert, die viel weiter oben sitzen als ich. Aber jetzt, wo er keine Erfolge vorweisen kann, stellt man *mir* äußerst unangenehme Fragen über die Finanzen.«
»Ich kann nicht verstehen, warum Sie sich solche Sorgen um Superintendent Swarts machen, wo doch Harry um sein Leben ringt.«
Vielleicht sieht Molethe jetzt ein, dass er schon zu viel gesagt hat, denn er strafft die Schultern und meint: »Es gibt rechtsstaatliche Verfahren, und die müssen eingehalten werden, Jacob. Das wissen Sie genau.«
»Sie könnten sie hinauszögern.«
»Ich kann's mir nicht leisten, da hineingezogen zu werden!« Molethe hat seine Stimme erhoben und sieht sich rasch um, ob jemand etwas gehört haben könnte. Dann fügt er leiser hinzu: »Und was genau sollte ich hinauszögern?«
»Das Verfahren. Zumindest so lange, bis Sie auch Harrys Version gehört haben.«
»Jacob, das kommt schon noch. Aber im Moment könnte mir alles, was ich in diese Richtung unternehme, als Behinderung des Ermittlungsverfahrens ausgelegt werden, und das könnte beiden noch mehr schaden. Das Ganze muss wie eine ganz normale Ermittlung geführt werden.«
Plötzlich ist Jacob fuchsteufelswild. »Sie lassen sie also fallen, Chief? Ihre eigenen Männer?«
Die Unruhe, mit der er heute Morgen aufgewacht ist, ist mit

einem Schlag wieder da und fordert seine ganze Aufmerksamkeit. *Ist es das?*, fragt Jacob sich. *Geht es um die Klemme, in der Harry steckt, Großvater? Machst du deshalb so einen Aufstand?* Doch er erhält keine Antwort, und das macht ihn noch wütender. *WAS ist es dann?!*

»Tu ich nicht«, protestiert Molethe. »Ich ...«

»Was *dann?*«, fährt Jacob ihn an.

Molethe zieht die Augenbrauen hoch, und Jacob merkt, dass er das letzte Wort zu laut ausgesprochen hat.

Da erklingt die Aufzugglocke, und beide sehen zur Tür. Eine große schwarze Frau steigt aus. Ihr zu kleinen Zöpfen geflochtenes Haar ist in einem straffen Knoten hochgebunden, und ihr marineblauer Hosenanzug schreit Bankerin, Steuerberaterin, Börsenmaklerin – alles, nur nicht Polizei. Sie wirkt völlig deplaziert und gleichzeitig vollkommen entspannt in dieser Umgebung. Ihre Augen hinter den teuer aussehenden eckigen Brillengläsern streifen Jacob und bleiben am Chief hängen.

»Director Molethe. Ich hoffe, ich bin nicht zu spät?« Ihre Stimme ist seidig und tief, ihr Englisch wie raffinierter Zucker.

Molethe richtet sich auf und streckt ihr die Hand entgegen. »Detective Mosetsane.« Sie geht nicht auf dieses Angebot ein, sondern behält ihre Hände steif an den Körper gepresst. Verlegen streicht sich Molethe über die Brust, wie um seine unangebrachte Geste zu maskieren. »Nein, ich war selbst gerade auf dem Weg in den Sitzungssaal. Bitte folgen Sie mir.«

Ehe die beiden sich abwenden, richtet die Frau ihren Blick noch einmal auf Jacob. Diesmal lässt sie sich mehr Zeit. Sie ist durchaus attraktiv, und ihre klaren Augen mit der schokoladenbraunen Iris sind einfach hinreißend, dennoch fühlt sich Jacob unter diesem Blick nicht wohl. Irgendwie erinnert er ihn an die Computertomographie-Untersuchung, bei der er sich unlängst eine Bleischürze vor die Genitalien hatte hängen müssen. Das

Letzte, was er sieht, bevor sie sich endgültig umdreht, ist das rechteckige Besucherschild über ihrer linken Brust. ICD steht in smaragdgrünen Buchstaben darauf: *Independent Complaints Commission* – Unabhängige Beschwerdekommission.

12

Als er die Tür zu Harrys Büro aufstößt, ist Jacob noch immer mit der Frage beschäftigt, wer bei der Polizei, oder der ICD, binnen achtundvierzig Stunden nach der Schießerei am Ostkap eine Untersuchung in die Wege leiten kann.

Auf dem Stuhl seines abwesenden Freundes sitzt ein Mann mit verbogener Brille, der vor lauter Überraschung über den Neuankömmling eine Akte fallen lässt und um ein Haar mit dem Drehstuhl umgekippt wäre.

»*Jirre,* haben Sie mich vielleicht erschreckt! Schon mal was von Anklopfen gehört?«

Ein entwaffnendes Lächeln zeigt sich in Jacobs Gesicht. »Das tut mir aber leid.«

»Wer sind Sie überhaupt? Moment, Tshabalala, oder?«

»Ja, Captain Combrink.« Jacob hatte ihn bei Harrys Einstandsfeier in der SVC kennengelernt, genau wie James Franklin und die anderen *Ballies.* »Wir kennen uns über Harry.«

»*Ag,* wirklich schlimm, was ihm da passiert ist.« Combrink bückt sich hinter dem Schreibtisch, um die Papiere aufzuheben, die er eben hat fallen lassen. Über das birnenförmige Hinterteil und das nun freigelegte blasse Maurerdekolleté amüsiert Jacob sich köstlich.

»Ich erinnere mich an diese Party«, fährt Combrink fort. »Was für ein kapitales Besäufnis! Was kann ich für Sie tun?«

»Ich bin auf der Suche nach einer privaten Telefonnummer. Kennen Sie zufällig eine Freundin von Harry namens Tanya?«

Mit rotem Gesicht taucht der Captain wieder auf. Er stopft lose Blätter in einen Ordner, den er in eine der neuen weißen Aktenboxen auf Harrys Schreibtisch steckt. »Tanya? Nein, nie gehört. Ist sie hübsch?«

Jacob sieht sich im Zimmer um und überlegt, wonach dieser Mann in einem Büro zu suchen hat, das eigentlich aus Ermittlungsgründen versiegelt ist. Er hätte auch gerne gewusst, warum keiner der für den ganzen Vorgang zuständigen Ermittler der ICD hier ist.

»Das weiß ich nicht«, sagt Jacob in Beantwortung von Combrinks Frage. »Ich weiß aber, dass schon eine Frau von der ICD da ist, um mit Chief Molethe über die Geschichte in Tsolo zu sprechen.«

»Tatsächlich?« Combrink scheint das nicht zu beeindrucken. »Eine Frau?«

Jacob nickt. »Haben Sie was dagegen? Ich brauche diese Telefonnummer.«

Der andere schlägt sich mit der Hand auf die Schenkel. »Ich? Natürlich nicht. Ich habe nur was gesucht, was zu einem aktuellen Fall gehört. Es ist Scheiße, irgendwo weiterzumachen, wo jemand anderer aufgehört hat, insbesondere wenn derjenige nicht da ist, um Fragen zu beantworten.«

»Das kenn ich.« Jacob lächelt. »Besonders, wenn es um einen von Harrys Fällen geht.«

»Dann wissen Sie ja Bescheid.« Combrink eilt an ihm vorbei, den penetranten Geruch ranzigen Frittieröls hinter sich herziehend. »Tschüss, Tshabalala. Bis demnächst.«

Ehe Jacob ihn irgendwelche Einzelheiten zu den Ereignissen in Tsolo fragen kann, trampelt der Mann bereits durch den Flur, dass sein breiter Hintern unter dem ausgewaschenen gelblichen Hemd, das ihm aus der Hose hängt, wie Wackelpudding zittert. Kopfschüttelnd sieht Jacob ihm nach und fragt sich, ob

Combrinks Frau ihn verlassen hat, weil er so ein Schluri ist, oder ob er sich erst so gehenließ, nachdem sie die unterschriebenen Scheidungspapiere in der Hand hatte.

13

Ein kurzer Anflug von Neid überkommt Jacob, als er in Harrys Büro zurückkehrt. Allein der viele *Platz,* und dann der moderne L-förmige Schreibtisch mit dem Computer, der so gar nichts mit seinem eigenen vorsintflutlichen Teil gemein hat. Er sieht aus dem Fenster, hinein in den dichten, eisigen Regen, der über das beige Gebäude des Civic Theatre fegt, das nur zwei Straßen weiter östlich hinter einer Baumreihe hervorlugt. Die immergrünen Pflanzen schwanken im Wind, als tanzten sie vor Freude über dieses Wassergeschenk, das ihnen schon so früh im Jahr zuteil wird.

Eins steht fest, denkt Jacob, wer eine Stelle in dieser Abteilung ergattert, bekommt alle Annehmlichkeiten, die man sich nur wünschen kann, gleich mitgeliefert. Auch wenn es nicht die der Scorpions war, der Eliteeinheit der obersten Strafverfolgungsbehörde. Jacob erinnert sich an seinen ersten Job bei der Polizei, in einem Gebäudelabyrinth im alten Homeland Bophuthatswana, in dem die gesamte Verwaltung des Marionettenstaats untergebracht war. Dass sich alles hier drängte, hatte einen guten Grund: Auf diese Weise war selbst das kleine Aufgebot schwarzer Polizisten, die da am Arsch der Welt gestrandet waren, in der Lage, ihn abzuriegeln und zu beschützen. In jenen Tagen wagten sich weder er noch seine Kollegen zu tief in die Township hinein, in der sie eigentlich Streife fahren sollten, aus Angst, von der Bevölkerung als Kollaborateure des Apartheidregimes mit benzingetränkten Autoreifen behängt und angezündet zu werden. Sein erster Schreibtisch stand in der Leichenhalle, denn in den beiden einzigen Büros, die dem Polizeirevier zugeteilt waren, saßen seine Vorgesetzten. Gefängniszellen gab es überhaupt keine, und der einzige Streifenwagen, den sie hatten, stand öfter in der Werkstatt als dass er im Einsatz war. Sein Schlafplatz befand sich in der Polizeikaserne am Rand des Geländes. Dort schlief er, mehr schlecht als recht, in einem Stockbett, das lauter quietschte als eine rostige Fahrradkette. Dieser schlimmen Anfangszeit weint er nicht eine Träne nach.

Irgendjemand hat den Inhalt von Harrys Büro schon fast fertig eingepackt: Zwei Schubladen des Aktenschranks stehen halb offen; Computerkabel wurden aus der Steckdose gezogen und um die Tastatur gewickelt; die weißen Kartons auf dem Schreibtisch sind vollgefüllt mit Aktenordnern. Sämtliches Material ist sicher für Detective Mosetsanes Schreibtisch bestimmt, die es, nach ihrem Blick zu urteilen, zweifellos ebenso minutiös sezieren wird wie ein Gerichtsmediziner eine Leiche. Doch wo könnte er etwas über Tanya finden?

Jacob erinnert sich, dass Harry nie eine Adressenkartei oder sonst ein brauchbares Telefonverzeichnis besessen hat. Sein Ablagesystem ist ein Eingangskorb voller fliegender Zettel mit draufgekritzelten Namen und Nummern. Jacob wühlt sich da durch, kann aber nichts finden, was mit einer Frau namens Tanya zu tun hätte. Innerlich schmunzelnd wünscht er Mosetsane viel Glück dabei, in Harrys Chaos etwas zu finden.

Er ist drauf und dran, aufzugeben, da entdeckt er am Rand des Untersetzers, auf dem Harrys Kaffeebecher steht, ein aufgemaltes Herz mit einem Fragezeichen darin. Vorsichtig löst Jacob den kaffeefleckigen Karton vom Becher und studiert die Nummer und den Namen, *Sibiya,* die da stehen.

Aus der Telefonnummer schließt er, dass diese Person irgendwo in Fordsburg zu finden sein muss, dem nicht besonders wohlhabenden indischen Viertel in der Innenstadt von Johannesburg. Er setzt sich an den Rand von Harrys Schreibtisch und wählt die Nummer. Es klingelt mehrmals, dann antwortet die Stimme einer älteren Schwarzen.

»Sibiya Kekana«, sagt sie.

Die Begrüßung fällt unerwartet kurz aus. Im Hintergrund ist das Geschrei von spielenden Kindern zu hören.

Jacob stellt sich auf Sotho vor. »Ma, kennen Sie Detective Harry Mason?«

»Ich?«, fragt die Stimme. »*Aikona.* Aber wissen tu ich alles über ihn.«

»Von wem?«

»Von der Leiterin hier, Ms. Tanya Fouché.«

»Und wovon ist sie die Leiterin?«, fragt Jacob, froh, so schnell an sein Ziel gekommen zu sein.

»Vom Sibiya-Kekana-Heim für Straßenkinder.«

»Kann ich Sie dann bitte sprechen, Ma?«

»Sie ist gerade nicht da.«

»Hat sie ein Handy?«

»Ja, aber sie vergisst das blöde Ding immer im Büro. Heute ist sie den ganzen Tag in einer Besprechung und kommt erst spät zurück.«

»Könnten Sie ihr vielleicht ausrichten, dass ich angerufen habe? Es ist dringend.«

»Erzählen Sie mir bloß nicht, der Mann ist tot. Er ist doch nicht tot, oder?«

»Harry Mason? Nein, er ist nicht tot. Aber bitte sagen Sie ihr, sie soll mich anrufen. Können Sie das für mich tun, Ma?«

»Nichts für ungut, aber ich habe ihr gesagt, dass das kein gutes Ende nehmen kann. Ausgerechnet ein Polizist. Ich war drei Jahre mit einem verheiratet, dann fing er an, mich zu schlagen.«

Jacob unterbricht sie und gibt ihr seine Nummer. Dann legt er schnell auf, ehe sie ihn mit noch mehr Informationen zutexten kann, auf die er gern verzichtet.

14

Das Geheimnis, auf das ihn sein Großvater schon den ganzen Tag hinweist, offenbart sich Jacob kurz nach seiner Heimkehr, gegen acht Uhr abends.

Er nimmt das austernförmige Rückenholster mit seiner Dienstwaffe ab, lässt dieses auf den Couchtisch und sich selbst auf die Couch fallen, ohne sich die Mühe zu machen, die Schuhe auszuziehen. Sein zerschlagener Körper ist ein einziges Pochen, seine Nerven sind mürbe von der Anspannung dieses ereignisreichen Tages. Trotz seines körperlichen Unwohlseins ist er nach wenigen Sekunden eingeschlafen.

Erst eine zaghafte Berührung der Wunde über seinem Auge weckt ihn. Schlaftrunken sieht er sich um und bemerkt, dass Nomsa sich in aller Stille in der Küche zu schaffen gemacht hat. Eine seiner Lieblingsmelodien erfüllt den Raum, »Stella by Starlight«.

Jacob lächelt. »Miles Davis.«

»Der eine, einzigartige.« Nomsa kichert. »Ich hoffe, du bist nicht zu lädiert, um Hunger zu haben?«

Er fokussiert seinen Blick auf ihr besorgtes Gesicht, das verkehrt herum über ihm schwebt. »Eins ist sicher: Eine Handvoll Aspirin und zwei Tage Schlaf könnte ich gut gebrauchen.«

»Aber erst musst du etwas essen.« Sie streicht ihm über den glattrasierten Kopf, der mit blauen Flecken übersät ist, und küsst ihn dann innig auf die Stirn. Auf dem Weg zurück in die Küche sagt sie über die Schulter: »Wie du das Tag für Tag durchstehst, Inspector Tshabalala, ist mir wirklich ein Rätsel.«

Der Duft von *Putu* und gewürztem Lammfleisch weht ins Wohnzimmer, und Jacob läuft das Wasser im Mund zusammen. Er muss schlucken. »Mir manchmal auch«, murmelt er.
Er setzt sich auf und bemüht sich vergeblich, die verspannten Nacken- und Schultermuskeln zu lockern, ehe er in die Küche geht. Während Jacob den Tisch deckt, kümmert Nomsa sich um das Lamm und den Kürbisbrei auf dem Herd und erzählt dabei angeregt von den anderen Chormitgliedern, die bereits fest zugesagt haben.
»Wir können froh sein, dass uns Teddy statt Mfumandi als Chorleiter zur Verfügung steht. Er ist viel …«
»Teddy?«, unterbricht Jacob sie. Der Name kommt ihm bekannt vor, doch er weiß im Augenblick nicht woher.
Als vom Herd nicht gleich eine Antwort kommt, blickt er auf.
»Ja«, sagt Nomsa, und das Blut steigt ihr in die Wangen. »Du weißt doch – Teddy. Erinnerst du dich nicht an ihn?«
Jacob hebt fragend die Augenbrauen. dann fällt es ihm schlagartig ein.
»Meinst du Teddy Bakwena?«
»Ja.« Sie beobachtet ihn mit sorgfältig gekünsteltem neutralem Interesse.
Jacob wendet seine Aufmerksamkeit wieder dem Besteck zu, plötzlich sehr darauf bedacht, alles an genau den richtigen Platz auf dem Tischset zu legen. »Ich wusste gar nicht, dass er wieder im Chor mitmacht.«
»Oh, hab ich dir das nicht erzählt? Eine Zeitlang war er bei der Gemeinde vom Angesicht Seiner Herrlichkeit, aber dort hat es ihm nicht besonders gefallen. Jetzt ist er seit ungefähr einem Monat wieder bei uns.«
Wenn Nomsa nervös wird, geht sie, wie um Bestätigung bittend, am Satzende mit der Stimme nach oben. Bisher fand er diese Eigenart immer liebenswert, doch im Moment ärgert sie ihn.

»Und seit wann genau?« Er kann ihr noch immer nicht direkt ins Gesicht schauen, denn er will nicht, dass sie die Eifersucht sieht, gegen die er ankämpft.

Nomsa schweigt einen Augenblick. »Ende Juli. Ich dachte, du hättest ihn inzwischen mal in der Kirche gesehen.«

»Habe ich nicht.«

Sie jault auf, als plötzlich Fett aus der Bratpfanne auf ihren nackten Unterarm spritzt, und wendet sich kurz von Jacob ab, um die Kochplatte abzuschalten und die Pfanne wegzunehmen.

Was ist denn los mit dir?, fragt er sich. Teddy Bakwena ist also wieder da. Na und? Es ist Jahre her, seit die beiden zusammen waren, Jahre her, seit Teddy Nomsas Vater einen ansehnlichen Lobola für die Hand seiner Tochter geboten hat. Und letztendlich hat sie ihn ja abgewiesen, oder? Auch ihr Vater hat ihre Entscheidung doch bereitwillig akzeptiert. Sie traf sich stattdessen mit Jacob, oder? – und sie sind noch immer zusammen, oder?

Nur, dass sie jetzt mit Teddy Bakwena zu einem zweiwöchigen Urlaub am Kap aufbricht, während sie und Jacob noch nie zusammen aus Johannesburg herausgekommen sind, wenn man die Ausflüge ins Dorf seiner Eltern in der Nähe des Hartebeespoort-Stausees nicht mitzählt. Mehr konnten sie sich nie leisten.

Ein spöttisches Kichern macht sich in Jacobs Hinterkopf bemerkbar. *Lass deine Frau niemals unbeaufsichtigt*, sagt die uralte Stimme. *Hast du sie einmal in deinem Kraal, häng ihr eine Glocke um, sonst fängt sie an zu streunen.*

Halt den Mund, Ndoda!

»Jacob?«, fragt sie ängstlich, als sie sich wieder zu ihm umdreht. »Ich kann doch trotzdem fahren, oder?«

Auch er sieht sie wieder an, und Nomsa duckt sich hinter den

Topfdeckel, den sie schützend vor sich hält wie die Miniaturversion eines *Ihawu*-Schilds.
»Was soll ich dir sagen?«, fragt er mit Verbitterung in der Stimme. »Toll finde ich's nicht, aber ich werde es dir sicher nicht verbieten. Ich vertraue dir.«
»Danke.« Ein Lächeln der Erleichterung erhellt ihre Miene.
Ihre Antwort bestürzt ihn, denn er hatte gehofft, sie würde Rücksicht auf ihn nehmen und nicht fahren. »Du brauchst mir nicht zu danken. Ich habe dir diese Reise schon geschenkt. Dank mir nicht dafür, dass ich dir das nicht wieder wegnehme.«
Sie runzelt die Stirn. »Was meinst du damit?«
»Ich meine: Bin ich ein Mann, der seine Frau von einer Reise abhalten würde, nur weil ... weil ...« Jacob bringt es nicht über sich, es auszusprechen.
»Weil du eifersüchtig bist?« Nomsa sagt es mit einem entwaffnenden Lächeln. »Wenn es dir nicht recht ist, dann fahre ich nicht.«
»Ich habe doch gesagt, du kannst fahren.«
»Aber es würde mir keinen Spaß machen, wenn ich weiß, dass du hier zu Hause sitzt und dich fragst, ob ich dich vielleicht betrüge.«
In ihrer Stimme schwingt ein Anflug von Ärger, der ihn schlagartig in die Defensive treibt.
»Das sage ich doch gar nicht«, erwidert Jacob.
»Aber du *denkst* es. Wie kommst du eigentlich dazu?« In ihren Augen glitzern Zornestränen. »Du meine Güte, das ist eine *Kirchen*fahrt – mit Leuten, die wir beide kennen. Teddy ist unser Chorleiter, und damit hat sich's.«
»Ich mache mir da gar keine Gedanken. Ich habe doch gesagt, ich vertraue dir, oder?«
»Dann *tu*'s auch!«
Jacob hält die Rückenlehne eines Stuhls so fest umklammert,

dass seine Knöchel weiß hervortreten. »Aber *ihm* vertraue ich nicht.«

»Ach, komm! Ich bin eine erwachsene Frau, ich kann meine eigenen Entscheidungen treffen. Sprich nicht mit mir, als könnte ich nicht mal für mein eigenes Verhalten die Verantwortung übernehmen. Entweder du vertraust mir, oder du vertraust mir nicht. Was denn jetzt?«

Bestürzt über ihre Reaktion, und seine eigene, schüttelt Jacob den Kopf. Später wird er sich fragen, warum er nicht auch zu Hause einen kühlen Kopf bewahren kann, so wie bei der Arbeit. »Auf so einer Fahrt kann alles Mögliche passieren.«

»Nein, Jacob, kann es *nicht.*« Nomsa holt Luft, um noch mehr zu sagen, doch ihre Stimme versagt. Sie sieht überall hin, nur nicht ihm direkt ins Gesicht. Das machen auch viele Verbrecher, wenn man sie erwischt, denkt er. Noch einmal bemüht sie sich, ihrer Stimme einen festen Klang zu verleihen, scheitert aber erneut. Dann knallt sie den Deckel auf die Küchenplatte und stürmt an ihm vorbei.

Zu spät erkennt Jacob, dass er zu weit gegangen ist. Er greift nach ihrer Schulter. »Nomsa. Es tut mir leid. Es war ein fürchterlicher Tag. Ich bin doch gar nicht so eifersüchtig. Das musst du doch inzwischen wissen.« Zumindest ist er sich sicher, seine Eifersucht im Griff zu haben.

»Ich vertraue dir. *Ehrlich*«, sagt er leise. Sie dreht sich nicht zu ihm um, und Jacob merkt, dass sie am ganzen Leibe zittert. »Bitte, schau mich an.«

Sie holt tief und ruckartig Atem und schüttelt den Kopf. »Du hast gerade etwas sehr Schönes vergiftet. Denn von jetzt an wird dieser Streit immer über mir hängen, egal, ob ich nun fahre oder nicht. Wenn ich fahre, wirst du denken, ich tu's, um dich zu ärgern, und mir weiterhin misstrauen. Wenn ich nicht fahre, tja ...«

»Komm, das stimmt doch nicht.« Doch er weiß, dass sie recht hat, und er könnte sich dafür ohrfeigen.
»Und ob es stimmt, Jacob. Ich bin so oder so verdammt, egal, wie ich mich entscheide. Wenn ich fahre, wirst du hier herumsitzen und überlegen, ob ich mich beherrschen kann.« Fassungslos und unglücklich schüttelt sie den Kopf. »Teddy und ich – das ist über sieben Jahre her!«
»Immerhin warst du *verlobt*«, platzt er heraus, und bereut es sofort.
»Ganz genau, Jacob, ich *war* verlobt«, sagt sie kühl und lässt ihn stehen. »Ich geh baden.«
»Nomsa, es tut mir leid!«, ruft er ihr nach.
Er sieht ihr nach. Natürlich hat sie jedes Recht, ihn so stehen zu lassen. Außerdem, was könnte er noch sagen, das nicht alles noch schlimmer machen würde, insbesondere bei den Gefühlen, die ihn momentan aufwühlen? Jacob probiert das Essen, merkt aber bald, dass er sich nicht darauf konzentrieren kann. Sein schmerzender Kopf ist zu sehr erfüllt von dem andauernden Lärm des vergangenen Tages: dem Ärger, der plötzlichen Eifersucht, den Selbstvorwürfen. All das wächst und wächst und wächst, bis er das vertraute Kribbeln in der Scheitelgegend verspürt, das die *Sangomas* als die Öffnung des Kopfes bezeichnen. Da erkennt er, dass es nicht nur seine angestauten Emotionen sind, die ihn bedrängen. Das Gefühl, seine Haut sei von Spinnweben überzogen, das er schon am Morgen hatte, kehrt zurück, ebenso wie das Summen eines Hornissennests und ein stechender Schmerz in den Schläfen. Genau in dem Augenblick, als er glaubt, dies alles nicht mehr ertragen zu können, ruft ihn das altmodische Klingeln des Wählscheibentelefons in die Gegenwart zurück. *Drring-drring.*
Die ahnungsvolle Ruhe, die sich plötzlich über ihn senkt, fühlt sich an wie das sanfte Plätschern von Wasser an einem Strand,

und mit einem Male weiß er – das ist es, worauf er den ganzen Tag gewartet hat. Nomsa wird diesen Anruf nicht entgegennehmen, denn er ist für ihn. Und nur für ihn.
Jacob geht ins Wohnzimmer, wo das klingelnde Telefon von einer knallbunten Lampe auf einem Wandtischchen beleuchtet wird. Er setzt sich auf den Holzhocker daneben und hebt ab.
»Hallo?« Der hohle Klang seiner Stimme überrascht ihn.
»Jacob Tshabalala?« Es ist die Stimme einer Weißen. Müde und ängstlich.
»Am Apparat.« Zwei Gedanken schießen ihm durch den Kopf. War er drauf und dran, den Verstand zu verlieren – was konnte an einem Anruf schon so bedrohlich sein? Und: War er vielleicht schon zu lange bei der Polizei, machte sich der Stress, der schon so viele andere an den Rand des Abgrunds getrieben hatte, nun auch bei ihm bemerkbar?
»Mr. Tshabalala – ich meine Detective. Mensch, ich weiß nicht mal, wie ich Sie ansprechen soll! Hier ist Tanya Fouché. Ich sollte Sie zurückrufen. Tut mir leid, dass es so spät geworden ist, aber man hat mir gesagt, es sei dringend. Geht es um Harry?«
Jacob hört kaum, was sie sagt, denn das Toben in seinem Kopf hat wieder eingesetzt.
Was willst du mir sagen, Großvater? Raus damit!
»Es *geht* um Harry, nicht wahr? Ihm ist was zugestoßen. Sagen Sie mir nicht, er ist tot. Oh, bitte nicht.«
Jacob starrt gedankenverloren das Muster der Putzrisse in der Wand an. Ein neuer Anstrich wäre auch längst wieder fällig, denkt er vage, doch mit welchem Geld?
»Detective, sagen Sie was!«
Er räuspert sich. »Tanya Fouché, sagen Sie.«
Es kommt nicht wie eine Frage heraus, sondern wie eine Feststellung, ohne jede Emotion.

»Wo ist er?« Sie ist den Tränen nahe. »Warum kann er mich nicht selbst anrufen?«
»Er wurde vor zwei Tagen angeschossen. Er ist im Krankenhaus.«
»Oh, mein Gott!«, schreit die Frau auf. »Verfluchte Scheiße! Ich *wusste* es.«
Jacob nimmt ihre Ausdrucksweise missbilligend zur Kenntnis, sagt aber nichts. »Sein Zustand ist stabil, aber er ist immer noch bewusstlos.«
»Ich muss ihn sehen.«
»Er ist in Port Elizabeth.«
»Wer ist bei ihm?«
»Seine Mutter und seine Tochter.«
»Wie erreiche ich die?«
Er bittet sie zu warten und sucht Joan Masons Nummer in seinem Handy. Nachdem sie sie aufgeschrieben hat, hört er, wie sie ihren eigenen Kummer buchstäblich hinunterschluckt.
Mit ruhiger Stimme fragt sie: »Und bei *Ihnen,* Jacob? Alles in Ordnung?«
Die Wärme, die in dieser Frage liegt, kommt völlig überraschend, und sie zerrt ihn zurück von dem merkwürdigen Abgrund, an dem er schon steht, seit er an diesem Morgen aufgewacht ist. »Mir geht es gut, danke. Rufen Sie Mrs. Mason an. Sie hat schon den ganzen Tag versucht, herauszufinden, wer Sie sind.«
»Tatsächlich?«
»Ja.«
Es gelingt ihm noch, sich zu verabschieden, dann umklammert er seinen schmerzenden Kopf mit beiden Händen. Da klingelt das Telefon ein zweites Mal. In der Annahme, Tanya Fouché sei noch etwas eingefallen, meldet er sich mit einem einfachen: »Ja?«

Ein lautes Schluchzen erklingt am anderen Ende der Leitung. Das Weinen einer Frau, und es kommt nicht nur aus der Kehle, sondern aus der tiefsten Tiefe ihres Herzens. Jacob kennt diesen Laut, kein Sohn vergisst, wie es klingt, wenn seine Mutter weint.

»Ma?«

»Dein Vater ist tot, Jacob. Er ist vor einer halben Stunde gestorben, wie … genauso, wie du es dir immer gedacht hast.«

Kapitel 3

1

Heute Nacht ist *Homza* Ephraim Thekiso König der Welt. Um mit dem berüchtigten Idi Amin zu sprechen: Er ist Herr über alle Tiere der Erde und Fische des Meeres und Eroberer dieser Frau im Besonderen, Zimmer 315. Und sei es nur für eine Nacht.

Es ist Mitternacht, und auf der Spitze des blau beleuchteten Hillbrow Tower ist ein Sichelmond aufgespießt. Möglich, dass Ephraim in seinem kalten Licht die wachsende Verzückung in der Miene der Frau bemerkt hat – die entblößten Zähne –, aber es ist ihm scheißegal. Auch das Klümpchen Blut im Winkel eines ihrer Nasenlöcher, das im Zwielicht wie Öl glänzt, interessiert ihn nicht, ebenso wenig ihre kräftigen Hände mit den abgekauten Fingernägeln, die sie flach an die schmutzige Wand hinter ihrem Kopf presst, während sie hin und her schlingert. Nein, für diese Details hat Ephraim Thekiso kein Auge. Er kann den Blick nicht von ihren Schokoladenpuddingmöpsen wenden, die einen Boogie tanzen, und von den Schweißtropfen, die im Spalt dazwischen wie Zuckerperlen glitzern. Dazu feuert ihn noch das geile rhythmische Klatschen seiner eigenen nackten Majestät gegen ihren Körper an.

Booyaka!

Das Gefühl seiner Erhabenheit lässt Ephraim laut auflachen. An einem Schneidezahn blitzt ein Brillant auf, an seinen Fingern glitzern protzige Ringe aus falschem Gold, um seinen Hals Goldketten, dick wie Taue. Sie öffnet die Augen und lacht zurück. Bestimmt ist sie ganz und gar einer Meinung mit ihm.

Einen anderen Grund für ihr Lachen kann er sich nicht vorstellen.
Aus einer dunklen Ecke des schmuddeligen Apartments kommt unruhiges Wimmern, das die beiden jedoch nicht hören, denn sie befinden sich an einem ganz besonderen Ort: Wolke sieben im Schnee könnte man ihn vielleicht nennen.
Auf der umgedrehten Kiste neben dem Bett liegen ein zusammengerollter Zehn-Rand-Schein, eine Kundenkarte, ein Spiegel, die pulverigen Überreste von zwei Gramm Koks. Mensch, wie geil das wäre, sich eine Linie zu ziehen, genau wenn er abspritzt. Ob das schon mal jemand probiert hat? *Eish,* was für eine grandiose Idee! Er grinst in sich hinein und wischt sich die Schweißperlen ab, die sich unter seinen Augen gesammelt haben.
Das Wimmern in der Ecke steigert sich zu einem unterdrückten Weinen, das nun doch Ephraim Thekisos Aufmerksamkeit erregt. Mitten im Stoß hält er inne und starrt wütend in die Dunkelheit.
»Halt die Fresse da drüben.« Seinen pseudoamerikanischen Akzent, aufgeschnappt in tausend Fernsehsendungen, hat er der Sprache aufgepfropft, die ihn das Leben auf der Straße gelehrt hat. »Wenn ich den Scheiß noch mal hör, überleg ich's mir vielleicht doch noch mal, kapiert?«
»Nein, Süßer«, sagt 315. Sie legt ihm die Hand in den Nacken und drückt ihn wieder zu sich herunter. »Beachte sie gar nicht. Komm, schau *mich* an.«
Ephraim küsst sie grob, und der auf ihrer Wange zurückgebliebene Speichel glänzt im Licht der Stadt wie eine Schneckenspur.
»Da mussu dir was einfallen lassen«, sagt er. »Ich will hier nich immer den Showman machen, kapiert?«
»Klar, Süßer«, gurrt sie und presst ihre Schenkel fester um ihn.

»Aber jetzt kümmerst du dich nur um mich. Ich brauche dich nämlich.«

»Nenn mich nich Süßer. Für dich bin ich E.«

Sie lässt den Kopf wieder auf das Kissen sinken, und ihre Stimme verklingt zu einem verträumten Murmeln. »Mach weiter so, E. Mach einfach weiter.«

Er packt ihre Brüste, wie um mehr Druck ausüben zu können, merkt aber, dass es ihm besser gefällt, sie wackeln zu sehen. Die Frau wischt sich die Nase mit dem Unterarm ab, doch Mr. E. macht keine Bemerkung über den langen dunklen Strich, der darauf zurückbleibt. Im Moment zählt nur, dass sie ihm gehört. Ihm ganz allein. Er atmet tief ein und berauscht sich am Aroma seines Sieges: ungewaschene Bettwäsche, der Geruch nach Sex, das nach Chemie riechende Kokain in seiner Nase. Er beglückwünscht sich dazu, sie gleich richtig eingeschätzt zu haben, als sie bei ihm auftauchte, schmutzig und stinkend wie die Achselhöhle eines Lokomotivführers. Er hofft nur, dass sie jetzt nicht auf die Idee kommt, alles Mögliche von ihm zu verlangen. Wie zum Beispiel neue Kleider statt ihres vor Schmutz starrenden Trainingsanzugs. Wenn doch, muss er sie abservieren. Er wird schon eine andere finden.

Guck sie dir an, Bro! Mit der hast du dir echt 'n Gefallen getan.

Yeah, vielleicht besorgt er ihr tatsächlich was Besseres als diese rosa Scheiße, die sie dauernd trägt, nur um ihr zu zeigen, wie gütig der E sein kann.

Was für ein Unterschied zu der schlappen Schlampe auf 206, denkt er. Die sieht wirklich zum Anbeißen aus, und wenn's nur darum gegangen wäre, hätte vielleicht sogar was aus ihnen beiden werden können. Aber die hatte ja rein gar nichts drauf. Totes Fleisch, zum Abgewöhnen, sagt er sich immer wieder. Eigentlich sollte er sie rausschmeißen. Aber dann fällt ihm jedes Mal wieder ein, dass ein Gratisfick auch nicht zu verachten ist, und Fotze ist schließlich Fotze. Tja, und dann die hier, die 315. Labberiger Teig in Schokoglasur, mehr nicht, und die Hellste ist sie auch nicht, aber *Mann,* wie die sich ins Zeug legt!

»Glaubst du, dass ich einen Monat hierbleiben kann?«

»Da mach dir jetzt kein' Kopp, Mädel. Mach ich's dir vielleicht nich gut genug, oder was? Bist du deswegen mit deinen Gedanken woanders? Was soll Daddy E davon halten, dass du quasselst, hä?«

Sie schließt die Augen und lächelt. »Hat damit gar nichts zu tun.«

»Dann sei still.« Er lässt seine Hüften kreisen und genießt es zu sehen, wie sie sich windet. »Ich bin da. Genau da.«

»Aye.« Sie gleitet wieder in ihre Koks-Trance hinüber. »Ich spür dich. Hab deine Mamba zwischen meinen Beinen gefangen, E.«

Yeah, *das hier is echt 'ne geile Schnitte,* Dun. *Die hat's voll drauf.*

Als Ephraim Thekiso vor einem halben Jahr die Hausverwalterstelle annahm, hatte er noch keine Ahnung, wie viel Spaß er dabei haben würde. Anfangs saß er nur den ganzen Tag rum und guckte jeden Schrott im Fernsehen. Ab und zu kam ein Hausbewohner hereingeschneit, um die Miete zu bezahlen. Sein Job bestand darin, wichtig auszusehen, wenn er die Tür aufmachte, die Knete zu kassieren, und hin und wieder den Kopf aus dem Fenster zu stecken, um zu sehen, ob da nicht jemand seinen Müll zusammenpackte und auszog, ohne zu bezahlen, was er ihm noch schuldig war. Aber nach und nach kamen sie auf einmal an: Eine alleinerziehende Mutter hier, eine arme Kreatur da. Zu ihm kamen sie – nicht zu den Kalkfressen, denen das Haus gehörte, nicht zu deren Partnern, den grenzdebilen Mongos mit den nikotinfleckigen Fingern und Visagen. *Ihn,* Ephraim, baten sie um Stundung der Miete. Cooler Typ, der er ist, konnte er so eine heiße Braut natürlich nicht im Regen stehen lassen. Und so kam mit der Zeit ein bisschen Leben in seinen Alltag, das lahmarschige Couch-Potato-Dasein steigerte sich zu einer rasanten Dauerparty in der Hose.

Für Ephraim sind diese kleinen Arrangements ein fairer Handel. Aus seiner Sicht gehören ihm sowieso alle Frauen in den Copacabana Luxury Suites, *seiner* Anlage. Klar, die meisten von ihnen gehen auch so noch anschaffen. Ihm ist das egal. Passt ja schließlich einiges rein, in so'n Bohrloch, das ist einer seiner Lieblingssprüche. Er hat da kein Problem mit, solange er kriegt, was er will, und wann er es will. Und *dat,* wie Biggy Big es so treffend formuliert hat, *is dat.*

Es gibt nur eines, worum er sich Gedanken machen muss: Seine Bosse dürfen keinen Verdacht schöpfen, dass er im Austausch gegen gewisse Gefälligkeiten ihre Räume zur Verfügung stellt. Dazu braucht es großes Fingerspitzengefühl. Jemanden mit Köpfchen. Einen, der die Ruhe weghat. Jemanden wie ihn. Zu viele Schlampen auf den Fluren und zu wenig Kies für die Bosse würde die Aufmerksamkeit auf ihn lenken – und *dat* kann er nun wirklich nicht gebrauchen.

Wenn es bisher Probleme in diesem Haus gab, dann mit den Mietern, nie mit ihm, und so soll es auch bleiben. Knatsch in der Herde? Ein Anruf genügt! Die dazugehörige Nummer steht auf einem Zettel, der an seinem Kühlschrank klebt. Einer dieser arroganten Mongos geht immer gleich beim ersten Klingelzeichen dran. Stimme wie eine Kreissäge. Eine Stunde später stehen sie zu dritt vor seiner Tür und fragen, wer Probleme macht. Er führt sie hin, sieht aber zu, dass er schon weg ist, wenn das Schreien und Zetern, und manchmal auch das Verprügeln, beginnt. *Dat* is deren Ding, *dat* andere seins. Er weiß das. Die wissen das. Und *dat is dat.*

Worüber er sich ebenfalls keine Gedanken gemacht hat, und

zwar schon damals nicht, als er den Job annahm, ist, warum ein paar weiße Spießer ausgerechnet einem schwarzen Endzwanziger als Verwalter ihrer Immobilie und noch dazu Schnittstelle zu den hirnlosen Muskelpaketen einsetzen, die alle aussehen, als wären sie einem zweitklassigen asiatischen Hau-drauf-Film entstiegen. Und er fand es auch nicht verwunderlich, dass sich kein anderer um diese Stelle beworben hatte, niemand mit mehr Verantwortungsbewusstsein und menschlicher Reife. Dass er sie bekommen hatte, führte er schlicht und einfach darauf zurück, dass er in mehrfacher Hinsicht die Nase vorn hatte: mit seinem guten Englisch (tatsächlich nicht schlecht, wenn man von dem falschen Harlem-Akzent einmal absah), seinem tollen Aussehen (geht so) sowie seiner Wortgewandtheit und seinem überzeugenden Geschmack in puncto Kleidung (beides Ausgeburten seiner kokainverzerrten Wahrnehmung).

»*Bee-yaches!*«, schleudert Ephraim der Frau, die unter ihm liegt, aufgespießt wie eine zerfledderte Motte auf einer dünnen Nadel, plötzlich mit heiserer Stimme entgegen. Wenn sie nicht so high wäre, hätte sie sich vielleicht erschreckt. »Wer is der King, hä?«

Die Frau antwortet langsam und ohne die Augen zu öffnen. »Du, Süßer. Du ganz alleiiin.«

Er spürt, wie seine Wirbelsäule zu kribbeln beginnt, bis hinunter zu seiner Mamba, wie er sein bestes Stück gerne nennt. Das is Power, denkt er, das nenn ich Macht. Für den Herrn der Copacabana sagen sie alles, früher oder später.

Allmählich verwandelt sich Ephraims Atmen in lautes Büffelgrunzen, und aus einem Impuls heraus greift er nach dem übrig gebliebenen Koks. Er will kommen und dabei schnupfen. Kann er da? *Fa shizzle!*, denkt er. Er kann alles, und *dat is dat!*

Es gibt einen kurzen Aufruhr in der einen dunklen Ecke des kargen Raums, der aber sofort verstummt, als er einen bösen Blick in die Richtung wirft.

Ungehalten über die Veränderung in seinem Rhythmus schlägt 315 die Augen auf. »Was machst du denn?«
Sie bewegt sich, und er verschüttet beinahe den Schnee. *»Hi wena,* pass auf!«
»Gibst du mir noch was von dem Zeug?« Ihr Blick hängt an dem Koks wie an einem Gewinnlos. Ihre Hüften beginnen langsam und behutsam zu kreisen, ein Tanz, der ihn nur noch schärfer macht, weiß der Himmel, wo sie den gelernt hat. »Das ist gut.«
»Scheiße, das is geil. Mach weiter so, dann kriegssu vielleicht noch was.« Nur mit Mühe kann er sich darauf konzentrieren, das Zubehör bis zur Nase zu bringen, denn sein bewegtes Bild im Spiegel beeinträchtigt seine Fähigkeit, die Entfernung zwischen Nase und Glas richtig einzuschätzen. Verflucht, fühlte sich das gut an.
Biss du vielleicht high, Bra! So was von zugedröhnt!
»He, Mr. E, kann ich bitte einen Monat hier bleiben? Hast du's dir schon überlegt? Du kannst von mir haben, was du willst.«
Ein quengelnder Ton hat sich in ihre Stimme geschlichen, nervt ihn, weil er ihn fatal an die Nutte auf 206 erinnert.
Scheiße, was haben die denn alle?
Noch immer darauf bedacht, den zusammengerollten Schein in der Nase und den Schnee in einer Linie auf dem Spiegel zu behalten, fragt Ephraim sich, ob er sich wirklich noch eine 206 in dieser Anlage antun will.
»Bitte.« Sie bäumt die Hüfte auf, dass ihm Hören und Sehen vergeht. Eine Woge der Lust schwappt ihm hinunter in die Hoden und hinauf in die Wirbelsäule.
»Mach du mal hier weiter so, drei-eins-fünf, dann werd ich dir schon sagen, ob du's dir verdient hass oder nich.«
Ihr Körper wird hart wie ein Brett, und noch ehe sie aufhört, sich ihm entgegenzustemmen, ist ihm klar, dass sie's ihm vermasseln wird.

»Wie hast du mich genannt?«
»Scheiße, Alte!« Er funkelt sie über den erhobenen Geldschein hinweg an. »Kümmer dich nich um mich. Jetz nich. Komm schon, Süße, ich bin gleich so weit, Mann! Auf was wartess du? Na los! Rock 'n' Roll, Süße.«
Mit einem nassen Schmatzen befreit sie sich von ihm. Die Feuchtigkeit zwischen seinen Beinen kühlt in dem schlecht isolierten Raum sofort ab. Zimmer 315 stützt sich auf ihre Ellbogen. »Wie du mich genannt hast, hab ich dich gefragt!«
»Ma«, piepst eine Stimme aus der Dunkelheit.
»Jetzt nicht, Kleines.«
»Was soll die Scheiße, Alte?«, brüllt Ephraim Thekiso.
Ehe er weiß, wie ihm geschieht, drückt sie ihm eine schrundige Ferse gegen die Brust und stößt ihn nach hinten. Es gelingt ihm zwar, sich vor einem Sturz aus dem Bett zu bewahren, doch die Hand, in der er den Spiegel hält, verschüttet das restliche Kokain in einer Wolke aus Feenstaub.
»Ah, Scheiße, Mann!«
»*Wie* hast du mich genannt, Ephraim? Sag's!«
Er ignoriert sie und bürstet hektisch das dunkle Bett nach seinem Koks ab. »Alles weg. Schau mal, wassu gemacht hass.«
Die Frau umschlingt ihre Knie, um sich vor der Kälte zu schützen und sieht ihm lachend zu, wie er die Kokainreste mit einem Finger zusammenkratzt.
»Das is nich lustig, du Schlampe!«
»Ma!«
»Jetzt nicht, Kleines.«
»Aber sie haben Gewehre.«
»Wer?«
»Maul halten, hab ich gesagt.«
Frustriert drischt Ephraim Thekiso mit der Faust gegen die Wand, ein Schlag, der selbst Mike Tyson alle Ehre gemacht

hätte, wäre er im Gesicht eines Gegners gelandet und nicht auf Gips. Ein Knacken verkündet, dass E sich einen Finger gebrochen hat, und plötzlich kreischt der Herr über alle Tiere der Erde und Fische des Meeres und Eroberer der Frau, die er 315 nennt, wie ein Fünfjähriger, dem gerade sein Eis in den Dreck gefallen ist.

»Ma, sie kommen hierher!«, ruft die aufgeregte kleine Stimme, die er schon die ganze Zeit vergeblich zu ignorieren versucht. Jetzt stehen sie sogar am Fenster, die beiden Mädchen mit den identischen rosa Trainingsanzügen, die in dem dunklen Apartment die ganze Zeit keine Ruhe gegeben haben, obwohl sie sich doch still mit dem Gesicht zur Wand hätten hinsetzen und die Ohren zuhalten sollen. Die Ältere zeigt hinaus auf den Parkplatz drei Stock tiefer. »Ich hab sie reinlaufen sehen.«

2

Die Erkenntnis trifft sie wie der hämische Blick eines Zeugen Jehovas. Nummer 315 rollt sich aus dem Bett und sucht ihre Klamotten, erinnert sich dann aber, dass sie sie neben der Eingangstür hat fallen lassen, weil der Verwalter ihr beim Betreten der Wohnung befohlen hat, sich auszuziehen.

»Du stinkst«, hatte er ihr unverblümt gesagt, kaum hatte er die Tür aufgesperrt. »Zieh dich aus. So kommst du mir hier nich rein.«

Das zu sagen war zwar eine Beleidigung, doch sie wusste nur allzu gut, dass es der Wahrheit entsprach. Sie konnte sich gar nicht mehr entsinnen, wann sie zuletzt heißes Wasser auf ihrer Haut gespürt und Zahnpasta auf ihre Zahnbürste getan hatte. Als sie zögerte, fügte er hinzu: »Wir wissen doch beide, warum du zu *mir* gekommen bist, und eins sag ich dir gleich: Ich hab meine Standards. Also runter mit dem Scheiß, damit ich dich angucken kann, bevor du duschen gehst. Mal gucken, ob du das Moos fürs Wasser wert bist.« Sie hatte ihren Trainingsanzug direkt vor den Augen dieses Unbekannten, und ihrer Kinder, ausgezogen, nicht, weil es ihr nichts ausgemacht hätte oder sie so scharf aufs Duschen war, sondern weil ihnen die nächste Winternacht bevorstand und sie tun würde, was in ihrer Macht stand, um ihren Kindern eine weitere Nacht in einem Hausflur zu ersparen.

»Guck dir das mal an!«, hatte er mit einer Mischung aus Lüsternheit und Ekel gesagt und die Tür geschlossen – und sie hatte sich noch nie so erniedrigt gefühlt. Bis zu diesem Augenblick – als er sie als Nummer anredete, gerade so, als stünde sie Schlange bei ihm. Ausgerechnet bei *ihm!*

»Meine Hand iss im Arsch!«, brüllt dieser … *Mann* mit diesem idiotischen Akzent, auf den er sich so viel einbildet. Sie kann beim besten Willen nicht verstehen, warum ein Tswana unbedingt Englisch reden muss, als wäre er nie in Afrika gewesen.

»Meine Scheiß Hand is im Arsch, hassu nich gehört?«

Ephraim steht nackt im dunklen Zimmer. Er ist dürr und für einen Schwarzen ungewöhnlich behaart. Er sieht dem Bullen ähnlich, dem sie gestern ins Gesicht gespuckt hat – die gleiche Stirn, das gleiche Kinn, aber nicht annähernd so gut gebaut oder würdevoll wie der. Einen Augenblick überlegt sie, ob der Typ imstande wäre, gegen sie und ihre zwei Mädchen handgreiflich zu werden – es wäre nicht das erste Mal, dass ihr das passiert. Doch sie kommt zu dem Schluss, dass er zu bekifft und zu feige ist, um ihr wirklich gefährlich werden zu können. Sie lässt ihre Kleider also liegen und stürzt zu ihren Töchtern ans Fenster, gerade noch rechtzeitig, um einen Mann mit einer AK-47 in der Eingangshalle verschwinden zu sehen, nachdem er noch einen letzten Blick über die Schulter geworfen hat. Bei dem Gedanken, was Frauen in einem von einer Gruppe bewaffneter Männer gestürmten Gebäude alles geschehen kann, steigert sich ihre dem Kokain geschuldete Anspannung noch um ein paar Stufen.

»Ephraim!«, schreit sie den Mann an, der noch immer im Zimmer herumtrampelt und sich das Handgelenk hält. »Jetzt halt die Klappe und komm her.«

»Siehssu nicht, dass ich Schmerzen hab? Schau mal, was deine verfluchten Bälger mit meiner Hand gemacht haben!«

Drei-eins-fünf, so hat er sie genannt. *Scheiß* 315.

Beleidigungen und Misshandlungen hat sie im Laufe ihres Lebens mehr als genug erfahren, aber die hier hat sie wirklich getroffen. Gut, vielleicht ist sie nicht mehr als ein Geldautomat auf Beinen für die Bullen, die sie regelmäßig filzen, oder ein feuchtes Loch für ein paar Freier hier und da – aber die gestehen ihr wenigstens einen – wenn auch manchmal mehr als üblen – *Namen* zu.

»Ist mir scheißegal, und wenn du dir deinen Schwanz in der Tür eingeklemmt hast. Aber da kommen wirklich gerade Männer mit Knarren ins Haus. Und keinen kleinen.«

»Ja, und wassum Teufel, soll ich jetz tun?«

Er hält seine Hand in das Licht, das durchs Fenster fällt und betrachtet sie aufmerksam, als warte er darauf, dass Nummer 315 ihn bemitleide. Unterdessen ist ihm dieses Ding – wie nennt er es, Mamba?, so ein Schwachsinn, – zusammengeschrumpft und hängt ihm zwischen den Beinen herunter wie ein vertrockneter Regenwurm aus einem Vogelnest. Mit einem Mal wird ihr schlecht beim Anblick dieses Mannes, mit dem sie noch vor fünf Minuten gevögelt hat. Unfassbar erscheint es ihr jetzt, was sie für einen Monat Wärme und ein Dach über dem Kopf zu tun bereit war. So schnell ist es mit ihr bergab gegangen.

»Keine Ahnung«, sagt sie. »Die *Gatas* rufen, vielleicht.«

Er sieht sie an, und seine Augen funkeln in dem blauen Licht.

Dann bricht ein hysterisches Kichern aus ihm heraus, und der Schmerz schlägt wie ein Blitz in ihren zugedröhnten Schädel ein.
»Ich soll die *Boere* rufen, breit wie ich bin? Spinnss du, Alte? Ich geh doch nich in den Knast, Mann.«
»Ma, ich will nicht hierbleiben«, sagt ihre Älteste.
Sie wirft einen Blick auf ihre Töchter, sieht wie die jüngere sich Schutz suchend an die ältere klammert. Die dritte ist noch immer im Johannesburg General Hospital, um sich die Verbrennungen behandeln zu lassen, die sie erlitten hat, weil die Scheiß Bullen die Fabrik gestürmt haben. Das war zwar ein stinkendes Loch, aber wenigstens hatte sie dort eine warme Zuflucht für sich und die Kinder. Und es hatte andere alleinstehende Mütter gegeben, mit denen sie sich bei der Beaufsichtigung der Kinder abwechseln konnte, wenn sie auf Arbeitssuche ging. Irgendwie sind die zwei Schwestern nicht komplett ohne die dritte. Sie sehen nicht aus wie ihre Kinder, aber sie sind es, und das einzig Gute, was ihr in diesem Leben noch geblieben ist. Sie blickt zur Tür. Der Mann, den sie unten mit der MG gesehen hat, sah aus, wie die Nachhut, was bedeuten könnte, dass noch andere im Haus unterwegs sind, und zwar eine ganze Menge. Sie hat das schon einmal miterlebt, in Jeppestown. Da haben genau solche Typen die Bewohner eines Hauses vertrieben – arme Menschen, die ohnehin fast nichts besaßen, genau wie die in dieser Anlage, und auch das noch verloren.
Sie will nicht, dass ihre Kinder sehen, was sie damals gesehen hat. Nicht, wenn sie es verhindern kann.
»Ephraim, was wirst du tun?«
»Wieso *sollte* ich was tun?«
»Wegen den verfluchten *Tsotsis,* die hier im Haus herumrennen, du dummes Arschloch!«, keift sie ihn an, weil sie ihre Wut nicht mehr unterdrücken kann. »Sie haben AKs, und ich glaub

nicht, dass sie hier sind, um Einladungen zur Malaika-Show zu verteilen.«

Der Ausdruck kindlicher Überraschung auf seinem Gesicht macht sie nur noch wütender.

»AKs?«, fragt er benebelt. Eine schaumbedeckte Zunge schlüpft zwischen seinen trockenen Lippen hervor, um sie abzulecken. »Ich bleib hier, was'n sonst?«

»Kommt nicht in Frage.«

Mit einem plötzlich verlegenen Blick auf ihre beiden Kinder reißt er das feuchte Laken vom Bett und hält es sich vor den Unterleib. »Sag du mir ja nich, was ich tun kann und was nich, Alte. Ich leg mich mit kein' Dieben nich an. Dafür zahlen die mir nich genug.«

»Was? Gerade bist du noch so hart, dass du eine Mutter vor den Augen ihrer Kinder vögelst, und auf einmal kannst du nicht mal mehr tun, wofür du bezahlt wirst?« Sie stößt ihn zur Tür, insgeheim froh, dass sie von kräftigerer Statur ist als er. »Du bist ein Loser, Ephraim, und was für einer.«

»Wie redessu denn mit mir?« Seine Augen weiten sich in plötzlicher Erkenntnis. »Die sin doch nich wegen mir da?«

»Keine Ahnung.« Sie versetzt ihm einen gröberen Stoß und nimmt befriedigt zur Kenntnis, wie er, an ihrer zerknitterten Kleidung vorbei, bis zur Tür taumelt. »Ich bin nur eine Zimmernummer, weißt du nicht mehr?«

Er versucht, sich aufzurichten und zusammenzureißen. »Was soll das, Alte? Das hier is mein Apartment.«

»Ich hab's mir verdient, Arschloch.«

Es gelingt ihr, die Tür zu öffnen und Ephraim Thekiso mit einem gewaltigen Stoß rückwärts in den eiskalten Flur zu befördern. Es bedarf noch eines kraftvollen Tritts, damit seine heile Hand auch den Türknopf loslässt, doch zu guter Letzt kann sie ihm die Tür vor der Nase zuschlagen.

»Lass mich rein!« Er schlägt mit der Faust an die Tür. »Komm schon, Süße, reden wir drüber.«
»Nur, wenn du mich endlich bei meinem Namen nennst, aber an den kannst du dich ja nicht mehr erinnern, oder?«
»Dann erinner du mich halt. Ich vergess ihn nie wieder, ich versprech's.«
Sie ignoriert seine Bitte und folgt mit ihren Blicken dem blauen Licht, das vom Fenster in das unmöblierte Apartment fällt. In der spärlichen Beleuchtung kann sie zwei Augenpaare ausmachen, die sie ängstlich und gespannt beobachten. Erschöpft lässt sie sich gegen die rauhe, ungestrichene Tür fallen und winkt ihre zwei Töchter zu sich. »Kommt her, meine Kleinen. Kommt zu eurer Ma. Sie braucht euch.«

3

Der plötzlich nicht mehr so majestätische Mr. E starrt die Tür von Zimmer Nummer 315 an und versteht nicht ganz, wie es kommt, dass er auf einmal vor Kälte zitternd davor steht. Eine eiskalte Bö fegt durch den Außengang, und Gänsehaut überzieht seinen nackten Körper. Seine Zähne beginnen zu klappern, als habe er den Mund voller Schreibmaschinen.
»He! Mach auf!« Mit seiner unverletzten Hand trommelt Ephraim Thekiso gegen die Tür. »Es is arschkalt hier draußen, Mädel.«
Er kann sich ums Verrecken nicht an ihren Namen erinnern, auch nicht, ob sie ihn ihm überhaupt gesagt hat.
»Hau ab!«, kommt die durch die Tür gedämpfte Antwort.
»Meine Klamotten. Verdammt, Schlampe! Gib mir zumindess meine Klamotten.«
In seinem Hinterkopf schreit eine Stimme *Scheiße,* Dun, *da rennen Kerle mit MGs rum, und du scheißt dich an wegen der*

Kälte? *Hassu nich gehört, was sie* gesagt *hat?* Aber die Kälte und das Koks, von der Peinlichkeit seiner Nacktheit und seiner verletzten Hand ganz zu schweigen, verlangen seine volle Aufmerksamkeit. Mit einem Blick hinüber zu den Fahrstühlen vergewissert sich Ephraim, dass niemand da ist, der ihn so sehen könnte, dann schüttelt er das Laken aus, das er sich bis jetzt an den Unterleib gepresst hat, und hängt es sich um die Schultern. Ganz am Rande bekommt er mit, wie unter ihm an Türen geklopft und herumgebrüllt wird.

Etwas rasselt durch das einen Spalt geöffnete Küchenfenster, und ein Schlüsselbund fällt auf den Betonweg.

»Dein Scheißkram liegt unten auf dem Parkplatz, Mr. Sechs-Null-Sechs, und die Schlüssel für diese Wohnung behalte ich vorläufig«, ruft die Frau ihm zu. Dann fügt sie noch hinzu: »Und *dat is dat,* Arschloch.«

»Komm schon, Mädel, sei nich so. Was glaubss du, wie lang du da bleiben kanns? Mach auf, verdammte Scheiße! Mach auf, oder du biss tot, Mann! Ein Anruf genügt, und du hass die Bosse am Hals. Für mich gar kein Problem. Ein Anruf, Mann, ein Anruf, und das war's dann mit dir und deinen Dreckferkeln. *Mach die verdammte Tür auf!*«

Keine Antwort. Frustriert stampft er mit dem nackten Fuß auf, ein Geräusch, nicht mehr als ein nasses Schmatzen auf dem Beton. Sich seinen dürftigen Umhang enger um die Schultern ziehend stapft er auf die Fahrstühle zu. Mit dem Laken sieht er aus wie ein äthiopischer Mönch. Als er um die Ecke des Hauptaufzugschachts kommt, sieht er zwei Männer die danebenliegende Treppe hochkommen. Einen Moment lang sind sie über seinen Anblick genauso überrascht wie er über ihren. Einer der beiden trägt einen billigen lila Anorak und an einem Gurt über der Schulter *(Scheiße, diese verdammten Gören haben nicht gelogen!)* eine AK-47. Zusätzlich hat er noch eine Sjambok bei sich. Der andere Mann hält einen Stift und einen gewöhnlichen Schulblock in der Hand, sonst nichts. Er ist dünn, und die Gegenstände in seinen Händen scheinbar völlig harmlos, trotzdem macht er Ephraim Angst. Seine wässerigen Augen, die zusammengepressten Lippen haben etwas Furchterregendes, wie etwas, das im Dunkeln lauert.

Der Mann im Anorak lacht. »Und jetzt, Superman?«, sagt er auf Sotho. »Warum hängt dir denn bei dieser Kälte dein Ding raus, eh?«

Ephraim, dessen Ego in den letzten zwanzig Minuten einmal zu oft verletzt und dessen Urteilsvermögen von dem ganzen Koks und der halben Flasche Zuckerrohrschnaps zunichte gemacht wurde, rafft seine fleckige, zerknitterte Toga, als sei er drauf und dran, eine Rede vor dem versammelten Senat zu halten. »Ich bin der Hausverwalter hier«, verkündet er. »Und wer, zum Teufel, seid ihr?«

Einen Augenblick lang hängt diese kühne Behauptung wie eine gefrorene Sprechblase in der Luft, dann lässt der Anorak-Mann ein herzhaftes, grollendes Lachen hören, so dass sich auch auf dem Gesicht des anderen der Anflug eines Lächelns zeigt, von dem sein Mund allerdings unberührt bleibt. Er streckt die Hand aus und lässt sie seinem Begleiter auf die Schulter fallen. »Hast du das gehört, Godun, eh, *Bra?*«

Der Schweigsame nickt bloß und zeigt jetzt ein schmallippiges Reptilienlächeln.

»Tatsächlich, Superman? Du hast hier das Sagen?«

»So isses.« Ephraim steigt unbehaglich von einem Bein auf das andere. Er kann den Blick nicht von dem Mann mit dem Block abwenden. »Ich hab da nur grad ein kleines ... *Problem.*«

Wortlos schreibt der Mann namens Godun etwas auf, und ohne zu wissen, warum, spürt Ephraim plötzlich, wie seine Beine zu Brei werden.

»*Yo, Bizza,* was schreibssu da?« Die Ahnung bevorstehenden Unheils lässt seine Stimme zu einem Krächzen absinken.

»Klappe, Ephraim.« Der Anorak macht einen drohenden Schritt auf ihn zu, und Ephraim weicht zurück. Doch die beiden folgen ihm Schritt für Schritt. »Einer, der so rumläuft, hat keine Fragen zu stellen.«

»Woher wisst ihr meinen Namen?«

Godun beendet seine Notizen, indem er mit einer energischen Bewegung einen Strich darunter zieht. Er zeigt sie dem Anorak, der rasch einen Blick darauf wirft.

»*Aye, Makhonya.* Wie du meinst.«

»Was steht da, *Dun?*« Plötzlich erfasst Ephraim Thekiso wilde Panik, und er deutet hinter sich auf Zimmer 315. »Ich hab dieser Schlampe das Zimmer nur für eine Nacht gegeben. Sie hat Kinder, Mann. Da kann ich sie doch nich einfach auf die Straße schicken. Ende des Monats zahlt sie das Doppelte. So isses abgemacht, *Bra,* ich schwör's.«

»Vielleicht ist es ja am besten so, weißt du.« Der Anorak rückt sich die MG auf dem Rücken zurecht. Dann umschließt er die Sjambok mit festerem Griff.

»Was ist am besten?« Ephraim Thekisos Stimme wird schrill.

Der Anorak schüttelt den Kopf. »Weißt du, es ist ganz schön unhöflich von dir, in dieser Sprache mit mir zu reden. Was ist los, schämst du dich für das, was du bist?«

»Nein, überhaupt nicht.« Blitzschnell schaltet Ephraim auf tadelloses Tswana um. »Wenn ihr wegen der Knete da seid, die habe ich. Ich habe dem armen Luder nämlich nur geholfen. Wegen so einer legt man doch schließlich keinen Bruder ...« Mitten im Satz versucht er loszurennen, doch der andere muss damit gerechnet haben. Als Ephraim sich umdreht, pfeift der erste Peitschenschlag durch die Luft und trifft ihn mit einem nassen, lauten Klatschen auf den Rücken. Ephraim kreischt aus

Leibeskräften. Die ganze Anlage wird diesen Schrei später einvernehmlich als äußerst unmännlich beschreiben. Fühlten sich seine Füße eben noch kalt und schwer wie Eisblöcke an, kennt sein Körper jetzt nur noch weißglühende Hitze. In rascher Reihenfolge knallt nun ein zweiter, ein dritter, ein vierter Schlag auf Ephraim herab, der sich hierhin und dahin duckt, verzweifelt bemüht, in dem engen Gang den Schlägen zu entgehen. Einem weiteren Hieb ausweichend, steht Ephraim plötzlich Auge in Auge dem Mann namens Godun gegenüber. Sein Gesicht lässt nicht die leiseste Regung erkennen.

»Verschont mich«, fleht Ephraim Thekiso und will nach Goduns Hand greifen, doch der zuckt vor der Berührung zurück. »Das habe ich nicht verdient, *Makhonya* – bitte.«

»Das war schon lange fällig, mein Freund«, antwortet der Anorak hinter ihm. »Hast du wirklich geglaubt, du kannst dir bis in alle Ewigkeit Geld von der Miete in die eigene Tasche stecken? Dachtest du, den anderen Mietern wäre es egal, dass du dir all diese Weiber in Zimmern hältst, die sie nicht bezahlen können?«

»Ich kann das erklären, Mann! Lasst mich mit Niewoudt reden. Lasst mich mit Li reden. Bitte, *Bra*«, heult Ephraim Thekiso, der tatsächlich glaubt, die weißen Spießer und Mongos würden ihn schonen, nur weil sie ihn kennen. »*Die* sollen sich darum kümmern.«

»Die *kümmern* sich gerade darum, du Pfeife.« Der Anorak erhebt die Peitsche und lässt sie noch einmal niedersausen. Sie pfeift durch die Luft. Kraftvoll und schnell und brutal. Dieses Mal platzt die Haut auf Ephraims Rücken auf wie eine überreife Frucht.

4

In Nummer 315 hockt eine Mutter auf dem Boden, den nackten Rücken an das dünne Sperrholz gelehnt, und wagt nicht, sich zu rühren. Ihre Arme hat sie um die beiden Kinder geschlungen, und ihr tränenverschmiertes Gesicht an deren Wangen gedrückt. Bei jedem Peitschenknall und dem darauffolgenden Schrei auf dem Gang draußen, zuckt die Mutter zusammen.

Bitte, bitte, lieber Jesus. Mach, dass sie nicht hier reinkommen, hörst du? Ich bitte dich um meiner Kleinen willen.

So unvermittelt der Überfall draußen losging, so schnell ist er zu Ende. Noch mehr Schritte sind zu hören, dazu die groben Stimmen von Männern, die auf Beute aus sind. Ein Grunzen, das Quietschen von Turnschuhen auf dem nackten Beton, dann das schleifende Geräusch einer riesigen Schlange, die sich davonwälzt.

»Alle auf diesem Stockwerk, hört ihr das?«, ruft der Mann, der Ephraim gequält hat. »Einige von euch haben darum gebeten, dass mit diesem Mann etwas passiert. Es ist passiert. Ein paar von euch haben vielleicht daran gedacht, euren Vermieter genauso übers Ohr zu hauen wie dieser Mann. Aber lasst euch gesagt sein: Dann passiert euch das Gleiche. Wenn ihr uns bestehlt, setzt's Prügel. Wenn ihr eure Miete nicht bezahlt, setzt's Prügel. Das sind jetzt die neuen Regeln hier.«

Schritte nähern sich Zimmer 315. Ein brutales Hämmern an der Tür. Der Mutter schlägt das Herz bis zum Hals.

»Magosha!«

Eines der kleinen Mädchen schreit auf vor Angst, und die Mutter hält ihr den Mund zu. Sie flüstert dem zweiten Kind zu, lieber still zu sein, und sucht die leere Einzimmerwohnung vergebens nach einem Versteck ab.

»He, Nutte, aufmachen, hab ich gesagt!« Die Faust hämmert weiter an die Tür, und im Geiste sieht sie bereits, wie das dünne Holz unter den Schlägen nachgibt.

Viele Möglichkeiten hat sie nicht. Wenn sie nicht bald antwortet, wird der Mann garantiert so wütend, dass er die hauchdünne Barriere zwischen ihnen einreißt, und was immer dann geschieht, wird sich vor den Augen ihrer unschuldigen Töchter abspielen. Aber *wenn* sie antwortet, was dann?

»Reiz mich nicht, Weib.«

»Ja?«, stammelt sie.

»Du sitzt auf der Straße, höre ich. Mit Kindern?«

Sie blickt von dieser neuen Zuflucht hinaus auf den blau erleuchteten Hillbrow Tower vor dem Fenster. Wird ein Wunder geschehen, und sie kann doch hier bleiben? Oder muss sie wieder weiterziehen? Die Tränen in ihren Augen schmücken den Turm mit einem prächtigen Strahlenkranz. Wie schön es wäre, dieses Zimmer ihr eigenes nennen zu können.

»Ja.« Sie würde gern mehr zu ihrer Verteidigung vorbringen, doch ihre Stimme versagt.

»Und das ist auch der Grund, warum du jetzt nicht endest wie dieser *Nja.* Sei froh, Weib. Du kannst dich glücklich schätzen. Aber Ende des Monats wirst du wie alle anderen hier für dieses Zimmer zahlen.«

»Ich kann nicht«, murmelt sie durch die Tür. »Ich hab nichts.«

»Du *wirst.* Wenn du dieses Zimmer willst, dann zahlst du zwei Monatsmieten Kaution, wie alle anderen. Nichts ist umsonst, hörst du? Und du wirst die Miete im Voraus bezahlen. Du glaubst vielleicht, du bist anders als die anderen Mieter hier, die für ihr Geld schuften und ihre Miete pünktlich zahlen. Aber da täuschst du dich, hast du verstanden?«

»Ja.«

»Gut. Du hast also bis Ende der Woche Zeit.«

Schritte entfernen sich zu den Fahrstühlen, und sie ist allein mit ihren Kindern. Sie lässt sie los und rollt sich auf dem Teppich zu einer Kugel zusammen. Und jetzt? Wohin mit ihr und ihren Kindern? Sie beginnt in der Dunkelheit zu weinen und merkt kaum, dass kleine, ruhelose Hände ihr Haar, ihr Gesicht berühren und sich auf ihren Mund pressen, um zu verhindern, dass die Verzweiflung aus ihr heraussickert.

Kapitel 4

1

Harry erwidert den unverwandten Blick des älteren Mannes. Seine Augen, gütig, aber ernst, sind halb unter schwer herabhängenden Lidern verborgen, und tiefe Sorgenfalten umrahmen seinen Mund. Jetzt bewegt sich der Mann, der ihn beobachtet, zwar wieder, sagt jedoch noch immer nichts.
Irgendwie kommt der Mann ihm bekannt vor, aber er kann ihn nicht einordnen. Das verblichene graublaue Hemd, zugeknöpft bis ganz nach oben, und der verwaschene Tintenfleck auf einer Brusttasche kommen ihm gleichzeitig bekannt und fremd vor. Ebenso die steife, beinahe militärische Haltung des Alten, wie ein Soldat, der sein Gewehr präsentiert. Sosehr Harry sich auch das Gehirn zermartert, die Identität des Mannes ist und bleibt nur ein Wort, das ihm auf der Zunge liegt.
Und dieser Ort? Wo genau ist er? Harry ist sich sicher, dass er diese weißen Wände und die weißen Tücher kennt, die über ihn gebreitet sind, das Stahlgitter am Fußende eines altmodischen Betts. Durch das kleine quadratische Fenster gleich rechts neben der Schulter des Mannes ist eine rote Ziegelmauer zu sehen. Auch hier hat er das Gefühl, er müsse sie eigentlich gut kennen, doch warum, will ihm nicht einfallen. Und alles in allem sind die Gefühle, die er plötzlich mit diesem Ort assoziiert, unangenehm.
Warum kann er selbst den Kopf nicht bewegen? Wie kommt es, dass seine Lider sich anscheinend nicht öffnen und schließen, während die seines stummen Besuchers das ebenso selbstverständlich tun, wie dieser atmet und in seiner militärischen Haltung beinahe unmerklich schwankt?

Harry kramt in seinem Gedächtnis nach mehr Informationen, findet aber nichts, weil sein Kopf so leer ist wie eine Salzwüste. Zwischen seinen Schläfen herrscht ein Getöse so ohrenbetäubend und schmerzhaft, als stecke sein Kopf in einem Sägewerk. Doch das stimmt nicht ganz, denn er kann das schwere Atmen des Mannes hören, ein leises, stetiges Pfeifen durch die Nase, dessen Rhythmus er übernimmt und irgendwie als beruhigend empfindet.

»Harry, das Arschloch hat nichts anderes verdient. Ich weiß es. Wir alle wussten es. Das ganze Viertel wusste, dass er schuldig war. Man musste etwas gegen ihn unternehmen. Er durfte nicht ungestraft davonkommen.«

Harry runzelt die Stirn. Er ist sich zwar sicher, dass er das Gesicht und die Stimme kennt, doch ebenso sicher weiß er, dass die beiden nicht zusammengehören.

»Dieser verfluchte Drogenkurier hat uns ausgelacht, Bond, und hat zugesehen, wie wir im Dunkeln tappen, wie ein Haufen blinder Mäuse. Das darf man denen nicht durchgehen lassen, Bond. Ihnen brauche ich das nicht zu sagen, dass es nicht die Knarre ist, die einem das Leben rettet, sondern der Ruf, den man hat. Wenn erst mal einer anfängt, dich lächerlich zu machen, dann ist es nur mehr eine Frage der Zeit, bis ein anderer dir eine Kugel in den Rücken jagt. Ntombini hatte ein derartiges Standing auf der Straße, dass er jederzeit unser Todesurteil unterschreiben hätte können, egal in welchem Viertel wir arbeiteten.«

»Wer sind Sie?« Die Frage ist nur als wattiges Murmeln vernehmbar. »Und wo, zum Teufel, bin ich?«

Sein Besucher nimmt keine Notiz von ihm und redet weiter.

»Sie und ich, Harry, wir wurden in ein verschissenes Niemandsland geworfen, mit nichts als einer Schaufel in der Hand, und wir sollen dafür sorgen, dass es nach Rosen duftet.«

Wovon redet der Typ?, fragt Harry sich.

»Sein Tod war die ausgleichende Gerechtigkeit. Ein übergeordnetes Wohl, festgeschrieben *zwischen* den Zeilen eines unvollkommenen Gesetzeswerks, das den Verbrecher schützt statt uns oder sein Opfer.«

Harrys Blick huscht zu dem kleinen Fenster, und es überrascht ihn nicht, eine endlose schwarze Ameisenkolonne über die Mauer des gegenüberliegenden Gebäudes marschieren zu sehen.

Dann fällt es ihm schlagartig ein. Das Pfeifen in der Nase seines Besuchers hat ihn darauf gebracht.

Endlich verzieht sich dessen Miene zu einem zögerlichen Lächeln. Es ist der Ausdruck des Wohlwollens im Gesicht eines Mannes, der sein Leben lang Schuldirektor war, reserviert für ganz besondere Schüler zu ganz besonderen Anlässen. Unvermittelt, doch mit einer fürsorglichen Geste macht Colin Mason einen Schritt auf das Bett zu, in dem Harry liegt, ohne zu wissen, wie er dort hingekommen ist. Mit der ausgestreckten, in verdickten Fingerspitzen endenden Hand streicht er seinem Sohn das Haar zurück, so wie früher, als Vater und Sohn sich noch berührten.

Wie geht's dir, Junge? Hast du hier alles, was du brauchst?, fragt sein Vater jetzt, ohne eine Spur der anderen Stimme.

Jäh bildet sich ein dicker Kloß in Harrys Hals, der ihn fast erstickt. *Was ist denn los, Dad?*

Sein Vater klopft ihm mitfühlend auf die Schulter, als hätten sie soeben über die jüngsten miserablen Kricketergebnisse im Londoner Lord's Stadion gesprochen. Der ernste Zug um den Mund kehrt zurück. *Beruhige dich, mein Sohn, sonst regt sich deine Mutter wieder auf. Ruh dich einfach aus. Denk daran, das Wichtigste ist jetzt, dass du das heil überstehst.*

Schlagartig überfällt Harry ein Gefühl der Klaustrophobie. Er will sich bewegen, fühlt sich aber wie in einer Zwangsjacke.

Was ist denn passiert?
Du darfst dich nicht anstrengen, mein Sohn.
Lass mich los! Harry versucht, seinen Blick auf das übrige Zimmer zu richten, doch eine unerklärliche Lähmung schränkt auch sein Gesichtsfeld ein.
Hier bist du sicher, sagt sein Vater. *Du brauchst keine Angst zu haben.*
Harry dreht den Kopf, so weit es geht. Er spürt, wie sich jenseits seiner Sichtlinie Dunkelheit zusammenballt. Rasch richtet er seinen Blick wieder auf die rechte Seite seines Betts, doch sein Vater ist verschwunden. Jetzt ist da nur mehr das Fenster und die schwarzen Ameisen, die zu Tausenden über die rote Ziegelmauer krabbeln, ziellos, als wollten sie damit einen weiteren Beweis für die absolute Sinnlosigkeit des Lebens erbringen.
Das Kreischen des Sägewerks übertönend, schleicht sich diese andere Stimme wieder zurück in seinen Schädel. »Ich hatte nichts damit zu tun, Harry, falls Sie das glauben. Lassen Sie uns das ein für alle Mal klarstellen. Machen Sie sich keine Sorgen, ich krieg den Hurensohn, der Ihnen das angetan hat. Und wenn wir ihn haben, dann zeigen wir ihm, dass wir unsere Leute nicht im Stich lassen, was, Harry? Durch dick und dünn, stimmt's, Harry? Was das betrifft, sind wir nämlich die einzige richtige Familie, die wir haben. Niemand sonst versteht das.«
Dieser Mann, sein Vater kann es nicht sein, denn der hat ihn nie so genannt. Aber wer ist es dann? Und warum fühlt Harry sich so unwohl? Dieses verfluchte Sägewerk. Und wo sind die gottverdammten Kopfschmerztabletten?
»Mensch, Bond, als ich sagte, hoffen wir, dass wir nicht zu unserer eigenen Beerdigung fahren, da war das doch nicht ernst gemeint, hören Sie mich? Wenn Sie aufwachen, dann schnappen wir uns diesen sogenannten Informanten. Der hat nämlich

ein doppeltes Spiel getrieben, es gab da gar keine Gewehre. Hören Sie mich? Es *gab* keine.«

Ein Druck auf seiner linken Hand, der vielleicht als Beruhigung gemeint war, verstört Harry nur noch mehr, weil er nicht sehen kann, wer ihn ausübt.

»Harry, lassen Sie's gut sein mit diesem Ntombini. Das ist lange her. Tun Sie mir diesen einen Gefallen, ich bitte Sie.«

Dad?

Ein Anflug von Panik ereilt ihn.

Ich kann mich nicht erinnern, verdammt noch mal!, schreit er aus voller Lunge, doch es kommt nur ein Krächzen heraus. *Wovon redest du?*, flüstert er schließlich.

Vergiss nicht, Harry, sagt eine Stimme voller Blumen. *Wir müssen das tun. Freitagabend. Essen gehen und ins Kino. Glaubst du, sie mag das?*

Er kennt diese Stimme, aber zu wem gehört sie? Zu seiner Frau? Genau! Zu seiner *Frau.* Er erinnert sich an sie … und an eine Tochter. Amy und Jeanie. So heißen sie.

Sie ist ganz verrückt auf Filme, Amy. Er lacht, trotz des Grauens, das Besitz von ihm ergreift. *Das müsstest du doch inzwischen wissen.*

Völlig unerwartet ist sie da. Sitzt auf einer Holzbank neben dem Bett, ihre hellgrünen Augen auf ihn gerichtet, ihre Grace-Kelly-Lippen zu einem aufmunternden Lächeln nach oben gebogen. Ich *weiß das, Bär, aber* sie *nicht.*

Was soll das heißen? Wie sollte Jeanie nicht wissen, was sie mag?

Amy schüttelt den Kopf. Eine Mischung aus Traurigkeit, Resignation und Sehnsucht gleitet über ihr Gesicht. Sie steht auf und wendet sich zum Gehen.

Warte. Wo gehst du hin? Du bist doch gerade erst gekommen, und ich hab dich doch so lang nicht mehr gesehen. Wo warst du denn?

Sie gibt keine Antwort, sondern streicht nur ihren schwarzen Faltenrock und ihre bestickte smaragdfarbene Bluse glatt. Harry erhascht einen Blick auf die marmorblasse Linie ihres Halses und das vorstehende Schlüsselbein, das er so gern liebkost. *Wann kommst du zurück?*

Als sie sich über ihn beugt, um ihn zu küssen, rutscht ihr der Diamantanhänger, den er ihr einmal zum Hochzeitstag geschenkt hat, aus der Bluse und streift sein Gesicht. *Ich weiß nicht, Bär,* sagt sie. *Aber ich kann nicht mehr bei dir bleiben. Es gibt da jetzt jemand anderen, weißt du nicht mehr?*

Zunächst ist er überrascht, das zu hören. Dann übermannen ihn Zorn und Eifersucht.

Wer?

Sie wendet sich von ihm ab und geht zum Fenster. Kupferfarbenes Dämmerlicht fällt von draußen herein auf den Boden.

Himmel, Amy, gib mir eine Antwort! Wer ist es?

Über die Schulter sagt sie mit einer Stimme, die nicht ihre eigene ist, *Vergiss nicht, Freitag. Essen und Kino.*

Dann ist sie verschwunden.

Harry bewegt die Lider … nur, dass dies kein Lidschlag ist, sondern eher ein Zeitsprung. Er nimmt seinen ganzen Willen zusammen, um Amy zurückzurufen, doch es ist zwecklos. Sein Hals ist zu trocken und geschwollen.

Er versucht, seine Atmung zu beruhigen, merkt jedoch, dass er auch darauf keinen Einfluss mehr hat. Er wendet seine Gedanken nach innen und beginnt fieberhaft, das wüste Land seiner Erinnerung nach etwas anderem als Salz, Staub und Fragen zu durchforschen, doch vergebens. Die panische Angst, nicht zu wissen, wo er ist und was mit ihm geschieht, steigert sich noch.

»Was ist los mit ihm, Herr Doktor?«

Diese ferne Stimme, sie klingt wie die seiner Mutter. Angst liegt

darin. Nein, keine Angst, erkennt er jetzt, sondern unverhohlenes Entsetzen. Was weiß sie, das er nicht weiß?
»Jeanie, was machst du denn hier? Geh raus! Geh *sofort* raus!«
Jeanie? Sie ist hier?
Beim Klang ihres Namens strömt warme Schokolade und der süße Duft frischer Äpfel in sein Herz, doch irgendwie fehlt ihm das Gesicht zum Namen seiner eigenen Tochter. Warum kann er sie nicht sehen? Warum klingen alle so verdammt weit weg?
Wo liegt denn hier das Problem, verdammt noch mal, Officer?, denkt er.
Unwillkürlich ballen sich Harrys Hände zu Fäusten, die die weißen Tücher umklammern, unter denen er liegt, und sein Rücken drückt sich durch wie von einer unsichtbaren Hand nach oben gezogen.
»Ma'am, würden Sie uns bitte entschuldigen?«
»Ich bleibe hier bei meinem Sohn.«
»Ich bitte Sie, Mrs. Mason, Sie sind hier im Weg. Wenn Sie wollen, dass ich Ihrem Sohn helfe, dann gehen Sie – jetzt!«
Harry schluckt, und der Geschmack von Blut ist warm und dick in seiner Kehle.
»Aber Sie haben gesagt, sein Zustand ist stabil!«
Was steckt da in seinem Hals? Warum kann er die Beine nicht bewegen?
»Ist er aber leider nicht!«
»Harry, können Sie mich hören?«, ruft eine unbekannte Stimme. »Wenn ja, Daumen hoch.«
Er versucht zu antworten, doch es geht nicht. Dann fällt ihm ein, was mit ihm los ist: Er liegt im Sterben. Aus irgendeinem Scheißgrund liegt er im Sterben und kann sich noch nicht einmal von seiner Tochter verabschieden.
Da liegt auf einmal eine kühle Hand auf seinem Unterarm und drückt ihn sanft.

»Geben Sie mir Adenosin, schnell!«

Hallo, Officer, sagt eine beruhigende Stimme, die viel näher bei ihm ist als alle anderen. *Wie geht's dir denn?*

Harry öffnet die Augen, von denen er nicht einmal wusste, dass er sie geschlossen hatte, und erkennt eine Frau mit rabenschwarzem Haar neben seinem Bett. Über einem leuchtend orangen Rollkragenpullover trägt sie eine abgewetzte Lederjacke, den Kopf hat sie schief gelegt. Sie hat einen sonderbaren Gesichtsausdruck. Verstört durchsucht Harry sein Salzwüstengedächtnis nach dem Namen des Neuankömmlings, kann aber nichts finden.

Ihre Hand wandert seinen Unterarm hinunter, und ihre Finger umschließen seine Faust,

Entspann dich, sagt sie und zwinkert, *ich bin jetzt da.*

Und wundersamerweise entspannt er sich wirklich. Alle Muskeln lockern sich, und seine verkrampften Finger lassen langsam das Laken los. Die Frau setzt sich auf die Bettkante, zieht seine schlaffe Hand auf ihren Schoß und beginnt sie zu kneten. Allmählich kehrt Wärme in seinen kalten Arm zurück und durchflutet seinen ganzen Körper.

Ich kann's nämlich gar nicht mehr erwarten, dich zu sehen, sagt die Fremde.

Er schluckt und spürt, wie sein ausgetrockneter Mund sich abmüht, Worte zu bilden.

Weiter so, ermuntert sie ihn.

Es gelingt Harry Mason, sich auf die Seite zu drehen und diese Fremde näher in Augenschein zu nehmen. Irgendwie hat die Zeit wieder einen Sprung nach vorn gemacht, und goldenes Licht sickert durch das Fenster hinter ihr, Staubpartikel tanzen wie Sterne in der belebenden Morgendämmerung. Die Luft riecht nach Frühjahrsregen, obwohl er überzeugt ist, dass es eigentlich noch Winter und deshalb trocken sein sollte.

Wie lange liege ich hier schon?
Ich weiß es nicht, sagt sie. *Ich weiß nicht mal, dass du hier bist.*
Was meinst du damit?
»Daddy, wirst du wieder gesund?«
Die Frau hebt den Kopf und schaut in die Luft, als hätte sie das weit entfernte Flüstern auch gehört.
Ist das Jeanie?, fragt sie.
Wie heißt du *eigentlich?*
Sie dreht sich wieder zu ihm und streicht mit einem langen, schlanken Finger über eine Ader auf der Innenseite seines Arms.
Mach dir keine Sorgen, sagt die Frau, als hätte sie seine Frage nicht gehört. *Wenn ihr Daddy durchkommt, geht es ihr wieder gut. Und Harry?*
Er schluckt den letzten Rest blutige Trockenheit in seiner Kehle. *Ja?*
Vergiss nicht, Freitag. Abendessen und Kino. Wir müssen das tun.
Die plötzliche Erkenntnis, wer sie ist, durchfährt ihn wie ein elektrischer Schlag. Lebhafte Erinnerungen erblühen in der endlosen Wüste seines Geistes, und Harry wird ins Bewusstsein zurückgerissen. Seine Augen klappen auf, und er atmet tief ein … keine frische Luft im Freien, sondern den penetrant süßlichen Geruch eines Krankenzimmers.

2

Die Krise scheint überstanden. Joan Mason schließt die Augen und stößt einen Seufzer der Erleichterung aus.
»Du tust mir weh, Oma«, sagt Jeanie Mason. Sie befreit sich aus dem Griff ihrer Großmutter, die ihre Schultern wie ein Schraubstock umklammert hielt, und nimmt sie bei der Hand. »Tut mir

leid«, sagt sie, »aber da fühlt sich's irgenwie schon ganz wund an.«

»Wenn schon, dann irgendwie, Liebes«, sagt Joan Mason reflexartig.

Die Blicke von Großmutter und Enkelin treffen sich. Die Tränen der Angst und des Schreckens, die Joan ihr eingejagt hat, als sie sie anbrüllte, sie solle das Zimmer verlassen, schimmern noch immer in Jeanies Augen, und ihr Blick drückt eine Mischung aus Besorgnis und Erwartung aus. Die Besorgnis eines Erwachsenen und die Erwartung eines Kindes, Antworten auf Fragen zu bekommen, die so schwierig sind, dass es sie nicht einmal richtig formulieren kann. Was Joan zu ihrer Erleichterung in diesem Blick nicht sieht, sind die Vorwürfe, mit denen sie eigentlich gerechnet hätte.

»Mir tut es leid, dass ich dich so angebrüllt habe.«

»Schon gut, Oma. Du hast total erschrocken dreingeguckt.«

Ich bin noch immer erschrocken, mein Engel – zu Tode erschrocken.

Joan ringt sich ein Lächeln für Jeanie ab, und hofft, dass es überzeugend und zugleich aufmunternd wirkt.

»Wann dürfen wir wieder zu Daddy ins Zimmer?«, fragt Jeanie.

»Ich weiß es nicht.«

»Glaubst du, heute noch?«

»Ich hoffe es.«

Seit Director Molethe sie vor drei Tagen angerufen hat, um ihr die entsetzliche Nachricht von den Schüssen auf ihren Sohn zu übermitteln, ist ihre Kehle wie zugeschnürt. Bei Jeanies Frage öffnet sie sich wieder, und die Tränen, die in diesen Tagen immer so nahe waren, beginnen zu strömen. »Ich hoffe es«, sagt sie noch einmal.

Eine halbe Stunde ist erst vergangen, seit die Geräte, an denen ihr Sohn hängt, Alarm geschlagen haben. Für Joan Mason jedoch fühlt es sich an, als sei es eine Ewigkeit her, seit der Arzt sie anbrüllte, sie solle das Zimmer verlassen, und die Schwester sie ohne große Umschweife hinausscheuchte. Anschließend hatte die Schwester hastig die weißen Vorhänge um Harrys Bett zugezogen, damit der Arzt unbeobachtet seine Untersuchungen durchführen konnte. Hilflos musste Joan zusehen, wie erst ein zweiter und dann noch ein dritter – viel älter und distinguiert wirkender – Arzt zu der immer größer werdenden Truppe medizinischen Personals hinter den Vorhang schlüpfte. Sie lauschte den verborgenen Handgriffen der Ärzte, um Hinweise darauf zu erhalten, was vor sich ging, wurde aus dem Fachchinesisch jedoch nicht schlau. Schließlich kamen sie einer nach dem anderen wieder heraus, so viele Menschen aus so einem kleinen Raum. Einige nickten ihr mit vorsichtiger Anteilnahme zu, als rechneten sie mit einem Wutausbruch. Das war ihr zwar peinlich, doch sie ließ sich nicht beirren und fragte den Arzt, der ihrer Meinung nach der Chef der Truppe war, was schiefgegangen sei. Der wiederum verwies sie an Dr. Hirson, den unverschämten Schnösel, der sie vorhin angeschnauzt hatte.

Joan wirft einen Blick über die Schulter auf den Warteraum, der noch immer so leer ist wie in dem Moment, als sie und Jeanie sich dort praktisch häuslich niedergelassen haben. So ruhig, wie es hier zugeht, kann Port Elizabeth, oder zumindest dieses Krankenhaus, noch nicht viele Tragödien erlebt haben, ist ihr Eindruck. Das einzige Geräusch, und selbst das kaum mehr als ein Flüstern, kommt von einem Fernseher, der auf einem niedrigen Tischchen in einer Ecke des Raums steht. Daneben zwei Sessel, die Sitzflächen zusammengeschoben, mit einem Durcheinander von Decken darauf. Jeanies kleines Nest weg von zu Hause.

Joan schaut wieder durch das Beobachtungsfenster. Soeben tritt Dr. Hirson hinter dem Vorhang um Harrys Bett hervor und geht auf die Verbindungstür zum Wartezimmer zu. Aus seinen zusammengepressten Lippen schließt sie, dass er keine guten Nachrichten hat. Auf seinem weißen Kittel ist in Hüfthöhe ein Blutfleck, der vorhin noch nicht da war. Joan wendet sich rasch ab, um sich die Augen mit einem Tuch abzutupfen, das sie aus ihrem Ärmel gezogen hat.

»Jeanie, räum doch deine Sessel auf.«

»Nein, ich will hier bei dir bleiben. Der Doktor kommt.«

Eine Tür geht auf, und Hirson betritt den Besucherbereich. Sein Blick fällt als Erstes auf Jeanies Gesicht, und das Lächeln, das wahrscheinlich aufmunternd sein sollte, wirkt eher wie ein affektiertes Grinsen. Dann räuspert er sich und wendet sich an Joan.

»Kann sie dableiben und zuhören?« Schon hat Joan ihre Hände wieder um Jeanies Schultern geklammert, und unbewusst schiebt sie das Mädchen wie einen menschlichen Schutzschild zwischen sich und den Arzt.

»Kann sie.« Der Doktor nickt.

Joan stößt einen leisen Seufzer der Erleichterung aus. Wenn Jeanie bleiben darf, können die Nachrichten wohl nicht allzu schlecht sein.

Hirson setzt sich hin, doch die Masons bleiben stehen. Er legt sein fein gemeißeltes Gesicht in beide Hände, dann fährt er sich mit den Fingern durch das sandfarbene Haar.

»Und?«, fragt Joan nervös.

»Als Erstes möchte ich mich entschuldigen, dass ich Sie angeschrien habe.« Joan wartet, ob da noch mehr kommt, doch offensichtlich ist diese Entschuldigung das Äußerste, zu dem er sich durchringen kann. »Allerdings erwarte ich, dass Sie das Zimmer verlassen, wenn ich Sie dazu auffordere.«

Er beobachtet sie aufmerksam und sieht, wie ihr die Röte vom Hals hinauf ins Gesicht steigt.
Joan richtet sich ein wenig auf, dann sagt sie steif: »Ich werde mein Bestes tun, Herr Doktor.«
Ein müdes Lächeln glättet die Furchen in seinem Gesicht, und er zwinkert Jeanie zu. »Gut. So, jetzt zu Ihrem Sohn. Das Problem war, dass seine Herzfrequenz ganz plötzlich angestiegen ist, was beinahe zu einem sogenannten Kammerflimmern geführt hätte.«
»Ein Herzinfarkt meinen Sie?«, stammelt Joan.
Jeanie macht einen Schritt zurück und presst sich an Joans Beine.
»Nicht ganz, aber unbehandelt hätte es sehr ernst werden können.«
»Und jetzt?«
»Wir haben's im Griff, und wir werden ihn den Rest der Nacht unter genauer Beobachtung halten.«
Joan sinkt auf den nächsten Stuhl, ohne jedoch Jeanie loszulassen. Die Kleine setzt sich bereitwillig auf ihren Schoß.
»Wodurch wurde das ausgelöst? Sie haben doch gesagt, sein Zustand sei stabil.«
»Wir haben ihn mit Ditropan sediert, damit er von seinen Schmerzen so wenig wie möglich mitkriegt. Ich kann mir das Ganze nur so erklären, dass er schon anfing aufzuwachen, noch bevor die nächste Dosis fällig war, und dass das seine Reaktion auf eine völlig ungewohnte Situation war. Eine sehr heftige allerdings. Es ist gut möglich, dass Harry gar nicht weiß, dass er auf der Intensivstation liegt. Vielleicht hat Ihr Sohn auch die Schießerei noch einmal erlebt, ich weiß es nicht. Mehr kann ich Ihnen im Moment auch nicht sagen.«
»Ist es denn dann klug, so weiterzumachen?«
»Mrs. Mason, Chirurgie und Medizin sind keine exakten Wis-

senschaften. Insbesondere bei einem Schädeltrauma bleibt vieles im Dunkeln.« Der junge Arzt steht auf und tritt zu ihnen. Er hockt sich neben Jeanie, die es, misstrauisch, aber doch zulässt, dass er ihr übers Haar streicht. »Ob Sie's glauben oder nicht, das, was gerade passiert ist, könnte auch hilfreich gewesen sein.«

»Inwiefern?«

»Sollte es tatsächlich ein Traum oder eine Erinnerung gewesen sein, die diese Reaktion ausgelöst haben, hieße das, sein Gehirn wurde nicht allzu sehr in Mitleidenschaft gezogen, und er wacht vielleicht bald auf.«

»Dann können wir also zu ihm rein?«, fragt Jeanie.

Joan berührt Jeanies blonden Wuschelkopf. »Das ist jetzt wahrscheinlich nicht der beste Zeitpunkt für dich, da reinzugehen, Liebes.«

»Also, ich hätte nichts dagegen.« Der Arzt steht auf. »Wenn Harrys Hirn ohnehin keine Ruhe geben kann, dann spricht er vielleicht auf Gesellschaft an, auch wenn er noch nicht ganz da ist.«

»Echt?« Jeanie sieht ihre Großmutter hoffnungsvoll an. »Heißt das, Daddy geht es besser, wenn ich mit ihm spreche?«

Hirson lacht, und Joan beschließt, ihre Meinung über ihn als rücksichtlosen Flegel ein wenig nach oben hin zu korrigieren.

»Er könnte dich hören, Jeanie, auch wenn er sehr, sehr tief schläft. Du darfst aber nicht erwarten, dass dein Dad zeigt, dass er dich hört.«

Jeanie springt von Joans Schoß und stürmt bereits an dem Arzt vorbei, noch bevor ihre Großmutter sie zurückhalten kann. Sie sehen ihr beide nach, ehe sie wieder einander anschauen.

Jetzt kommt's, denkt Joan. *Jetzt kommt das Aber.*

»Das ist ja wirklich eine ganz Süße«, sagt Hirson jedoch nur, und dann: »Wo ist denn die Mutter – oder ist das zu neugierig?«

Joan bringt ein kraftloses Lächeln zustande und fasst sich an die Stirn, wo sich eine Migräne zusammenzubrauen beginnt. »Sie ist vor ein paar Jahren gestorben.«

»Verstehe.«

»Ist das alles, Doktor Hirson? Dann wird mein Sohn also wieder gesund?«

Hirson schaut auf die Uhr. »Mrs. Mason. Es ist zehn Uhr abends, und sie waren schon da, bevor meine Schicht heute früh begonnen hat. Gehen Sie jetzt nach Hause. Ich glaube … ich bin sicher, dass er eine ruhige Nacht verbringen wird.«

»Ja, vielleicht sollte ich wirklich ein paar Stunden schlafen.« Sie blickt hinüber zu Jeanies Nest neben dem Fernseher und lacht kurz auf. »Am liebsten würde ich mir auch so ein Bett zusammenbauen. Leider bin ich nicht so kompakt wie die Kleine.«

Hirson nimmt sein Klemmbrett und schickt sich an zu gehen. »Wissen Sie schon, wer Tanya ist?«

Joan steht auf, und ihr linkes Knie knackst laut. »Ja, sie heißt Tanya Fouché und sollte morgen ankommen.«

»Dann ist die Kavallerie also unterwegs?«

Joan lächelt. »Das hoffe ich.«

»Und Superintendent Swarts ist nicht mehr da?«

Der schwerfällige Polizist mit seiner schroffen Art fällt ihr wieder ein. »Einen Fremden an seiner Seite zu haben ist nicht das Gleiche, nicht wahr?«

»Tanya, komm zurück!« Harrys jähem Brüllen folgt gleich darauf Jeanies schriller Überraschungsschrei.

3

Joan reißt den Kopf hoch und sieht gerade noch, wie Jeanie von ihrem Vater wegtaumelt und sich den Arm hält, als hätte sie sich verbrannt.

»Was zum Teufel …?«, murmelt Hirson.

Er reißt die Tür zu Harrys Zimmer auf, und hinter ihm quietschen schon die Gummisohlen der diensthabenden Schwester auf dem Linoleum.
»Was war das?«, fragt die Schwester.
Joan schaut dort hin, wo sie ihren Sohn noch im tiefen Koma liegend vermutet. Sie spürt, wie sich ihr die Nackenhaare sträuben, denn Harrys Augen sind weit aufgerissen und starren durch sie hindurch. Tanya? Es ist schon das zweite Mal, dass ihr Sohn diesen Namen ausspricht. Es irritiert und kränkt sie gleichzeitig. Warum hat er nie von der Existenz dieser Frau erzählt, die ihm offensichtlich so viel bedeutet?
Einen winzigen Augenblick lang fragt sie sich, ob diese Tanya ihn womöglich mit einem Fluch belegt hat. Ein flüchtiger Gedanke nur, geboren aus Übererregung und einem Anflug von Eifersucht, wird sie sich später sagen, dennoch bringt er sie völlig durcheinander.

4

Als Joan sein Zimmer betritt, ist Harry bereits wieder in Bewusstlosigkeit gesunken. Hirson und die Schwester machen beide ein großes Aufheben um ihn und schenken dem verstörten Kind kaum Beachtung. Jeanie steht mit dem Rücken an das Beobachtungsfenster gepresst da, so weit von ihrem Vater entfernt, wie es nur geht, und wirkt eher wütend als erschüttert. Vorsichtig geht Joan neben ihr in die Knie und zuckt zusammen, als ihre Gelenke wieder knacksen.
»Was ist passiert? Was hast du gemacht?«
»Ich habe gar nichts gemacht! Nur seine Hand gehalten. Der Arzt hat doch gesagt, ich darf das. Und auf einmal ... hat Daddy sich aufgesetzt und mich angesehen und mich mit einem anderen Namen angesprochen!«

»Liebes, dein Vater ist sehr krank.« Joan will ihre Enkelin umarmen, doch die weicht ihr aus.
»Jeanie, komm her. Bitte.«
»Oma, er weiß nicht mehr, wer ich bin. Er wird sich gar nicht mehr an mich erinnern, wenn er aufwacht.«
»Das stimmt doch nicht. Du hast dich nur furchtbar erschreckt. Bitte, komm her.«
Kaum hat sie Jeanies Arm erwischt, reißt diese sich wieder los und stürmt aus dem Zimmer.
»Jeanie!«
»Mrs. Mason!«, zischt Hirson. »Bitte, hier wurde heute schon genug herumgeschrien.«
Mühsam kommt Joan wieder auf die Füße und tritt ans Bett.
»Er hat das Bewusstsein wieder verloren.« Ratlos schüttelt der Arzt den Kopf. »Aber auf den Monitoren ist überhaupt nichts Außergewöhnliches zu sehen. Ich weiß nur eins: Ihr Sohn ist anscheinend ganz erpicht darauf, aufzuwachen. Ich wüsste gerne, warum.«
Joan antwortet nicht. Nur ihr erschöpfter Blick wandert über das Gesicht ihres Jungen. Die rötlichen Stacheln eines Viertagebarts zieren sein Kinn, unter seinen Augen liegen dunkle Ringe, und ein großer weißer Verband bedeckt die verwundete rechte Kopfseite. An dieser Stelle bohrte sich eine Kugel durch die Haut, wurde jedoch am Knochen abgefälscht und trat dann am Hinterkopf wieder aus. Verschiedenste Schläuche stecken in seiner Nase und in seinem frei liegenden Arm.
Joan Mason ergreift Harrys schlaffe Hand. *Mein Gott, Colin,* sagt sie im Geiste zu ihrem verstorbenen Mann, *was ist nur mit unserem Sohn passiert? Er sieht so alt aus, so voller Blut und so zerschlagen.*
Sanft legt der Arzt ihr eine Hand auf den Arm. »Sie sehen aus, als hätten Sie ein Gespenst gesehen, Mrs. Mason. Sie müssen

sich ausruhen. Sie brauchen genauso dringend Ruhe wie Ihr Sohn.«

Joan Mason zuckt vor der Berührung zurück, erkennt dann aber, dass der junge Arzt nur seine Anteilnahme zum Ausdruck bringt.

»Ja, ich bin mit meinen Nerven am Ende. Gute Nacht, Doktor Hirson.«

5

»Es muss sein.« Tanya Fouché muss daran denken, dass es erst eine Woche her ist, seit sie das zu Harry gesagt hat. »Und zwar bald.«

Heute, denkt sie. *Heute sollte ich sie kennenlernen. Und das tu ich auch – nur dass er nicht dabei ist. Ich muss da ohne ihn durch.*

Der zweistündige Flug von Johannesburg nach Port Elizabeth ist ein einziges Stampfen und Schlingern über eine trostlose, ockerfarbene, durch die Tragfläche halb verdeckte Winterlandschaft. Sie reißt sich los vom Anblick dieser zerklüfteten Weite und widmet ihre Aufmerksamkeit den anderen Passagieren, die wie sie eng gedrängt in dem Billigflieger sitzen. Direkt vor ihr sitzt ein kahlköpfiger Mann mit einer Kopfhaut so glatt wie holländischer Käse, der es nicht müde wird, über diesen grauenhaften Flug zu lamentieren. Der unglückliche alte Knabe neben ihm sieht aus, als sei er drauf und dran, sich mit einem Plastikmesser die Pulsadern aufzuschneiden, nur um dem endlosen Gejammer seines Sitznachbarn zu entkommen.

Normalerweise hätte Tanya dieses magenerschütternde Durchsacken zwischen Luftlöchern nicht besonders aufgeregt. Ihre Eltern zogen wie Nomaden permanent von einem abgelegenen Winkel des Landes in einen anderen, immer auf der Suche nach einer neuen Einkommensquelle, die der Familie wieder für ein, zwei Monate ein Auskommen verschaffte. Als sie groß genug war, ihrem Vater mit ihren geschickten Fingern beim Reparieren von Motorrädern zu helfen, war dieses Gerüttel und Geschüttel ihr bereits zur zweiten Natur geworden. Mit siebzehn hatte sie an ihrer ersten Rallye teilgenommen, auf einer Schlaglochpiste ganz oben im Norden, in der Nähe einer Stadt namens Louis Trichardt, doch das war schon eine Ewigkeit her. Nichts lässt sich mit dem Erlebnis vergleichen, als einziges Mädchen auf dem eigenen Motorrad mitzufahren in einer Horde unzivilisierter Kerle mit ihren kleinen weiblichen Jagdtrophäen hoch oben hinten auf dem Sozius. Für Tanya Fouché gehört das Stampfen und Schlingern einfach dazu, wenn man Spaß haben will – außer im Moment, wo sie es eher in ihrem Kopf verspürt als an ihrem Körper.

Dieses bange Gefühl hatte sich ihrer nicht erst bemächtigt, als Detective Jacob Tshabalala sie schließlich ausfindig gemacht hatte, sondern schon zwei Tage davor, als sie plötzlich nicht mehr die üblichen SMS von Harry erhalten hatte. Sie hatte sich in den vergangenen vier Monaten schon so daran gewöhnt, dass diese ihr regelmäßig den Posteingang verstopften, dass sie es wie einen Verrat empfand, als auf einmal keine mehr kamen. Ihr Bauch sagte ihr, dass etwas nicht stimmte, doch sie hatte keine konkrete Vorstellung, was Polizeiarbeit genau bedeutete, also wartete und hoffte sie im Stillen und schalt sich, weil sie sich so abhängig gemacht hatte von den telefonischen Kurznachrichten eines Mannes. In diesem Stadium bekam sie allmählich eine Ahnung davon, was die Ehefrauen von Polizisten tagaus, tagein durchlitten, und davon, was auch sie erwartete, wenn sie sich darauf einließ.

Tanya hätte so gerne in Erfahrung gebracht, ob Harry in Sicherheit war, doch wie sie das anstellen sollte, war ihr schleierhaft. Sie kannte kaum einen von seinen Freunden, und die wenigen, bei denen sie nachgefragt hatte, hatten noch nicht einmal gewusst, dass er bei einem Einsatz in den Drakensbergen war. Am liebsten hätte sie auf dem Revier angerufen, doch sie war sich nicht im Klaren, ob sie überhaupt etwas von dieser Sondermission am Ostkap wissen durfte. Was sie auf gar keinen Fall wollte, war, Harrys neuen Arbeitsplatz zu gefährden, indem sie ausplauderte, dass er mit ihr über Dinge sprach, die vielleicht geheim waren.

Nein, dachte sie bitter, *das ist ganz anders als das, was die Ehefrauen von Polizisten mitmachen. Es ist viel schlimmer.* Die wussten wenigstens, an wen sie sich wenden konnten, während sie mit einer Tasse Tee, einer Katze, einem Telefon und den Nachrichten im Fernsehen vorliebnehmen musste. Nach zwei Tagen ständig wachsender Besorgnis nahm sie sich vor, noch eine Nacht abzuwarten und dann, wenn es sein musste, den verdammten Polizeipräsidenten persönlich anzurufen, um herauszufinden, was los war. Doch dann meldete sich Jacob Tshabalala bei ihr, und alles andere erübrigte sich.

In was hast du dich da bloß reingeritten, mein Liebling?, fragt sie in Gedanken zum wiederholten Mal. *Das ist doch überhaupt nicht deine Art. Ganz und gar nicht.*

Als sie das letzte Mal derart aus allen Wolken gefallen war, hatte ihr in einem billigen Motel namens Lucille's irgendwo in der Gegend von Clarens ein gewisser Jackson Durant die Spitze seines Bowiemessers in die Nase gesteckt. Er wollte sein Geld – und er wollte es *jetzt.* Zu diesem Zeitpunkt war sie bereits drei Jahre mit ihm zusammen und wusste, dass er ein Crystal-Meth-Junkie war – um die Wahrheit zu sagen, war auch sie dem einen oder anderen Trip durchaus nicht abgeneigt gewesen –, doch über sein Geld wusste sie absolut nichts. Solange sie mit ihm zusammenlebte, hatte sie nicht einen Cent von der Kohle gesehen, deretwegen er sie jetzt umzubringen drohte. Verdammt, ihren Berechnungen nach war *er* derjenige, der sich von *ihr* durchfüttern ließ, und nicht umgekehrt.

Und auf einmal war Harry Mason wie vom Erdboden ver schwunden. Nur, dass er ein paar Tage später mit zwei Kugeln im Leib wieder auftauchte und sie jetzt in einem Flieger sitzt, um seine Mutter und seine Tochter kennenzulernen. Anscheinend hatte keine der beiden die blasseste Ahnung von ihrer Existenz, was ihr das Gefühl gibt, ein schmutziges Geheimnis zu sein.

Wie hatte er ihr das antun können?

6

Das ist er. Tanya ist sich sicher. Wenn sie das alte Foto, das sie einmal in Harrys Arbeitszimmer gesehen hat, richtig in Erinnerung hat, muss das Jacob Tshabalala sein.

Sie wartet wie vereinbart neben dem Zeitungskiosk in der hell erleuchteten, aber ziemlich kleinen Ankunftshalle des Flughafens von Port Elizabeth. Auf der Titelseite des *Mercury* prangt die Schlagzeile **POLIZEI TERRORISIERT OBDACHLOSE**, und das Foto dazu zeigt einen Polizisten – Jacob Tshabalala –, der über ein kleines schwarzes Mädchen in einem schmutzigen rosa Trainingsanzug springt. Ihr krauses Haar steht in Flammen, und ihr entsetztes, tränenüberströmtes Gesicht ist zu ihm erhoben. Er hat die Hände über den Kopf gerissen, als sei er drauf und dran sie mit aller Kraft auf die Kleine herabsausen zu lassen. Sind dieser furchterregende Mann und der Polizist mit der sanften Stimme, mit dem sie gestern telefoniert hat, wirklich ein und dieselbe Person?

»Sie sollten nicht alles glauben, was in der Zeitung steht«, sagt unerwartet eine barsche Stimme neben ihr.

Tanya fährt zusammen und dreht sich um. Ein großer, stämmiger Mann mit gepflegtem grauem Bart steht da und lächelt sie an.
»Russell.« Er streckt ihr eine riesige Holzfällerpranke entgegen. »Senior Supe Russell Swarts für meine Männer. Und Sie müssen Tanya Fouché sein. Freut mich, Sie kennenzulernen, Miss.«
Sie sieht sich in der sich rasch leerenden Ankunftshalle um. Direkt gegenüber begrüßt eine große Plakatwand die Reisenden in der Stadt des Windes.
»Woher wussten Sie …?« Sie lächelt und schüttelt ihm die Hand. »Nicht einmal Mrs. Mason weiß, wie ich aussehe.«
»Fragen Sie mich das im Ernst, kleine Lady?« Russell Swarts mustert sie von oben bis unten. Sein taxierender Blick ist ihm anscheinend nicht im Geringsten peinlich. Anerkennend registriert er ihre eng sitzenden ausgewaschenen Jeans, die Jeansjacke und die hellbraunen Stiefel. »Sie sind die einzige Frau hier, die ich mir mit unserem Bond vorstellen könnte.«
Tanya errötet bei diesem Kompliment, obwohl sie solche Sprüche den anmaßenden Machos, die sie von sich geben, normalerweise postwendend um die Ohren haut.
»Bond?«, fragt sie verständnislos.
Der Polizist lacht herzhaft. »Wegen seinem *Rooineck*-Akzent.«
»Harry hat oft von Ihnen gesprochen. Nur Gutes, muss ich gleich hinzufügen.«
»Tatsächlich? Ich hoffe, er hat mir meine Chancen auf einen guten ersten Eindruck nicht vermasselt?«
»Nein«, sagt sie, »ich glaube, er bewundert Sie.«
Swarts brummt unverbindlich, packt den Wagen, auf dem bereits ihr Gepäck steht und schiebt ihn Richtung Ausgang, noch ehe sie Gelegenheit hat, ihm zu erklären, dass sie das lieber selbst täte.
»Danke«, sagt sie halbherzig.

Sie faltet die Zeitung in ihrer Hand und folgt Swarts hinaus auf den Parkplatz. Ein heftiger Wind zwingt sie, sich das lange Haar mit einem roten Gummi, den sie sonst am Handgelenk trägt, nach hinten zu binden. Die Luft schmeckt salzig, aber sauber. Der wolkenlose Himmel ist verlockend azurblau.

»Wie geht's ihm denn?«, fragt sie besorgt.

»Wird schon.«

Sie wartet, dass da noch mehr kommt, doch Swarts stapft stramm voran, den Gepäckwagen wie einen Rammbock vor sich herschiebend.

Das hast du jetzt davon, Mädel, meldet sich eine Stimme in ihrem Hinterkopf. *Er ist Polizist. Die sind kalt wie eine Hundeschnauze. Da hast du ganz schön ins Klo gegriffen, meine Liebe.*

Sie gebietet der Stimme zu schweigen. Jetzt will sie nur beobachten und lernen – die endgültige Entscheidung kommt später.

»Der Typ auf dem Foto da ist Jacob Tshabalala, Harrys Ex-Partner.« Endlich bricht Swarts das Schweigen, das ihr bereits Unbehagen zu bereiten begann. »Haben Sie's deshalb so angestarrt?«

»Das Gesicht kam mir bekannt vor, aber ich habe ihn noch nicht persönlich kennengelernt.«

»Ach so?«

»Ich bin auch nicht glücklich darüber, das können Sie mir glauben.«

»Ich will mich ja nicht einmischen, aber wenn ich mit so einer hübschen Lady zusammen wäre, würde ich sie nicht verstecken.«

Tanya fühlt, wie ihr die Zornesröte in die Wangen steigt. »Danke für das Kompliment, aber ich sehe mich eigentlich nicht als Vorzeigeobjekt.«

Swarts blickt sie an, eine Augenbraue hochgezogen. Offensichtlich hat er erkannt, dass er sie beleidigt hat, denn er wechselt schnell das Thema.
»Wenn Sie's länger mit einem Polizisten aushalten wollen, müssen Sie wissen, dass die Presse es selten gut mit uns meint. Ich meine, steht in diesem Artikel irgendwo, dass Tshabalala dieses Kind davor bewahrt hat, als menschliches Flambée zu enden?«
Sie denkt einen Augenblick über seine Worte nach. »Vielleicht wäre es ja gar nicht so weit gekommen, wenn die Polizei von Anfang an ein bisschen mehr auf diese Obdachlosen zugegangen wäre.«
»Klar, uns kann man ja für alles die Schuld in die Schuhe schieben. Und wissen Sie auch, warum? Weil wir die Einzigen sind, die immer Verantwortung übernehmen müssen, in jeder Situation, bei denen ein Polizeieinsatz erforderlich ist. Nehmen Sie nur mal diese Idioten in der Fabrik. Wo waren denn die, die das Gebäude überhaupt erst besetzt und dann illegal an diese Obdachlosen vermietet haben? Und waren diese unschuldigen ›Mieter‹ tatsächlich so doof, dass sie nicht kapiert haben, dass an diesem Arrangement was faul ist? Haben sie sich überhaupt Gedanken darüber gemacht? Natürlich nicht. In diesem Land nimmt sich jeder erst mal, was er gerade braucht. Über die Konsequenzen kann er auch später noch nachdenken.«
Tanya merkt, wie ihr bei dem herablassenden Ton dieses Mannes der Kamm schwillt. »Wenn die Polizei ernsthaft etwas für ihr Image als Helfer und nicht als Niederknüppler der Allgemeinheit tun will, dann wäre vielleicht ein bisschen mehr Fingerspitzengefühl im Umgang mit diesen armen Teufeln angebracht, finden Sie nicht?«
Wieder wirft Swarts ihr einen prüfenden Seitenblick zu und zieht eine Augenbraue hoch. »Die Organisation, die die Kontrolle über dieses Gebäude übernommen hat, hat dafür gesorgt,

dass die Obdachlosen dort enger zusammengepfercht sind als Sardinen in einer Dose. Dann haben sie jedem Einzelnen sechshundert Eier für das Privileg abgeknöpft, unter Bedingungen zu leben, gegen die die Tierschützer sofort auf die Barrikaden gehen würden, wenn's sich nicht um Menschen, sondern um Legehennen handeln würde. Und wenn wir dann auftauchen, dann heißt es plötzlich, der Staat tut ihnen ein Unrecht an. Auf einmal sind wir verantwortlich für die Kacke, in die sie sehenden Auges gestiegen sind. Und warum? Weil's viel einfacher ist, mit dem Finger auf jemanden zu zeigen, als sich einzugestehen, dass man selber Scheiße gebaut hat.«

»Das ist ja wohl ein bisschen einseitig, meinen Sie nicht?«

»Das ist die Wahrheit, und ich sehe sie jeden verfluchten Tag.«

Tanya hatte angenommen, dass er sie nur vom Flughafen abholen und ihr den Weg zum Krankenhaus zeigen würde, nachdem sie sich ein Auto gemietet hatte. Doch als sie zu dem weißen Wagen mit der Aufschrift SAPS und der stilisierten Aloe kommen, wird ihr klar, dass dieser Polizist sich das anders vorgestellt hat.

»Eigentlich wollte ich mir einen Leihwagen nehmen«, protestiert sie. »Da bin ich mobiler.«

Er hält den Gepäckwagen an. »Ich bringe Sie ins Krankenhaus. Das ist gar kein Problem.«

Sie zwingt sich zu lächeln. »Mr. Swarts …«

»Russell.«

Tanya zögert. »Russell, ich bin sicher, dass das kein Problem ist, und ich weiß Ihr Angebot auch zu schätzen, wirklich, aber ich will Ihnen auf gar keinen Fall zur Last fallen. Sie sind bestimmt ein vielbeschäftigter Mann und nicht dazu da, den Chauffeur zu spielen.«

Russell hält den Blick so lange auf sie gerichtet, dass sie sich allmählich wie bei einem Verhör fühlt. Dann lächelt er gelassen.

»Dieser Harry, ich hätte nie gedacht, dass er was für eigensinnige Frauen übrig hat. Gut, Miss, nehmen Sie sich einen eigenen Wagen, aber ich würde Sie trotzdem gern in die …«

»Ich nehme mir gleich hier einen, danke.« Das Lächeln in ihrem Gesicht fühlt sich starr wie eine Maske an, die, so fürchtet Tanya, jeden Augenblick zerspringen könnte.

Swarts räuspert sich, und sie spürt seine Verärgerung über ihre Unterbrechung. »Also, ich kann Sie in die Stadt mitnehmen. Ich kenne da eine Leihwagenfirma, die bloß halb so viel verlangt wie die hier. Nur weil Sie hier aus dem Flugzeug gestiegen sind, müssen Sie diesen Halsabschneidern noch lange nicht jeden Penny in den Rachen werfen, den Sie dabeihaben, oder?«

»Oh.« Wieder spürt Tanya, wie ihr das Blut in die Wangen steigt. »Ja, gegen einen guten Preis hätte ich tatsächlich nichts einzuwenden, danke.«

»Kein Problem, Miss.« Im strahlenden Licht der Küstensonne ist seine Stimme wie Dauerfrost. »Aber nächstes Mal tun Sie mir den Gefallen und lassen Sie mich erst ausreden.«

Swarts sperrt den Kofferraum auf und lädt das Gepäck ein, dann erst geht er nach vorn und öffnet ihr die Beifahrertür.

»Übrigens, dieser Mann da auf dem Foto«, er deutet mit einer Kopfbewegung auf die Zeitung in ihrer Hand, und es ist, als hätte er über ihre Worte von vorhin hinsichtlich mehr Diplomatie im Polizeidienst nachgedacht. »Er ist zwar ein Schwarzer, hat aber jede Menge mehr auf dem Kasten als die meisten dieser unfähigen Instant-Polizisten, die sie heutzutage auf Teufel komm raus bei uns reinquetschen. Das ist ein Polizist, der hat mehr Fingerspitzengefühl als die Queen, und Mumm noch dazu. Das können Sie sich schon mal merken, Miss.«

7

Die Fahrt in die Stadt ist kurz. Auf Tanya, die die endlos zersiedelte Stadtlandschaft Johannesburgs gewohnt ist, wirkt Port Elizabeth eher wie ein großes Seebad als eine bedeutende Stadt. Und wie in den meisten vom Saisongeschäft abhängigen Orten drängen sich auch hier auf der Hauptstraße, die am goldenen Strand entlang verläuft, Restaurants, Gästehäuser und bunt bemalte Ferienhäuser, durchsetzt von schwerfälligeren Gebäuden, um dem Geschäftszentrum einen Anstrich von Würde zu geben.

»Können Sie mir sagen, was genau passiert ist?«, fragt sie den Superintendent nach langem Schweigen.

»Ich kann Ihnen einiges davon erzählen, aber bei einem Drink, wenn Sie nichts dagegen haben. Der Tag war schon lang genug, und ich muss noch zurück nach Tsolo, sobald ich Sie in sicheren Händen weiß.«

»Dürfen Sie denn im Dienst trinken?«

Seine Antwort kommt schnell und selbstgefällig, als hätte er sie schon oft gegeben. »In meiner Mittagspause bin ich nicht im Dienst.«

Tanya zuckt die Achseln. »Na ja, ich werde gleich die Tochter und die Mutter meines Freundes kennenlernen, während er noch bewusstlos ist, da könnte ich vielleicht auch was Starkes brauchen.«

»Also dann. Ich kenne hier ein Lokal.«

Eine Sekunde lang spürt Tanya, wie der Wagen langsamer wird, als glaube Swarts allen Ernstes, dass sie in eine Kneipe geht, noch ehe sie bei Harry war.

»Aber erst, nachdem ich ihn gesehen habe.«

Der Wagen beschleunigt wieder, und Swarts lacht. »Na schön. Abgemacht, Miss.«

»Tanya, bitte. Sehe ich aus, als müsste ich eine weiße Ballonmütze tragen und nur reagieren, wenn man mich mit ›Miss‹ anspricht?«
Swarts betrachtet sie aufmerksam. »Glaub nicht. Also dann, Tanya. Sie kennen die Mutter echt noch nicht?«
»Nur vom Telefon. Sie klang ziemlich ... unentspannt.«
Diesmal erhält sie ein ohrenbetäubendes, dröhnendes Lachen, und langsam bekommt Tanya das Gefühl, dass sie den Mistkerl mit der Zeit vielleicht sogar sympathisch finden könnte.

8

Bei ihrer Ankunft in der Abraham Goodman Clinic, einer nicht ganz billigen Heilstätte, nach der im spanischen Stil gestalteten Fassade zu urteilen, besteht Swarts vehement darauf, ihr den Weg zu zeigen. Außerdem lässt er es sich nicht nehmen, ihr sämtliche Türen zu öffnen, was sie normalerweise tierisch genervt hätte. Doch nach ihrer Unterhaltung während der langen Autofahrt sieht sie ihn nur gutmütig tadelnd an und sagt: »Russell, der liebe Gott hat mir zwei Hände gegeben, damit ich mir die Türen selber aufmachen kann.« Aber er zuckt nur die Achseln und zwinkert ihr zu.
»Kleine Lady, ich bin nur ein alter Knacker aus einer anderen Generation. Die jungen Hüpfer, die wissen alles darüber, wie man seine Gefühle ausdrückt und Cordon bleu macht. Wir Alten wissen halt, dass Türenöffnen einfach was mit guten Manieren zu tun hat. Also haben Sie Nachsicht mit mir.«
Kurz bevor sie die Intensivstation erreichen, spürt Tanya, wie die Faust, die seit Jacobs Anruf ihren Magen umkrallt, noch ein bisschen fester zupackt. Plötzlich werden ihre Knie weich, und sie muss ihre Hände zusammenballen, damit sie nicht zittern.
»Alles klar?« Swarts' tiefe Stimme, die sie noch vor einer Stun-

de für barsch hielt, klingt ihr jetzt erstaunlich beruhigend in den Ohren. Tanya nimmt ihren ganzen Mut zusammen und lächelt zu ihm hoch.

Bei ihrer Ankunft liest Harrys Mutter ihrem Sohn aus einer Zeitschrift vor. Ihr Haar wirkt wie geföhnte weiße Seide; ihre Haut verspricht trotz ihres Alters Glätte und Weichheit, wenn Tanya es denn wagen würde, sie zu berühren. Als sie sich Harrys Tochter zuwendet, versetzt ihr eine unsichtbare Hand einen sanften Stoß vor die Brust. Das Mädchen ist noch immer in sein Buch vertieft und bemerkt sie nicht. Das von blonden Locken umrahmte Gesicht ist von außergewöhnlicher Schönheit, der helle Teint und die smaragdgrünen Augen bilden einen starken Kontrast zu den schwarzen Jeans und dem marineblauen Pulli, den sie trägt. Die violetten Plastikarmreifen an einem Handgelenk leuchten im Licht der Neonlampen. Natürlich hat Tanya bei den wenigen Besuchen in Harrys Haus schon etliche Fotos seiner Tochter gesehen, doch hier, in Fleisch und Blut, ist es, als verströme das Kind eine ungezügelte Energie. Ein jäher Anflug von Eifersucht – dass Harry von einer anderen Frau so eine entzückende Tochter hat – erfasst Tanya, doch sie schiebt diesen Gedanken sofort energisch beiseite. Er hat seine Vergangenheit, und sie hat ihre, keiner von ihnen kann daran etwas ändern und sollte es auch nicht versuchen.

Als Jeanie plötzlich die Hand in Richtung des Bettes ausstreckt, folgt Tanyas Blick dieser Bewegung, und zum ersten Mal sieht sie Harrys Arm unter der Bettdecke hervorlugen. Farbige Krankenhausarmbänder sind um ein Handgelenk geschlungen, dass aussieht, als sei längst schon kein Leben mehr darin. Am liebsten wäre sie sofort in das Zimmer gestürzt und hätte diese Hand gepackt, doch die Anwesenheit seiner Familie und das Bewusstsein, eine völlig Fremde zu sein, bremst sie. Plötzlich fühlt sie sich gehemmt und unsicher hier.

Wie spreche ich sie an?, überlegt Tanya. Noch hat niemand sie und Swarts an der Tür entdeckt. *Mrs. Mason? Joan?*
Zuspruch heischend sieht Tanya Swarts an. Sie bekommt ihn in Form eines Lächelns.
Los, Mädel, du gehst da jetzt rein, aufrecht und selbstbewusst.
Fast ballt sie die Fäuste wie ein Boxer, der in den Ring steigt, zwingt sich jedoch, sich zu entspannen. Sie holt tief Luft, dann klopft sie leise an den Türrahmen. »Mrs. Mason?«
Joan Mason hört mitten im Satz zu lesen auf und dreht sich auf ihrem Stuhl um. Sie ist unübersehbar erschöpft, doch aus ihren hellen blauen Augen leuchtet immer noch waches Interesse. Jeanie sieht von ihrem Buch auf und streicht sich eine Locke aus einem Auge. Tanya muss an sich halten, um die Hände nicht zu ringen.
»Hallo, ich bin Tanya Fouché. Wir haben telefoniert.«
Jeanie japst und starrt sie mit einer Mischung aus Verblüffung und, möglicherweise, Argwohn an. Die Intensität dieses Blicks bringt Tanya ein wenig aus der Fassung. Ja, es ist eindeutig Argwohn. Sie hat schon lange genug mit im Stich gelassenen Kindern zu tun, um ihn identifizieren zu können. Aber woher kommt er?
Tanya schenkt dem Mädchen ein Lächeln, das sich gequält anfühlt, dann richtet sie ihren Blick rasch wieder auf Joan Mason, die inzwischen ihre Zeitschrift weggelegt und sich erhoben hat. Auch ihre Miene ist wachsam und fragend.
»Tanya?«
Tanya macht ein paar Schritte auf sie zu, die Hand steif ausgestreckt. Joan Mason schüttelt sie zögernd, dann zieht sie Tanya unversehens an sich und umarmt sie.
»Meine Güte, ist das schön, Sie endlich kennenzulernen, meine Liebe. Ich wusste ja gar nicht, wie ich Sie mir vorstellen soll.«
Tanya erwidert die Umarmung und nimmt intensiv den Ge-

ruch einer nach Lilien duftenden Körpermilch wahr. Sie wird von heftigen Emotionen überwältigt und muss schwer schlucken, um die Tränen zurückzuhalten, Tränen der Dankbarkeit und Erleichterung. Es kommt ihr wie eine Ewigkeit vor, bis Joan Mason sie von sich schiebt. »Also dann. Lassen Sie sich noch einmal ansehen.«

Die Ältere mustert sie von Kopf bis Fuß. Schließlich streckt sie die Hand aus und klopft ihr auf die Schulter.

»Vielen, vielen Dank, dass Sie gekommen sind.«

»Ich wäre schon früher gekommen, wenn ich Bescheid gewusst hätte.« Sie dreht sich zu Harrys Tochter um und winkt ihr zu. »Hallo. Du musst Jeanie sein.«

»Hi.« Das Mädchen winkt nur zögernd zurück, der Blick ihrer grünen Augen bleibt so forschend wie der ihrer Großmutter.

Tanya tritt ans Bett, um sich Harrys bandagierten Kopf genauer anzusehen. Bei seinem Anblick zieht sie vor Schreck die Luft ein. Schläuche führen in seine Nase, aus seinem Mund kommt ein geriffeltes weißes Rohr. Die linke Gesichtshälfte ist auberginenfarben marmoriert. Aus der Ferne hört sie, wie Joan Mason Swarts begrüßt, der nun ebenfalls das Krankenzimmer betritt.

»O Gott, was haben sie mit dir gemacht?«, flüstert Tanya, und ungebeten füllen ihre Augen sich mit Tränen.

Auf einmal steht Joan Mason neben ihr und packt sie, da sie am ganzen Leib zittert. Wie durch Watte hört sie, dass Swarts ihr einen Stuhl hinschiebt und sie auffordert, sich hinzusetzen. Tanya findet keine Worte, für keinen der beiden, auch wenn sie sich noch so bemüht zu erklären, dass es ihr gutgeht und sie sich jetzt nicht hinsetzen will. Ihre ganze Aufmerksamkeit gilt dem Mann, den sie in so kurzer Zeit so sehr zu lieben gelernt hat, und der jetzt hier an der Schwelle des Todes zu stehen scheint.

»Jeanie, möchtest du Tanya nicht ein Glas Wasser holen?«, fragt Joan.
»Nein, mir geht's gut, wirklich«, sagt Tanya mit ein wenig mehr Überzeugung. Sie ringt sich für Harrys Mutter ein Lächeln ab. »Es ist nur ... ihn so zu sehen, das ist schon ein Schock.«
»Es ist nicht so schlimm, wie's aussieht«, versichert ihr Joan Mason tapfer. »Morgen früh setzt Dr. Hirson die Betäubungsmittel ab. Wenn wir Glück haben, ist er morgen Nachmittag wieder bei vollem Bewusstsein.«
Tanya hat soeben Harrys schlaffe Hand in ihre genommen, da berühren kleine warme Finger ihren ausgestreckten Unterarm. Sie blickt auf und sieht zu ihrer Überraschung Jeanie direkt neben sich stehen, die smaragdgrünen Augen auf einer Höhe mit ihren eigenen. Ihr Argwohn von vorhin scheint sich in nichts aufgelöst zu haben.
»Ich bringe Ihnen Tee, Tanya.«
Sie schenkt dem Mädchen ein Lächeln. »Danke.«
Beinahe wäre Jeanie aus dem Zimmer gerannt, hätte ein Blick ihrer Großmutter sie nicht gebremst.
Kalt und wächsern liegt Harrys Hand in Tanyas. Mit Joan Mason und Swarts im Rücken hat sie das unheimliche Gefühl, eine Witwe am Grab ihres Mannes zu sein. Gänsehaut überkommt sie bei diesem Gedanken.
Was soll dieser Mist? So hab ich mir das nicht vorgestellt, meldet sich die Stimme im Hinterkopf wieder.
Tanya fährt mit einem Finger über die Innenseite von Harrys Arm.
»Ich bin da«, flüstert sie.
Ein Bürostuhl rollt über den Boden, dann sitzt Joan Mason neben ihr.
Die Ältere beugt sich vor und nimmt Tanyas Hände fest in ihre.

In einem Ton, den man nicht ignorieren kann, sagt sie: »Dann wollen wir doch mal hören, warum ich so gar nichts von Ihnen weiß. Und, bitte, nennen Sie mich Joan.«

9

Verstört, ausgelaugt und durcheinander folgte Tanya Russell Swarts aus der Klinik. Der Versuch, sich im Chaos ihrer Gefühle zurechtzufinden, scheiterte daran, dass diese nicht zu fassen waren, insbesondere, weil die Stimme in ihrem Hinterkopf nicht aufhören wollte, über ihre missliche Lage zu lamentieren. Auf dem Weg zur Leihwagenfirma warf Swarts ihr einen besorgten Blick zu und schlug dann zögernd vor, ihren Drink zu verschieben.

Tanya brachte ihn mit einem entschiedenen Kopfschütteln zum Schweigen. »Mein Vater war ein Herumtreiber, arm wie eine Kirchenmaus und hat immer die falschen Entscheidungen getroffen. Viel Nützliches konnte er mir nicht beibringen, nur das eine: Verabredungen zu einem Drink sind unter allen Umständen einzuhalten.«

»Ein kluger Mann, wie mir scheint.« Swarts nickt wissend. »Er lebt wohl nicht mehr?«

»Unter einen Traktor gekommen.« Tanya nickt mit einem abwesenden Blick. »Er starb mutterseelenallein auf einem staubtrockenen Acker, kilometerweit weg von jeder Hilfe.«

Dass sie die Rumfahne ihres toten Vaters schon gerochen hatte, noch bevor sie ihn in dem hohen Mais endlich fanden, erzählte sie Swarts nicht.

Offensichtlich respektierte der ihren sachlichen Ton. »Für einen schwer arbeitenden Mann nicht die schlechteste Art abzutreten. Es gibt nicht mehr viel Platz für Männer vom Schlag Ihres Vaters in einem Land, das für jeden Geld locker-

macht, der behauptet, die Apartheid sei schuld an seiner Faulheit.«
Sie sah ihn an. Was meinte er damit?
»Vielleicht ist ein Tod unterm Traktor aber auch eher ein Beweis für die Sinnlosigkeit des Lebens und hat mit der Geschichte dieses Landes überhaupt nichts zu tun.«
Die Bar im Erdgeschoss eines schmalen doppelstöckigen Gebäudes in der Nähe des Bahnhofs ist eine von den Allerweltskneipen, deren Witterung Herumtreiber in allen Ecken der Welt mühelos aufnehmen. Auf dem Gehsteig davor bewerben Tafeln mit kaum noch lesbarer weißer Kreideschrift das Tagesangebot, das sich im Laufe eines Jahrzehnts kaum geändert hat.
»Sind Sie sicher, dass Sie da reinwollen?«, fragt Swarts Tanya. »Wir könnten uns auch was anderes suchen, etwas mehr für …«
»Damen?« Tanya lacht bitter. Ihr ist klar, dass er nur aus Höflichkeit gefragt hat, denn sie ist ziemlich sicher, dass Russell Swarts ein ernsthafter Trinker ist, der sein schwer verdientes Kleingeld lieber in einem Lokal ausgibt, wo der Alkohol wichtiger ist als das Ambiente. »Ob Sie's glauben oder nicht, ich war schon in schlimmeren Spelunken. Und zwar ganz allein.« Sie stößt die Tür auf, ehe Swarts die Hand danach ausstrecken kann.
»Echt?«, fragt er überrascht.
Ihre Gedanken wandern zurück zu ihren wilden Jahren, als sie mit Jackson Durants Gang, der Ortsgruppe Boksburg der Hell's Angels, durch die Lande fuhr. »Echt«, bestätigt sie.
In der nur spärlich beleuchteten Kneipe herrscht eine gedämpfte, aber heimelige Atmosphäre, die ihr sehr vertraut und deshalb willkommen ist. Wacklige Barhocker säumen den Tresen und die breiten Bretter, die als zusätzliche Tische an die Wände

geschraubt sind. Unzählige Zigaretten und Taschenmesser haben dem Holz ihren Tribut abgefordert, und die Polsterung der wenigen Sitzbänke ist aufgerissen und mit nicht identifizierbarem Dreck verklebt. Es riecht nach abgestandenem Bier, Nikotin und den sauren Ausdünstungen von Männern, die sich in ihrer Resignation vor einer unerbittlichen Realität hier verkriechen.

Tanya bestellt bereits an der Bar, ehe Swarts seine Brieftasche zücken kann.

»He, nein.« Er rempelt sie beinahe mit der Schulter beiseite. »Ich zahle.«

»Alter Mann, vergessen Sie nicht, ich bin nur eine Frau aus einer befreiten Generation. Die alten Tanten, mit denen Sie's normalerweise zu tun haben, die wissen alles über Lockenwickler und wie sie ihre Ehemänner bekochen. Wir Jungen wissen halt, wie wir unseren angemessenen Anteil zahlen – und ihn uns auch holen. Also haben Sie Nachsicht mit mir.« Sie zwinkert ihm mit einem schiefen Grinsen zu.

Sie gehen zu einem hohen Tisch neben der Hintertür. Er steht vor einem schmutzigen Fenster, das auf ein kleines quadratisches Grundstück hinausgeht, auf dem eine Gruppe wilder Grüner Meerkatzen im Müll wühlt. Als Tanya sich wieder zu Swarts dreht, hat er bereits ein Viertel seiner Cola light mit Schuss gekippt und späht schon wieder sehnsüchtig zur Bar hinüber.

»Also, Russell, dann erzählen Sie mir jetzt genau, was da draußen passiert ist. Wer hat auf meinen Freund geschossen?«

Swarts rülpst in die Faust und entschuldigt sich. »Wie viel wissen Sie schon über die Vorgeschichte zu unserem Einsatz in Tsolo?«

Ihre ursprüngliche Befürchtung, sie könne Harry in Schwierigkeiten bringen, weil er womöglich Dienstgeheimnisse ausgeplaudert hat, meldet sich wieder. Doch so, wie sie jetzt hier mit Swarts zusammensitzt, muss sie sich eingestehen, dass sie eigentlich sehr wenig über den Fall weiß.

Er lächelt sie aufmunternd an. »Na los.«

»Harry hat mir nur erzählt, dass er den Mord an einem kleinen ANC-Politiker untersucht, und dass Mitglieder einer Bürgerwehr namens Abasindisi vielleicht etwas damit zu tun haben. Er hat gesagt, dass ihr beschlossen habt, die ganze Organisation hochzunehmen, wenn ihr den Fall nicht knacken könnt. Ich nehme an, ihr hattet gehofft, sie in Zugzwang zu bringen. Harry meinte, es gäbe ein paar Hinweise in Richtung Tsolo – und dass da anscheinend Waffen versteckt sind.«

Swarts nickt gedankenvoll. »Das trifft's so ziemlich, nur dass wir so gut wie keine Hinweise hatten. Gerade war der Fall noch kalt wie gefrorenes Steak, da zaubert Harry plötzlich einen Informanten aus dem Hut, der bereit war, die ganze Bande zu verraten, egal, ob die jetzt was mit unserem Mord zu tun hatten oder nicht. Die Razzia in Tsolo sollte so eine Art Appetitanreger auf den fetten Happen sein.«

»Und das hat alles Harry angeleiert?« Diese Seite von ihm war ihr bisher fremd. Tanya ist fasziniert. Es ist, als lerne sie ihn gerade erst richtig kennen, nur dass jetzt der Polizist in ihm zum Vorschein kommt. Sosehr sie Polizisten immer schon misstraut hat und mit Argwohn auch dem entgegensieht, was sich ihr jetzt womöglich offenbart, so aufregend findet sie die Vorstellung von Harry in dieser ihr unbekannten Rolle. »Wie?«, fügt sie hinzu.

»Ich habe keine Ahnung, wer Harrys Informant ist. Das könnte sich allerdings als wichtig erweisen, wenn wir den erwischen wollen, der auf ihn geschossen hat.« Der Superintendent lächelt ihr betrübt zu. »Im Nachhinein betrachtet, sind die köstlichsten Leckerbissen wohl oft die giftigsten, und an dem Appetitan-

reger, mit dem sie uns geködert haben, haben wir uns ganz schön den Magen verdorben.
Die Abasandisi waren schon immer ein schwieriger Haufen, insbesondere, sobald sie in einer Gemeinschaft Fuß gefasst haben. Sie machen sich bei den Leuten beliebt, indem sie ein, zwei unbedeutende Gauner unschädlich machen, und mit einem Schlag haben sie alles unter ihrer Fuchtel. Sie haben gelernt, wie man mit dem geringsten Aufwand den größtmöglichen Reibach macht, und üblicherweise ist das mit viel Gewalt und wenig Rücksicht auf Menschenleben verbunden. Die sind mehr oder weniger ein Erpressersyndikat am äußersten Rande der Legalität.«

»Reden wir jetzt wirklich vom Abasindisi-Sicherheitsdienst?«

»Der Sicherheitsdienst ist nur dazu da, dem, was die Phaliso-Brüder immer schon gemacht haben, einen legalen Anstrich zu verpassen. Bis jetzt hat das bestens funktioniert. Irgendwie haben sie's geschafft, die alten Anführer zu verdrängen und die negative Stimmung umzukehren, die ihnen in den neunziger Jahren entgegenschlug. Das war kurz nachdem die Abasindisi in den organisierten Viehdiebstahl am Ostkap eingestiegen sind.«

»Und wieso sagen Sie dann ›Erpressersyndikat‹?«, fragt Tanya.

»Ich habe den Verdacht, dass sie, wenn sie die Leute in einem bestimmten Viertel von den Vorzügen der Dienstleistungen, die sie angeblich anbieten, überzeugen wollen, die Autodiebe und Einbrecher einfach herankarren. Sobald sie die Leute mürbe gemacht haben, taucht ein Vertreter des Sicherheitsdienstes der ›Erlöser‹ auf, im feinen Anzug und aus allen Knopflöchern grinsend, und bietet der gesamten Einwohnerschaft seine Premiumdienste an. Zumindest stelle ich mir das in den vornehmeren Vierteln so vor. Beweisen kann ich's natürlich nicht.«

»Menschenskind«, ruft Tanya aus. »Das ist ja haarsträubend!«
»Es kommt noch viel schlimmer«, sagt Swarts. »Ihre Agenten, die, die für die Gewalttätigkeiten verantwortlich sind, kommen normalerweise in die Stadt, drehen ihr Ding und sind eine Stunde später schon wieder über alle Berge. In den Vierteln, in denen diese ›Vergeltungsaktionen‹ stattfinden, kennt sie kein Mensch – damit ist es nahezu unmöglich, sie zu identifizieren oder zurückzuschlagen. Noch dazu sprechen die Bandenmitglieder, die diese Blitzaktionen durchführen, das *Fanakalo* der Minenarbeiter oder die *Tsotsitaal* der Townships. Sie können sich also vorstellen, was für ein Alptraum es für die Geheimdienste ist, die Typen zu überwachen. Diese Dialekte sind eine natürliche Barriere gegen Infiltration, und heutzutage können sie potenzielle Informanten schneller aufspüren, als ein Foxterrier Drogen in einer Ladung Teddybären aus Kolumbien erschnüffelt.«
In Gedanken versunken trinkt Tanya ihren Whisky. »Das verstehe ich nicht. Wenn ihr doch genau wisst, wer die Anführer sind, warum verhaftet ihr sie denn nicht einfach?«
Swarts lacht gutmütig und wirft wieder einen sehnsüchtigen Blick hin zur Bar.
»Tanya, die Gesetze, die diese zwei elenden Schweine schützen, *erlauben* mir nicht, aus ihnen rauszuholen, was ich brauche. Ohne Anklage kann ich sie maximal achtundvierzig Stunden festhalten, und die sitzen sie mit ihren Anwälten in ihren Zellen ab und lachen uns frech ins Gesicht. Sie sorgen immer dafür, dass sich keine kausale Verbindung zwischen ihren Befehlen und den Verbrechen herstellen lässt, die schließlich verübt werden. Selbst wenn wir einen ihrer Agenten in flagranti erwischen würden, wäre es uns unmöglich, die Tat bis zu ihnen zurückzuverfolgen. Versucht haben wir's natürlich, aber die kleinen Fische können uns noch nicht mal sagen, wer sie bezahlt hat,

und über die anderen Operationen der Organisation werden sie sowieso bewusst in Unwissenheit gelassen. Alles ist dezentralisiert, und Befehle werden über ein so komplex geknüpftes Menschennetz weitergeleitet, dass man es keinem Gericht der Welt anschaulich darstellen könnte. Unsere letzte Hoffnung ist jetzt Harrys Informant, oder dass einer ihrer obersten Spießgesellen einen Auftrag vermasselt. Aber bislang ist das leider noch nicht vorgekommen, und die beiden Brüder sind mit allen Wassern gewaschen. Ein minimales Versehen unsererseits, und raten Sie mal, wer wieder der Böse ist? So schnell könnten wir gar nicht schauen, da würde man uns schon beschuldigen, ›ausgerechnet *die* Organisation zu diskreditieren, die sich, im Gegensatz zur Polizei, als erfolgreich bei der Verbrechensbekämpfung erwiesen hat‹, um einen Reporter des *Star* zu zitieren. Leute wie der Polizeichef, die hüten sich, auch nur in die Nähe von diesem rohen Ei zu kommen.« Voller Verbitterung schüttelt Swarts den Kopf.

»So, und wie *werdet* ihr diese Kerle zur Strecke bringen? Ich meine, irgendwer muss für die Schüsse auf Harry doch geradestehen, oder?«

»Den zu finden wird eine ganz harte Nuss. Meine einzige Chance ist jetzt, Harrys Informanten aufzutreiben und von da anzufangen.

Leider schützt die Abasindisi nicht nur ihre Vorgehensweise. Ihre Sicherheits- und Inkassodienste sind ausgesprochen beliebt, sowohl bei den Armen als auch bei den Mächtigen. Sie sind nämlich die Einzigen, die die Sprache des schwarzen Mannes sprechen. Das heißt, sie haben eine Menge interessante, auch einflussreiche Beziehungen, und dadurch wird es besonders heikel, ihnen auf den Zahn zu fühlen.«

»Die Sprache des schwarzen Mannes? Was meinen Sie damit?«

»Sprühen Sie ihnen Tränengas ins Gesicht, halten Sie ihnen eine

Knarre unter die Nase, das juckt die überhaupt nicht, wie man hört. Da machen die lustig weiter, was sie wollen. Sich zu widersetzen ist ihnen zur zweiten Natur geworden. Wenn aber ein anderer *Schwarzer* sie windelweich prügelt, womöglich noch mit einer Waffe, vor der sie Respekt haben, einem *Knobkerrie* oder einem *Sjambok,* dann werden sie plötzlich lammfromm.«

»Das klingt aber sehr nach Rassismus, meinen Sie nicht?«

»Ist aber so. Da können Sie jeden fragen, der schon mal in so einer Situation war. Die werden Ihnen alle das Gleiche sagen.« Swarts kippt sich das restliche Eis aus seinem Glas in den Mund und kaut darauf herum. »Ich hol mir noch einen. Und Sie?«

Sie betrachtet ihn prüfend und fragt sich, ob der Mann, der da vor ihr sitzt, einfach zu alt ist, um sich vom Ballast der Vergangenheit zu befreien. Vielleicht ist es den Jungen immer schon leichter gefallen, etwas Neues zu lernen.

»Bin dabei.«

Während er mit schweren Schritten zur Bar geht, überlegt Tanya kurz, ob er immer solche Trinkfreudigkeit an den Tag legt, oder ob das seine Art ist, mit dem Fiasko in den Bergen fertigzuwerden.

Natürlich trinkt er immer so viel. Dieser rubinrote Schimmer im Gesicht kommt nicht über Nacht – genauso wenig wie dein Vater das Zeitliche gesegnet hat, weil er den Maulwurfgang unter dem Traktor nicht bemerkt hat.

Tanya beobachtet, wie sich der Polizist mit dem schütter werdenden Haar an den Tresen lehnt. Wie er so allein dasteht, scheint er in sich zusammenzusinken, ganz als ließe etwas, das ihn sehr beschäftigt, langsam sein Selbstvertrauen entweichen.

Ob Harry auch bald so aussieht? In fünf Jahren? Zehn vielleicht? Meine Güte, ich hoffe nicht.

Unangenehm berührt von dem Anblick wendet sie ihren Blick

wieder den dreckigen Affen zu, die noch immer im Müll wühlen, und ihre Gedanken wandern zurück zu ihrer ersten Begegnung mit Harrys Verwandten. Alles in allem hat sie das Gefühl, dass es besser lief als erwartet. Während sie mit Joan sprach, schob Jeanie sich immer näher an sie heran. Die Kleine machte zwar kaum den Mund auf, dennoch schien sie sich allmählich an sie zu gewöhnen. Harrys Mutter hingegen ging beinahe *zu* höflich mit ihr um, etwa so, wie eine reiche Frau mit einer Verkäuferin.

Sie mag dich nicht, sagt die innere Stimme, die sie mit stundenlangen Überlandfahrten verbindet. *Die arrogante Pute meint, ihr Sohn sei zu gut für dich.* Sie schüttelt den Kopf.

»Was? Sie wollen das echt nicht mehr?«

Schlagartig kehrt Tanya in die Realität zurück. Swarts hält ihr ein neues Glas mit genau der richtigen Menge Wasser hin.

»Danke.« Sie lächelt und nimmt es ihm ab. »Erzählen Sie mir mehr über die Razzia.«

Swarts trinkt einen kräftigen Schluck von seiner Cola mit Schuss.

»Harrys Informant hat uns eine grobe Karte des Dorfs gezeichnet und die Stellen markiert, an denen die zwei Kisten mit brandneuen AK-47 am wahrscheinlichsten versteckt waren. Wir hatten eigentlich vorgehabt, die Siedlung unbemerkt zu umstellen, noch bevor irgendeiner von den Erlösern die Kisten da rausschaffen konnte. Doch das Ganze war von Anfang an ein Flopp. Insbesondere, als plötzlich dichter Nebel aufzog und unsere Kommunikation im Arsch war. Gleichzeitig brach zwischen Tsolo und einem Nachbardorf ein Kampf aus. Harry war's, der gesagt hat, wir sollen trotzdem da reinmarschieren und die Waffen holen, bevor sie bei Nacht und Nebel verschwinden. Im Nachhinein betrachtet, war das genau das Falsche.«

»Wieso?«

»Im Prinzip hatte er schon recht. Es war zwar riskant, mit so wenig Leuten da reinzugehen, aber wir mussten uns diese Waffen schnappen, sonst hätten wir uns drei Monate lang den Arsch umsonst aufgerissen, und unser Abteilungsbudget für die nächsten drei Jahre wäre beim Teufel gewesen.« Swarts zuckt die Achseln. »Wenn Sie unbedingt wissen wollen, was passiert ist: Schüsse fielen, Menschen wurden verletzt, und es gab auch ein paar Tote.«

Tanya saugt diese neuen Informationen begierig auf. »Aber Sie waren doch der leitende Ermittler. Hätten nicht Sie diese Entscheidung treffen müssen und nicht Harry?«

Swarts' Lippen werden dünn, und er trinkt den Rest seines Glases in einem Zug leer. »Im Moment laufen Ermittlungen gegen uns beide, nicht nur gegen ihn.«

»Ermittlungen?«

Er nickt. »Die ICD, die Unabhängige Beschwerdekommission, erhebt Anklage wegen Fehlverhaltens und Leichtfertigkeit im Dienst.« Dann fügt er rasch hinzu. »Aber das ist reine Routine. Das schmettern wir locker ab.«

»Was meinen Sie mit: ›schmettern wir ab‹? Das heißt doch im Grunde, dass es sehr wohl etwas zu ermitteln gibt und das Ganze nicht reine Routine ist.«

»Da gibt's nichts.« Aus der Art, wie Swarts vorhin immer zur Bar geschaut hat, erkennt sie, dass das genaue Gegenteil der Fall sein muss.

»Ich verstehe noch immer nicht, warum ihr reinmarschiert seid.«

»Ich hab's Ihnen doch gerade erklärt«, sagt er ungehalten.

»Aber ist es nicht Ihre oberste Pflicht, keine Menschenleben zu riskieren?«

Mit leicht angeekelter Miene schiebt Swarts sein Glas von sich, und Tanya fragt sich, ob er sich über ihre Fragerei ärgert oder einfach nur darüber, dass er zur Abwechslung einmal derjenige ist, der ins Verhör genommen wird.

»Wir sind Polizisten«, sagt er in dem herablassenden Ton, den er schon am Flughafen angeschlagen hat. »Das Risiko ist eine der wenigen Gewissheiten in unserem Beruf. Razzien sind von Haus aus die gefährlichsten Einsätze, weil die Reaktion der Verdächtigen so unberechenbar ist. In der Theorie ist gegen die Parameter, innerhalb derer Ermittler nach Ermessen der Polizeibehörden und der ICD agieren dürfen, ja nichts zu sagen. Diese Vorschriften sind sowohl zu unserem als auch zum Schutz der Zivilisten da, aber in der Praxis, wenn möglicherweise Beweismaterial verloren geht, taugen sie so viel wie Kacke in einer Teetasse, wenn Sie meine Ausdrucksweise entschuldigen wollen. Wir wussten alle, was eventuell da draußen passieren könnte, trotzdem waren wir uns alle einig, da reinzugehen. Und wissen Sie was? Warum auch nicht? Wir waren dort, um unsere Arbeit zu tun. Hätte es keine Toten und Verletzten gegeben, hätte die Presse uns die Füße geküsst. Aber leider ist es anders gekommen: Es wurde gefährlich, und weil ein paar Soldaten und ein Haufen nichtsnutziger *Dagga*-Pflanzer dabei draufgegangen sind, rückt uns jetzt die ICD auf die Pelle. Denen ist es anscheinend völlig egal, dass wir für diese Todesfälle nicht verantwortlich sind. Genauso wie der Presse. Nicht einer der Polizisten unter meinem Kommando hat auch nur einen einzigen Schuss abgefeuert.«

In dem nun herrschenden Schweigen beobachtet Tanya ihn mit größter Aufmerksamkeit. Hatte er ihr noch bis vor kurzem bei seiner Schilderung fest in die Augen gesehen, wandert sein Blick jetzt aus dem Fenster und verweilt bei den Affen.

»Schwachsinn, Russell, was verheimlichen Sie mir?«

Sofort sieht er sie wieder an. »Ich erzähl's wie's war«, knurrt er.

»Hören Sie, ich kenne Leute, die den Scheiß, den uns die ICD jetzt anhängen will, in null Komma nix vom Tisch fegen. Die haben uns da rausgepaukt, noch bevor Harry wieder in Jo'burg ist.«

Sie sehen einander unverwandt an, und Tanya bemüht sich, hinter die Mauer zu sehen, die er sofort errichtet hatte, als sie ihm widersprach. Nicht lange, und Tanya spürt, wie Kälte in ihr hochsteigt, und ein wenig Angst. Das Ganze ist ihr ein paar Nummern zu groß, das wird ihr jetzt klar, denn dieser Mann hat deutlich mehr Übung darin, beim Austausch von Informationen Katz und Maus zu spielen.

»Na gut«, sagt sie schließlich und verschränkt die Arme vor der Brust. »Was ist dann passiert?«

Swarts schüttelt das Eis am Boden seines leeren Glases. »Wir wissen nicht, wer auf Harry geschossen hat, als er von seinem Team getrennt wurde – aber vielleicht haben wir ein paar Fingerabdrücke. Wir haben ein verrostetes AK-47 gefunden, in der Nähe der Stelle, wo Harry lag, und die Abdrücke darauf waren deutlich genug, um sie abnehmen zu können. Wir gehen davon aus, dass er jemanden verfolgte, der dann das Gewehr fallen ließ und Harry mit einer 9 mm abknallte.«

Sich Harry vorzustellen, wie er einem Mann mit einem Sturmgewehr hinterherläuft, jagt Tanya einen Schauer über den Rücken. Es ist vor allem Angst, doch auch ein Prickeln von Aufregung und Stolz. »Warum sollte der Schütze lieber mit einer Handfeuerwaffe auf einen Polizisten schießen als mit einem AK?«

Swarts zuckt die Achseln. »Vielleicht hielt er sie irrtümlich für blockiert, oder er hatte keine Munition mehr. Diese Bauern sind ja nicht unbedingt besonders geübt im Umgang mit Militärwaffen.«

»Und kein Mensch hat was gesehen?«

Swarts wendet seinen Blick nicht von dem restlichen Eis in seinem Glas. »Nein, dazu war's viel zu neblig.«
»Habt ihr wenigstens gekriegt, was ihr wolltet? Die AKs meine ich.«
»Nein, die waren nicht da.« Swarts seufzt. »Nach allem, was wir auf uns genommen haben, waren diese Scheißdinger nicht mal da.«
»Dann wurde Harry also für nichts und wieder nichts angeschossen?« Tanya merkt, wie wieder Wut in ihr hochsteigt.
»Nicht ganz. Wir haben schon ein Waffenversteck gefunden, aber da waren hauptsächlich Kleinwaffen und ein paar vorsintflutliche Jagdgewehre Kaliber .308 drin. Dazu noch drei oder vier alte AKs, die die Dorfbewohner benutzen und haufenweise 7,62-mm-Patronen, aber keine Spur von den brandneuen Dingern, die man uns versprochen hatte. Das ganze Arsenal war in einem Gemeinschaftskraal vergraben, wenn also keiner aus dem Dorf plaudert, dann können wir es niemandem zuordnen. Und die Wahrscheinlichkeit, dass jemand plaudert, ist ungefähr so hoch wie die, dass ich als französische Kammerzofe verkleidet zum Dienst erscheine. Ein Informant riskiert, umgebracht oder aus seinem Heimatort vertrieben zu werden – und glauben Sie mir, unter der Bevölkerung auf dem Land gibt es etliche, die Letzteres für schlimmer halten, als einen brennenden Autoreifen um den Hals gehängt zu kriegen.«
Ehe er fortfährt, sieht er sie prüfend an. »Wegen den Waffen muss ich heute Nachmittag nach Tsolo zurück. Ich muss da mit dem Chef der Provinzpolizei ein bisschen Show machen. Wir zünden eine kleine Bombe, um den Einheimischen zu zeigen, was wir gegen sie in der Hand haben, und die Medien zu überzeugen, dass wir nicht ganz so dämlich sind, wie sie uns hinstellen.«
Aber Harry liegt auf der Intensivstation! Da ist doch was schief-

gelaufen! Merkst du das denn nicht?, will Tanya ihm entgegenschreien. Doch sie wendet sich nur ab, als sie merkt, dass ihre Mundwinkel sich nach unten ziehen.
»Was ist denn?«, fragt Swarts, dem die Bewegung nicht entgangen ist.
»Sie gehen mir irgendwie zu leicht über das alles hinweg. Harry wurde schwer verletzt … ach, Scheiße, Russell, ich weiß auch nicht. Für mich hört sich das an, als erzählten Sie mir, wie Sie kommendes Wochenende Ihr Auto reparieren werden.«
Völlig unerwartet streckt Swarts den Arm über den Tisch und ergreift ihre Hand. Seine Finger sind muskulös und rauh. Tanya beginnt zu weinen, obwohl es das Letzte ist, was sie will. Sie will ihm ihre Hand entreißen. Gleichzeitig findet sie jedoch Trost und Sicherheit in der Wärme der seinen, und die kann sie nach zwei Tagen ständiger Sorge weiß Gott gebrauchen.
»Tanya, nichts liegt mir ferner«, sagt er mit erstaunlich sanfter Stimme. »Ich gehe bestimmt nicht leicht über diesen Vorfall hinweg, nur … wenn man so lange Polizist ist wie ich, dann neigt man dazu, so etwas runterzuspielen.«
»Sind Sie ehrlich zu mir, Russell? Das ist alles, was ich von Ihnen wissen will.«
Da werden Russell Swarts Lippen schmal. »Ich habe Ihnen alles gesagt, was ich Ihnen im Moment sagen kann. Aber das ist eine laufende Ermittlung, und ich habe selbst noch jede Menge Fragen. Wir haben uns doch gerade erst kennengelernt, Sie müssen mir da eben vertrauen.«
Tanya wischt sich die Tränen ab und lächelt verlegen. »Tut mir leid, wenn ich Sie beleidigt habe. Es ist ja nicht so, dass ich Ihnen nicht vertraue, ich stehe nur im Moment komplett neben mir. Ich habe keine Ahnung, was ich tun soll. Scheiße, als ich erfuhr, dass Harry Polizist ist, hätte ich am liebsten gleich die Fliege gemacht. Und? Ich bin immer noch da. Euer ganzes

militantes Gehabe – ich bin Sozialarbeiterin, verdammt noch mal!« Sie lacht unter Tränen. »Liebe statt Krieg, das war meine Devise. Ich habe mich mit dem Gesetz angelegt, wie es im Lied heißt, und ich dachte, ich hätte gewonnen. Und jetzt steh ich da mit einem Haufen Bullen, die mit ihren Schießeisen rumfuchteln, sich abknallen lassen und sich überhaupt nichts dabei denken.«

Die Wolken, die auf Swarts Stirn aufgezogen sind, scheinen sich noch zu verdichten. »Tanya, kommen Sie bloß nicht auf die Idee, dass ein Polizist eine Kugel abkriegt und sich nichts dabei denkt. Bei dieser Vorstellung geht uns allen der Arsch auf Grundeis, insbesondere wenn man schon mal gesehen hat, wie's einen Kollegen erwischt. Ich hab schon Männer erlebt, die diese Angst völlig zermürbt hat, alles gute Polizisten.«

»Ich …«

»Ich möchte der Sache genauso auf den Grund gehen wie Sie.«

»Ich weiß. Ich weiß es ja.« Sie lässt seine Hand los und wischt sich wieder mit einem Ärmel ihrer Jeansjacke die Augen ab. »Kann ich irgendwie helfen?«

»Das können Sie.«

»Und wie?« Sie beugt sich vor und verspürt unwillkürlich kindische Begeisterung bei dem Gedanken, Harry möglicherweise beistehen zu können. »Ich tu alles, um ihm aus diesem Schlamassel zu helfen. Ganz egal, was.«

Swarts' Blick schweift erneut zur Bar ab, und Tanya rechnet schon damit, dass er sich gleich den nächsten Richelieu holen wird, seinen dritten doppelten in nicht einmal einer Stunde.

»Ich glaube ja, dass jemand Harry absichtlich in diese Scheiße reingeritten hat. Ich glaube, dass sein Informant uns allen eine Falle stellen wollte. Ich behaupte, die Abasindisi waren stinksauer, weil wir sie drangsalierten, und haben beschlossen, uns in einen Hinterhalt zu locken. Diese Kalaschnikows waren nicht da, wo wir sie zu finden hofften, weil es sie überhaupt nicht gab. Ich glaube, wenn die rivalisierenden Nachbarn aus Qumbu an dem Morgen nicht zufällig diesen Angriff gestartet hätten, wäre *keiner* von uns lebend aus diesen Bergen herausgekommen.«

»Ein Hinterhalt?« Tanya fröstelt. »Harry wurde aufs Kreuz gelegt?«

»Genau das will ich damit sagen, Tanya. Ich möchte Sie da nicht mit hineinziehen, aber hat Harry Ihnen gegenüber je den Namen seines Informanten erwähnt«

Sie schüttelt zögern den Kopf. »Er spricht selten über seine Arbeit ... Nur einmal, da hat er erzählt ...«

Swarts' Augenbrauen gehen erwartungsvoll in die Höhe.

»Vor zirka einem Monat ist irgendwas passiert, das ihm ziemlich an die Nieren gegangen ist. Er hat unsere Verabredungen abgesagt und mich eine Woche lang nicht besucht. Eine Zeitlang dachte ich, das war's jetzt mit uns beiden.«

Swarts lehnt sich zurück und verschränkt die Hände hinter dem Kopf. Sein bärtiges Gesicht macht es Tanya schwer, in seiner Miene zu lesen. »Haben Sie da vielleicht was Konkreteres?«

Sie denkt eine Weile scharf nach.

»Sagt Ihnen der Name Makhe was?« Sie runzelt die Stirn. Dann, als ihre Erinnerung langsam zurückkommt, spricht sie mit größerer Entschlossenheit. »Ungefähr um diese Zeit hat Harry einen alten Freund in Alexandra besucht.«

Swarts' Augen beginnen zu leuchten. »Ich weiß, dass er im Februar mal da hingefahren ist. Einer unserer Wagen wurde dort komplett zerlegt, in der Nähe der Hofmeyer Bridge.«

»Von einer Brücke weiß ich nichts, aber länger als einen Monat kann's nicht her sein.«

»Makhe ...« Swarts schüttelt den Kopf. »Sagt mir nichts. Ist das ein Nachname?«

»Für mich klingt's wie ein Vorname«, sagt Tanya. »Ich weiß nur, dass Harry eine Stinklaune hatte, als er heimkam.«
»Sind Sie sicher, dass das der Name ist, den er erwähnt hat?«
»Wie gesagt, er redet kaum über seine Arbeit. Ihr seid ja so ein Haufen von Geheimniskrämern – wie wär's denn sonst möglich, dass er angeschossen wird und ich es erst *zwei Tage* danach erfahre?«
Ein verlegenes Lächeln huscht über Swarts' Gesicht, und seine Anspannung scheint nachzulassen. »Seien Sie nicht zu streng mit ihm. Uns fliegt bei der Arbeit so viel Scheiße um die Ohren, die wollen wir uns nicht auch noch nach Hause schleppen. Und genauso wenig wollen wir, dass wir daheim Ärger wegen unserer Arbeit kriegen. Harry ist ein anständiger Kerl, glauben Sie mir.«
Und jetzt sei brav und halt dich da raus, ist, was bei ihr ankommt.
»Dann ist ein guter Polizist also ein miserabler Zeitgenosse«, meint Tanya düster.
»Meinen Sie?« Swarts lehnt sich zurück und verschränkt mit gespielter Beleidigung die Arme vor der Brust.
Ihre Antwort ist ein schwaches Lächeln.
Swarts greift wieder nach seinem leeren Glas und lässt das Eis darin kreisen. »Ich muss Sie wahrscheinlich nicht extra bitten …«
»… Sie anzurufen, wenn mir noch was einfällt?« Tanya lacht. »Geben Sie mir einfach Ihre Karte, Russell. Ich hab das schon oft genug in der Glotze gesehen.«
Swarts lacht leise. »Wenn Bond – ich meine Harry – wieder auf dem Damm ist, müssen Sie unbedingt raus auf die Farm kommen. Oben in Limpopo ist es um diese Jahreszeit schön warm. Ich nehm Bond mit auf die Jagd mit meinen Söhnen, und Sie können ein bisschen Schwung in die Bude bringen. Meiner

Bessie wird die Zeit lang, wenn die Männer den ganzen Tag unterwegs sind. Ich glaube, sie wird Sie mögen.«
»Sie haben eine Wildtierfarm?«, fragt Tanya lachend. »Dann haben Sie's als Polizist ja nicht so schlecht getroffen.«
Die plötzliche Veränderung in seinem Gesichtsausdruck ist verblüffend. Auf Tanya wirkt sie, als wären die weichen großväterlichen Züge mit einem Mal zu Granit erstarrt. Ihr gefriert das Blut in den Adern.
Wie ein Zischen kommt es zwischen seinen großen eckigen Zähnen hervor. »Diese Farm ist schon seit 1856 in Familienbesitz.«
Da erkennt sie, was sie unbewusst mit ihrer Bemerkung unterstellt hat. »O nein, ich …«
Swarts wehrt jeden weiteren Entschuldigungsversuch mit einer Handbewegung ab und ergreift jäh seine Autoschlüssel. »Machen Sie sich keine Gedanken. Wir sollten jetzt aufbrechen. Ich hab noch eine anstrengende Fahrt vor mir.«

10

Mit Rasiermesser, Rasiercreme und einer Schüssel warmem Wasser setzt sich Tanya auf die Kante von Harrys Bett und streicht ihm über die rauhen Stoppeln, die sein jungenhaftes, sommersprossiges Gesicht in das eines alten Beatnik verwandelt haben. Eine Wanduhr über dem Bett zeigt 21:38, doch Tanya hat das Gefühl, es sei drei Uhr morgens.
Sie beugt sich zu ihm und küsst ihn auf den Mundwinkel. Seine Lippen sind zwar gesprungen, doch immerhin kann er mittlerweile ohne Schläuche und Röhrchen atmen. Sie schaltet die Lampe über seinem Bett ein, um das verschlafene Dämmerlicht der Intensivstation zu verscheuchen, und beginnt, das ausgezehrte Gesicht ihres Liebsten zu rasieren.

Was soll ich nur mit dir machen? Vorsichtig lässt Tanya die Klinge über seine Wangen hinunter bis zum Hals gleiten und zuckt an Harrys statt zusammen, als sie eine Hautfalte ritzt und ein Tröpfchen Blut hervorquillt. *Kann das mit uns zweien wirklich gutgehen?*

Nach allem, was sie an diesem Tag erfahren hat, ist sie sich nicht mehr sicher, dass Harry Mason und der Mann, der ihr all diese SMS geschickt hat, tatsächlich ein und dieselbe Person sind. In ihrem Hochgefühl angesichts dieser neuen Liebe hat sie sich eine wichtige Sache schöngeredet: Er ist Polizist.

»Außerdem«, sagt sie laut, »war mir nicht klar, dass deine Mutter die Zwillingsschwester von Margaret Thatcher ist, Mr. *Bond.*«

Als sie am Nachmittag endlich in ihrem Gästehaus angekommen war, fiel sie sofort in einen unruhigen Schlaf und hätte deshalb beinahe das Abendessen mit Joan und Jeanie versäumt.

Alles hätte so gut laufen können, wäre Harrys Mutter nicht dabei gewesen. Jeanie hatte schon ziemlich zu Beginn ihren Stuhl näher an Tanyas herangeschoben und sie über die Kinder im Heim ausgefragt. Joan Mason hingegen schien es darauf abgesehen zu haben, ihre Enkelin um jeden Preis aus dem Gespräch auszuschließen. Immer wieder ermahnte sie die Kleine, Tanya nicht auf die Nerven zu gehen und sich doch neben sie, Joan, zu setzen, damit Tanya in Ruhe essen konnte. Sie freute sich über die offenkundige Warmherzigkeit und das Interesse des Kindes an ihrem Beruf und hätte sich in seiner Gegenwart wohl gefühlt, wäre da nicht Joan Mason mit ihren ständigen neugierigen Fragen gewesen. Wo kommen Sie her, Tanya? Was haben Sie studiert? Ach, Sie haben nicht studiert? Was waren Ihre Eltern? Tanya bog diese Fragen ab, so gut sie konnte, – in Gegenwart dieser überkorrekten, tugendsamen Matriarchin hatte sie wegen ihres unsteten früheren Lebens schreckliche

Hemmungen – doch je ausweichender sie antwortete, desto zudringlicher wurden die Fragen der Alten, die vielleicht ein schmutziges Geheimnis witterte. Wäre Harry dabei gewesen, hätte sie sich bestimmt zurückgehalten, doch jetzt war Tanya ihr ganz allein ausgeliefert. Swarts hatte recht gehabt: Joan Mason war die geborene Inquisitorin. Als sie sich auf dem windigen Parkplatz endlich voneinander verabschiedeten, hatte sich Tanya vor lauter Nervosität die Haut an den Daumen wundgezupft.

Kann das mit uns zweien wirklich gutgehen? Tanya unterbricht die Rasur und sieht lange einfach nur vor sich hin.

Mensch, Harry, momentan habe ich überhaupt nicht das Gefühl.

Kapitel 5

1

Wally Khuzwayo, der als der Sjambok schwingende Anorakmann flüchtig Bekanntschaft mit dem Verwalter Ephraim Thekiso gemacht hat, fährt vor ein ausgebleichtes rosa Gebäude im Norden der Township Alexandra. Eine dünne Schicht grünes Moos zieht sich die Fassade hinauf, wo Feuchtigkeit ins Mauerwerk eingedrungen ist. Von den Dachrinnen blättert die Farbe in großen Ringeln ab, was Wally an von der Sonne ausgedörrten Schlamm erinnert. Oben, auf einem überdachten Balkon stehen mehrere von den »Gents« der Phaliso-Brüder, die jedoch weder im Aussehen noch im Gebaren Ähnlichkeit mit Gentlemen haben. Der vergilbende Rasen im kahlen, ungepflegten Garten ist, wie Wally angeekelt feststellt, von Hundehaufen übersät. Vier Staffordshire-Bullterrier schießen um die Ecke des Hauses. Ihr Kläffen erinnert Wally immer an seine Frau und ihre hysterischen Freundinnen. Er schreit sie an und tritt nach ihnen, um sie daran zu hindern, ihm an seine neuen Weißwandreifen zu pinkeln, was den Männern im zweiten Stock Anlass zu großer Heiterkeit gibt.

»Na, wen haben wir denn da?« Ncolela Phaliso ist mit weit ausgebreiteten Armen vor die Haustür getreten, wie um einen verlorenen Sohn willkommen zu heißen. Wäre er da gewesen, hätte Detective Jacob Tshabalala in diesem Mann den schwarzen Geschäftsmann im Khakianzug erkannt, der ihm bei der Zwangsräumung in Wynberg aufgefallen ist. »Na, sag schon, dass du mir gute Nachrichten bringst, *Bra* Wally.«

Der Besucher hat gerade noch Zeit, den neuen olivgrünen

Toyota Prado 4x4 zu registrieren, der links neben dem Haus parkt, ehe der ältere der Phaliso-Brüder ihn ungestüm in die Arme schließt.

»Was denkst du denn?«, antwortet Wally mürrisch. »*Mich* bezahlst du schließlich nicht dafür, den ganzen Tag auf meinem fetten Arsch rumzuhocken wie die da oben.«

Er hat zwar die gewünschte Information für die Phalisos, ist jedoch nicht einverstanden mit ihren Plänen bezüglich der SVC-Polizisten, die ihnen bei ihren Operationen in den vergangenen Monaten ständig auf den Fersen waren. Doch wie könnte er, Wally Khuzwayo, den Phalisos widersprechen? Haben sie nicht die Abasindisi wieder nach oben gebracht, als die Organisation schon auf dem absteigenden Ast war? Waren sie es nicht, die einen bunt zusammengewürfelten Haufen wütender Bergarbeiter zu einer mächtigen Vereinigung umgemodelt haben, welche mit ihrer Effektivität die südafrikanische Polizei ständig in Verlegenheit bringt? Auch er umarmt Ncolela, der etwa zwei Jahre jünger ist als er selbst, aber grauer und kleiner.

»Nein, fürs Nichtstun bezahle ich dich wirklich nicht.« Ncolela lacht leise und tritt zur Seite, um Wally ins Haus zu lassen. »Und? Wie geht's deinem Sohn?«

Stolz durchflutet Wally bei dieser Frage. Er wird nicht oft nach seinem Jungen gefragt, denn die meisten Leute wissen nicht einmal, dass er existiert. Wally ist es am liebsten, wenn niemand weiß, dass er Familie hat, denn das ist am sichersten. »Er hat's jetzt endlich in die Fußballmannschaft seiner Schule geschafft.«

»*Hi wena,* echt?«

Wally strahlt. »Mittelstürmer.«

Ncolela lacht auf und klopft ihm auf den Rücken. »Tolle Neuigkeiten, Wally! Komm rein, mein Freund. Was kannst du uns denn berichten?«

2

Nur wenige kennen die Wahrheit über die Brüder Phaliso. Zwar sind die beiden schon bekannte Geschäftsmänner in Alexandra, seit Wally Khuzwayo denken kann, und sie leben auch sehr in der Öffentlichkeit, ihre wahre Geschichte jedoch ist nicht so verbreitet, wie man meinen könnte. Es gilt allgemein als nicht sehr weise, über sie zu tuscheln, insbesondere jetzt, da sie sich als neue Anführer der Abasindisi etabliert haben. Doch die wenigen Menschen, die die Legende kennen und bereit sind, sie zu erzählen, sprechen mit einer gewissen Ehrfurcht von den Phaliso-Brüdern. Schon immer gab es in den Townships oder Ghettos dieses gewalttätigen Landes Männer und Frauen, mächtige, todbringende, die, mit der Waffe in der Hand, ein extremes Leben führten – Morris Mothibe und Marcus Maepa, Collin Chauke, Big Man Senne, Zorro, Chops Number One, der alte »Obelix« Ntuli –, doch keiner war wie die Phalisos, die anscheinend die ideale Mitte zwischen ihren eigenen Bedürfnissen und denen ihrer Umgebung gefunden haben.

Hi wena, sagt Wally stets, wenn die Rede auf die Brüder kommt, die Phalisos sind nicht deshalb groß geworden, weil sie wie die anderen Gangster zu ihrem Geld gekommen sind, sondern weil sie verstehen, was Macht wirklich ist. Den Ihrigen bringen sie Licht und legen Finsternis über die, die es verdienen. Wie sonst sollte man von zwei völlig mittellosen Straßenjungen reden, die es zu Besitzern einer erfolgreichen, landesweit operierenden Sicherheitsfirma gebracht haben? Jetzt sind sie angesehene Männer und werden jedes Jahr zum Galaempfang der Handelskammer von Johannesburg ins Sunnyside Hotel eingeladen, die ehemalige Residenz von Lord Milner, wie Godun ihm einmal erzählt hat – auch wenn Wally noch immer keinen Schimmer hat, wer dieser *Umlungu* war.

Die Brüder Phaliso – ja, *das* ist eine Geschichte, und Wally kennt keine bessere, denn eines weiß er ganz bestimmt: Die Legende über die Phalisos ist hundert Prozent wahr.

3

Er hatte die Brüder kennengelernt, als sie alle noch nackt in den Gärten hinter den winzigen Hütten ihrer Familien herumliefen und zum Kacken hinter einen Busch gingen, damals in der Township mit dem idyllischen Namen Orange Farm, ein gutes Stück südlich von Soweto. Die Khuzwayos und die Phalisos waren Nachbarn, beide Väter arbeiteten in den Goldminen von Carltonville, drüben Richtung Potchefstroom.

»Wir waren arm wie Dreck, haben im Dreck gespielt und für die dreckigen Reichen *unter* dem Dreck nach Gold gewühlt, die Phalisos genauso wie die Khuzwayos.« Wally zitiert diesen Ausspruch von Ncolela immer wieder gern.

Solange er denken kann, waren die Phaliso-Brüder gerissener als er, insbesondere, wenn es darum ging, auf die Schnelle etwas Geld zu verdienen. Es machte ihm jedoch nichts aus, ein wenig schwerer von Begriff zu sein, denn schon als Kind war er klug genug zu erkennen, dass er von der Freundschaft mit ihnen profitieren konnte, und so entwickelte er sich, als sie heranwuchsen, immer mehr zu ihrem verlängerten Arm, ihrem Muskel. In diesem Alter war älter zu sein nämlich gleichbedeutend mit stärker zu sein, und das hatte auch sein Gutes. Doch auch wenn Ncolela jünger war als Wally, so bestimmte doch immer er, wo es lang ging. Er hatte die größte Klappe und war von erschreckender Gier. Sein Geduldsfaden war dünner als die durchsichtigen Blusen der *Magoshas,* die freitagabends, wenn die Bergarbeiter Geld in der Tasche hatten, die *Shebeens* belagerten. Godun, eigentlich der weitaus Intelligentere der beiden, war auch der Ruhigere. An ihm ließ seine Umgebung oft auch ihre angestauten Aggressionen aus. Er war nämlich, und auch darauf wies Wally immer wieder hin, das schwarze Schaf der Familie. Seine Haut war heller, seine Nase arabisch und seine Augen so rund, dass sie fast lidlos wirkten, mit anderen Worten: Er war unverkennbar das, was man in den Townships einen Bushy nennt – die Frucht einer Vergewaltigung in den Toiletten des Taxistandplatzes nahe der Queen Elizabeth Bridge. Gehasst und unerwünscht in seinem eigenen Zuhause wuchs Godun rasch zu einem nervösen Kind heran, dem nichts wichtiger war, als es seinem älteren Bruder in allem recht zu machen. Dieser wiederum ließ sich je nach Lust und Laune und der augenblicklichen Reißfestigkeit seines Geduldsfaden gelegentlich dazu herab, den Jüngeren vor dem Zorn der Eltern in Schutz zu nehmen, nur um ihn gleich darauf mit seinen eigenen Grausamkeiten zu quälen.

Wally erinnert sich noch an den Tag, als sie mit gestohlenem Geld eine ganz frische Packung Zigaretten gekauft hatten und einander zum Fluss hinterherjagten. Sie waren zu dritt – Wally nicht älter als vierzehn, Godun kaum zehn. Da stolperte Godun, der die Zigaretten eingesteckt hatte, über eine Baumwurzel und fiel der Länge nach hin. Als Wally und Ncolela sich umdrehten, um zu sehen, wo er blieb, kramte Godun in seiner Hosentasche hektisch nach ihrem kostbaren Tabak. Die schlimmste Vorahnung stand ihm ins Gesicht geschrieben. Jeder andere Zehnjährige hätte sich angesichts der blutenden Schürfwunden auf Händen und Knien die Augen aus dem Kopf geheult, nicht so Godun. Nein, das Entsetzen über die zerdrückten Zigaretten in seiner Tasche überlagerte jeden körperlichen Schmerz, den er empfunden haben mag.

»*Hi wena*, Godun!«, brüllte Ncolela, der schon mit zwölf eine Stimme tief wie ein alter Minenschacht hatte. »Jetzt sag bloß nicht, du hast meine Zigaretten zermatscht. Scheiße, Mann, sag das bloß nicht!«

Godun starrte auf die zerdrückte Packung in seinen Händen, und Wally sah, wie ihm stumme Tränen über die Wangen liefen. Bis zum heutigen Tage bekommt er eine Gänsehaut, wenn er ein Kind weinen sieht wie einen Erwachsenen: laut- und hoffnungslos. Denn eigentlich dürfte es nicht sein, dass ein unschuldiger Mensch schon so früh in seinem Leben weiß, was absolute Verzweiflung ist.

»Komm schon, Ncolie, ist doch nix passiert«, versuchte Wally ihn zu beruhigen. »Ich kann doch noch mehr Geld aus der Dose meiner Mutter mopsen.«

Doch es war zu spät, er hörte es unverkennbar in Ncolelas Stimme. Sobald sie diese Tonlage erreichte, war er nicht mehr zu stoppen. Der Sturm musste sich austoben.

Als sein Bruder auf ihn zukam, machte Godun keine Anstalten, sich aus seiner knienden Position zu erheben, sondern setzte sich auf die Unterschenkel, ließ die zerdrückte Packung Winstons fallen und legte die Hände mit den nach oben gekehrten offenen Handflächen in den Schoß. Auf Wally wirkte er wie ein Junge, der sich auf seine Hinrichtung vorbereitete, und obwohl er es von da, wo er stand, nicht sah, konnte er sich das boshafte Lächeln ausmalen, das sich auf dem Gesicht des älteren Phaliso-Bruders ausbreitete, während er gemächlichen Schrittes immer näher kam. Immerhin war auch er, Wally, obwohl älter und stärker, schon gelegentlich in den Genuss dieses Lächelns und der damit verbundenen Handgreiflichkeiten gekommen.

Ncolela sah nach links und rechts, die Nase nach oben gereckt, als schnüffle er nach Zeugen. Doch er hätte sich keine Sorgen machen müssen, denn dieser Teil der staubigen Flussebene – stromaufwärts von den Felsen, an denen die Frauen der Township Wäsche wuschen und ihre Töchter Wasser holten – war das Reich der Kinder, und nicht eines von ihnen hätte es je gewagt, Ncolela in die Quere zu kommen. Außerdem war es nur der kleine Bankert Godun, der sein Fett abbekam. Das war eben sein Schicksal. An diesem Tag fiel Ncolela über seinen jüngeren Bruder her, dass Wally das blanke Entsetzen packte. Er knackste ihm zwei Rippen an und brach ihm die Nase. Einmal versuchte Wally dazwischenzugehen, zog sich aber schnell zurück, als auch er seinen Teil abkriegte. Als Ncolela sich endlich ausgetobt hatte, nötigte er dem kleinen Bruder auch noch eine wimmernd hervorgebrachte Entschuldigung ab, indem er ihm brutal den Arm nach hinten drehte. Damit war seine Wut schlagartig verraucht, er packte sich Godun auf den Rücken und schleppte ihn fünf Kilometer weit ins nächste Krankenhaus. Dazu brauchte er den ganzen Nachmittag. So rasch, wie sein Temperament mit ihm durchgegangen war, zeigte sich auch Ncolelas andere Seite: das Mitgefühl und der ungestüme Beschützerinstinkt, die außer Wally und Godun kaum jemand zu Gesicht bekam.

Ein paar Tage später wurde der Kleine entlassen und musste alleine nach Hause gehen. Kaum betrat er die Hütte, setzte es von seinem Vater die nächste Tracht Prügel, denn Ncolela hatte seinen Eltern natürlich nicht erzählt, warum sein Bruder verschwunden war.

Der Vorfall, der die Brüder Phaliso endgültig zur Legende machte, ereignete sich im Sommer 1983. Mittlerweile waren sie zu jungen Männern herangewachsen, die sich mit gnadenlosem Einsatz auf der Straße einen Namen gemacht hatten. Nachdem sie der berüchtigten Msomi-Gang mit Gewalt eine Autoschieberwerkstatt im Herzen Alexandras abgejagt hatten, in der gestohlene Wagen ausgeschlachtet wurden, besaßen sie Geld und Macht. Ein »erfolgreiches Geschäftsmodell« nannte Ncolela ihre Schufterei: Sie knöpften sich die *Tsotsis* und *Shebeen*-

Queens vor, die ganze Viertel terrorisierten, und zogen sie mit allen Mitteln aus dem Verkehr, die ihnen gerade angemessen erschienen. Dann rissen sie sich für ihre Verdienste um eine schutz- und mittellose Gemeinschaft alles unter den Nagel, was irgendwie von Wert war. Ncolela scherzte gerne über »feindliche Übernahmen« in den Ghettos. Wally verstand nicht, was daran lustig sein sollte. Die Bezeichnung entsprach seiner Meinung nach genau dem Sachverhalt.
Erstaunlicherweise erlebte Godun in dieser Zeit seine politische Erweckung und spionierte im Auftrag der APLA, der Azanischen Volksbefreiungsarmee, in der Umgebung von Johannesburg bald Einrichtungen der Regierung aus. Im Verlauf dieser Einsätze muss er so etwas wie Rückgrat entwickelt haben, obwohl er dies vor seinem Halbbruder und Wally geschickt zu verbergen wusste. Besonders schwer wird ihm das nicht gefallen sein, denn unter der Tyrannei seines älteren Bruders war Geheimniskrämerei zu einer wichtigen Überlebensstrategie geworden. Während Godun immer wieder wochenlang von der Bildfläche verschwand, heiratete Ncolela schließlich eine Frau, die er innig liebte, eine mitternachtsschwarze Schönheit, die sein sprunghaftes Temperament zu zügeln wusste. Außerdem unterhielt er rege Handelsbeziehungen mit Wiederverkäufern von Autos und Autoteilen in allen Ländern des südlichen Afrika. Denn, so pflegte Wally ihn zu rechtfertigen, wenn einer die Geschäfte von Gaunern weiterführte, nachdem er die Gauner zum Teufel gejagt hatte, und wenn er den Menschen in seiner unmittelbaren Umgebung damit nicht weh tat, dann war er doch eigentlich kein Gauner. Schließlich mussten auch Volkshelden von etwas leben, und sie brauchten auch Geld, um den Kampf für die gute Sache fortsetzen zu können. Noch dazu stammten die Autos, die er ausschlachtete und verkaufte, hauptsächlich vom weißen Unterdrücker oder aus

wohlhabenden schwarzen Vierteln, deren Einwohner sich für etwas Besseres hielten. Deshalb stießen Ncolelas Geschäfte auch kaum auf Widerstand – insbesondere, als das Geld in Alexandra zu zirkulieren begann.
Der Ärger begann mit einem wunderschönen roten Porsche 924 Turbo mit Ledersitzen und nicht allzu viel Blut auf dem Armaturenbrett. Gut, das Fenster war eingeschlagen, aber das zu reparieren war ein Kinderspiel. Damit würde er sich eine goldene Nase verdienen, verkündete Ncolela Wally an dem Abend, als er den Wagen für zweitausend Rand in bar kaufte. Vorausgesetzt, das Geschäft, das er im Auge hatte, ging nicht in die Hose.
Doch genau das geschah. Die Sache wurde zu einer Beerdigung erster Klasse.
Wegen der damals bestehenden Handelsembargos gab es noch nicht viele rote Porsche im Land. Wahrscheinlich konnte man sie sogar an den Fingern einer Hand abzählen, und sie gehörten alle sehr, sehr einflussreichen Weißen. Der Wagen sei viel zu auffällig, warnten Godun und Wally Ncolela, und nicht nur einmal. Aber hörte er ihnen zu? Nein. Diesmal hatte etwas anderes sein Blut in Wallung gebracht: Denn er hatte ja große Pläne mit dem Geld, das er bei diesem Coup verdiente. Er würde die Geschäfte auf eine breitere Basis stellen, die Verbindungen zur Familie in der weit entfernten Heimatstadt Tsolo am Ostkap intensivieren, ins Marihuanageschäft einsteigen, das den immer unersättlicher werdenden europäischen Markt versorgte. Das war keineswegs eine ehrenrührige Erwerbstätigkeit für sie, pflegte Wally zu versichern, wenn jemand Zweifel anmeldete. Schließlich bewahrten sie nur das Erbe unzähliger Generationen stolzer afrikanischer Krieger, die schon Shit rauchten, lange bevor die Weißen kamen und es für illegal erklärten, nur um sich dann selbst heimlich damit zu verlustieren.

Wenn man Ncolela damals reden hörte, war er drauf und dran, die ganze Welt zu kaufen.
Was er leider nicht wusste, war Folgendes: Der Porsche hatte einem prominenten Mitglied der Nationalen Partei gehört, das bei der Fahrzeugentführung ums Leben kam. Klar, heutzutage ist Fahrzeugraub eine von vielen etablierten Methoden der Umverteilung von Vermögen, doch damals war es noch eine ernste Sache. Und wegen Mordes kam man noch an den Galgen.
Noch am selben Abend, an dem sie den Wagen für den Transport nach Simbabwe fertigmachten, tauchte die Sicherheitspolizei auf. Nicht die normalen *Gatas,* sondern die verfluchten Hunde von der Aufstandsbekämpfung. Und zwar gleich haufenweise, bis zu den Zähnen mit schweren Waffen und Granaten bewaffnet. Es gab eine Schießerei. Noch Jahre später langweilte Wally Khuzwayo seine Zuhörer mit Details zu Tode und verglich seine Rolle in diesem Feuergefecht mit jener von Wyatt Earp bei der Schießerei am O. K. Corral in seinen heißgeliebten Western, obwohl er selbst an jenem Abend niemanden umbrachte.
Ich will ja nicht angeben, sagte Wally Khuzwayo oft, aber ich muss Zahlen nennen, damit ihr euch ein Bild machen könnt. Acht tote Bullen. Fünf Tote auf unserer Seite, ermordet vom Staat. Wir drei hatten aber kaum einen Kratzer abgekriegt. Ncolela allein hat drei *Gatas* abgeknallt. So waren wir drauf! Wenn er das sagte, schlug Wally sich immer mit der Faust auf die Brust. Ohne jede militärische Ausbildung haben wir drei im Alleingang einen Haufen dieser Arschlöcher von der Aufstandbekämpfung erledigt, die Tag für Tag unsere Genossen umlegten.
In dieser Nacht ging ihr Unternehmen in Flammen auf, und landesweit wurde die Suche nach ihnen eingeleitet. Doch sie

waren mit dem Leben davongekommen, und in den folgenden Monaten, als sich herumgesprochen hatte, was geschehen war, gewannen sie viele neue Freunde. Die falschen Namen und Pässe, die Godun über die APLA besorgt hatte, sollten ihnen immer wieder das Leben retten. Widerstandskämpfern gelang es, Ncolelas Frau Hlubi über die Grenze nach Botswana zu schmuggeln, während das Männertrio zwischen Umtata am Ostkap und der sambischen Hauptstadt Lusaka von einem sicheren Versteck in das nächste transportiert wurde.

Wally erinnert sich noch genau, wie sie ein paar Stunden nach der Razzia in der Nähe des damals noch nach Jan Smuts benannten internationalen Flughafens von Johannesburg in einer Hütte saßen. Es war kurz vor Sonnenaufgang, und er zitterte noch von dem Schock und der Angst. Die Frau eines Bekannten flickte ihm gerade eine Streifwunde am Arm zusammen und er lauschte dem Lärm der Flugzeuge, die direkt über ihnen dröhnend zum Himmel aufstiegen, und dem lautstarken Geschimpfe von Ncolela. Immer wieder hieb der ältere Phaliso vor Wut und Enttäuschung mit der Faust auf die Blechwand der winzigen Küche, bis schließlich seine Knöchel bluteten. Er hatte überlebt und eine Handvoll *Gatas* erschossen, doch das Einzige, was ihn wirklich interessierte, war das gescheiterte Unternehmen. Und Hlubi. Zu diesem Zeitpunkt wusste er nicht, wo und ob sie vor der Polizei in Sicherheit war.

Da wurde es seinem Bruder, dem nervösen kleinen Godun, dem Bankert, der zu sanft war, um sich je zu wehren, auf einmal zu bunt.

»Halt's Maul, Ncolela«, sagte er. »Du hast uns das doch eingebrockt, also hör auf zu flennen.«

Wally warf ihm einen entsetzten Blick zu, der sagte *Bist du völlig übergeschnappt? Schau ihn dir doch an!*, und sah, dass Godun seine Bemerkung bereits bereute.

Ncolela wirbelte herum. Seine Augen waren glühende Kohlen.
»WAS?«, brüllte er. Speichel glitzerte im trüben Licht der Paraffinlampe.
Die Frau, die Wally Khuzwayos Arm genäht hatte, ließ Nadel und Faden fallen und stürzte hinaus in die Nacht.
Es gibt eine bestimmte Tonlage, da klebt frisches Blut dran, wirft Wally an dieser Stelle der Geschichte gerne ein. In dieser Nacht hing der Schwarze Tod an verfaulten Sehnen daran.
»Ich meine, Ncolie, ich ... wir sind alle fix und fertig. Lass uns – NEIN!«
Goduns Bruder hatte sich ein Messer vom nächstbesten Küchenregal geschnappt und ihn bei der Gurgel gepackt. Wally sah zu, wie Ncolela den Bruder an die Wand drückte, als zerquetsche er eine Zecke zwischen den Fingernägeln.
Unter Schreien und Fluchen rangen sie miteinander, und Wally war überrascht, wie kräftig Godun in den vergangenen Jahren geworden war.
An dieser Stelle behauptet Wally Khuzwayo gern, er sei aufgesprungen und habe versucht, Ncolela von seinem kleinen Bruder wegzureißen. In Wirklichkeit stand er jedoch nur da und regte sich nicht. Ob vor fasziniertem Entsetzen oder weil er klug genug war, sich nicht einzumischen, sei dahingestellt. Familienstreitigkeiten gehen Außenstehende schließlich nichts an, und jeder der seine Nase in Angelegenheiten steckt, aus denen er sie besser raushält, muss damit rechnen, sie zu verlieren.
Schließlich fand Ncolela eine Lücke in Goduns Abwehr und bohrte ihm seine kräftigen Finger in die Wangen. »Mach deine verfluchte Fresse auf«, stieß Ncolela zwischen zusammengebissenen Zähnen hervor. »Mach auf!«
Küchenutensilien flogen in alle Richtungen, als der Jüngere

sich zu befreien versuchte, doch der Ältere brachte ihn geschickt zu Fall. Als Godun auf dem kaputten Bretterboden lag, kniete Ncolela sich mit dem ganzen Gewicht auf sein Zwerchfell. Das wirkte. Godun blieb die Luft weg, und er öffnete den Mund zu einem tiefen Atemzug. Flink wie eine Raubspinne krochen Ncolelas Finger hinein, krallten sich um die unteren Zähne und rissen am Unterkiefer. Ein lautes Schnalzen verkündete, dass die Bänder gerissen waren, und der Mund klappte weit auf. Godun schrie, wie Wally ihn noch nie hatte schreien hören.

»Von dir lass ich mir nicht – raus mit deiner verdammten Zunge, sofort! Von dir lass ich mir nicht sagen, dass ich dich ruiniert hab – denn ich hab dich *gemacht.*«

Godun versuchte verzweifelt, seinen Bruder abzuschütteln, doch Ncolela war noch nicht mit ihm fertig. Im Schein der Paraffinlampe blitzte das Messer auf und stieß auf die Zunge des jüngeren Bruders herab, fuhr durch sie hindurch. Wally sieht sie noch vor sich, wie sie sich wie ein Wurm am Angelhaken windet. Dann holt Ncolela nach links aus. Blut spritzt ihm ins Gesicht und Goduns Schreie verhallen zu einem feuchten Gurgeln.

Wally schaffte es noch bis zur Tür, dann fiel er auf die Knie und übergab sich.

4

Ncolela stieg über ihn und schnipste das Ärgernis erregende Stück Anatomie seines Bruders hinaus in die Dunkelheit, so gleichgültig wie man etwa das Kerngehäuse eines Apfels wegwirft. Wally bildete sich ein, es irgendwo im Gras landen gehört zu haben. Als er aufblickte, sah er Ncolela im orangenen Schein der geöffneten Tür stehen. Er zitterte am ganzen Körper, und

unter seinen weit aufgerissenen Augen hatten sich Schweißperlen gebildet. Wally konnte nicht sagen, ob das der Schock über seine Tat war oder nur die Raserei, die allmählich abflaute. Ncolela entdeckte die Frau des Bekannten, die neben dem Klohäuschen kauerte, und befahl ihr, wieder in die Hütte zu gehen, um jetzt die Wunde seines Bruders zusammenzuflicken.
»Geschieht ihm recht, warum muss er mich immer so provozieren«, war alles, was er sagte.
Lange wagte Wally Khuzwayo nicht, sich zu rühren oder zu sprechen, aus Angst, die Tobsucht könne im Verborgenen noch weiterbrodeln. Die Finger in trockene Erde und dürres Gras bohrend, spie er die ekelhaften Reste des Erbrochenen aus, die er noch im Mund hatte. Vom Würgen standen ihm noch Tränen in den Augen und ließen die Welt verschwimmen, so dass er das Ganze für eine Sinnestäuschung gehalten hätte, wären da nicht Goduns Schmerzensschreie gewesen, die unaufhörlich aus der Hütte zu ihm drangen.
Jahre später, als Wally und Ncolela allein und fürchterlich betrunken in dem leeren rosa Haus hockten, das dieser für seine geliebte Frau Hlubi gebaut hatte, brachte jener endlich den Mut auf, seinen alten Freund zu fragen, ob er je bereut hätte, was er in jener Nacht getan hatte.
Diese Frage ernüchterte Ncolela schlagartig. Er starrte Wally an, und es sah schon wieder so aus, als würde ihm gleich der Geduldsfaden reißen, doch die Wut verrauchte so schnell, wie sie aufgeflammt war.
»Manchmal bin ich froh, dass ich's getan habe. Ich weiß ja, wozu Godie imstande ist. Dann wieder denk ich mir, ich hätte es mir doch noch einmal überlegen sollen.«
»Wozu ist er denn imstande?«, fragte Wally. »Was meinst du damit?«
Ncolela sah ihm lange in die Augen. Wally kam es wie eine

Stunde vor. »Du bist doch mit uns aufgewachsen, Wally, du weißt doch, wovon ich rede.«

Als er Ncolelas gequälte Miene sah, dämmerte es Wally. Er wusste tatsächlich, wovon sein Freund sprach. *Vermutet* hatte er es zwar immer, wirklich sicher war er sich jedoch nie gewesen.

Seit jener grauenhaften Nacht unter dem Donner der Flugzeuge redete Godun nicht mehr mit ihnen. Gut, sprechen konnte er ja jetzt nicht mehr, doch es war, als sei er in eine Finsternis hinabgetaucht, in der die Welt für ihn nicht mehr existierte. Er verweigerte jeden Blickkontakt, er gestikulierte nicht, er reagierte auch nicht mehr, wenn man ihn berührte, etwas zu ihm sagte oder ihn anschrie, was Ncolela recht häufig tat, wenn ihre versiegenden Geldquellen wieder einmal erforderten, Goduns Talent für Zahlen anzuzapfen. Und eines Tages war er wirklich weg. Niemand wusste, was aus ihm geworden war, obwohl es genügend Leute gab, die *von* ihm wussten und ihn auch sofort erkannt hätten, wenn sie ihn irgendwo gesehen hätten. Ncolela hätte zwar niemals zugegeben, dass er sich Sorgen um seinen verschwundenen Halbbruder machte, doch in jenen Tagen riss ihm der Geduldsfaden noch schneller, und oft genug konnte ihn nicht einmal mehr seine geliebte Frau zur Vernunft bringen.

Hlubi. Die schöne, sinnliche, stets lachende Hlubi – was sie jemals an Ncolela gefunden hatte, verstand Wally nie, denn sie war von ungleich besserer Herkunft als sie alle drei. Trotzdem liebte sie diesen Mann, und zwar so leidenschaftlich wie er sie. Vielleicht war es genau diese wilde Besessenheit Ncolelas, die sie bei ihm bleiben ließ. Ich meine, sagte Wally oft, welche Frau wünscht sich nicht einen Mann, der so vernarrt in sie ist, dass er freiwillig in einem rosa Haus wohnt? Ncolela Phaliso heiratete Hlubi Makhura am 21. Dezember 1980 und begrub sie am

22. November 1986, kaum ein Jahr nach ihrer heimlichen Rückkehr nach Südafrika. Er war eines Abends nach Hause gekommen und hatte zwei seiner Wachen ermordet aufgefunden. Auch die Hunde waren getötet worden, und als er ins Schlafzimmer stürzte, lag dort Hlubi mit weit ausgebreiteten Armen und Beinen auf dem Ehebett. Sie war von der Taille aufwärts nackt, ihre Brüste waren abgeschnitten und ihre Kehle so weit durchtrennt, dass man bis zur Wirbelsäule durchsehen konnte. Vor diesem Gespräch mit Ncolela war Wally immer davon ausgegangen, dass diese Morde der Racheakt einer rivalisierenden Gruppe war. Sie hatten sich mittlerweile schon so viele Feinde gemacht, dass diese Vermutung mehr als nahe lag. Er hatte sogar überlegt, ob vielleicht die Sicherheitspolizei sie letztendlich aufgespürt und die alte Rechnung beglichen hatte.

An dieser Stelle der Geschichte der Phaliso-Brüder hält Wally in seiner Erzählung immer inne und wartet auf die unvermeidliche Frage: Warum glaubst du, dass es Godun war?

Ganz einfach, sagt Wally dann stets. Am nächsten Morgen, während Ncolela noch immer im Haus rumrannte und sich vor Kummer die Haare ausriss, stand plötzlich Godun vor der Tür, friedlich wie ein Engel.

»Ja, aber beweist das irgendwas?«, fragt Wallys Publikum dann unweigerlich.

»Nein. An sich nicht«, sagt er dann nach einer Pause immer. »Aber als Ncolela daraufhin seine Eltern verständigen wollte, erfuhr er, dass ihre Hütte in Orange Farm in derselben Nacht in Schutt und Asche gelegt wurde, mit ihnen drin. Die Nachbarn haben nichts gehört. Nur das Schweigen der Nacht. Wer, frage ich euch, kann in die Hütte von zwei alten Leuten schlüpfen, ohne dass die gleich loskreischen, sie umbringen und ihnen dann auch noch die Hütte anzünden? Wer kann sich in so einer Siedlung bewegen, ohne dass ihn jemand sieht, wenn plötzlich ein Feuer ausbricht und Hunderte von Hütten bedroht? Ich sage, das kann nur jemand, der jahrelang Einrichtungen der Regierungen ausspioniert hat. Ich sage, das war jemand, den Ncolelas Eltern kannten wie ihren eigenen Sohn.«

Wenn Wally diese Geschichte jemandem erzählt, der mit dem Gedanken spielt, die Phalisos über den Tisch zu ziehen, oder jemandem, der ein bisschen wachgerüttelt werden muss, beendet er sie üblicherweise mit einem Paukenschlag, damit der, wenn er an einen Stuhl gefesselt dasitzt oder in eine Sporttasche gestopft an einem Baum hängt, auch wirklich gut zuhört.
»So, jetzt weißt du Bescheid über die zwei Typen, zwei *Brüder*, und was einer dem anderen antut. Dann überleg dir mal, was die vielleicht mit *dir* anstellen, wenn du ihnen in die Quere kommst, *Mfo.* Überleg's dir gut!«

5

Das Wohnzimmer in dem verdreckten rosa Haus ist nur spärlich möbliert. An einer Wand stehen ein überdimensionaler Fernseher und ein unbenutztes Karaoke-Gerät, und die dicken braunen Vorhänge vor den großen Fenstern, die auf die Zufahrt und den verkümmerten Garten hinausgehen, sind wie immer zugezogen. Der Raum ist in einem hässlichen Orange gestrichen, die Reste aus einem Farbeimer, den ein Nachbar den Brüdern vor ein paar Monaten geschenkt hat. Das Herzstück des Zimmers bildet ein einsamer grob gezimmerter Couchtisch. Die beiden Sofas, ein Zweisitzer und ein Dreisitzer, stammen von einem Garagenflohmarkt. Ncolela kauft seine Möbel schon lange nicht mehr in Läden. Genauer gesagt seit 1986 nicht mehr.
Wally Khuzwayo, der vielleicht nicht so reich ist wie die Phali-

sos, aber immerhin geheiratet und einen Sohn gezeugt hat, bemerkt wieder einmal: »Ncolela, ich bin jetzt schon – wie lang? – fünfundvierzig Jahre dein Freund. Hör auf meinen Rat und hol dir wieder eine Frau ins Haus. Hier sieht's aus wie in einer Bergarbeiterherberge, und riechen tut's wie in einer Latrine.«
Diese Feststellung entlockt dem Angesprochenen, der mit zunehmendem Alter und Geschäftserfolg deutlich entspannter geworden ist, zwar ein leises Lachen, es erreicht jedoch nicht seine Augen. »Mach dich nicht lustig über den Geschmack eines anderen. Das tut man nicht.«
»Das hat mit Geschmack nichts mehr zu tun. Das ist eine Müllkippe.«
»Bei wem soll ich denn Eindruck schinden? Bei dir?«
»Es ist eine Frage der Selbstachtung, Ncolie. Was meinst du, was diese Idioten da oben ihren Frauen zu Hause über die großen Phalisos erzählen?«
»Es gibt einen Unterschied zwischen einem Haus und einem Zuhause, mein Freund. Sie können ihr Zuhause nicht mit diesem Haus vergleichen.«
Wally will gerade fragen, was das heißen soll, da steht Godun plötzlich in dem bogenförmigen Durchgang zur Küche.
»Godun! Hab gar nicht gewusst, dass du da bist. Wally hat gute Nachrichten für uns.«
Obwohl er seine Erinnerung an die Legende der Brüder Phaliso eben erst wieder aufgefrischt hat, fällt es Wally schwer, sich diesen sehnigen Mann mit der frommen Miene eines Priesters als Hlubis Mörder vorzustellen, geschweige denn als Mörder seiner eigenen Eltern. Doch dann muss er wieder an den stieren Blick denken, mit dem Godun zusah, wie er, Wally, in dem Wohnblock in Joubert Park diesem Drecksack Ephraim Thekiso die Seele aus dem Leib geprügelt hat, der die Hausbesitzer um Tausende von Rand geprellt hat, weil er eine Menge Weiber heimlich

vögelte, statt die Miete bei ihnen einzutreiben. Es war schon lange her, dass Godun sich an dieser Arbeit körperlich beteiligt hatte, und Wally hatte das Glück schon gar nicht mehr zu schätzen gewusst, das es bedeutete, ihn *nicht* dabeizuhaben.

»Trotzdem glaube ich nicht, dass es so eine gute Idee ist, sich Swarts und seine Leute vorzuknöpfen.«

Ein Kratzen lenkt Wallys Aufmerksamkeit auf den Dreisitzer, auf den Godun sich inzwischen mit dem Rücken zur Küche hingesetzt hat. Der Stumme hat überall im Haus Notizhefte und Schreibblöcke verteilt, und auf einen davon schreibt er gerade. Als er fertig ist, reicht er ihn Wally.

Wir haben einen Spitzel unter uns. Sonst hätten die diese Waffen nie gefunden.

Wir können nicht riskieren, dass die uns auf die Spur kommen. Wir müssen …

»… sie loswerden.« Auf unerklärliche Weise beendet Ncolela, der mit drei gekühlten Bierflaschen aus der Küche kommt, den geschriebenen Satz seines Bruders. »Wir haben eine Organisation, die es zu bewahren gilt. Es gibt nämlich eine Menge Leute, die sich darauf verlassen, dass wir für ihre Sicherheit sorgen.«

Godun lacht gackernd. Ein abartiges mechanisches Geräusch: a-a-a.

Wally versteht zwar nicht, was daran lustig sein soll, ringt sich aber ein schmallippiges Lächeln ab.

Wie machen die das?, fragt er sich. Er hat ja schon öfter gehört, dass Zwillinge auf diese Art kommunizieren können, aber diese beiden haben ja noch nicht einmal denselben Vater. Es kommt ihm wieder in den Sinn, dass diese sonderbaren Brüder seit der Nacht, in der Hlubi ermordet wurde, auf wundersame Weise enger zusammengewachsen sind, obwohl sie sich doch eigentlich so weit voneinander hätten entfernen müssen, wie es nur geht. Nicht zum ersten Mal würde Wally zu gerne wissen, was sich zwischen den beiden nach jener blutigen Zeit ereignet hat – ob es eine Art von Versöhnung gegeben hat oder etwas viel Unheimlicheres. Viele der Männer, die jetzt als Schläger für die beiden Brüder arbeiten, versuchen oft, Wally zu überreden, ihnen zu sagen, ob etwas dran sei an den Gerüchten, dass sie nun durch eine Art Teufelspakt aneinander gebunden sind. Wally ist skeptischer als die meisten, dennoch scheint ihm diese Erklärung oft plausibler als die Vorstellung, die Phalisos hätten nur eine Art Waffenstillstand geschlossen.

»Warum willst du unbedingt ein Rezept ändern, das uns bisher immer gelungen ist?«, fragt Wally. »Erst lässt du mich so einen kleinen Niemand fertigmachen, obwohl das doch unsere üblichen Leute hätten erledigen können, und jetzt willst du auch noch einen Haufen *Gatas* loswerden? Wenn wir die umbringen, kriegen wir noch mehr von der Publicity, auf die wir am liebsten verzichten.«

»Ich räume so auf, wie ich es für richtig halte, mein Freund.« Ein Nachklang von Ncolelas alter Gereiztheit schleicht sich in seine Stimme, und in seinen Augen flackert die Gier auf, die Wally so gut kennt. »Wir bereiten uns auf die nächste Phase vor. Wir suchen uns Büroräume in Newtown, mit verspiegelten Fenstern, Klimaanlage und dem ganzen Scheiß. Wir stellen Buchhalter und Marketing-Leute ein, Wally. Wir haben's weit gebracht, und da lasse ich mich von so einem Bullenhaufen nicht ausbremsen. Die müssen aus dem Verkehr gezogen werden.«

»Ihr sucht euch Büros in der *Stadt?*«

Ein begehrliches Lächeln glitt über Ncolelas Gesicht. »Commissioner Street. Wir schauen uns da gerade ein Büro im zweiten Stock an, stimmt's Godun? Im Moment ist das noch ziemlich weit unten, aber du wirst sehen, wir arbeiten uns schon noch zu den Penthouse-Suiten hoch.«

»Wozu? Unser Geschäft ist hier, bei den einfachen Leuten.«
»Schau dich doch um! In diesen beschissenen Townships gibt's doch weit und breit kein Geld. Siehst du irgendwo Glaspaläste? Anständige Autos, die hier auf den Straßen parken? Gut gekleidete Leute?«
»Aber haben wir nicht schon genug?«
»Was ist *das* denn für eine Frage?«
»Ncolela, wenn dann ein Haufen Fremde in euren Unterlagen rumschnüffeln, und bei dem, was wir tun …« Die plötzliche Erkenntnis, dass er während der ganzen Planungsphase, von der der ältere Phaliso eben spricht, nicht *ein* Mal um seine Meinung gefragt wurde, lässt Wally verstummen. In der Hoffnung auf Unterstützung von Seiten des jüngeren blickt er zu Godun. Doch der lässt ihn diesmal ihm Stich.
»Das sind Profis, und die brauchen wir, wenn wir wachsen wollen«, sagt Ncolela.
Wally holt tief Luft und fährt fort: »Die Leute hier glauben an das, was wir tun. Die Stadt, dort gehören wir doch nicht hin. Die hat ihre eigenen Gesetze.«
»Du solltest dir selbst mal zuhören!«, brüllt der große Bruder. »Dein Problem ist, dass dein Verstand immer noch kolonialisiert ist. Du denkst genau so, wie die *Umlungus* wollen, dass du denkst. Und hier *gehören* wir hin? Du vielleicht, *Bra,* ich nicht.«
Godun kritzelt wieder etwas auf ein Blatt, doch diesmal reicht er es seinem Bruder, der wie ein Wachposten hinter ihm steht.
»Wir brechen alle Brücken hier ab, und damit basta. Es wird alles gutgehen.«
»Aber wir können uns doch gar nicht sicher sein, dass das Problem damit gelöst ist«, sagt Wally.
»Dafür ist aber etwas anderes *ganz* sicher: Je länger diese Bullen hier herumschnüffeln, desto mehr Leute werden da hineingezogen. Je länger die uns drangsalieren, desto größer wird die

Wahrscheinlichkeit, dass irgendwo irgendwer einen Fehler macht. Kapierst du das denn nicht? Die haben jetzt Blut geleckt und machen garantiert nicht so schnell einen Rückzieher.«

»Dann schmier sie doch«, fleht Wally. »Aber bring sie um Himmels willen nicht um.«

»Ein Schwarzer, der einen Buren wie diesen Swarts schmiert?« Ncolela lacht. »Rauchst du wieder *Majat,* mein Freund?
Wir machen jetzt reinen Tisch, *tabula rasa,* wie unser Godie hier sagen würde. Und wenn die Gerüchtewelle anrollt, geben wir unser übliches Statement ab: ›Man kann uns doch nicht verantwortlich machen für das, was Menschen tun, die Gerechtigkeit wollen, oder gewalttätige Bürgerwehren, die behaupten, Mitglieder der Abasindisi zu sein, oder einzelne Personen aus den Reihen unserer eigenen, überaus engagierten Leute, die vielleicht enttäuscht sind und angesichts der erschreckenden Ausmaße der Kriminalität in unserem Land übers Ziel hinausschießen.‹«

Er rezitiert mit erhobenem Finger in der Manier des Großen Krokodils, P. W. Botha, bei seinen Reden an die Nation. Wally Khuzwayo hat diese Tirade in den letzten Jahren nur allzu oft gehört, und er fragt sich, ob irgendjemand sie tatsächlich einmal geglaubt hat.

»Außerdem«, fährt Ncolela fort, »gibt es immer mehr Polizisten, die eine Kehrtwendung machen und zulassen, dass wir tun, was getan werden muss. Und es gibt jede Menge Leute, die uns öffentlich verteidigen werden, und sei es nur, um die Regierung dermaßen bloßzustellen, dass sie endlich handelt. Die Menschen haben genug. Sie wollen jemanden, der den *Gatas* die Stirn bietet, und das werde ich tun. Und zwar mit Freuden.«

»Ncolela, es gibt da jede Menge Unsicherheiten.«

»Vertrau mir.«

Das hat Ncolela schon einmal gesagt. Damals ging es um einen roten Porsche. Der einzige Unterschied zu damals ist, dass sich Godun, seiner Miene nach zu urteilen, diesmal anscheinend von der Begeisterung – oder Gier – seines Bruders hat anstecken lassen.

»Wally, ohne diese Typen haben die bei der SVC keine Ahnung, wo sie bei uns den Hebel ansetzen sollen. Die müssen wieder ganz von vorne anfangen.«

»Da bin ich anderer Meinung.« Wally verschränkt die Arme und lehnt sich zurück. »Mit so einer Riesenaktion mobilisieren wir die gesamte Truppe gegen uns. Im Moment sind's nur fünf.«

»Kein Problem, mein Freund, dann sei halt anderer Meinung. Aber denk dran: Das Ganze war von Anfang an *unser* Geschäft, und wir werden es auch in Zukunft so betreiben, wie *wir* es für richtig halten.« Ncolela sieht seinen Bruder an, der zustimmend nickt, ohne ihren Statthalter aus den Augen zu lassen.

Wally schüttelt den Kopf, widerspricht Ncolela aber nicht weiter. Er würde sich damit nur dessen Zorn zuziehen, und Wally ist mittlerweile zu alt, um sich so etwas noch anzutun. Es gab eine Zeit, da stimmte er das Loblied der Brüder bei jeder passenden und unpassenden Gelegenheit an, bis die Leute in den Kneipen es nicht mehr hören konnten und weggingen. Doch heute ist es ihm herzlich egal, und er tut einfach seine Arbeit. Wally blättert rasch die Zeitungsausschnitte und Notizen durch, die vor ihm liegen: Berichte über die Aushebung eines Waffenlagers in Tsolo, Bilder irgendeines Provinzpolizeichefs, und Senior Superintendent Swarts, der auf ein paar armselige Waffen zeigt, die für den Fototermin sauber gestapelt auf einer Unterlegplane liegen. Außerdem viele handschriftliche Aufzeichnungen mit Informationen von Abasindisi-Mitgliedern und deren Familien aus der Gegend um Tsolo. Wally brauchte drei Tage, um alle Einzelheiten über die Vorfälle in Tsolo zu erfahren, weil auch die Polizei in der Gegend herumschnüffelte. Zu seinem Glück hassten die Einheimischen, mit denen er zu tun hatte, die *Gatas* noch mehr als er selbst.

»Also dann«, sagt Ncolela erwartungsvoll, »willst du jetzt den Rest des Tages hier rumsitzen und schmollen, oder rückst du bald was heraus, mit dem wir was anfangen können?«

»Franklin, Naidoo und Combrink kennen wir ja, seit sie im *Spaza*-Shop von Courage gewütet haben. Das hier ist Moqomo, der da ist Swarts.« Wally reicht ihnen einen Zeitungsausschnitt, auf dem Russell Swarts' Gesicht blau eingekreist ist. Neugierig, wie dieser Swarts aussieht, richten Godun und Ncolela sich auf. In den mehr oder weniger legalen Kreisen, in denen sie verkehren, haben sie diesen Namen schon oft gehört. Das Gerede über einen Polizisten mit einem Ruf wie seinem macht rasch die Runde.

»Sieht aus wie ein gewöhnlicher Bauer«, sagt Ncolela spöttisch. Godun lacht sein abgehacktes Lachen, und einen Augenblick lang sieht Wally den Stummel seiner längst verschwundenen Zunge im Rachen zucken. Angeekelt schaut er weg.

»Anscheinend müssen Swarts und noch ein *Gata* namens Harry Mason wegen der Sache in Tsolo mit einer Untersuchung durch die ICD rechnen.« Er zeigt den Brüdern einen Artikel zu diesem Thema.

Godun gurrt richtiggehend, als er das hört, aber Ncolela runzelt die Stirn. Trotzdem bedeutet er Wally, fortzufahren.

»So sieht Mason aus.« Wally zeigt den beiden einen Artikel aus dem *Daily Dispatch* über den angeschossenen Polizisten. »Sie haben ihn mit dem Hubschrauber ausgeflogen, da lebte er noch. Keine Ahnung, ob er inzwischen schon überm Jordan ist. Das konnte mir niemand sagen, und in den Zeitungen steht auch nicht mehr.«

»Diese Geschichte mit der ICD«, sagt Ncolela nachdenklich, »weißt du, wann die Anhörungen losgehen sollen?«

Wally lehnt sich zurück. Auch wenn das Sofa vom Flohmarkt stammt, es ist noch immer sehr bequem. »Nein, warum?«

Ncolela sieht seinen Bruder an, der hektisch zu schreiben begonnen hat. »Diese Untersuchung könnte ziemlichen Ärger bedeuten. Da werden in aller Öffentlichkeit viel zu viele Fragen gestellt, und das Ganze könnte schnell eine Eigendynamik entwickeln, gegen die wir machtlos sind. Die zwei dürfen erst gar nicht mehr zu den Anhörungen erscheinen.«

»Wie soll ich das verhindern? Wir kennen doch niemand in der SVC, und in der ICD auch nicht. Unsere Verbündeten sind schließlich Bergarbeiter und Marihuanapflanzer, nicht der Geheimdienst. Wenn wir jetzt irgendwas gegen die unternehmen, haben wir auf jeden Fall die ganze Meute auf dem Hals.«

»Find's. Einfach. Raus!« Ncolela unterstreicht jedes Wort mit einem Faustschlag auf den Couchtisch. Godun, der gelangweilt halb vor sich hindämmert, schreckt aus seinen Tagträumen und zieht den Kopf ein, fast wie eine Schildkröte. »Herrgott, Wally, was ist denn los mit dir? Hier wimmelt's schon seit drei Monaten überall von Bullen. Wir müssen was tun, bevor die uns das Geschäft komplett ruinieren.«

Wally seufzt. »Ja, Ncolie, ist ja gut. Du bist der Boss.«

»Dass du mir das auch ja nicht vergisst!«

Godun hält seinem Bruder das dicht beschriebene Blatt hin. Ncolela braucht ein paar Sekunden, um die Nachricht zu lesen. »Einverstanden.« Er nickt. »Genau so machen wir's.«

6

Zwei Stunden und mehrere Flaschen Bier später torkelt Wally Khuzwayo mit seinen Unterlagen und einer Liste von Anweisungen im Kopf zu seinem Wagen. Dabei fallen ihm die Autoschlüssel aus der Hand. Als er sich bückt, um sie aufzuheben, wirft er noch einen Blick zurück auf die heruntergekommene rosa Villa. Die Gorillas haben sich vom Balkon ins Billardzimmer im ersten Stock verzogen, wo sie lärmend ein Fußballspiel im Fernsehen verfolgen. Trotzdem erinnert er sich noch, was dieses Gebäude einmal war: ein Ort kurzen Glücks für Ncolela, geschaffen von einer Frau, der eine Zeitlang Zutritt zu ihrer geschlossenen Männergesellschaft gewährt wurde. Damals konnte der Garten sich eines gepflegten Rasens und seltener Clivien rühmen. Entlang der kurzen Zufahrt waren in gleichmäßigen Abständen Rosen gepflanzt, die Hunde hatten Namen und ihre Haufen wurden noch regelmäßig beseitigt. Die Fenster standen im Sommer immer offen, und die Vorhänge wurden zurückgezogen, um die Sonne hereinzulassen. Doch das alles gibt es jetzt nicht mehr, und wäre Wally abergläubisch, käme er vielleicht auf die Idee, an diesem ausgestorbenen Ort am Ende der Straße spuke es.

Er steigt in den Wagen mit dem Schaffell auf dem Armaturenbrett und einer Bandana der Orlando Pirates am Rückspiegel. Er sieht auf die Uhr und lässt hastig den Motor an. Wieder einmal wird er zu spät zum Fußballspiel seines Sohnes kommen. Seine Frau wird ihm die Hölle heiß machen, wenn sie davon erfährt. Er wird den Jungen bitten müssen, das für sich zu behalten. Ein Geheimnis unter Männern.

Wally Khuzwayo schaltet das Radio ein und muss unwillkürlich lächeln, als Bob Marleys »I Shot the Sheriff« einsetzt.

7

Ncolela Phaliso steht hinter den schweren braunen Vorhängen im Wohnzimmer und sieht seinem Freund aus Kindertagen zu, wie er in seinen verbeulten Passat Kombi einsteigt und wegfährt. Oben machen seine »Gents« einen Riesenwirbel um ein

Tor, das soeben in dem Spiel zwischen den Kaizer Chiefs und den Sundowns gefallen ist.
Godun stellt sich neben ihn und hält ihm seinen Block hin. *Der muss weg.*
»Warum?«, fragt Ncolela schroff. Er spricht undeutlich, und seine Lippen fühlen sich seltsam schlaff an.
Ich trau ihm nicht mehr.
»Was bist du denn für ein paranoider Arsch geworden, Godie?«
Woher sollten die Bullen sonst von diesen Waffen gewusst haben?
»Du bist doch irre genug, selbst hinzugehen und es ihnen zu stecken.«
Unsere Leute da unten hätten nie im Leben über diese Gewehre geredet. Die brauchen sie viel zu dringend, um ihre Ernten zu schützen.
Ncolela lässt den Vorhang los und wendet sich wieder seinem Bruder zu. »Wally war von Anfang an bei uns dabei, und jetzt hat er noch zwei zusätzliche Mäuler zu stopfen. Er hat nie etwas anderes getan als das, was wir ihm gesagt haben, und es gibt keinen Grund, warum sich das geändert haben sollte. Mensch, wie alt sind wir denn inzwischen schon?«
Godun zuckt die Achseln und kritzelt.
Die AKs. In dem Artikel steht, dass nur vier konfisziert wurden.
Wo ist der Rest?
Ncolela lässt sich wieder in seine Lieblingsecke auf dem Dreisitzer fallen. »Keine Ahnung, Godie. Vielleicht haben sie sie benutzt, obwohl sie nicht durften. Ich hab keine Ahnung.«
Keine Ahnung. In letzter Zeit gibt es zu viele Dinge, die offenbar an ihm vorbeigehen. Es gab Zeiten, da wusste Ncolela über das, was in seiner Organisation vor sich ging, so gut Bescheid

wie seine Zunge, die jeden Winkel seines Mundes kennt und die geringste Veränderung aufspürt. Doch irgendwie entgleitet ihm langsam alles. Vielleicht hat das ja schon in der schrecklichen Nacht begonnen, in der ihm Hlubi genommen wurde. Oder reicht es womöglich noch länger zurück? Bis damals, als er Godie die Zunge herausgeschnitten hat? Diese verdammten Selbstzweifel! Wann haben die sich nur eingeschlichen?

Keine Ahnung!

Godun schreibt wieder auf seinen Block.

Was könnten die Bullen ihm anbieten, das er von uns nicht kriegt?

»Er ist es nicht, verdammt! Worauf willst du eigentlich hinaus?«

Godun sieht ihn mit hochgezogenen Augenbrauen an. *Wer ist es dann?*, sagt diese Miene, es könnte aber genauso gut ein Ausdruck von Spott sein. In jüngeren Jahren hätte Ncolela vielleicht instinktiv zugeschlagen bei der Unterstellung, Wally sei ein Verräter. Doch im Moment gelingt es ihm noch, die Wut niederzukämpfen, die überzuborden droht. Eine Hand packt die andere, bis die Knöchel rosa hervortreten. Ncolela sagt nichts, doch die Geste verrät dem grübelnden Bruder, der ihn nur allzu gut kennt, den Aufruhr in seinem Inneren.

Schließlich explodiert er doch. »Was zum Teufel ist dir eigentlich eingefallen, ihn letzte Woche dazu einzuspannen, mit Ephraim Thekiso abzurechnen? Du und ich sind jetzt Mitglieder der Handelskammer! Wir haben auf der Straße nichts mehr zu suchen, und Wally auch nicht. Wir haben jetzt andere, die das für uns tun. Ich dachte, darauf hätten wir uns geeinigt.«

Draußen dämmert es bereits, und in dem stumpfen orangen Licht, das durch die Vorhänge sickert, schweben Goduns runde glänzende Augen auf unnatürliche Weise im Raum, als führten sie ein Eigenleben.

»Antworte mir, Bruder.«

Oben fällt ein Tor, und einige der »Gents« springen unter Triumphgejohle auf, während verdrossene Chiefs-Fans sich in wüsten Beschimpfungen des Schiedsrichters ergehen.

»Schnauze, ihr Arschlöcher!« Ncolela schnellt hoch und schüttelt die Faust drohend gegen die Zimmerdecke, doch der Krach im oberen Stock raubt seinen Worten jede Kraft. »Ruhe, hab ich gesagt!«

Godun schreibt eine kurze Nachricht auf und hält sie seinem Bruder gleichgültig hin.

Der hat zu lange allein gearbeitet. Diese Chinesen, das ist neue Kundschaft, und die wollten eine persönliche Note, um zu sehen, ob wir unsere Versprechungen noch einlösen können.

»Eine persönliche Note?«, wiederholt Ncolela. »Also gut. Dann hoffe ich wenigstens, dass es nichts gibt, was uns mit dieser Leiche in Verbindung bringt?«

Der spöttische Ausdruck in Goduns Augen breitet sich nun über sein ganzes Gesicht aus, doch er macht sich nicht die Mühe, etwas zu schreiben.

Wie konnte es passieren, dass dieses mickrige Arschloch mich derart kaltgestellt hat?, fragt Ncolela sich. Die Antwort lautet: Keine Ahnung. Und das macht ihn rasend.

Ich hab mir gedacht, wir sollten sie gut sichtbar da liegen lassen, damit die Gatas *sie gleich finden.*

Der Ältere muss den Satz zweimal lesen, bevor er den Jüngeren ungläubig anstarrt. Er hat ihn nur schriftlich, und Goduns Miene ist gelassen wie immer, deshalb tut Ncolela sich schwer, zu erkennen, ob er sarkastisch oder ernst gemeint ist. In Augenblicken wie diesem bringt ihn der Frust über Goduns Unfähigkeit zu sprechen beinahe um den Verstand. Doch gleichzeitig verspürt er auch eine immense Genugtuung darüber, dass er dem Drecksack seine Lästerzunge eigenhändig abgeschnitten hat.

»Du bist übergeschnappt, Godun!«, fährt Ncolela ihn an. »Hörst du mich? Irre!«

Entrüstet wirft er mit dem Schreibblock nach seinem Bruder und stürmt aus dem Zimmer. Das Gelächter seines Bruders – dieses rostige a-a-a – klingt ihm noch lange in den Ohren.

Kapitel 6

1

Sieben Tage nach dem schicksalhaften Anruf von seiner Mutter und drei Tage, nachdem die zerfleischte Leiche eines unbekannten Schwarzen aus dem Jukskei gefischt wurde, ist Detective Jacob Tshabalala allein mit dem einbalsamierten Leichnam seines Vaters. Was er in einem Todesfall zu tun hat, weiß er ganz genau, als Kriminalpolizist hat er schließlich jahrelange Erfahrung. Allerdings nur, wenn es um Fremde geht. Jetzt sitzt er hier vor der fundamentalen Frage, was tun mit diesem Toten, den er einst Vater nannte, diesem *Sangoma,* den er im Leben kaum kannte, und der ihm jetzt im Tode wahrscheinlich noch fremder werden würde?

Ehe sie die Tür hinter ihm schloss, hatte Jacobs alte Mutter, jetzt in der traditionellen weißen Trauerkleidung der Zulu, geflüstert: »Bitte, Jacob, ich weiß, ihr hattet eure Differenzen, aber vergiss nicht, du bist sein einziger Sohn.«

Noch drei Stunden bis Tagesanbruch, und vier, bis zum Beginn der Beerdigung, die bereits eine Stunde nach Sonnenaufgang stattfindet. Noch nie in seinem Leben hat Jacob sich so einsam und durcheinander gefühlt. Mehrere im Raum verteilte Kerzen beleuchten den Sarg, der auf zwei Holzgestellen ruht. Er ist mit der Haut eines Ochsen bedeckt, der als Opfer an die Geister frisch geschlachtet wurde. Die Seele des Tieres wird Jacobs Vater nun in das Reich der *Amadlozi* – der lebendigen Seelen der Ahnen – begleiten.

Im Zimmer ist es eisig, doch Jacob kann nicht unterscheiden, ob es die Kälte einer Nacht Anfang September ist oder die

Atmosphäre des Todes. Das Feldbett, auf dem sein Vater mit der Tuberkulose gerungen hat, die ihn schon fünf Jahre zuvor hätte hinwegraffen müssen, wurde entfernt, und die Fenster im Zimmer des Toten mit Asche beschmiert. Ein Spiegel und Familienfotos wurden zur Wand gedreht oder mit Tüchern verhängt, denn auf ihrer Reise ins Jenseits sollen die Toten nicht bei ihren Erinnerungen an ihr früheres Leben verweilen. In der Luft hängt noch der widerlich süßliche Geruch eines sehr alten Mannes und der sich ewig hinziehenden Krankheit, überlagert vom durchdringenden Blutgeruch der rohen Ochsenhaut, der Jacob an einen Schlachthof erinnert. Unter diesen stechenden Ausdünstungen sind die Gerüche seiner nächsten Angehörigen und der heiligen Männer und Frauen wahrnehmbar, die mit Jacob Totenwache hielten, bis er sie bat, ihn einen Augenblick mit seinem dahingeschiedenen Vater allein zu lassen.

Dahin*scheidenden* Vater, korrigiert er sich, denn Jacob Tshabalala, einziger Sohn von Bantu Tshabalala, muss erst die vorgeschriebenen Riten vollziehen, dem verstorbenen *Sangoma* den Weg für eine ungehinderte Reise in sein nächstes Leben als Ahnengeist bereiten – obwohl Jacob sich von diesen Riten schon vor langer Zeit losgesagt hat.

Seine Hand gleitet an dem goldenen Kreuz vorbei zu dem Lederband um seinen Hals, an dem das Amulett hängt. Im Geiste kehrt er zurück zu dem Tag, an dem er Zeuge wurde, wie sein Großvater zum Tode verurteilt wurde, nicht nur, weil er ein ganzes Dorf zur Rache an einem Hexer angestachelt hatte, der von den umliegenden Bergen aus sein Unwesen trieb, sondern auch, weil er sich dem Willen eines Staates widersetzt hatte, der seinen »barbarischen« Glauben unterdrückte. Bei demselben Vorfall war auch Jacobs Vater verhaftet worden, wegen Beteiligung an »brutaler Lynchjustiz«, wie es in der Diktion der Weißen damals hieß. Doch dieser war mit einer fünfjährigen Haftstrafe davongekommen, mit der er sich später wie mit einer Auszeichnung schmückte.

Vielleicht hast du ja noch nicht ganz losgelassen, hm, mein Junge?, murmelt sein Großvater in seinem Hinterkopf. In den letzten Tagen hat der Alte sich immer wieder nachdrücklich in Jacobs Leben bemerkbar gemacht. Allerdings war ihm die Stimme gleichzeitig auch Trost. *Kannst eben doch nicht so weit von uns weg, wie du vielleicht möchtest, stimmt's?*

Jacob sitzt mit ausgestreckten Beinen auf einer durchgelegenen Matratze. Um Oberarme, Hand- und Fußgelenke hat er Fellbänder geschlungen. Über seinen Schultern hängt eine warme Decke, und darunter trägt er die traditionellen Felle, die ein männlicher Zulu bei offiziellen Zeremonien anlegt. Seine Füße sind trotz der Kälte nackt. Neben ihm liegt der *Assegai,* den er während des Rituals benutzen wird. Allerdings nur, falls er sich entschließt, sich den alten Gebräuchen zu fügen, die sein Vater so hartnäckig hochhielt. Ebendiese Traditionen sind es, die Jacob, einen gläubigen Christen, solches Unbehagen verursachen.

Ich kann das nicht für ihn tun, Großvater.

Aber er ist dein Vater!

Ich kann einfach nicht.

Hättest du's für die anderen getan, die über dich wachen? Hättest du's für mich getan?

Frag mich das nicht.

Verweigert Jacob seinem Vater diese letzten Riten, läuft er Gefahr, dass sein eigener Schatten einst ein ruheloser Geist oder, noch schlimmer, seine Seele vollkommen ausgelöscht wird. Daran glaubt sein Geschlecht, und darüber macht sich nun seine Familie Sorgen. Er jedoch nicht. Nicht mehr. Wenigstens hat er sich das bis zu diesem Moment eingeredet.

Vor seiner Rückkehr zum Gehöft seines Vaters hat Jacob

beschlossen, sich aus diesen Zeremonien so weit wie möglich herauszuhalten. Doch das Zusammensein mit seiner Mutter und der ganzen Großfamilie hat den Strich, den er gezogen hat, rasch verwischt. Nun ist er, zu Nomsas großer Bestürzung, nur mehr eine undeutliche Linie.

Du wendest dich gegen die Traditionen deiner Ahnen, Junge, die Traditionen aller, die seit unzähligen Generationen für dich bei Gott Fürsprache eingelegt haben, wettert sein Großvater. *Denk daran, Junge. Denk an deine Familie.* Khumbula.

Da ist es wieder, dieses »erinnere dich«. Seit dem Tag in Wynberg verfolgt sein Großvater ihn damit.

Ich bin nicht der Richtige, das für ihn zu tun. Soll doch einer seiner Schüler für ihn beten und den Speer werfen.

Du hast keine Wahl. Du wurdest in diese Verantwortung hineingeboren. Er ist dein Vater.

Da schüttelt Jacob den Kopf. Sieben Tage ist sein Vater schon tot, dennoch hört er nur die Stimme seines Großvaters. Und genau das ist für ihn der Beweis, wie wenig sein Vater ihm in seinem ganzen Leben eine lenkende Kraft war.

Was hält dich ab?

Ich bin nicht der Richtige, Mkhulu.

Unsinn! Wie kannst du so etwas sagen, Jacob Tshabalala?

Ich kann nicht sein Erlöser sein. Das ist Gott allein.

Warum drückst du dich so vor deiner Verantwortung?

»Drücken? Nein.« Seine Stimme knackt wie ein trockener Zweig in der Stille. Und dennoch: Kaum sind diese Worte ausgesprochen, hier im letzten Refugium seines Vaters, da ist es Jacob, als sei die Tür, hinter der all seine Gefühle eingeschlossen waren, weit aufgerissen worden.

Weil ich wütend auf ihn bin, gibt er zu.

Er wartet einen Augenblick auf die Stimme seines Großvaters – oder ein Geräusch, das verrät, dass einer der Trauernden heran-

schleicht, um zu lauschen –, doch er hört nichts Ungewöhnliches.
Schließlich steht Jacob auf. Der Schmerz in seinen durchgefrorenen Knien lässt ihn zusammenzucken. Die Hände fest hinter dem Rücken verschränkt, als habe er Angst, ihn zu berühren, nähert er sich langsam dem Sarg seines Vaters.
»Ja«, sagt er schließlich tonlos. »Ich *bin* wütend auf dich, Vater, weil du mich sogar im Tod noch zwingen willst, so zu leben, wie *du* es für richtig hältst. Aber du hast ja nie jemanden nach seiner Meinung gefragt. Und jetzt liegst du hier und befiehlst mir – weil ich nicht mehr widersprechen kann –, dir deinen Weg in die Ewigkeit zu bahnen. Und das, nachdem du mich *geschlagen*, mich *gehasst* und mich aus dem *Haus* gejagt hast. Nur weil ich in *meinem* Leben die Traditionen nicht wollte, die dich selbst ins Gefängnis und *Mkhulu* an den Galgen gebracht haben? Jetzt liegst du da in deiner Kiste, tot und seelenruhig, während sich Mutter und Landi und Ntuli und Tante Grace draußen die größten Sorgen machen, ob ich dir auch im Tod die gebührende Ehre erweise. *Dich* ehren? Wo ich auf der Straße hätte verhungern können, wenn's nach dir gegangen wäre. *Aikona!*
Sechzehn Jahre hast du dir Zeit gelassen, bis du Mutter gebeten hast, mich in deinem Namen anzurufen und mir zu sagen, dass du Frieden schließen willst. Warum wohl? Weil du dem Tode nahe warst und plötzlich Angst hattest, dir würde ein Platz unter den Ahnen verwehrt bleiben? Dass ohne mich die Geschichte unserer Familie sterben würde? Ja, ich glaube, das war der Grund. Sechzehn Jahre hast du dir Zeit gelassen, und dann? Dann stelle ich dir die Frau vor, die ich liebe, die Frau, die *meinen* Glauben teilt. Und was sagst du zu ihr? Dass *sie* die Ursache für meine Schande ist?« Nun zittert Jacob am ganzen Leib, aber nicht vor Kälte. »Am liebsten würde ich dich noch hier verfluchen, Vater. Ganz ehrlich!«

Was sagst *du denn da, Jacob?*
Er weiß nicht, ob es die Stimme seines Großvaters ist oder seine eigene, doch sie beschämt ihn und bringt ihn zum Schweigen. Jacob packt das Fell, das über den Sarg gebreitet ist, und zerknüllt es mit beiden Fäusten, dass die ockerfarbenen Haarbüschel zwischen seinen Fingern herausquellen und die kurzen Borsten ihn in die Handflächen stechen.
»Du hast so lange nichts von dir hören lassen, weil du mich *liebtest?* Nein, du wolltest nur abwarten, bis es einen Nachkommen gibt, der zu dir und den Deinen betet.«
Auch den Deinen! Wir gehören genauso zu dir wie zu deinem Vater, Jacob. Daran wird sich nichts ändern, egal was du tust, ruft sein Großvater. *Dein Vater, er wusste, was es heißt, für andere zu leben.*
Jacob zuckt zurück. »Für *mich* hat er jedenfalls nie gelebt.«
Du warst eine Bedrohung für alles, was ihm teuer war, sagt eine Stimme, die der seiner Mutter sehr ähnelt. *Und bestätigst du nicht gerade all seine Befürchtungen, Jacob? Bist du nicht gerade eine Bedrohung für die Einheit unserer Familie?*
Und was ist mit Vergebung? Erstaunt vernimmt er eine Stimme, die wie die von Nomsa klingt. Er dreht sich um. Ist sie tatsächlich ins Zimmer gekommen, ohne dass er es gemerkt hat? *Versuchen wir nicht, nach genau diesem Grundsatz zu leben?*
Einen Augenblick lang spürt er den unwiderstehlichen Drang, die Ochsenhaut wegzureißen und den Sarg seines Vaters von den Holzböcken zu stoßen. Weder hat er sich um diese Verantwortung gerissen, noch hätte sein Vater sie ihm bereitwillig überlassen – dessen ist er sich sicher. Und dennoch ist sie da, so unleugbar wie die Erde, auf die er tritt. Ein Schrei hilfloser Wut steigt in seiner Kehle hoch, bitter wie Galle, doch im letzten Moment wendet er sich ab, und das überwältigende Gefühl verebbt allmählich.

Er tritt an eines der mit Asche verschmierten Fenster. Draußen löst das erste Sonnenlicht die Landschaft aus dem Dunkel der Nacht. Die Erde erwacht langsam zum Gesang der Vögel. Jacob sieht hinaus, und nach und nach befreit sich sein Geist von den Emotionen. Jacob spürt, wie sein innerer Aufruhr zu einem dumpfen Pulsieren verklingt.

Willst du dich von deiner ganzen Familie lossagen wegen der Fehler, die dein Vater gemacht hat? Diesmal ist es die Stimme von Hettie Solilo, die sanftmütige Frau, die den obdachlos gewordenen fünfzehnjährigen Jacob bei sich aufnahm und für ihn sorgte wie für ihr eigen Fleisch und Blut. *Ist dein Zorn dir wirklich so wichtig, mein Kind?*

Jacob schließt die Augen und seufzt. Anscheinend hat hier jeder etwas zu sagen, sogar sein Vater, der hier liegt und hartnäckig schweigt. Doch keines der Argumente bringt Jacob einer befriedigenden Antwort näher. Schließlich hat er sich wieder so weit im Griff, dass er für sich selbst sprechen kann.

»Ich *werde* dich begraben, Vater, damit deine Seele Frieden findet.« Er sagt dies noch immer mit dem Rücken zu dem Sarg in der Mitte des Zimmers. »Aber mehr kann ich nicht für dich tun.«

Er hebt den *Assegai* vom Boden auf, streicht kurz mit einem Finger über die geschliffene Schneide und legt ihn dann auf den Sarg.

»Darüber hinaus hast du in meinem Haus so viel Platz wie ich in deinem hatte, Vater. Es kann da keinen *Umsamo* für dich geben, denn Christus ist meine Stimme im Himmel. *Er* ist mein Erlöser und mein Bote, nicht du. Deine Stimme … sie verhallte, als du mich nicht akzeptieren wolltest, und auch die Frau nicht, die ich liebe. Leb wohl, Vater, und möge es Gottes Wille sein, dass du in Frieden ruhst.«

Er berührt kurz den Speerschaft, dann verlässt er das Zimmer.

2

Jacob schließt die Tür hinter sich und legt den Kopf an das rauhe Holz, um über die plötzliche Totenstille in seinem Kopf nachzudenken. Herrschte dort noch vor einem Augenblick ein Durcheinander von Stimmen wie auf einem Bahnhof, hat sich nun eine überwältigende Leere auf ihn gesenkt, die mehr ist als die Abwesenheit von Geräuschen.

Es kann nicht anders sein, sagt er tonlos in diese Leere hinein. *Ich habe meinen Weg schon vor Jahren gewählt, und er hat seinen nie gekreuzt, so wie seiner nie auf meinen getroffen ist.*

Er lauscht, wartet auf eine Antwort, von wem sie auch kommen mag. Doch er hört nur das Trommeln seines eigenen abgetöteten Herzens.

Das Bild der mit Wasser vollgesogenen Leiche, die an dem Tag aus dem Jukskei gefischt wurde, als er zur Beerdigung seines Vaters aufbrach, drängt sich wieder vor sein geistiges Auge. Und mit dieser Erinnerung gelangt eine weitere an die Oberfläche seines Bewusstseins: das Pfeifen einer Rohlederpeitsche, die auf den Rücken eines Jungen herunterschnalzt. Die Schläge waren für den damals Fünfzehnjährigen ein ebensolcher Schock wie der Anblick der Leiche, die sie am Morgen des 25. August aus dem Fluss zogen.

3

Der Tote hatte sich in den Wurzeln eines umgestürzten Baumes verfangen. An dieser Stelle schlängelt sich der Jukskei in einer engen Kurve durch ein kleines Anwesen in Buccleuch, direkt an der nördlichen Grenze von Alexandra. Die Leiche war zwar grausam verstümmelt, trotzdem kam als Todesursache die Schusswunde im Hinterkopf am ehesten in Betracht.

Jacob erinnert sich noch an sein bitteres Lächeln der Erleichterung, als er den Anruf vom örtlichen Polizeirevier erhielt. Der lenkte seine Gedanken vom Tod seines Vaters ab, ganz zu schweigen von der ungerechten Presse, die er nach dem Aufstand in Wynberg bekommen hatte. Supe Niehaus hatte ihm zwar gesagt, er solle sich nach diesem Desaster ein paar Tage freinehmen, aber er arbeitete weiter. Für die Medien wäre es doch ein gefundenes Fressen, argumentierte Jacob, wenn er einfach verschwand. Suspendiert? Unbezahlter Urlaub, um das Ganze zu vertuschen? Gewissheiten gibt es heutzutage keine mehr, und jeder geht vom Schlimmsten aus.

»Sie müssen das aber nicht tun«, hatte der Supe ihm einen Tag später gesagt.

»Was tun?«, hatte er gefragt.

»Sie kriegen Ihre Versetzung auf jeden Fall, Jacob. Das kann ich Ihnen versprechen. Wir wissen, was Sie in Wynberg getan haben, und *wir* wissen, wie Sie sich ins Zeug legen, auch wenn andere das nicht honorieren. Ich hab's verdammt noch mal mit meinen eigenen Augen gesehen, Mann.«

Doch das traf den Kern der Sache ganz und gar nicht. Zurzeit konnte Jacob sich nichts Schlimmeres vorstellen, als zu Hause zu sitzen und über die jüngsten Ereignisse zu brüten. In den Tagen nach dem Anruf seiner Mutter war ihm bewusst geworden, wie wenig ihm seine Familie mittlerweile bedeutete oder, genauer gesagt, was für eine abstoßende Kraft sein Vater in seinem Leben geworden war. Um seiner Mutter willen wollte er nach Hause fahren, wusste, dass es seine Pflicht war, da zu sein, doch erst brauchte er Zeit, um sich mit dem Gedanken an die enorme Verantwortung, die ihn erwartete, anfreunden zu können. Es war äußerst ungewöhnlich für ihn, die Abreise so lange hinauszuschieben, das wusste er, und Nomsa machte sich wegen seines Gemütszustandes große Sorgen. Allerdings war auch

das Verhältnis zu seinem Vater ziemlich ungewöhnlich oder, besser gesagt, die Art und Weise, wie es beendet wurde.
An einem kalten Donnerstagmorgen fuhr Jacob über eine kurze unbefestigte Straße, die vom Gibson Drive abzweigte, zum Anwesen eines gewissen Anthony Ladbroke. Die knallrote Plakette am Tor nahm er nur am Rande wahr. In fett gedruckten Lettern verkündete sie:

DIESES GRUNDSTÜCK WIRD BEWACHT VOM
ABASINDISI-SICHERHEITSDIENST
24-STUNDEN-ÜBERWACHUNG
VON SCHUSSWAFFEN WIRD GEBRAUCH GEMACHT
WIR KÄMPFEN FÜR IHRE SICHERHEIT

Am Ende der Staubpiste, die durch eine sauber gemähte Wiese zu einem von Eukalyptusbäumen gesäumten gepflegten kleinen Haus führte, saß ein Mann auf einem braunen Pferd, eine Flinte mit gekipptem Lauf in der Armbeuge. In seiner Reithose und der grünen Trainingsjacke sah er aus wie der Prototyp eines *Gunbull.* Dutzende Hunde scharten sich um die Beine des Pferdes und verstärkten den Eindruck noch. Das Einzige, was ihn etwas entschärfte, war die Ray-Ban-Brille und das Alter des Mannes, denn er sah aus wie Ende sechzig.
Der Alte entdeckte Jacobs roten Nissan und winkte ihn zum Haus, wo ein Polizei-Pick-up zusammen mit einem Jaguar und einem Leichenwagen geparkt war. Als Jacob ausstieg, sträubten die Hunde das Fell und begannen wütend zu bellen, was ihn daran erinnerte, dass in dieser Gegend die meisten Tiere dieser Art darauf abgerichtet waren, einen Schwarzen sofort anzufallen. Er schlug die Wagentür hinter sich zu und wartete, bis das *Gunbull*-Double vom Pferd stieg und seine Hunde zur Ruhe brachte. Zu ebener Erde wirkte er nicht ganz so eindrucksvoll.

Die Reiterhosen hingen ihm schlaff vom dürren Hinterteil, wodurch er Jacob an ein Kleinkind mit voller Hose erinnerte.
»Tut mir wirklich leid wegen dem Lärm«, sagte der Mann und kam mit seinem Pferd näher. Sein Akzent, obgleich nicht gerade britisch, war vornehm genug, um ihn als Angehörigen jener Klasse von Südafrikanern auszuweisen, die sehnsüchtig auf die Wiedererstehung des Empire warten. »Sie machen schon einen Riesenkrach, aber sie halten einem ungebetene Gäste vom Hals, wenn Sie verstehen, was ich meine. Ich nehme an, Sie sind Detective Tshabalala? Anthony Ladbroke. Sehr erfreut.«
Sie gaben sich die Hand. Ladbrokes Haut kratzte unangenehm auf Jacobs Handfläche. Der Reitersmann schien nicht besonders beunruhigt über den Leichenfund auf seinem Grundstück.
»Hier entlang.« Ladbroke zeigte einen sanft geschwungenen Hügel hinab, der Richtung Osten, wo ein Gürtel grüner Vegetation den Verlauf des Flusses verriet, langsam steiler wurde.
»Ich möchte von Anfang an klarstellen, Detective, dass ich diesen Mann nicht kenne. Ich habe ihn noch nie im Leben gesehen, und das ist die reine Wahrheit. Ich hätte ohne weiteres zuerst geschossen und dann Fragen gestellt, wenn ich in der Nacht einen Unbekannten auf meinem Grund und Boden erwischt hätte, aber ich weiß noch nicht einmal, was für ein Kaliber derartigen Schaden am Kopf eines Menschen anrichten kann.«
»Wann genau haben Sie ihn gefunden?«
»Vor ungefähr drei Stunden. Kurz nach Sonnenaufgang.«
»Haben Sie am Tatort irgendetwas berührt?«
»Nein, berührt nicht«, antwortete Ladbroke nachdenklich. »Ich sollte allerdings wohl sagen, dass ich doch auf ihn geschossen habe – gewissermaßen.«
Jacob blieb stehen und sah ihn fragend an. »Ich verstehe nicht, Mr. Ladbroke.«

»Es geschah folgendermaßen: Ich bin wie jeden Morgen zum Fluss hinuntergeritten, die Hunde im Schlepptau. Bei Sonnenaufgang ist es da sehr schön. Zuerst Richtung Süden, dann den Fluss entlang bis zum Grenzzaun, da drüben.« Die wegwerfende Handbewegung in Richtung der ungestrichenen glänzenden Dächer von Alexandra vermittelte den Eindruck, als versuche er damit, sich einen üblen Geruch vom Leib zu halten. »Ich kontrolliere jeden Morgen, ob der Zaun irgendwo durchgeschnitten wurde. Heutzutage weiß man ja nie. Obdachlose versuchen das immer wieder. Aber heute Morgen fielen mir ein paar streunende Hunde auf – aus dieser Township wandern eine Menge dieser Viecher rüber, und ich könnte beim besten Willen nicht sagen, wie sie auf mein Grundstück kommen. Nun gut, ich sah zwei von denen im Wasser, sie zogen an einem blutigen weißen Stück Stoff, das sich in den Wurzeln eines umgekippten Baums verfangen hatte. Ich war so entsetzt von dem Anblick, dass ich sofort mit meinem Gewehr auf die zwei geschossen habe. Ich trage das immer bei mir. Einen habe ich sofort erschossen, aber der andere konnte entkommen. Die Polizisten, die nach meinem Anruf kamen, sagten, ich hätte die Leiche auch erwischt. Das ist die ganze Geschichte.«
Jacob deutete mit dem Kopf auf die Waffe, die der Alte noch immer in der Armbeuge hielt. »Ist das die Waffe, die Sie benutzt haben?«
»Nein, die gehört meiner Frau. Meine haben sie für forensische Untersuchungen beschlagnahmt. Ist sie da sicher, Detective? Ich höre alle möglichen Geschichten über Sachen, die heutzutage aus Ihren Asservatenkammern verschwinden.«
»Bestimmt, Mr. Ladbroke. Allerdings wäre es mir lieber, wenn Sie diese Waffen für die Dauer der Ermittlung unter Verschluss hielten.« Jacob lächelte höflich, doch es fiel ihm sehr schwer. »Sie sagen, Sie haben das Opfer noch nie gesehen.«

»Das ist richtig, Sir.«
»Und Sie sind sicher, dass es gestern oder vorgestern noch nicht da war.«
»Nicht, dass ich wüsste. Die Hunde haben jedenfalls nichts Ungewöhnliches bemerkt.«
Jacob sah zu den Hunden, die ihnen folgten. Wohlgenährte, beinahe schon übergewichtige Biester, alle miteinander, dennoch hätten sie eventuelle Eindringlinge schon von weitem gehört.
Sie hatten den Pferdestall und die Büsche hinter sich gelassen, die das Haus umgaben, da entdeckte Jacob den Coroner, der mit Hilfe mehrerer Polizisten und Pathologieassistenten gerade ein blutbesudeltes Bettlaken aus dem Wurzelgewirr zu befreien versuchte, das aus der Uferböschung ragte. Das gesamte Team trug reißfeste Handschuhe und grüne Wathosen. Der Jukskei war an dieser Stelle zwar tiefer und floss rascher als in Alexandra, trotzdem schlug Jacob auch hier der Gestank nach verstopften Abflussrohren entgegen. Am anderen Ufer lag der schwarze Hund, den Ladbroke erschossen hatte, das lange Fell nass und verfilzt. Die menschliche Leiche lag bereits in eine weiße Plastikplane gehüllt auf einer abgesenkten fahrbaren Tragbahre auf Ladbrokes Grundstück.
»Bildet der Fluss die östliche Grenze Ihres Anwesens?«, fragte Jacob.
»Ja«, antwortete Ladbroke. »Drüben gehört alles der Universität. Es ist ein landwirtschaftliches Forschungszentrum. Ich sehe aber kaum mal jemanden in der Nähe des Flusses.«
Jacob begrüßte die anderen Polizisten und bückte sich dann, um die Plane vom Gesicht des unbekannten Toten zu heben. Ein Geruch, der ihn an verdorbenes Hühnerfleisch erinnerte, drang ihm in die Nase.
»Sehen Sie, was ich meine, Detective? Was für eine Schusswaffe

richtet so einen Schaden an einem menschlichen Kopf an? Himmel, er sieht aus wie eine entsteinte Olive!«

Jacob hatte so eine Schusswunde schon oft genug gesehen, um zu wissen, dass sie von einer Militärwaffe stammte – die auf den Straßen südafrikanischer Städte durchaus keine Seltenheit war. Innerlich stöhnte er beim Anblick des zerstörten Gesichts auf. Dass der Mann mit einer großkalibrigen Waffe aus nächster Nähe in den Hinterkopf geschossen wurde und dass die Hunde sich bereits über die Reste des Gesichts hergemacht hatten, würde eine eindeutige Identifizierung des Toten besonders schwierig machen. Es gab nicht einmal Kleider, die irgendwelche Hinweise liefern konnten, und wenn er keine Vorstrafen hatte, und es deshalb keine Fingerabdrücke von ihm gab, würde dieser Unbekannte so namenlos bleiben wie ein Sandkorn.

»Habt ihr das Projektil gefunden?«, rief er voller Hoffnung den Kollegen zu.

»Wollen Sie mich verarschen, Detective?« Jonny Pretorius, der Coroner, watete auf ihn zu. Seine Miene war eine Maske des Ekels. »Wenn Sie diese Austrittswunde nicht sehen können, dann empfehle ich Ihnen einen guten Optiker. Dieses Projektil ist futsch, mein Freund. Genauso wie die Hülse.«

»Irgendwelche Reste von Kleidern?«

»Wenn ich mir das arme Schwein ansehe, das wir da rausgezogen haben, würde ich sagen, er wurde schwer verprügelt, während er in dieses Tuch eingewickelt war. Da, wo besonders viele Blutflecke sind, ist es total zerfetzt. Außerdem hat die Leiche jede Menge Abschürfungen, weil sie hierher abgetrieben ist, aber die schlimmsten Risswunden muss er schon vor dem Tod abbekommen haben. Wenn Sie meinen Rat wollen, fahren Sie zurück ins Büro und arbeiten Sie Ihren Papierkram ab. Das ist bestimmt nützlicher, als hier herumzuhängen.«

»Sind Sie sicher, dass er abgetrieben ist, Jonny?«, fragte Jacob.

»Yup, hat sich allerhand Dreck angesammelt da, wo das Laken beim Abtreiben hängengeblieben ist.«
Jacob richtete seine Aufmerksamkeit auf die Unterarme des Opfers, deren völlig zerfetzte Haut darauf hindeutete, dass es versucht hatte, sich vor den Schlägen zu schützen. Der Täter hatte auch wahllos auf Brust und Gesicht eingeschlagen. Jacob zog ein paar Latexhandschuhe aus der Tasche, dann packte er die Leiche an den Schultern und drehte sie auf eine Seite. Der Rücken sah aus, als sei er mit einer riesigen Käsereibe bearbeitet worden, und auf der linken Seite war schwach ein Muster in der Haut zu erkennen, das von Schrotkugeln stammen musste. Eine Welle des Mitgefühls für den Toten erfasste Jacob. Er wusste genau, wie solche Verletzungen zustande kamen. *Ihn* hätten seinerzeit vielleicht die Wundinfektionen nach den Schlägen seines Vaters das Leben gekostet, hätte die Heilerin Mama Hettie Solilo ihn nicht aufgenommen und gepflegt.
»Warum sagen Sie, er wurde geschlagen, Mr. Pretorius?«, fragte Ladbroke. »Mir sieht das eher wie Schnittwunden aus.«
»Die Haut wurde aufge*rissen*, nicht -ge*schnitten*. Die Wundränder sind alles andere als glatt.«
Mit seiner hartnäckigen Neugier erinnerte Ladbroke Jacob an einen Hund, der, sich mit fremden Federn schmückend, stolz die von seinem Herrchen erlegte Beute umtänzelt. Es machte auch ganz den Eindruck, als fühle dieser alte Jagdhund sich irgendwie betrogen, weil er diese Leiche zwar auf seinem eigenen Grund und Boden gefunden, sie da aber nicht selbst zur Strecke gebrachte hatte.
»Das sind die Spuren eines Sjambok«, erklärte Jacob.
»Na, das heißt dann ja wohl, dass er ein Vergewaltiger war, oder?« Ladbroke machte wieder diese wegwerfende Handbewegung Richtung Alexandra. »Das machen die dort drüben doch mit solchen Typen, stimmt's?«

»Kann sein, dass es da drüben passiert ist, muss aber nicht«, sagte Jacob. »Es gibt Farmer und Kleinbauern, die anderen das schon aus nichtigeren Gründen angetan haben.«

Dennoch lag Ladbroke nicht ganz daneben mit seiner Einschätzung der inoffiziellen Justizgepflogenheiten in manchen Townships. Doch Jacob hatte die Erfahrung gemacht, dass die Menschen, die solchen Racheakten zum Opfer fielen, nur selten Schwerverbrecher waren. Meistens waren es nur Kleinkriminelle, die auf frischer Tat ertappt worden waren und dann den ganzen Unmut einer Gesellschaft zu spüren bekamen, die viel schlimmere Missstände ertragen musste. In den mehr oder weniger gesetzlosen Tagen der Apartheid, als die offizielle Vollstreckung von Gesetzen nur selten bis in die Townships reichte, hatten sich deren Bewohner ihr eigenes Rechtssystem zusammengebastelt. Oft genug beruhte es auf alten Stammestraditionen, die von der Regierung unterdrückt wurden, und waren ebenso sehr ein Ausdruck passiven Widerstands wie eine praktikable Methode der Verbrechensbekämpfung. Dass manche der brutaleren Strafen vielleicht nicht mehr zeitgemäß waren, spielte keine Rolle. Was zählte, war die Tatsache, dass sie eine Quelle von Identität waren, in einer Zeit, in der der Staat alles in seiner Macht Stehende tat, um Schwarzen jede Möglichkeit zu nehmen, sich selbst zu definieren. Diese Township-Gerichte sprachen Recht in Gemeinschaften, die vom staatlichen Rechtssystem mehr oder weniger ausgeschlossen waren. Und sie handelten rasch. Urteile und Strafen wurden von Stammeshäuptlingen oder politischen Anführern verhängt, doch es gab auch aufgepeitschte Menschenmassen, die ihre eigenen willkürlichen Strafen vollstreckten. Bürgerwehren und Volksgerichte übten manchmal Vergeltung in einer Form, die selbst das noch übertraf, was die Gerichte des Apartheidstaates als recht und billig erachteten.

Deshalb entschloss sich Jacob zu testen, wie der Mann auf die Unterstellung reagierte, er habe sein eigenes aus Farmarbeitern zusammengesetztes Scheingericht geschaffen. »Mr. Ladbroke, hatten Sie in letzter Zeit irgendwelchen Ärger auf Ihrer Farm? Hat vielleicht jemand versucht, bei Ihnen einzubrechen oder Vieh zu stehlen?«

Diese Frage schien Ladbroke eher zu verwirren, als argwöhnisch zu machen.

»Nein … ich halte hier kein Vieh, nur unsere drei alten Stuten. Selbstverständlich hatte ich Ärger mit Einbrüchen, bis ich eine Alarmanlage und Bewegungsmelder einbaute, und einen Starkstromzaun. Seit sie uns vor ein paar Jahren die Telefonleitung kappen wollten, haben wir auch CB-Funk. Und die Hunde natürlich.«

»Und Ihre Sicherheitsfirma? Haben Sie einen bewaffneten Wächter auf dem Grundstück?«

»Nein, auf dem Grundstück nicht. Aber unser Siedlerverband hat eine Firma beauftragt, die zwanzig Anwesen hier im Umkreis regelmäßig abfährt. Ungefähr einmal pro Stunde kommt ein Wagen hier vorbei, und tagsüber schaut der junge Moses – so heißt der Wächter – manchmal auf ein Schwätzchen rein. Das ist ein anständiger Kerl, und die sind auch in Windeseile da. Vor drei Monaten zirka, als bei uns aus irgendeinem Grund mitten in der Nacht der Alarm losging, waren sie fünf Minuten später zur Stelle. Ich bin wirklich sehr zufrieden mit ihnen, das muss ich sagen. Teuer, aber immer auf Zack.«

Jacob musste daran denken, was Harry ihm über seine eigenen Nachforschungen erzählt hatte, bevor er zu dem Einsatz am Ostkap aufbrach. »Was können Sie mir sonst noch über Ihre Sicherheitsfirma erzählen, Mr. Ladbroke. Die Abasindisi, meine ich.«

Diese Frage bereitete dem Alten offensichtlich Unbehagen,

denn er drehte den Kopf, wie um Jacob besser verstehen zu können. »Worauf wollen Sie hinaus, Sir?«

Hinter ihm lachten die beiden Polizisten, die Jonny Pretorius halfen, das blutige Laken zu falten, über einen Witz, den der Coroner gemacht hatte.

»Ich spreche vom Abasindisi-Sicherheitsdienst«, erwiderte Jacob liebenswürdig.

»Ja?«

»Ich denke nur laut darüber nach, ob Sie den deshalb engagiert haben, weil diese Leute für ihr gewalttätiges Vorgehen berühmt sind, oder einfach nur, weil sie schnell zur Stelle sind.«

Ladbroke blies den Mund auf und ließ die Luft mit einem leisen Plopp entweichen. »Detective Tshabalala, wenn Sie damit andeuten wollen, dass *ich* irgendwas mit diesem Mord zu tun habe, dass ich meine Sicherheitsfirma angewiesen habe, das mit einem Mann zu machen, den ich nicht einmal kenne, dann sind Sie auf dem Holzweg.« Gegen Ende des Satzes stieg seine Stimme zu einem Zittern an, das für Jacob wie Angst klang, getarnt als helle Empörung.

»Und doch haben Sie mir vorhin erzählt, dass Sie ihn mit Freuden auch eigenhändig umgebracht hätten, wenn Sie ihn nachts auf Ihrem Grundstück erwischt hätten«, sagte Jacob und fügte, ehe der Alte protestieren konnte, hinzu: »Ich will gar nichts andeuten, Sir. Wie der Coroner bereits sagte, scheint das hier ein ziemlich eindeutiger Fall zu sein. Ich möchte nur, dass Sie darüber nachdenken, was das für Leute sind, in die Sie so großes Vertrauen setzen, und wozu die fähig sind.«

Ladbrokes Kopf ruckte wie der einer Eule nervös hin und her, doch er hielt Jacobs Blick stand. »Unsere Vereinbarungen mit einer legalen Sicherheitsfirma, die wir als Privatpersonen gemeinsam beauftragt haben, tangieren Sie überhaupt nicht, Detective. Wir als Siedler- und Rentnerverband haben die Abasindisi engagiert, weil unsere eigene Regierung uns im Regen stehen lässt. Diese Leute haben in allen Gegenden, in denen sie patrouillieren, einen guten Ruf in der Verbrechensbekämpfung.«

»Und wie sie sich den erworben haben, interessiert Sie nicht?«

»Ehrlich gesagt, nein. Mir scheint, nur Schwarze wissen, wie man am besten mit Schwarzen umgeht. Und wenn der Schwarze nur vor Gewalt Respekt hat, dann ist das eben so. Egal, wie die Abasindisi es anstellen, es funktioniert offensichtlich, und das ist alles, was mich interessiert.«

Mit der Schuhspitze hebt Jacob die Plane über den Gesichtsresten des Opfers an. Er empfindet die rassistische Phrasendrescherei des Alten als Beleidigung, doch sich jetzt auf ein kindisches Wie-du-mir-so-ich-dir einzulassen, würde ihn auch nicht weiterbringen.

»Sehen Sie sich gut an, was von diesem Mann übrig geblieben ist. Das ist die Justiz, die Sie stillschweigend tolerieren. Hier gab es keinen Prozess, und eines Tages könnte es auch Sie erwischen, wenn Sie den falschen Leuten in die Quere kommen. Wollen Sie das als Alternative zu unserer nationalen Verfassung, für die eine Mehrheit der Afrikaner gestimmt hat, Sir? Wenn ja, dann bereiten Sie sich am besten schon mal auf den Tag vor, wenn sie auch auf Sie angewendet wird.«

Warum machst du dir die Mühe, das mit ihm zu diskutieren?, fragt Jacob sich. *Du weißt, dass du ihn niemals von seiner Meinung abbringen wirst.* Aber nach dem, was mit seinem Großvater geschehen war, war es ihm wichtig. Sehr wichtig sogar.

»Das ist absurd, Detective. Moses würde so etwas nie tun, und die Phaliso-Brüder haben sich mittlerweile zu angesehenen Geschäftsleuten gemausert, auch wenn sie mit ihren Eskapaden vor Jahren Schlagzeilen gemacht haben.«

Eskapaden! Jetzt regte sich echte Wut in Jacob, doch er schluckte sie hinunter.

»Tshabalala«, rief Pretorius. »Wollen Sie wirklich, dass ich den obduziere?« Er verzog das Gesicht zu einer mürrischen, abweisenden Grimasse.

»Es muss sein, Jonny. Aber tun Sie mir einen Gefallen. Können Sie wenigstens versuchen, sein Gesicht für ein Foto zu rekonstruieren?«

»Sehe ich aus wie ein plastischer Chirurg, verdammt noch mal?«, sagte Jonny. »Kommen Sie, Tshabalala, Sie wissen doch genau, dass wir mit unserer Arbeit schon sechs Monate im Rückstand sind, und jetzt soll ich auch noch den Maskenbildner für Sie spielen?«

»Bitte!«

Pretorius seufzte übertrieben und zog die reißfesten Handschuhe aus. »Tut mir leid, aber ich werde meine Zeit nicht mit so was verschwenden. Ich werde ein paar Blutproben nehmen und den Körper nach anderen besonderen Kennzeichen absuchen, aber damit hat sich's.«

Also war alles, was Jacob tun konnte, eine Beschreibung des Mannes herauszugeben, so gut das bei seinem Zustand eben möglich war, und zu hoffen, dass jemand auf sie aufmerksam wurde. Einzelne Polizeireviere nach Vermissten abzutelefonieren, war immer ein mühseliges und, bei der Unzahl von Durchreisenden in den Townships, zumeist fruchtloses Unterfangen.

»Sind Sie hier fertig?«, meldete sich Ladbroke in einem Ton, der unmissverständlich sagte, *Würden Sie jetzt endlich von meinem Grundstück verschwinden?*

Jacob wandte sich zu ihm um und lächelte. Er war mit diesem Mann noch lange nicht fertig. »Was ich sagen will, Mr. Ladbroke, ist Folgendes: Nur weil Sie einen Sicherheitsdienst beauftragen, der sich in der Gegend großen Zuspruchs erfreut, heißt das noch nicht, dass Sie auch über brutale Kerle wie die Abasindisi Bescheid wissen.«

Ladbroke setzte wieder zum Protest an, doch Jacob hob die Hand.

»Pretorius!«, rief er dem sich entfernenden Coroner nach, »bitte sagen Sie den Kollegen aus Buccleuch hier, dass sie dem Mann seine Flinte zurückgeben. Es hat keinen Sinn, dass wir die mitnehmen.«

»Können Sie das nicht selbst tun?«, schrie Pretorius zurück.

»Bitte tun Sie's einfach.«

Jacob ging ein paar Schritte auf das Haus zu, dann drehte er sich mit hochgezogener Augenbraue zu Ladbroke um, der ärgerlich etwas vor sich hinmurmelte. »Sie können Ihre Flinte jetzt wiederhaben, aber ich wäre sehr dankbar für eine Tasse Tee, während ich Ihre formelle Aussage zu Protokoll nehme.«

4

»Jacob«, sagt eine Stimme hinter ihm.

Mit einem Mal wird er sich bewusst, dass er noch immer den Kopf an das nackte Holz der Tür zum Sterbezimmer seines Vaters presst. Rasch dreht er sich um. Im Schein der Paraffinlampe kann er seine Mutter erkennen, die am anderen Ende des kleinen Wohnzimmers in der Tür steht. In ihrem weißen Trauergewand mit goldbesticktem Kragen und Manschetten und der eng anliegenden, ebenfalls weißen, wie ein abgeflachter Kegel geformten traditionellen Kopfbedeckung sieht sie aus wie ein Engel. In Jacobs Augen ist sie rasend schnell gealtert, denn ihm ist es, als habe sie gestern erst unter der riesigen Schirmakazie mit einem Mühlstein Getreidekörner zermalmt, während er mit seinen kleinen Cousins in genau diesem Zimmer schlief. Jetzt steht sie da, die Hände feierlich vor dem Körper gefaltet, und der frische Kampferduft ihrer Haut mischt sich mit den Geruchsspuren der vielen Gäste, die noch vor kaum

zwei Stunden in diesem kleinen Raum zusammengepfercht geschlafen haben.
»Mach dir keine Sorgen, Mutter«, sagt er. »Er wird das Begräbnis bekommen, das er gewollt hätte.«
Erleichterung huscht wie ein Sonnenstrahl über ihr Gesicht, und sie eilt zu ihrem Sohn, um ihn zu umarmen. »O Jacob, ich danke dir. Ich hätte gar kein gutes Gefühl gehabt, wenn Sello es hätte tun müssen.«
Auch Jacob umarmt sie, findet jedoch wenig Trost in der engen Berührung.
Sello hätte es aber tun sollen, denkt er. *Er stand ihm schon von Anfang an viel näher als ich.*
Der wichtigste Schüler seines Vaters lebt schon lange bei den Tshabalalas auf deren kleinem Grundstück in den Magalies-Bergen, etwa siebzig Kilometer nördlich von Johannesburg. Viel länger als der einzige Sohn der Familie je dort gelebt hat. Und bei seinem letzten Besuch hat Jacob sogar gehört, dass Sello den Alten »Vater« nannte.
Seine Mutter umarmt ihn noch fester, so, als wolle sie damit ihren Anspruch auf ihren Sohn geltend machen. Immerhin ist er jetzt auch der einzige nächste Angehörige, der ihr noch geblieben ist.
»Ich weiß, das ist, was er sich für uns alle gewünscht hat, Jacob. Selbst einem Dickschädel wie ihm wäre der Weg ins nächste Leben schwer geworden, wenn er nicht gewusst hätte, dass du auch da sein würdest, wieder mit uns vereint.« Sie lächelt zu ihm hoch und legt ihm eine Hand auf die Wange. »Du bist in mein Leben gekommen und wieder gegangen, wie die Jahreszeiten.«
»Ich hatte keine Wahl, Ma.«
»Natürlich hattest du die Wahl, mein Junge, genau wie dein Vater. Aber trotzdem, danke, dass du jetzt bei mir bist.«
Da meldet sich sein schlechtes Gewissen. *Dank mir nicht zu früh, Ma.*

Er umfasst die Schultern seiner Mutter und schiebt sie sanft von sich, um ihr in die Augen zu sehen. Einen Augenblick lang meint er, ihr sagen zu müssen, dass nicht er es sein wird, der seinen Vater nach dessen Tod begleiten wird, dass er die nach der einmonatigen Trauerzeit vorgeschriebene Zeremonie nicht selbst vollziehen kann. Doch dann bringt er es nicht über sich.

»Was ist, Jacob?« Seine Mutter ergreift seinen Arm und drückt ihn. »Ich sehe, dass dir etwas Kummer macht.«

Er lächelt sie an – nicht sehr überzeugend, wie er findet. »Es ist nichts.«

»Bist du sicher?«

»Ja.« Jacob schiebt die Gedanken an seinen Vater von sich und denkt lieber daran, dass er jetzt wieder mit seiner Familie vereint ist. Das gibt ihm ein Gefühl der Sicherheit. »Heute werden wir wieder eins.«

Jemand muss die Begräbniszeremonie leiten, und er wird es tun, wenn auch nur seiner Mutter und seinen nächsten Verwandten zuliebe, und um die alten Wunden in der Familie zu heilen. Er wird seine Rolle in diesem allzu menschlichen Drama spielen und wie ein pflichtbewusster Sohn seinen Vater beerdigen.

Aber später dann, beim Ukukubuyisela Idlozi, *wird alles wieder ganz anders sein,* überlegt er.

Da kann er sich nicht auf einen Kompromiss einlassen, ohne zu riskieren, dass Nomsa ihm das sehr übel nimmt.

Jacob zwingt sich zu einem herzlicheren Lächeln, und als er sieht, wie glücklich das seine alte Mutter macht, beflügelt das wiederum seinen eigenen guten Willen.

»Komm, Ma, gehen wir hinaus und begrüßen wir unsere Gäste.«

5

Nachdem er etwa zwanzig ihm völlig unbekannten Freunden und Bekannten der Familie vorgestellt wurde, schweifen Jacobs Gedanken vom Begräbnis ab zu dem sonderbaren Gespräch, das er vor ein paar Tagen mit Captain Sameer Naidoo geführt hat. Er hatte ein ungutes Gefühl dabei gehabt und sich gefragt, was wirklich am Ostkap vorgefallen sein mochte.

An dem Tag, an dem er zur Bergung der Leiche auf Ladbrokes Anwesen gerufen wurde, hatte er früh Schluss gemacht und war in Maloneys Kneipe gegangen, um dort etwas zu trinken und in aller Ruhe darüber nachzudenken, wie er die Sache mit der Beerdigung seines Vaters am besten angehen sollte. Er war froh gewesen, dass Nomsa an diesem Abend bis spät mit dem Chor probte, obwohl sie die Teilnahme an der Tournee abgesagt hatte, um für ihn da zu sein. Nach außen hin hatte Jacob gegen diese Entscheidung protestiert, doch insgeheim war er erleichtert, befreite sie ihn doch von seinen Befürchtungen, was einen gemeinsamen Aufenthalt von Nomsa und Teddy in Kapstadt betraf. Und obwohl Jacob es sich nicht eingestehen wollte, war es ihm wichtig, dass sie bei ihm war.

Das vertraute Lokal in der Nähe des Obergerichts von Johannesburg war an diesem Spätnachmittag ungewöhnlich leer. Jacob setzte sich an den Tresen mit der neuen Marmorplatte, und Hugh Semenya, der verschrumpelte alte Barkeeper, der tagsüber Dienst hatte und schon länger zum Inventar gehörte als der Großteil der Einrichtung, stellte seinem Kunden unaufgefordert ein Black-Label-Bier hin.

»Detective Tshabalala! Trinken Sie heute allein, *Mfo?*« Er sprach einen Mischmasch verschiedener Sprachen, keine davon korrekt.

»Nein, ich trinke mit meinem Großvater«, hatte Jacob gewitzelt.

»Ha! Noch einer von den einsamen Wölfen.« Der alte Hugh stützte sich schwer auf den Tresen, die Finger weit gespreizt. »Der da drüben zum Beispiel. Der war diese Woche jeden Tag hier. Kommt schon vor drei Uhr rein und bleibt bis spät in die Nacht. Heute schaut er noch schlimmer aus als sonst. Sammy oder Sameer heißt er, glaub ich. Das ist doch einer von euch, oder?«

Jacob drehte sich auf seinem Hocker herum und spähte in den dämmerigen Schankraum. In einer Sitznische drüben beim Zigarettenautomaten saß, eingehüllt in Zigarettennebel, ein massiger Inder, die Arme über der Rückenlehne baumelnd, als aalte er sich in einem Whirlpool. Sein Blick war starr auf den oben an der Wand befestigten Bildschirm gerichtet, über den die Wiederholung eines Spiels der Fußballnationalmannschaft flimmerte, doch die lange Aschewurst am Ende seiner Zigarette ließ vermuten, dass seine Gedanken weit weg vom Geschehen auf dem Fußballfeld waren. Weit weg auch davon, normal zu funktionieren, so schien es Jacob.

»Nein, er ist bei der SVC«, erklärte er. »Sammy Naidoo.«

Hugh Semenya quittierte das mit einem Brummen. »Tja, so fangen sie alle an: Zuerst erzählen sie mir, sie wollen hier nur ›ihre Ruhe‹ haben, und sitzen allein da, so wie Sie gerade. Und hast du's nicht gesehen, sind sie geschieden und jeden Tag da. Langsam versteinern sie, so wie Sameer da drüben. Und dann sind sie von einem Tag auf den anderen weg, und man hört erst wieder von ihnen, wenn man in der Zeitung von einem Polizisten liest, der in die Tiefe gesprungen und nicht mehr hochgekommen ist. Ich hab das viel zu oft gesehen, *Mfo.* Also passen Sie jetzt beim Trinken auf.«

Der komische alte Kauz mit dem buschigen weißen Haar betrachtete Naidoo mit so morbider Faszination, als rechne er jeden Moment damit, dass der einsame Trinker eine Waffe zog,

sie sich ans Kinn hielt und abdrückte. »Haben sie ihn suspendiert oder so was?«
Jacob schüttelte den Kopf und erzählte dem Alten das Wenige, das er selbst über die Razzia in Tsolo wusste.
Der Barkeeper verschränkte vorwurfsvoll die Arme vor der Brust. »Ein Polizist, der eine Pechsträhne allein durchstehen muss, ist wie ein verletzter Löwe, der von seinem Rudel getrennt wird. Und Sie? Sie wollen jetzt auch springen? Nur wegen diesem Foto in der Zeitung?«
»*Yebo.*« Jacob trank einen kleinen Schluck von seinem Bier. »Deswegen, aber nicht nur.«
»Warum schauen Sie sich nicht stattdessen das Spiel an?« Beifall pfeifend schlenderte er Richtung Fernseher.
Jacob sah den Blasen zu, die vom Boden seines Glases aufstiegen und dachte zurück an die unbekannte Leiche, deren Anblick ihm an diesem Morgen viel näher gegangen war, als ihm lieb sein konnte. Und die sinnlose Auseinandersetzung mit Ladbroke hatte noch ein Übriges getan. Er wurde von Tag zu Tag gereizter, war aber auch ehrlich genug, sich einzugestehen, dass das nur davon kam, dass er nicht nach Hause fahren und eine Verantwortung übernehmen wollte, die ihn unter anderen Umständen mit Stolz erfüllt hätte.
Traurig lächelte er sein Glas an, dann unterdrückte er ein bitteres Auflachen.
»Was lachstu, he?«
Jacob blickte auf und sah die schwankende Gestalt Naidoos im Spiegel. Ein übler Geruch ging von ihm aus, nach ungewaschenem Körper, nicht gewechselter Kleidung und zu viel Rum.
Jacob drehte sich um und schenkte dem Mann ein beschwichtigendes Lächeln. »Captain Naidoo, lange nicht mehr gesehen.«
Der Mann erwiderte nichts, blinzelte nur schläfrig und stand mit schlaff herabhängendem Kiefer da.

Da stieß Semenya am anderen Ende der Bar plötzlich einen Freudenschrei aus und klatschte Beifall für ein Tor, das er bestimmt schon ein dutzendmal gesehen hatte.

»Alles in Ordnung?«, fragte Jacob den Inder.

Der riss die Augen auf, doch sein Blick blieb verschwommen. »Klar, wieso nicht?«

Jacob zuckte die Achseln. »War ja nur eine Frage.«

Naidoo riss sich das zerknitterte Hemd aus der Hose und zog es hoch. Als sein nackter Oberkörper zum Vorschein kam, wurde der Gestank nach ungewaschener Haut noch stärker, und Jacob atmete flacher. Naidoo fuhr mit einem Finger ein Dreieck zwischen den Wülsten dreier Schusswunden nach.

»Drei Sch... Schüsse hab ich abgekriegt in Ausübung meiner Pflicht. Siehstu das?«

Jacob schob sein Bier weg und wich, sich mit beiden Ellbogen auf den Tresen stützend, so weit wie möglich von dem Mann zurück.

»Ich seh's Sammy. Magst du mir erzählen, was los ist, mein Freund?«

Naidoo ignorierte ihn. Die alten Narben auf seiner Brust faszinierten ihn, als sehe er sie heute zum ersten Mal. Als er wieder sprach, liefen ihm Speichelbläschen an den Mundwinkeln herab. »Zähltas nix?«

»Zählt 'ne Menge, Sammy«, sagte Jacob. »Machst du dir noch immer Gedanken über das, was in Tsolo passiert ist, hm?«

»Wir sind da draußen fass ke...krepiert, weissu? Lockvögel, das waren wir.«

Einen Augenblick lang wirkte sein Blick klarer. Er machte einen Satz vorwärts, wäre beinahe vornübergefallen, fing sich aber wieder. Langsam streckte er eine Hand zum Tresen aus, umklammerte ihn und ließ sich schwer auf einen Hocker neben Jacob fallen.

»Hugh«, bellte er. »Cola-Rum. Aber mach hinne, du alter *Skollie,* kapiert?«
Ohne den Blick von dem Fußballspiel abzuwenden, rief der Barmann zurück: »Du hast jetzt genug, Sammy.«
»Ich sag dir schon, wann ich genug hab.«
Jacob tätschelte ihm die Schulter. »Erzähl mir, was los ist.«
»Wer bissu überhaupt, he?« Naidoo sah Jacob an. »Ich kenn dich von wo. Tshabalala, stimmt's?«
Jacob nickte. »Vom Mord- und Raubdezernat. Im selben Gebäude wie du.«
»Mord und Raub?«, wiederholte Naidoo.
»Genau.«
»He, habt ihr da nicht vielleicht eine offene Stelle für eine Versetzung?«
Diese Frage verblüffte Jacob. Immerhin gab es jede Menge Polizisten, die sich darum rissen, in die SVC zu kommen, ihn eingeschlossen. »Warum willst du dich versetzen lassen?«
»Weil das bei uns alles Arschlöcher sind, alle susammen. Weissu …« – Naidoo machte mit einer Hand eine ausladende Geste –, »die meinen, ich hab mich nich bewährt. Nach all den Jahren. Mit drei Kugeln in mir. Die können mich alle! Brauchst nur Russie Swarts fragen. Ich hab schon alles erlebt. Du weiß, wassich meine, he? SANAB war die Hölle, dann ham sie sie abgeschafft. Derselbe Scheiß wie da oben in den Bergen. Es hört einfach nich auf.«
»Wovon redest du denn da?«
»Alle miteinander.« Sammy Naidoo fielen beinahe die Augen zu. »Ein Haufen Wichser.«
Jacob musste daran denken, was Hugh Semenya ihm vorhin erzählt hatte: Naidoo kam seit einer Woche regelmäßig allein hierher, um sich volllaufen zu lassen. Er musste also kurz nach Tsolo damit angefangen haben.

»Sammy, was ist da am Ostkap passiert?«
Naidoo fixierte Jacobs Brust. Dann zwinkerte er auf einmal und tippte sich an die Nase.
»Ja?«, drängte Jacob.
Doch mehr sollte er nicht erfahren. Plötzlich ging die Tür auf, und das Dröhnen des Nachmittagsverkehrs drang in die Kneipe. Beide blickten auf, und Jacob brauchte einen Augenblick, bis sich seine Augen an das blendende Licht gewöhnten, das von draußen hereinfiel. Doch da hatte er die birnenförmige Silhouette schon erkannt.
»He, Kommie!« Naidoo riss sich zusammen und setzte sich ein wenig aufrechter hin. »Hierher, Mann. Trink was mit uns.«
Jacob und Naidoo hier zusammensitzen zu sehen, schien Combrink aufrichtig zu überraschen. Er blickte von einem zum anderen, und ein Lächeln stahl sich auf sein Gesicht. Dann stürmte er auf die beiden zu, dass Jacob einen Moment lang glaubte, er würde dem Mann neben ihm einen Faustschlag versetzen. Doch er packte Naidoo nur bei der Schulter und streckte Jacob die Rechte zu einem groben Handschlag hin.
»He, Tshabalala, wie ich höre, ist der alte Bond wieder bei Bewusstsein. Sind das nicht tolle Neuigkeiten, Mann?«
Jacob hörte das jetzt zum ersten Mal, und er sagte es Combrink auch.
»Es stimmt«, bestätigte Combrink. »Hören Sie, ich will Ihre kleine Party ja nicht stören, aber ich suche unseren Sammy schon den ganzen Nachmittag. Weiß der Teufel, warum der säuft, wenn er eigentlich arbeiten soll. He, Sammy, was soll ich jetzt mit dir anfangen?«
Der Griff um Naidoos Schulter wurde so fest, dass er zusammenzuckte. Da ließ Combrink ihn los und legte ihm einen Arm um den Hals.
»Scheiße, Sammy, wie siehst du denn aus? Ich hab mir Sorgen

um dich gemacht. Komm, ich bring dich heim.« Er zerrte Naidoo vom Hocker.

Obwohl ihn die Aussicht, die Kneipe verlassen zu müssen, sichtlich Kummer bereitete, schlang Naidoo wortlos einen Arm um Combrinks Taille und folgte ihm.

»Denken Sie sich nichts, Tshabies«, rief Combrink Jacob über die Schulter zu. »Er ist momentan ein bisschen wirr im Kopf. Kommt manchmal vor. Ich nehme an, er hat Ihnen seine Narben gezeigt?«

Jacob lächelte nur.

»Hab ich mir gedacht.« Combrink lachte. »Bis die Tage.«

Einen Arm um Naidoos Schulter geschlungen, plagte Combrink sich mit dem Öffnen der Tür. Als er Naidoo endlich hinausbugsiert hatte, stolperte dieser, fiel hin und schlug sich den Kopf seitlich an der Stoßstange eines geparkten Wagens an.

»Diese elenden Säufer«, murmelte Semenya. »Zum Schluss sind sie alle gleich.«

Jacob drehte sich zu dem alten Mann hinter der Bar um, der angewidert den Kopf schüttelte, als er sah, wie Combrink den blutenden Naidoo anschrie, aufzustehen. Er nahm sein Bier und wollte trinken, besann sich jedoch eines Besseren. Er wollte nur noch nach Hause. Die Lust auf alles andere war ihm vergangen, denn er war überzeugt, dass Combrink Naidoo absichtlich ein Bein gestellt und ihm den Schädel gegen das nächste Auto gedroschen hatte.

6

Jacob holt tief Luft und verdrängt mit aller Macht die Erinnerung an diesen Vorfall. Am Tag der Beerdigung seines Vaters möchte er sich mit solchen Dingen nicht beschäftigen – ebenso wenig wie mit seinem wachsenden Argwohn gegen Combrink.

Hatte er ihn nicht in Harrys Büro dabei überrascht, wie er in den Akten wühlte, die für die Unabhängige Beschwerdekommission bestimmt waren? Er sieht Combrink noch vor sich, wie er vor Schreck und schlechtem Gewissen zusammengefahren war.

Nicht *hier,* ermahnt er sich.

Trotzdem: Was hatte das zu bedeuten?

Nicht hier, bitte.

Er würde einen klaren Kopf brauchen, um alles zu überdenken, aber später, denn wenn sein Verdacht sich nicht bestätigen sollte …

Jacob blickt zum Himmel und atmet tief ein. Federwolken ziehen über die blassblaue Weite, und er ist froh, dass es ein klarer, warmer Tag zu werden verspricht.

Der Hof des Tshabalala-Kraals ist an drei Seiten von Hütten aus rotem Lehm umgeben. Aus dem festgestampften Boden ragt eine große, noch winterkahle Schirmakazie in den Himmel. Ihre weißen, mit grünen Knospen besetzten Zweige breiten sich über nahezu zweihundert Gäste aus. Für Jacob ist es, als gebe das Land selbst dieser Versammlung seinen Segen. Freudenschreie und schallendes Gelächter künden vom Wiedersehen alter Freunde und Bekannter und der ersten Begegnung zwischen entfernten Verwandten von entfernten Verwandten. Männer, Frauen und Kinder, alle sind im Sonntagsstaat gekommen, vom einfachen Landarbeiter in abgetragenen Kleidern bis zum Besuch aus der Stadt in teurem Anzug oder Kostüm. Viele tragen eher traditionelle Trauerkleidung: weiße Schultertücher und Gewänder, Tierfelle, kunstvoll mit Perlen geknüpfte Kopfbedeckungen. Unter ihnen eine Handvoll Häuptlinge, *Indunas, Sangomas* und *Nyangas* aus verschiedenen Clans, die gekommen sind, um ihrem Standesgenossen und Lehrer das letzte Geleit zu geben. Die Trauergemeinde besteht zwar größtenteils aus Schwarzen, doch gibt es auch das eine oder andere weiße Gesicht. Voller Freude schüttelt Jacob dem greisen, weißhaarigen Oupa Goosen und seiner Familie die Hand. Der ehrwürdige Alte sitzt jetzt im Rollstuhl und ist beinahe blind, doch er erinnert sich noch gut an Jacob, als er noch eine »kleine Rotznase war, die mir die Pfirsiche klaute«. Oupa Goosen war es gewesen, der sich mit Jacobs Großvater angefreundet hatte und der Familie Tshabalala schließlich, zu einer Zeit, als Schwarze noch wie Unkraut aus ihrem angestammten Land gerissen wurden, ein ansehnliches Stück von seinem Land schenkte.

Als der Sturm der Begrüßungen und Beileidsbekundungen langsam abflaut, stiehlt Jacob sich davon, in den Schatten eines Jacarandabaums, der an einem von Pflanzen überwucherten Bach wächst. Auf einem der um diese Jahreszeit brachliegenden kleinen Äcker der Familie glänzen geparkte Autos in der Sonne. Im Schatten nahe gelegener Weiden lassen sich von ihren Karren losgemachte Esel das lange Gras schmecken. Jacob saugt tief den Geruch von Staub und Stroh ein, den die leichte Brise heranträgt. Die Erschöpfung der durchwachten Nacht lastet zwar noch auf ihm, doch diese momentane Stille bereitet ihm eine gewisse Erleichterung.

Einen kurzen Moment lang erhascht er einen Blick auf Nomsa, wie sie sich an der Seite seiner Mutter – die sich bei ihr untergehakt hat – durch die Menge schiebt und nervös die Menschen anlächelt, denen sie vorgestellt wird. Der Anblick der beiden Frauen zusammen stimmt ihn froh. Eigentlich hätte Nomsa gestern Abend mit ihrem Chor zur Tournee aufbrechen müssen, doch sie ist bei ihm geblieben und hilft, eine Familie zu trösten, zu der sie bis jetzt noch keinen Zugang gefunden hat.

Nein, das stimmt nicht, korrigiert er sich. Seine Mutter hat Nomsa schon bei ihrer ersten Begegnung vor fünf Jahren ins

Herz geschlossen, wusste allerdings nicht, wie sie das in Gegenwart ihres abweisenden Ehemanns ausdrücken sollte.
Plötzlich kommt ihm Detective Mosetsane von der Unabhängigen Beschwerdekommission in den Sinn. Wie verschieden sie und Nomsa doch waren – aber jede auf ihre Art attraktiv. Jacob räuspert sich und scharrt mit den Zehen die lockere Erde auf, unangenehm berührt von der lebhaften Erinnerung an die Ermittlerin, an das verheißungsvolle Lächeln, mit dem sie ihm entgegenblickte, als er das Büro betrat, das ihr auf der Etage der SVC für die Dauer ihrer Untersuchung der Tsolo-Affäre zur Verfügung gestellt worden war. Sie hatte aufrichtig erfreut gewirkt, ihn wiederzusehen, obwohl er hätte schwören können, dass er ihr bei ihrem ersten Zusammentreffen, in Moletehes Anwesenheit, nicht mehr bedeutet hatte als die Tapeten an der Wand. Nicht weniger lebhaft ist jedoch die Erinnerung daran, wie schnell dieses strahlende Lächeln wieder erlosch, als er ihr erklärte, warum er mit ihr sprechen wollte.
»Ganz schöner Zulauf, was?«, unterbricht eine Stimme hinter ihm seine Gedanken.
Jacob dreht sich um. Es ist Sello, der wichtigste Schüler seines Vaters, in der vertrauten Aufmachung eines Sangoma. Er trägt ein mit weißen, roten und schwarzen Figuren traditioneller Krieger bedrucktes Schultertuch und Perlenschnüre in denselben Farben quer über der Brust. Ins frisierte Haar hat er die Gallenblase einer frisch geschlachteten Ziege und Kaurimuscheln geknüpft. Nach all den Jahren, die er bei Jacobs Vater in die Lehre gegangen ist, spricht Sello, ein gebürtiger Tswana, noch immer ein unmoduliertes, monotones Zulu.
»Ja.« Jacob wendet sich wieder der versammelten Menge zu. »Mehr, als ich gedacht hätte.«
Stolz regt sich angesichts der vielen Menschen, die gekommen sind, um seinem Vater die letzte Ehre zu erweisen, doch diesem

Gefühl folgt sogleich die bleischwere Erkenntnis, dass er selbst seinen Vater nie so erleben wird wie diese Leute. Diese Gelegenheit war schon lange vertan.

Sello legt ihm in einer brüderlichen Geste die Hand auf die Schulter, als ahne er, was Jacob durch den Kopf geht, und bemerkt mit leiser Stimme: »Er war ein weiser Lehrer, aber er war auch nur ein Mensch, wie wir alle, wenn es zu Ende geht.«

Und das ist auch der einzige Grund, warum ich hier bin, denkt Jacob. Zu Sello aber sagt er: »*Yebo,* das ist wahr ... Bruder.«

Normalerweise wäre ihm das letzte Wort leicht über die Lippen gekommen, doch durch das Bewusstsein, dass dieser ihm doch ziemlich fremde junge Mann seinem Vater in vieler Hinsicht den Sohn ersetzt hat, bekommt das Wort einen unangenehmen Beiklang, und der Stachel der Eifersucht macht sich bemerkbar.

Da sieht er, wie Nomsa ihm aus der Menge zuwinkt. Er winkt zurück und spürt, wie eine neue Welle der Dankbarkeit seinen müden Leib durchflutet.

»Eine großartige Frau, wie mir scheint«, sagt Sello, der ebenfalls zurückwinkt. In seiner Stimme paart sich Weisheit mit Sanftheit, anders als in dem barschen Ton, den Jacob von seinem Vater in Erinnerung hat.

»Ich könnte mir von Gott keine bessere erbitten«, erwidert Jacob.

»Wirst du sie heiraten?«

»Ich hoffe es.«

»Aber?«

»Ihr *Lobola* ist ziemlich saftig.«

Sello lacht. Ein gutmütiges, für Jacob aber unerwartetes Lachen.

»Ich dachte, ihr Kokosnüsse aus der Stadt macht euch nichts mehr aus Traditionen.«

Jacob lächelt zurück. »Wir beide schon, Nomsa und ich. Wie könnte ich mich ihren Eltern besser erkenntlich zeigen? Immerhin habe ich ihnen die Existenz dieser wunderbaren Frau zu verdanken.«
Sello nickt zustimmend. »Gut. Ich bin froh, dass du so denkst, mein Bruder. Die Leute vergessen nur allzu oft, dass es eine Geste der Dankbarkeit und kein Kaufpreis ist.«
Ein kurzes, einträchtiges Schweigen tritt ein. Dann ergreift Sello wieder das Wort.
»Ich habe gehört, dass du Ärger in der Stadt hattest.«
Jacob zuckt die Schultern. »Nur den üblichen.«
»Dieser Makhe Motale, der im Fernsehen die Brutalität der Polizei angeprangert hat, was wirst du gegen den unternehmen?« Mit leisem Lachen fügt er rasch hinzu: »Ich könnte einen Fluch über den Feigling verhängen, wenn du willst.«
Jacob sieht ihn aufmerksam an. »Dabei kommt doch nichts Gutes raus. Wenn ich gegen ihn vorgehe, würde ich seine Anschuldigungen über Racheakte von Seiten der Polizei nur bestätigen.«
»Die andere Wange hinzuhalten ist nicht immer die beste Antwort.«
»Sofortige Vergeltung, wenn man sich ungerecht behandelt fühlt, aber auch nicht. Wir können uns vorschnelle Reaktionen in solchen Dingen nicht leisten.« Jacob ergreift Sellos Hand. »Ich weiß deine Besorgnis um mich zu schätzen, mein Freund, aber solange ich Polizist bin, werden gewisse Leute mich immer als Feind sehen.«
Sello lacht auf. »Bist du sicher, dass du ein richtiger Polizist bist, Detective Tshabalala? Mir kommt es vor, du bist viel zu anständig dafür.«
Jacob schüttelt den Kopf. »Vielleicht. Aber mir geht es hauptsächlich darum, in Ordnung zu bringen, was nicht in Ordnung ist.«

Sello nickt. »Dein Freund bei der Polizei, den du einmal mitgebracht hast, Harry, wie geht's dem denn jetzt?«
»Wie ich höre, ist er schon auf dem Weg der Besserung. Dieses Wochenende fliegen sie ihn wieder hoch.«
Aus der Menge erhebt sich eine heulende Stimme. Jacob sieht, dass es Mama Hettie Solilo ist, die die Trauergemeinde zusammenruft. Gleich darauf fallen andere Stimmen in ihr Klagen ein.
Sello klopft Jacob leicht auf den Rücken. »Komm, Bruder, verabschieden wir deinen Vater.«

7

Beim Betreten des Zimmers, in dem sein Vater starb, dringt Jacob der beißende Geruch gelöschter Kerzen in Augen und Nase. Er packt den ersten der drei an der rechten Sargseite angebrachten Griffe, Sello den auf der linken Seite. Andere Schüler und Cousins bilden die übrigen Sargträger.
Im Augenblick leitet Sello die Zeremonie, denn die engsten Verwandten des Verstorbenen dürfen während dieser letzten Riten nicht sprechen, um den Geist des Verstorbenen nicht zu erzürnen. Jacob ist das nur recht, denn trotz der rasch ansteigenden Temperatur hat ein Gefühl von Kälte und Taubheit von seinen Gliedern Besitz ergriffen. Seine Zunge fühlt sich an wie ein dicker Lumpen in seinem Mund. Sein Verstand, der in der vergangenen Woche rund um die Uhr im Einsatz war, um alle nötigen Entscheidungen sorgfältig abzuwägen, ist nun ausgebrannt und leer. Beinahe verpasst Jacob Sellos Zeichen, den Sarg anzuheben, und um ein Haar lässt er ihn nach vorne kippen, als zwei Männer die Holzgestelle wegziehen und hinaustragen.
Beim Auszug aus dem winzigen Zimmer ist es Jacob, als folge

er den anderen, statt sie zu führen. Der Speer fällt ihm ein, den er auf den Sarg gelegt hat, und er sieht sich um, ob er noch da ist, doch jemand muss ihn schon weggenommen haben.

Als Jacob ins Sonnenlicht tritt und die riesige Trauergemeinde erblickt, wird das Gefühl der inneren Leere fast übermächtig. Wie betäubt registriert er, dass das Heulen zu einem Trauergesang abschwillt, bei dem die *Sangomas* und *Nyangas* den Ton angeben. Er überwindet die beiden Stufen, die in den Hof führen, ohne jemandem in die Augen zu sehen.

In vollkommener Harmonie mit dem Gesang der Heiler stimmt ein Lobsänger vom Hof des Königs der Zulu in KwaZulu eine Ode über Jacobs Vater an. Trotz der sonderbaren Starre, die von ihm Besitz ergriffen hat, spürt Jacob, wie seine Haut bei jeder Wiederholung der Worte »erinnere dich« kribbelt.

Die Holzgestelle stehen nun unter der Schirmakazie, die Jacobs Großvater, kurz nachdem ihm Goosen das Grundstück geschenkt hatte, zum Dank für das Geschenk und die Geburt seines ersten Sohns gepflanzt hat. Mit Hilfe der anderen Sargträger stellt er den Sarg vorsichtig dort ab. Erst als er spürt, wie Sello sanft seine Schulter berührt, um ihn zu Nomsa und seiner Mutter zu dirigieren, merkt Jacob, dass er mit seinen Gedanken völlig in die Vergangenheit abgeschweift ist.

Mit nackter Brust, Tierfelle um die Lenden und ein mit Stachelschweinstacheln geschmücktes Leopardenfell auf dem Kopf betritt der Lobsänger den Kreis, den die Trauergemeinde um den Sarg gebildet hat, und legt eine Hand auf die Ochsenhaut, die ihn bedeckt. Schweigend blickt er in die Menge, bis er deren volle Aufmerksamkeit hat, dann hebt er zu seiner Lobrede an. Zuerst erweist er dem Geschlecht des toten *Sangoma* seine Ehre, dann ergeht er sich in die Aufzählung seiner Leistungen als wahrer Anführer seiner Gemeinde – er als Zulu in einem hauptsächlich von Tswana bewohnten Gebiet. Der wunderbar lyrische Klang des Zulu bezaubert auch die Zuhörer, welche die Worte nicht verstehen.

Klingt wie Französisch, hatte Harry einmal zu Jacob gesagt, *nur ohne den Pomp und den Knoblauch.*

Jacob verscheucht diese spaßige Erinnerung und bemüht sich, die Gefühle heraufzubeschwören, die hier an der Seite seiner Familie angemessen sind: Gram, Trauer, Verlassenheit. Doch er kann sie nie lange festhalten, denn sie kommen und gehen, mitgerissen vom Strudel heftigerer Gefühle: Schuld und Zweifel.

Bei der Betrachtung der dicht gedrängt um den Sarg stehenden Menschen erkennt Jacob, dass der Tote diesen mehr gewesen sein muss als ein jähzorniger alter *Sangoma,* der seinen Sohn aus dem Haus gejagt hat. So unglaublich es Jacob erscheinen mag, sein Vater muss nicht nur die Liebe, sondern auch den Respekt dieser Menschen gewonnen haben.

Während des Abschiedslieds, angestimmt vom Lobdichter, dem andere Trauergäste sich anschließen, treten ganze Familien, aber auch einzelne Personen an den Sarg und legen Beileidsbriefe auf die Tierhaut. Körper beginnen sich im langsamen Rhythmus des Trauergesangs zu wiegen, Hände klatschen, und kräftige, geübte Kirchenchorstimmen – darunter auch Nomsas – übernehmen schließlich die Führung. Etwas abseits stehen schweigende Weiße, ratlos angesichts der fremden Sprache und Gebräuche, mit ehrerbietig gesenktem Kopf da. Hinter ihnen allen steigt der heiße Geruch des staubigen Felds auf. Ein neuer warmer Frühlingstag hat begonnen.

Die Unmenge von Beileidsbriefen rutscht allmählich vom Sarg und wird hastig eingesammelt, damit die Träger ihn wieder aufnehmen können, diesmal, um den Verstorbenen zu seinem Grab zu tragen. Jacob und Sello gehen an der Spitze der Prozession, die langsam den Hof verlässt und auf einem gewundenen schmalen Fußweg durch knöchelhohes Gras Richtung

Norden schreitet, hin zu dem winzigen Friedhof der Tshabalalas, der kaum einen halben Kilometer vom Kraal entfernt mitten im Veldt liegt.
Mittlerweile hat sich auch Sello mit seiner klangvollen Stimme den Zulu-Gesängen angeschlossen. *Was ist das denn?*, denkt Jacob, als sich plötzlich hier und da christliche Trauerlieder in den Chor mischen. Sein Vater hätte sich zu seinen Lebzeiten über das Eindringen dieser Hymnen möglicherweise geärgert, Jacob hingegen hat das Gefühl, dass sie genauso ihren Platz hier haben, sind es doch die Lieder des Sohnes, der seinen Vater jetzt zu Grabe trägt. Er sieht hinüber zu dem ältesten Schüler seines Vaters, doch der scheint sich an den Lobgesängen eines fremden Glaubens nicht zu stören. Alles in Jacob drängt danach, die eigene Stimme zu erheben, doch nein, die engsten Angehörigen der Verstorbenen müssen schweigen, auf dass sie sie nicht von ihrem Weg ins Reich der Toten abbringen.
Nun stehen sie am Grab, das Jacob in den Tagen vor der Beerdigung mit seiner Familie vorbereitet hat. Der Dichter rezitiert seinen letzten Lobgesang, während der Sarg an Seilen in das rechteckige Loch hinabgelassen wird. Jemand – und Jacob wird sich später nicht erinnern, ob es Sello oder einer der anderen *Sangomas* war – reicht ihm den *Assegai,* den der älteste Sohn des Verstorbenen ihm nun ins Grab nachwerfen muss, um dem Vater eine sichere Reise ins Jenseits zu ermöglichen.
Einen winzigen Augenblick lang zögert Jacob. Schon meint er zu hören, wie seine Mutter entsetzt den Atem anhält. Dann öffnet sich sein Mund und bricht endlich das Schweigen der Familie. Mit zu seiner Überraschung völlig klarer Stimme bittet Jacob seinen Vater, die noch lebenden Angehörigen zu beschützen und ihnen kein Leid zuzufügen. Als er die vorgeschriebenen Worte ausgesprochen hat, spürt er, wie sein bleischwerer Arm sich hebt und die todbringende Waffe ins Grab

stößt, wo sie mit einem leisen metallischen *Kong* – dem Klang des Endgültigen – auf den Sarg auftrifft. Jacob fährt sich übers Gesicht und tritt zurück. Jetzt ist es vollbracht.

Nomsas kühle Finger umschließen die seinen, und seine Mutter tritt vor und wirft ihrem toten Mann seine Kalebasse ins Grab nach, dann die Decken seines Krankenbetts und seinen aus Eukalyptusholz geschnitzten Gehstock. Unter Tränen dankt sie ihm für die gemeinsame Zeit.

Der pulsierende Gesang setzt wieder ein, und die Prozession macht sich auf den Weg zurück zum Kraal. Sonnenstrahlen schlagen goldene Schneisen in den zwischen den vereinzelten knorrigen Bäumen flirrenden Staub. Trotz seiner Benommenheit registriert Jacob, dass Sello neben ihm geht und seine Hand hält.

Mit den dort bereitgestellten Stühlen, Decken und Strohmatten und dem Duft von gekochtem Lamm, Rind, Maiskolben und *Putu* ist der Schatten der Schirmakazie eine willkommene Oase für die zurückkehrende Trauergesellschaft. Doch bevor sie den kühlen Hof betreten darf, muss der Staub des Marsches von Füßen und Schuhen gespült werden, damit auch kein Bröckchen Graberde in die Wohnstatt gelangt. Die frisch Verstorbenen dürfen keine Möglichkeit haben, den Weg zurück in ihr altes Zuhause zu finden, denn das Totenreich liegt in einer anderen Richtung, und sie dürfen sich nicht umwenden.

Die Gäste werden das Fleisch eines geopferten Stiers verzehren, den Jacob jetzt zu Ehren seines Vaters schlachten muss, und sie werden von dem Bier trinken, das erst seine Mutter und dann er selbst probieren werden. Doch davor muss noch der Schaum auf die Erde gegossen werden, als Dank an die Geister, denn heute werden die Lebenden das Brot nicht nur miteinander, sondern auch mit den Toten brechen.

Aber nicht alle werden es gern tun, denkt Jacob. Nomsa steht

mit versteinerter, wenn auch noch immer freundlicher Miene nur ein paar Schritte von ihm entfernt. *Nein, du, meine Liebe, stehst mit deinem Eigensinn meinem Vater vielleicht in nichts nach.*
Er lächelt sie an, um ihr zu zeigen, dass er sie versteht und auf ihrer Seite ist. Sie lächelt verlegen zurück, als wüsste sie genau, was er denkt.

8

Trotz der durchwachten vergangenen Nacht und des langen, emotionsgeladenen Tages findet Jacob an diesem Abend keinen Schlaf. Um ihn herum haben sich Gäste in ihren Federbetten und Decken auf dem Boden des Wohnzimmers zusammengerollt, und einige von ihnen schnarchen bereits selig vor sich hin. In der Luft hängt noch der Geruch nach verbranntem *Putu* und saurem Bier. Wie gern hätte er jetzt Nomsa neben sich, doch sie schläft zusammen mit Hettie Solilo und zwei ihrer *Twasas* dicht gedrängt im Zimmer seiner Mutter. Jacob dreht sich auf die Seite und starrt auf die zerschrammte Tür, die in das jetzt leerstehende Zimmer seines Vaters führt. Sie ist nun verschlossen und wird erst nach Ablauf der Trauerzeit wieder geöffnet, wenn das Zimmer wieder bewohnt werden darf, ohne den Verstorbenen zu beleidigen.
Diesmal ist es nicht die Erinnerung an seinen Vater, die ihm Unbehagen verursacht, sondern die an das Gespräch, das er mit Detective Mosetsane am Morgen vor seiner Abreise geführt hat. Seit seine Gedanken nicht mehr ausschließlich um das Begräbnis kreisen, kehren sie immer häufiger zu dieser Unterhaltung zurück, und wie Jacob es auch dreht und wendet, er kommt stets zu demselben Schluss: Harry Mason steckt in den größten Schwierigkeiten.

9

Das Büro, das man der Ermittlerin der Unabhängigen Beschwerdekommission, ICD Detective Busisiwe Mosetsane, zur Verfügung gestellt hatte, war ein aus Fertigteilen konstruiertes Materiallager an der Rückseite des Polizeipräsidiums. Es befand sich auf einem hässlichen lindgrün gestrichenen und von Leuchtstoffröhren erhellten Flur auf derselben Etage wie die SVC. Um Platz für Mosetsane und ihre beiden Mitarbeiter zu schaffen, waren die dort gelagerten sperrigen Möbel und das ausgemusterte Schreibmaterial daraus entfernt worden.

Als Jacob ankam, stand die Tür offen, und obwohl es noch nicht einmal sieben Uhr morgens war, sah die Ermittlerin aus, als säße sie schon seit Stunden an ihrem Laptop. Ihre hinter den eckigen Brillengläsern hin und her flitzenden ockerfarbenen Pupillen erinnerten Jacob an Libellen, die übers Wasser hüpfen. In ihrem graukarierten Zweiteiler wirkte sie genauso geschäftsmäßig und frisch wie bei ihrer ersten Begegnung.

Er klopfte an den Türrahmen und rechnete schon damit, sie vor Schreck zusammenzucken zu sehen, doch sie hörte nur abrupt zu tippen auf und richtete ihren durchdringenden Blick über den Brillenrand hinweg auf ihn.

»Ja, bitte?«, fragte sie auf Englisch.

»*Dumela,* ich bin …«, setzte Jacob auf Sotho an.

»Sie sind Detective Inspector Jacob Tshabalala, Mord und Raub. Ich weiß.« Dieses kultivierte Englisch war wie Aloe auf einer offenen Wunde. »Treten Sie bitte ein.«

Sie nahm die Brille von der Nase und deutete damit auf einen der beiden Stühle mit der kerzengeraden Lehne, die ihr gegenüber auf der anderen Seite des Tisches standen.

Jacob setzte sich und sah sich um. Der Raum war vollgestopft mit Akten, die so alt waren, dass sie wie trockenes Herbstlaub

aussahen. »Mehr hat Director Molethe nicht für Sie erübrigen können?«
»Ich bin im Augenblick hier nicht unbedingt sehr umschwärmt und ich wollte etwas nicht allzu Zentrales.«
»Es ist aber nicht in Ordnung, Sie in einen Lagerraum zu verbannen.«
»Mir ist das recht so. Ich habe nämlich nicht vor, lange hierzubleiben, Detective, und ich bin auch nicht da, um mit der SVC zu fraternisieren.«
»Verstehe.«
»Außerdem gibt's hier einen Safe von annehmbarer Größe, was im Umgang mit bestimmten Akten durchaus nützlich ist.« Sie sagte auch das noch mit einem gewinnenden Lächeln. Doch es lag schon ein Hauch von Frost darin.
Die Kartons aus Harrys Büro standen in dem wandschrankgroßen offenen Safe. »Heißt das also, dass Sie Grund für eingehendere Ermittlungen haben?«
»Jacob – darf ich Sie Jacob nennen? –, niemand in dieser Abteilung scheint die Ereignisse in Tsolo ernst zu nehmen. Das macht mir Sorgen.«
»Das habe ich nicht gemeint. Ich habe nur gehofft, selbst ein bisschen mehr darüber zu erfahren, was da am Ostkap passiert ist. Anscheinend ist niemand in der Lage, mir einfach zu erzählen, was los war.«
Sie sah ihn fragend an. »Sie sollten aber wissen, dass es mir nicht gestattet ist, über die Ermittlung zu sprechen?«
Jacob lächelte Mosetsane an. »Ich habe mir gedacht, versuchen kann ich's ja mal.«
»Dann haben Sie nicht gründlich nachgedacht, Detective. Aber Sie dürfen mir gerne etwas erzählen, das meiner Arbeit dienlich ist.«
»Harry Mason ist ein guter Polizist.« Kaum waren ihm diese

Worte über die Lippen gekommen, kamen sie ihm schon wie das Lahmste vor, was er hätte sagen können.

»Gut zu wissen, Jacob, aber leider nicht sehr hilfreich.«

Ihr offenes Lächeln machte es Jacob schwer zu interpretieren, was sie ihm *eigentlich* sagen wollte – falls es überhaupt eine versteckte Botschaft gab.

»Egal, was Sie Harry anhängen wollen, Sie liegen falsch damit.«

Seufzend schloss Mosetsane den Laptop und faltete die Hände darüber. »Ich bin nicht hier, um irgendjemandem irgendetwas ›anzuhängen‹. Die ICD wurde ins Leben gerufen, um die Bürger vor Menschenrechtsverletzungen durch die Polizei zu schützen, und genau das habe ich hier vor.«

»Und was ist mit *seinem* Recht auf Gehör? Er wird in Abwesenheit für etwas verurteilt, das er nicht getan hat. Was immer das gewesen sein soll.«

»Sie scheinen sich Ihrer Sache sehr sicher zu sein.«

»Ich bin mir Harrys sehr sicher.«

»Komisch. Ich habe Augenzeugenberichte über Angehörige der SVC aus ebendiesem Büro, die Alkohol trinkend in ein Einsatzgebiet gezogen sind.«

»Harry war bestimmt keiner von denen.«

»Schon wieder sind Sie sich so sicher. Wieso?«

»Alkohol, Detective? Worum geht es hier wirklich? Normalerweise braucht die ICD Monate, um eine Untersuchung in die Wege zu leiten. Diesmal ist noch keine Woche seit dem Vorfall vergangen, und Sie sind schon hier. Für mich heißt das, dass da ganz etwas anderes dahintersteckt.«

»Detective Mason ist wohl ein guter Freund von Ihnen?«

»Ich bin sicher, dass Sie die Antwort darauf inzwischen kennen.«

»Dann können Sie mir ja vielleicht ganz genau erklären, was ein ausschließlich aus hochrangigen SVC-Polizisten aus Johannesburg zusammengesetztes Team in Tsolo zu suchen hatte? Und warum sie dort mit horrendem Aufwand nach einem nicht vorhandenen Arsenal von Automatikwaffen fahndeten? Wo sie diesen Fall genauso gut der SVC am Ostkap hätten überlassen können?« Ein stählerner Klang schlich sich in ihre Stimme, hart und scharf wie ein Dolch, und in diesem Moment erkannte Jacob, dass er sie gehörig unterschätzt hatte.

»Ich weiß ja nicht, wie das bei der ICD ist, *Sistah,* aber weder hier noch sonst irgendwo hätte man einen Fall wie diesen irgendwelchen Provinzheinis überlassen. Die hätten das garantiert vermurkst, und dann? Wissen Sie, wie sich die Leute in diesem Team abgerackert haben, um so weit zu kommen?«

»Nein, weiß ich nicht, denn für einen Captain hat Detective Mason erschreckend wenig Ahnung, wie man Ermittlungen dokumentiert. Allein für den Zustand, in dem seine Akten sich befinden, hätte er ein Disziplinarverfahren verdient.«

»Aber hier geht's doch auch nicht um sein Talent für Dokumentation.«

Mosetsane beugte sich vor. »Vielleicht könnten wir uns aber bei der Gelegenheit darüber unterhalten, wer der mysteriöse Empfänger einer Provision von hunderttausend Rand war? Und über das internationale Zeugenschutzprogramm, für das die Regierung aufkommen soll?«

Jacob ließ seinen Blick über die sauber gestapelten weißen Kartons im Safe gleiten und musste daran denken, wie er Combrink beim Durchstöbern dieser Kisten erwischt hatte. Glaubte sie wirklich, Harry betröge die Polizei um Informantengeld? Möglich, dass sein Informant *ihn* hereingelegt hatte, Harry jedenfalls war keines Betrugs fähig.

»Sind sie wirklich ganz sicher, dass Sie genügend Informationen haben, um die richtige Entscheidung zu treffen?«

»Nein, bin ich nicht. Ich weiß ja noch nicht einmal, wer der angebliche Informant in diesem Fall war.« Jacobs Blick folgend sieht auch sie hinüber zu den Kartons im Safe. »Warum? Gibt es vielleicht noch etwas, das ich wissen *sollte?*«

Jacob überlegte. Er hegte jetzt zwar einen Verdacht gegen Combrink, aber was er hatte, waren bestenfalls Indizien. Er *glaubte,* gesehen zu haben, dass dieser Naidoo absichtlich zu Fall gebracht hatte, aber sicher war er sich nicht. Außerdem hatte er Combrink in Harrys Büro herumschnüffeln sehen, aber das konnte auch einen ganz legitimen Grund gehabt haben, genauso wie er selbst dort nach Tanya Fouchés Telefonnummer gesucht hatte. Und genau genommen könnte die Tatsache, dass auch er in diesem Büro war, als es gerade für weitere Untersuchungen versiegelt wurde, zu seinen Ungunsten ausgelegt werden. Er beschloss, dieses Thema auf sich beruhen zu lassen.

»Harry hat mir nicht gesagt, von wem er die Information hat«, erklärte Jacob bestimmt. »Würden Sie jetzt vielleicht eine von *meinen* Fragen beantworten, Detective?«

»Sie können es ja mal drauf ankommen lassen.« Ihre Stimme blieb neutral, ja beschwichtigend.

»Steckt ein politisches Interesse hinter dieser Untersuchung?«

»Politisch oder nicht, meine Aufgabe ist es, herauszufinden, was für eine Rolle diese SVC-Einheit bei dem Massaker von Tsolo gespielt hat.«

»Sie antworten nicht auf eine einfache Frage. Und warum nicht? Woher diese ungewöhnlich schnelle Reaktion der ICD? Fast, als ob Sie auf so etwas gewartet hätten. War das Ganze eine Falle?«

»Ich arbeite gerne schnell.« Die Hände weiterhin reglos auf dem Schreibtisch gefaltet, hielt sie seinem Blick stand, doch Jacob hatte den Eindruck, dass ihr ein wenig Farbe in die Wangen gestiegen war. War das Zorn oder Verlegenheit? Oder beides? Und wenn es so war, worüber?

Er rutschte nach vorne und lächelte Mosetsane an, um es ihr leichter zu machen. Diese Liebenswürdigkeit schien sie zu überraschen.

»Hören Sie, ich sehe, dass Sie Ihre Arbeit sehr ernst nehmen, und ich stelle Ihre Beweggründe überhaupt nicht in Frage«, fing er an. »Ich möchte nur verstehen, was um mich herum geschieht. Sie hatten jetzt ein paar Tage Zeit, Einblick in das Leben dieser Polizisten zu gewinnen. Sagen Sie mir, dass Sie Harry Mason für einen Typ halten, der betrunken in ein Dorf stürmt und dort Menschen abknallt. Oder Superintendent Swarts. Gut, er säuft wie ein Loch – das wissen alle –, aber würde er seine Karriere und das Leben seiner eigenen Männer einfach so aufs Spiel setzen? Wissen Sie, wie sie ihn nennen?«

Mittlerweile waren ihre Gesichter kaum mehr als einen halben Meter voneinander entfernt.

Mosetsane schenkte ihm ein schiefes Lächeln. »Den großen Super Supe Russie Swarts, aber fragen Sie mich nicht, warum hier alle so heiß auf Spitznamen sind.«

»Aber was sagt Ihnen das?«, fragte Jacob.

»Ich finde es interessant, dass Sie keinen der anderen erwähnen, die auch dabei waren. Wieso nicht, Detective?«

»Die kenne ich nur flüchtig«, antwortete er. »*Sistah,* ein Polizist wie Harry, der sich nach langer Beurlaubung entschließt, in den Polizeidienst zurückzukehren, tut das nicht wegen des Geldes, insbesondere nachdem er ausgeschieden ist, weil seine Frau bei einer seiner Ermittlungen getötet wurde. Er ist zurückgekommen, weil er den Beruf liebt. Ich glaube nicht, dass er ohne ihn leben kann. Harry Mason würde das, was er hier hat, nie im Leben für einen Haufen Gewehre und ein bisschen Informantengeld aufs Spiel setzen. Das hat er bewiesen.«

»Sie sehen nur das Beste in den Menschen. Wie schafft das jemand, der bei Mord und Raub arbeitet?« Ein Lächeln stahl sich auf Mosetsanes Gesicht, doch als Jacob keine Miene verzog, hielt sie sich wie von ungefähr eine Hand vor den Mund. »Entschuldigen Sie, das war herzlos.«

Die verlegene Geste entlockte nun auch Jacob ein Lächeln. »Ich habe recht, oder? Er passt nicht ins Profil des Mannes, nach dem Sie suchen.«

»Ich muss mich an die Fakten halten, Jacob«, sagte sie mit leisem Bedauern in der Stimme. »Wo käme ich sonst mit meinen Untersuchungen hin?«

Jacob betrachtete sie aufmerksam. Wie konnte er sie zum Reden bringen? Schließlich lehnte sie sich zurück und wandte den Blick ab.

»Sagen Sie mir wenigstens, ob Sie Harry in einen Topf mit den anderen werfen? Oder halten Sie die einzelnen Fälle streng getrennt?«

»Ich frage Sie noch einmal: Gibt es etwas, das ich wissen sollte, Detective?«

Jacob lächelte sie listig an und zuckte die Achseln. »Tja, keine Ahnung, Detective. Sie wissen ja, wie's ist. Auch ich muss mich an die Fakten halten, und im Augenblick kann ich mit keinen aufwarten.«

Sie schnalzte gereizt mit der Zunge, doch eine Bewegung ihrer Schultern ließ vermuten, dass sie sich über seine Bemerkung amüsierte.

»Sie sind ja ziemlich überzeugt, dass Ihr Freund nichts Unrechtes getan hat.«

Jacob wurde wieder ernst. »Er liegt mit zwei Kugeln im Leib auf der Intensivstation. Finden Sie es nicht auch unmenschlich, schon gegen ihn zu ermitteln, noch bevor er das Krankenhaus verlassen hat?«

»Dieser Umstand schützt ihn nicht vor den Beschwerden, die bei meiner Behörde eingegangen sind.« Mosetsane nahm einen silbernen Füllfederhalter und strich mit ihren manikürten Fingern darüber. »Wie gesagt, ich bin nicht hier, um ihm irgendetwas anzuhängen. Aber nach den Informationen, die ich aus dem Büro des Polizeipräsidenten bekommen und selbst hier gesammelt habe, würde ich sagen, dass es im besten Interesse Ihres Freundes wäre, wenn Sie mir helfen würden, rauszufinden, was zum Teufel da passiert ist.«

Jacob kniff die Augen zusammen. »Aus dem Büro des Polizeipräsidenten?«

»Mehr kann ich Ihnen nicht sagen, Jacob, nur so viel: Ihr Freund hat einen harten Kampf vor sich. Einen sehr harten.«

Kapitel 7

1

Auf der anderen Seite der verkehrsreichen Straße kommen vier Männer breitbeinig wiegenden Schrittes den Gehsteig daher. Sie sind ziemlich im gleichen Alter wie Wally Khuzwayo und sein Beifahrer. Ein Stück vor den anderen geht der älteste von ihnen, ein Mann mit ergrauendem Bart und schütterem Haar, die Schultern hochgezogen, den Blick zu Boden gerichtet, als folge er dem Muster der rechteckigen Pflasterung. Swarts ist am leichtesten zu erkennen.

Eine Woche beschattet er sie bereits, doch heute sieht Wally die vier zum ersten Mal zusammen, und er muss feststellen, dass er nicht besonders beeindruckt ist. Sie sehen aus wie ein Rudel streunende Hunde auf gemeinsamem Beutezug, das Überleben ihr einziges Ziel. Der namens Franklin, der ihnen immer am meisten Ärger einbrockt, schiebt sich, beide Hände in die Gesäßtaschen seiner Jeans gesteckt, mit einer Selbstgefälligkeit voran, als wäre er Gott bei einer Exkursion durch seine Schöpfung. Sein Kopf ist ständig in Bewegung, sein Blick unterzieht jeden Vorübergehenden einem imaginären Verhör. Naidoo hat ein paar große Pflaster auf Kinn und Stirn und hinkt den anderen deutlich hinterher. Vor Maloneys Kneipe angekommen, reißt Swarts die Tür auf und geht hinein, ohne sie für die anderen aufzuhalten. Combrink packt die Tür und deutet Franklin, vor ihm hineinzugehen. Als Naidoo heranschleicht, blickt er ihn über den Rand seiner Brille hinweg finster an, dann lässt er die Tür zufallen.

»Sind sie das?«, fragt der Mann auf dem Beifahrersitz.

»Hab ich dir doch gesagt. Pünktlich wie die Uhr«, antwortet

Wally auf Sotho. »Ich musste mich nur zwischen fünf und sechs hier herstellen und warten, dass der Erste daherkommt, so vorhersagbar wie Tag und Nacht.«
»Für mich sind das Bullen.« Die Stimme des Mannes ist rostig und gebrochen, und Wally muss stets an sich halten, um ihm nicht einen Drink anzubieten.
»Sind sie nicht«, versichert ihm Wally.
»Wer du auch bist, mein Freund, glaub nicht, dass du mich verscheißern kannst. Ich hab in meinem Leben genug Bullen gesehen, um zu wissen, wie die ausschauen, und die Typen da drüben sind schon lange bei dem Verein.«
Wally dreht sich zu diesem Mann um, den alle Mokzin nennen, den Boxer. Ob das sein richtiger Name ist, dessen ist Wally sich keineswegs sicher, denn er hat ihn noch nie zuvor gesehen. Mokzin hat sein Fenster ganz heruntergekurbelt und einen Arm hinausgestreckt. Seine Finger trommeln ungeduldig aufs Wagendach. Sein Kopf ist rund wie eine Kanonenkugel, die Augen klein mit schwer herabhängenden Lidern. Während der zweistündigen Fahrt von einem Kaff in der Nähe der Western-Deep-Mine, wo Wally ihn abgeholt hat, ist er aus dem Gesichtsausdruck des Mannes etwa so schlau geworden wie aus dem Studium eines Felsblocks.
»Jedenfalls sind das keine *Gatas*«, wiederholt er. Was er jetzt am allerwenigsten gebrauchen kann, ist, dass Mokzin es sich im letzten Moment anders überlegt. Dank der Ungeduld der Phaliso-Brüder ist das Ganze ohnehin schon ein Himmelfahrtskommando, da braucht er nicht noch mehr Hindernisse. »Wenn du's unbedingt wissen willst, das sind Konkurrenten von meinen Bossen. Wenn die mal Bullen waren, dann sind sie's jetzt auf jeden Fall nicht mehr.«
Mokzin hebt sein Hinterteil und furzt. »Auch gut. Mir ist es schnuppe, ob das Bullen sind oder nicht, es wird halt teurer.«

Wally überlegt, ob er sich auf eine Diskussion über diese Preiserhöhung einlassen soll, doch eigentlich ist es ihm scheißegal. Früher hätte er sich vielleicht im Interesse der Brüder bemüht, ihnen den einen oder anderen Rand einzusparen. Doch wenn sie in dieser verfahrenen Angelegenheit, und auch sonst, seinen Rat nicht mehr hören wollen, sollen sie sich selbst um diese Kostensteigerung kümmern.

»Das Doppelte«, sagt der Mann.

»Wie du meinst.«

»Jetzt.«

»Bist du bescheuert? Glaubst du, ich trage vier Riesen mit mir herum? Menschenskind, das hier ist Johannesburg, nicht irgend so ein Kaff, aus dem du vielleicht kommst.«

»Dann gehen wir nachher auf die Bank.«

»Bei dem Haufen Kohle sieh aber zu, dass du keinen Scheiß baust.«

»Werd ich nicht.«

»Das ist gut, denn ich will nicht, dass du noch hässlicher aussiehst als jetzt schon. Eins kann ich dir nämlich flüstern: Die Leute, für die ich arbeite, sind ganz scharf darauf, Fressen zu polieren.«

Mokzin sieht ihn misstrauisch an, doch Wally ignoriert ihn und richtet sein Augenmerk wieder auf die Kneipe. Ein wohligwarmes Gefühl durchrieselt ihn bei dem Gedanken an das Gesicht, das dieser Idiot machen würde, wenn er dort hineinmarschieren und feststellen würde, dass es da von *Gatas* und Staatsanwälten nur so wimmelt. Wally würde sogar gutes Geld dafür bezahlen, das mitansehen zu können. Trotz der miesen Laune, die er schon den ganzen Tag mit sich herumschleppt, muss er bei dieser Vorstellung lächeln.

Die ganze Angelegenheit ist schneller außer Kontrolle geraten als ein Haufen stinkbesoffener Jugendlicher allein zu Hause, denkt Wally, und er hat die Nase voll. Als Ncolela die *Gatas* das letzte Mal provozierte, hatte er vor laufenden Fernsehkameras geprahlt, er sei besser in der Lage, die Straßen von Gangstern zu säubern als sie. Doch damals war Godun da gewesen und hatte Wally geholfen, Ncolela von seinem hohen Ross herunter und aus dem Blick der Öffentlichkeit zu holen. Ganz anders als jetzt. Diesmal sah es nämlich so aus, als hätte sich der jüngere Bruder für die Zwecke des älteren einspannen lassen. Oder den Wahnsinn womöglich sogar selbst inszeniert. Wally würde es Godun glatt zutrauen.

Das hat ihn schwer erschüttert, nicht nur, weil sie ihn aufs Abstellgleis geschoben haben, sondern weil sich die Dynamik zwischen den Phalisos offensichtlich geändert hat – sehr zu seinem Nachteil. Wally weiß nicht mehr, wo sein Platz zwischen den beiden ist. Jetzt ist alles möglich.

Er hat erkannt, dass mit der Veränderung im Verhältnis zwischen den Brüdern und bei seinem fortgeschrittenen Alter seine Zeit, Geld zu scheffeln, langsam zu Ende geht.

Er dreht am Knopf des Autoradios. Auf Metro FM läuft gerade Hugh Masakelas »Been Such a Long Time«. Er berührt mit einem Finger ein zerknittertes Foto auf dem Armaturenbrett. Ein achtjähriger Junge in schlammverkrusteter Fußballmontur und mit einem Orangenviertel zwischen den Lippen schneidet eine Grimasse in die Kamera.

»Ich lass ihnen ein bisschen Zeit, um sich's gemütlich zu machen«, sagt Mokzin.

Wally reißt den Finger weg. Er will nicht, dass dieser Fremde Einblick in einen Aspekt seines Lebens bekommt, der nichts mit dem zu tun hat, worum es hier geht. »Mach, wie du meinst, aber lass dir nicht den ganzen Tag Zeit.«

Mokzin. Ncolela. Godun. Wally fröstelt, als er an den Abend denkt, an dem er den Befehl erhielt, dieses Ekelpaket anzuheuern. Das rosa Haus am Ende der Straße lag bei seiner Ankunft in völliger Dunkelheit. Kein Licht und keine Spur von den Gorillas der Phalisos. Nicht einmal einer der stinkenden Köter kam um die Ecke geschossen, um ihm wie üblich an den Wagen zu pinkeln. Das erinnerte ihn an die schreckliche Nacht im Jahre 1986, als Ncolela ihn um drei Uhr morgens anrief und ihm mit sich überschlagender Stimme in den Hörer kreischte, was mit Hlubi geschehen war. Als Wally die unversperrte Haustür aufstieß, rechnete er schon fast damit, nur mehr die Überreste der beiden Brüder vorzufinden, die einander zu guter Letzt Glied für Glied in Stücke gerissen hatten. Doch da war nur Ncolela, der, eine fast leere Flasche Chivas in der Hand, reglos durch einen Spalt zwischen den dicken Vorhängen in die Nacht hinausstarrte. Der Gestank nach verrottenden Küchenabfällen war so überwältigend, dass Wally beinahe die Augen tränten.

»Sei gegrüßt, Bruder.« Doch Ncolela machte keine Anstalten, ihn zu begrüßen. Da fragte er: »Alles in Ordnung?«

Ncolela antwortete nicht – kein Lachen, kein fauler Witz, nicht einmal eine seiner üblen Beschimpfungen. Er schenkte Wally nur ein dünnes Lächeln, das viel eher zu Godun gepasst hätte, und deutete ihm, sich zu setzen. Ncolela selbst blieb am Fenster stehen, und als er schließlich den Mund aufmachte, sprach er mit Grabesstimme: »Sie ist da draußen, Wally, sie beobachtet mich. Sie schaut draußen aus der Kälte hier rein, wo sie doch eigentlich hier drinnen sein sollte, wo sie's immer warm gemacht hat. Und weißt du, was sie zu mir sagt?«

»Was?«, fragte Wally.

»Sie sagt, ich soll alle Ratten im Haus umbringen. Sie sagt, ich soll mein eigenes Blut trinken. Kannst du dir das vorstellen, Wally? Dass Hlubi solche Sachen sagt? Was, glaubst du, hat das zu bedeuten?«

Unter anderen Umständen hätte Wally vielleicht gescherzt und

geantwortet, dass endlich jemand Ncolela die Wahrheit über die hygienischen Zustände in seinem Haus sagte. Doch irgendwie war die Stille im Haus so gespenstisch, dass Wally tatsächlich das Gefühl hatte, Hlubis Geist stehe hinter Ncolela und flüstere ihm bedrohliche Dinge ins Ohr.
»Es bedeutet, dass du müde bist, Bruder. Das ist alles«, sagte er so ruhig er konnte. »Es bedeutet, Zeit, den Whisky wegzustellen und dich hinzusetzen. Ich muss dir einiges erzählen.«
»Ja, vielleicht.« Ncolela sah die Flasche in seiner Hand an. Dann fletschte er die Zähne und warf sie quer durchs Zimmer an die gegenüberliegende Wand, wo sie laut klirrend zerbrach. Mit kaum bezähmbarer Wut in der Stimme fügte er hinzu: »Dieses eine Mal werde ich mich zu dir setzen und mir alles anhören, *Mfo.* Das bin ich dir schuldig.«
Wally wusste, was Ncolela meinte: Er erwartete eine Erklärung. Doch Wally war nicht bereit, sie zu liefern. Es gelang ihm an diesem Abend zwar, die Sprache wieder auf Swarts und sein Team zu bringen, doch auch danach blieb die große Frage, nicht *wann,* sondern *wie* er seinen Kopf retten sollte. Goduns Taktik, ihn in immer riskantere Situationen zu manövrieren, verringerte seine Chancen, sein eigenes Überleben zu sichern, von Stunde zu Stunde, und auch die Bedingungen wurden immer ungünstiger.
»*He banna,* schläfst du mir ein?«
Wally hatte den Mann neben sich völlig vergessen.
»Soll das ein Witz sein? Der Gestank, den du in meinem Wagen ablässt, der bringt mich eher um.«
»Wenn du ohne mich losfährst, find ich dich, *né?*« Der Finger, den Mokzin zur Warnung hochhält, ist dick wie eine Wurst. »Hast du gehört?«
»Bringen wir's endlich hinter uns. Ich hab nicht den ganzen Tag Zeit.«

Hat er auch nicht. Um sieben muss er seinen Sohn bei seiner Großmutter abholen.

Mokzin schnaubt beleidigt und öffnet die Beifahrertür. Wally wirft einen nervösen Blick auf die dicke Plastiktüte, die der andere ächzend aus dem Fußraum holt. Was auch darin sein mag, es ist so schwer, dass die Tüte beinahe durchreißt.

»Bist du sicher, dass diese Tasche hält?«, ruft er Mokzin nach.

»Lass mich in Frieden, ich weiß, was ich tu.« Der Boxer beugt sich zum Fenster herein und hält den kleinen und den Ringfinger in die Höhe. »Das Doppelte, *né?*«

»Tu du erst mal deine Arbeit.«

»Lass den Motor an. Wenn ich rauskomm, hast du dich schon in den fließenden Verkehr eingeordnet. Wir müssen hier weg, und zwar ruck, zuck.«

»Geht klar.«

Wally sieht dem Mann nach, wie er, beinahe über die eigenen Beine stolpernd, hastig die Straße überquert. Er unterscheidet sich in nichts von anderen Büroangestellten mittleren Alters, die sich abhetzen, um noch den Sechs-Uhr-Zug am Bahnhof Doornfontein zu erwischen. Wally wartet, bis Mokzin die Glastür des Maloney aufgestoßen hat, dann startet er den Wagen. Der Motor springt sofort an.

Jetzt werden wir ja sehen, wie du dich im Ring schlägst, mein Boxer, denkt er und lächelt.

Während er mit laufendem Motor wartet, betrachtet Wally seine Hände auf dem mit Fell bezogenen Lenkrad seines Kombi. Sie erscheinen ihm ziemlich ruhig, wenn er bedenkt, was gleich passieren wird. Er hat schon vieles in seinem Leben getan, das meiste davon nicht unbedingt legal, doch einen Polizisten hat er noch nie getötet. Nicht einmal bei dieser Schießerei 1983, als diese Schweine von der Widerstandsbekämpfung wie das Jüngste Gericht über die Phalisos kamen. Für ihn verhieß

der bloße Gedanke an Polizistenmord schon Unglück. Doch jetzt, wo es so weit ist, bereitet Wally nur eines Unbehagen: Dass er gegen seine eigenen Regeln verstößt. Ansonsten ist es durchaus kein so monumentaler Akt, wie er früher immer dachte.
In einem muss er den Phalisos recht geben: Es war höchste Zeit zu handeln. Nachdem sich mit der Sache in Tsolo all seine Hoffnungen zerschlagen haben, und Makhe Motale, dieser Arsch, sich mit seiner Kohle abgesetzt hat, bleibt Wally nichts übrig, als das Spiel bis zum bitteren Ende zu spielen und zu sehen, was daraus wird.
Er schaut in alle drei Rückspiegel, stopft sich eine Handvoll Kaugummi in den Mund und lehnt sich zurück, um auf Mokzin zu warten.
Wie sich herausstellt, muss Wally Khuzwayo nicht lange warten.

2

Der alte Hugh Semenya poliert gerade das letzte Highball-Glas, noch heiß aus der Spülmaschine, ehe er für heute Feierabend macht und der Nachtschicht das Feld überlässt. Da öffnet der Unbekannte die Glastür mit dem eingeätzten *Maloney's* und betritt den mit grünem Teppich ausgelegten Eingang.
In den vielen Jahren, die er schon hinter der Bar steht, anfangs als einfacher Gläserspüler, dann als Barkeeper, hat es ihm immer Spaß gemacht, die Reaktion der Leute zu beobachten, die zum ersten Mal in die Kneipe kommen. Wenn sie ihren Fuß hineinsetzen, bleiben sie zunächst einmal wie angewurzelt stehen, ihre Augen weiten sich. Manche recken sogar die Nase in die Luft, als witterten sie Gefahr. Dann spähen sie vorsichtig in den Raum dahinter. Die meisten machen auf der Stelle kehrt, wenn

ihnen klar wird, wo sie hier gelandet sind, und suchen sich ein anderes Lokal, eines, in dem sie das Gefühl haben, willkommen zu sein. Andere lassen sich nicht so leicht abschrecken: Diese Sorte steigt üblicherweise die vier Stufen hinunter und marschiert entschlossen an die Bar. Ungeduldig bestellen sie etwas zu trinken und leeren hastig ihr Glas, während sie sich mit finsteren Blicken umsehen, als wäre es eine Mutprobe, einmal etwas in einer Kneipe voller Polizisten zu trinken. Dann gibt es die, die schließlich mehrere über den Durst trinken und zeigen wollen, was für Kerle sie sind, indem sie sich mit dem Personal oder, noch schlimmer, mit den Hütern des Gesetzes anlegen. Diese Kategorie bereut üblicherweise für den Rest ihres Lebens, dass sie hier Randale gemacht hat, denn welcher Polizist lässt sich das schon gefallen an dem einzigen Ort, an dem er Zuflucht vor der Welt, ja vor seinem eigenen Zuhause findet? Und welcher Polizist nimmt einen Kollegen hops, weil er in ihrem einzigen gemeinsamen Schlupfwinkel einem Zivilisten eine blutige Nase geschlagen hat? So gesehen ist das Maloney nicht einfach eine Kneipe, denkt Hugh Semenya, sondern ein Reservat.

Für eines gebührt diesem Unbekannten jedenfalls schon mal Anerkennung: Er hält sich nicht lange an der Türschwelle auf, sondern packt die offensichtlich schwere Plastiktüte in seiner Rechten fester und kommt schnurstracks an die Bar. Hugh beschließt sofort, dem Mann nur dann ein Bier zu servieren, wenn er nicht nach Straße riecht. Seine Kundschaft ist normalerweise tolerant gegenüber Neulingen, die unversehens in ihr Revier eindringen, doch wenn einer aussieht, als komme er von der falschen Seite, muss er damit rechnen, es unter sehr unangenehmen Begleiterscheinungen sehr unvermittelt verlassen zu müssen.

Unter den argwöhnischen Blicken der zahlreichen Anwesenden geht der Mann durch den Schankraum. Seinen eigenen Blick hält er unverwandt auf Hugh gerichtet. Seine Miene jedoch macht in kürzester Zeit eine phänomenale Wandlung durch. Kein Zögern, keine Anzeichen von Nervosität sind in dem Mondgesicht zu entdecken, aber mit jedem Schritt, der ihn der Bar näher bringt, scheint auch eine in diesem bulligen Körper aufgestaute Wut sich ihrem Ausbruch zu nähern. Als der Fremde schließlich am Tresen steht, arbeitet sein Kiefer wie ein Hubkolben, und seine Fäuste sind so fest geballt, dass selbst die Sehnen an seinem Hals noch wie Stricke hervortreten.

»*Dumela,* Fremder«, sagt Hugh, als er nichts von dem Gossengestank bemerkt, der ihn an verdreckte Bahnhöfe erinnert. »Wie wär's mit einem Bier, für einen angenehmen Rutsch ins Wochenende?«

Der Mann lehnt sich an den Tresen und legt einen Arm um einen Aschenbecher. Die schwere Tasche hält er noch immer, wie um sie zu schützen, eng an den Körper gepresst.

»Eine Frage, Alter, ist das eine Bullenkneipe?«

Hugh kichert. »Genau daran habe ich gerade gedacht.«

»Was soll das heißen?«

»Ich habe mich gefragt, wie lange Sie brauchen, bis Ihnen das dämmert.«

»Dann stimmt's also?«

»Könnte man so sagen, obwohl sie sicher nichts dagegen haben, wenn sie ein, zwei Gläser trinken. Fußball ist an, wenn Sie's interessiert. Wir haben Satellit, und heute spielen die *Bafana* gegen Ghana.«

Das alles scheint den Fremden nicht zu interessieren. Stattdessen deutet er mit einem Nicken des Kopfes über seine linke Schulter. »Die da drüben, sind das auch Bullen?«

»Würde ich meinen, wenn man bedenkt, was das für eine Kneipe ist. So, und was ist jetzt mit dem Bier?«

Über die Schulter des Unbekannten hinweg sieht Hugh, wie Swarts zu ihm herschaut. Er und seine Tischgenossen scheinen in ein äußerst ernsthaftes Gespräch vertieft, trotzdem mustert er den neuen Gast und zieht fragend eine Augenbraue hoch. Hugh antwortet mit einem stummen Nicken. *Ja, mit dem werd ich schon fertig. Arbeite ja nicht umsonst schon neununddreißig Jahre hier.*

»Vergiss es«, sagt der Fremde. Ohne ein weiteres Wort schlägt er auf den Tresen und kehrt dahin zurück, woher er gekommen ist.

3

Auf einmal tritt eine Frau in die Lücke zwischen Wallys Kombi und dem vor ihm geparkten Wagen. Hinter ihr zwei kleine Mädchen, ein drittes Kind, mit einem dicken Verband um den Kopf, hat sie auf dem Arm. Wie die drei Kleinen trägt auch die Frau einen schmutzstarrenden rosa Trainingsanzug. Ihr Blick kreuzt den seinen, und ihre Miene erinnert ihn an die seiner Frau, wenn er heimkommt und riecht wie ein Kneipenwischmopp. Dann wird ihm klar, dass er diese Frau schon einmal gesehen hat ... oder eine wie sie. Einmal hat er ein Mädchen gesehen, er kannte sie nicht, aber an ihr Gesicht kann er sich ganz genau erinnern – ein Gesicht wie dieses hier. Sie hatte Tränen in den Augenwinkeln, damals. Ein Junge war auch da, kurz vor dem Teenageralter, er bildete die Nabe in einem vor Wut pulsierenden Menschenrad. Er war wegen Vergewaltigung des Mädchen verhaftet worden, hatte einer der Umstehenden Wally damals erzählt, aber die Menschen wollten sich damit nicht zufriedengeben, deshalb hatten sie seine Kaution bezahlt und ihn entführt, kaum dass er das Gerichtsgebäude verlassen hatte. Wally traf in der Nähe eines Bahnhofs in einer Township auf die aufgebrachte Menge. Der Junge war völlig nackt und von seinem Kampf bereits am ganzen Körper mit rotem Staub bedeckt. Eine Lippe blutete, und seine Augen waren zugeschwollen von den Hieben, mit denen er traktiert worden war. Jetzt flehte er blind um sein Leben.

Schubsend und rempelnd drängte die Meute sich um ihn herum, durchbohrte ihn mit wutentbrannten Blicken, spie ihm ihren Hass ins Gesicht, schlug und trat ohne Unterlass auf ihn ein. Er war für sie zu einem Gegenstand der Verachtung geworden, kein Mensch mehr, trotz seines Flehens um Erbarmen. Das Ganze fand ein jähes Ende, als die Mutter des Mädchens, einen abgebrochenen Flaschenhals schwingend, den Kreis durchbrach. Vier Männer hatten den Jungen an den Beinen gepackt und ihn hochgehoben, dass er mit dem Hinterkopf auf die festgestampfte Erde knallte. Sie drückten dem benommenen Jungen die Knie auseinander und klemmten sie sich unter ihre Achseln. Ein Johlen ging durch die Menge, als der Junge sich verzweifelt wand, ohne Aussicht, seiner Kastration zu entgehen. Ob er diese Tortur überlebte, wusste Wally nicht, denn er war weggegangen, noch ehe der erste Blutstropfen in den Staub fiel. Doch noch Wochen nach diesem Anblick konnte er nicht richtig schlafen.

Ohne nach rechts und links zu sehen, tritt die Frau, die ihn jetzt an die jugendliche Anklägerin erinnert, hinaus in den fließenden Verkehr. Der Gefahr, die ihr und dem Kind auf ihrem Arm droht, ist sie sich scheinbar nicht bewusst.

Ein olivgrüner Toyota Prado mit schwarz getönten Scheiben kann nur durch eine Vollbremsung verhindern, dass er den rosa Trupp niedermäht. Der Fahrer drückt auf die Hupe und nimmt die Hand erst nach einigen Sekunden wieder weg. Als hätte sie nur auf eine solche Reaktion gewartet, drischt die Frau auf die Motorhaube ein und beschimpft den Fahrer mit Ausdrücken,

die Wally außerhalb der verschworenen Gemeinschaft von Bergarbeitern, in der er aufgewachsen ist, kaum je gehört hat. Inzwischen haben sich entsetzte Fußgänger umgedreht und gaffen.
»Schau, dass du weiterkommst, blödes Weib!«
Wally kurbelt sein eigenes Fenster herunter und will sie anschreien, da macht sie ihren Töchtern ein Zeichen und führt sie über die Straße, ohne von dem Fahrer, der sie angehupt hat, weiter Notiz zu nehmen. Der Prado allerdings rührt sich nicht von der Stelle, und eine irrationale Furcht bemächtigt sich plötzlich Wally Khuzwayos: Er stellt sich vor, dass die Phaliso-Brüder hinter diesen getönten Scheiben sitzen, um zu kontrollieren, ob er imstande ist, seinen Auftrag auszuführen oder nicht.
»Kein Mensch kann unsere operativen Zellen miteinander in Verbindung bringen, es sei denn, einer von uns drei entpuppt sich als Verräter«, hört er Ncolela wieder sagen.
Wally verwirft diesen Gedanken, ehe er mehr werden kann als eine unangenehme Phantasie. Sinnlos, sich mit Dingen aufzuhalten, die einen nervös machen, wenn Nervosität das Letzte ist, was man gerade brauchen kann.
Hinter dem Prado hupt ein Mercedes, was das Zeug hält, und der Fahrer des Geländewagens, der Wally die Sicht auf die Kneipe versperrt, löst die Handbremse und fährt los. Der brandneue Wagen hat keine Nummernschilder, aber Wally kann sich ohnehin nicht an das Autokennzeichen der Phalisos erinnern.
Ein weiterer beunruhigender Gedanke ergreift von ihm Besitz, und Wally umklammert das Lenkrad noch fester. Vielleicht ist er ja doch noch nicht bereit für das, was ihn jetzt erwartet. In letzter Zeit kriegt er schon beim geringsten Anlass Fracksausen. Das ist nie ein gutes Zeichen.
Er hat jetzt wieder freie Sicht auf die andere Straßenseite und sofort sticht ihm die rosa Frau mit ihren Kindern wieder ins Auge, die nun an einem Telefonstand vor einem Elektronik-

markt neben der Kneipe steht. Sie spricht angeregt ins Telefon, während der junge Mann, der den Stand betreibt, sie von oben bis unten mustert. Offensichtlich macht er sich Gedanken, ob sie die in Anspruch genommene Leistung auch bezahlen kann. Die drei Kinder zu ihren Füßen zucken zusammen, als die Kneipentür plötzlich auffliegt und Mokzin herausstürzt, die schwere Plastiktüte noch immer in der Hand. Er stürmt über die Straße wie ein wütender Büffel.
»Was soll der Scheiß?«, brüllt Wally aus dem Fenster, sobald er sich sicher ist, dass Mokzin ihn bei dem Straßenlärm hören kann. »Geh wieder rein!«
Der Mann rennt vorne um den Wagen herum und reißt die Beifahrertür auf.
Wally winkt ihn weg. »Ich zahl dich, damit du einen Auftrag erledigst, du Idiot. Jetzt geh und mach!«
Schneller als Wally erwartet hätte, lässt Mokzin sich auf den Beifahrersitz fallen und packt ihn mit einer Riesenpranke an der Gurgel. Möglich, dass er in früheren Zeiten tatsächlich ein guter Boxer war.
»Wofür hältst du mich eigentlich? Ich bin nicht irgendein Volltrottel, der sich von dir verarschen lässt.«
Wally will die Hand wegstoßen, die ihn beinahe erwürgt, doch sie hält ihn fest wie ein Schraubenschlüssel. »Du warst einverstanden!«, röchelt er.
»Ich war einverstanden, vier Konkurrenten alle zu machen, nicht einen ganzen Bullenstall.«
Erschrocken schaut Wally zu den Vorübergehenden. Einer von ihnen sieht betreten weg.
»Entspann dich. Willst du, dass sich alle hier … an uns erinnern?«
»Das ist mir scheißegal, weil hier heute nix passieren wird, kapiert?« Einen Augenblick lang verstärkt Mokzin seinen Griff

um Wallys Kehle noch, dann stößt er ihn von sich. Er lehnt sich zurück und verschränkt die Arme. »Wir hauen ab. Fahr los.«
»Würd ich ja gern, aber die Arbeit tut sich nicht von allein.«
»*Fahr los,* hab ich gesagt!«
»Glaub mir, *Bra,* du würdest es bereuen, wenn du dich mit meinen Auftraggebern anlegst.«
»Scheiß auf dich und deine Bosse!«
Wally ballt die Fäuste, kann aber einen Wutausbruch unterdrücken. Er sieht schon lebhaft vor sich, wie es weitergehen wird: Godun bekommt jetzt den endgültigen Beweis, dass er, Wally, seiner Aufgabe nicht mehr gewachsen ist. Und wenn Wally richtig vermutet, hat Ncolela ihn schon im Verdacht, der Verräter zu sein, der die Polizisten zu dem Waffenarsenal in den Bergen geführt hat.
Und er hätte recht.
Doch jetzt, wo dieser unzuverlässige Mittelsmann Makhe Motale mit der Anzahlung für die bereits gelieferte Information durchgebrannt ist, muss Wally mit allen Mitteln versuchen, sich das Vertrauen der Phalisos zurückzuerobern.
Abrupt streckt er Mokzin die Hand hin. »Dann gib sie mir, wenn du's nicht selber hinkriegst.«
»Bist du übergeschnappt?«
»Gib sie mir, oder ich schwör dir, dass dir noch vor Sonnenuntergang jemand die Eier abschneidet und ins Maul stopft.«
Die Wut in Wallys Stimme bewirkt, dass Mokzin sich die Erwiderung verkneift, die ihm schon auf der Zunge liegt. Ihm ist, als müsse er Galle schlucken.
»Aber die bringen das in allen Nachrichten. Die werden Jagd auf uns machen.«
»Du machst das doch nicht zum ersten Mal. Wieso machst du dir auf einmal ins Hemd?« Wally deutet ungeduldig auf die Plastiktüte.

»Wer sind deine Bosse?«, fragt Mokzin mit seiner heiseren Stimme.
»Geht dich einen Scheißdreck an.«
»Ich hab von einem gehört, dem sie wirklich die eigenen Eier ins Maul gestopft haben. Die Leute sagen, das waren die Abasindisi.«
»Vielleicht. Vielleicht aber auch nicht.«
Mokzin reißt die Augen auf. »Scheiße. Das ist für die Phalisos?«
»Gib mir diese Scheißtasche, du feige Sau.«
Behutsam zieht Mokzin die Tüte aus dem Fußraum und gibt sie Wally, der die Tür öffnet. Er spürt, wie das Gewicht an seinem Arm zieht. Wenn er vermeiden will, dass die Polizisten etwas bemerken und dumme Fragen stellen, muss er die Tüte tragen, als wäre sie viel leichter. Er wirft dem Mann auf dem Beifahrersitz einen letzten Blick zu und lacht höhnisch.
»Das Doppelte? Wolltest du wirklich das Doppelte?«
»Ich will überhaupt nix. Nimm das Ding einfach und lass mich in Frieden.«
Wally lächelt. Seine Selbstsicherheit ist zurückgekehrt. »Und dass du noch da bist, wenn ich rauskomm, *Mfo,* sonst …«
Er lässt die Drohung unausgesprochen in der Luft hängen und knallt die Wagentür zu. Wally schaut rechts, dann links, dann wieder rechts und trabt dann lässig über die Pritchard Street, wie ein x-beliebiger Mann mittleren Alters, der den 6-Uhr-Zug in Doornfontein noch kriegen will.

4

Es ist so weit. Detective Senior Superintendent Russell Swarts muss den anderen *Ballies* sagen, dass Harry Mason etwas gegen ihn in der Hand hat, eine Altlast aus der Ermittlung im Fall Ntombini, einem Mordfall, der viele Jahre zurückliegt. Damals haben sie sich gerade erst kennengelernt. Weiß der Himmel, wie der Mann herausgefunden hat, was in jener Nacht in Yeoville wirklich passiert ist, aber Swarts fühlt sich verpflichtet, seine Männer nicht im Unklaren zu lassen, warum die Schüsse auf Mason in Tsolo ihnen noch mehr Ärger machen könnten als erwartet.

Swarts hält kurz inne, um den Fremden im Auge zu behalten, der in die Kneipe hereinplatzt und genauso schnell wieder daraus verschwindet, dann fährt er fort mit seiner Schilderung des Todes von Parapara Ntombini. Er erzählt Details, die nur er selbst und ein paar Marionetten des toten Dealers kennen. Einige *Ballies* waren zwar an der Ermittlung im Mord an der drogenabhängigen jungen Frau beteiligt, die sie letztendlich zu Ntombini führte, doch sie kannten nur eine frisierte Version des unaufgeklärten Mordes an dem Drogenhändler. Die entscheidende Tatsache dabei hatten sie nie erfahren – dass nämlich er, Russell Swarts, den Scheißkerl umgebracht hatte.

Die Quintessenz der Geschichte war, dass der Mord kein Vergeltungsschlag rivalisierender Banden war, keine Strafe dafür, dass Ntombini mit dem Mord an der Drogensüchtigen die Aufmerksamkeit der Polizei auf ihr Viertel gelenkt hatte, wie viele damals dachten – und wie es schließlich auch in der Fallakte festgehalten wurde. Es hatte auch keine internen Kämpfe gegeben, zumindest nicht so, wie es schließlich ebenfalls in der Akte stand, die Russell zurechtbastelte. Was ihn anging, war es auch kein spontanes Verbrechen, Gott bewahre! Swarts hatte sich schon wochenlang über die sich ständig verschlechternde Situation auf der Straße den Kopf zerbrochen, bis er letztlich zu dem Schluss gekommen war, dass Ntombini zu töten ein notwendiges Übel war. Statt einen offenen Krieg zwischen der unterbesetzten Drogenfahndung und den Drogenbanden aus Yeoville zu riskieren, die von Tag zu Tag mächtiger wurden, beschloss er, diesen Funken auszutreten, ehe er einen Flächenbrand entfachte. Es war eine schwierige Entscheidung, die kniffligste, die er je zu treffen hatte. Doch manchmal blieb einem keine Wahl, wenn man verhindern wollte, dass noch mehr Menschen ihr Leben lassen mussten. Null Toleranz und Mobilisierung aller Kräfte – das waren die gängigen Begriffe der Polizei, die ihm gleich wieder dazu einfielen, obwohl sie eher nach schlechten Action-Filmen mit Chuck Norris klangen. Wenn es etwas gab, das er aus dem Tod seines Partners im Jahr davor gelernt hatte, dann das: Tragt den Kampf in ihr Revier, bevor sie ihn in eures bringen können. So war man wenigstens auf alles vorbereitet, was vielleicht danach kam.

In einer regnerischen Nacht, die engen Straßen waren rutschig vom schaumig abfließenden Wasser, stöberte er Ntombini schließlich in Yeoville auf, wohin dieser zurückgekehrt war, nachdem er sich eine Weile in Alexandra versteckt hatte. Auf dem Gehsteig gegenüber einer spärlich beleuchteten Treppe, die zu zwei schäbigen Wohnungen im ersten Stock führten, wartete er geduldig, bis die meisten Gäste aus dem übertrieben lauten Nachtclub darunter abgezogen waren – alles junge Leute, die aussahen wie ein Haufen Satanisten, und die Mädchen hatten kaum mehr am Leib als billige Dessous und schenkelhohe Nuttenstiefel. Um die üblichen Zuhälter und Königinnen der Nacht musste er sich ebenso wenig Sorgen machen wie um die übrigen Drogendealer; die hatten in weiser Voraussicht Feierabend gemacht, als es zu schütten begann. Er stieg aus seinem Wagen, dessen Nummernschilder er natürlich ausgetauscht hatte, und schlenderte über die Straße. Mit seiner Patchwork-Lederjacke und der hochgerollten schwarzen Sturmhaube sah er aus wie ein typischer Yeoville-Penner. Der Dauerregen und die dunkle Straße gaben ihm ein gewisses Gefühl der Sicher-

heit, ebenso wie diese verfluchte Musik, die laut genug war, um selbst Mörserbeschuss zu übertönen.
Er trug Lederhandschuhe – nicht die Latexdinger, von denen die Labortechniker heutzutage schon Fingerabdrücke nehmen konnten – und hatte die Hände tief in den Taschen vergraben. Mit einer umklammerte er einen schweren 38er Revolver mit kurzem Lauf, der die leeren Patronenhülsen nicht auswarf.
Drei Stufen gleichzeitig nehmend, eilte er die Treppe zu den Terrassenwohnungen hinauf, geräuschloser, so schien es ihm, als sein Körper es ihm je wieder gestatten würde. Über dem Nachtclub gab es nur zwei Wohnungen, und von seinen Informanten wusste er, dass Ntombini sich in der links von der Treppe versteckte. Diese Informanten waren ebenjene Leute, die genug davon hatten, dass ihr Geschäft den Bach runterging, weil ein polizeilich gesuchter Drogenboss Swarts und sein Team auf den Plan gerufen hatte. Dieselben Leute, die die Nase voll davon hatten, sich Nacht für Nacht von SANAB-Teams einer Leibesvisitation unterziehen lassen zu müssen, die unerschütterlich einen Mann suchten, den sie selbst versteckten. Zu guter Letzt schlugen sie Swarts ein Geschäft vor, damit er ihnen eine Verschnaufpause gönnte, um gewisse lukrative Märkte rasch wiederzubeleben.
Er war sich bewusst, dass er sich als gemeiner Meuchelmörder für einen Haufen Heroindealer hergab, die Jugendliche und ganze Familien von Woodmead bis Germiston ruinierten, und er hätte sich deswegen auch wie ein richtiges Arschloch gefühlt, wenn er damit seinem eigenen Team nicht eine Versicherungspolice beschafft hätte. Er wollte, dass Kollegen nicht ständig Angst haben mussten, aus fahrenden Autos abgeknallt zu werden. Immerhin wusste er, wie es Polizisten erging, die einer Bande zu lange und zu ausgiebig ins Revier pinkelten – er hatte es vor gar nicht allzu langer Zeit selbst erlebt. Er wollte ja kein

Bündnis mit diesen Drecksäcken eingehen – so weit würde er nie gehen –, sondern dafür sorgen, dass sich wieder ein Gleichgewicht einstellte, das für die Polizei eindeutig genauso wichtig war wie für die Gangster. Es wurde also vereinbart, dass es in dieser Nacht keine Wachen geben würde.

»Dieses Arschloch hatte nicht die leiseste Ahnung«, sagt Swarts zu den *Ballies,* die mit ihm am Tisch sitzen. »Weiß der Himmel, wen er um halb fünf in der Früh erwartete, aber eines könnt ihr wetten: mich nicht.«

»Zwei Löcher im Herzen und zur Sicherheit noch eins im Bauch«, fiel Franklin ein. »So haben wir ihn am nächsten Morgen gefunden, wenn ich mich recht entsinne.«

»Scheiße, Russie, das warst du?«, fragt Naidoo mit beinahe kindlichem Staunen. »Mann, wir haben einer ganzen Straße eine Woche lang die Hölle heißgemacht, um rauszukriegen, was da passiert ist.«

»Wer hat also mit Mason geredet?« Schon seit Beginn der Geschichte putzt Kommie Combrink mit einem zerknüllten Taschentuch an seiner verbogenen Brille herum. »Ich meine, wie sollte er das nach fast zehn Jahren sonst herausgekriegt haben? Und wie groß ist die Gefahr, die sie für uns darstellen?«

»Es gibt absolut nichts, was mich mit dieser Nacht in Verbindung bringen könnte, selbst wenn Bond mit Zeugenaussagen daherkommt. Es gibt keine Sachbeweise, um irgendwelche Behauptungen zu untermauern, dass ich dort war.«

»Was spielt das denn überhaupt für eine Rolle?«, unterbricht Franklin. »Dieses Dreckschwein hätte für hundert Rand seine eigene Mutter verkauft. Verdammt noch mal, die Leute haben auf der Straße getanzt, als er weg war. Warum daran rütteln? Wozu dieser Geständnis-Scheiß?«

»Anscheinend waren nicht alle froh, dass er weg war – wenn

Russie recht hat, und Mason womöglich Zeugenaussagen über das, was in dieser Nacht passiert ist, hat.« Zu Swarts sagt Kommie: »Aber Blondie hat recht. Du würdest uns das alles nicht erzählen, wenn da nicht noch was wäre. Wenn der Tatort so sauber war …«

»War er«, fällt ihm Naidoo ins Wort. »Wir haben nichts, aber auch gar nichts gefunden.«

»Der absolute Flop«, stimmt Franklin zu.

»… und wir davon ausgehen können, dass niemand Ntombinis Kumpane ernst nimmt, wie könnte dann irgendwer eindeutig beweisen, dass du dort warst?«

»Deshalb erzähle ich euch ja die ganze Story, falls ich das mit Harry ausfechten muss.«

Swarts blickt in die Runde. Dass er gerade einen Mord gestanden hat, haben sie alle recht gut weggesteckt. Wie er es von seinen *Ballies* eigentlich nicht anders erwartet hat. Nur Franklin scheint sauer zu sein, aber auch damit hat er gerechnet. Swarts gießt sich den Rest einer Dose Cola light in seinen Cognac. »Bond ist ein Sturschädel, und wenn er glaubt, dass wir in Tsolo versucht haben, ihn umzubringen, um diesen alten Fall zu vertuschen, dann wird er nicht zögern, mich hinzuhängen.«

»Warum, zum Teufel, hast du uns das Ganze nicht schon früher erzählt?«, fragt Combrink.

»Ich hatte alles im Griff.«

Franklin schnaubt sarkastisch, sagt aber nichts. Er putzt nur die Asche aus seiner Pfeife und stopft sie neu.

Combrink schüttelt den Kopf. »Ich fand immer schon, dass er keinen Mannschaftsgeist hat, dieser Scheiß-Tommy.«

»Ich sage, der hat nur auf den richtigen Moment gewartet, um dich zu erpressen«, meint Naidoo.

Drei erstaunte Augenpaare richten sich auf Naidoo, der nach

all dem Alkohol, dem er an diesem Nachmittag zugesprochen hat, schon ziemlich unsicher auf seinem hohen Barhocker sitzt. Leere Plastikschnapsgläser stehen in sauberen kleinen Reihen vor ihm auf dem Tisch. »Ich meine, immerhin bist du ja bald ein sehr wichtiger Mann.«

»Da hat Sammy nicht unrecht«, sagt Franklin. »Deine Zukunft bei Interpol liegt jetzt in Masons Händen, und kein Mensch weiß, was er von dir verlangen wird, wenn du mal in Lyon sitzt.«

Swarts hat sich in letzter Zeit viele Gedanken über Harry Mason gemacht, aber an Erpressung hat er nie gedacht. »Dazu ist er nicht der Typ«, sagt er schließlich. »Da bin ich mir sicher.«

»Aber du bist überzeugt, dass er die Sache nicht auf sich beruhen lassen wird?«, fragt Combrink.

Swarts denkt zurück an den Morgen in der Cafeteria des Krankenhauses, wo er sich bei einer Tasse Kaffee mit Tanya Fouché über die jüngsten Fortschritte bei Harrys Genesung unterhalten hat. Jeanie Mason war auf sie zugerannt und hatte unaufhörlich Tanyas Namen gebrüllt, und noch etwas anderes: »Daddy ist wach.« Obgleich er genau aus dem Grund in Port Elizabeth geblieben war, um Harry im Auge behalten zu können, empfand er jetzt Scham und Nervosität. Allein der Gedanke, Harry darauf anzusprechen, wie es weitergehen sollte, erfüllte ihn mit Unruhe. Bis zu diesem Moment hatte er sich eingeredet, dass der Fall Ntombini keinen Schatten mehr auf ihr Verhältnis warf.

Tanya bestand darauf, dass er sofort mit ihr in Harrys Zimmer ging, und ließ nicht locker, bis sie ihn so weit hatte. Der Verletzte hatte hochgesehen, als sie eintraten, seine Augen waren klar, und er wartete offensichtlich schon ungeduldig darauf, Tanya zu sehen. Doch dann fiel sein Blick auf Swarts und dessen Hand, die Tanya umklammert hielt. Und dieser Blick verriet

Russell Swarts einiges von dem, was in Harrys Kopf vorging. Er fühlte abgrundtiefe Enttäuschung und Hoffnungslosigkeit angesichts der Wut, die Harry ausstrahlte. Sie waren jetzt Feinde, das war nicht zu übersehen, zwei Männer auf verschiedenen Seiten des Rings.

»Was erwartet er denn von dir?«, fragt Combrink. »Dass du dich selbst der ICD stellst?«

»Seit Tsolo ist alles anders zwischen uns«, erwidert Swarts. »Er wird bei der erstbesten Gelegenheit anfangen, mich zu beackern, und ich weiß nicht, ob ich es ihm ausreden kann. Außerdem vergisst du, dass die ICD uns schon auf den Zahn fühlt.«

»Aber nicht wegen der Sache mit Ntombini«, sagt Combrink. »Bei den Zahlungen an Masons Informanten ist alles nach Vorschrift gegangen, da haben sie gar nichts gegen uns in der Hand. Und die Vorwürfe wegen dem bisschen Schnaps, also echt ...«

Combrink zuckt die Achseln, er wirkt nicht besonders besorgt. »Da sage ich dem Richter vor versammelter Menge, dass es arschkalt war da oben.«

Russell Swarts nickt. »Wenn's überhaupt dazu kommt.«

Franklin entzündet ein Streichholz und hält es an seine Pfeife. »Hier geht's doch nicht um den Schnaps, und das weißt du ganz genau. Wenn er das durchzieht, dann hast du eine Mordanklage am Hals, und uns nehmen sie auch noch genauer unter die Lupe, so viel ist sicher.«

»Und *das* können wir jetzt am allerwenigsten gebrauchen«, pflichtet Combrink ihm bei.

»Was sollen wir jetzt tun?«, fragt Naidoo. »He, Leute, was sollen wir denn jetzt tun?«

In seiner Stimme schwingt Panik mit, die Swarts überhaupt nicht gefällt. Darum muss er sich beizeiten kümmern.

»Wenn du Bescheid wusstest, wie Mason dich durch den Dreck

ziehen würde, warum hast du ihn dann dort nicht krepieren lassen? Wenn du diesen Hurensohn nicht gerettet hättest, säßen wir jetzt nicht in dieser Scheiße.«

Swarts zerknüllt die leere Coladose in seiner Hand wie ein Stück Papier. Langsam dreht er sich zu Franklin um. »Dafür sollte ich dir gleich hier in die Fresse hauen, James. Hier auf der Stelle! Wo jeder sehen kann, was für ein verdammtes Arschloch du sein kannst.«

Franklin zwinkert ihm über seine Pfeife hinweg zu. »Probier's doch, Russie.«

»Ich denke …«, setzt Naidoo an.

»Das Problem ist, dass du nie genug denkst, Sameer«, knurrt Swarts, ohne seinen Blick von Franklin zu wenden. Wenn er schon James Franklin nicht mehr im Griff hat, kann er zumindest den beiden anderen zeigen, wo's langgeht. »Du steckst genauso tief wie ich in dieser Scheiße, also hock dich auf deinen fetten Hintern, wie du's gewohnt bist, und halt die Klappe.«

»Tut mir leid, Russie, ich …«

»Hab ich dir nicht gesagt, du sollst die Klappe halten?«

Franklin lächelt so breit, dass seine Zähne sichtbar werden. Blauer Rauch steigt langsam aus seinem Mund und verhüllt sein Gesicht.

»Wenn ihr zwei fertig seid, euch gegenseitig durchzuwichsen wie zwei Schuljungen hinter dem Fahrradschuppen, dann schlage ich vor, dass wir überlegen, was wir mit Mason tun sollen.« Combrink hält seine Brille gegen das Licht. Zufrieden mit dem Ergebnis setzt er sie wieder auf. »Ich für meinen Teil, habe keine Lust, mich in deine Scheiße hineinreiten zu lassen, Russie. Wenn du mir das von Anfang an gesagt hättest, wär's was anderes gewesen. Aber dass du uns das verschwiegen hast, wo du doch genau wusstest …«

»Was hätte ich denn tun sollen? Diesen Drecksack frei rumlaufen lassen, bis er dem nächsten Mädel seine Knarre in den Mund steckt und abdrückt? Nein, Sir, nicht mit mir.«

»Ich rede nicht von Ntombini.«

»Ich konnte doch nicht ahnen, dass Bond hergeht und diese alte Geschichte von vor zehn Jahren ausgräbt.«

»Ist ja auch egal«, sagt Franklin. »Was nicht egal ist, ist die Scheiße, in der wir jetzt stecken.«

Swarts fährt sich mit der Hand übers Gesicht, um sich zu beruhigen. »Habt ihr zwei ihn denn schon gefunden? Makhe, meine ich.«

»Wechsel jetzt nicht das Thema«, sagt Franklin.

»Warum lässt du diese Abasindisi nicht erst mal in Ruhe, Russie?«, fragt Combrink. »Du hast doch so schon genug um die Ohren.«

»Weil Makhe, verdammt noch mal, die Schaufel ist, die uns aus dieser Kacke rausholen kann!«

Franklin schüttelt den Kopf. »Du solltest dich selbst hören, Russie. *Du* bist das Problem, genauso wie Mason.«

»Ich hol mir noch was zu trinken«, sagt Naidoo. »Sonst noch jemand?«

Als niemand antwortet, verzieht Naidoo sich eilig Richtung Bar, wahrscheinlich ebenso froh, von den anderen wegzukommen, wie Swarts, ihn loszuwerden.

»Die Abasindisi ...«, fängt er an.

»Scheiß drauf!« Franklin zeigt mit einem Finger auf ihn. »Und scheiß auf dich, Russie!«

»Was wollt ihr eigentlich von mir?« Da haut Swarts plötzlich mit der Faust auf den Tisch, dass der Inhalt der Gläser in alle Richtungen schwappt. »Ich schenke euch hier reinen Wein ein, damit wir einen Weg aus diesem Schlamassel finden, und dir fällt nichts anderes ein, als mir vor die Tür zu scheißen und mit allen möglichen Wenn und Aber zu kommen!«

Combrink duckt sich, als hätte jemand geschossen, und an die hundert fragende Mienen sind plötzlich auf sie gerichtet. Im selben Augenblick sieht Swarts, wie am anderen Ende der Kneipe die Eingangstür aufgeht. Ein zweiter Fremder kommt herein, und seltsamerweise trägt er in einer Hand eine Plastiktüte, die der des Mannes verdächtig ähnlich sieht, der das Lokal gerade erst so überstürzt verlassen hat. Das Gesicht kommt ihm irgendwie bekannt vor, doch macht er sich im Augenblick keine großen Gedanken darüber.

»Was wir von dir wollen?«, fragt Franklin mit zusammengebissenen Zähnen. »Das ist doch ganz einfach: Lös dein Problem, bevor es unseres wird.«

»Du weißt ja, wie es ist, Russie.« Combrink zuckt in einer Geste des Unbehagens die Achseln. »Es hätte gar nicht erst so weit kommen dürfen. Aber jetzt, wo's passiert ist, musst du was *tun.*«

Swarts will eben antworten, da kreuzt sein Blick den des Unbekannten, der inzwischen zu dem hohen Tisch hinter Franklin und Combrink gegangen ist, ohne sich zuerst etwas zu trinken zu holen. Der Mann schaut schnell weg, wie ein ertappter Taschendieb. *Wieso kommt mir der Typ nur so bekannt vor?*, überlegt Swarts. In seinem Kopf schwirrt es von Namen und Gesichtern, all seine Instinkte schlagen Alarm.

»Hörst du mir zu, Russie?« Combrink lenkt seine Aufmerksamkeit wieder zurück auf ihr Gespräch. »Es ist eine Frage des Anstands, dass du das mit Harry auf die Reihe kriegst. Red mit ihm, droh ihm, nimm ihn mit auf die Farm und versprich ihm das Blaue vom Himmel, mir ist das scheißegal.«

»Wisst ihr was?«, hört Swarts sich sagen. »Mein Problem ließe sich leicht lösen, wenn es euch zwei nicht gäbe. Das habt ihr aber anscheinend noch nicht gerafft.«

Der Blick des Fremden wandert wieder verstohlen in seine

Richtung, um zu kontrollieren, ob er noch aufpasst. Und als ihre Blick sich diesmal begegnen, wird Swarts blitzartig klar, wer das ist: Wally Khuzwayo, mutmaßliche Nummer drei der Abasindisi. Er *muss* es sein.

5

Als er wieder zu Swarts' Tisch hinübersieht und der *Gata* ihn noch immer anstarrt, weiß Wally Khuzwayo, dass der ihn erkannt hat. Sein Magen verkrampft sich, und sein Kopf wird leer, aber es gelingt ihm, sich nichts anmerken zu lassen.

Nicht nach unten schauen, ermahnt er sich. *Alles, nur nicht nach unten schauen.*

Er ist überzeugt, dass Swarts seinem Blick folgen und die Tüte bemerken würde, die er mit dem Fuß unter den Tisch schiebt. Doch zu seinem großen Erstaunen tut Swarts nichts, was darauf hinweist, dass er ihn erkannt hätte, sondern wendet sich wieder Combrink zu, der gerade etwas gesagt hat.

»Ich hör wohl nicht recht, Kommie! Das von dir?«

»'tschuldigung.« Ein Ellbogen bohrt sich in Wallys Rücken. »Darf ich, *Bru?*«

Er macht Platz und sieht zu seiner Überraschung, dass es Naidoo ist, der an ihm vorbei will, den Blick auf die Gläser in seiner Hand geheftet.

»Danke«, sagt Naidoo, ohne aufzusehen.

Wallys Blick huscht wieder zu Swarts zurück, doch der ist mit den beiden anderen *Umlungus* in eine hitzige Diskussion vertieft, die offensichtlich wichtiger ist als seine Anwesenheit. Er ist ein wenig gekränkt, aber auch erleichtert.

Bring's hinter dich!, ruft er sich zu. *Worauf wartest du?*

Obgleich er sich des Pakets unter dem Tisch nur allzu bewusst und überzeugt ist, dass Russell Swarts ihn erkannt hat, kann

Wally sich nicht zur Flucht entschließen. Nicht, dass ihn die Angst gelähmt hätte, nein, ihm ist gerade ein Gedanke gekommen, der ihn zurückhält, eine Alternative. Das sind doch die Männer, die er ursprünglich mit Hilfe dieses Idioten Makhe kontaktieren wollte. Ist einer von denen nicht derjenige, der ihm im Austausch mit Informationen über die Phaliso-Brüder eine beachtliche Belohnung und die Aufnahme ins Zeugenschutzprogramm versprochen hat?

Er sagt, ich soll alle Ratten im Haus umbringen. Er hat Ncolelas Worte noch im Ohr.

Es gibt überhaupt keinen Zweifel, die Brüder haben herausbekommen, dass er für das Fiasko in Tsolo verantwortlich ist. Kann es sein, dass die Rettung jetzt hier an diesem Vierertisch vor ihm sitzt? Die Rettung für ihn und seinen Sohn? Seine Frau?

Wally trifft seine Entscheidung in Sekundenschnelle. Denn nach all den widersprüchlichen Gefühlen, zwischen denen er hin- und hergerissen ist, seit er beschlossen hat, sich von den Brüdern zu befreien, hat er zum ersten Mal das Gefühl, das Richtige zu tun.

6

Russell Swarts zwingt sich, nicht zu dem Mann hinzusehen, der hinter Combrink und Franklin steht. Er will nichts von dem verpassen, was die beiden Arschgeigen, die ihm gerade gegenübersitzen, da von sich geben. Bis zu diesem Moment hätte er sie nicht für fähig gehalten, auch nur zu denken, was sie ihm soeben nahegelegt haben. Doch es ist heraus, klar und deutlich. Einen Parasiten wie Ntombini auszuschalten war eine Sache – aber Harry Mason?

»Denk doch nach, Russie, wenn du ihn nicht umstimmen kannst, was ist die Alternative?« Obwohl seine Brille mittlerweile wie geleckt aussieht, nimmt Combrink sie wieder ab und hält sie gegen das Licht. »Willst du wirklich im *Tjoekie* rumhocken, während Bessie wieder arbeiten gehen muss, damit eure Jungs die Uni fertig machen können? Was ist mit deiner Rente? Alles futsch, nur weil du mit vollem Recht ein Stück Scheiße umgelegt hast, ein paar Idioten das aber anders sehen?«

»So oder so, du bist auf jeden Fall der Gearschte«, sekundiert Franklin ihm jetzt, als hätten die beiden diesen kleinen Dialog schon längst geplant, noch ehe sie die wahre Geschichte um Ntombini hörten. Womöglich noch bevor Harry in Tsolo niedergeschossen wurde.

Steht da hinten wirklich Wally Khuzwayo, oder siehst du nur, was du sehen willst?

»... über dich hat, brauchst du dir wegen *la France* keine Gedanken mehr machen. Dann hast du nämlich ganz andere Sorgen: Zum Beispiel, warum es Baba so brennend interessiert, wenn dir beim Duschen in Sun City die Seife runterfällt, mein Freund.«

Der wird doch nicht so blöd sein und hier herkommen? Wozu denn?

»Russie, hörst du uns eigentlich zu?«

»Ja, aber ich trau meinen Ohren nicht«, sagt er schließlich. »Der Kerl ist gerade erst aus dem Krankenhaus entlassen, und ihr kommt mit so einem Schwachsinn daher?«

Aus dem Augenwinkel beobachtet Swarts Naidoo, der sich an dem Neuankömmling vorbeiquetscht, ohne von den Gläsern aufzublicken, die er sich zwischen beide Hände geklemmt hat. Wäre Russell Swarts ein Mann, der zur Selbstbetrachtung neigt, wäre ihm aufgefallen, dass ihm, zum ersten Mal nach neun Jahren, beim Anblick eines Drinks nicht das Wasser im Mund zusammenläuft. Im Gegenteil, sein Mund ist im Moment staubtrocken.

»Er ist ein verfluchter Klotz am Bein.«
»Der kommt schon wieder zur Vernunft.«
»Dann sorg dafür, dass er das auch tut, verdammt noch mal!«
»So, *Bras,* da wären wir!«, verkündet Naidoo triumphierend und verteilt die Gläser. »Die spendier ich.«
Swarts nützt die Unterbrechung, um sich den Mann hinter Combrink genauer anzusehen. Zu seiner Verblüffung nickt er ihm grüßend zu. Dann ist es also tatsächlich Wally Khuzwayo. Er sieht um einiges älter aus, als Swarts ihn von den Fotos im Polizeicomputer in Erinnerung hat, und sein Blick ist deutlich nüchterner.
Eier hast du! Das muss man dir lassen.
Ein Lächeln stiehlt sich auf Russell Swarts' Lippen. Der Mann hat Mumm, jedenfalls mehr als die drei Geier, die gerade auf ihm rumhacken. Aber Khuzwayo sieht dieses Lächeln nicht. Ohne Swarts' Reaktion abzuwarten, geht er am Zigarettenautomaten vorbei über den schummrigen Flur zu den Toiletten im hinteren Teil des Lokals.
»Trinkst du noch was, Russie?« Naidoo hält ihm einen Cognac und eine Cola light hin. »Jetzt nimm schon, *Wallah,* ich bin doch nicht dein Butler.«
»Der Idiot hört noch nicht mal zu.« Franklin schlürft Schaum von seiner Cola-Rum. »Wir überlegen uns, wie er seinen Arsch und die Zukunft seiner Söhne retten kann, aber glaubst du, das interessiert den überhaupt?«
»Immer mit der Ruhe, Blondie«, sagt Combrink. »Das kann man auch anders sagen. Obwohl ich mir eigentlich gedacht hätte, dass wenigstens seine Familie ein bisschen Rücksicht verdient hätte.«
Swarts ignoriert die bösartigen Bemerkungen und rutscht von seinem Hocker.
»Wo gehst du hin?«

»Dahin, wo du hingehörst, Franklin. Auf die Latrine.« Er steckt sein Hemd in die Hose. »Wenn ich gewusst hätte, wie ihr euch aufführt, hätte ich Ntombini meine Knarre gegeben und ihm gesagt, er soll *mich* erledigen.«
Er betrachtet die drei Gesichter, die auf ihn gerichtet sind, und schüttelt den Kopf. »Gut, ich habe Fehler gemacht, aber es kommt nicht in Frage, dass ein anderer dafür bezahlt.«

7

Wally starrt sein Spiegelbild an. Verhärmt sieht er aus. Er hat sich Wasser ins Gesicht gespritzt und in seinem krausen Haar und auf seinen Augenbrauen glitzern verirrte Wassertropfen. Sein Herz fühlt sich an, als würde es ihm jeden Moment in der Brust zerspringen, und der beißende Gestank von stehender Pisse ätzt ihm mit jedem seiner keuchenden Atemzüge im Rachen.
Was hat er getan? Warum, zum Teufel, hat er das getan?
Unter anderen Umständen hätte er diese Fragen problemlos beantworten können: Er muss an die Zukunft seines Sohnes denken, und an die lächerlichen Summen, mit denen er abgespeist wird, während die Brüder, für die er arbeitet, sich goldene Nasen verdienen. Anders gesagt, er hätte all die Beweggründe anführen können, die ihn zu Makhe Motale getrieben hatten, doch in diesem Augenblick fällt ihm kein einziger davon ein. Er spürt nur die Angst des Mannes, der weiß, dass er gegen die Regeln eines Systems verstoßen hat, das ihn seiner Freiheit berauben kann, bis er zu alt ist, um sich seine eigenen Schnürsenkel zu binden.
Herrgott, was ist, wenn er die Tüte unter dem Tisch entdeckt?
Nur die Ruhe, Mfo.
Wenn Swarts die Tüte bemerkt hätte, wäre er, Wally Khuzwayo,

bestimmt schon verhaftet worden. Er kann nur hoffen, dass es Swarts war, mit dem Makhe gesprochen hat, und niemand anderes. Er muss es gewesen sein, denn warum sonst hat er ihn nicht gleich verhaftet? Swarts muss dieser Polizist sein, dem Makhe als einzigem traut.

Wally hat gerade noch Zeit, sich zu fragen, wie lange Mokzin da draußen noch auf ihn warten würde, ehe er wegfährt oder etwas noch Dümmeres anstellt, da hört er das Ächzen des hydraulischen Türschließers hinter sich.

Ihm stockt der Atem. Im Spiegel sieht er, dass die Tür sich nur ein paar Zentimeter geöffnet hat. Im gleichen Moment schieben sich Finger in den Spalt, und langsam wird die Tür ganz aufgestoßen. Eine Hälfte von Swarts' Gesicht erscheint und späht vorsichtig herein. Als der Polizist sieht, dass Wally allein an den Waschbecken steht, schlüpft er flink herein, schließt die Tür hinter sich und lehnt sich mit seinem ganzen Gewicht dagegen, um sie zuzuhalten.

Swarts ist nicht so dick wie Ncolela, aber mindestens einen halben Meter größer und deutlich muskulöser. Der Ausdruck ihrer Augen jedoch macht sie zu Brüdern. In der Rechten hält Swarts eines dieser schicken Springmesser mit Wellenschliff, die sich die Jugendlichen heutzutage so gern an die Hosentaschen klipsen, Wally hat sie oft genug damit gesehen.

»Bist du allein?«

Der Mann spricht mit dem typischen Afrikaans-Akzent, den für Wally alle Polizisten haben – schroff und brutal, und meilenweit von der gespreizten Redeweise in den Seifenopern entfernt, die sich seine Frau ständig im Fernsehen ansieht.

»Ja«, antwortet Wally auf Englisch.

»Bewaffnet?«

»Nein.«

»Lass deine Arme genau da, wo sie jetzt sind.«

Wally bleibt reglos stehen, den Rücken Swarts zugewandt, die Hände auf dem Beckenrand. Der Spiegel ist groß genug, um den *Gata* beobachten zu können, ohne sich umzudrehen, und eine Augenblick lang hat er das sonderbare Gefühl, sich selbst hereinkommen zu sehen. Wie oft hat er schon jemanden auf diese Art auf einer Toilette bedrängt, um von ihm Geld zu erpressen oder ihn windelweich zu prügeln? Viel zu oft, ist wohl die richtige Antwort.

»Wally Khuzwayo, stimmt's?«

»Genau«, antwortet er, »und du bist Superintendent Russell Swarts.«

Der *Gata* grunzt zustimmend. Offensichtlich hat Swarts Wally nicht abgenommen, dass er allein hier ist, denn er schiebt sich vorsichtig seitwärts an die drei leeren Toilettenkabinen heran und stößt eine nach der anderen auf, um sich zu vergewissern.

»Ich will mit dir reden«, sagt Khuzwayo.

»Maul halten.«

»Ich bin der, der über Makhe Motale in Kontakt mit dir getreten ist.«

Ihre Blicke treffen sich im Spiegel, und Wally sieht weder Dankbarkeit noch Überraschung in den Augen des anderen – nicht einmal beiläufiges Interesse. Kommt das daher, dass dieser Mann seine Gefühle so gut verbergen kann, fragt Wally sich, oder dass er nichts von dem Handel weiß, den Wally mit der SVC abschließen wollte? Er hofft, dass Ersteres der Fall ist.

»Hörst du schlecht? Ich hab gesagt, Maul halten.«

Swarts schnappt sich einen Wischmopp aus einer kleinen Nische neben der Eingangstür und klemmt ihn unter die Türklinke. Das Messer hat er die ganze Zeit über locker in der Hand, und aus der Selbstverständlichkeit, mit der er es hält, erkennt Wally zweifelsfrei, dass Swarts sich im Ernstfall problemlos damit zur Wehr setzen kann.

Während Swarts die Zuverlässigkeit seines improvisierten Türstoppers prüft, dreht Wally sich zu ihm um.
»Die Information von mir, die war richtig. Die Waffen, die *waren* da. Ich weiß nicht, was passiert, aber die müssen da sein. Ich schwöre.«
Er hat zwar seine Gedanken in die richtige Reihenfolge gebracht, aber seine Zunge weigert sich, die englischen Worte zu finden, um sie auch richtig auszudrücken.
Endlich wendet Swarts Wally Khuzwayo seine ganze Aufmerksamkeit zu. Es ist, als sei ein Licht in seinem Gesicht angegangen, und Wally nimmt das als gutes Zeichen. Zumindest scheint der *Gata* zu wissen, wovon die Rede ist. Trotzdem bleibt das Messer direkt auf ihn gerichtet, es liegt so ruhig in der Hand des Polizisten wie ein Rasiermesser in der Hand eines Barbiers.
»Und die kleine Armee von *Dagga*-Schmugglern, die die Waffen bewachte? Sollte die auch da sein?«
»Ich mache nur Handel für Waffen. Ich sage dir, wo sind, du holst sie. Diese Leute, die sind nicht mein Problem.«
Swarts knurrt. »Wie praktisch.«
»Ich halte mich an meinen Teil des Handels. Jetzt bist du dran. Ich hab mein Geld nicht. Mein Sohn, er braucht Geld für die Schule. Was muss ich jetzt tun?«
»Ach so! Die Phaliso-Brüder zahlen dir also nicht genug?«, höhnt Swarts. »Fällst du ihnen deshalb jetzt in den Rücken? Frag doch deinen Freund Makhe, wo dein Geld ist.«
»Ich kann nicht.« Wally verzieht das Gesicht beim Gedanken an diesen Verrat. Makhe Motale war ihm als vertrauenswürdiger Vermittler wärmstens empfohlen worden und hatte ihn schmählich im Stich gelassen. »Ich weiß nicht, wo er ist.«
Swarts lacht leise. »Ihr seid doch alle gleich. Ihr könnt gar nicht anders, als euch gegenseitig aufs Kreuz zu legen, was? Liegt wahrscheinlich in den Genen.«

»Du und ich, wir sind nicht so verschieden.«
»Ha!«
»Wir schauen, dass wir Brot verdienen mit dem, was wir haben. Ich mache Frieden da, wo du nicht hingehst, so wie du machst Frieden, da wo ich nie lebe.« Wally deutet mit dem Kopf auf das Messer in Swarts' Hand. »Damit wir unsere Arbeit machen. Die Regierung, die macht aus dir einen Polizisten. Die Menschen, die machen mich zu ihrem Aufpasser. Wenn die uns nicht brauchen, wäre ich nicht so beschäftigt.«
Der Polizist geht drohend einen Schritt auf Wally zu. »Komm mir ja nicht damit, dass du eine Art Retter der Menschheit bist. Abasindisi, dass ich nicht lache! Wenn du dir dein Brot wirklich ehrlich verdienen wolltest, würdest du wie alle anderen in einem Bergwerk schuften. Du stehst jetzt hier, weil du immer getan hast, was dir am besten gepasst hat, und jetzt, wo das Spiel endgültig vorbei ist, wo ich dir so dicht auf den Fersen bin, dass du meinen süßen Rosenatem riechen kannst, scheißt du dir in die Hose und beißt in die Hand, die dich füttert.«
Er funkelt Wally wütend an und fügt hinzu: »Du kriegst überhaupt nichts von mir, *Chommie,* kapiert?«
»Aber du musst dich an deinen Teil des Deals halten!«
Könnte er nur in seiner eigenen Sprache mit diesem Idioten reden, dann, dessen ist Wally sich sicher, könnte er ihn überzeugen, dass sie beide an einem Strang ziehen.
»Ich muss? Meinen Teil? Erstens habe ich überhaupt keinen Handel mit dir abgeschlossen. Zweitens wurde die erste Rate auf das Konto eingezahlt, das man uns genannt hat, die ganzen zwanzig Riesen. Ich habe diese verdammte Anweisung selbst mit unterschrieben, weil mein Boss sich auf diese saublöde Idee eingelassen hat. Aber, he, wenn das nötig war, damit er uns bei diesem Fall die Stange hält, soll mir das recht sein. Drittens habe ich keine Waffen. Viertens sitzen die Phalisos nicht hinter

Gittern, und die Leute, die den Genossen Mohosh flambiert haben, rennen auch noch frei herum.« Der Mund des *Gata* verzieht sich zu einem hässlichen Hohnlächeln. »Aber eins hab ich: jede Menge Ärger, und dich hier, um mich abzureagieren.«

»Du hast doch Waffen. Ich lese die Zeitungen. Darum kenne ich dein Gesicht. Deine Wichtigtuerei, das ist mein Beweis. Wenn du diese Waffen gefunden hast, dann musst du auch die anderen finden. Ich will das Geld, und ich will den Schutz für meinen Sohn. Ich will hier weg, ihn wegbringen, wo er in Sicherheit ist.«

Swarts schüttelt den Kopf. »Du kapierst es nicht, oder? Ich biete weder dir noch deinem Rotzbengel Sicherheit. Das kannst du vergessen.«

Wally öffnet den Mund, um zu protestieren, doch Swarts lässt ihn nicht zu Wort kommen.

»Eins würd ich gern wissen: Der Brand damals im Februar, bei dem einem kleinen ANC-Politiker in Diepsloot das Haus abgefackelt wurde, mit ihm und seiner Frau und seinem Sohn drinnen. Das wart doch ihr Dreckschweine, oder?«

Wally runzelt die Stirn. »Ich kann mich nicht erinnern.«

»Natürlich wart ihr das! Ich *weiß* es. Mohosh hieß der Typ.«

Wally richtet sich auf. »Möglich. Na und?«

Swarts schüttelt den Kopf. »Du verbrennst einen Mann und seinen Sohn, weil er womöglich seine Mitgliedsgebühr nicht bezahlt oder gedroht hat, deine Bosse in die Wüste zu schicken, und dann bittest du mich, dich und deine Familie zu schützen? Was bist du bloß für ein arrogantes Arschloch?«

»Mohosh, der hat dem Viertel das Mark aus den Knochen gesaugt. Das Volk, das trifft die Entscheidung, nicht wir. Wir führen nur den Willen des Volkes aus.« Wally Khuzwayo gestattet sich ein Lächeln. »Warum, glaubst du, spricht niemand mit euch? Das Volk schützt sich selbst, nicht wir. Keiner von denen wird den Mund aufmachen und sagen, wir haben das für sie gemacht, weil sie wissen, wir bringen sie dann zu euch, oder kümmern uns selbst um sie.«

Der Polizist macht fast einen Luftsprung vor Freude. »Das klingt mir aber sehr nach einem Geständnis, *Chommie.* Los, umdrehen.«

»Warum?«, fragt Wally bockig.

Swarts greift mit der Linken nach hinten und zieht altmodische Stahlhandschellen hervor. »Weil du verhaftet bist, darum.«

»Scheiße, Swarts. Ich erzähl dir das alles, damit du siehst, wir wollen dasselbe.«

»Eins wollen wir gleich mal klären: Du kennst mich nicht einmal, und du weißt ganz bestimmt nicht, was ich will.«

Der *Gata* kommt noch einen Schritt näher, und Wally erkennt, dass er seinen Trumpf beinahe verspielt hat. Seine Karten sind ausgereizt – bis auf eine.

»Du verhaftest mich nicht.«

»Mach mich nicht rasend, Khuzwayo. Du würdest es bereuen, das versprech ich dir.«

Wally lächelt bitter. »Ihr seid doch alle gleich. Ihr glaubt, weil ihr die Knarre und die Uniform habt, dürft ihr alle anderen rumkommandieren.«

Statt auf die Provokation einzugehen, lächelt Swarts zurück. »Dann sind wir halt alle gleich, wir Bullen. Genauso, wie ihr alle gleich seid. Der Unterschied ist nur, dass ihr früher oder später in Sun City landet, wo ihr euch mit vierzig Arschlöchern vom selben Kaliber einen verkrusteten Scheißkübel teilen könnt, während ich jeden Abend zu meiner Frau und einem warmen Abendessen heimgehe.«

Er wirft Wally die Handschellen hin, der sie fängt und auf der offenen Hand betrachtet.

»Ich weiß, dass du so was noch nie getragen hast, sonst wäre ich schon vor deiner Tür gestanden, lange bevor der erste Vogel seinen Wurm gefangen hätte. Aber ich bin sicher, du weißt, wie die funktionieren, also leg sie dir an.«
Wally sieht Swarts an und erkennt, dass er eine falsche Entscheidung nach der anderen getroffen hat, und dass das wahrscheinlich auch der Grund war, warum es für die Phalisos immer besser war, ihre eigenen zu treffen. Er hätte nie versuchen dürfen, sie zu verkaufen, und er hätte nie im Leben einem verfluchten *Gata* vertrauen dürfen – oder einem Kerl auf einem Skateboard. Das selbstgefällige Grinsen im Gesicht des Polizisten und das Wissen darum, wessen die Phalisos ihn noch immer verdächtigen, überzeugen ihn davon, dass er es lieber noch einmal mit den Brüdern versucht. Wenigstens sind die das bekannte Übel.
Er schließt seine Finger um die Handschelle, holt aus und wirft.

8

Wally Khuzwayos Auge ist noch immer so scharf wie an dem Tag, da er als Sechzehnjähriger einen Spatzen mit einem Stein aus der Luft geholt hat. Die Handschellen schwirren direkt auf das Gesicht des *Gata* zu, und noch ehe Swarts den Arm hochreißen und das Geschoss abwehren kann, stößt Wally sich mit einem Bein vom Schrank unter dem Waschtisch ab.
Er wirft sich auf den Polizisten und reißt ihm den Arm mit dem Messer in die Höhe. Gleichzeitig schnellt er mit dem Kopf vor und trifft Swarts mit voller Wucht auf einen Backenknochen. Swarts ächzt vor Schmerz und stolpert rückwärts in eine der Kabinentüren. Sie fliegt auf und er landet unsanft auf dem Toilettensitz.

Ohne abzuwarten, dass der *Gata* wieder auf die Beine kommt, hechtet Wally zur Tür, reißt den Mopp unter der Klinke hervor und stürzt geduckt in den kurzen dunklen Flur dahinter. Er entdeckt einen Feuerlöscher ein paar Schritte vor ihm und reißt den schweren Zylinder genau in dem Moment aus der Halterung, als die Tür zum Waschraum krachend hinter ihm auffliegt. Einen Augenblick sieht er Ncolelas Silhouette da stehen, aber nein, es ist Swarts.

»Kommie!«, brüllt der riesige Schatten. »Blondie! Schnappt euch das Schwein!«

Wally stürmt in den hellerleuchteten Schankraum mit seinen Fernsehern, dem grünkarierten Teppich, den Fanartikeln des Rugby-Teams der Polizei, und um die hundert Polizistenköpfe drehen sich in seine Richtung. Hände, im Begriff Gläser zu durstigen Mündern zu führen, halten inne, Augen werden aufgerissen, Gespräche gehen zu Boden, als wären sie mit zehn Tonnen Überraschung zwanzig Stockwerke in die Tiefe gekracht.

Maye babo!

Sein übereilter Abgang hat ihn völlig vergessen lassen, wohin dieser Weg ihn führt. Ohne sein Tempo merklich zu verringern, rennt er nach rechts, in Richtung der großen Fenster, die auf die Straße hinausgehen. Zu seiner Erleichterung sieht er, dass dort, so früh am Abend und so weit weg vom Tresen, noch niemand sitzt. Wally reißt den schweren Feuerlöscher hoch über den Kopf, schleudert ihn von sich – und betet zum lieben Gott, dass das Fenster nicht aus Panzerglas sein möge.

»He, das ist Wally Khuzwayo!«, ruft eine Stimme.

Vom Fenster antwortet das Klirren Tausender Scherben.

Gewandter, als er es mit seinen neunundvierzig Jahren für möglich gehalten hätte, springt er auf die fleckigen Polster der Eckbank, von dort auf den verschrammten Holztisch und dann mit einem großen Satz aus dem zerbrochenen Fenster.

Schon wähnt er sich in Freiheit, da bleibt er mit dem Fuß an den Überresten des Rüschenvorhangs hängen, der normalerweise in Augenhöhe eines sitzenden Gastes hängt.

9

Russell Swarts stürzt in den Schankraum und sieht, wie Franklin und ein halbes Dutzend weitere Polizisten außer Dienst nach ihren Waffen greifen. Direkt zu seiner Rechten splittert Glas, und als er in diese Richtung sieht, steigt Khuzwayo soeben auf den Tisch.

»Halt! Sie können hier drinnen doch nicht schießen!«, ruft die Stimme eines älteren Mannes, die später als die eines vor der Pensionierung stehenden Richters identifiziert werden wird. Doch die Warnung kommt zu spät. Genau in dem Moment, in dem Wallys linker Fuß sich in dem Vorhang verheddert, knallen drei Schüsse, ein ohrenbetäubender Lärm in dem geschlossenen Raum. Sein zunächst eleganter Sprung in die Sicherheit der offenen Straße endet jäh in einem hilflosen Fall. Eine Kugel zersplittert den hölzernen Fensterrahmen über seinem Kopf, eine zweite schlägt in das hintere Seitenfenster eines geparkten Wagens ein. Die dritte trifft eine gaffende Passantin in den Hals. Wally Khuzwayo verschwindet nach draußen.

»Herrgott, hör auf zu schießen!«

»Sammy, nach vorn! Kommie, Blondie mit mir!« Swarts stürmt zum Fenster, ohne einen Gedanken daran zu verschwenden, ob sie ihm tatsächlich Deckung geben werden oder nicht. Er ist sich immer noch absolut sicher, dass sie wissen, was von ihnen als Mitglieder seines Teams erwartet wird.

Auch er setzt einen Fuß auf die gepolsterte Sitzfläche der Bank, allerdings in einem so ungünstigen Winkel, dass er keinen richtigen Halt findet und zur Seite kippt. Laut fluchend lässt Swarts das Messer fallen und reißt die Arme nach vorn, um sich abzustützen. Er kann sich fangen und zieht seine eigene Waffe aus dem Holster – eine Glock, groß und schwer wie ein Ziegelstein. Mit einem Satz ist er auf dem Tisch, unter seinen Füßen knirschen Glasscherben.

Das Erste, was er draußen auf der Straße sieht, ist ein ebenfalls von Scherben übersäter Gehsteig, hier und dort blutgesprenkelt. Überall liegen Fußgänger auf dem Bauch, die Hände schützend über den Kopf gelegt. Die Frau, die von der verirrten Kugel getroffen wurde, kniet im Rinnstein, der Inhalt ihrer Handtasche ist überall auf dem Gehsteig verstreut. Am ganzen Körper zitternd ringt sie nach Luft. Es sind ihre letzten Atemzüge.

Das Knirschen von Glas lenkt Swarts' Aufmerksamkeit nach links, wo Khuzwayo, beide Unterarme blutig von seiner Landung auf den Scherben, einen Schuh abschüttelt, der noch in dem Netzvorhang samt Stange steckt, und blindlings auf die Straße läuft. Als Swarts seine Waffe in Anschlag bringt, beginnt der Mann, mit den Armen zu fuchteln, und schreit etwas in einer Sprache, die der Polizist nicht versteht.

Was immer seine Worte zu bedeuten haben und an wen sie gerichtet sind, sie haben eine verblüffende Wirkung auf die auf dem Boden liegenden Passanten. Die, die sie verstehen, springen auf und stürzen in alle Richtungen davon.

»*Hinlegen!*«, schreit Swarts.

Zu seiner Linken peitschen zwei Schüsse, die Khuzwayo, der soeben über die Motorhaube eines zum Stillstand gekommenen BMW rutscht, allerdings knapp verfehlen. Swarts schaut in die Richtung, aus der die Schüsse kamen, und sieht Naidoo, der, sich an einem Laternenpfahl abstützend, Khuzwayo mit seiner Waffe folgt.

Franklin drängt sich an Swarts vorbei und springt auf die Straße, während Kommie soeben hinter ihm auf den Tisch klettert.

»*Achtung!* Lass mich durch.«
»Warte!«, sagt Swarts leise.
Froh über seine erhöhte Position umklammert Russie Swarts seine Pistole fest mit beiden Händen und zielt genau. Er atmet langsam ein und wartet auf seinen eigenen Schuss.
Menschen stieben in alle Richtungen auseinander wie zornige Hornissen. Hysterisches Geschrei überall, und Wagen scheren aus, um sowohl davonrennenden Fußgängern als auch stehen gebliebenen Fahrzeugen auszuweichen, aus denen sich wiederum Lenker und Insassen stürzen. Vom nahe gelegenen Gerichtsgebäude klingt das Echo von Schreien herüber. Doch das alles ist für Russell Swarts nicht von Bedeutung. Für ihn gibt es nur Khuzwayo. Nein, nicht einmal das. Nur fliehende Beute, die er zur Strecke bringen muss.
Auf der anderen Straßenseite rammt ein zerbeulter Passat einen funkelnden Audi und drängt sich in eine Lücke zwischen den beiden Spuren. Khuzwayo galoppiert vorne um den Passat herum, schreit dem Fahrer etwas zu und deutet in Swarts' Richtung.
Naidoo feuert noch zwei Schüsse ab, trifft aber nicht.
Swarts' eigener Finger krümmt sich kaum merklich um den Abzug der Glock.
Eine Frau in Rosa mit zwei Kindern auf dem Arm und einem dritten im Schlepptau rennt ihm genau in dem Moment in die Schusslinie, als er abdrücken will.
»Schieß doch, verdammt noch mal, Russie!«, brüllt Franklin. »Worauf wartest du denn?«
Swarts hält noch immer problemlos den Atem an, er spürt den gleichmäßigen Schlag seines Herzens. Er weiß, der Schuss wird gut, wenn er wieder freie Sicht hat. Auf dem Höhepunkt des nächsten Atemzugs wird er schießen, genauso, wie er es gelernt hat, genauso, wie er seine Pistole schon tausendmal auf dem Schießstand abgefeuert hat.

»Russie!«, schreit Naidoo plötzlich entsetzt aus dem Eingang zur Kneipe. »VER...«
Alles andere um ihn herum verschwindet, als sein sauberer Schuss sich endlich löst. Es gibt nur mehr die Kimme auf dem Pistolenlauf, der direkt zu Khuzwayos Stirn führt.
Swarts atmet aus.

10

Die Rohrbombe in der unter dem Kneipentisch zurückgelassenen Plastiktüte ist dreimal so groß wie die, die Superintendent Russie Swarts' Partner vor mehr als zehn Jahren in zwei Hälften zerrissen hat.
Sie detoniert, als Mokzin auf den Knopf der Fernsteuerung in seiner Hand drückt.
Vier Kilogramm fest zusammengepresster Salpeter zerfetzen ein Rohr aus Betonstahl. Der Tisch, unter dem die Bombe versteckt war, wird in die Luft geschleudert. Nägel, Schrauben, murmelgroße Kugellagerkugeln fliegen lautstark in alle Richtungen. Der wandlange Spiegel, der noch aus den sechziger Jahren stammt, Hunderte Gläser und Dutzende Flaschen zerspringen zu einer Kaskade glitzernder Splitter, die den alten Hugh Semenya seiner Haut und seines Lebens berauben. Der Ecktisch, auf dem Senior Superintendent Russell Swarts und Captain Rayno Combrink stehen, kippt um, den Bruchteil einer Sekunde, bevor die Granate Combrink zerfetzt.
Das Letzte, woran Swarts sich erinnern kann, ist ein Donnern, lauter als die Apokalypse und ein Stoß von hinten, so gewaltig, dass er über den Gehsteig gehoben und direkt in einen geparkten Wagen geschleudert wird.

11

Trotz des Chaos, das die Explosion unter den Polizisten hätte anrichten sollen, durchschlagen Kugeln die Windschutzscheibe des Passat. Blumen aus zersprungenem weißem Glas erblühen auf den Fenstern und Splitter regnen auf Wally Khuzwayo herab. Doch wie durch ein Wunder wird er nicht getroffen.
»Wo kommt denn der ganze Scheiß her?«, brüllt Mokzin.
Lieber Gott, mach, dass ich hier rauskomm!
Wally kauert sich so flach auf den Beifahrersitz, wie er nur kann, da merkt er, dass sich der Beschuss hauptsächlich auf seine Seite konzentriert. Die Gerichtsseite.
Das Gericht!
»Fahr! Fahr, du Idiot!«
»Was glaubst du denn, was ich die ganze Zeit tu?«
Jaulend schrammt der alte Passat im ersten Gang durch die Reihen der stehen gebliebenen Autos. Metall kreischt über Metall. Außenspiegel fliegen. Türen verbeulen sich, das Fahrgestell ächzt wie ein sinkendes Schiff. Dann kommt von unten ein ohrenbetäubender Knall, und mit einem Schlag zieht der Wagen nach links.
»Reifenplatzer!«, schreit Wally.
»Wer schießt denn da eigentlich? Ich seh überhaupt nichts.«
»*Gatas,* natürlich. Was denkst du denn?«
»Wo sind die?«
»Da!« Wally zeigt auf zwei Uniformierte, die vom Gerichtsgebäude her im Zickzack zwischen den anderen Fahrzeugen auf sie zugerannt kommen. »Die wollen uns den Weg abschneiden.«
»Was jetzt?«
»Dreh um!«
»Wohin?«

Die Felge des Vorderreifens knirscht auf Teer, und beide Männer müssen sich ducken, als die nächste Kugel die Windschutzscheibe durchschlägt und kaum eine Handbreit über Wallys Kopf über die Kopfstütze zischt.

»Dreh um, oder wir sind tot!«

»Schieß halt!«

»Ich hab keine Knarre.«

»Was?« Mit weit aufgerissenen Augen starrt Mokzin Wally ungläubig an. »Hab ich richtig gehört?«

»*He banna*, heute Morgen beim Aufwachen hatte ich eigentlich nicht vor, mich mit der Polizei von ganz Jozi anzulegen. Da rein!« Er deutete auf eine schmale Lücke, die sich gerade zwischen einem weißen Lieferwagen und einem ostwärts fahrenden Fahrzeug auftut.

Mokzin reißt das Steuer nach rechts und schlingert durch die Lücke, direkt in den entgegenkommenden Verkehr hinein. Keine hundert Meter von der Stelle entfernt, an der sie losgefahren sind, löst sich der Stau schon wieder auf, weil die anderen Autos so schnell wie möglich den Gefahrenbereich verlassen. Vor ihnen müssen Fahrer ihre Wagen verreißen, um dem ramponierten Passat auszuweichen. Hupen plärren, Reifen quietschen. Ein Wagen rast quer vor ihnen über den Randstein in ein Schaufenster. Wally ist drauf und dran, Mokzin zu sagen, er soll wieder umdrehen, bevor er sie beide umbringt, da reißt der Boxer das nur langsam reagierende Fahrzeug nach links und schert wieder in die nach Osten führende Spur ein.

Wally schreit vor Freude über das geschickte Manöver auf. Da klopft es unerwartet am rechten hinteren Fenster. Er dreht sich um.

»Scheiße!«, schreit er und duckt sich.

Ein ohrenbetäubender Knall, und ein Scherbenregen peitscht in die vordere Hälfte des Wagens.

12

Russie! Wach doch auf, Russie!« Nicht das Rufen seines Namens brachte ihn wieder zu sich und auch nicht der Schlag ins Gesicht. Es war das herzzerreißende Wimmern eines erwachsenen Mannes zusammen mit dem beißenden Geruch von Kordit, der Superintendent Russell Swarts in Nase und Rachen brannte.

Bombe!

Er schlug die Augen auf und erblickte Franklin, der sich über ihn beugte, seine Miene ist eine Mischung aus Besorgnis und Entschlossenheit.

Der Mann, der vor nicht einmal einer halben Stunde erbarmungslos über ihn hergezogen war, hockte jetzt hier und umschloss Swarts' Gesicht mit beiden Händen. »Geht's dir gut? Du brauchst nur nicken.«

Seine Ohren dröhnten wie Schulglocken. Er konnte zwar kaum verstehen, was der Mann zu ihm sagte, doch er nickte. Erinnerungsfetzen flatterten daher: Wally Khuzwayo, der sich von der anderen Straßenseite zu ihm umdrehte, dann …

»Russie, sag was! Du verdrehst schon wieder die Augen, *Boet!*«

Swarts bemühte sich, wieder geradeaus zu sehen und nahm jetzt die unbekannten Gaffer wahr, die ihn umstanden. Sofort spürte er Klaustrophobie in sich aufsteigen, und Scham, dass er hier auf dem Gehsteig lag, hilflos fremden Blicken ausgesetzt. Vorsichtig vergewisserte er sich, dass sämtliche Muskeln noch funktionierten, auch wenn sein ganzer Körper brannte und schmerzte.

»Lass mich aufstehen«, krächzte er.

Während er mühsam auf die Füße kam, hört er, wie das Schießen wieder losging, doch es klang dumpf wie eine über ein Dosentelefon übermittelte Nachricht.

»Da sind sie.«

»Wer?«
»Da.« Franklin drückte ihm etwas Schweres in die Hand und schloss seine Finger darum. Eine Pistole. Sie fühlte sich massiv und vertraueneinflößend an. Dann packte Franklin ihn an der Schulter und steuerte ihn durch den Kreis der Umstehenden. »Los, so lange wir sie uns noch schnappen können.«
Nach den ersten taumelnden Schritten fand Russell Swarts sein Gleichgewicht rasch wieder.
»Schneller, Russie!« Franklin stupste ihn im Laufen an. »Der alte Passat da, siehst du den?«
Er zeigte über die Straße auf einen schwer beschädigten Wagen, der, die Autos links und rechts rammend, einen schmalen Korridor zwischen zwei Richtung Osten führenden Spuren entlangraste. Zwei Gestalten waren darin auszumachen, und in einer davon erkannte Swarts Wally Khuzwayo.
»Ich seh ihn. Aber wo sind die anderen?«
Doch Franklin, der ihm vorausrannte, hörte ihn nicht. Swarts beschleunigte sein Tempo und warf rasch noch einen Blick über die Schulter.
Die Menge hatte einen Kreis um Naidoo gebildet, der, inmitten einer glitzernden Lichtfläche auf den Unterschenkeln sitzend, Combrink in seinen Armen hielt. Abgesehen von der sich rasch auf dem Gehsteig bildenden großen Blutlache hatte der liegende Körper etwas von einer Stoffpuppe, und Swarts wusste, dass dieser Mann nie wieder seine kaputte Brille putzen würde. Dann schloss sich der Kreis der Umstehenden enger und verstellte ihm die Sicht.
Die meisten Menschen wären wahrscheinlich stehen geblieben oder sogar zur Unglücksstelle zurückgekehrt, Russell Swarts rannte weiter. Denn jetzt gab es nur mehr eins für ihn: Khuzwayo zur Strecke bringen, koste es, was es wolle.
Sekunden später überholte er bereits Franklin, der wie ein Ver-

rückter dem Passat hinterherlief. Swarts folgte dem langsamen Vorankommen des Wagens zwischen den stehenden Fahrzeugen mit seinen Blicken, und als einer der Reifen platzte, jubelte er innerlich und verdoppelte seine Anstrengungen noch, so dass der Abstand zwischen ihm und dem Passat sich zusehends verringerte. Plötzlich scherte der Fluchtwagen auf die Gegenfahrbahn ein, die der Gehsteigseite, auf der Swarts dahinlief, näher lag. Und als der Fahrer eine Vollbremsung hinlegte und das Steuer verriss, um einen Zusammenstoß mit einem anderen Fahrzeug zu vermeiden, wusste Swarts, der Mann würde ihm gehören.

Er stürzt auf die Straße und stützt sich mit einer Hand auf dem Kofferraum des Wagens ab. Sich an der hinteren Beifahrertür nach vorn ziehend, hebt er die Pistole und zielt, so gut es geht. Die Spitze des Pistolenlaufs schlägt gegen das Seitenfenster. Den Bruchteil einer Sekunde später feuert er.

13

Der ohrenbetäubende Krach im Inneren des Passat endet nicht mit dem einen Schuss. Plötzlich ist da mehr Blut als in dem Moment, da Wally Khuzwayo Ephraim Thekiso schließlich ein AK-47 an den Hinterkopf gehalten und abgedrückt hat. Mokzin bäumt sich unter jedem Schuss von neuem auf, bis er schließlich über dem Lenkrad zusammenbricht. Sofort schlingert der Wagen wieder zurück in den entgegenkommenden Verkehr, und Wally hat keine Zeit mehr, das Steuer zu übernehmen, ehe der Passat in ein geparktes Fahrzeug rumpelt. Der letzte Rest der Windschutzscheibe bricht nach innen, und Glasdiamanten prasseln auf das Armaturenbrett und in seinen Schoß herunter. Mit zitternden Fingern löst er seinen Sicherheitsgurt und reißt die Tür auf.

»He, Khuzwayo!«

Er blickt auf und sieht gerade noch zwei Augen, die sich wie Schweißbrenner in die seinen bohren, da trifft Franklins schwerer Stiefel ihn schon mitten auf die Nase. Ein greller Blitz flammt hinter Wallys Lidern auf, und er fällt nach hinten auf Mokzins leblosen Körper.

»So, Freundchen«, hört er durch das Brausen in seinen Ohren. »Wenn ich mit dir fertig bin, wirst du dir wünschen, du wärst tot.«

Die Freude in der Stimme des Mannes erinnert Wally an die grausame Lust, die Ncolela immer anzumerken war, wenn er andere quälte. Er versucht, sich aufzusetzen, da spürt er, wie zwei Hände seine Knöchel umfassen, die ihn brutal aus dem Wagen reißen. Wally schreit vor Schmerz auf, als er mit dem Kopf erst gegen die Schwelle der Wagentür und dann auf den Asphalt aufschlägt.

»Geh mir aus dem Weg!«, hört er eine bekannte Stimme schreien. »Dem jag ich eine Kugel in seinen verfluchten Schädel.«

Renn!, schreit sein Verstand. Aber wie soll er? Seine Beine sind aus Butter, und aus seinen Armen ist alle Kraft gewichen.

»Nein, Russie!«

Steh auf und renn!

Über ihm kommt es zu einem Handgemenge. Wally dreht sich auf den Bauch und stemmt sich auf alle viere. Mit tränenden Augen fixiert er die hellen Blutstropfen, die auf den Boden fallen.

»Lass ihn mir!« Der Mann klingt wie ein rasender Stier. »Das Schwein hat Kommie umgebracht!«

»Ich hab gesagt, nicht hier, Russie. Auf offener Straße. Hier sind überall Leute. Wir bringen ihn zu Motale.«

»Was redest du denn da?«

»Ich hab ihn, Makhe Motale.«

»Seit wann?«

»Immer mit der Ruhe, Russie. Du kannst ihn haben, sobald er uns erzählt hat, wo die anderen Waffen sind.«
»Wovon redest du eigentlich? *Kommie* ist tot, verdammt noch mal.«
»Pass auf, da kommen die Jungs vom Gericht. Rede du mit ihnen, Russie. Aber bleib ruhig.«
Wally schüttelt den Kopf, doch der Schwindel lässt sich nicht abschütteln. Seine Nase ist gebrochen, nur durch einen Tränenschleier sieht er die beiden *Gatas* über ihm: Franklin hat Swarts mit beiden Händen am Hemd gepackt und versucht mit aller Kraft, ihn zurückzuhalten. Von irgendwoher nähert sich das Dröhnen eines starken Motors, und Wally erinnert sich wieder, dass er ja mitten auf der Straße kniet, wo er jeden Moment überfahren werden kann. Ob das Dröhnen Polizeiverstärkung oder einen Rettungswagen ankündigt, kann er nicht unterscheiden, er hofft nur, es möge Letzteres sein.
Swarts sieht ihn und spuckt in seine Richtung. »Schau mich bloß nicht so an, Khuzwayo!«
Plötzlich schaltet der näher kommende Motor in einen niedrigeren Gang und das Dröhnen schwillt noch weiter an.
»Wa...? Scheiße, Russie!«
Wally hat keine Zeit mehr, um die offene Wagentür herumzuspähen, um zu sehen, was die beiden sehen. Er kann nur noch das Erschrecken in ihren Gesichtern erkennen, ehe sie auseinanderstieben. Dann hält ein olivgrüner Prado mit quietschenden Reifen an genau der Stelle an, wo die beiden Polizisten sich eben noch gestritten haben. Eine Wolke verbrannten Gummis weht daher und hüllt Wally ein. Er schließt die Augen vor dem blauen Rauch, kann aber nicht mehr verhindern, dass er ihn einatmet. Er beginnt zu husten, und die Welt, die er in den vergangenen zwei Minuten ohnehin nur mehr verschwommen gesehen hat, verdüstert sich.

Das grelle Knattern von Maschinengewehrfeuer zerreißt die Luft. Über diesen Lärm hinweg hört Wally, wie Autotüren aufgerissen werden und neben seinem Kopf Schritte über den Asphalt stampfen. Er kämpft gegen die Dunkelheit an, die ihn zu überwältigen droht, und tastet nach der Wagentür, um sich festzuhalten. Doch seine Hand berührt nicht den erwarteten kalten Stahl, sondern eine ausgestreckte warme Hand. Wie ein Schraubstock umklammert sie gleich darauf seine Finger und reißt ihn hoch, als sei er ein Kleinkind, das gerade gestolpert ist.

»Wally«, grollt eine tiefe Stimme neben seinem Ohr, »deine Brüder sind hier, und in einer Familie hält man doch immer zusammen, oder?«

»Komm«, sagt dieselbe Stimme. »Zeit, nach Hause zu gehen.«

Kapitel 8

1

Detective Jacob Tshabalala vergleicht gerade die verblasste Schrift auf der nackten Ziegelfassade eines siebenstöckigen Hochhauses mit einem Namen, den er eilig auf einen Fetzen Papier gekritzelt hat – *Copacabana Luxus-Suiten* steht da –, als von irgendwoher im Westen Donner durch die Innenstadt grollt. In der Annahme, er habe eine plötzliche Wetterveränderung nicht mitbekommen, sieht er zu dem über den knospenden Amber- und Jacarandabäumen sichtbaren Himmel hoch. Doch der ist noch immer blassblau, und nichts deutet auf Regen hin. Der Donner verhallt und an seine Stelle treten das Heulen von Autoalarmanlagen, das Bellen von Hunden und das verdächtige Schweigen der Spatzen in den Bäumen.

Die reißen wahrscheinlich gerade eines der älteren Gebäude im Zentrum ab, denkt er.

Während er die Anordnung der Wohnungsnummern neben der Gegensprechanlage studiert, muss er wieder an das Gespräch denken, das er vor nicht einmal einer halben Stunde geführt und das ihn direkt hierhergebracht hat. Die Stimme der Frau am Telefon kam ihm irgendwie bekannt vor, doch als er sie nach ihrem Namen fragte, beschied sie ihm grob, dass ihn das nichts angehe, und legte auf.

Ihr Anruf war ein Geschenk des Himmels. Dieser Spur nachzugehen war besser, als sich den Unsinn anzuhören, der im Büro verzapft wurde, noch dazu unmittelbar vor dem Wochenende: Spezialeinheiten im ganzen Land wurde versichert, dass sie doch nicht wieder in einzelne Polizeireviere eingegliedert würden. Man teilte ihnen mit, dass das Projekt aufgrund »geänderter Prioritätensetzung im Bereich Personal« für zwei Jahre auf Eis gelegt würde. Daher könnten Polizisten, die um Versetzung wetteifern, sich darauf verlassen, dass ihre aktuelle Position und ihr Gehalt unangetastet blieben.

Was soll's, denkt er. Es ist dieses Jahr schon das vierte Mal, dass die offizielle Mitteilung geändert wurde, und viele Polizisten, darunter auch er, haben langsam die Nase voll von dem ständigen Hin und Her. Er wüsste gerne, wie die Politiker glaubten, dass die Polizisten auf der Straße ihre Arbeit tun sollten, wenn sie keinerlei Sicherheiten hatten, wo sie in drei Monaten sein würden – betriebsbedingt gekündigt, auf einem anderen Posten, befördert, degradiert. Die Stimmung im Aufenthaltsraum war gedrückt, als er sich davonstahl, um ans Telefon zu gehen, und nachher, wenn die Leute sich in Kneipen wie dem Maloney zusammensetzten, würde sie im Laufe des Abends noch tiefer in den Keller gehen.

Er will gerade auf eine der Klingeln drücken, als das Tor mit einem Summen aufgeht und eine junge Mutter mit einem in eine gelbe Decke gewickelten Kind auf dem Rücken ihm dieses aufhält. Er überquert den Parkplatz und steigt die breite Treppe zur Eingangshalle des Wohnhauses hinauf. Dank des Sonnenlichts, das durch die großen Fenster orange auf einen knallig gemusterten Mosaikboden fällt, ist es drinnen deutlich wärmer. Hinter dem Empfangsbereich sitzt eine Schar sofort als Nutten identifizierbarer Frauen – alle in Lack-Hotpants und tief ausgeschnittenen Tanktops –, entweder auf der untersten Treppenstufe oder auf leuchtend grünen Schemeln. Zwei von ihnen flechten zwei anderen, die vor ihnen sitzen, das Haar, während die übrigen zwei lautstark über einen R-'n'-B-Star diskutieren, von dem Jacob noch nie etwas gehört hat. Er begrüßt sie schon von weitem.

»*Sistahs,* könnt ihr mir sagen, ob in Zimmer 315 jemand wohnt?«

Augenblicklich verstummt das Gespräch, und unbehagliche Blicke gehen zwischen den sechs Frauen hin und her, bis eine der Flechterinnen, ein knapp zwanzigjähriges Mädchen mit einem dicken, leuchtend rosa Kaugummi im Mund, schließlich antwortet.

»Da wohnt niemand. Wieso?«

»Hat da bis vor kurzem noch jemand gewohnt?«

»Bist du von der Polizei?«

»Ja, bin ich. Mord und Raub.«

Ohne den Blick von ihren flechtenden Händen zu heben, zuckt sie die Schultern und sagt: »Keine Ahnung. Das ist ein großes Haus, stimmt's, Mädels?« Nervöse Zustimmung rundherum. »Ja, sehr groß, und ich bin nicht viel da.«

»Gibt es einen Verwalter?«

»Nein, der ist vor ein paar Wochen gegangen. Bis jetzt gibt es noch keinen Ersatz.«

»Hieß der Ephraim?«

»Weiß ich nicht mehr.«

»Du kannst dich nicht mal mehr an den Namen des Mannes erinnern, der jeden Monat deine Miete kassiert hat?«

»Nein.« Sie hört auf zu flechten und sieht ihn böse an. Die Herausforderung in diesem Blick ist lauter als Worte. Nachdem sie sich vergewissert hat, dass er verstanden hat, was sie ihm damit sagen will – nämlich, dass er ihr keine Fragen mehr stellen soll –, setzt sie ihre Arbeit mit solcher Heftigkeit fort, dass die Adressatin ihrer Aufmerksamkeit vor Schmerz aufstöhnt.

»Und was ist mit euch?« Vergeblich versucht er, einer nach der anderen in die Augen zu sehen.

Eine zuckt die Achseln. »Kann sein.«

»Ich weiß, dass ein Mister E hier gewohnt hat. Der hat geglaubt,

ihm scheint die Sonne aus dem Arsch. Weiß aber nicht, ob er das war.«
»Scheiß mich an!«, ruft eine besonders rund geratene junge Frau auf Englisch. Ihre rauhe Stimme hat eine frappierende Ähnlichkeit mit der des jüngst verblichenen James Brown. »Und eine Schlange hatte der, nicht länger als mein kleiner Finger, ich schwör's euch.«
Die anderen johlen vor Lachen, und Jacob hätte gerne gewusst, was er gerade verpasst hat.
»Lieber nicht!«, ruft ein kränklich aussehendes Mädchen, das nicht älter als sechzehn sein kann.
»Dann sagt euch der Name also nichts?«, unterbricht er die gackernden Mädchen.
»Mir nicht.«
»Weniger als nichts.«
»Ephraim?«, wiederholt eine andere. »Nie gehört.«
»Nein, bestimmt nicht.«
»Warum fragst du? Hast du vergessen, die Miete zu bezahlen?«
»Nein, *Sistah,* ich ...«
»Der darf aber seine Miete gern bei mir zahlen. Und so wie er aussieht, kriegt er auch noch Rabatt von mir.«
Wieder brechen die Mädchen in kreischendes Gelächter aus, und Jacob kann ein verlegenes Lächeln nicht unterdrücken. »Danke für das Kompliment, aber meine Miete ist schon fest versprochen.«
Als Jacob seine Aufmerksamkeit wieder auf das zarte Mädchen richtet, fällt ihm auf, das sie, im Vergleich zu den anderen, übermäßig beunruhigt scheint über die Richtung, in die diese Unterhaltung sich entwickelt hat.
»Mädel, ich fass es nicht, dass du das zu einem Polizisten sagst.«

»Was? Ich hab doch nur gesagt, dass ich ein Zuhause für ihn *und* sein Geld hätte. Kann eine Frau einem Mann jetzt nicht mal mehr sagen, dass sie ihm gehört, wenn er sie gut behandelt?«

»Hör auf!« Die Zarte springt auf und schleudert das *Heat*-Magazin zu Boden, das sie die ganze Zeit nervös zusammengerollt hat. »Du bist so doof.«

»Reg dich ab, Talitha. Mach dir nicht ins Hemd, sonst erkältest du dich womöglich noch«, ruft ihr die Kugel hinterher, als die Kleine die Treppe hinaufstürmt. »Es gibt doch kein Gesetz gegen ein bisschen Spaß, oder? Nicht mal hier bei uns.«

Die Frau, die Jacob als Erste angesprochen hat, lässt ihre rosa Kaugummiblase laut platzen. »Geh doch selber und schau dich in 315 um. Da wohnt keiner, versprochen. Ich komm auch mit und halt dir die Hand, wenn du magst. Wir können auch im Bett nachsehen, ob sich jemand unter der Decke versteckt.«

Den letzten Satz schnurrt sie mit so viel Honig und dunklem Samt in der Stimme, dass Jacob errötend wegsieht.

»Könnte sich auch wer unterm Bett verstecken«, ulkt eine andere.

»Oder im Schrank. Hast du's da schon mal probiert?«

»Nein, ist mir zu eng.«

»Oder in der Küche. Da würd ich's tun, wenn ich nicht zu Hause wär.«

»Wisst ihr was, Mädels, wir helfen ihm *alle* suchen, was meint ihr?«

»Sonst lässt er uns den ganzen Nachmittag nicht in Ruhe.«

In der Hoffnung auf einen eleganten Abgang, bevor er selbst sich das Lachen nicht mehr verbeißen kann, flieht Jacob zum Aufzug und drückt auf den Knopf. Mit ihrem Geblödel haben sie einiges zu seiner Erheiterung beigetragen, denn durch den Tod seines Vaters und die rätselhafte Reserviertheit, die Nomsa seit der Beerdigung ihm gegenüber an den Tag legt, war seine Stimmung in letzter Zeit alles andere als rosig.

»Sag mal, Herr Polizist, magst du nicht vielleicht über Nacht bleiben?«

»Nein.«

»Im Winter wird es nämlich ziemlich kalt in den Zimmern hier, besonders in denen im dritten Stock, hab ich mir sagen lassen. Sag einfach Bescheid, wenn ich dir eine Decke bringen soll, oder vielleicht was anderes zum Wärmen.«

»Wenn ich hier nicht mehr wegkomme, werde ich wegen heißer Schokolade bei dir klopfen.«

»Ich bin heiß, und schokoladig bin ich auch, Schätzchen«, ruft ihm die Kugel zu und lässt aufreizend die Hüften kreisen.

Jacob schüttelt zu allem den Kopf. Wenn es noch einer Bestätigung bedurft hatte, dann war ihre offensichtliche Weigerung, über Ephraim Thekiso zu reden, Beweis genug, dass der Anruf ihn nicht auf eine falsche Fährte gelockt hat. Als der Lift endlich kommt, dreht Jacob sich zu den dagebliebenen Frauen um, verbeugt sich und dankt ihnen für ihre Gastfreundschaft, was die fünf mit kurzem Beifall quittieren.

2

Im dritten Stock geht die Aufzugtür keuchend auf, und Jacob Tshabalala tritt hinaus in den kalten Wind, der um die Ecken der den Elementen ausgesetzten Flure pfeift. In den beiden Flügeln des hufeisenförmigen Hochhauses, dessen Mitteltrakt der Aufzugschacht und das Treppenhaus einnehmen, reiht sich eine eierschalenfarbene Tür an die andere. Auf dem drei Stockwerke unter ihm liegenden, schlecht geteerten Innenhof parken ein paar vereinzelte Wagen. Es gibt weder einen Garten noch ein Schwimmbad, nicht einmal einen einfachen Basketballkorb für Kinder. Aber ruhig scheint es wenigstens zu sein. In der Ferne ist zwar das Brummen der Stadt zu hören, doch eigentlich wundert sich Jacob, wie es an einem Ort mitten in der Stadt so still sein kann. Er kann sogar das Zwitschern der Bordsteinschwalben auf Kundensuche in der Wolmarans Street hören, obwohl in dieser Gegend Hunderte von Menschen dicht an dicht leben.

Er sieht auf einem verblassten Wegweiser zu den Wohnungen nach und nimmt den rechten Flur. Nummer 315 liegt ganz am Ende des Flügels.

»Sind Sie der, der was wissen will über diesen Toten?«, hatte die Frau auf Sotho gefragt, kaum dass er den Hörer abgehoben hatte. Sie muss aus einer Zelle oder von einem Telefonstand angerufen haben, denn im Hintergrund konnte er geschäftiges Treiben auf der Straße hören. »Diesen Ausgepeitschten im Fluss mit dem Laken drum herum, wie sie im Fernsehen gesagt haben?«

Er hatte in dem Fernsehbericht absichtlich nichts über die Peitschenwunden verlauten lassen, sondern nur das Laken erwähnt und eine grobe Beschreibung des Alters und des Körperbaus der männlichen Leiche gegeben. Deshalb hatte sie sofort seine volle Aufmerksamkeit, als sie von Auspeitschen sprach.

»Würden Sie mir bitte sagen, wer Sie sind und woher sie anrufen?«, hatte er gefragt.

Sie ignorierte die Frage und sagte: »Diese Hyäne soll wenigstens mit einem Namen begraben werden.«

»Wer?«, hatte er gefragt.

»Ephraim.«

»Was macht Sie so sicher, dass die Person, um die es sich handelt, dieser Ephraim ist?«

»Es ist letzten Dienstag passiert.«

Einen Tag auf oder ab, kam auch das hin.

»Haben Sie einen Nachnamen für mich, eine Adresse, wo Sie ihn zuletzt gesehen haben?«

»Seinen Nachnamen kenn ich nicht. Aber gehen Sie zu den Copacabana Suiten in Joubert Park. Zimmer 315. Die Leute dort müssten Bescheid wissen.« Ihre Stimme entfernte sich vom Hörer, als sei sie dabei, aufzulegen.

»Warten Sie!«, bat er die Frau. »Wenn diese Person, von der Sie sprechen, getötet wurde, wer, glauben Sie, hat das getan?«

»Ich weiß nicht, wer das war, nur dass sie zu zweit waren. Und noch jemand war dabei. Ich hab aber nur den einen reden hören. Einen Älteren.«

»Haben Sie einen Schuss gehört?«

»Nein. Ich sag Ihnen doch, sie haben ihn zu Tode geprügelt. Hören Sie eigentlich zu? Sie haben ihn auf dem Gang umgebracht und dann weggeschleppt. Sie wollten, dass die Leute im Haus hörten, wie er starb.«

»Warum?«

»Sie haben gesagt, er ist ein Dieb.«

»Was hat Ephraim getan?«

»Er war der Vermieter.«

»Ich meine, was hat er angestellt?«

»Gehen Sie hin und reden Sie mit den Leuten dort. Die werden's Ihnen erzählen. Sie müssen.«

Dann war das Gespräch auf einmal beendet, als sei die Gesprächszeit abgelaufen.

Zimmer 315. Die Tür sieht so unspektakulär aus wie alle anderen, das schmale Küchenfenster daneben wurde allerdings länger nicht mehr geputzt, vielleicht schon seit Jahren nicht mehr. Rasch lässt Jacob seinen Blick über den Boden des Außengangs gleiten, doch er sieht keine Spuren des brutalen Mordes, auf den die Frau angespielt hat, nur eine Ziegelmauer mit einem aufgerollten Feuerwehrschlauch.

Er klopft kräftig an die Tür und tritt einen Schritt zurück. Irgendwo in der Nähe dröhnt ein Fernseher, und unten im Hof spielt eine Schar Kinder lärmend Fangen. Aus der Ferne klingt es, als sammelten sich zahlreiche Einsatzfahrzeuge am Schauplatz eines schweren Verkehrsunfalls im Herzen der Stadt. Wahrscheinlich ist wieder jemand die Ausfahrt zum Joe-Slovo-Drive runtergebrettert, als wäre es noch die Autobahn.

Als niemand öffnet, klopft Jacob noch einmal, diesmal noch fester.

»Wer ist da?«, blafft eine Frauenstimme aus der Nebenwohnung.

Die Tür geht auf, und ein Schlüssel klappert im Schloss des verschnörkelten Sicherheitsgitters vor der Tür. Eine Frau tritt heraus, breit wie ein Schrank und gut eins achtzig groß. Wahrscheinlich könnte sie einen Ochsen zu Boden ringen, ohne dabei außer Atem zu geraten. Auf dem Arm hat sie ein feistes Baby, das zufrieden an seinem Milchfläschchen nuckelt.

»Was wollen Sie?«, fragt sie barsch.

»*Dumela, Sistah.* Mein Name ist Jacob Tshabalala, ich bin von der Polizei. Ist Ephraim Thekiso da, oder jemand, der ihn kennt?«

»Ephraim? Der ist schon seit zwei Wochen nicht mehr da.«

»Weißt du vielleicht, wo er ist?«

»Nein«, sagt sie entschieden.

»Hast du ihn weggehen sehen?«

»Er war einfach weg. So, und jetzt hör auf mit dem Krach, sonst weckst du mir noch die anderen Kinder auf.«

»Wer is da?«, brüllt eine grobe männliche Stimme über das Getöse aus dem Fernseher in der Wohnung der Frau hinweg. Jetzt, wo die Tür offen ist, kann Jacob hören, dass eine amerikanische Wrestling-Sendung läuft.

»Die *Gatas*«, ruft die Frau über die Schulter zurück. »Sie suchen Ephraim, dieses Dreckschwein.«
»Sag ihnen, der is weg.«
Das Kind auf dem Arm der Frau beginnt sich zu winden, und sie lässt es auf und ab hüpfen, um es zu beruhigen. »Du hast gehört, was mein Mann gesagt hat. Ephraim, der hat eines Nachts sein Zeug gepackt und ist auf und davon.«
»Bist du sicher?«
»Willst du sagen, ich lüge?«
»Wieso sind die noch nich weg?«, schreit der Mann aus der Wohnung.
»Keine Ahnung!«, schreit die Frau zurück. »Wie wär's, wenn du mal deinen Arsch hebst und ihn das selber fragst?«
Vom anderen Ende des Flurs hört Jacob einen zornigen Ausruf, gleich drauf taucht eine Gruppe von etwa zehn Personen auf, an ihrer Spitze die ausgezehrte Jugendliche von unten zusammen mit einem gedrungenen Mann, kantig wie ein Amboss.
»Und das?« Jacob deutet mit dem Kopf auf das heranziehende Trüppchen.
Die Frau, die schon auf dem Gang steht, um zu sehen, wer hier so einen Aufstand macht, drückt beim Anblick der Delegation ihr Baby fester an sich und geht eilig in die Wohnung zurück.
»Jovial!«, schreit sie.
»Was?«
»Komm raus, schnell.«
An der Tür zu Nummer 314 erscheint ein Mann mit einer Dose Cider in der Hand. Er trägt nur offene Jeans, unter denen eine vergilbte weiße Unterhose hervorschaut. Er wirft einen neugierigen Blick auf die Heranmarschierenden, dann auf Jacob.
»Sag ihm, er soll gehen.« Die Frau drückt den Mann flach gegen die Wand, als sie sich an ihm vorbeidrängt. »Ich will nicht, dass die Kinder noch mehr Ärger mitkriegen.«

»Sie hat dir doch gesagt, dass Ephraim nicht da is«, sagt Jovial. »Und nebenan is auch nix passiert, weil das wüssten wir.«
Jacob sieht ihm fest in die Augen. »Ich kann mich nicht erinnern, gesagt zu haben, das hier was passiert ist.«
Der kleine Stämmige, der wie ein Kaderführer mit seiner Schar heranmarschiert, stellt sich neben Jovial und gebietet der Truppe Ruhe.
»Du bist Polizist?«
»Ja, Mord und Raub. Und du? Wie soll ich dich nennen?«
Der Mann ignoriert die Frage. »Heutzutage kann jeder daherkommen und behaupten, er kommt von der Polizei. Wie ich höre, vermietet die Polizei sogar ihre Uniformen und Waffen, warum sollten wir dir also glauben?«
»Ich habe einen Ausweis«, sagt Jacob.
»Dann zeig her.«
Jacob zieht seine Brieftasche heraus und hält dem Mann seinen Dienstausweis hin. Während der Mann ihn studiert, stellt Jacob Blickkontakt mit der zartbesaiteten Jugendlichen her und stellt zu seiner Überraschung fest, dass sie seinen Blick ohne eine Spur ihrer früheren Nervosität erwidert. Nun betrachtet er einen nach dem anderen auch den Rest der Truppe und entdeckt dort dieselbe Feindseligkeit, mit der ihn das Mädchen ansieht.
Der Anführer der Truppe macht einen Schritt nach vorn und schnappt sich Jacobs Ausweis.
»Und?«, fragt eine Frau im Hintergrund. »Ist er echt?«
»Wenn er es ist, muss er für einiges gradestehen.«
»Mir schaut er nicht wie ein Polizist aus«, sagt eine andere Stimme.
»Du meinst, du hast tatsächlich mal einen gesehen? Oder woher willst du wissen, wie die aussehen?« Die Stimme der ersten Frau trieft vor Sarkasmus.

»Jetzt wartet doch mal«, sagt Jacob und hebt die Hände. »Kann ich euch irgendwie helfen?«

»Helfen? Du?« Eine alte Frau mit geblümtem Kopftuch und ausgefranster Kittelschürze drängt sich unwirsch nach vorn. »Wann hätte euer Verein uns schon jemals geholfen? Was zum Teufel willst du eigentlich hier?«

»Detective Inspector Jacob Tshabalala.« Der Stämmige blickt von dem Ausweis in seiner Hand auf. »Das steht hier, und das Foto sieht dir auch ähnlich.«

»Ich würde gerne mit Ephraim Thekiso sprechen, der, so viel ich weiß, bis vor zwei Wochen hier Verwalter war.« Jacob streckt die Hand nach seinem Ausweis aus, doch der Mann macht keine Anstalten, ihn zurückzugeben. »Und den hätte ich auch gern wieder, bitte«, fügt er hinzu.

Der Mann klopft sich mit dem Ausweis ein paarmal auf den Daumen, dann hält er ihn in die Höhe. »Den hier?«

Ein paar Pfiffe und verlegenes Lachen erheben sich in der Gruppe.

»Ja, den.«

»Hier, bitte, Detective.« Der Mann schnippt Jacob den Ausweis zurück. »Diesen Ton kannst du dir aber sparen. Du kannst mit mir reden, wie du mit deiner Familie redest – mit etwas Respekt.«

Jacob steckt den Ausweis wieder in seine Brieftasche und tut sein Bestes, um sich seine zunehmende Besorgnis über diese unerwartete Feindseligkeit nicht anmerken zu lassen. »So, und jetzt zu diesem Thekiso …«

»Dieses Dreckschwein!« Die Alte mit dem Kopftuch fuchtelt ihm mit einer verhutzelten Hand vor der Nase herum. »Wieso kümmert ihr euch um den, wenn es hier richtige Menschen gibt, die leiden?«

»*Magogo,* warum nennst du ihn Dreckschwein?«

»Wir mussten Miete zahlen, während Nutten wie diese Gladys sich von ihm vögeln ließen.«
»Und wo ist er jetzt?«
»Wen interessiert's? Weg.«
»Zumindest wissen wir jetzt, dass unsere Miete nicht für Drogen draufgeht.«
Jacob betrachtet die Gruppe eingehend und überlegt, was er tun kann, um die Stimmung zu seinen Gunsten zu wenden. »Leute, bitte, es ist wirklich wichtig, dass ihr mir, einer nach dem anderen, erzählt, was hier geschehen ist. Wenn es ein Problem gibt, dann sehe ich das, sobald ich ein bisschen mehr über die Vorgänge erfahre.«
»Klar, *wir* kommen immer erst zum Schluss.«
Menschen in dieser Gemütsverfassung zu sagen, sie sollen sich beruhigen, ist wie ein brennendes Streichholz an einen Strohhaufen zu halten, deshalb verschränkt Jacob die Arme vor der Brust, stellt sich ein wenig breitbeiniger hin und erhebt die Stimme. »Das ist nicht wahr, und wir können nachher darüber reden, warum das nicht wahr ist. Im Moment muss ich aber mehr über Ephraim Thekiso wissen. Und deshalb muss ich in diese Wohnung. An wen muss ich mich da wenden?«
»Im Moment gibt's niemanden, der hier zuständig ist.«
»Nicht?«
»Wer hat dir überhaupt gesagt, dass Ephraim Thekiso von hier verschwunden ist?«, fragt der Stämmige.
»Das braucht euch nicht zu kümmern«, antwortet Jacob.
»Wir haben ein Recht zu wissen, wer hinter unserem Rücken Sachen erzählt.« Jetzt erhebt auch der Mann seine Stimme. »Na?«
Sein Gefolge pflichtet ihm lautstark bei.
Der Sprecher reagiert auf diese Zustimmung mit einem weisen Nicken und sieht dann wieder Jacob an, wie um sich zu

vergewissern, dass dieser auch versteht, worauf sie hinauswollen. »Wer hat uns beschuldigt?«

»Niemand hat euch beschuldigt. Ich will mich nur umsehen.«

»Und wo ist dein Durchsuchungsbefehl, Herr Polizist?«

Jacob sieht in die abweisenden Gesichter und überlegt sich seine Antwort genau. Der erste Funke ist bereits entfacht, und er wird sich hüten, ihn noch weiter zu schüren. Für ihn besteht kein Zweifel, dass hier etwas vertuscht werden soll, und die Menschen mit Drohungen zum Schweigen gebracht wurden.

»Ich glaub nicht, dass er überhaupt einen hat.« Ein grausames Lächeln breitet sich auf dem Gesicht des Anführers aus. »Was wolltest du denn da drin? Was reinschmuggeln, das uns belastet?«

Die Worte dieses Wichtigtuers treiben Jacob in die Enge, und er ist sich jetzt sicher, dass sie alles, was er jetzt sagt, zu seinen Ungunsten auslegen werden. Es gibt mehrere Möglichkeiten, mit einer feindseligen Menge umzugehen, aber dabei selbst in der Sackgasse zu stehen, ist nirgendwo Teil des Szenarios. Und das bedeutet, dass es höchste Zeit für ihn ist, von hier zu verschwinden.

»Ihr habt recht«, gibt er zu. »Ich habe keinen Durchsuchungsbefehl. Ich dachte nur, wir könnten uns vielleicht gegenseitig helfen, so wie es eigentlich sein sollte. Ich dachte, es wäre im allgemeinen Interesse, wenn ich mir so schnell wie möglich ansehe, was hier passiert ist. Aber wie es aussieht, ist es euch lieber, wenn ich der Bürokratie Genüge tue.«

Die kränklich wirkende Jugendliche tritt vor und packt Jacob mit erstaunlicher Kraft am Handgelenk, ihre Haut fühlt sich unangenehm heiß an. »Sag mir eins, war sie auch Zulu, so wie du?«

»Wer?« Er reißt sich los und muss an sich halten, um sich nicht die Hand an der Hose abzuwischen.

»Die, die dir erzählt hat, dass hier was passiert ist.«
»Nein. Und jetzt lasst mich durch. Wenn mir hier niemand helfen will, muss ich wieder zurück an die Arbeit.«
»Auf einmal interessiert ihn nicht mal mehr Thekiso?«, bemerkt der Stämmige.
»Er deckt Gladys«, sagt die Jugendliche triumphierend. »Das ist wohl klar. Man hört's ihm ja an.«
»Ja, das hört man«, ruft die Frau mit dem Kopftuch. »Ich wusste, dass diese Schlampe Ärger machen wird.«
»Na klar, Gladys war's.«
Jetzt rufen alle durcheinander, und ihre Stimmen verheißen nichts Gutes, weder für Jacob noch für diese Gladys.
»Ich kenne niemanden, der so heißt.« Mit diesen Worten marschiert Jacob mitten in die Menge hinein, nur mehr daran interessiert, so rasch wie möglich hier wegzukommen. »Und für euch wäre es vielleicht auch besser, euch mit solchen haltlosen Anschuldigungen zurückzuhalten.«
Jacob will weiter, da packt ihn eine Hand am Hemd und zieht ihn zurück. Instinktiv ballt er die Faust, um zuzuschlagen. Doch eine riesige Pranke landet auf seinem Oberarm und quetscht ihm den ausführenden Muskel zusammen. Als wäre dies ein Signal für die anderen, strecken sich jetzt weitere Hände nach ihm aus, und noch ehe er nach seiner Pistole greifen kann, löst eine flinke Hand sie aus dem Holster. Er will um Hilfe rufen, doch ein Arm so dick wie eine Boa schlingt sich um seinen Hals und drückt zu. Er registriert nur mehr Hohngeschrei und Pfiffe und gierige Gesichter – alles andere verschwindet aus seinem Bewusstsein.
»Hört auf!«, keucht er. »Seid ihr verrückt?«
Der Stämmige schiebt sich in Jacobs eingeschränktes Gesichtsfeld, ein liebenswürdiges Lächeln auf den Lippen und einen steinharten Ausdruck in den dunklen Augen.

»Siehst du die?« Er hält Jacob seine Dienstwaffe vor die Nase und drückt den Ladestreifen heraus. »Und weg ist sie.«
Er wirft den Streifen über das Geländer. Sein Gefolge jubelt und lacht ihm ungläubig zu. Gleich darauf fliegt auch die Pistole. Dann dreht sich der Mann mit gespreizten Fingern und einem triumphierenden Leuchten in den Augen wieder zu Jacob um.
»Na? Jetzt, wo deine Knarre weg ist, wer bist du jetzt?«
»Ein Niemand!«, schreit jemand.
»Seht mal, es ist Ephraim Thekiso«, ruft eine andere Stimme.
»Genau! Der.«
»Solly«, sagt der Stämmige zu dem, der Jacob festhält, und deutet mit dem Kopf auf das Geländer.
Der Arm schließt sich noch enger um Jacobs Hals. Seine Stimme versagt völlig, und helle Sterne blitzen hinter seinen Lidern auf. Jacob ringt nach Luft und schlägt wild um sich, um zu verhindern, dass er über das Geländer geworfen wird.
Es gelingt ihm, sich mit einem Fuß gegen die Balustrade zu stemmen, doch da springt die Ausgezehrte vor und schiebt ihm beide Arme unters Knie. Ein heiserer Schrei entfährt ihr, als sie sich mit aller Kraft bemüht, sein Bein hoch und über das Geländer zu heben. Er kann sich nicht mehr halten und rutscht schließlich nach vorn.
Großvater!, ruft Jacob instinktiv im Geiste. Doch er erhält keine Antwort. *Hilf mir, Vater!* Auch aus dieser Ecke kommt keine Antwort.
Die Alte mit dem Tuch schlurft daher, um dem Mädchen zu helfen, auch das zweite Bein von der Mauer zu lösen, genau in dem Augenblick, in dem der Schraubstockmann, der Jacob hält, ihn über das Geländer hievt.
»Tut das nicht!« Er klammert sich an den unnachgiebigen Arm um seinen Hals. Unten wird der kaputte Asphalt deutlicher sichtbar. »Es geht doch auch anders«, fleht er.

Doch niemand scheint ihn zu hören. Niemand scheint ihm *zu*zuhören.
Dann wird sein ganzer Körper über das Geländer gehalten, und unter ihm ist nichts mehr als leere Luft.

3

Verzweifelt strampelt Jacob auf der Suche nach Halt. Die fremde Meute verlangt bellend, ihn fallen zu lassen.
»Siehst du, jetzt bist du nicht mehr als wir hier, ein Mensch«, sagt der Stämmige mit gelangweilter Stimme. »Nicht Gott. Nicht das Gesetz. Nur ein Mensch.«
»Hör auf zu strampeln, *Gata!*«, schnauft ihm eine verärgerte Stimme ins Ohr. »Sonst lass ich dich fallen, das schwör ich dir.«
»Spürst du das?«, fragt der Stämmige. »Ist das Angst, was du da spürst? Damit leben wir tagein, tagaus, Detective Tshabalala.«
Den Rücken durchgedrückt, dass es schmerzt, findet Jacob mit den Füßen Halt auf der Brüstung. Die Belastung der Wirbelsäule erschwert ihm das Atmen noch zusätzlich. Der Ambossmann stellt sich mit verschränkten Armen neben ihn ans Geländer und blickt hinaus auf das Viertel. Unten lachen und johlen die Kinder über das Spektakel, das sich ihnen oben bietet.
»Wohnst du in der Stadt, Herr Polizist?«
Einen Augenblick lässt der Klammergriff um seinen Hals nach, und Jacob denkt schon, das war's. Doch der Schraubstockmann hat seinen Griff nur gelockert, damit Jacob antworten kann. Die Menge verstummt in Erwartung des nächsten Streichs. Aus Wohnung 314 übertönt das Brüllen eines Babys das Geplärr des Fernsehers.
»Was hat das alles mit Ephraim Thekiso zu tun?«, keucht Jacob.

»Wenn du hier leben würdest, wüsstest du, warum wir Fremden wie dir nicht über den Weg trauen. Niemandem, den wir nicht täglich im Aufzug oder auf der Treppe sehen. Auch keinen *Gata.*«

»Das kapier ich nicht.« Das in seinem Kopf gestaute Blut rauscht so laut in seinen Ohren, dass Jacob kaum etwas anderes hört als das rasende Pochen seines Herzens.

»Du ziehst in die Stadt, weil du ein neues Leben beginnen willst. Du denkst, hier wird alles besser, und du schläfst vielleicht auch besser, wenn du aus diesen Hüttensiedlungen vor der Stadt raus bist. Und in der ersten Woche ist das auch so. Aber eines Nachts schreckst du auf einmal hoch, weil du Schüsse hörst. Du starrst vielleicht ein paar Minuten zum Fenster und konzentrierst dich auf Geräusche, die dir sagen, das war noch nicht alles: Getrampel, Geschrei – aber oft sind es nur ein, zwei Schüsse, und dann diese Stille, die noch schlimmer ist. Vielleicht schläfst du dann wieder ein. Und vergisst das Ganze sogar. Redest dir ein, dass du nur schlecht geträumt hast. Irgendwann gehören diese Schüsse zur gewohnten Geräuschkulisse, wie vorüberfahrende Autos oder Leute, die vorbeigehen. Dieses Geräusch des Todes wird für dich Teil der täglichen Routine, wie Milch oder Zigaretten kaufen.

Aber eines Nachts fällt dann plötzlich der Strom aus, und im ganzen Viertel ist es finster. Keine fünf Minuten später hörst du, wie Türen krachend eingetreten werden. Du hörst Leute streiten. Du hörst Glas zerbrechen. Du hörst Schüsse, die sich die Straße entlang verfolgen, als ob jemand Böller wirft. Dann geht das Schreien los. Das ist das Letzte, was du hören willst, *Mfo,* wenn du im Finstern keine Kerze findest, das kann ich dir sagen. Vielleicht hörst du auch, wie eine Frau, die vor lauter Angst vor der Dunkelheit wirres Zeug schreit, irgendwo einen Gang entlangläuft, die Männer hinter ihr her.

Irgendwann hörst du dann auch Polizeisirenen, so wie jetzt – hörst du sie? Ja, die sind immer da, stimmt's? Das ist die Geräuschkulisse, von der ich gesprochen habe – man hört sie, aber wenn du sie am dringendsten brauchst, sind sie nicht da. Warum müssen wir so leben, frag ich dich? Ist das wirklich das, was ihr uns versprochen habt?«

»Ich?« Jacob ringt nach Luft.

»Die Regierung!«, schreit eine Frau. »Ihr habt uns angelogen!«

»Ich ... versuch doch ... was dagegen zu tun. Mehr kann ich doch auch nicht tun. Und so schlimm ist es doch auch wieder nicht.«

Buhrufe branden auf, und der Mann, der ihn festhält, verdreht ihm den Kopf nach hinten.

»So schlimm ist es nicht, Inspector? Da, wo wir wohnen, hört man alles, so wie du den Boden knarzen hörst, wenn du in der Nacht allein im Bett liegst. Eine gestohlene Handtasche ist nicht nur eine gestohlene Handtasche. Ein Erschossener ist nicht nur ein Erschossener. Jedes Mal, wenn ich von so einer Handtasche höre, ist es meine eigene Brieftasche. Jedes Mal, wenn ich von einem Mann mit einer Kugel in der Brust höre, ist es mein eigener Vater. Oder ich bin's. Oder mein Sohn, verdammt noch mal! Für diese Leute hier ist es ihre Frau, ihr Sohn, ihr Mann. So schlimm ist es nicht? Eure Statistiken, was wissen die denn davon, wie es ist, wenn einem Tag für Tag der Arsch auf Grundeis geht? Kennen eure Statistiken das Wort Angst?«

»Ich kann nicht mehr tun als das, was ich ohnehin schon tue«, sagt Jacob.

»Du *kannst!*«, schreit einer der Hausbewohner. »Du musst!«

Enttäuscht schüttelt der Ambossmann den Kopf, als wäre Jacob sein dümmster Schüler und hätte die dümmstmögliche Antwort gegeben. »Wie kannst du so was sagen?«

»Ich-bin-nicht-Gott«, keucht Jacob. »Ich bin nur ein Polizist.«
»Genau.« Die Miene des Stämmigen hellt sich deutlich auf. »Nur ein Polizist. Nur ein Mensch.«
»Lass ihn doch fallen!«, ruft eine ungeduldige Stimme.
»Er muss zahlen!«, schreit eine andere.
»Umbringen!«, eine dritte.
Der Schraubstockgriff um seinen Hals lockert sich wieder. Der Arm ist rutschig vom Schweiß und hat zu zittern begonnen. Jacob macht sich auf alles gefasst.
»Lasst ihn in Ruhe!«, schreit eine bekannte Stimme vom Aufzug her.
Jacob spürt, wie die Aufmerksamkeit der Menge in diese Richtung abdreht. Er hört das Getrampel von Turnschuhen, dann das Geschrei einer jungen Stimme. Er versteht nur, dass sie dem Mädchen mit dem knallrosa Kaugummi gehört, und dass sie irgendwas von einem Gericht daherredet. Das Obergericht?
»Soll ich diesen Idioten jetzt fallen lassen, oder was?«, ruft der Schraubstockmann dazwischen. Seine Stimme zittert so heftig wie sein Arm, und Jacob klammert sich noch fester an diesen Arm.
»Sie war's! Die hat dem Bullen das von Ephraim erzählt!«, schreit die Ausgezehrte, als sie des Neuankömmlings ansichtig wird. »Schmeißt sie auch runter!«
»Ich kann ihn gleich nicht mehr halten«, sagt der Mann, an dessen Arm Jacobs Leben hängt. »Wenn ihr euch nicht einigen könnt, zieh ich ihn wieder rauf.«
Einfach so? Dieser Gedanke durchzuckt Jacobs halb vernebeltes Hirn. *Gerade wolltest du mich noch umbringen, jetzt rettest du mich? Was bin ich eigentlich für euch?*, fragt er sich trotz seiner Angst wütend.
Und so wird er vom Abgrund zurückgerissen und ohne große

Umstände auf den Boden fallen gelassen. Um ihn herum wird gestritten, doch während die Stimmen gerade noch schrill und wütend klangen, sind sie jetzt ängstlich, verblüfft, unsicher. Jacob fasst sich an seinen misshandelten Hals und zieht gierig Luft in seine nach Sauerstoff dürstende Lunge. Er ist dankbar, dass sie ihn anscheinend vergessen haben, zumindest vorläufig. Doch dieses Gefühl hält nicht lange an, denn allmählich versteht er, wovon hier die Rede ist.

»Sie haben das Obergericht in die Luft gesprengt! Es kam gerade im Radio, wenn ich's euch doch sage«, schreit die neu Hinzugekommene, anscheinend die schon mehrfach erwähnte Gladys.

»Was soll das heißen?«, fragt der Mann, der Jacob über das Balkongeländer hat baumeln lassen.

»Das Scheiß-Obergericht in der Pritchard Street, es ist weg!«

Eine Stimme schreit: »Gut so!«, doch diesmal zündet der Funke nicht.

»Aber das geht doch nicht«, stammelt der Ambossmann. »Niemand kann einfach so das Obergericht in die Luft jagen. Wir sind doch nicht im Krieg, oder?«

»Was wird jetzt passieren?«, quäkt eine nervöse Stimme.

Von dem Maulheldentum, das diese Meute noch vor ein paar Sekunden an den Tag gelegt hat, ist nichts mehr übrig. Eingeschüchtert und orientierungslos stehen die Menschen da, sie haben nichts mehr, woran sie sich festhalten können. Jacob nutzt die Gelegenheit und macht sich aus dem Staub. Er stürzt zur Treppe, halb in der Erwartung, dass seine Peiniger ihm gleich hinterherhetzen. Doch er hätte nicht einmal rennen müssen, denn niemand macht sich die Mühe, die Verfolgung aufzunehmen.

4

Unten angekommen nimmt Jacob sich noch die Zeit, die verstreuten Teile seiner Dienstpistole einzusammeln, die die lachenden Kinder auf dem Parkplatz schon zum Spielzeug zweckentfremdet haben. Die Waffe sorgfältig inspizierend, geht er eilig zu seinem Wagen zurück, den er am Straßenrand geparkt hat. Ein paar Patronen sind aus dem Ladestreifen gesprungen, und die Griffschale hat sich gelöst, doch sonst scheint sie den tiefen Fall gut überstanden zu haben.

Die ganze Zeit kreisen Jacobs Gedanken nur um ein Wort: das *Obergericht?*

Er reißt die Autotür auf und stürzt sich auf das plappernde Funkgerät. Nach mehrmaligen erfolglosen Versuchen, das Geschnatter zu unterbrechen, ist er sich sicher, dass etwas wirklich Schlimmes geschehen sein muss, und dass es vielleicht stimmt: Das Obergericht steht nicht mehr.

»Und?«, fragt eine besorgte Stimme hinter ihm.

Er dreht sich um. Es ist die junge Frau von vorhin – die, welche die anderen Hausbewohner Gladys nannten. Jacob steckt das Funkgerät wieder in die Halterung und greift nach seinem Handy.

»Ich komme nicht durch.«

»Du hast nicht auf Kagisos Frage geantwortet. Warum nicht?«

»Heißt der so? Der Kleine, der diese Meute angeführt hat?«

Sie ignoriert seine Gegenfrage und dringt auf eine Antwort. »Wer würde denn das Obergericht in die Luft jagen? Waren das diese Weißen, was glaubst du? Die *Boeremag?*«

»Hat er Ephraim Thekiso umgebracht?«

»Nein.« Ihr Ärger darüber, dass er eine Antwort auf ihre Frage verweigert, ist nicht zu übersehen. »Was wird jetzt passieren?«

»Wer war's dann?«

»Keine Ahnung. Sie sind in der Nacht gekommen, um Schulden einzutreiben. Sie haben uns gezwungen zu zahlen, und die, die kein Geld hatten, wurden verprügelt und rausgeschmissen. Und jetzt gib mir bitte eine Antwort.«
»Was interessiert dich denn das?«
Das scheint sie zu kränken, doch er nimmt keine Notiz davon. Er hat die Nase gestrichen voll von diesem Gebäude und seinen Bewohnern.
Auch am Handy kommt Jacob nicht durch: *Netzabschnitt besetzt,* heißt es auf seinem Display.
»Es macht mir genauso viel Angst wie allen anderen.«
»Es macht dir Angst, wenn das Obergericht in die Luft fliegt? Ich hätte gedacht, das würde dich glücklich machen, dich und die anderen hier.«
Die Worte sind heraus, ehe er noch richtig versteht, was er da gesagt hat. Ihre fragende Miene verändert sich schlagartig.
»So redest du nicht mit mir, verstanden! Vor einer Minute bist du noch von einem Scheiß-Balkon runtergebaumelt. Die hätten dich fallen lassen, wenn ich nicht gewesen wäre.«
Auch der nächste Versuch zu telefonieren scheitert, und Jacob wirft das Handy auf den Beifahrersitz.
»Sieh zu, dass du von der Straße wegkommst, Gladys. Wenn du weiter anschaffst, bringen sie dich eines Tages noch um, insbesondere, wenn du hierbleibst.«
»Das sagst du so leicht, du Idiot!«
»Ich werde mich nicht mit dir streiten.«
»Ich fass es nicht! Wie kann man nur so dämlich sein? Ich hätte die mit dir machen lassen sollen, was sie wollten.«
Jacob wirft rasch einen Blick auf den Gang im dritten Stock, den man zwischen den Ästen der Bäume kaum sehen kann. Er sucht den Mann, den Gladys Kagiso genannt hat, doch außer dem Riesenweib und ihrem Mann, die am Geländer stehen und

zu ihnen herübersehen, ist von denen, die es noch vor wenigen Minuten so eilig hatten, ihn umzubringen, keiner mehr da. Haben sie sich aus dem Staub gemacht aus Angst, er könne mit Verstärkung zurückkommen? Oder war sein Leben und das, was sie bereitwillig getan hätten, um es zu beenden, so schnell vergessen wie eine Unterhaltung mit einem Unbekannten im Aufzug? Dieser Gedanke macht ihn noch rasender.

»Sag diesen Idioten da oben, ich schnapp sie mir, einen nach dem anderen«, flüstert er ihr zu. »Mir reicht's jetzt nämlich.«

Er steigt in den Wagen, startet und schiebt in einem so weiten Bogen rückwärts auf die Straße hinaus, dass er beinahe in ein auf der Gegenfahrbahn herankommendes Fahrzeug knallt. Er schaltet in den ersten Gang und kurbelt dabei das Fenster herunter.

»Ich meine es ernst, Gladys. Bleib weg von der Straße. Und sieh zu, dass du aus diesem Haus rauskommst.«

»Du hast kein Recht, mir Vorschriften zu machen.«

»Vielleicht, aber ich mache dir gar keine Vorschriften. Ich gebe dir nur einen guten Rat.«

Er steigt aufs Gas und fährt Richtung Stadtzentrum. Da knallt ein Stein aufs Autodach, und eine Stimme schreit ihm nach: »Du undankbarer Scheißkerl! Wenn sie dich doch nur hätten fallen lassen.«

5

Mit heulendem Motor rast Jacob die Claim Street Richtung Süden entlang. Mühelos schlängelt er sich durch die in der Nachmittagssonne funkelnde und nach Abgasen und Frust stinkende Blechkolonne. Als er in die Jeppe Street einbiegt, beantwortet endlich eine verständliche Stimme die Frage, die alle anderen Gedanken in seinem Kopf ausgelöscht hat: Nicht, wie im Radio

irrtümlich gemeldet, war das Obergericht Ziel des Bombenanschlags, sondern das Maloney, die Kneipe gegenüber.
Er weiß nicht, ob er über diese Nachricht erleichtert oder womöglich noch bestürzter sein soll. Es ist der erste Freitagnachmittag nach Zahltag, und er kennt eine Menge Kollegen, die am Ende einer stressigen Arbeitswoche ins Maloney gehen, insbesondere nach dem Geschwafel über Arbeitsplatzsicherheit, das sie sich gerade anhören mussten, als er das Büro verließ. Wer von ihnen hat sich dort aufgehalten in dem Moment, als die Bombe hochging? Die Antwort lautet: So ziemlich alle aus seiner Abteilung, und dazu noch jede Menge andere aus anderen Einheiten. Hatte nicht sogar Chief Molethe ihm gesagt, dass er später hingehen würde? Und was war mit Hugh Semenya? Hatte er noch Dienst, als es geschah?
Jacobs Gedanken wandern weiter zur Frage nach den Bombenlegern, und die Einzigen, die ihm dazu einfallen, sind die Rechtsextremisten. Die Weißen Wölfe vielleicht? Die Boeremag? Vielleicht eine neue Gruppierung, die damit ihren Einstand gegeben hat?
Die Ecke Von-Wielligh-Street nimmt er so rasant, dass er beinahe in eine Menschenansammlung hineinpflügt, die sich an einer eilig errichteten Straßensperre gestaut hat. Er springt aus dem Golf und drängt sich durch die Menge, durch den Geruch nach altem Schweiß und billigem Parfüm und den ranzigen Gestank von Angst. Die Mienen, in die er blickt, zeigen nicht Besorgnis, sondern gierige Erwartung; die Stimmen, die er hört, drücken nicht Mitgefühl aus, sondern geifern nach schlechten Nachrichten. Zuerst sind diese Gaffer ihm nur lästig, dann machen sie ihn wütend. Als er die Sperre erreicht, brüllt er sie nur mehr an und stößt rücksichtslos Menschen beiseite.
Die empörten Proteste lassen ihn kalt, denn die Leute, von denen sie kommen, kümmern ihn nicht mehr – diese Zivilisten,

die nur Verachtung haben für die Männer, die für ihre Sicherheit sorgen, die Polizisten in einen Topf werfen mit den Kriminellen, die sie ihnen vom Leib halten. Räuber und Gendarm, Gendarm und Räuber. Die werden doch immer in einem Atemzug genannt, nicht wahr? Ist es da ein Wunder, dass manche auch nicht davor zurückschrecken, ihn wie einen Müllsack vom Balkon zu schmeißen?

Leckt mich doch alle, denkt Jacob zornig.

»He, Sie können hier nicht durch! Zurück, verdammt noch mal!« Ein junger Verkehrspolizist mit Rasenmäherfrisur versucht, ihn von der Barrikade wegzudrängen, doch Jacob leistet erbitterten Widerstand und steigt darüber.

»Mord und Raub, Vorgesetzter Senior Superintendent Kobus Niehaus. Ist er da?«

»Ich hab nicht die blasseste Ahnung, was hier los ist, Kumpel, ich weiß nur eins: Die Arschlöcher, die das getan haben, die können schon mal zu beten anfangen.«

»Weiß man schon was Genaueres?«

Der Verkehrspolizist schüttelt den Kopf.

Als Jacob den Polizeikordon hinter sich gelassen hat, ist er betroffen von der Leere der Straße, auf der normalerweise der Auto- und Fußgängerverkehr tobt. Nichts regt sich, nur ein Polizeihubschrauber kreist am Himmel, und Sirenengeheul hallt von den Ladenfronten wider. Ab und zu biegt weiter unten ein Einsatzfahrzeug ein oder rast über eine leere Kreuzung. Jacob fragt sich, wie viele Straßenzüge schon gesperrt wurden. Ein Angehöriger der Taktischen Einsatzgruppe kommt aus der Pritchard Street auf Jacob zu, bleibt abrupt stehen, trommelt mit einer Faust gegen eine Mauer und vergräbt schließlich das Gesicht in der Armbeuge.

»Das ist das Ende, Kumpel, das sag ich dir«, meint der Verkehrspolizist, der jetzt neben Jacob steht.

Das letzte Stück bis zur Pritchard Street geht Jacob immer schneller, bis er schließlich im Laufschritt über den von Müll übersäten, schadhaften Asphalt hetzt. Er kann sich nicht erinnern, diese Straße vor Sonnenuntergang jemals so leer gesehen zu haben.

Jetzt läuft er an dem Polizisten von der Taktischen Einheit vorüber, der mittlerweile an der Mauer lehnt und von einem besorgten Kollegen gestützt wird, dann an drei auf dem Asphalt liegenden Leichen. Die Nylonstrümpfe über den Köpfen wurden ihnen aus dem Gesicht geschoben, die AK-47 halten sie zwar noch umklammert, aber die Magazine wurden bereits entfernt. Die Hülsen verschossener Gewehr- und Pistolenkugeln liegen wie tausend Münzen verstreut auf der leeren Straße. Die reichverzierte Mauer des Gerichts und der schmale Streifen gelbgrünen Rasens davor huschen an Jacob vorbei. Hundert Meter weiter sieht er einen Pulk Polizisten und Einsatzkräfte zwischen den Einsatzwagen vor der Kneipe herumstehen, in der er vor nicht einmal einer Woche allein sein Bier getrunken hat.

Als er sie schließlich erreicht, sucht er die Gruppe hektisch nach bekannten Gesichtern ab. Auf dem großen Rechteck, das vor dem Lokal abgeriegelt wurde, sieht er Blut, Glasscherben und Stofffetzen, die vielleicht einmal Vorhänge oder Kleider waren. Er erkundigt sich nach Chief Molethe, er erkundigt sich nach Kobus Niehaus – hat jemand sie gesehen? Sogar nach Harry Mason fragt er, bis ihm klar wird, dass der noch ziemlich wackelig auf den Beinen und außerdem noch an Bord eines Flugzeugs ist, das ihn soeben nach Johannesburg zurückbringt, in der sicheren Entfernung von mehreren tausend Fuß über diesem Chaos. Anscheinend ist niemand in der Lage, ihm eine vernünftige Antwort zu geben, doch dann zeigt ihm ein Sanitäter die Verletzten, die gerade auf Krankenbahren versorgt

werden, und die Toten, die in ordentlichen Reihen mitten auf der Straße liegen. Jacob eilt zu den abgedeckten Bündeln, die auf ihren Abtransport warten, und hebt die Kunststoffplanen über den Gesichtern hoch, eine nach der anderen.
Beim dritten Anlauf stößt er auf den alten Hugh Semenya, beim fünften auf Captain Kommie Combrink. Es gibt auch noch andere Gesichter, die er wiedererkennt, vom Maloney, von Bürofluren, Tatorten, früheren Ermittlungen. Er lässt die letzte Plane sinken und bedeckt, noch immer auf der Straße hockend, von Trauer übermannt sein eigenes Gesicht mit den Händen.
O Gott, was jetzt?, fragt er sich. *Wo soll das enden?*
»Jacob? *He banna,* Tshabalala!«
Er steht auf und sieht, wie sich Simon Molethe aus dem Pulk löst und auf ihn zustürzt. Seine Krawatte ist weg, und auf seinen hochgerollten Hemdsärmeln sind dunkle Blutflecke zu sehen.
»Chief! Was ist denn passiert?«
Doch der Leiter der SVC packt Jacob bei den Schultern und erstickt seine Worte in einer ungestümen Umarmung, die nach *English-Blazer*-Rasierwasser und frischem Schweiß riecht.

6

Drei Stunden lang tat er, zusammen mit jedem verfügbaren Polizisten zwischen Midrand und Alberton, sein Bestes, am Schauplatz des Bombenattentats auszuhelfen. Die Bemühungen verkamen bald zu einem wilden Getümmel, weil Polizisten spontan und planlos mit der Suche nach Spuren und Verdächtigen begannen. Rücksichtslos wurden Zeugen und sogar Verletzte befragt. Fassungslosigkeit und Entsetzen waren in Verbissenheit und Aktionismus ausgeartet. Und erst durch die Ankunft des Polizeipräsidenten wurde wieder etwas wie Ordnung hergestellt. Er übertrug dem Bombenräumtrupp die offizielle Einsatzleitung. Alle anderen wurden nach Hause geschickt, um ein paar Stunden Schlaf zu bekommen, oder in ihre jeweiligen Dienststellen, um dort auf weitere Befehle zu warten. Das Gerücht machte die Runde, dass noch vor Sonnenaufgang eine Großfahndung anlaufen würde. Schilderungen von überlebenden Polizisten war zu entnehmen, dass ein Mann namens Wally Khuzwayo in den Anschlag verwickelt war und dass er zu den Phaliso-Brüdern gehörte – den Abasindisi.

Was aus Superintendent Swarts und seinen *Ballies* geworden war, die viel zur Aufklärung der Geschehnisse hätten beitragen können, blieb allen ein Rätsel, sogar ihrem Vorgesetzten, Chief Molethe. Zwar gab es Augenzeugen, die berichteten, dass Swarts und Franklin sich mit Khuzwayo eine wilde Verfolgungsjagd mit Schusswechsel geliefert hatten, doch keiner von beiden war zu erreichen, um die dringlichen Fragen zu beantworten.

Auf der Fahrt über den Soweto Highway nach Orlando East zieht die abendliche Welt jenseits der Windschutzscheibe an Jacob vorbei wie ein Film. Lächelnde Menschen drängen sich am Straßenrand, froh, nach einem schweren Arbeitstag wieder nach Hause zu kommen. In den Einfahrten polieren Söhne die Autos ihrer Väter fürs Wochenende, während Töchter die Wäsche von der Leine holen. Wo er auch hinsieht, haben sich kleine Gruppen von Freunden mit Campingstühlen vor den Haustüren zusammengefunden, um gemeinsam die ersten warmen Frühlingstage zu genießen. Der Anblick dieser friedlichen Welt steht in so krassem Gegensatz zu dem Aufruhr in seinem Leben, dass es ihm schwerfällt, diese beiden Realitäten in Einklang zu bringen.

Er erreicht den Scheitelpunkt der bogenförmigen Straße, in der er wohnt, und will in seine Einfahrt einbiegen, doch da steht ein fremder Wagen vor der Einzelgarage. Ein glänzender schwarzer Daimler-Chrysler, den Jacob neugierig beäugt,

während er, die Hausschlüssel aus der Tasche fischend, zur Tür geht. Schon als er den Türknauf dreht und den Fuß über die Schwelle setzt, hört er das kokette Kichern einer Frau, in das ein leiser, selbstbewusster Bariton einfällt.
Beim Betreten des Wohnzimmers fällt sein Blick sofort auf Nomsa und einen älter gewordenen Teddy Bakwena, die dicht nebeneinander auf der Couch sitzen. Teddys Haar, das an den Schläfen schon etwas ergraut ist, verleiht ihm ein distinguiertes Aussehen, das der kleine Kinnbart noch unterstreicht. Jacob kann nicht umhin zu registrieren, dass Bakwenas Hand leicht auf Nomsas nacktem Knie ruht. Sein erster Instinkt ist, sich zu entschuldigen, doch dann fällt ihm ein, wo er eigentlich ist.
Nomsas Lächeln erlischt, als sie Jacobs Miene sieht. Sie springt auf, und Jacob beobachtet, wie Bakwenas Hand automatisch auf die Vertiefung im Polster sinkt, wo Nomsa gesessen hat.
»Jacob, da bist du ja!«, ruft Nomsa auf Zulu. »Was ist denn passiert? Erzähl doch.«
Rasch kommt sie zu ihm und nimmt sein Gesicht in beide Hände. Er fühlt einen Druck, als wolle sie verhindern, dass er zu dem Fremden in seinem Haus hinsieht. Er weiß nicht, ob sie einen Kuss erwartet oder ihn nur von Teddy Bakwena ablenken will. Jedenfalls kann er seinen Blick nicht abwenden von dem Mann, der einst kurz davor stand, sie zu heiraten, und der gerade eben noch seine Hand so vertraut auf ihrem Knie liegen hatte.
»Tshabalala, schön, dich zu sehen, Mann«, sagt Teddy auf Sotho, während er aufsteht, sich den Blazer zuknöpft und ihn anlächelt wie ein Autoverkäufer. »Wie ich höre, bist du jetzt bei der Kriminalpolizei. Nicht schlecht für einen ehemaligen Gassenjungen. Du hast wirklich allen Grund, sehr stolz auf dich zu sein.«
Mit selbstbewusst lockeren Schritten kommt er auf Jacob zu und streckt ihm eine fleischige Hand entgegen.

Du dreckiger Quertreiber, denkt Jacob. *Hättest du dir nicht die Frau von jemand anderem aussuchen können?*
Wut, schwarz und klebrig wie Teer, brodelt in ihm hoch.
»Jacob, alles in Ordnung mit dir?« Der besorgte Klang in Nomsas Stimme findet sein Echo in dem unbehaglichen Lächeln in Teddy Bakwenas Gesicht. »War's schlimm? Sag doch was.«
»Was will der hier?«, fragt Jacob schroff.
Teddy Bakwena bleibt abrupt stehen und lässt die ausgestreckte Hand sinken. Endlich gelingt es Nomsa, Jacobs Kopf zu sich herumzudrehen, und sie sehen einander in die Augen. In ihren großen dunklen Augen liegt mehr als nur Besorgnis. Für ihn sieht es nach schlechtem Gewissen aus.
»Jacob, hör mir zu«, sagt sie, jedes einzelne Wort betonend. »Teddy hat mich nach der Chorprobe heimgebracht, das ist alles. Ich habe dir doch gesagt, dass ich mich schon organisiere, wenn du noch länger in der Stadt zu tun hast.«
»Du hast gesagt, du suchst dir jemand, der dich heimbringt, nicht, dass du *ihn* in mein Haus einladen willst.«
»Ich habe mir die größten Sorgen gemacht, deshalb habe ich Teddy gebeten, mit mir zu warten. Ich wollte nicht allein hier herumsitzen, bis du endlich heimkommst.«
»So hat mir das aber nicht ausgesehen.«
Teddy Bakwena räuspert sich. »Tshabalala, das ist wirklich völlig unangebracht. Nomsa sagt die Wahrheit.«
»Halt du bloß den Mund!«
»Lass ihn in Ruhe, Jacob.«
»Nomsa«, wirft Teddy ein. »Es tut mir leid, wenn ich dich in Schwierigkeiten gebracht habe. Ich gehe jetzt lieber.«
»Ganz genau, und zwar sofort.«
Eine von Nomsas Händen löst sich von Jacobs Gesicht, als sie Teddy mit einer Handbewegung aufhalten will.

»Nein, Teddy. Bitte geh nicht. Ich möchte das klären. Ein für allemal.«

Bakwena mustert Jacob von oben bis unten, distanziert und ärgerlich, als sei *er* derjenige, der durch die Anwesenheit des anderen beleidigt worden wäre. Ein höhnisches Lächeln umspielt seine Lippen, und er schüttelt den Kopf. »Nein, Nomsa. Es ist sinnlos, Respekt von einem Zulu zu erwarten, geschweige denn von einem *Gata.*«

»Jacob, NEIN!«

Als die beiden Aktenordner, die Jacob in der Hand hielt, zu Boden fallen und die Papiere darin in alle Richtungen flattern, hat Jacob sich schon von Nomsa gelöst und Teddy Bakwena zwei kurze Schläge versetzt, einen in den Magen und einen ins Gesicht. Doch es genügt ihm noch nicht, den atemlosen Mann hilflos rückwärts taumeln zu sehen, er packt ihn am Revers und drängt ihn an die Wand. Er zieht seine Pistole aus dem Holster, den er an der Hose hängen hat, und bohrt Bakwena ihre Mündung in die Wange.

»Ja, Bakwena, ich *bin* ein *Gata.* Und ich bin ein *Zulu.* Aber im Gegensatz zu dir habe ich Manieren. Ich schleiche mich nicht in das Haus eines anderen und spann ihm die Frau aus, nachdem ich selbst nicht die Eier hatte, sie zu heiraten. Im Gegensatz zu dir weiß ich, was ich, was ein Versprechen ist, und akzeptiere, wenn eine Frau versprochen ist.«

Eine Hand legt sich sanft auf seine Schulter, doch er schüttelt sie ab.

»Liebling, steck in Gottes Namen die Waffe weg«, sagt eine Stimme in beschwichtigendem Ton. »Ich bitte dich.«

Er hört sie, weigert sich jedoch, *auf* sie zu hören. Er konzentriert seine Aufmerksamkeit auf Bakwena, als habe sich das ganze Übel der Welt in dieser einen verabscheuungswürdigen Kreatur vereint, die unaufgefordert sein Haus betreten hat.

Der Mann ist jetzt ungewöhnlich still und hält den Blick sorgfältig abgewendet, doch auf seiner Stirn glänzen Schweißperlen, und in seiner Wange zuckt unkontrollierbar ein Muskel.

Jacob stupst ihn mit der Pistole an. »Gib's zu, Bakwena.«

Der Mann räuspert sich und sagt mit besänftigender, aber furchtloser Stimme: »Was willst du von mir hören?«

»Das ist so demütigend, Jacob.« Nomsa bricht in Tränen aus. »Mein Gott, was ist denn in dich gefahren?«

»Gib's zu, dass es kein Zufall war, dass du wieder dem Chor beigetreten bist. Wir wollen doch ehrlich sein, Teddy Bakwena. Sag mir ins Gesicht, dass du keinen Respekt vor mir hast, weil ich nur ein Bulle bin und du ein Geldmann, der immer kriegt, was er will.«

»Jacob, wie kannst du über mich reden, als wäre ich gar nicht da? Wir haben das doch schon besprochen. Ich gehöre dir doch nicht wie irgendein Möbelstück!«

»Ist das das erste Mal, dass du in mein Haus kommst, wenn ich bis in die Nacht hinein arbeite?«

»Das kannst du *mich* fragen, Jacob!« Ihre Stimme wird lauter, und eine Hand zieht an seiner Schulter, um ihn abzulenken, doch er schüttelt sie ab und bohrt Teddy Bakwena die Pistole tiefer in die Wange. »Warum antwortest du mir nicht, *Inyoka?* Schau mir in die Augen und sag mir, was du wirklich denkst: Dass du was Besseres bist als ich, dass sie noch immer dir gehört.«

»Das werde ich nicht tun.«

»Warum denn nicht?«

»Weil ich dein Benehmen nicht billigen werde, indem ich mich ihm unterwerfe. Du bist nicht nur eine Schande für Gott, sondern auch für deinen Vater.«

Da verliert Jacob auch noch den letzten Rest der Herrschaft

über die Wut, die sich in ihm zusammengebraut hat. Ehe er sich's versieht, hat er einen Schritt nach hinten gemacht, die Pistole in seiner Hand entsichert und abgedrückt.

7

Nichts geschieht, der Hahn rührt sich keinen Millimeter. Nur der Abzug gibt ein leises Klicken von sich, doch in der darauffolgenden Stille klingt es nach wie ein Donnerschlag.
Teddy und Jacob starren sich mit angehaltenem Atem an. Jeder der beiden ist sich der Bedeutung des Augenblicks und seiner Folgen voll bewusst. Und jeder der beiden sieht dieselbe Erkenntnis in den Augen des anderen. Dann sinkt Teddy mit einem leisen Wimmern auf die Knie, und Jacob kann nur mehr die schwere Pistole in seiner Hand anstarren.
Sie hat versagt. Bei dem Fall aus dem dritten Stock muss doch etwas kaputt gegangen sein.
»Teddy!« Nomsa stößt Jacob beiseite und fällt neben dem Mann, den er beinahe umgebracht hätte, auf die Knie.
»Jacob, wie konntest du nur!«, schreit sie ihn über die Schulter an, doch bei dem Durcheinander von Gedanken, die ihm jetzt durch den Kopf schießen, hört er sie kaum.
Als ihre Blicke sich begegnen, brennt in ihren Augen ein Zorn, den er noch nie zuvor bei ihr gesehen hat. Nie hätte er sie eines derartigen Hasses auf ihn – oder auch sonst jemanden – für fähig gehalten. Seine Dienstpistole, die er in den vergangenen neun Jahren regelmäßig getragen und nur einige wenige Male in Ausübung seiner Pflicht gezogen hat, gleitet ihm aus der Hand und fällt auf den dicken Teppich unter seinen Füßen. Auf dem wolligen weichen Material wirkt sie harmlos, ein bloßes Spielzeug.
So einfach ist es also?

Nomsa zieht den geschockten Mann an ihre Brust und hält ihn ganz fest. Jacob muss feststellen, dass die Wut, die ihn dazu gebracht hat, die Pistole zu ziehen, noch nicht ganz verraucht ist.
Er wollte diesen Mann allen Ernstes töten – und hätte es auch getan, wenn Gott nicht eingegriffen hätte. Entsetzt erkennt er, dass er nicht mehr in seinem Haus steht, sondern an einem Tatort.
Dann ist er auch schon aus der Tür und rennt an dem Daimler-Chrysler vorbei zu seinem Dienstwagen. Die Stimme einer Frau ruft ihm aus dem Haus nach, doch er will sie nicht hören. Er will nur mehr weg hier.
Er reißt die Tür auf und lässt sich auf den Fahrersitz fallen. Beim Verriegeln der Tür wird ihm schlagartig bewusst, dass der rasch abkühlende Motor klingt wie eine tickende Zeitbombe.

8

Jacob schlägt mit der offenen Hand auf die Türknöpfe und vergewissert sich, dass auch die anderen Türen versperrt sind. Irgendwie fühlt er sich dadurch sicherer: Als könne er, indem er sich einsperrt, gleichzeitig aussperren, was er eben getan hat. Er wirft einen Blick in den Rückspiegel und erkennt die weit aufgerissenen Augen, die ihn daraus ansehen, beinahe nicht als seine eigenen. Es sind die eines Menschen auf der Flucht. Er sieht zum Haus zurück und muss beim Anblick der noch immer offen stehenden Tür den Drang unterdrücken, aufzustehen und auch sie zu schließen.
Und jetzt?, denkt er.
Wieder und wieder stellt er sich diese Frage, bis er hört, dass Teddy Bakwena sich anscheinend endlich gefangen und nun laut mit Nomsa zu streiten begonnen hat.

Mit einem Mal klingt die Stimme eines Toten in seinem Kopf – eines Mannes, dessen Gesicht er an diesem Nachtmittag in einer Reihe blutiger Leichen vor dem Maloney erkannt hat.
Und dann sind sie von einem Tag auf den anderen weg, und man hört erst wieder von ihnen, wenn man in der Zeitung von einem Polizisten liest, der ins Tiefe gesprungen und nicht mehr hochgekommen ist. Ich hab das viel zu oft gesehen, Mfo. *Und es gefällt mir gar nicht.*
Der alte Hugh Semenya. Ist es wirklich erst eine Woche her, seit er Jacob diese Predigt gehalten hat? Hat er den alten Knaben wirklich erst vor ein paar Stunden in einem Leichensack gesehen?
Ein immer lauter werdendes Piepsen dringt in sein Bewusstsein. Es dauert eine Weile, bis er merkt, dass es sein Handy ist, das er vorhin im Wagen hat liegen lassen, und dann noch einmal ein paar Sekunden, bis er es zwischen Beifahrersitz und -tür findet. Vielleicht ist es ja ein Anruf aus dem Büro, wegen der Bombe.
»Ja?«, murmelt er.
Schrilles Geschrei im Hintergrund macht es ihm zunächst unmöglich, etwas von dem zu verstehen, was eine aufgelöste Frauenstimme zu ihm sagt.
»Wie bitte?«, fragt er, und plötzlich wird ihm klar, dass dieser Lärm im Hintergrund ein Kind ist, das aus vollem Halse schreit. Er nimmt das Handy vom Ohr, um zu sehen, wer da anruft. *Harry Mason privat,* steht auf dem Display.
Das Schreien kann nur von Jeanie Mason kommen, aber die verzweifelte Stimme im Vordergrund ist nicht die von Harrys Mutter, also muss es Tanya Fouché sein.
Seine eigenen Sorgen vorübergehend vergessend, setzt Jacob sich kerzengerade auf. »Tanya, was ist mit Jeanie los?«
»Sie haben ihn geholt, Jacob.«

Ein Eimer Eiswürfel glitscht ihm bei diesen Worten den Rücken hinunter.
»Wer?«
»Na, Harry.«
»Ich meine, wer hat ihn geholt?«
»Russell Swarts und dieses Arschloch Franklin. Naidoo war auch dabei.«
»Warum?«
»Ich glaube, die wollen sich die Phalisos schnappen – allein.«
»Wissen Sie, wo sie hinwollen?«
»Nein, aber es war die Rede von einem Freund von Harry. Makhe Motale heißt der. Kennen Sie ihn? Bitte sagen Sie mir, dass Sie wissen, von wem ich rede.«
Makhe Motale?, überlegt Jacob kurz. *Dieser Idiot von der geräumten Fabrik? Der auf dem Skateboard?*
»Haben Sie gehört, was ich gesagt habe, Jacob?«
Ein Durcheinander von Fragen schwirrt Jacob durch den Kopf, und jede will sofort beantwortet werden. »Wo finde ich ihn?«, fragt er nach.
»Keine Ahnung. Ich weiß noch nicht mal, ob der Mann noch lebt. Harry hat sich vor ein paar Wochen mit ihm getroffen. An einem Ort, der anscheinend Hofmeyer Bridge heißt. Lieber Himmel, Jacob, sagen Sie mir, dass Sie wissen, wo das ist, ich weiß es nämlich nicht.«
Natürlich kennt er die eingestürzte Brücke in Alexandra, aber in diesem Teil der im Überschwemmungsgebiet des Jukskei entstandenen Hüttensiedlung jemanden zu finden, ist ein ganz anderes Thema.
»Bringen Sie ihn mir zurück, Jacob! Haben Sie mich verstanden? Bringen Sie ihn mir in einem Stück wieder!«
Jacob lässt das Handy auf den Beifahrersitz fallen und will die Zündung einschalten. Da sieht er aus dem Augenwinkel eine

Bewegung und blickt hoch. Nomsa steht am Wagenfenster, und die Feindseligkeit, die noch vor ein paar Minuten in ihren Augen glitzerte, ist nun einem Ausdruck der Besorgnis gewichen. Ihre Lippen bewegen sich, und ihre Hand macht eine Kurbelbewegung: *Mach auf.*

Eine neue Woge der Reue überrollt ihn, und seine Ohren beginnen vor Scham zu glühen. Wie wunderbar sie ist, wie sie da steht nach dem, was er gerade getan hat, und wie kostbar wegen der Sorge, die ihr ins tränenüberströmte runde Gesicht geschrieben ist.

Wie soll er es nur anstellen, dass sie ihm je wieder vertrauen kann?

Sie wischt sich über die Augen und wiederholt, diesmal drängender, die Kurbelbewegung.

Was soll er zu ihr sagen? Wie kann er erwarten, dass sie ihm verzeiht?

»Verdammt, Jacob! Mach das Fenster auf!«, schreit Nomsa so laut, dass er es hören kann. Angst liegt jetzt in ihrer Stimme, als argwöhne sie, dass er gleich etwas Unbesonnenes tun wird.

Er dreht den Zündschlüssel und der Motor springt an.

Nomsa trommelt an die Fensterscheibe, doch er schüttelt nur den Kopf.

»Jacob, mach sofort das Fenster auf! Du machst mir Angst!«

»Ich muss weg«, ruft er ihr zu.

Ohne sich zu vergewissern, ob sie ihn verstanden hat, legt er den ersten Gang ein, schwenkt auf die Straße hinaus und fährt mit Vollgas Richtung Stadt. Noch hat er nicht die leiseste Ahnung, was er für Harry Mason tun kann, doch als er die Kreuzung am Ende der Straße erreicht, hat Jacob bereits die Nummer von ICD Detective Busisiwe Mosetsane gewählt.

Kapitel 9

1

Bevor es an der Küchentür klopfte, bevor das behagliche Leben, das sie sich gerade ausmalte, von einem direkt aus der Hölle heranrasenden Schwerlaster plattgewalzt wurde, sinnierte Tanya Fouché gerade über das sonderbare Glücksgefühl, das sie dabei empfand, zum ersten Mal in der Küche ihres Freundes Wasser zum Geschirrspülen einzulassen. Ein albernes, ja kindisches Gefühl, und bestimmt nicht sehr emanzipiert, dennoch gab sie sich ihm mit wahrer Wollust hin.

Tanya musste über ihre eigene Sentimentalität lächeln. Sie war es nicht gewohnt, in Nostalgie zu schwelgen, doch diesmal gestattete sie es sich, denn sie war dankbar für die Empfindungen, die damit einhergingen.

Begleitet von Massive Attacks »Dissolved Girl« werkelte sie in der Küche des einfachen Hauses in Brixton herum, während sich in den zwei Schlafzimmern im hinteren Teil des Hauses die beiden anderen erschöpften Reisenden von ihrem zweistündigen Flug erholten. Es waren dies ein zehnjähriges Mädchen und ein schwerverletzter Polizist, der auch zwei Wochen nach der Schießerei noch aussah wie der frisch auferweckte Lazarus.

»Alles klar bei dir, Bond?«, hatte sie ihn gefragt, als sie kurz vor Sonnenuntergang aus dem Flugzeug stiegen. Während des Fluges hatte sie gesehen, wie er Schmerztabletten schluckte, als seien es Gummibonbons, und immer wieder strich er sich mit der Hand über den breiten Verband unter dem Hemd, wie um zu prüfen, ob die Feuchtigkeit, die er spürte, Blut war oder nur Schweiß. »Du schaust ziemlich blass aus.«

Er schenkte ihr ein erschöpftes Lächeln. »Musst du mich so nennen?«
»So nennen sie dich doch in der Arbeit, oder, Herr Polizist?« Sie pikste ihn mit einem Finger in die Schulter.
»Sehr witzig,«
Er musste Jeanie zurückrufen, die ihnen schon zum wartenden Flughafenbus vorausgelaufen war. Hinten im Bus waren noch Plätze frei, und sie setzten sich. Aus einem Impuls heraus zupfte Tanya ihn am Ärmel.
»Was ist?«, fragte er, als der Geste keine Erklärung folgte.
Mein Gott, ist das schön, dich wiederzuhaben, dachte sie. »Nichts.« Sie beugte sich zu ihm und küsste ihn leicht auf den Mund. »Wollte dir nur einen davon geben.«
Er hatte gelächelt, seine Stirn an ihre gedrückt und ihren Duft eingeatmet.
»Ich glaube, ich war noch nie so froh, nach Hause zu kommen. Und ich habe mich noch nie so darauf gefreut, mich hinlegen zu können.«
»Mach dir keine Sorgen, alter Mann.« Sie hatte seinen Nacken gestreichelt. »Nur noch eine halbe Stunde.«
Die hydraulischen Bremsen zischten, und der Bus setzte sich sanft in Bewegung. In ihre eigenen Gedanken versunken, summte Jeanie zufrieden vor sich hin.
»Tanya«, begann Harry leise.
»Mmm?«
»Danke.«
Sie drehte sich zu ihm. »Wofür?«
»Für die letzten paar Tage. Für alles.«
»Ich bitte dich.«
Er rückte von ihr ab und sah ihr tief in die Augen. Die Intensität seines Blicks machte sie verlegen. »Es war wunderbar, die Augen zu öffnen und dich neben mir zu haben.«

Sie tätschelte ihm das Knie. »Du kannst mich schick ausführen, wenn du wieder auf den Beinen bist.«

Er hatte leise gelacht. »Abgemacht.«

»Kann ich mitkommen?« Den letzten Satz hatte Jeanie mitbekommen.

»Nein, Liebes.« Harry zwinkerte seiner Tochter zu. »Ich glaube, die gute Tanya hat es verdient, einmal ganz allein verwöhnt zu werden.«

Jeanie Mason war ein liebes Kind. Während ihrer Zeit in Port Elizabeth hatte Tanya Harrys Tochter oft beobachtet, wenn niemand es merkte. Obwohl sie schon seit vielen Jahren in verschiedenen Waisenhäusern mit Kindern zu tun hat, gab es bisher keines, das so eine Wirkung auf sie gehabt hätte. Jeanie faszinierte sie, weil sie so ein breites Spektrum an Emotionen in ihr weckte, was sie andererseits auch wieder sehr beunruhigend fand. Eines dieser Gefühle war Eifersucht, weil sie nicht die Mutter von Harrys Augenstern war. Eine andere Besorgnis, weil die Kleine die Achse des Gleichgewichts ihrer Beziehung zu Harry war. Und auch Neugier, denn entgegen aller Vernunft hoffte sie, dass sie eines Tages für Jeanie werden konnte, was diese nicht mehr hatte – eine Mutter. Als dieser Gedanke sich zum ersten Mal manifestiert hatte, hatte sich ihre unabhängige Hälfte sofort mit aller Kraft dagegen gesträubt. Ihre andere hingegen fand ihn im Großen und Ganzen recht angenehm. Immer wieder erinnerte sie sich daran, dass es eine naive Hoffnung war, die sie da hegte, aber Gefühl und Verstand waren noch nie einfach unter einen Hut zu bringen.

Das Geschirr einer Unbekannten in der Spüle einer Unbekannten, und das Ganze auch noch für drei Personen. Nie hätte sie gedacht, dass sie einmal mit einem Mann zusammen sein würde, der eine Tochter aus einer früheren Ehe hatte. Allerdings kam sie langsam in ein Alter, in dem die Wahrscheinlichkeit immer geringer wurde, einem ungebundenen Mann zu begegnen, der nicht ein paar Altlasten hatte. Wenigstens schien der Typ, der jetzt wie ein nasser Sack in seinem quietschenden Einzelbett lag, normalerweise ziemlich fest auf seinen zwei Beinen zu stehen. Als er schließlich seine grauen Augen aufgeschlagen und sie angelächelt hatte, als er aus seinem Krankenhausbett die Hand nach ihr ausstreckte, da hatte sie sofort gewusst, dass es richtig gewesen war, dazubleiben.

Tanya zog den Stöpsel heraus und sah zu, wie Wasser und Lauge kreiselnd im Abfluss verschwanden. Es war ein äußerst merkwürdiger Moment gewesen, als Harry zu sich gekommen war. Russell Swarts, der sich trotz seines männlichen Chauvinismus als ziemlich anständiger Kerl entpuppt hatte, war fast die ganzen zwei Wochen bei seinem verwundeten Mitarbeiter geblieben. Er war bei ihr gewesen, als sie die Nachricht erhalten hatte, Harry sei endlich aufgewacht. Als sie endlich damit fertig war, die Aufmerksamkeit des Patienten für sich zu monopolisieren, und sich nach Russell umgedreht hatte, um ihn ans Bett zu holen, hatte er, ohne ein Wort zu sagen, bereits das Zimmer verlassen.

Sie dachte noch immer darüber nach, wie es mit Harry weitergehen würde, als ein hartnäckiges Geräusch sich in die Musik in ihren Ohren mischte. Sie zog die Ohrhörer heraus und vernahm ein lautes Klopfen an der Küchentür. Durch das Opakglas sah sie drei große, vom Außenlicht über der Tür beleuchtete Gestalten stehen.

»Harry? Tanya?«, sagt eine vertraute, aber seltsam gepresste Stimme. »Hier ist Russell Swarts. Machen Sie bitte auf.«

»Russell?«, wiederholt sie erstaunt.

Sie wirft das Geschirrtuch über den Abtropfständer neben der Spüle und eilt zur Tür. Ihre Lippen kräuseln sich schon in Vorbereitung auf das Lächeln über diesen unerwarteten Besuch.

2

Trotz seiner Erschöpfung und den unzähligen Schmerztabletten, die er auf dem Flug nach Johannesburg geschluckt hatte, konnte Harry nicht einschlafen, als er sich nach einem frühen Abendessen hinlegte. Auch nach seiner Entlassung aus dem Krankenhaus und nach seiner Rückkehr in seine Heimatstadt quälen ihn dieselben brennenden Fragen wie in den vergangenen Nächten, wenn niemand da war, um ihn abzulenken. Die, die am dringendsten nach einer Antwort schreit, lautet: Wer hat in Tsolo auf ihn geschossen? Doch gleich danach kommt die Frage, wie jetzt, nach seiner Rückkehr in den Ring, sein nächster Schritte aussehen soll. Viele Möglichkeiten hat er nicht, wenn er bedenkt, was er von Tanya erfahren hat, nämlich, dass die ICD gegen ihn ermittelt. Und dann ist da noch sein eigener Verdacht, es könne Russie gewesen sein, der versucht hat, ihn umzubringen.

Aufgewühlt von diesen Gedanken hatte Harry sich schließlich aus dem Bett gerollt und war über den Flur zur Küche gewandert. In der Tür war er stehen geblieben und hatte Tanya beobachtet, die sich mit ihren weißen Stöpseln in den Ohren um das schmutzige Geschirr kümmerte. Er kannte sie zwar erst knapp vier Monate, trotzdem hatte sie schon einen festen Platz in seinem Leben. Wie wichtig sie tatsächlich für ihn war, hatte er allerdings erst erkannt, als er im Krankenhaus die Augen geöffnet und sie, meilenweit von zu Hause, an seinem Bett sitzen sehen hatte. Die Freude, die er in diesem Augenblick empfunden hatte, war überwältigend gewesen.

Jetzt hatte sie ihr langes schwarzes Haar mit einem roten Gummiband wie ein Schulmädchen zu einem Pferdeschwanz gebunden und stand barfuß, wie es ihr auch im Winter im Haus am liebsten war, vor der Spüle. Im Moment genügte es ihm, ihr einfach nur zuzusehen, wie sie offensichtlich, ihren eigenen Gedanken nachhängend, gelegentlich innehielt und nur die Wand ansah. Plötzlich riss ihn ihr leises Lachen aus seinen Betrachtungen. Eigentlich war er nicht ihretwegen aufgestanden. Harry wandte sich ab, und leise, um Jeanie nicht zu stören, die im Nebenzimmer schlief, ging er in sein kleines Arbeitszimmer.

3

Der ganze Schlamassel hatte natürlich mit der Akte begonnen, die Makhe Motale ihm gegeben hatte. Sein Angebot, Harry entscheidende Informationen über die Abasindisi zu liefern, brachte diesen in eine Zwickmühle, auf die jeder geschickte Verhörspezialist zu Recht stolz gewesen wäre. Er verlangte nämlich im Gegenzug, dass Harry Nachforschungen über den Tod dieses Drogenhändlers, Parapara Ntombini, anstellte – ein Mord, für den höchstwahrscheinlich Russie Swarts die Verantwortung trug. Harry war sich sicher, dass Makhe das mit Absicht so eingefädelt hatte. Dieses Vorgehen war sein Markenzeichen, und Harry hätte darauf gefasst sein müssen.

Nun musste er zurückdenken an den Tag, an dem er zu Swarts gegangen war. Eine Woche lang hatte er ganz Yeoville nach unabhängigen Zeugen der Vorgänge in der Nacht des Mordes an Ntombini abgegrast. Er wollte deren Aussagen mit dem vergleichen, was er aus der Originalakte wusste – die von Swarts abgezeichnet worden war –, und mit den Papieren, die Makhe ihm gegeben hatte. Doch vergeblich. Nach sieben Jahren, in denen sich die demographische Zusammensetzung dieses Stadtteils völlig verändert hatte, war das eigentlich kein Wunder. Das alte Judenviertel gab es nicht mehr, und auch die erste Welle schwarzer Einwanderer aus den Townships war bereits weitergerollt, nachdem sich die Gegend allmählich in einen von

Emigranten aus Mozambique und Simbabwe bewohnten Slum verwandelt hatte. Diese Menschen waren so arm, dass selbst die Kirchenmäuse ihre Almosenschalen eingepackt hatten und weitergezogen waren, um anderswo ihr Glück zu suchen. Dieselben Leute, die Makhe so bereitwillig erzählt hatten, was er hören wollte, machten sofort dicht, als ein *Umlungu* auftauchte und die gleichen Fragen stellte.

Also hatte Harry beschlossen, aufs Ganze zu gehen. Er wollte bluffen und sehen, ob Swarts mit der Wimper zuckte. Wenn überhaupt, war das seine einzige Chance, der Wahrheit auf die Spur zu kommen.

Er hatte die Tür zum Büro seines Vorgesetzten absichtlich mit solcher Wucht aufgestoßen, dass sie von der Wand abprallte. Swarts, der gerade mit den Zeigefingern einen Bericht in den Computer tippte, fuhr erschreckt auf.

»Was genau hat sich '98 zwischen Ihnen und Ntombini abgespielt?«, fragte Harry ohne Umschweife.

»Wie bitte?«

»Ich habe mindestens zwei Zeugen, die behaupten, dass Sie ihn ohne Anlass niedergeschossen haben. Stimmt das?«

Als Swarts aufsprang, ihn hastig ins Büro zog und die Tür hinter ihm schloss, erkannte Harry, dass an den Anschuldigungen etwas dran sein könnte. 1:0 für Makhe Motale. Sein alter Bekannter hatte Harry zu einem willigen Werkzeug gemacht, um die SVC-Ermittler gegeneinander auszuspielen. Auf die eine oder andere Weise würde er jetzt nach der Pfeife eines anderen tanzen: Entweder würde er Motales Spiel spielen oder mit Swarts etwas aushecken, um einen Mord zu vertuschen. Er wusste es, verabscheute es und konnte nichts tun, als die Sache zu Ende zu bringen, so gut er es vermochte.

»Sie haben diese Leute hoffentlich überprüft?« Damit hatte Swarts seinen verbalen Angriff erst einmal abgewehrt.

»Was ist damals passiert?«
»Setzen Sie sich, Harry.«
»Ich stehe lieber.«
Swarts legte seine Handflächen wie zum Gebet aneinander. »Sollten Sie nicht den Mord an Mohosh untersuchen und Material gegen die Abasindisi zusammentragen?«
»Es ist meine Aufgabe, jedes Tötungsdelikt zu untersuchen, auch die, die von Kollegen begangen werden.«
»Wollen Sie wohl leiser reden, verdammt?«
»Was ist das für eine Geschichte, Superintendent? Ich hatte auch mit dem Fall zu tun. Immerhin haben wir uns dabei kennengelernt. Nun muss ich erfahren, dass ein Mord im Drogenmilieu in Wirklichkeit ein Mord durch einen Polizisten war.«
»Diese Geschichte ist so alt wie die von Noah und seiner verreckten Arche, und sie wurde von Ntombinis Marionetten aufgebracht, so ist das! Jedes Mal, wenn's eng für sie wird, versuchen sie mit dieser Karte zu trumpfen.«
Swarts zog einen der Besucherstühle unter seinem Schreibtisch hervor und bot ihn seinem Captain an. »Harry, bitte setzen Sie sich. Mir zuliebe.«
»Ich habe gesagt, ich stehe lieber.«
»Seien Sie doch froh, dass er weg ist.«
»Froh?«
»Er war ein Sicherheitsrisiko für uns alle, und wir können froh sein, dass die Banden das auch so sahen.«
»Also haben Sie ihn erschossen.«
»Ich weiß nicht, wovon Sie reden«, sagte Swarts. »Ich hab erst mitgekriegt, dass er tot ist, als das Revier in Brixton am nächsten Vormittag angerufen hat, damit wir rüberkommen und uns ansehen, was sie gefunden haben.«
»Blödsinn.«
»Herrgott, Harry, auf wessen Seite sind Sie denn? Ich hab Sie

zu uns geholt, weil ich dachte, Ihnen wäre klar, dass es bei uns brutaler zugehen kann als bei den Allgemeinen Ermittlungen, sogar brutaler als bei Mord und Raub. Was Sie in unserem Job zum Überleben brauchen, ist Entschlossenheit, nicht Fakten.«

»Was soll das denn heißen?«

»Da draußen rennt noch immer so ein verreckter Albino-Nigger frei rum, dessen Bande Ihre Frau auf dem Gewissen und Ihre Tochter fast zu Knochenmehl zerrieben hat. Sie wollen mir doch wohl nicht weismachen, dass Sie ihm nicht eine Kugel in die Fresse jagen würden, wenn Sie ihn plötzlich auf der Straße sähen? Rennt er etwa nicht deshalb noch frei da draußen rum und tut anderen Kindern das Gleiche an, weil Sie's nicht geschafft haben, ihn zu verhaften? Wo Sie ihn doch leicht hätten abknallen können. Das sind Ihre Alternativen in diesem Geschäft, Harry!«

Das war beinahe schon ein Geständnis von seinem Vorgesetzten, mehr würde er aus ihm nicht herausbekommen, aber mehr brauchte Harry auch nicht.

Er wusste noch, dass er die Faust geballt hatte, als wolle er dem Superintendent damit ins Gesicht schlagen, doch es gelang ihm, seine Wut zu zähmen. »Meine Vergangenheit hat nichts mit dem zu tun, was *Sie* getan haben.«

»Aber natürlich, Harry, es zeigt, wie recht ich habe. Wenn wir hier in den Staaten oder in Europa wären, glauben Sie nicht, dass wir uns dann nicht liebend gern an das vorgeschriebene Prozedere halten würden? Glauben Sie nicht, dass wir uns nicht auch wie zivilisierte Leute benehmen, alles nach Vorschrift erledigen könnten? Wir sind allein, Harry. Ein hauchdünner Grat zwischen Anarchie und Zivilisation, das sind wir, verdammt noch mal. Ein blauer Strich, dünner als die Haare auf meinem Schädel. Das sind wir, Harry. Sie genauso wie ich.«

»Das kauf ich Ihnen nicht ab, Supe.«

Swarts lachte. »Wollen Sie mich vielleicht verhaften? Wegen Mord an einem Scheiß-Dealer wie Ntombini? Mit welcher Begründung? Aber bitte, tun Sie, was Sie nicht lassen können! Von mir aus. Aber bedenken Sie eines: Ohne mich gibt's keine SVC, und Sie können auf irgendeinem Polizeiposten verschimmeln, wo nur Leute rumsitzen, die nichts als Scheiße im Hirn haben. In tiefster Nacht lauwarmen Tee aus Blechtassen trinken, am besten noch irgendwo am West Rand.«
»Nicht Sie haben hier das Sagen, sondern Molethe.«
»Ach nein? Warum, glauben Sie, würde der Polizeipräsident mein hübsches Lärvchen am liebsten durch den Fleischwolf drehen? He? Ich hab ihm die Chance vermasselt, Minister für Zivilschutz zu werden. Ich war das! Ich hab dafür gesorgt, dass er im Parlament keinen Fuß auf den Boden kriegt, damit die Spezialeinheiten auch weiterhin ihre Arbeit tun können.«
Harry hatte keine Ahnung, wovon der Supe da gerade redete, und wollte es auch nicht wissen. Swarts' politische Machenschaften gingen ihn nichts an, ihn interessierte nur der Fall Ntombini.
»Und damit sind Sie aus dem Schneider?«
»Wer immer Ntombini abgeknallt hat, er hat meinen Segen, weil die Welt dadurch sicherer geworden ist. Als der den Arsch zugekniffen hat, sind die Morde in der Gegend um gut ein Viertel zurückgegangen.«
»Und das von Ihnen, Supe? Ich glaub, ich hör nicht recht.«
»Sie hören nicht nur recht, sondern Sie werden sich auch damit abfinden müssen, Captain.«
Dann hatten sie einander nur mehr erbost angestarrt – Harry, der seinem Chef sagen wollte, dass die Akte, die jetzt in seinem Besitz war, spätestens an diesem Abend auf einem Schreibtisch der ICD liegen würde, und Swarts, der wahrscheinlich wusste, dass jedes Dokument, das Harry möglicherweise besaß, noch vor Mitternacht in einem Aktenvernichter gelandet sein würde.

Harry hatte geblufft, und Super Supe Russie Swarts hatte mit der Wimper gezuckt – aber er hatte sich auch schnell gefangen und Harry Paroli geboten.

Harry hatte sich zum Gehen gewandt. »Die Sache ist noch nicht zu Ende, Supe.«

»Harry, ich kann nicht zulassen, dass Sie in der Gegend rumlaufen und aller Welt erzählen, ich hätte jemanden umgebracht. Es gibt absolut keine Beweise, die Ihre Beschuldigungen untermauern. Wenn sie rumerzählen, was Ihrer Meinung nach passiert ist, dann schaden Sie uns allen – und wofür? Für Ihr Ego?«

Harry hatte ihn angesehen. »Was würde Ihre Frau dazu sagen? Ihre Jungs?«

»Die sind froh, dass es eine Drecksau weniger gibt, wegen der sie sich Sorgen machen müssen, wenn sie in der Nacht an einer roten Ampel stehen. Die schlafen um einiges ruhiger, weil sie wissen, dass der ihnen nicht mehr durchs Fenster ins Haus steigt, mit einem Messer in der einen und seinem Schwanz in der anderen Hand. Mensch, Mason, überlegen Sie doch! Hier steht so viel mehr auf dem Spiel als die Wahrheit. Sehen Sie das denn nicht? Lassen Sie's gut sein.«

»Nein. Das kann ich nicht.« Er wandte sich um und ging.

Das war so ziemlich das letzte Mal, das sie miteinander gesprochen hatten, bevor die Razzia in Tsolo in die heiße Phase ging. Harry hat seinem Vorgesetzten zwar mit der Akte über Ntombini gedroht, doch in Wahrheit wollte er zum gegenwärtigen Zeitpunkt nichts weiter unternehmen, obwohl er Makhe Motale versprochen hatte, genau das zu tun. Denn tief in seinem Inneren sympathisierte er mit Swarts. Leute wie Ntombini gingen in Vernehmungszimmern und Gefängnissen ein und aus, als wären sie in einer Drehtür auf die Welt gekommen. Und Harry wusste auch, dass jeder Polizist unter dem Druck bestimmter Umstände zusammenbrechen und zu weit gehen konnte. Es gab nicht einen, der dazu nicht imstande gewesen wäre. Typen wie Ntombini konnten einen mit ihren Drohungen zum Äußersten treiben, und wenn sie trotz fundierter Anklagepunkte zum x-ten Mal davonkamen, verlor man jeden Glauben an die Sinnhaftigkeit der eigenen Arbeit und an das Prinzip des Rechtsstaats.

Das war zu berücksichtigen, und auch die naheliegende Frage, ob die Menschen auf der Straße besser dran wären, wenn dort statt Swarts ein Typ wie Ntombini das Sagen hätte. Und außerdem: Wollte er wirklich derjenige sein, der Super Supe Swarts ins Gefängnis brachte, wo man ihn in Einzelhaft unterbringen musste, weil die Dreckskerle, die er in all seinen Dienstjahren hinter Schloss und Riegel gebracht hatte, ihn sonst gruppenweise vergewaltigten, ihm ihre Initialen in die Haut ritzten und ihn schließlich strangulierten? Harry hatte sich beinahe schon dazu durchgerungen, die Sache auf sich beruhen zu lassen. Doch in Tsolo änderte sich das mit einem Schlag. Durch die Ereignisse dort hatte sich das Gleichgewicht seiner Sympathien völlig verschoben.

Angesichts der Pläne des Superintendent, zu Interpol zu wechseln und nach Frankreich zu ziehen, stellte sich für Harry die Frage, ob sein Vorgesetzter schließlich nur mehr einen Ausweg gesehen hatte – ihn aus dem Weg zu räumen, weil gutes Zureden nichts genutzt hatte. Oder ihn umbringen zu lassen, um wenigstens seine eigene Zukunft zu retten. Ein Mann, der schon einen Mord auf dem Gewissen hatte, würde der noch vor irgendetwas zurückschrecken?

Denken Sie dran, wer Ihnen den Rücken freihält, Harry.

Hatte der Supe das nicht an dem Morgen zu ihm gesagt, an dem er angeschossen wurde? Damals hatte es versöhnlich geklungen, und er hatte entsprechend reagiert. Aber wer hielt hier eigentlich wem den Rücken frei?

Die langen Nächte allein auf dem Krankenbett ließen ihm genügend Zeit, in Gedanken noch einmal an sich vorbeiziehen zu lassen, was an jenem Tag in Tsolo geschehen war. Doch je länger er darüber sinnierte, desto unerklärlicher und wirrer wurde das Ganze. Warum waren die *Ballies,* alte Hasen alle miteinander, so nervös, dass sie sich auf dem Weg an den Zielort halb bewusstlos saufen mussten? Was hatten die Xhosa-Polizisten bei der Durchsuchung der Häuser dauernd zu flüstern? War es möglich, dass sie sich von den Phalisos schmieren ließen, um die Marihuanapflanzer zu decken? Und wer war diese Gestalt im Nebel gewesen, die auf ihn geschossen hatte? War es denkbar, dass Swarts seine Kumpel auf ihn angesetzt hatte? Als er seine Ärzte nach der Kugel in seinem Leib gefragt hatte, hieß es, Russell Swarts habe sie als Beweismaterial mitgenommen. Bedeutete das, dass der Superintendent auch diesmal seine Spuren verwischte wie damals im Fall Ntombini? Aber warum hatte er sich dann die Mühe gemacht, ihn fast einen Kilometer weit auf dem Buckel an eine Stelle zu schleppen, die eben genug war, damit der Rettungshubschrauber landen konnte? Wäre es nicht einfacher gewesen, ihn in diesem Dorf verbluten zu lassen?

Wer hielt hier wem den Rücken frei? Und wem, zum Teufel, konnte er noch vertrauen? Wer würde ihm sagen, worum es eigentlich ging?

Hätte Makhe Motale seine widerlichen braunen Umschläge doch bloß behalten.

4

In den Minuten, ehe ein lautes Klopfen das Leben von Tanya Fouché auf den Kopf stellte, lauschte Harry aufmerksam auf die Geräusche, die aus dem vorderen Teil des Hauses zu ihm drangen. Als er sicher sein konnte, dass Tanya noch in der

Küche beschäftigt war, kniete er sich neben seinem Stuhl auf den Boden. Ein scharfer Schmerz flammte in seinen Eingeweiden auf, und das Blut schoss ihm in den verletzten Kopf. Motales Umschläge klebten noch immer unberührt an der Unterseite seines Schreibtischs. Er löste sie ab.

2:0 für Makhe Motale, dachte er, als er die Papiere durchblätterte. Erstens war es ihm gelungen, einen Keil zwischen ihn und seinen Boss zu treiben, und zweitens hatte er es geschafft, ihn quer durchs Land auf die Jagd nach einem, wie Harry von Tanya erfahren hatte, nicht existenten Waffenarsenal zu schicken – eine Jagd, die beinahe tödlich für ihn geendet hätte.

»Geht es dir eigentlich um Recht«, hatte Makhe Motale Harry vor langer Zeit einmal gefragt, als dieser noch ein häufiger Besucher in Alexandra gewesen war, »oder um Rache?«

Eine gute Frage, und eine, über die er oft nachgedacht hatte.

»Eins können doch auch Sie nicht leugnen, Mason: Den umzulegen, der einen reingelegt hat, das ist doch der feuchte Traum eines jeden Mannes.« Das hatte Franklin einmal zu ihm gesagt, kurz nachdem er bei den *Ballies* hereingeschneit war, als sie sich gerade darüber unterhalten hatten, wer von ihnen schon »an Blut gewöhnt« war. »Beim Sex geht es darum, dass einer seine Ladung abfeuert. Und wenn einer seine Pistole abfeuert, dann geht es um Rache. Diese beiden Akte lassen sich nicht von ihrer wichtigsten Triebkraft trennen: der Lust.«

»Und worum geht es dann in der Justiz?«, hatte Harry ihn gefragt.

Franklin musste über seine Antwort nicht lange nachdenken. »Das ist was für liberale Schlappschwänze, die sich vor Angst in die Hosen scheißen, wenn sie ihr Schicksal in die eigene Hand nehmen sollen. Für die, die lieber nichts tun, als was zu riskieren. Ich meine, wer sonst könnte sich so was Bescheuertes ausdenken wie diese Justitia – eine Tussi mit ausgestochenen

Augen und einer Waage in der Hand, als Wahrzeichen für die *Justiz?* Die ist was für Männer, die nicht fertig werden mit ihren Schuldgefühlen wegen ihres angeborenen Willens zur Macht.«
Es kam nicht oft vor, dass Franklin lachte, doch jetzt tat er es, und Harry schauderte es. »Kranker Scheiß, den Irrenärzten geht bestimmt jedes Mal einer ab vor Freude über die Symbolik dahinter – eine verstümmelte Frau namens Justitia.«
Harry strich mit den Fingern über die Kante des Ordners mit den Informationen, die Motale ihm über Tsolo gegeben hatte. Die Waffen, die er dort hätte finden sollen, waren, nach dem, was Tanya von Russell Swarts erfahren hatte, noch immer nicht aufgetaucht. Und jetzt fehlte auch noch jede Spur von der nicht gerade kleinen Summe, die Motale angeblich als Anzahlung für die Information über Tsolo erhalten hatte. Einen Moment überlegte Harry, ob das vielleicht der Grund war, weshalb die ICD ihn auf dem Kieker hatte. Was es auch war, wenn er Motale nicht auf die Schliche kam, war seine Polizeikarriere womöglich bald zu Ende.
Motale oder Swarts? Swarts oder Motale? Kopf oder Zahl?
Das plötzliche Klopfen an der Küchentür reißt Harry aus seinen Gedanken. Er hat weder das Öffnen des Gartentors, noch die Türklingel gehört. Wer würde so einfach gleich zur Küchentür gehen? Es klopft noch einmal, lauter diesmal, und Harry fragt sich, warum Tanya nicht aufmacht. Dann fällt ihm ein, dass sie sich ja die Ohren mit ihrer Musik zugestöpselt hat.
»Harry?« Es ist die Stimme von Russell Swarts.
Mist, das ist der Mensch, mit dem Harry jetzt am allerwenigsten reden möchte.
»Tanya? Ich bin's, Russell. Machen Sie auf. James und Sammy sind auch da. Wir müssen mit Harry reden.«
Irgendetwas Wildes, Verzweifeltes liegt in dieser Stimme, und

es bewegt Harry, nach dem Schlüssel zu greifen, den er an den Bildschirm seines Computers geklebt hat. Leise bückt er sich und sperrt das Waffenschließfach in der untersten Schublade seines Schreibtischs auf.

5

Tanya Fouché reißt die Außentür auf, die Lippen schon zu einem Lächeln über diesen überraschenden Besuch geformt. »Was war denn am Mittwoch auf einmal los? Da sind Sie uns einfach verschwunden.«

Russell steht vor ihr, einen Arm am Türrahmen abgestützt, hinter sich einen drahtigen Mann mit der Pergamenthaut eines Rauchers, der sie aus unnatürlich blauen Augen anstarrt. Mit dem Rücken zu ihr steht ein Inder, der den betonierten Weg zum Gartentor hinuntersieht. Russell Swarts und zwei seiner berühmten *Ballies,* denkt Tanya. Sie will sie hereinwinken, ihnen etwas zu trinken anbieten, zur Feier des bevorstehenden Wochenendes und Harrys Rückkehr, doch irgendetwas in Russells roten Augen und seiner todernsten Miene halten sie davon ab, diese Einladung auszusprechen. Keine Spur mehr von der Herzlichkeit, an die sie sich in Port Elizabeth gewöhnt hat, stattdessen diese Rohheit, die ihr schon bei ihrer ersten Begegnung aufgefallen ist.

»'n Abend, Tanya.« Seine Stimme klingt leer wie ein offenes Grab. »Ist er da?«

Mit einer seiner Pranken stößt Swarts die Küchentür weit auf und kommt herein. Erst im Neonlicht der Küchenlampe bemerkt sie die Kratzer und blauen Flecken auf seinen Armen, die eingetrockneten Blutspritzer auf seinem Hemd, die Glasscherbe, die noch in seinem Bart steckt.

»Sie sind ja voller Blut«, sagt sie. »Was ist denn passiert?«

Er antwortet nicht gleich, und Tanya spürt das irrationale Verlangen, nach hinten, zu den Schlafzimmern zu laufen und vorher noch die Sicherheitstür zwischen Küche und Flur zu verriegeln.

»Harry?«, ruft Swarts. »Würden Sie bitte zu uns in die Küche kommen?«

Noch weigert sie sich, wirklich zu glauben, dass hier etwas nicht stimmt, obgleich all ihre Instinkte ihr sagen, dass genau das der Fall ist. Das sind doch nur Harrys Kollegen, die vorbeikommen, um zu sehen, wie's ihm geht, redet sie sich ein. Diese ruppige Art, so sind Polizisten eben, wenn sie unter Strom stehen.

»Ich schau mal vorn nach.« Der Lange mit den blauen Augen drängt sich ungeduldig an Swarts vorbei. »Behalt das Tor im Auge, Sammy«, ruft er über die Schulter.

»Was meinst du, was ich gerade tu, *Wallah*?«

»Schau auch im Arbeitszimmer nach«, befiehlt Swarts Franklin. »Ich habe da beim Reinkommen Licht gesehen.«

Tanyas Nackenhaare sträuben sich, als der Typ mit den Eiswürfelaugen um sie herumgeht und ihr dabei so unverhohlen auf die Brüste starrt, als sei sie eine billige Nutte. Er hat die Hemdsärmel hochgekrempelt, und auf beiden Unterarmen sind irgendwelche Militärtätowierungen zu sehen. Wer das wohl war? Franklin oder Combrink?

Franklin, sagt sie sich. *Harry hat doch immer erzählt, den anderen riecht man auch kilometerweit gegen den Wind, der von einer Schweinefarm weht.*

»Schläft er?«

»Ja.«

Swarts nickt. »Ist bestimmt müde nach dem Flug.«

Plötzlich verzieht der Mann, den sie einmal für eine Art betrunkenen Weihnachtsmann hielt, das Gesicht, als hätte ihn eine unsichtbare Faust in den Magen geboxt oder als leide er an einer seltsamen Form von Parkinson. Obwohl er mehr als einen halben Meter von ihr entfernt steht, riecht sie seine Schnapsfahne. Tanya lauscht auf Franklins Bewegungen im Wohnzimmer, doch sie kann nichts hören. Jedes Geräusch von ihm verstummte in dem Moment, als er die Verbindungstür hinter sich schloss. Sie hofft, dass diese Männer, was immer sie von Harry wollen, schnell wieder verschwinden und Jeanie nicht wecken.

Mit jedem Schritt, den Russell auf sie zukommt, macht Tanya einen Schritt rückwärts, bis sie an den Küchentisch stößt. Sie will ihm gerade sagen, dass er ihr vom Leib bleiben soll, da macht er schnell einen Schritt nach rechts und versperrt ihr geschickt den Weg in den hinteren Teil des Hauses.

»Wie war der Flug?«, fragt er beiläufig.

»Sparen Sie sich den Small Talk, Russell, und sagen Sie mir lieber, warum sie sturzbesoffen und voller Blut sind.«

Er lächelt traurig. »Sie haben es also nicht gehört?«

»Was gehört? Ich bin gerade erst aus dem Flieger gestiegen, mit einem Mann, der unter Ihrem Kommando verwundet wurde.«

»Sie haben uns den Krieg erklärt.«

»Wer?«

»Die Abasindisi. Sie haben im Maloney eine Bombe hochgehen lassen. Das ist die Kneipe, wo wir alle immer hingehen.«

Swarts fährt sich mit einer wettergegerbten Hand übers Gesicht und bleckt die Zähne.

»Mein Gott, Russell.« Sie macht einen Schritt auf ihn zu.

»Nicht!« Er hält eine Hand in die Höhe, während er mit der anderen tatsächlich nach der Pistole tastet, die im offenen Seitenholster steckt. Sie bleibt abrupt stehen. »Nicht anfassen«, befiehlt er ihr.

Hinter Russell knarrt leise der Fußboden. Er und Tanya drehen sich gleichzeitig um. Harry, den Kopf noch immer verbunden, tritt aus dem Dunkel des Flurs in das Licht der Küche. Er hat einen Revolver in der Hand, und ein unverkennbares Klicken verkündet, dass er den Hahn gespannt hat.

»'n Abend, Superintendent.«

»Schön zu sehen, dass Sie wieder auf den Beinen sind, Bond«, sagt Russell Swarts sehr laut, und Tanya ist klar, dass das als Warnung für Franklin gedacht ist.

»Gibt es einen besonderen Grund für Ihren unangekündigten Besuch?«

Swarts zuckt die Achseln und lächelt. »Wollte nur einem meiner Jungs ›Willkommen daheim‹ sagen. Das ist doch wohl noch erlaubt, oder?«

»Was haben Sie da von einer Bombe gesagt?«, fragt Tanya.

Swarts dreht sich kurz zu ihr um, beantwortet aber nicht ihre Frage. Sie ist verblüfft über seine Verwandlung. Dieser brutale Mann hat nichts mit dem Spaßvogel zu tun, den sie in der Spelunke in Port Elizabeth langsam ins Herz geschlossen hat.

»Kommen Sie, Russie«, sagt sie in versöhnlichem Ton. »Egal, worum's hier geht, ich bin sicher, das lässt sich auch anders klären.«

Harry macht eine Kopfbewegung in Richtung der geschlossenen Tür zum Wohnzimmer, dann wirft er einen flüchtigen Blick über die Schulter in den dunklen Flur hinter ihm. Nicht nur von hier aus gelangt man zu den Schlafzimmern, sondern auch von der kleinen Diele im vorderen Teil des Hauses, von der es auch einen Zugang zum Wohnzimmer gibt.

»Franklin«, sagt Harry zu Swarts. »Rufen Sie ihn zurück.«

Harrys Gesicht ist zwar aschgrau, doch in seinen Augen liegt ein Glanz, der Tanya zutiefst beunruhigt. Seine Stimme erinnert sie an den Mann, der ihr einst ein Messer in die Nase gesteckt und ihr eine Schönheitsoperation der besonderen Art versprochen hat. Sie überlegt kurz, ob sie sich neben ihn stellen soll, doch mit einem Mal behagt ihr diese Vorstellung genauso wenig, wie Russell zwischen sich und Harry stehen zu haben. So wie die beiden sich gegenseitig belauern, kampfwütig wie zwei Pitbulls, könnte jede plötzliche Bewegung ihrerseits für einen der beiden, vielleicht sogar für beide gleichzeitig, das Signal zum Angriff sein.

Und noch immer kein Piep von Franklin.

Himmel, wo ist dieser Perverse? Sie schaut zur Wohnzimmertür.

»Rufen Sie ihn zurück, hab ich gesagt.«

Doch Russie Swarts scheint unbeeindruckt. »Tut mir leid, Bond, aber Sie müssen mit uns kommen. Es gibt Arbeit.«

»Er wird nirgendwo hingehen, Russell. Er hat zwei Schusslöcher im Leib.«

»Tanya?«

»Ja?«

»Ich mag Sie wirklich gern, aber das ist jetzt nicht der ideale Moment, mich vollzulabern.«

Das Blut schießt ihr heiß in die Wangen bei dieser Frechheit, und sie hat schon eine scharfe Erwiderung auf der Zunge, da sieht sie, wie Harry kaum merklich den Kopf schüttelt. Dann stellt er sich mit dem Rücken so an eine Wand, dass er sowohl den Flur zu den Schlafzimmern als auch die Wohnzimmertür im Blick hat.

»Franklin!«, schreit er. »Wenn ich auch nur einen Kakerlakenfurz höre, drück ich ab. Ich will jetzt sehen, wie meine Wohnzimmertür langsam aufgeht und eine Hand herauskommt, die Ihre Knarre am Lauf hält.«

»Himmel, Harry, wieso denkst du, der Kerl rennt mit gezogener Waffe rum?«, fragt Tanya.

Der Blick, den er ihr zuwirft, ist so streng, dass sie sich geniert. Wie die Unschuld vom Land kommt sie sich vor.

»Die Abasindisi haben eine Rohrbombe im Maloney deponiert, Harry«, sagt Swarts. »Sie haben Kommie umgebracht. Der letzte Stand waren zehn Tote. Stecken Sie die Waffe weg und lassen Sie uns darüber reden, wie wir sie kriegen.«

»Woher wollen Sie wissen, dass es die Phalisos waren?«

»Weil Wally Khuzwayo persönlich die Bombe reingebracht hat. Sonderzustellung, nur um uns zu zeigen, wie wenig Respekt sie vor uns haben.«

»Und ich nehme an, da sind Sie sich ganz sicher?«

»Ich war da, Sie Armleuchter! Dieser Hurensohn hatte noch die Frechheit, mir zu erzählen, dass er unser V-Mann in der Organisation war, bevor er alles in die Luft jagte. Er hat Makhe Motale beschissen, und er hat Sie beschissen. Was hab ich Ihnen von Anfang an gesagt? Vertrauen Sie keinem Verräter. Hab ich oder hab ich nicht? Geben Sie denen bloß kein Geld, hab ich gesagt. Und was tun Sie? Sie bauen unsere ganze Ermittlung auf Informationen von Typen auf, die uns nur verarschen wollten. Nicht nur einer, nein, zwei mussten es gleich sein. Herrgott, Harry, was haben Sie sich eigentlich dabei gedacht?«

Tanya sieht, wie Harry bei der Nennung des Namens Makhe Motale erbleicht, und bereut augenblicklich, ihn Swarts gegenüber jemals erwähnt zu haben.

»Woher kennen Sie seinen Namen?«, fragt er Swarts.

»Das spielt jetzt keine Rolle, sondern nur das eine: Dass Sie jetzt mit uns mitkommen, damit wir sie uns schnappen.«

»Ich habe Ihnen eine einfache Frage gestellt. *Woher* kennen Sie seinen Namen?«

Swarts sieht über seine Schulter Tanya an und lässt seinen Blick lange auf ihr ruhen. Da malt sich Erkenntnis auf Harrys Gesicht. Hätte sie eines zur Hand gehabt, hätte sie Swarts in diesem Moment ein Messer in die Nieren rammen können.

»Es tut mir leid, Harry«, stammelt sie. »Ich dachte, ich würde dir damit helfen.«
Er nickt ihr flüchtig zu und sieht wieder weg, ohne dass Tanya verstanden hätte, was diese Geste zu bedeuten hatte. Hat er ihre Entschuldigung angenommen oder seinen Ärger und seine Enttäuschung über sie zum Ausdruck gebracht? Oder war es ihm egal?
»Wo ist Makhe jetzt?«, fragt Harry.
Ein selbstzufriedenes Grinsen breitet sich auf Swarts' Gesicht aus. »Darüber müssen Sie sich keine Gedanken machen, glaub ich.«
»Verdammt, Russell!«, schreit Harry. »Was ist bloß aus Ihnen geworden?«
»Was wollen Sie denn hören, Harry? Dass ich schon länger in diesem Job bin, als Sie auf der Welt sind, und dass ich absolut nichts vorzuweisen habe? Achtundzwanzig Jahre und so viele Belobigungsurkunden, dass ich mir bis ans Ende meiner Tage den Arsch damit abwischen kann? Buhu, und wo bleibt dann meine Beförderung? Die einzige *richtige* Anerkennung? Habe ich nicht die richtige Hautfarbe, um es weiter als bis zum Superintendent zu bringen? Habe ich nicht das richtige Parteibuch? Nein, ich bin nur ein loyaler Polizist – das ist mein einziges Manko. Ich stehe zu meinen Leuten. Und *Ihre* Prioritäten? Wo liegen die denn, zum Teufel?«
»Ich bin zur Polizei gegangen, um der Gerechtigkeit zu dienen, nicht um irgendeinen schwachsinnigen Kreuzzug zu führen, so wie Sie.«
Russell Swarts gluckst. »Sieh mal an? Warum fuchteln Sie mir dann mit einer Knarre vor der Nase rum? Sie wollen mich erschießen, weil Sie glauben, dass ich was mit den Schüssen auf Sie zu tun habe, das denken Sie doch, oder?«
»Dieser Gedanke ist mir in der Tat gekommen.«

»Eins wüsste ich gern von Ihnen, Harry? Ist es für Sie in Ordnung, Material gegen Ihren Vorgesetzten zu sammeln, statt die Mörder der Familie Mohosh aufzuspüren? Ist es in Ordnung, mir etwas unter die Nase zu reiben, das vor sieben Jahren passiert ist, während Kommie jetzt gerade in einem Leichenhauskühlschrank vor sich hingammelt? Die landläufige Vorstellung von Gerechtigkeit hält sich in engen Grenzen, Harry, und wenn Sie nicht bereit sind, die auch mal zu überschreiten, ja, Scheiße, Mann, dann wird Ihnen die andere Seite immer um eine Nasenlänge voraus sein.«

»Was spricht denn jetzt gegen eine ordnungsgemäße Ermittlung? Wenn Sie so sicher sind, dass es Khuzwayo war, wo bleibt dann der Rest der Abteilung?«

»Scheiß auf eine Ermittlung, Harry! Wenn Ihnen Ihr Freund in Fetzen um die Ohren fliegt, dann schreit das nicht nach einer *Ermittlung.* Das schreit nach Rache, und Sie machen da mit.«

»Harry!«, ruft Tanya warnend.

Ohne dass jemand es gemerkt hätte, ist Franklin aus dem Dunkel des Flurs getreten. Harry dreht sich um und richtet seinen Revolver auf ihn, erstarrt jedoch, als er etwas anderes sieht.

Eine Hand über ihren Mund gelegt und ihr mit der anderen eine schallgedämpfte Pistole an den Kopf haltend, schubst Franklin Jeanie in die Küche. In all den Jahren, die Tanya sich schon um Kinder kümmert, hat sie noch keines so verängstigt und hilflos gesehen.

»Ich dachte, das hier erregt vielleicht Ihre Aufmerksamkeit.« Franklin grinst. »Russie, der Typ quasselt zu viel. Das ist sein größtes Handicap.« Er richtete seine Waffe auf Harry. »Knarre auf den Boden legen und rüberkicken.«

»Russell, bitte sagen Sie ihm, er soll sie loslassen«, fleht Tanya ihn an. Sie bemüht sich, ihre Stimme so beschwichtigend klingen zu lassen, wie nur möglich. »Das muss nicht sein. Mir ist es egal, was für offene Rechnungen ihr drei noch miteinander habt, aber sie hat doch damit nichts zu tun.«

»Blondie, das geht jetzt ein bisschen weit, meinst du nicht?« protestiert Swarts.

»Bis ihr hier mit eurer Plauderstunde fertig seid, sind Wally Khuzwayo und die Phalisos schon in sicherem Gewahrsam, und dann sind wir im Arsch. Habt ihr schon mal daran gedacht?«

»Es reicht.« Harry legt den Revolver auf den Boden und tritt zurück. »Da. Jetzt lassen Sie sie los.«

Eine Sekunde lang sieht es so aus, als würde Franklin das nicht tun. Seine Lippen verziehen sich zu einem grausamen, dünnen Lächeln, und er verdreht Jeanie den Kopf nach oben, als wolle er ihr das Genick brechen. Sie ächzt hinter seiner vorgehaltenen Hand vor Schmerz.

»Es geht ganz leicht, Mason. Denken Sie dran.«

»Lassen Sie sie los!«, schreit Tanya.

Doch Franklin hat die Kleine schon von sich gestoßen und hebt sofort seine zweite Hand zur Stabilisierung der Schusshand, welche die Pistole bereits auf Harry richtet.

Jeanie läuft zu ihrem Vater, der sie fest in die Arme schließt. Bei seinem Anblick, wie er flüsternd auf sie einredet und bei ihrer Berührung die Augen zusammenkneift, bekommt Tanya einen dicken Kloß im Hals.

»Gehen wir, Harry«, sagt Swarts mit bleierner Stimme. »Wenn alles gutgeht, sind Sie noch vor zwölf wieder bei Ihrer Familie, und wir können das alles vergessen. Das heißt, wenn andere Leute ihre Klappe halten.« Swarts sieht Tanya vielsagend an. Die Drohung in seiner Stimme ist nicht zu überhören.

Als sei sie zu dem Schluss gekommen, dass es jetzt genug sei, packt Tanya Swarts am Ärmel. »Bitte tun Sie das nicht, Russell. Ich weiß, Sie sind in Wirklichkeit ein viel besserer Mensch. Um

Himmels willen, Sie haben doch auch Kinder! Wie können Sie ihr das antun?«

Russell Swarts reißt sich los und schlägt ihr mit dem Handrücken so heftig ins Gesicht, dass sie mit ihrem ganzen Gewicht gegen die Spüle taumelt, bevor sie zu Boden sinkt. Einen Augenblick lang sieht sie nur verschwommene Farben, dann hört sie Harry vor Schmerz aufschreien, und Jeanie brüllt sich die Seele aus dem Leib.

Sie haben ihn erschossen!, ist ihr erster Gedanke. *Sie haben ihn erschossen, und ich hab nicht einmal den Schuss gehört.*

Als Tanya wieder klar sehen kann, fällt Harry gerade auf die Knie und hält sich den Kopf. Franklin steht mit erhobener Pistole da, bereit, noch einmal zuzuschlagen. Swarts steht vornübergebeugt da und hält sich den Magen, als hätte Harry ihm noch eine ordentliche verpasst, ehe er selbst zu Boden ging.

»Aufstehen!« Franklin reißt Harry am Hemdkragen hoch und stößt ihn zur Tür. Zwei Knöpfe reißen ab und fallen auf das Linoleum. »Abmarsch.«

Inzwischen hat Swarts Jeanie gepackt und tut alles, damit sie zu schreien aufhört. Er sagt ihr sogar, dass ihr Daddy bald wieder da ist. Sie windet sich in seiner Umklammerung und trommelt mit ihren kleinen Fäusten gegen seine mächtige Brust.

»Lassen Sie sie los, Sie Schwein!«, schreit Tanya und beginnt hilflos zu weinen, zum Teil vor Schmerz, aber hauptsächlich wegen des unfassbaren Gefühls des Verrats. »Jeanie, komm her, Kleines.«

»Sag ihnen, sie sollen mir meinen Daddy zurückgeben!«

»Sie werden nicht auf mich hören, Kleines. Komm zu mir, *bitte.*«

Jeanie stößt Swarts weg und geht mit einigen Trippelschritten zu Tanya, in deren einladend geöffnete Arme sie sich tief hineingräbt.

»Tanya«, sagt eine leise, versöhnlich klingende Stimme.
»Schauen Sie, dass Sie rauskommen! Gehen Sie!«
Sie versucht, ihn so lange anzustarren, bis er wegsieht, ihn spüren zu lassen, wie sehr sie ihn verabscheut, doch mit den Tränen in ihren Augen ist Russell Swarts kaum mehr als ein verschwommener Fleck. Hastig wischt sie sie weg und sieht gerade noch sein resigniertes Nicken.
»Wenn Sie jemanden anrufen, zwingen Sie uns zu drastischen Maßnahmen, was Harry angeht. Und dann müssen wir zurückkommen und uns auch um die Kleine und Sie kümmern. Und bilden Sie sich ja nicht ein, ich könnte nicht alles, was in dieser Nacht passiert, restlos unter den Teppich kehren, wenn Sie mich dazu zwingen. Ich spiele dieses Spiel schon lange, Püppchen, und ich gewinne immer.«
Er macht auf dem Absatz kehrt und stampft hinter Harry und Franklin aus der Küche. Als sie das Schaben des sich öffnenden Gartentors und das Aufheulen eines Motors hört, lässt sie sich am Küchenschrank zu Boden sinken und schlingt die Arme noch fester um Harrys Tochter.

Kapitel 10

1

Das Erste, was sie merkt, als sie sich unter den Schichten von Zeitungspapier und Plastik umdreht, sind die heftigen Rückenschmerzen. Sie stammen von der auf hartem Beton verbrachten Nacht mit nichts als ein paar dünnen Lagen Karton zwischen sich und dem kalten Boden. Augenblicklich beginnt auch der Ausschlag zu jucken, den sie seit einiger Zeit in den Kniekehlen hat. Als sie die Hand ausstreckt, um sich zu kratzen, verrutschen ihre behelfsmäßigen Decken. Die eisige Nachtluft reißt sie endgültig aus dem Schlaf, mitten hinein in einen fürchterlichen Gestank, den sie erschüttert zur Kenntnis nimmt.
Bin ich das? Das kann doch nicht sein.
Sie schnuppert noch einmal und muss sich beinahe übergeben. Der Gestank ruft ihr überdeutlich in Erinnerung, wo sie ihr Nachtlager aufgeschlagen hat. Sie hat sich und ihre Kinder in die Lücke zwischen der gemauerten Laderampe und einem Müllcontainer hinter der Tankstelle gezwängt, an der sie eine Zeitlang versucht hat, etwas Geld zusammenzubetteln. Als in der Innenstadt die Hölle losbrach, hatte sie es für ratsam gehalten, in Alexandra Zuflucht zu suchen, in sicherer Entfernung von Bomben und Polizisten. Doch als sie die ersten Ausläufer der Township erreicht hatte, wurde sie ein weiteres Mal im Freien von der Dunkelheit überrascht, weshalb sie sich für diesen in jeder Hinsicht anrüchigen Schlafplatz entschied, statt im Finstern ziellos durch die Township zu wandern.
Sie streckt die Hand nach ihrer Jüngsten aus, möchte deren Brandwunden ansehen, die sich möglicherweise entzündet

haben, greift aber nur in Kies und ein paar alte Pommes. Erschrocken tastet sie hinter sich, doch keine der drei Mädchen ist, wo es sein sollte.

Die Mutter wischt die Zeitungen beiseite und ruft in beschwörendem Flüsterton nach ihren Kindern. Sie will nicht schreien, denn es ist Freitagnacht, und man kann nie wissen, wer sich da auf der Straße herumtreibt, und vor allem, in welchem Stadium der Trunkenheit.

Noch einmal, und noch eindringlicher, ruft sie nach den Kindern. Dann lauscht sie. Doch sie hört nur mehrere laufende Automotoren, einige barsche Stimmen und die fürchterliche Musik, die pausenlos aus den übersteuerten Lautsprechern plärrt. Sie richtet sich auf den Knien auf und sucht mit den Augen das Stück Hinterhof ab, das sie hinter dem Müllcontainer hervorspähend überblicken kann. Vielleicht mussten die Kleinen ja pinkeln. Doch nichts. Keine Spur von ihnen.

Von Panik erfasst kriecht sie auf allen vieren aus ihrem Versteck und sieht sich gründlich um.

»Dumela, Sisie.« Eine tiefe Männerstimme klingt zu ihr herüber. Instinktiv weicht sie zurück. Allein hier auf der Straße hat sie nicht die geringste Chance, insbesondere nicht mit drei kleinen Kindern, die sie normalerweise im Schlepptau hinter sich herzieht.

Als ihre Augen sich endlich an die Lichtverhältnisse gewöhnen, erkennt sie ein Auto, das weiter hinten im Dunkeln steht, einen dieser protzigen Geländewagen, in denen die *Umlungus* so gern durch die Gegend fahren. Sie hat ihn nicht kommen hören. Dann erfasst ihr Blick ihre Töchter, die bei einer männlichen Gestalt stehen und eifrig an etwas herumkauen, das sie in der Hand halten.

»Weg von ihm, Kinder!«, schreit sie. »Hierher zu mir, sofort!« Gehorsam kommen sie dahergetrabt, ein glückliches Grinsen im Gesicht und das Kinn glänzend von Fett. Sie drückt sie an ihre Beine. Der würzige Geruch von Samosas, der von den Kindern aufsteigt, lässt den Magen der Mutter knurren, trotz der Viertelliterflasche Whisky, die sie vorher getrunken hat, einfach um schlafen und vergessen zu können.

»Was hab ich euch denn gesagt? Ihr sollt doch nicht mit Fremden reden!«, ermahnt sie ihre Kinder.

»Sie sahen so hungrig aus. Ich habe ihnen was zu essen gekauft.«

Diese tiefe Stimme aus der Dunkelheit klingt warm und mitfühlend, wie in diesen Barry-White-Liedern, die sie sich früher immer im Radio angehört hat, und sie muss daran denken, wie lange es schon her ist, dass jemand in herzlichem Ton mit ihr gesprochen hat. Augenblicklich empfindet sie den Sprecher nicht mehr so bedrohlich. Ein zweiter Mann, der inmitten der Kinder gekniet hatte, steht beim Klang ihrer Stimme auf und wischt sich die Brösel von der Hand. Er starrt sie an, als versuche er krampfhaft, aber vergeblich, sie irgendwo unterzubringen. Sie hingegen ist sich sicher, ihn noch nie gesehen zu haben. Sein Gesicht sieht zerschunden aus, seine Nase ist anscheinend frisch gebrochen, und seine Unterarme sind von bösen Schnitten übersät. Jetzt nimmt sie auch einen dritten Mann wahr, der rastlos auf dem Vorsprung der Laderampe auf und ab läuft. Ein geräuschloser Schatten, ein Geist, mehr nicht. Und obwohl er beinahe mit seiner Umgebung verschmilzt, empfindet sie seine Gegenwart als unangenehm, ja unheimlich.

»Warte, *Sisie*. Vor uns brauchst du keine Angst zu haben.«

Der erste Mann, der mit der warmen Stimme, tritt jetzt in den orangenen Lichtkegel einer Lampe, und sie sieht, dass er in den Vierzigern und von kräftiger Statur ist. Er trägt ein entwaffnendes Lächeln zur Schau, dem sie, trotz seines sanften Tonfalls, irgendwie nicht traut.

»Euch ist bestimmt kalt«, sagt er.

Als er näher kommt, weicht sie zurück und zieht ihre Kinder mit sich. Sie versucht abzuschätzen, ob sie es schaffen kann, sie alle in die Lücke zwischen Mauer und Müllcontainer zu bugsieren, ehe er sie packt, oder ob sie ihnen sagen soll, dass sie auf gut Glück loslaufen sollen.

»Ja, es ist eine kalte Nacht, *Ndoda.*« Der Mann mit dem zerschlagenen Gesicht starrt sie noch immer mit gerunzelter Stirn an.

»Und Hunger hast du bestimmt auch?«

»Es ist nicht leicht.«

»Das seh ich. Keine Mutter sollte im Müll schlafen müssen.«

Die anderen Männer machen keine Anstalten, sich ihr zu nähern, was sie ein wenig beruhigt. Der dritte Mann springt jetzt von der Rampe, und sie schnappt nach Luft, als sie im Laternenlicht sein Gesicht sieht. Es ist lang und dünn, doch die Augen, mit denen er sie anstiert, sind so rund, dass er aussieht, als hätte er keine Lider.

»Godun, bleib bloß aus dem Licht.« Die eben noch behutsame Stimme des größeren Mannes klingt schlagartig verärgert. »Siehst du nicht, dass du sie erschreckst?«

Godun? Was für ein ungewöhnlicher Name. Hat sie den nicht schon einmal gehört?

Mit unverhohlenem Abscheu mustert Godun sie von oben bis unten, doch aus irgendeinem unverständlichen Grund gibt er keine Antwort, sondern zieht sich gehorsam zurück. Es ist, als löse er sich in der Dunkelheit der Nacht auf, als sei er ein natürlicher Teil von ihr.

»Sisie …«, fängt der Große wieder an, doch sie unterbricht ihn.

»Ich vögle mit keinem von euch, wenn es das ist, was ihr wollt.«

»Was?« Er wirkt aufrichtig überrascht.

»Wenn ihr mir was zu essen geben wollt, dann gebt mir was, obwohl ich lieber Geld hätte. Aber gefickt wird nicht. Und meine Töchter kriegt ihr auch nicht.«

Er ist offensichtlich sprachlos und sieht verdattert die anderen an. Sie kann nur mutmaßen, ob er einfach ein gerissener Hund ist oder es tatsächlich gut meint. Vielleicht sind die ja von irgendeiner Kirche, überlegt sie.

Ein winziger, lästiger Hoffnungskeim regt sich bei diesem Gedanken in ihrem Herzen.

Der Riese schüttelt den Kopf. »Nein, das wollte ich auch nicht.«

»Was wollt ihr dann von mir. Ihr seht doch, dass ich nichts hab.«

Er kommt noch einen Schritt näher, und diesmal spürt sie, wie sich ihre Kinder noch enger um sie drängen. Wenn dieser Mann wirklich ein frommer Samariter ist, würde sie dann nicht alles tun für eine anständige Mahlzeit, warme Klamotten und Medizin für die Verletzungen ihrer Tochter?

»Die Frage ist, was kann ich für dich tun, *Sisie?*«

Er streckt eine Hand aus und kommt noch näher, die Handfläche nach oben gerichtet, als wolle er sich mit einem Hund anfreunden. Ihr Fluchtwille erlahmt, doch nicht, weil der Mann irgendeine geheimnisvolle Kraft auf sie ausübt, sondern schlicht und einfach, weil sie zu müde ist, um noch weiter zu fliehen. Der lästige Keim in ihrem Herzen ist zu einem Kloß verzweifelter Hoffnung in ihrem Hals angewachsen.

»Ndoda …« Plötzlich bahnt sich ein heftiges Schluchzen seinen Weg aus ihrem Mund. »Ich weiß gar nicht mehr, wann ich zuletzt was Warmes gegessen habe. Und mir ist so kalt, *Ndoda.*«

Jetzt steht er vor ihr. Er streicht ihr über den Kopf, und bei dieser gütigen Geste spürt sie auch ihren letzten Widerstand bröckeln.

»Bist du ein Mann der Kirche?«, fragt sie in einem letzten Versuch, seine Absichten zu erkennen. »Bitte, sag mir das.«

»Nein, ich bin bei keiner Kirche, *Sisie.*« Er legt ihr beide Hände auf die Schultern, und sie macht sich steif in Erwartung der Schmerzen, die unweigerlich kommen müssen. »Aber ich bin dein Beschützer, wenn du mir helfen willst.«

»Ich dir helfen?« Sie schüttelt den Kopf. »Aber ich hab doch nichts und ich kann nichts.«

Aus irgendeinem Grund empfindet sie keine Scham, ihm das zu sagen – dass sie tief gesunken ist, dass sie nur mehr ein Tier ist, welches um Futter bettelt.

»Wollen wir also einer durch den anderen leben, *Sisie?* Das will ich von dir wissen.«

Tränen laufen ihr warm über die Wangen, und sie ist überrascht, dass sie überhaupt noch weinen kann. »Ja klar, *Ndoda.* Wenn ich nur was Warmes zu essen krieg.«

»Dann komm mit.«

Er hilft ihr auf und führt sie nach vorn auf den hell erleuchteten Vorplatz der Tankstelle, wo sich der Duft von Donuts und Brathuhn mit dem Geruch von Benzin und ausgelaufenem Öl vermischt. Und als der Verkäufer sie diesmal, als sie in Begleitung dieses Fremden auftaucht, nicht verscheucht, weiß sie, dass sie wieder unter den Lebenden ist, dass bald auch andere wieder mit ihr sprechen und sie vielleicht sogar berühren werden, als besäße sie als Mensch noch einen Wert.

Und sie weiß auch, dass sie sich für dieses Geschenk erkenntlich zeigen wird, koste es, was es wolle.

2

Im Gäste-WC der Phalisos betrachtet Wally Khuzwayo seine gebrochene Nase und das verschwollene Gesicht im Spiegel. Er findet es seltsam und auch ein wenig komisch, dass er sich, kaum vier Stunden nach seiner Flucht aus der Herrentoilette des Maloney, wieder an einem solchen Ort in die Augen sieht. Diesmal allerdings ist sein Problem nicht Swarts, sondern Godun und Ncolela, und was er jetzt tun soll, wo er wieder bei ihnen gelandet ist. Es sieht zwar so aus, als säßen sie alle im selben Boot, doch kann er sich des Eindrucks nicht erwehren, dass er nicht nur ein verdächtiger, sondern auch ein unerwünschter Passagier ist. Unerwünscht, aber noch nicht ganz entbehrlich.

Nach seiner Rettung vor dem Gerichtsgebäude ging alles sehr schnell und erinnerte ihn an die alten Zeiten, als sie tatsächlich noch ein Dreier-Team waren, und nicht nur zwei, mit einem Dritten nebenbei. Kaum hatten sie den von Kugeln durchsiebten Prado hinter der Tankstelle geparkt, machte sich Ncolela daran, Leute aus der Gegend einzuspannen, die er kannte, und auch welche, die er nicht kannte. Ja, er kontaktierte sogar einige der Kuriere, die noch für sie gearbeitet hatten, als sie nicht mehr waren als eine Bande aus Alexandra und der landesweite Abasindisi-Sicherheitsdienst nur eine fixe Idee.

Während Ncolela sich auf die erste Landstreicherin konzentrierte, die ihnen über den Weg lief, hatte Wally einen alten Geschäftspartner angerufen und ihm gesagt, wo er den Wagen finden würde. Dieser würde den Prado noch vor Sonnenaufgang verschrotten und die im Kofferraum versteckten Waffen als Bonus für einen Eilauftrag behalten. Nach diesem Anruf zerschmetterte Wally das Handy an der Kante der Laderampe und schleuderte die Teile auf das Tankstellendach.

Er hatte nicht die leiseste Ahnung, was genau Ncolela vorhatte, aber allein die Tatsache, dass dieser davon ausging, sie könnten den *Gatas* nach dem Vorfall im Maloney überhaupt noch entkommen, machte ihm Mut. Sie hatten zwar bis zu diesem Zeitpunkt immer als verschworene Gemeinschaft zusammengearbeitet, und es fühlte sich gut an, wieder so aufzutreten, doch

irgendwie hatte das Ganze auch etwas Bizarres, wie das Nachstellen eines alten Rituals.
Können die Phalisos wirklich so tun, als hätten die Abasindisi nichts mit der Bombe im Maloney zu tun, obwohl man mich doch erkannt hat?, überlegt Wally. Und dieser Gedanke zieht den nächsten gleich nach sich, nämlich, warum Swarts und seine Männer samt der Bereitschaftspolizei von Johannesburg noch nicht vor ihrer Haustür stehen.
»Brüder lassen einander nie im Stich«, hatte Ncolela gesagt, als er Wally vom Boden aufgeholfen hatte. Etwas Endgültiges schwang für Wally in diesen Worten mit, umso mehr, als Godun sich nach ihrer Rückkehr ins rosa Haus am Ende der Sackgasse daranmachte, überall Diesel und Benzin aus der Garage zu verschütten. Noch nervöser wurde er, als Ncolela die Telefonleitung aus der Wand riss, als Wally seine Frau am Festnetztelefon anrufen wollte. Er hatte sehr leise gesprochen, und Wally hatte das vertraute Lodern wieder in seinen Augen gesehen.
»Wir sind und bleiben deine Familie. Es gibt niemand anderen, Wally Phaliso. Nicht mehr.«
Das war der Moment, in dem Wally ernsthafte Zweifel kamen, ob er diese Nacht mit den Brüdern überleben würde. Den richtigen Zeitpunkt, sich in Sicherheit zu bringen, hatte er verpasst, das erkannte er jetzt, und seine einzige Hoffnung war, dass sie es nur auf ihn abgesehen und nicht schon vorher seiner Frau und seinem Sohn einen Besuch abgestattet hatten. Immerhin war das doch das, was Godun eigentlich am liebsten tat.
Warum nur war er überhaupt auf die Idee gekommen, die Brüder würden ihn anders behandeln, als Swarts und seine Brut es getan hätten? Einen Augenblick lang wünscht er sich, die *Gatas* hätten ihn geschnappt. Doch gleich darauf kocht siedend heiße Wut in ihm hoch.

Hi wena, Khuzwayo! Du willst dies, du willst das! Kein Wunder, dass du's nie geschafft hast, von den zweien wegzukommen!
Während er sein Gesicht so im Spiegel betrachtet – zerschunden und hoffnungslos wie viele andere, die er im Laufe seines Lebens im Staub zurückgelassen hat – geht ihm plötzlich auf, dass er vielleicht doch nicht der weise Ratgeber der Phalisos war, für den er sich immer gehalten hat. Nein, ein Schoßhündchen war er, dass zu ihren Füßen herumkläffte, während sie auf ihre Ziele losmarschierten. Dieser Gedanke entlockt ihm ein bitteres Lächeln. Im trüben Licht der schwachen Glühlampe über ihm verzerrt sich sein grün und blau geschlagenes Gesicht zu einer grausigen Totenmaske, in der er sich kaum wiedererkennt. Es ist zwar nicht das erste Mal, dass ihm dieser Gedanke kommt, doch es ist das erste Mal, dass er ihn als Tatsache akzeptiert, statt ihn ärgerlich beiseitezuschieben. Ja, es ist wahr. Er ist nur ein verdammter *Nja*.
In der Ferne rast ein Wagen mit quietschenden Reifen um eine Ecke und den sich lang dahinziehenden, abschüssigen Marlboro Drive herunter. Wally spitzt die Ohren. Er rechnet damit, dass dem ersten noch ein paar hundert weitere folgen. Er sieht zu dem kleinen Fenster über der Toilette hoch, überzeugt, dort blaues Licht über die weißen Keramikfliesen flackern zu sehen. Doch das Geräusch des Wagens entfernt sich schließlich in Richtung der N 3, und er ist wieder allein mit der einförmigen Stille eines armen Vorstadtviertels am Rande einer ausufernden, gewalttätigen Township namens Alexandra.

3

Er kann sich vormachen, was er will, diese übelriechende Frau, die sie hinter dem Müllcontainer aufgestöbert haben, erinnert Ncolela an seine tote Frau Hlubi. Möglich, dass es der rosa

Trainingsanzug war – alles, was rosa ist, erinnert ihn neuerdings an Hlubi –, genauso gut konnte es aber auch die Unbeugsamkeit in ihrem Blick gewesen sein, als sie sich drei starken Männern gegenüber behauptete.
Hlubi, die zurückgekommen war, um ihn zur Demut zu mahnen? Das würde ihr ähnlich sehen.
Scheiß auf die Demut, dachte er. *Wen kümmert so was heutzutage?*
Hinter dem vorgezogenen Vorhang des Wohnzimmerfensters den im fahlen Mondlicht liegenden Garten zu betrachten übt normalerweise eine beruhigende Wirkung auf Ncolela Phaliso aus, doch nicht heute Abend. Manchmal ist er sich ganz sicher, sie noch immer da draußen am Rand seines Anwesens im Dunkeln zu sehen, dann wieder ist er überzeugt, ihre Stimme im Wind zu hören. Immer wieder wurde er gefragt, warum er das Haus nicht verkaufe oder zumindest renoviere, aber wie könnte er es verkaufen, wo dies doch der einzige Ort ist, an dem er sie noch spüren kann? Wie könnte er es renovieren, wo doch jede Anstrengung vergebens wäre, ihre Wärme in diese kalte Hülle zu bringen?
Mehr als er ihn hört, spürt er Godun ungeduldig im oberen Stockwerk auf und ab laufen und literweise Benzin über alles schütten, was brennt. Ncolela hat immer gewusst, dass er sich eines Tages von diesem Haus wird trennen müssen, und als Hlubi ihm schließlich riet, die Ratten in ihrem Zuhause auszuräuchern, war ihm klar, dass dieser Tag nun gekommen war. Vielleicht sollte er Wally dankbar sein dafür, dass er die Dinge beschleunigt hatte, vielleicht aber auch nicht. Eines jedoch weiß er: Diesen Idioten vor der Verhaftung zu bewahren, war bis jetzt sein riskantester Coup gewesen – und würde in dieser Nacht buchstäblich nicht sein letztes Spiel mit dem Feuer sein.

Im Gäste-WC rauscht die Toilettenspülung, und als die Tür aufgeht, fällt ein heller Lichtstrahl in den offenen Wohnbereich in seinem Rücken. Die plötzliche Helligkeit und das Geräusch bringen Ncolela noch mehr aus der Ruhe, ebenso wie der Verursacher des Ganzen.

»Hab ich nicht gesagt, alle Lichter bleiben aus, verdammt noch mal?«

Wally macht einen Schritt rückwärts, um das Licht zu löschen, und schlagartig liegt das Haus wieder in völliger Dunkelheit.

»Wenn wir das Haus abfackeln und untertauchen wollen, wäre es dann nicht höchste Zeit, abzuhauen?«, fragt Wally.

Ncolela spürt, wie seine Hand am Vorhang zittert, und er muss sie in den Stoff krallen, um nicht zu explodieren. Die Arroganz dieses Kerls! Wären er und Godun nicht gewesen, säße Wally längst im Knast und würde zweifellos singen wie eine Nachtigall. Aber wenn Godun recht hatte und Wally tatsächlich derjenige war, der den *Gatas* verraten hatte, wo sich das Waffenarsenal der Abasindisi befand, dann wäre er ja jetzt genau da, wo er hinwollte, in der Sicherheit eines Polizeigefängnisses.

»Wir hauen aber nicht ab«, sagt er bedächtig. »Zumindest nicht jetzt.«

»Nach was hältst du denn Ausschau?«

Die nasale Stimme des Mannes ist vorsichtig und unsicher, eindeutig ein Indiz, dass er was zu verbergen hat. Wie hat Godun das bloß entdeckt, bevor er selbst es gemerkt hat?

»Nach den *Gatas*?«

Ncolela schließt die Augen. »Ich schaue nicht, ich höre.«

»Hörst du sie?«

»Nein, Hlubi ist fertig mit uns. Sie hat gesagt, was sie zu sagen hatte, und ist dahin zurückgekehrt, wo sie hingehört.«

»Ncolela, ich muss sicher sein, dass du dich um meinen Sohn und um meine Frau kümmerst, wenn irgendwas schiefgeht.«

Wenn etwas *schief*geht? »Du hast jetzt keinen Sohn. Und auch keine Frau.«

»Was soll das heißen?«

Ncolela lässt den Vorhang los, und das schwache Licht des Mondes und der entfernten Straßenlampen, das eben noch hereinleuchtete, erlischt. Der ganze Raum versinkt in samtiger Finsternis, in der es nichts gibt, als den widerlichen Gestank nach Benzin und der Furcht des anderen.

»Jetzt hast du nur deine zwei Brüder, denen du deine ganze Loyalität schuldest.«

»*Banna*, gib mir mal eine klare Antwort.«

Wally bewegt sich auf die Haustür zu und läuft gegen die zum Fenster hin gerichtete Couch.

Ncolela geht ihm nach. Langsam.

»Du bist ein Phaliso. Wenn du geheiratet hättest, wüsste ich das, denn ich bin dein älterer Bruder.«

»Was redest du denn da? Ich heiße Wally Khuzwayo, und ich bin zwei Jahre älter als du. Hören wir auf mit diesem Scheiß und machen wir das Licht wieder an.«

»Du kannst nicht Khuzwayo sein«, sagt Nolela. »Khuzwayo ist tot, weil er seine Leute verraten hat.«

»Ich habe niemanden verraten, und ich bin hier bei dir, oder? So wie es immer war.«

Etwas jault in der Dunkelheit auf, und Glas fällt klirrend zu Boden.

»Bleib mir vom Leib!«, schreit Wally in eine andere Richtung.

Godun muss sich ins Zimmer geschlichen haben, ohne dass einer von ihnen etwas gemerkt hätte. Wer sonst kann sich so geräuschlos bewegen?

»Der, der Wally Khuzwayo hieß, ist zur Polizei gerannt und wollte sich eine vorzeitige Rente erkaufen.«

»Ich bin nicht zu den *Gatas* gerannt.« Wallys Stimme wird

schrill. »Reicht es nicht, dass ich diesen Bullenstall für euch in die Luft gejagt habe?«

»Dieser Khuzwayo hat uns verkauft. Er muss sterben, genauso wie seine Frau und sein Kind. Wir müssen reinen Tisch machen. So haben wir's immer gehalten.«

Er lauscht auf die Bewegungen Wallys, der die Richtung gewechselt hat und jetzt tiefer ins Haus hineingeht. Finger streifen über unsichtbare Wände, auf der verzweifelten Suche nach Lichtschaltern. Schließlich finden sie einen, doch da ist der Strom weg. Goduns Werk? Natürlich.

»Bitte, Ncolela.«

Panik schleicht sich in die Stimme des Mannes. Gut.

»Was?«

»Sag mir, dass du sie in Ruhe lässt.«

»Wen?«

»Meine Familie, verdammt noch mal.«

»Die ist doch hier, Bruder«, sagt Ncolela mit bewusst monotoner Stimme. »Wally Phaliso, der hat immer getan, was man ihm gesagt hat. Der Mann, den ich kenne, der wird auch jetzt noch dafür sorgen, dass die Leute verschwinden, die seine Familie bedrohen. Er wird sein Leben für seine Brüder riskieren, so wie sie es für ihn getan haben.«

»Wovon redest du?«

»Ich biete dir zwei Möglichkeiten«, sagt Ncolela. »Such dir eine aus.«

»Aussuchen? Was denn?«, kreischt Wally.

»Bist du ein Phaliso oder ein Khuzwayo, Wally?«, brüllt Ncolela in die Dunkelheit hinein. »Gibt es einen Verräter in diesem Haus, in dieser Familie?«

Vom Ende des Flurs kommt ein erstickter Laut, dann stoßweises, angsterfülltes Atmen. Ohne wirklich sehen zu können, was passiert ist, oder zu verstehen, was er da gehört hat, weiß

Ncolela, dass sein kleiner Bruder Wally ein Messer an die Kehle hält. Ein leises Wimmern dringt zu ihm und bestätigt seinen Verdacht.

»Godun meint, du solltest dich schnell entscheiden.« Er tastet sich um die Couch herum und geht den Flur entlang auf das panische Atmen zu. »Entscheide dich, Wally. Ich frage nicht noch einmal.«

Seine ausgestreckte Hand streift Wallys Gesicht, und dieser zuckt bei der Berührung zusammen.

»Sind sie noch am Leben?«, flüstert Wally. »Sag mir zumindest das.«

Ein Schmerzensschrei ertönt, und Ncolela stellt sich vor, dass Godun seinen Griff um Wally noch etwas verstärkt – ihn vielleicht sogar ein wenig geschnitten hat. Er ertastet Wallys Augenhöhlen mit den Daumen und drückt leicht auf die Lider. Der Mann hält in Erwartung neuen Schmerzes den Atem an.

»Diese Frage würde nur Khuzwayo stellen«, knurrt Ncolela. »Wally Phaliso kennt die Frau nicht, die in Graceland Towers Nummer eins-null-fünf-neun wohnt. Auch den Jungen, der dort wohnt, kennt er nicht. Sie bedeuten ihm nichts, denn er hat sie nie gesehen.«

Er drückt fester auf diese unsichtbaren Augen.

»Du hast recht!«, schreit Wally plötzlich so schrill auf, dass Ncolela zusammenzuckt. Er hätte seinen alten Freund solcher Verzweiflung niemals für fähig gehalten. Allerdings hätte er ihn auch niemals des Verrats für fähig gehalten. »Dieser Khuzwayo, der ist jetzt tot«, murmelt Wally. »Der ist im Maloney mit den *Gatas* gestorben. Ich war da. Ich hab es selbst gesehen … Bruder.«

Nichts würde Ncolela jetzt lieber tun, als diesen Judas hier auf der Stelle die Augen auszuquetschen, doch er lässt sein Gesicht los und bittet seinen Bruder, ihn freizulassen. Ein kurzes

Gerangel in der Dunkelheit, dann liegt Wally auf den Knien, weinend wie ein Kind.

»Kleiner Bruder, du hast gute Arbeit geleistet im Maloney. Was du getan hast, erfüllt mich mit Stolz. Dazu brauchte es Mut. Aber die *Gatas* – die wissen jetzt, wer du bist. Jeder einzelne von ihnen.«

Wally gibt sich alle Mühe, seine Stimme unter Kontrolle zu bringen. »So ist es«, bestätigt er.

»Und die Bombe, die du gelegt hast, die hatte nichts mit den Abasindisi zu tun, oder?«

»Nein«, sagt er.

Ncolela gefällt der neue Ton in Wallys Stimme. Er ist resigniert, aber auch entschlossen, als hätte er bedingungslos akzeptiert, was als Nächstes zu tun sei. Er war schon immer ein bisschen schwer von Begriff, denkt Ncolela, aber wenn der Groschen einmal bei ihm gefallen ist, dann voll und ganz. Wally Khuzwayo wird sich nicht als totaler Verlustposten erweisen, selbst jetzt nicht.

»Das warst ganz allein du, und du hast nur in deinem eigenen Interesse gehandelt, oder?«, sagt Ncolela. »Du warst der Kopf einer kriminellen Splittergruppe innerhalb unserer Organisation, die Schande über uns gebracht hat.«

»So ist es.«

»Aber wir werden dich der Polizei ausliefern, oder?«

Darauf sagt Wally nichts, was Ncolelas Blut umgehend wieder in Wallung bringt. *Wenn das jetzt nicht hinhaut, verdammt noch mal …*

Doch Wally unterbricht den Gedankengang seines Bosses. »Ihr werdet mich ausliefern, und ich weiß, was zu tun ist.«

Kapitel 11

1

Die Tankstelle am Stadtrand von Alexandra, an der er sich mit Detective Busisiwe Mosetsane verabredet hat, kommt jetzt auf der rechten Seite des Marlboro Drive in Sicht. Jacob Tshabalala lenkt den Wagen auf die andere Seite der unbeleuchteten Straße, die einen langen, steilen Hang hinunterführt, und fährt auf einen der vielen leeren Parkplätze vor dem hell erleuchteten Minimarkt der Tankstelle. Er hat fast eine Stunde gebraucht, um quer durch die Stadt hierherzukommen. Die ganze Zeit über hat er Radio gehört, um eventuelle Eilmeldungen über den Anschlag auf das Maloney nicht zu verpassen. Er hat zwar nichts Neues erfahren, doch die im Viertelstundentakt gesendeten Nachrichten haben seine Gedanken abgelenkt von dem, was er zu Hause angerichtet hat.

Ein lautes Klopfen an seiner Fensterscheibe erregt seine Aufmerksamkeit. Mosetsane lächelt zu ihm herein. Ohne ihr strenges Outfit wirkt sie gleich viel umgänglicher. Trotz seiner angeschlagenen Stimmung registriert er, wie gut sie in ihrem babyblauen Rollkragenpullover und dem dunkelblauen Anorak aussieht.

Er kurbelt das Fenster herunter. »*Dumela,* Detective.«

»Busi. Ich hab's Ihnen schon am Telefon gesagt.« Wieder antwortet sie auf Englisch, und er fragt sich, warum sie sich beharrlich weigert, in einer der afrikanischen Sprachen mit ihm zu sprechen.

Er nickt zur Beifahrertür hin. »Steigen Sie ein. Wir haben nicht viel Zeit.«

Er beugt sich hinüber, um die Tür für sie zu entriegeln, und lässt dabei seinen Blick über die leere Tankstelle schweifen. Selbst die Theke drinnen im Laden macht einen verwaisten Eindruck.

Heute Nacht will niemand draußen sein, ist sein erster Gedanke. *Nicht nach dem, was sich in der Stadt ereignet hat.*

Und wahrscheinlich haben die Menschen in dieser Gegend auch guten Grund zur Angst, schließlich wird jeder Polizist, der heute Nacht unterwegs ist, gespannter sein als eine Stahlfeder. Er ist bereits an zwei Straßensperren vorbeigekommen und hat keinen Zweifel, dass bis zum nächsten Morgen noch viele weitere um die Township errichtet werden.

»Also, warum haben Sie mich an diesem eisigen Abend aus dem Haus gelockt?« Mosetsane macht es sich auf dem Beifahrersitz bequem und steckt ihre Hände zum Aufwärmen zwischen ihre Schenkel. »Sie sagten, es geht um die Sache in Tsolo.«

Wieder nimmt er ihren femininen Duft wahr und überlegt, ob es klug war, sie anzurufen. Aber er muss mit Mosetsane sprechen, denn er muss alles über Swarts und seine *Ballies* wissen, was sie weiß.

»Sie haben mir erzählt, der Polizeipräsident hat ein besonderes Interesse an dem SVC-Team, das den Einsatz in Tsolo durchgeführt hat. Warum?«

Sie sieht auf ihre Hände hinunter. Noch ehe sie den Mund öffnet, weiß er, dass sie versuchen wird, sich um eine Antwort zu drücken, deshalb lässt er sie gar nicht erst zu Wort kommen.

»Busi, Swarts und seine Männer haben Harry Mason vor einer knappen Stunde aus seinem Haus geholt. Es war die Rede davon, dass sie hinter den Abasindisi her sind, und ich muss wissen, wo sie hinwollen, bevor Harry da in etwas Schreckliches hineingezogen wird.«

»Ich dachte, Ihr Freund sei noch im Krankenhaus.«
»Er ist gerade aus Port Elizabeth zurückgekommen, als sie ihn sich geschnappt haben.«
Sie späht hinaus auf die unheimlich leere Tankstelle. »Fahren wir irgendwohin?«
»Wir suchen einen Mann namens Makhe Motale. Es ist ziemlich wahrscheinlich, dass er Harrys Informant in der Tsolo-Sache war.«
»Derselbe, der Sie in Teufels Küche gebracht hat?«
»Woher wissen Sie das?«
Sie lächelt ihn an. Ein warmes und zugleich spöttisches Lächeln. »Ich sperre meine Ohren auf, besonders, wenn es um Leute geht, über die ich besser Bescheid wissen muss.« Sie sieht ihm mit ihrem forschenden Blick fest in die Augen. Als er nicht gleich reagiert, macht sie eine Kopfbewegung Richtung Straße. »Dann fahren Sie los, ich werde Ihnen erzählen, was ich weiß.«

2

»Ich habe Sie letztes Mal angelogen«, beginnt Mosetsane, »oder habe Ihnen zumindest nicht die ganze Wahrheit gesagt.«
Jacob schenkt ihr ein dünnes Lächeln. »Das hab ich gemerkt.«
»Was wissen Sie eigentlich über Senior Superintendent Russell Swarts und Captain James T. Franklin?«
Er zuckt die Achseln. »Ich habe nur ein paarmal mit Swarts gesprochen. Er ist wie die meisten anderen älteren Weißen, die es noch im Polizeidienst gibt: Er bleibt unter seinesgleichen, macht das, was er macht, aber sehr gut. Wenigstens ist das der Eindruck, den ich bisher von ihm hatte. Mit Franklin habe ich kaum ein Wort gewechselt, aber ich glaube nicht, dass er zu den Leuten gehört, die ich mir zum Abendessen nach Hause einladen würde.«

Sie nickt. »Es gibt schon geraume Zeit Pläne in der ICD, die beiden wegen Menschenrechtsverletzungen zur Verantwortung zu ziehen.«

»Ich habe gehört, dass sie ziemlich grob werden können.«

»Vier Todesfälle in Polizeigewahrsam bei vier verschiedenen Gelegenheiten, und jedes Mal sind die, wie sie sich selbst gerne nennen, *Ballies* im Spiel, da ist ›grob‹ nicht unbedingt das Wort, das mir als Erstes dazu einfällt, Jacob. Das ist Mord.«

»Vier?«

»Zwei allein in diesem Jahr. Insgesamt gab es fast 150 Beschwerden gegen Swarts, Naidoo, Franklin und Combrink zusammen, die meisten davon ungeklärt oder zurückgezogen, wenn die Ermittlung zu lange dauerte. Von denen, die es bis vors Gericht geschafft haben, hat nicht eine zu einer Verurteilung geführt.«

Das überrascht Jacob keineswegs. Für Insider ist es nur allzu einfach, Tatorte so zu manipulieren, dass berechtigte Zweifel geltend gemacht werden können. Wer sich damit auskennt, was vor Gericht von Belang ist, kann eventuelle Beweise umso leichter beiseiteschaffen. Als die Abteilung Mord und Raub Fälle von polizeilichen Übergriffen noch selbst untersuchte, investierten die Ermittler weniger Zeit in die Aufklärung, was sich tatsächlich zugetragen hatte, als in die Verfassung eines Berichts, der die Handlungen des Kollegen, gegen den ermittelt wurde, rechtfertigte, gleichgültig wie extrem sie gewesen sein mochten. Denn ein Schuldspruch würde nicht nur ein ungünstiges Licht auf die angeklagten Polizisten werfen, sondern die Polizei als Ganzes in Verruf bringen. Und wenn das geschah, konnte der Ermittler davon ausgehen, dass seine Kollegen ihm von nun an das Leben zur Hölle machen würden. Dieser inhärente Mangel an Unparteilichkeit war letzten Endes ausschlaggebend gewesen für die Gründung der ICD, der *Unabhängigen Beschwerdekommissi-*

on. Doch selbst die Ermittler der ICD vermieden es tunlichst, auf allzu viele Polizistenzehen zu treten. Schließlich waren sie bei ihren Untersuchungen in den meisten Fällen auf die Kooperation der Polizisten angewiesen. Außerdem waren sie oft genug selbst einmal Polizisten gewesen und hatten noch Freunde unter den ehemaligen Kollegen.

»Wenigstens um Combrink brauchen Sie sich keine Sorgen mehr zu machen«, sagt Jacob. »Er ist im Maloney ums Leben gekommen.«

»Sie waren da, als es geschah?«

»Nein, aber kurz danach.«

Den Blick weiterhin auf die Straße gerichtet, spürt er, wie sie ihn prüfend ansieht, als müsse sie sich klarwerden, ob sie das Thema noch weiterverfolgen soll.

»Furchtbar, was die da gemacht haben«, sagt sie dann nur, »und ich hoffe, sie verhaften jeden einzelnen von den Verantwortlichen.« Nach einer Weile fährt sie fort: »Einige der Beschwerden gegen Swarts wurden eingereicht, da gab es die ICD gerade mal einen Monat. 1997 war das.«

»Wieso hat es dann so lange gedauert, bis Sie was gegen ihn unternommen haben?«

Sie muss lachen, und Jacob sieht sie erstaunt an.

»Erst bin ich Ihnen zu schnell, und jetzt zu langsam?«, fragt sie. »Sie machen es einem nicht gerade leicht, was?«

Draußen ist es immer dunkler geworden, weil hier, in den ärmeren Vierteln von Alexandra, die Straßenlampen immer dünner gesät sind. Es ist das Überschwemmungsgebiet des Jukskei, wo die Menschen ihre von den sommerlichen Sturzfluten weggerissenen illegal errichteten Hütten jedes Jahr von neuem wieder aufbauen. Obwohl die leichte Brise inzwischen zu einem starken Wind aufgefrischt hat, hängt der ewige Kohlenfeuer-Smog aus Tausenden von Hütten ohne Strom noch immer dick wie Watte über dem Flusstal und verleiht dem spärlichen Licht, das auf die Straße fällt, einen kupfernen Ton.

»Das war ein Scherz, Jacob.«

Er sieht wieder zu ihr hinüber und lächelt, doch es fühlt sich an, als zögen ihm zwei Fleischerhaken die Mundwinkel nach oben. »Tut mir leid, ich habe heute nicht gerade meinen besten Tag.«

»Sie haben doch bei dem Anschlag hoffentlich niemanden verloren, der Ihnen nahesteht?«

Jacob denkt über ihre Worte nach. Er muss Hugh Semenya, oder gar Combrink ja nicht unbedingt zu seinen Freunden gezählt haben, um ihren Verlust zu betrauern, oder?

»Nein«, sagt er. »Los, erzählen Sie mir auch den Rest.«

»Swarts mag ja nur ein Senior Superintendent sein, aber er hat sich eine so starke Position geschaffen, dass er bis jetzt unangetastet geblieben ist. Gewisse Direktoren bei der ICD zeigten sich extrem unwillig, gegen ihn, und übrigens auch gegen seine Männer, zu ermitteln, denn seine Erfolgsbilanz ist unübertroffen, und dementsprechend hoch ist sein Ansehen, sowohl bei der Polizei als auch in der Öffentlichkeit. Auf diese Weise hat er zweifellos einige mächtige Verbündete gewonnen.«

»Was hat sich denn nun geändert? Es muss schon etwas Gravierendes passiert sein, wenn die ICD so schnell eine Ermittlung dieser Art einleitet. Was ist so wichtig an der Sache in Tsolo?«

»Ende vergangenen Jahres hat der Nachrichtendienst dem Polizeipräsidenten einige erdrückende Beweise vorgelegt. Sie wissen das vielleicht nicht, aber der Präsident und Swarts sind einander seit einer Gala in Pretoria 1997 spinnefeind.«

»Das weiß jeder. Diese Geschichte hat schon auf der Polizeischule die Runde gemacht.«

»Der Präsident muss Freudentänze aufgeführt haben, als er hörte, was sie ihm zu berichten hatten. Das war für ihn die perfekte Gelegenheit, Swarts dranzukriegen. Schon am nächsten Morgen hängte er sich an die Strippe und heizte meinen Bossen ein, dass sie die Untersuchungen gegen Swarts zur obersten Priorität machen.«

»Aber worum ging's denn da?«

Doch noch ehe sie ihm antworten kann, bemerkt Jacob, dass in einiger Entfernung vor ihnen etwas im Gange ist, und bremst so heftig, dass die Sicherheitsgurte sich fest um ihre Oberkörper straffen.

»Was ist los?«, fragt Mosetsane.

»Ärger.«

Er dreht sich um, um aus dem Heckfenster zu sehen, und schiebt auf dem sandigen Bankett ein Stück zurück. Dann hält er an und streckt die Hand aus.

»Da unten. Sehen Sie das?«

Etwa einen halben Kilometer südlich, hinter wucherndem Dickicht, steht eine große Menschenansammlung im Schein eines Feuers, das anscheinend an der Einfahrt in eine lange Sackgasse ausgebrochen ist.

»Sieht aus wie eine Protestversammlung«, meint Mosetsane.

»An einem Freitagabend?«

»Was ist es dann?«

Jacob späht angestrengt in die Dunkelheit jenseits der spärlichen Straßenbeleuchtung. Er meint, jetzt in den stockdunklen, an die Straße grenzenden Gärten, noch mehr Gestalten zu sehen, die anscheinend alle darauf warten, dass etwas passiert.

»Keine Ahnung«, sagt er schließlich mit einem Gefühl der Beklommenheit. »Sieht jedenfalls nicht gut aus.«

»Sollen wir Meldung machen?«

Er spürt Mosetsanes warmen Atem an seiner Wange. Sie hat sich so weit vorgelehnt, wie ihr Sicherheitsgurt es ihr gestattet, um über seine Schulter nach draußen sehen zu können. Als er sich zu ihr umsieht, kommen ihre pflaumenfarbenen Lippen seinem Ohr ganz nahe. Ihr Duft ist jetzt unwiderstehlich, und die Kontur ihrer glatten Wange fordert plötzlich alle Aufmerksamkeit von ihm. Er müsste den Kopf nur ein wenig zur Seite neigen, nur mehr einen winzigen Abstand überwinden, dann könnte er sie dorthin küssen und spüren, wie ihre Haut sich anfühlt. Ihre Blicke kreuzen sich, doch sie legt den Kopf ein wenig schief, als hätte sie ihn etwas gefragt und erwarte eine Antwort darauf. Als die Lippen, die mit einem Mal eine so hypnotische Wirkung auf ihn ausüben, sich leicht öffnen, fühlt er sich nicht nur zu ihr hingezogen, sondern beinahe hingestoßen.

Und warum eigentlich nicht? Wenn er bedenkt, was er in seinem eigenen Haus gesehen hat und wie sein Vertrauen missbraucht wurde, ist er dann nicht ein freier Mann und kann tun, wozu er Lust hat?

Jacob schluckt und greift dann ein wenig zu rasch nach dem Funkgerät, um der Zentrale Bescheid zu geben. Nach mehreren Versuchen, eine der gelangweilten Stimmen der Nachtschicht ans andere Ende zu bekommen, meldet sich schließlich jemand.

»Detective, ein Haufen Polizistenmörder legt uns die Innenstadt in Schutt und Asche, da glauben Sie doch wohl nicht, dass ich Ihnen jetzt einen Streifenwagen in die Pampa schicke, nur weil ein paar Idioten die Pfoten nicht von den Streichhölzern lassen können?«

»Es könnte wichtig sein.«

»Hier gießt es wie aus Kübeln, und in ungefähr zehn Minuten wird es da drüben das Gleiche sein. Scheiß auf die Typen. Das Wetter wird die Angelegenheit besser regeln, als jeder Streifenwagen das könnte.«

Kopfschüttelnd hängt Jacob das Sprechgerät ein. »Gute Nacht auch«, murmelt er.

Mosetsane lacht. »Dann also das Revier hier vor Ort? Das ist gleich um die Ecke.« Sie spricht, als wäre da überhaupt nichts zwischen ihnen gewesen. Hat Jacob sich nur etwas eingebildet?

Er schüttelt den Kopf. »Die haben nur zwei Streifenwagen für die ganze Township, und ohne vernünftige Verstärkung wird niemand dieser Meute zu nahe kommen.«

»Ich hoffe, es ist nicht da, wo wir hinwollen.«

»Nein, ich glaube nicht.«

Jacob löst die Handbremse und schwenkt wieder auf die Straße hinaus. Kurz darauf fahren sie auf einer schmalen, südwärts führenden Straße an Land vorüber, dass für weitere Wohnbauprojekte geräumt wurde, und mitten hinein nach Alexandra selbst, einen Ort, zu dem ihm immer nur ein Vergleich einfällt: eine Tasche, so vollgestopft mit Menschen, dass sie aus allen Nähten platzt.

Weiter südwestlich sieht er jetzt das Gewitter über den Wolkenkratzern der Stadt blitzen, von dem der Kollege in der Leitstelle gesprochen hat.

»Also, was hat der Nachrichtendienst dem Polizeipräsidenten über Swarts geliefert, das euch endlich in die Gänge gebracht hat?«

»Sie hatten eine Aufnahme von ihm, auf der er über den Verkauf von Waffen an eine Gruppe aus Simbabwe verhandelt, die sie seit ungefähr einem dreiviertel Jahr überwachten, und wollten wissen, ob die Polizei eine verdeckte Ermittlung genehmigt hatte. Das war nicht der Fall.«

Jacob spürt, wie ihm bei dieser Enthüllung die Wut hochkommt, und sein Groll richtet sich instinktiv gegen Mosetsane. Es gibt eine Million Gründe, warum Swarts auf diesem Video zu sehen ist. Warum geht man automatisch davon aus, dass der Mann korrupt ist? Doch dann mahnt er sich zur Vernunft:

Schlägt er sich jetzt nicht auch automatisch auf die Seite eines Kollegen und bezichtigt Mosetsane, jedem Polizisten von vornherein Käuflichkeit zu unterstellen? Und hat der Superintendent nicht eben erst Harry Mason aus seinem eigenen Haus entführt?

»Was für Waffen?«

»Hauptsächlich Faustfeuerwaffen. Wir glauben, dass sie heimlich aus Asservatenkammern und bei Razzien abgezweigt wurden. Schließlich ist nicht damit zu rechnen, dass Kriminelle sich bei uns darüber beschweren, dass die SVC ihre nicht zugelassenen Schusswaffen konfisziert hat.«

Jacob muss jetzt langsamer fahren, denn die Straße wird immer enger und holpriger. »Geht es eigentlich nur um Swarts?«

»Sie hängen alle mit drin – die *Ballies,* meine ich. Deshalb hatte ich anfangs ja auch Ihren Freund Mason im Visier. Immerhin hat er eng mit ihnen zusammengearbeitet.«

»Aber warum jetzt? Swarts hat doch gerade gekündigt, weil er zu Interpol geht, oder?«

»Ich glaube, dass genau das der Grund ist, warum der Präsident das Ganze jetzt so vorantreibt. Wenn einige von Swarts' alten Verbündeten womöglich ihr Missfallen darüber zum Ausdruck gebracht haben, dass er das Land verlässt, könnte es für den Präsidenten der ideale Zeitpunkt sein, an ihm ein Exempel zu statuieren – in Form einer Untersuchung durch die ICD. Das wäre für ihn die Gelegenheit, seine Glaubwürdigkeit unter Beweis zu stellen als jemand in führender Position, der ernsthaft gegen Korruption vorgehen will, und gleichzeitig könnten meine Bosse etwas tun, um das momentan ziemlich matte Image der ICD kräftig aufzupolieren. Außerdem, wie peinlich wäre es denn für die SAPS, wenn alles erst nach seiner Versetzung zu Interpol herauskäme?«

Nun ist es an Jacob zu lächeln, wenn auch bitter. »Haben Sie mir nicht gesagt, dass Ihre Untersuchung keinen politischen Hintergrund hat?«

Er spürt ihre Verlegenheit wie Wärme, die von einem Heizkörper ausgeht. »Anfangs wusste ich das ja alles selbst noch nicht.«

»Aber als Sie dahinterkamen, haben Sie mitgezogen?«

Entschlossen, sich zu rechtfertigen, richtet sie sich auf. »Wenn das notwendig ist, damit ich tun kann, wozu ich da bin, dann sind mir diese Machtspielchen herzlich egal. Wir haben lange genug darauf gewartet, an Swarts ranzukommen.«

»Und Sie sind sicher, dass er es ist?«

Sie nickt. »Ich habe das Band gesehen. Franklin war an diesem Tag dabei, und sein Profil passt genau auf den klassischen Waffenhändler, besser noch als das von Swarts. Er hat eine Vergangenheit beim Militär, und es gibt Hinweise, dass er früher in Angola Waffen an Savimbis Rebellen verschoben hat.«

»Er war Soldat?«

»Fallschirmspringer, 1986 ehrenhaft entlassen, mit einer Handvoll Medaillen für Tapferkeit im Einsatz. Ich kann Ihnen aber beim besten Willen nicht sagen, wie er bei der SVC gelandet ist. Und warum er da nicht Karriere gemacht hat, darüber kann man auch nur spekulieren.«

Was ist bei diesen beiden hochdekorierten Profis bloß schiefgegangen, dass sie so tief gesunken sind?, fragt sich Jacob. War es die nackte Gier, oder steckt da mehr dahinter? Waren sie immer schon so, oder hat ihre Arbeit sie zu dem gemacht, was sie jetzt sind? Jacob muss wieder an eine von Harrys zynischen Bemerkungen denken, dass Polizeiarbeit mehr ein Waten im Sumpf der menschlichen Natur war als die Durchsetzung klar definierter Gesetze. Für ihn gibt es keinen Zweifel, dass etwas von dem Dreck unweigerlich an jedem Polizisten hängenbleibt, aber wie viel davon ist an Swarts und Franklin klebengeblieben? Genug, um Harry umbringen zu wollen?

Und wenn ein Mann mit so vielen Dienstjahren wie Swarts sich die Finger schmutzig macht, was erwartet dann ihn, Jacob, selbst? Ist das, was er mit Teddy Bakwena gemacht hat, das erste Anzeichen für sein eigenes Abrutschen in ungeahnte Tiefen?
Er ist froh, als zu ihrer Rechten endlich die Ruine der Brücke auftaucht und er diese unangenehmen Gedanken beiseiteschieben kann. »Wir sind da.«
Die kupferfarbenen Gloriolen der letzten Straßenlampen liegen schon ungefähr einen Kilometer zurück, hier gibt es nur mehr Mondlicht, das matte Licht der Scheinwerfer seines eigenen Wagens und in der Ferne hie und da den Schein von Paraffinlampen, Kerzen und vereinzelten Glühbirnen in der ansonsten dunkelgrauen Landschaft. Über dem Horizont sieht er, wie sich das Gewitter zu einer Heftigkeit steigert, wie man sie nur hier im Hochland erlebt.
Jacob macht den Motor aus und lässt den Wagen am schmalen Straßenrand ausrollen. Zu ihrer Linken erstreckt sich ein Friedhof nach Osten hin, an dessen Mauern sich ein paar Häuser des staatlichen Wohnbauprogramms schmiegen. Wie weit aufgerissene Augen starren ihre erleuchteten Fenster in die Nacht, als hätten sie Angst vor der Dunkelheit ringsherum. Auf der anderen Straßenseite, oberhalb der zugemüllten Uferböschungen, klettert das ausgedehnte Elendsviertel im tiefer gelegenen Teil von Alexandra einen Richtung Westen hin ansteigenden Hang empor. Der vom fauligen Wasser des Flusses aufsteigende warme Nebel und der Rauch aus zahllosen improvisierten Schornsteinen schaffen gemeinsam eine Atmosphäre, die auf Jacob wirkt, als befände er sich in einer feuchten, grabähnlichen Sumpfniederung und nicht in einer menschlichen Ansiedlung auf dürrem Grasland.
Er öffnet die Wagentür und steigt aus. Es ist kalt und dunkel. Hinter ihm ist das Dauerdröhnen der N 3 zu hören. Im

Südwesten, Richtung Stadtzentrum, liegt eine Anhöhe, an deren Hängen er ein Gewimmel menschlicher Gestalten ausmachen kann wie von Tausenden Termiten, die im Winter trockenes Gras sammeln. Hier unten in der Flussebene ist der Wind noch beißender, und der Kohlenrauch brennt in den Augen.

Mosetsanes Tür geht auf und wieder zu. »Und? Wo wohnt er jetzt?«

Jacob zieht sich den Anorak bis zum Kinn zu und zuckt die Achseln. »Alles, was ich weiß, ist irgendwo in der Nähe der Hofmeyer Bridge.«

Mosetsane läuft um den Wagen herum und stellt sich neben ihn, ihr Atem weht wie eine Geisterfahne in der Dunkelheit der Nacht. »Das sind aber ganz schön viele Türen, an die wir da klopfen müssen, Jacob. Und warum ist es an einem Freitagabend so still hier?«

»Das wüsste ich auch gern«, sagt er grimmig.

»Ob das irgendwas mit dem zu tun hat, was wir vorhin gesehen haben, was meinen Sie?«

Jacob schaut hinüber nach Nordwesten, in die Richtung, aus der sie gekommen sind, doch alles, was er sieht, ist ein heller oranger Schein über den Hüttensiedlungen. Ob das nur die Lichter des Verkehrs auf der M 1 jenseits des Hügels sind, oder die Flammen, die in jener Sackgasse in den Himmel lodern, lässt sich schwer sagen.

»Ich hoffe nicht«, antwortet er.

Jacob schickt sich eben an, die Straße zu überqueren und den ausgewaschenen Trampelpfad einzuschlagen, der zu einem behelfsmäßigen Weg durch den seichten Fluss führt, als hinter ihnen plötzlich ein Licht angeht und jemand ihnen eine Warnung zuruft.

3

Eine Insektenschutztür quietscht in ihren rostigen Angeln, und ein alter Mann, so gebrechlich wie seine Behausung, kommt, seinen Gehstock schwingend, die Stufen seiner Veranda heruntergetappt.

»*Hi wena,* wie oft muss ich es euch denn noch sagen, das ist hier kein Ort zum Rummachen! Wieso kommt ihr hierher? Sucht euch doch was anderes. Nebenan ist ein Friedhof. Ein bisschen Respekt vor den Toten kann man doch wohl erwarten!«

Auf halbem Weg zum Gartentor bleibt er stehen und sieht die beiden Ermittler zornig und misstrauisch an. Sein Mund ist ständig in Bewegung, offenbar empfindet er sein falsches Gebiss als unangenehmen Fremdkörper darin.

»Habt ihr nicht gehört?«, schnauzt er auf Sotho. »Haut ab!«

Jacob grüßt den Alten und muss lachen. »*Dumela, Ndoda,* wir sind nicht wegen dem da, was Sie denken. Wir suchen nur einen Weg über den Fluss.«

»Wozu? Es ist schon nach neun! Um diese Zeit haben anständige Leute nichts mehr auf der Straße verloren.«

»*Ndoda*«, ruft Mosetsane, »wir suchen einen Mann namens Makhe Motale. Kennen Sie ihn?«

Ihr perfektes, klares Sotho kommt für Jacob völlig überraschend. Sie zwinkert ihm spitzbübisch zu.

»Warum? Wer seid ihr?«

»Wir sind von der Polizei.«

»Was war das?« Der Alte wackelt die letzten Schritte zum Tor und legt eine Hand ans Ohr. »Von wo seid ihr?«

»Ich bin Detective Inspector Jacob Tshabalala und das ist Detective Mosetsane.«

»*Poyisa!*« Der Mann spuckt das Wort aus, als wäre es etwas

Verfaultes, in das er gebissen hat. »Seid ihr noch nicht fertig mit ihm?«
»Wie meinen Sie das?«, fragt Mosetsane.
»Er ist weg. Hab schon seit fünf Tagen nichts mehr von ihm gehört oder gesehen. Wir glauben nicht, dass er wiederkommt.«
»Wie meinen Sie das?«, fragt Jacob.
»Was fragt ihr mich das? Ihr habt ihn doch selbst abgeholt.«
In der Meinung, der Alte beziehe sich auf Motales Auftritt in Wynberg fragt Jacob: »Aber er ist doch nach dem Protest auf Kaution entlassen worden, oder?«
»Was redest du denn da, Junge?« Der Alte ist so entrüstet, dass er am ganzen Leibe zittert. »Ein paar Tage haben sie hier rumgeschnüffelt, zwei *Umlungus* und ein *Koelie,* hab ich mir sagen lassen, dann hat ihn jemand verraten. Für ein paar Turnschuhe tut die Jugend von heute ja alles. Ich hab die Schüsse mit meinen eigenen Ohren gehört, als sie seine Hunde abgeknallt haben. Wer tut so was, frag ich euch? Er ist mit ihnen aufgewachsen, sie waren für ihn Teil seiner Familie. Die schönsten Tiere, die man sich vorstellen kann. Ich schwöre, wenn ich noch jünger gewesen wäre, wäre ich hingegangen und hätte was unternommen, aber so konnte ich nur auf dieser gottverlassenen Veranda rumhocken und zuhören, was auf der anderen Flussseite passiert.«
Polizisten, zwei Weiße und ein Inder. Es bedurfte keiner großen Phantasie zu erraten, wer das gewesen sein muss. Aber warum sie Motale auf diese Weise holen, wenn er doch ohnehin schon ihr Informant war?
Mosetsane wirft Jacob einen Blick zu, und was er darin sieht, erfüllt ihn mit Scham. Ihr Misstrauen war also gerechtfertigt. Wie peinlich, sich von zwei Zivilisten, ihr und dem Alten, vorhalten lassen zu müssen, wie tief Polizisten sinken können.

»Können Sie uns zumindest sagen, wo Makhe wohnt?«, fragt er.
»Bei seiner Mutter. Schon sein ganzes Leben. Sie ist aber jetzt zu ihrer Schwester gezogen. Ohne ihren Sohn macht sie's bestimmt nicht lang. Aber ich werde euch nicht sagen, wo das ist, weil wir von euresgleichen die Nase voll haben.«
»*Ndoda,* wir sind hier, um das wiedergutzumachen«, sagt Jacob in versöhnlichem Ton.
»Wiedergutmachen? Das ganze Viertel ist drauf und dran, das Polizeirevier niederzubrennen!«, schnaubt der Alte ärgerlich und sieht nervös von Jacob zu Busi Mosetsane. Er schickt sich an, sich umzudrehen und in sein Haus zurückzukehren, überlegt es sich aber anders.
Einen letzten Blick auf die beiden werfend, sagt er: »Es hat keinen Sinn, das Auto da draußen stehen zu lassen, dass es gestohlen wird. Stellt es hier in meine Einfahrt. Ich geh inzwischen zu meiner Frau und erklär ihr, warum ich zwei *Gatas* auf mein Grundstück lasse. Weiß der Himmel, warum ich das tu.«
»Gott segne Sie, *Ndoda*«, sagt Jacob.
»Er soll sich um den Rest der Welt kümmern. Es ist nicht leicht, nachts über den Fluss zu kommen, wenn man sich hier nicht auskennt, ich werde euch eine Taschenlampe leihen.«
Als auch Mosetsane ihm danken will, schneidet er ihr das Wort ab.
»Genug, Tochter. Bring einfach den Jungen zurück zu seiner Familie. Wir brauchen ihn.«

Kapitel 12

1

»Da, schneid den Hurensohn damit runter.«
Franklin wirft Harry ein Taschenmesser hin, doch dieser macht keine Anstalten, es zu fangen. Es fällt in den Staub zu seinen Füßen.
Eine heftige, nach Regen und Erde riechende Bö schneidet durch die Gruppe hoher Eukalyptusbäume, zwischen denen sie stehen. Ein Knarren über ihm lenkt seine Aufmerksamkeit zurück zu dem um einen der starken unteren Äste geschlungenen dicken Strick und dem großen gelben Leinensack, der über einer Viehtränke baumelt. Dampf steigt in dünnen Kringeln vom kalten schwarzen Wasser auf.
»Los, Harry, wir haben nicht die ganze Nacht Zeit.« Franklin macht einen Schritt auf ihn zu und zielt mit seiner schallgedämpften Pistole gleichgültig auf Harrys Knie. »Und wenn du nicht als Krüppel zu deiner Tochter zurückkehren willst, wie dieser verlauste Affe da oben, schlag ich vor, dass du einen Zahn zulegst.«
Auf der ganzen Fahrt hatten sie kein Wort gesprochen. Zuerst hatte Harry gedacht, sie würden direkt zum Haus der Phalisos am Rand von Alexandra fahren, um dort zu Ende zu bringen, was immer diese Männer geplant hatten. Aus den in den letzten Monaten gewissenhaft zusammengetragenen Informationen wussten sie, wo die Brüder wohnten, zu einem Haftbefehl allerdings hatte das Material nicht gereicht. Sie waren auf die N 1 und in nördlicher Richtung weiter bis zum Kreuz Buccleuch gefahren, hatten dort aber nicht, wie Harry es erwartet hatte, die

Ausfahrt genommen. Franklin war mit dem Minibus schon vorher in einen Feldweg eingebogen, der in der Nähe eines hell erleuchteten Golfplatzes abzweigte. Innerhalb von Minuten waren die Lichter der Stadt hinter den dunklen Hügeln verschwunden, und als Sameer Naidoo schließlich aus dem Wagen sprang, um ein offensichtlich lange nicht mehr genutztes Gatter zu öffnen, fragte Harry dann doch, wohin sie führen.

»Das siehst du noch früh genug«, war die lakonische Antwort. Eine Weile hatte Harry überlegt, ob sie ihn hier draußen vielleicht doch umbringen würden. Hatten sie gelogen, um ihn von Tanya und seiner Tochter wegzubringen, nur um ihn an einem Ort zu erschießen und zu verscharren, den kein Mensch je finden würde? Doch dann hatten sie in einem Wäldchen angehalten, und Franklin hatte ihn mit den Worten aus dem Wagen geholt: »Wollen doch mal sehen, was unser Kumpel macht, Mason.«

»Lächeln, *Boet*«, ruft eine Stimme ihn in die Gegenwart zurück, und als er sich zu Naidoo umdreht, schaut er in einen grellen Blitz, der seinem ohnehin schon schmerzenden Schädel noch zusätzliche Qualen bereitet.

Franklin packt eine Leiter, die sie anscheinend hatten stehen lassen, nachdem sie das »U-Boot« hier aufgetakelt hatten, und sieht ihn durch den blauen Pfeifenrauch hindurch vielsagend an. Die U-Boot-Folter war eine in einer noch nicht lange zurückliegenden Ära gängige Methode gewesen, und Harry hätte gerne gewusst, was Makhe Motale schon alles gesagt hatte, nachdem sie ihn wieder und wieder in das eiskalte Wasser getaucht hatten – was er *gedacht* haben mochte, ehe er schließlich ertrunken war, weil er zu erschöpft war, um die Luft anzuhalten, bis sie ihn wieder hochzogen.

Franklin rüttelt an der Leiter. »Komm schon, Harry, rauf mit dir.«

Harry bückt sich, um das Messer aufzuheben, dann sieht er wieder zu dem Sack zurück und beschwört ihn in Gedanken, ein Lebenszeichen von sich und ihm damit einen besseren Grund zu geben, ihn abzuschneiden. Doch nicht das leiseste Zittern ist auszumachen. Kalte Wut steigt in Harry auf bei dem Gedanken, dass ein Freund jetzt nur mehr ein nasses, kaltes Stück Fleisch war, hineingestopft in einen Leinensack, auf den in verblichenen schwarzen Lettern längst nicht mehr benötigte Fütterungshinweise für Vieh aufgedruckt waren. Seine Hände beginnen zu zittern, und nur mit größter Willensanstrengung kann er sie zur Ruhe bringen, ehe er das Messer aufklappt und sich den Griff zwischen die Zähne steckt. Dann packt er die Leiter und klettert hinauf.

»Nimm's nicht so schwer, Mason«, ruft Franklin ihm nach. »Es ist nichts Persönliches. Wenn der Idiot geredet hätte, wär's gar nicht so weit gekommen.« Der Mann lässt ein rostiges Lachen ertönen, das in Husten übergeht.

»Für mich wurde es in Tsolo sehr wohl persönlich, als einer von euch versuchte, mich umzubringen.« Harry beugt sich vor, packt den Strick und beginnt, daran herumzusäbeln. Wieder blendet ihn ein Blitz aus Naidoos Kamera.

»Was macht Sie so sicher, dass es einer von uns war?« Swarts, der bis jetzt an den Minibus gelehnt dagestanden und immer wieder einen Schluck aus seiner Flasche Richelieu genommen hatte, kommt näher.

Ehe Harry antworten kann, reißt plötzlich das ausgefranste Seil. Schwer wie ein Anker fällt der Sack ins Wasser.

»Und weg ist er!«

Ohne an die frischen Nähte in seinem Bauch zu denken, springt Harry von der Leiter, ist mit zwei Schritten bei der Tränke und stemmt sich in dem Augenblick am Beckenrand hoch, als der Sack wieder an die Oberfläche kommt. Er streckt die Hände aus und zerrt ihn halb auf die Betonplattform heraus. Hektisch zieht er an der Schlinge, die um das eine Ende gebunden ist.

»Lass gut sein, Mason!«, brüllt Franklin.

»Verpiss dich!«

»Ich hab gesagt, halt mich nicht auf, verdammt noch mal!« Franklin stürmt mit gezückter Pistole auf ihn zu, seine Hand zittert vor Wut. »Runter da, oder ich jag dir eine Kugel in die Fresse. Was wird dann aus deinem hübschen kleinen Mädchen, he? Ein elendes Waisenkind auf der Straße, das seine Titten und seinen Arsch verkaufen muss. Willst du das, ja?« Ein brutales, hämisches Grinsen überzieht sein Gesicht. »Na gut, dann werd ich auf der Straße nach ihr Ausschau halten, wenn du nicht mehr bist, darauf kannst du einen lassen.«

»Das *reicht!*«, schreit Swarts. »Herrgott, Blondie, manchmal gehst du einfach zu weit.«

Naidoo sieht schweigend zu und spielt mit der Kamera in seiner Hand.

Widerwillig wendet Franklin seinen Blick von Harry und sieht Swarts über die Schulter hinweg gelangweilt an.

»Du bist tot, Franklin.« Die Worte haben den Knoten in Harrys Hals wie eine stumpfe Rasierklinge durchschnitten.

Franklin dreht sich wieder zu ihm und legt eine Hand ans Ohr.

»Wie war das? Ich hab das nicht verstanden?«

»Und wie du mich verstanden hast. Die alten Regeln gelten nicht mehr. Bevor die Nacht vorüber ist, heißt es du oder ich.«

»Ziemliche Sprüche für einen, der nicht aufhören kann wegen einem Stück Scheiße wie Ntombini zu flennen.«

Harry zieht den Sack ganz aus dem Wasser und fährt mit den Händen sofort über den steifen missgestalteten Körper darin, während aus einem Dutzend Risse literweise kaltes, schwarzes Wasser läuft und ihm die Kleidung durchnässt.

Swarts steckt die Cognacflasche in den Hosenbund. »Kommen Sie, ich helfe Ihnen.«
»Bleiben Sie mir vom Leib!«
Harry drückt den triefnassen Körper an die Brust und wappnet sich gegen den Schmerz, der ihn erwartet, wenn er jetzt gleich von der Plattform springt.
»Machen Sie keinen Blödsinn, Bond. Sie sind doch gerade erst aus dem verreckten Krankenhaus gekommen.«
»Das war nicht er, der Sie verarscht hat, und das wissen Sie auch.«
Swarts' Warnung ignorierend rutscht Harry von dem hohen Rand der Tränke. In dem Moment, in dem seine Füße den Boden berühren, spürt er etwas in seinem Inneren reißen. Es ist ein Gefühl, als ob Widerhaken ihm von innen her den Bauch aufreißen, und er schreit auf. Unwillkürlich lässt er Makhe Motale fallen, und bricht, sich vor Schmerzen windend, neben ihm zusammen.
Franklin kommt herangeschlendert und stößt mit der Stiefelspitze gegen den reglosen Sack, als wolle er prüfen, ob Motale tatsächlich tot sei. »Du dummes Arschloch. Das hast du jetzt davon! Und nur wegen dieser ersoffenen Ratte?«
Naidoo packt den Sack und lädt ihn sich ächzend auf eine Schulter. Dann hält er Harry eine Hand hin. »Ich helf dir auf, *Boet.*«
Der Schmerz ist kaum zu ertragen. Harry verkrallt sich in Büschel trockenen Grases.
»Harry.« Naidoo streckt ihm noch immer die Hand hin.
Schließlich gelingt es Harry, sich aufzusetzen. Mit Erde und schwarzem Schlamm aus der Tränke beschmiert, lehnt er sich an die Betoneinfassung und ringt nach Atem.
»Sie können sich Ihre Hand sonst wohin stecken, Naidoo. Von ihnen werde ich ganz bestimmt nichts mehr annehmen.«

Naidoo zieht unschlüssig die Hand zurück und schiebt sich die Last auf seiner Schulter zurecht. Dann sieht er in die Richtung, in die Swarts und Franklin sich bereits aufgemacht haben, zurück zum Wagen. »Nehmen Sie meine Hand, Harry, bitte.«

»Nicht im Traum.« Harry streckt die Hände aus und zieht sich, einen glitschigen, unter seinen Nägeln bröckelnden Ziegelstein nach dem anderen umklammernd, an der Mauer der Tränke hoch. Als er endlich auf wackeligen Beinen steht, eine Hand auf die Wunde gepresst, sieht er, dass Naidoo ihn noch immer anstarrt und keine Anstalten macht zu gehen.

»Sie haben doch mal im Einsatz drei Kugeln abgekriegt, oder?«, fragt Harry.

Es ist, als ob Naidoo unter seinem Blick schrumpfe. »Hören sie, Harry. Seien Sie nicht so verdammt stur. Sie wollen doch zurück zu Ihrer Familie, oder?«

»Diese Kugeln, Naidoo, erinnern Sie sich noch, wie die sich angefühlt haben?«

»Sie wissen doch, dass ich angeschossen wurde. Warum fragen Sie mich das?«

»Beten Sie, dass Ihre Glückssträhne noch nicht abgerissen ist, denn nach dem, was ihr euch heute Abend bei mir zu Hause geleistet habt, hoffe ich, dass Sie noch ein Dutzend mehr abkriegen. Wenn ich Sie Ihnen nicht eigenhändig verpasse, was gut passieren kann.«

Naidoo reißt verblüfft die Augen auf. »Reden Sie ja nicht so mit mir, Mann. Ich versuche doch nur, Ihnen zu helfen. Kapieren Sie das denn nicht?«

»Nein – und ich glaube nicht, das sich daran was ändern wird.«

Sie starren sich noch einen Augenblick an, und Harry gewinnt den Eindruck, dass Naidoo ihm noch etwas sagen will. Doch dann wandert sein Blick zur Seite, und er sieht, wie sich Swarts, die Flasche senkrecht nach unten haltend, den Rest des Cognacs in den Mund kippt.

»Scheren Sie sich zum Teufel, Harry«, sagt Naidoo und lässt ihn stehen.

»Na los, Sie Feigling«, brüllt Harry ihm nach, »rennen Sie ihnen nur hinterher. Sie waren schon immer ein Arschkriecher und ein Hurensohn, der sich nicht mal allein die Schnürsenkel binden kann. Und daran wird sich nichts ändern, egal, wie viele Kugeln Sie noch in Ihre fette Wampe kriegen.«

Naidoo bleibt stehen, und Harry sieht, wie er die Schultern hängen lässt. Eine Sekunde lang sieht es aus, als werde er sich gleich umdrehen, doch er schiebt sich nur Makhe Motales Körper auf die andere Schulter und läuft weiter zum Bus.

Harry atmet ein paarmal tief ein, damit das Zittern seiner Hände und das Rauschen in seinen Ohren aufhören, doch es nützt nicht viel. Er wischt sich den gröbsten Dreck aus dem Gesicht und befühlt den Verband unter seinem Hemd. Als er seine Finger ansieht, erkennt er selbst in der Dunkelheit, dass sie blutig sind. Laub raschelt und flüstert um ihn herum, und der Geruch von Kompost steigt ihm in die Nase. Er sieht hinauf in die Äste über ihm, und sie erscheinen ihm wie weiße Knochen, die sich im Sternenlicht aufbäumen.

Dann schauen wir, dass wir's hinter uns bringen, ihr Dreckschweine.

2

Im Bus herrscht unheilvolles Schweigen. Swarts und Franklin sitzen vorne, Naidoo nimmt die ganze mittlere Reihe in Beschlag, für Harry und Motale bleibt nur mehr die letzte Reihe. Wie ein Vater über sein schlafendes Kind legt Harry eine Hand über den Sack, der durch das Schaukeln des fahrenden Wagens

manchmal gegen sein Bein stößt. Harry versucht, nicht an die Leiche darin zu denken, ein erwachsener Mann, zusammengerollt wie ein Fötus im Mutterleib, die Lungen gefüllt mit weißem Schaum und erstickten Hilfeschreien.
In Harrys Bauch brennt es wie Feuer, obgleich er selbst von dem eisigen Wasser der Viehtränke friert, und ihm ist klar, dass unter dem Verband und den Klammern, die ihn innerlich zusammenhalten, etwas Übles im Gange ist. Die Frage ist nur, wie übel, und wie lange kann er durchhalten?
Nur nicht darüber nachdenken, ermahnt er sich. *Du brauchst deinen Kopf jetzt für was anderes.*
Als sie wieder auf die Autobahn Richtung Alexandra fahren, erstrahlen zu ihrer Linken auch die Lichter des Golfplatzes und erinnern Harry an einen Flughafen. Er versucht, sich von dem rasenden Schmerz in seinem Bauch abzulenken, indem er sich auf den Drachenschwanz aus rotem Staub und das Laub konzentriert, die der Wind aufwirbelt, und auf die Plastiktüten, die einander über den im Flutlicht liegenden gepflegten Rasen jagen. Und über allem die samtschwarze Dunkelheit, die langsam die matten Sterne verschlingt, die sich im Norden bis nach Pretoria ausbreiten.
Ein unverkennbares Ratschen und Klicken aus dem vorderen Teil des Wagens lenkt Harrys Aufmerksamkeit zurück in den Bus. Die drei überlebenden *Ballies* haben mittlerweile hochgerollte Sturmhauben aufgesetzt; Swarts und Franklin haben sich darüber hinaus noch schwarze Farbe ins Gesicht geschmiert, so dass nur noch das blutunterlaufene Weiß ihrer Augäpfel an ihr ursprüngliches Aussehen erinnert.
»Da.«
Harry kann gerade noch rechtzeitig die Hände hochreißen, um den Gegenstand zu fangen, den Swarts ihm zuwirft. Eine .380er Automatik mit Schalldämpfer.

»Da drin ist eine Kugel.« Swarts' geschwärztes Gesicht ist beleuchtet von dem schwachen grünen Neonlicht der Anzeigen auf dem Armaturenbrett, und alle paar Sekunden huscht zusätzlich oranges Halogenlicht von den Straßenlampen über seine grimmige Miene. »Wenn Sie sich so sicher sind, dass einer von uns auf Sie geschossen hat, suchen Sie sich einen aus. Knallen Sie das Schwein ab, Bond. Bringen Sie's hinter sich.«

Sameer Naidoo starrt Harry über die Schulter an. Seine Miene ist ausdruckslos, als habe er sich in sich selbst zurückgezogen, um mit den Dämonen zu kämpfen, die sich möglicherweise dort eingenistet haben. Franklin grunzt belustigt, wendet den Blick aber nicht von der Straße ab.

»Vergiss es, Russie. Der Idiot ist doch dazu gar nicht fähig.«

»Jeder ist dazu fähig«, sagt Swarts zu Franklin. »Besonders, wenn er sich so sicher ist, dass er auf dem richtigen Dampfer ist, was, Bond?«

Harry spielt mit der Waffe in seinen Händen, das Blut rauscht ihm so laut in den Ohren, dass er kaum etwas anderes hört. Das Chrom fühlt sich kalt an und ist von einer dünnen Schicht frischem Waffenöl überzogen. In der Kammer befindet sich eine Patrone. Eine Patrone, eine Möglichkeit – und die ist plötzlich sehr, sehr verlockend.

»Entscheiden Sie sich, Bond. Einem wie Ihnen, der immer gleich ein Urteil parat hat, sollte das nicht allzu schwerfallen.«

Harry streicht mit den Fingern über die flachen Rillen im Griff, den verlängerten Boden des eingeschobenen Magazins. Es kommt ihm wie eine Ewigkeit vor, bis er den Sicherungshebel findet. Sein Daumen löst ihn, ohne dass er darüber nachdenken muss.

Die ganze Zeit sieht Swarts ihn gelassen an, immer wieder beleuchtet von den aufflammenden Straßenlampen. Der rötlichbraune Bart, der noch bis vor kurzem das Gesicht eines älteren Mannes zierte, wirkt in den toten Zügen eines geschwärzten Leichnams wie blühendes Moos.

»Die Frage ist nur, wenn Sie auf dem falschen Dampfer sind, könnten Sie damit leben?«

Franklin bremst jäh und wechselt die Spur. Makhe Motales Körper rutscht beinahe vom Sitz, und Harry muss ihn schnell zurückreißen. Dann hebt er die Waffe und richtet sie auf Senior Superintendent Russell Swarts.

»Ich wusste, dass Sie ein abgebrühter Kerl sind, aber dass Sie so achtlos mit Menschenleben umgehen, hätte ich nie gedacht.«

Ein Lächeln voller Verachtung breitet sich auf Swarts' Gesicht aus. »Dann glauben Sie also, *ich* war's. Sie könnten mit diesem Ding heute Nacht etwas Sinnvolles tun, aber nein, Ihnen geht's nur um Ihre Rache.«

»Ich sehe nicht, wer es sonst gewesen sein könnte«, sagt Harry langsam.

Swarts scheint sich wegen der Entscheidung seines Captains keine großen Sorgen zu machen. »Also gut. Reden wir Klartext, wenn sie unbedingt darauf bestehen. Herrgott, ja! Ich habe Ntombini erledigt. Abgeknallt, während er sich in seine Satin-Boxershorts gepinkelt hat. Das ist die Wahrheit. Reicht Ihnen das?«

Harry überlegt einen Augenblick. Er ist, alles in allem, überraschend klar bei Verstand. »Nein, jetzt nicht mehr.«

»Dachte ich mir. Wissen Sie, ich kann mit dem leben, was ich mit Ntombini gemacht habe, aber irgendwie kann ich mir nicht vorstellen, dass Sie das können, wenn Sie einen von uns über den Haufen schießen.«

»Kommt Zeit, kommt Rat.«

»Ich sage ja nicht, dass es richtig war, was ich getan habe, aber ich habe getan, was notwendig war, und *das* ist die wichtigste

Entscheidung, die jeder Polizist irgendwann einmal treffen muss. Manchmal müssen wir diese Last tragen, Bond. Ihn zu erschießen, war das kleinere von zwei Übeln, denn so habe ich andere Menschenleben gerettet, das weiß ich. Das gilt auch für das, was ich heute Abend vorhabe. Aber weswegen würden Sie mich erschießen? Wegen einem Verdacht oder einer Überzeugung?« Er lässt ein zynisches Schnauben hören.

Harry könnte Swarts hier auf der Stelle erschießen, doch dann wäre er Franklin und Naidoo ausgeliefert, die mit ihm machen könnten, was sie wollten. Und wenn sie mit ihm fertig waren? Konnte er sich darauf verlassen, dass sie sich damit zufriedengaben und seine Familie in Ruhe ließen – insbesondere Franklin? Nein. Da muss er nicht lange überlegen. Dafür gab es keine Garantie.

Harry umklammert die Pistole fester und spürt, wie sich die Rillen im Griff in seine Handfläche drücken.

»Siehst du, Russie? Der Scheißkerl kommt nicht einmal auf die Idee, dass du ihm den Arsch gerettet hast.« Franklins Stimme klingt nicht, als ob die angespannte Atmosphäre im Wagen ihm irgendwie zusetzen würde. »Hab ich dir nicht gesagt, er ist ein undankbarer Kotzbrocken?«

Harry kann zwar nur Franklins beinahe farblose Augen im Rückspiegel sehen, doch er spürt die Häme, die dessen Lippen umspielt, auch wenn er sie nicht sieht. Er fragt sich, ob es vielleicht Franklin war, der auf ihn geschossen hat, aus eigenem Antrieb, um Swarts zu schützen.

»Dann waren *Sie* es also?«

Franklin zuckt die Achseln. »Was spielt das für eine Rolle? Russie hat recht. Wenn man eine Entscheidung getroffen hat, dann hat man sie getroffen. Eines musst du kapieren, Mason: Manchmal geht es nicht darum, dass man etwas weiß, sondern wofür man sich entscheidet. Also hör auf, hier rumzuwichsen und bring's hinter dich. Aber wenn du's nicht packst, dann hilf uns aufräumen. Das bist du Russie schuldig.«

»Die Kugel, die sie mir rausoperiert haben, was ist aus der geworden?«

»Die ist im Labor. Wo sonst?«

»Was Sie nicht sagen.«

»Glaub doch, was du willst.«

Harry wirft einen Blick auf den Sack neben ihm, und einen Moment sieht es im vorüberhuschenden Licht der Straßenlampen aus, als bewege sich etwas darin.

»Und Motale hier? Haben Sie den umgebracht, weil er nicht reden wollte, oder war das von Anfang an geplant?«

»Wir können doch nicht riskieren, dass einer wie der zur ICD rennt und sich beschwert, dass er gefoltert wurde, oder?«, sagt Franklin. »Er hat auch so schon genug Scheiße aufgewirbelt.«

»Und ich hab Ratten noch nie gemocht, schon gar nicht die mit einem extragroßen Preisschild am Arsch, die einen dann auch noch in einen Hinterhalt locken«, ergänzt Swarts.

Franklin lacht, sagt aber nichts weiter als: »Ah, Russie, das kommt uns doch bekannt vor, was?«

»Wenn Sie so scharf darauf sind, sich die Phalisos zu schnappen, ohne sich um die Vorschriften zu kümmern, warum haben Sie sich dann überhaupt mit Motale aufgehalten? Was hatte er, was Sie noch brauchten?«

Swarts sagt nichts, sieht aber zu Franklin, der knurrend Antwort gibt: »Du hörst mir nicht zu. Uns stellt niemand eine Falle. Auch nicht dein Kumpel hier.«

»Es gab keine Falle, und das wissen Sie genau. Sie waren hinter etwas anderem her, stimmt's?«

»Du redest zu viel, Mason.« Franklin scheint seine Fahrweise so auf die Ampelphasen eingestellt zu haben, dass er nirgendwo anhalten muss. »Langsam versteh ich, warum Russie dich mag. Ihr kriegt beide die Klappe nicht mehr zu, wenn sie mal offen ist. Nur, dass der eine ein *Pom* ist und der andere eine *Boer Seun.* Das soll einer kapieren.«

Von dem Moment an, als er in dem verfluchten Krankenhausbett aufwachte, war Harry sich ganz sicher, dass Swarts für die Schüsse auf ihn verantwortlich war. Er weiß, bloße Vermutungen bringen ihn nicht weiter, aber er kann den Gedanken nicht aus seinem Hirn verbannen: Es muss Swarts sein. Wären es die Abasindisi gewesen, wären die *Ballies* danach nicht so ausweichend gewesen. Im Gegenteil, nach allem, was er jetzt weiß, hätten sie nur darauf gewartet, dass er aufwacht, um ihm den Kopf des Schützen auf einem Silbertablett zu servieren.

Doch eigentlich kann es genauso gut Franklin gewesen sein, und sei es nur aus dem einfachen Grund, dass er Harry nicht leiden kann. Er könnte es getan haben, um Swarts einen Gefallen zu tun, mit oder ohne dessen Einverständnis. Natürlich nur, wenn er über den Fall Ntombini Bescheid wusste und erkannt hatte, dass der die weitere Karriere seines Superintendent hätte ruinieren können.

Harry ist sich bewusst, dass sie ihn jetzt in die Enge treiben, und dass sie leichtes Spiel haben, weil er etwas Wichtiges übersehen hat. Was haben sie gegen ihn in der Hand? Dass sie ihn ködern wollen, steht fest. Selbst dass sie ein abgekartetes Spiel mit ihm spielen ist nicht mehr ausgeschlossen. Aber warum? Die Sache mit Ntombini kann doch nicht so wichtig sein, wenn Swarts sich so sicher ist, dass nach all den Jahren kein belastendes Material gegen ihn existiert? Säen sie absichtlich Zweifel, um Swarts zu entlasten, oder haben sie noch einen anderen Trumpf im Ärmel? Egal, was für Gründe sie haben, er kann nicht zulassen, dass sie ihn zu ihrem Werkzeug machen. Er darf keinen Rückzieher machen.

Draußen flitzen hinter einem Palisadenzaun auf der alten Straße nach Pretoria die Lichter einer Straßensperre vorüber, und unformierte Polizisten beschirmen ihre Augen gegen den vom Wind aufgewirbelten Splitt. Gewerbegebiete verschmelzen mit Büroparks, die wiederum in dicht bebaute Grundstücke übergehen, welche von hohen mit Stacheldraht behangenen Mauern umgeben sind. Es folgt ein Flusstal, erstickt von kleinen Häusern und Gärten, von denen, je näher man dem Fluss kommt, allmählich kaum mehr als Schuppen übrig bleiben. Grelles Wetterleuchten tastet im Südwesten über die Neonsilhouette von Ponte City, des Hillbrow Tower und der Oppenheimer-Bibliothek, die aus einer Bergflanke über dem Fünfsternehotel Westcliff hervorspringt.

»Komm schon, Mason«, sagt Franklin in den Rückspiegel. »Ich sterbe vor Spannung. Wer wird es sein? Kandidat eins oder Kandidat zwei? Wie wär's mit Kandidat drei da drüben, he? Von dem hört man ja gar nichts, was Fettsack?«

»Halt's Maul«, knurrt Naidoo. »Ich bin heute Abend nicht in der Stimmung für deinen Scheiß.«

»Das ist meine Antwort.« Harry entspannt den Hahn der Pistole, zieht den Verschluss zurück und lässt das einzelne Hohlspitzgeschoss aus der Kammer in seine Hand fallen. Er schraubt den Schalldämpfer ab, nimmt das Magazin heraus und wischt alles sorgfältig mit seinem Pullover ab, um den *Ballies,* die es vielleicht gerade darauf abgesehen hatten, keine Fingerabdrücke zu hinterlassen. Dann wirft er ihnen die einzelnen Teile nach vorne. »Bitte sehr.«

»Ha! Wusst' ich's doch, dass der Arsch dazu nicht fähig ist.«

Swarts nickt. »Wie Sie wollen, Bond, aber wenn Ihnen die Scheiße um die Ohren fliegt, kommen Sie bloß nicht zu mir gerannt.«

Der Minibus wird langsamer, und als sie schließlich die Abzweigung zu der langen Sackgasse erreichen, an deren Ende die

Phalisos zuletzt wohnten, bleibt Franklin stehen und macht die Scheinwerfer aus. Harry hat das Gefühl, es sei schon eine Ewigkeit her, seit er mit Franklin genau hier in einem nicht gekennzeichneten Wagen saß und sich mit ihm darüber stritt, wessen Schuld es war, dass sie im Abasindisi-Fall so gar nicht vorankamen.

»Woher wollen wir wissen, dass die überhaupt da sind?«, fragt Harry.

Franklin ist sofort mit einer Antwort bei der Hand. »Wo würdest du denn zu suchen anfangen, Klugscheißer?«

»Was ist denn da los?«, fragt Swarts, als der Wagen zum Stehen kommt.

Mitten auf der Fahrbahn lodern drei große Feuer, und in der Luft hängen dicke Rauchschwaden von verbranntem Gummi und Holz. Mit jedem neuen Windstoß fliegen tosend helle Funken und Flammen in den Himmel, aber nirgendwo ist eine Menschenseele zu sehen.

»Keine Ahnung«, sagt Franklin, »aber ich glaube nicht, dass es eine Geburtstagsparty ist.«

3

Russell Swarts fängt an, in der Sporttasche zu seinen Füßen zu kramen und holt neue Ladestreifen und zwei Handvoll Granaten heraus. Dem Aussehen nach sind das keine Rauch- oder Blendgranaten, wie die Polizei sie verwendet, sondern entweder Spreng- oder Splittergranaten.

»Wo haben Sie die denn her?« Harry deutet mit einer Kopfbewegung auf die Militärgeschosse, die Swarts jetzt zwischen sich und Franklin aufteilt: zwei Stück für jeden.

»Geht Sie nichts an.«

»Was ist mit mir, he?«, fragt Naidoo.

»Es gibt nur vier«, sagt Swarts.
»Und?«
»Die kriegen wir, und damit basta«, sagt Franklin.
Naidoos Nasenflügel blähen sich, und seine Lippen pressen sich so fest zusammen, dass nur mehr zwei schmale Striche übrig bleiben. Dann sieht er stumm aus dem Fenster, als wäre nichts Schlimmes passiert.
»Wer, glaubt ihr, hat die angezündet?«, fragt Naidoo. »Das kann doch nicht einer allein gewesen sein.«
Da kapieren endlich auch Swarts und Franklin, dass sie eventuell mit unerwarteter Gesellschaft rechnen müssen, und sie nehmen die Sackgasse genauer in Augenschein. In keinem der Häuser zu beiden Seiten der Straße brennt Licht, ja, die ganze Nachbarschaft ist, bis auf die rasch herabbrennenden Feuer, in totale Finsternis getaucht.
»Egal«, sagt Swarts schließlich. »Das heißt nur, dass unser guter Bond ein größeres Publikum kriegt, als wir es uns erhoffen konnten. Ich seh schon die Schlagzeilen: ›Verletzter Polizist läuft Amok.‹ Gar nicht so weit hergeholt, was? Harry Mason dreht durch, als er die Männer ausfindig macht, die ihn in einen Hinterhalt lockten.«
»Für einen Polizisten, der es gewohnt ist, andere umzubringen, um seinen eigenen Arsch zu retten, haben Sie hier aber nicht sehr weit vorausgeplant, nicht wahr?«, fragt Harry. »Glauben Sie nicht, dass der ganzen Polizei klar sein wird, dass Sie es waren, der die Phalisos erledigt hat? Dass man sich fragen wird, was aus mir und meiner Familie geworden ist, wenn wir heute Nacht verschwinden? Gut, Sie können mich vor ihrer Kamera aufmarschieren lassen und mir eine Knarre in die Hand drücken in der Hoffnung, dass ich Leute aus dem Weg räume, so wie Sie das gewohnt sind. Aber Sie haben eines vergessen: Ich bin nicht wie Sie, und ich werde nie wie Sie sein.«

»Nachdem, was die sich heute im Maloney geleistet haben, wird bei der Polizei kein Hahn nach ihnen krähen. Kein Polizist, kein Staatsanwalt, kein verreckter Richter. Sogar die Idioten von der ICD werden wegschauen.«

»Es wird viel zu viele Fragen zu beantworten geben, sogar für jemanden wie Sie«, sagt Harry. »Diese Sache kann nur ein Ende nehmen, und zwar ein böses. Sehen Sie das denn nicht? Für Sie *und* Ihre Familie.«

»Lassen sie ja meine Familie aus dem Spiel!«

»Verdammt! Wer kommt denn da daher?«, fragt Naidoo.

»So wie Sie meine Familie aus dem Spiel lassen, ja?«, fragt Harry, plötzlich fuchsteufelswild. »Herrgott! Hören Sie sich doch selbst mal zu!«

»Ich muss das tun. Will das denn nicht in Ihren verdammten Schädel? Die haben Kommie auf dem Gewissen. In dieser Stadt heißt es, Auge um Auge. Das war immer schon so. Und so wird es auch bleiben.«

»Da kommt jemand«, sagt Naidoo aufgeregt.

»Seid mal still, ihr zwei.« Der übliche Spott in Franklins Stimme ist einem neuen, wachsamen Ton gewichen, den Harry noch nie bei ihm gehört hat, und der umgehend seine Aufmerksamkeit erregt.

Aus der Dunkelheit hinter den drei gleichmäßig über die Länge der Straße verteilten Feuern, kommt eine einsame Gestalt die steile Straße heraufgegangen. Eine Frau unbestimmten Alters in einem Trainingsanzug, der ihr bald in Fetzen vom Leib fallen wird. Über ihren Schultern hängt eine viel zu große, schwere Herrenlederjacke, und in den Armen trägt sie einen Stapel Holz. Sie legt zwei Scheite auf jeden der brennenden Haufen, betrachtet dabei aber misstrauisch den Minibus am oberen Ende des Hangs. Eine verstörende Anmut liegt in der Art, wie sie, beinahe wie eine Tänzerin, auf den Ballen ihrer nackten

Füße geht, zwischen den Flammen, wie ein Elementarwesen, ein Feuergeist. Als sie auch beim dritten Feuer, welches dem Minibus am nächsten ist, nachgelegt hat, wendet sie sich endlich ganz dem Wagen zu. Tausende Funken sprühen um sie herum auf, nachdem sie das letzte Scheit aufgelegt hat, nur um gleich darauf von dem weiter auffrischenden Wind davongetragen zu werden. Aus der Nähe kann Harry ihre zusammengepressten Lippen sehen, die pechschwarzen Augen, in denen es orange glüht, das wilde schwarze Haar, das zu Berge steht, als hätte sie einen Finger in eine Steckdose gesteckt.

»Verdammt! Was macht die da?« Naidoo klingt verängstigt.

Swarts zeigt auf eine Gruppe von Minibus-Taxis, die ein Stück vor ihnen unter einer einsamen Straßenlampe stehen. »Franklin, stell den Wagen da vorn hin.«

»Die ist doch bloß neugierig, Mann. Machst du dir wegen der in die Hose?«

»Die wissen, dass wir sie uns holen, und gehen voll auf Konfrontation.«

»Glaubst du?«, fragt Naidoo.

Swarts ignoriert ihn. »Harry, Sie steigen hier mit mir aus. Franklin, du parkst den Wagen, dann gehst du zu Fuß hinten um diese Häuser da rechts rum. Dann auf das Veldt dahinter, und dann über die hintere Mauer aufs Grundstück der Phalisos. Dort treffen wir uns.«

»Und ich?«, fragt Naidoo. »Diesmal bleibe ich nicht da und passe wie ein Schießhund auf den beschissenen Wagen auf, verstanden?«

»Du gehst mit Franklin.«

»Na, super!« Franklin kramt im Handschuhfach nach seiner Pfeife, holt dann aber eine Zigarette aus einer zerdrückten Packung. »Hätt ich mir denken können, dass ich wieder das Walross an der Backe hab.«

»Leck mich, Blondie. Ich hab vielleicht mehr Fleisch auf den Knochen als du, aber das sind Muskeln. Und ich rauche nicht wie du. Mit dir nehme ich es allemal noch auf. Wirst schon sehen.«

»Klar doch.« Franklin zündet sich die Zigarette an, lässt dabei aber die Frau, die noch immer in den Bus starrt, nicht aus den Augen. Er stößt den Rauch durch die Nase aus. »Wollen wir das noch immer durchziehen, Russie?«

»Wenn's im Leben nur darum ginge, was wir tun *wollen*, dann würde ich den ganzen Tag auf der Farm auf meiner Veranda sitzen und auf den Sonnenuntergang anstoßen.«

Russel Swarts öffnet die Beifahrertür und steigt hinaus in die kalte Nacht. Er zieht sich die Sturmhaube fester über die Ohren, dann dreht er sich zu Harry um.

»Auf geht's.«

Neuer Schmerz durchfährt Harry, als er sich vorbeugt und die Schiebetür im Fond des Fahrzeugs aufzieht. Naidoo schließt sie mit einem Knall hinter ihm, und der Minibus rollt geräuschlos den Hang hinunter, auf die näher am Fluss gelegenen Häuser zu. Swarts macht Harry mit einer schallgedämpften Pistole Zeichen.

»Nach Ihnen, Bond. Und ein bisschen mehr Schmackes, wenn ich bitten darf. Sie wissen ja, was man über Hunde sagt, die Schwäche wittern.«

Harry beobachtet aufmerksam die lange schmale Straße, die leeren Häuser auf beiden Seiten und vor allem die Frau, die sie ansieht, als giere sie nach frischem Fleisch. Hier ist nichts, wie es sein sollte. Dass man sich auf so etwas auf keinen Fall einlässt, lernt man schon in der Polizeischule, dennoch rennt Swarts sehenden Auges da hinein.

»Das ist das Dümmste, was ich je jemanden habe tun sehen«, sagt Harry.

»Nicht dumm, Harry. Nur unvermeidbar.«
»Blödsinn, Russell! Sie können noch umkehren. Niemand zwingt Sie, das durchzuziehen.«
»Nein?«, knurrt Swarts. »Komisch, dass Sie das sagen. Täusche ich mich, oder haben diese Schweine uns beim letzten Mal nach allen Regeln der Kunst verarscht? Und jetzt haben sie sogar ein paar von uns ins Leichenschauhaus gebombt.« Er schubst Harry ein wenig nach rechts. »Halten Sie sich fern von der. So wie die aussieht, hat sie garantiert Tollwut.«
Harry bringt das erste Feuer zwischen sich und die Frau und blickt aufmerksam in die Dunkelheit. Ohne Straßenbeleuchtung und bei dem Sturm, der in allen Gärten an den Pflanzen rüttelt, wirkt die Finsternis, als führe sie ihr eigenes Leben. Die Feuer spucken und toben im Wind, und hinter ihm stampfen Swarts' Stiefel über den Asphalt. Die Frau weicht ihnen nach links aus, anscheinend froh darüber, das Feuer zwischen sich und den Männern zu haben.
»Genug gegafft, *Squeeza*«, knurrt Swarts sie an. »Sei brav und verpiss dich wieder.«
»Was war das für eine Information, die Sie von Motale wollten und die Sie nicht auch von mir hätten kriegen können?«, fragt Harry. »Und wieso meint Franklin, Sie sind im Arsch, wenn die Kollegen die Phalisos erwischen, bevor Sie mit ihnen fertig sind?«
»Hören Sie auf, Harry. Je weniger Sie wissen, desto größer sind Ihre Chancen, aus dieser Geschichte lebendig herauszukommen.«
Harry hat schon die nächste Frage auf den Lippen, da bleibt Swarts stehen und packt ihn an der Schulter. »Pssst.«
Wo er gerade noch nur das Rascheln der Blätter und das Tosen von Wind und Feuer hörte, vernimmt Harry jetzt unterdrücktes Lachen und ein scharfes warnendes Zischen. Und nicht nur

das. Nun, da seine Augen sich an die Dunkelheit gewöhnt haben, kann er Gestalten ausmachen, die hinter Büschen stehen, sich an Verandasäulen pressen und hinter niedrigen Mauern kauern.

Abasindisi: Beschützer, die gekommen sind, ihre Gebieter zu bewachen.

Die Frau lacht laut auf und ruft ihnen etwas zu. An der Grobheit in ihrer Stimme erkennt Harry, dass es etwas Ordinäres sein muss, doch weder er noch Swarts verstehen, was es bedeutet.

Der Supe richtet die Pistole auf sie. »Was ist hier los, he?«

Statt eingeschüchtert zu sein, bückt sich die Frau, hebt einen langen brennenden Ast auf und streckt ihn Swarts entgegen, als pariere sie seinen Ausfall. Noch mehr Schmähungen kommen über ihre Lippen, noch mehr unverständliche Obszönitäten, während sie langsam um die beiden Männer herumgeht. Swarts folgt ihr mit dem Lauf seiner Pistole, während Harry abzuschätzen versucht, wie viele Menschen sich noch in der Dunkelheit verbergen. Zehn? Zwanzig? Hundert?

So wie die Leute in diesen Häusern leben, geschichtet wie Sardinen in der Dose, könnte es leicht eine ganze Armee sein.

Die Frage ist nur, wie viele jetzt tatsächlich hier sind. Und wie viele von *denen* wiederum daran Anteil nehmen würden, wenn ein paar weiße Bullen, die beschlossen haben, das Gesetz in die eigene Hand zu nehmen, hier auf Abasindisi-Terrain der Garaus gemacht würde?

Lieber Himmel, denkt Harry. *Wie bin ich bloß hier gelandet? Schon wieder?*

»Senior Superintendent Swarts!«

Die dröhnende Stimme lenkt ihre Aufmerksamkeit ans untere Ende der Straße, von wo ihnen ein übergewichtiger Mann, leger mit kariertem Sakko, Jeans und teuren weißen Sportschuhen, schweren Schrittes entgegenkommt. Harry erkennt sofort Ncolela Phaliso und seinen schlaksigen jüngeren Bruder, der wie ein durchgedrehtes Gespenst hinter ihm herumhüpft. Den Abschluss bildet ein Mann mit gesenktem Kopf und vor dem Körper gefalteten Händen, als trüge er Handschellen. Sein Gesicht ist aufgedunsen wie Teig, der zu lange im Ofen war, und Harry braucht eine Weile, um zu erkennen, dass dies Wally Khuzwayo ist. Noch länger braucht er, um zu verstehen, dass der Mann gar keine Handschellen trägt, sondern nur so resigniert und gedemütigt ist, als marschiere er bereits durch das Gefängnistor von Sun City oder Leeuwkop, um dort mehrfach lebenslänglich abzusitzen.

»Ncolela Phaliso, altes Dreckschwein«, sagt Swarts, als seien sie seit Jahr und Tag befreundet. »Und ich dachte schon, du willst mir das Leben schwermachen und abhauen, feiges bombenlegendes Arschloch, das du bist. Da hast du heute auf der Straße echt 'ne tolle Schau abgezogen, um deinen Killer rauszupauken, das muss man dir lassen.«

»Ich soll das gewesen sein?« Der ältere Phaliso grinst breit. Seine Zähne schimmern im Feuerschein. »Woher willst du das wissen?«

»Deine kotzhässliche Karre würde ich überall wiedererkennen.«

»Die wurde mir letzte Nacht gestohlen. Heute Morgen war ich hier in Alexandra auf dem Polizeirevier und habe Anzeige erstattet. Das kannst du gerne überprüfen.«

»Aus dieser Nummer redest du dich nicht mehr raus, *Boetie.* Nicht in einer Million Jahren.«

»Da hast du aber etwas gründlich missverstanden, *Umlungu.* Aber allem Anschein nach bist du sowieso nicht in Polizeiangelegenheiten hier, oder? Das sieht mir doch mehr nach unseren früheren Geschäften aus, *né?*«

Swarts grunzt nur. Dann sagt er: »Ich hab was für dich.«

Ein plötzlicher Stoß von hinten lässt Harry ein paar Schritte vorwärtstaumeln, und als diesmal der Blitz irgendwo über Highlands North den Himmel aufreißt, bringt er endlich auch ein dumpfes Donnergrollen mit.

Als Harry sich wieder einigermaßen von dem glühenden Schmerz in seinem Bauch erholt hat, strömen Menschenmassen – namenlose, drohende Gesichter – wie Blut über Mauern, durch Gartentore, aus Haustüren.

Zehn? Zwanzig? Hundert? Harry korrigiert seine Schätzung. *Lieber Gott, die wälzen sich zu Dutzenden aus jedem einzelnen Haus.*

Kapitel 13

1

Jacob rennt so schnell er kann dem Gefolgsmann Makhes hinterher, der ihn und Mosetsane immer tiefer in das dicht verbaute Elendsviertel hineinführt. Er bemüht sich, es dem Mann gleichzutun, der in den engen Gassen mal hier, mal da ausweichend leichtfüßig und schwungvoll vorankommt. Die Wegbeschreibung des Alten war ziemlich vage, doch immerhin half sie Jacob, jemanden zu finden, der Harry Mason kannte und wusste, wo er möglicherweise war.

Der junge Mann mit dem eingeschlagenen Gesicht und der Kieksstimme eines Stimmbrüchigen bleibt ein paar Meter vor ihnen vor einem *Spaza-Shop* stehen, dessen einziges Verkaufsfenster für die Nacht fest verrammelt ist. Eine beige Ratte von der Größe eines kleinen Hundes huscht in den dünnen Lichtstrahl eines hoch oben befestigten Flutlichtscheinwerfers und sieht kurz zu Jacob hinauf, als wolle sie sagen, *Kümmer dich doch um deinen eigenen Kram.* Dann ist sie verschwunden.

»Macht schon!«, ruft der Mann vor ihnen und wirft einen besorgten Blick hinauf zum immer dunkler werdenden Himmel. Doch Jacob weiß, dass dieser Blick nichts mit dem heraufziehenden Unwetter zu tun hat, sondern einzig und allein mit der von den Phalisos vor wenigen Stunden ausgegebenen Warnung. »Die *Gatas* sind auf dem Weg«, hieß es. »Sie kommen, und sie wollen Blut sehen.«

Er dreht sich um, um zu sehen, ob Mosetsane hinterherkommt und stellt ein wenig pikiert fest, dass sie direkt hinter ihm ist, ja ihn sogar ansieht, als halte er sie auf.

»Hier lang.« Der Mann duckt sich und quetscht sich durch eine schmale Lücke zwischen zwei niemals fertiggestellten, aber bereits verfallenden Betonsteinhäusern des staatlichen Wohnungsbaus. Als Jacob sich zwischen den beiden Mauern durchwindet, hört er auf einer Seite ein Paar lautstark vögeln und auf der anderen einen alten Mann über das Scheppern seines vorsintflutlichen Transistorradios hinweg über den verdammten Krach nebenan schimpfen.

Am Arsch von Alexandra verschwimmen die Grenzen von Eigentum und Privatsphäre: Der Hinterhof des einen ist die Veranda des anderen. Das Wohnzimmer einer Familie ist das Schlafzimmer einer anderen. Sogar das eigene Bett kann nachts einem selbst gehören, tagsüber jedoch einem Nachtarbeiter, während man selbst sich für fünf Rand pro Stunde abrackert oder mit seinem zerknitterten handgeschriebenen Lebenslauf hausieren geht.

Der bullige junge Mann, der sich als King vorgestellt hat, biegt jetzt wieder nach links ab. Diesmal springt er über die Pflöcke eines Viermannzeltes, das tagsüber als Frisiersalon herhalten muss. Dann drängt er sich durch eine Gruppe von Jugendlichen, die in einem von bröckelnden Mauern umgebenen Hinterhof Party macht. In der äußersten Ecke des Hofs drängt sich Vieh, verschreckt von den herumbrüllenden Jugendlichen und der wummernden Musik aus einem Ghettoblaster. Heiß und dampfend hängt der Geruch von gegrilltem Fleisch, *Pap, Samp* und Grillgewürzen in der kalten Nachtluft, und niemand scheint sich wegen des heranziehenden Unwetters zu beunruhigen.

Die Straßen, die in die Township führen, mögen verlassen sein, doch hier in ihrem Herzen beginnt auch dieses Wochenende wie jedes andere, und sollte der Mann, der sie immer tiefer in dieses Gewirr hineinführt, auf die Idee kommen, sie ihrem

Schicksal zu überlassen, werden Jacob und Busisiwe Mosetsane geraume Zeit brauchen, um zu ihrem Wagen zurückzufinden. Und dann könnte es für Harry Mason zu spät sein.

2

Mit nichts als der schwachen Funzel des Alten und ein paar ungefähren Angaben hatten sie, von einem aus dem Wasser ragenden Betonbrocken zum nächsten springend, den Fluss überqueren müssen. Die stinkende schwarze Brühe um sie herum brodelte wie in aufgeregter Erwartung der Sturzflut, die die beiden nächtlichen Abenteurer jeden Augenblick einschließen konnte. Doch als Jacob stromabwärts leuchtete, sah er nur unbedeutende Wirbel um den Abfall und den Schutt in der Flussmitte.

Am anderen Ufer waren sie die Böschung hochgeklettert und in die Hüttensiedlung weitergegangen. Als sie den Trampelpfad hinter sich gelassen hatten, dauerte es keine zehn Minuten, bis sie sich trotz der Wegbeschreibung des Alten in dem Wirrwarr von Häusern, Hütten und Höfen verlaufen hatten. Und wäre nicht durch die Ritzen einer hohen Bretterwand, an der sie vorüberkamen, flackerndes Licht und plötzliches lautes Kinderlachen zu ihnen gedrungen, das die Witze einer Zeichentrickfigur begleitete, hätten sie das Haus von Makhe Motale womöglich nie gefunden.

Busi war allmählich unruhig geworden, ebenso wie Jacob. Nicht nur hatten sie keine Ahnung, wo sie waren, sie verloren auch zu viel Zeit mit der Suche nach Harrys Informanten. Jacob entschloss sich, durch ein Loch im unteren Teil der Bretterwand zu schlüpfen, und fand sich plötzlich in einem großen, staubigen Hinterhof voller Leute wieder.

Im hinteren Teil des Hofs, der ungefähr halb so groß wie ein

Basketballfeld war, stand das Wrack eines uralten rostigen Chevrolet, seines Innenlebens beraubt, um einem Menschen Wohnraum zu bieten. An einer der Bretterwände stand eine Reihe von ungewöhnlich stillen Erwachsenen mit Bier, Zigaretten und Joints in den Händen. Auch sie verfolgten lächelnd und aufmerksam den grobkörnigen Film, der an die Wellblechwand einer Hütte projiziert wurde. Die Kälte schien ihnen so wenig auszumachen wie den Kindern, die, in eng um die Schultern gezogene bunte Fleece-Decken gehüllt, zu Dutzenden auf umgedrehten roten Kisten saßen. Kinder und Erwachsene waren gleichermaßen fasziniert von dem 8-mm-Film, der unscharf über den gewellten Hintergrund flimmerte.

Noch ehe Jacob mit einem der Erwachsenen Blickkontakt aufnehmen und um weitere Hinweise bitten konnte, kam ein rostiges Quietschen aus der Dunkelheit, und ein Mann von Größe und Umfang eines Hafenkrans schnellte von einem Bürostuhl auf. Das Gesicht des Mannes war verschwollen und mehrfach genäht, seine Vorderzähne abgebrochene Stümpfe in einem Mund, der eher einer großen Wunde glich. Er packte Jacob an der Gurgel, hob ihn vom Boden hoch und drückte ihn gegen die Wand, durch die er eben geschlüpft war.

»Wer bist du?«, fragte er mit seltsam unmännlicher Stimme.

In diesem Augenblick kam auch Mosetsane durch das Loch gekrabbelt. »Lass ihn los!«, schrie sie.

Der Schläger reagierte, indem er eine Pistole aus seiner Jogginghose zog und sie auf die Ermittlerin richtete. »Bleib, wo du bist, Schlampe. Ich mein es ernst.«

Ihre Augen wurden groß und rund wie Teller, und sie hob vorsichtig die Hände.

Jacob, der an diesem Tag schon das zweite Mal eine Hand um seinen Hals geschlungen bekam, gelang es, ein paar Worte aus seiner schon ziemlich mitgenommenen Luftröhre zu quetschen. »Wir sind hier, um zu helfen. Wir suchen Makhe … und Harry Mason.«

Der Mann, der bestimmt keinen Tag älter als zwanzig war, warf einen Blick über die Schulter. Keiner kümmerte sich mehr um den Film, aller Augen waren auf ihn gerichtet. Peinlich berührt von dieser Aufmerksamkeit steckte er die Pistole weg, ließ Jacob los und deutete mit einem Kopfnicken auf eine dicke schwarze Decke, die vor dem Eingang einer Hütte hing.

»Reden wir drinnen.«

Dafür, dass die Hütte von außen so armselig aussah, war sie innen erstaunlich geräumig, denn in Wirklichkeit war sie nur der Küchenanbau zu einem größeren Ziegelhaus. Einen Großteil der Fläche nahmen ein altmodischer Kühlschrank und eine Kühltruhe ein. Eine einzelne Paraffinlampe auf dem winzigen Küchentisch hielt die Dunkelheit in Schach. Der junge Mann bot Jacob und Mosetsane mit einer Handbewegung die beiden Stühle an.

Im Licht sah sein Gesicht offen und wehrlos aus, eher wie das eines Halt suchenden Kindes als eines an das Straßenleben gewöhnten Schlägers. Er hatte nicht die geringste Ähnlichkeit mit der düsteren Gestalt, die Jacob von der Zwangsräumung in Erinnerung hatte, obwohl dies zweifellos der Mann war, der den Aufstand mit dem Camcorder gefilmt und die irreführenden Bilder von Jacob weitergegeben hatte, die am nächsten Tag in der Zeitung zu sehen waren.

»Wir sind uns schon mal begegnet«, sagte Jacob. Von draußen ist Kinderlachen zu hören. »Vor zwei Wochen, in Wynberg.«

Statt sich hinzusetzen, ging Jacob zielstrebig um den Küchentisch herum und stellte sich neben den Kühlschrank, dessen Tür über und über mit alten zerknitterten Fotos und noch älteren Kinderzeichnungen auf vergilbtem Papier behangen war. Der Kraftprotz verschränkte abwehrend die Arme vor der

Brust und stellte sich in den engen Durchgang, der zum eigentlichen Haus führte.

»Tatsächlich?«

»Du hast mich gefilmt, als ich die Kleine aus dem Feuer geholt habe. Ich habe geschrien, du sollst Hilfe holen, aber du hast einfach nur weitergefilmt.« Jacob nickte in Richtung der Tür, die in den Hof führt. »Da draußen sitzen jede Menge Kinder, aber dir war anscheinend total egal, ob ein Kind in diesem Chaos verletzt wird.«

»Du hattest sie doch schon.« Der Schläger zuckte die Achseln. »Was hast du denn von mir erwartet? Dass ich zu dir renne und um Hilfe schreie? Damit deine Bullenfreunde mich abknallen wie all die anderen?«

Jacob sah sich die Fotos an der Kühlschranktür genauer an. Sie zeigten Makhe Motale in verschiedenen Abschnitten seines Lebens, immer in der Nähe seines Skateboards, meistens in irgendwelchen Hinterhöfen wie dem da draußen. Der Clown auf den Bildern hatte nicht die geringste Ähnlichkeit mit dem Straßenagitator, den Jacob von der Räumungsaktion in Erinnerung hatte. Dann entdeckte er neben dem Türgriff ein anderes Foto und löste es ab.

»Ist das Detective Harry Mason?«

»Ganz genau.«

Jacob sah es sich noch einmal an. Er war erstaunt, es hier zu finden. Harry lehnte an dem Chevrolet, den er vorhin im Hof gesehen hatte, ein breites Lächeln im Gesicht, Arme und Beine lässig gekreuzt. Makhe Motale saß neben ihm auf der Motorhaube und prostete dem Fotografen mit einer erhobenen Bierflasche zu, den anderen Arm liebevoll um Harrys Schulter gelegt. Jacobs Ex-Partner muss ungefähr in dem Alter sein, in dem Jacob ihn kennengelernt hat. Das war Anfang der neunziger Jahre gewesen, und er hatte noch den unvermeidlichen

Hufeisenbart, den sich damals jeder zweite *Umlungu* im Polizeidienst wachsen ließ.

Was es nicht alles gibt, dachte Jacob. Er steckte das Foto wieder zu den anderen zurück.

»Wir müssen wissen, ob Makhe Harrys Informant war«, verkündete Mosetsane mit ihrer sachlichen Stimme.

»Schon möglich«, erwiderte der Junge, und sein Unbehagen dabei verriet Jacob, dass es sogar ziemlich sicher Makhe gewesen war.

»Hat er versucht, Harrys Team aufs Kreuz zu legen?«

»Nein.«

»Wir müssen die ganze Wahrheit wissen«, sagte Mosetsane.

»Hat er nicht. Warum sollte er?«

Jacob konnte sich einige Gründe denken. Er hatte schon mit genügend Informanten zu tun, um zu wissen, dass manche von ihnen noch schmieriger waren als die Verbrecher, deren die Polizei mit ihrer Hilfe habhaft werden wollte.

»Wer hat das mit Ihnen gemacht?« Mosetsane besah sich die Verletzungen des jungen Mannes.

Er hob verlegen die Hand ans Gesicht und sah weg. Eine Augenbraue war von Nähten durchzogen, und eine Wange sah aus, als hätte er einen dicken Wattetupfer im Mund. »Die *Boere*«, murmelte er.

»Wissen Sie, wer genau?«

»Klar, die haben mir beglaubigte Kopien ihrer Ausweise dagelassen.«

Jacob lächelte grimmig, dann beschrieb er, so gut er es vermochte, einen *Ballie* nach dem anderen.

»Das sind sie. Der Curry-Fresser und der *Umlungu* mit der Brille sind von Tür zu Tür gegangen, und haben ein paarmal auch hier geklopft, aber Makhes Mutter hat sie davon überzeugt, sie wüsste nicht mal, von wem hier die Rede ist. Aber eines Tages haben sie einfach die Tür eingetreten. Der Typ mit seiner Scheiß-Pfeife hat vor dem Loch hinten im Zaun gewartet. Der hat Cujo und Nenne erschossen. Und der hat auch das mit mir gemacht.«

Mosetsane streckte die Hand aus und berührte den Jungen am Ellbogen. »King, können Sie uns mehr über die Phaliso-Brüder erzählen, die Leute, über die Makhe Motale mit Harry gesprochen hat? Wo wohnen sie?«

»Die Phalisos?« Möglicherweise wurden seine Augen schmal, doch in dem grauenhaft verschwollenen Gesicht war das schwer zu erkennen. »Ich dachte, ihr seid hinter diesen verfluchten Bullen her?«

»Sind wir auch«, sagte sie, »aber zuerst müssen wir zu den Phalisos.«

»Bra«, sagte Jacob, »die Typen, die sich Makhe geschnappt haben, haben auch Harry geholt, und wir wissen nur, dass sie es auch auf die Phalisos abgesehen haben. Wo finden wir die?«

King sah von Jacob zu Mosetsane und wieder zurück. Dann leckte er sich über seine verkrusteten Lippen und sagte: »Wo sind die anderen?«

»Es gibt keine anderen. Wir sind allein«, erklärte Mosetsane.

Ein Licht schien anzugehen in dem demolierten Haus, das der Junge als Kopf zwischen den Schultern trug. »Scheiße, Mann, dafür haben die diesen Aufruf gemacht?«

»Was für einen Aufruf?«

»Yo, so ziemlich jeder, der den Abasindisi einen Gefallen schuldet, ist da jetzt drüben.«

3

Hätte jemand Jacob gesagt, von hier müsse er jetzt allein wieder nach Hause finden, hätte er ihm geantwortet, dass er in dieser Finsternis nicht die Hand vor Augen sehen konnte, geschweige denn den Wagen. Ihr Galopp über die verschlungenen Wege Alexandras, die so eng waren wie Katakomben, hat nicht nur seine Orientierung, sondern auch sein Zeitgefühl völlig durcheinandergebracht.

An der letzten Kreuzung von Trampelpfaden, die überhaupt noch irgendwo hinführten, holt er King ein. Es gibt nur Häuser, Hütten und Zäune, zwischen denen sie sich durchzwängen, keinen Ortsplan, keine Straßennamen oder sonstige Orientierungshilfen, keinen Kompass für Leute, die sich hier nicht auskennen. Und der Einzige, der die nötigen Ortskenntnisse besitzt, ist ein Schläger, der im Moment vornübergebeugt dasteht und keucht wie eine Dampflok.

Sieht nicht so aus, als hättest du dir das gründlich überlegt, sagt die Stimme, die Jacob lieber ignorieren würde. *Wie so vieles andere.*

»Wohin verschleppst du uns da eigentlich, *Bra?*« fragt er Makhes Verbündeten, mehr als nur ein wenig verärgert über diese Verzögerung. »Wir müssen zu den Phalisos, und zwar zackig.«

»Fast da«, prustet King.

»Das hast du schon vor zehn Minuten gesagt.«

»Fünf.«

Mosetsane stürmt um die letzte Ecke, zornig wie eine in einem Sack gefangene Katze.

»Was soll das sein?«, keucht sie. »Die Alex-bei-Nacht-Tour?«

»Yo, warum redest du eigentlich die ganze Zeit Englisch mit mir?«, fragt King in einer Mischung aus Tswana und Township-Pidgin. »Bist du auch so eine Kokosnuss aus dem Speckgürtel?«

»Geht Sie nichts an«, stößt sie keuchend hervor.

Die Art, wie sie es sagt, und die betretene Miene des Jungen überzeugt Jacob, dass dieser nicht nur den Nagel auf den Kopf, sondern gleichzeitig auch noch jeden einzelnen Finger getroffen hat. Er ist froh, dass sich für ihn nie die Gelegenheit ergeben hat, sie danach zu fragen. Außen schwarz, aber erzogen wie eine Weiße – eine Kokosnuss eben –, war sie wahrscheinlich in einem der noblen nördlichen Vororte aufgewachsen, vielleicht sogar im Ausland, im Exil. Nur mit Mühe kann er das Lachen unterdrücken, als er Kings gekränkte Miene sieht.

Ein Blitz zuckt über das kleine Stück bleiernen Himmel, das über ihnen zu sehen ist, gleich darauf gefolgt von einem so krachenden Donnerschlag, dass Kinder, die schon längst sicher in ihren Betten verstaut sind, hinter verschlossenen Türen erschreckt aufschreien. Plötzlich ist alles um sie herum vom Jaulen und Bellen sämtlicher Hunde in der Gegend erfüllt.

Menschen suchen rennend das schützende Dach ihres Hauses, während mit Steinen und allerlei sonstigem Gerümpel beschwerte Wellblechdächer, die sich dem Tanz des Windes über den Himmel anschließen wollen, ungeduldig klappernd an ihren Fesseln rütteln. Schon prasseln die ersten vereinzelten Regentropfen, Vorboten einer unausbleiblichen Flut, schwer wie Pistolenkugeln auf die wenig stabilen Behausungen, während die letzten trockenen, beißenden Rauch- und Staubböen den Geruch von Erde mitbringen, die ihre durstige Zunge dem Himmel entgegenstreckt.

»Wie weit noch?«, schreit Jacob in das Getöse hinein.

Erneutes Donnerkrachen, und neben ihnen versucht ein räudiger Hund jaulend eine kaum einen Meter lange Kette zu durchbeißen, die ihn in einem ungeschützten handtuchgroßen Vorgarten gefangen hält.

»Wie weit noch, hab ich gefragt?«, wiederholt Jacob.

King schüttelt den Kopf, als versuche er, ihn klar zu bekommen, und winkt in eine unbestimmte Richtung. »Nicht mehr weit.«

Jacob packt King am Pulli und zieht ihn hoch. »Los, King!« Mit sichtbarer Mühe stampft der Junge los, aufs Geratewohl, wie Jacob scheint. Er dreht sich zu Mosetsane um, die die Augen verdreht. *Was sollen wir sonst tun?*, scheint dieser Blick zu sagen.

Wie Wasser in einem Schlauch scheint die Hüfte ihres Fremdenführers beim Laufen in seinen losen Jogginghosen hin und her zu schwappen. Seine schwarzen Sportschuhe sind bald von Schlamm und dem Dreck aus unzähligen Küchenspülen und Hinterhofwannen bespritzt. Er läuft links. Rechts. Geradeaus. Wieder rechts. Immer wieder muss er sich ducken, um sich nicht den Kopf an vorspringenden Dachkanten zu stoßen. Dann zwängt er sich noch einmal durch eine enge Lücke, und plötzlich laufen sie eine schmale Gasse zwischen zwei von Mauern umgebenen frei stehenden Häusern entlang. Am anderen Ende des Durchgangs springt King auf tiefer gelegenes Gelände und sprintet über eine zweispurige Fahrbahn. Auf der anderen Seite schlüpft er durch ein Loch in einem verrosteten Zaun und bleibt abrupt stehen. Wieder ringt er vornübergebeugt nach Atem.

Als King sich umdreht, will Jacob ihm, ohne sein Tempo zu verringern, nachspringen. Im selben Augenblick beleuchtet helles Scheinwerferlicht Kings erschrockenes Gesicht.

»Warte!«, schreit King.

Jacob versucht zu bremsen, doch sein Schwung ist zu groß und reißt ihn nach vorn. Er streckt die Hände nach beiden Seiten aus, um sich an den Mauern festzuklammern und zu verhindern, dass er über die Kante rast. Doch er findet keinen Halt. Von links kommt blendend grelles Licht und das Quietschen von Reifen.

4

Eine Hand verkrallt sich hinten in Jacobs Anorak und reißt ihn genau in dem Moment zurück, als ein Fahrzeug über die Stelle schleudert, auf der Jacob zweifellos gelandet wäre, wäre er zum Springen gekommen. Im nächsten Augenblick drückt Busisiwe Mosetsane ihn gegen eine der Mauern, eine Hand auf seiner Brust, ihr warmer Atem in seinem Gesicht.

»Sind Sie nicht schon ein bisschen alt, um so unvorsichtig die Straße zu überqueren?« Ein spöttisches Grinsen umspielt ihre Lippen. »Wie war das noch mal? Erst rechts, dann links, dann wieder rechts?«

»Hatte irgendwie nie Zeit, diesen kleinen Trick zu lernen.« Jacob lächelt zurück. »Danke, jedenfalls.«

Sie klopft ihm auf die Brust. »Keine Ursache.«

Dann nimmt sie kräftig Anlauf, springt hoch und weit über die Fahrbahnmitte hinaus. Sie läuft zu King und schaut mit erhobenem Kinn zu Jacob hinüber, als fordere sie ihn heraus, ihren Kraftakt zu überbieten.

Jacob tritt an den Rand und hält diesmal sorgfältig nach herankommenden Autos Ausschau.

Die nächste Salve von Blitz und Donner zerreißt den Himmel und bringt den ersten richtigen Regenguss. Jacob blickt auf eine lange Reihe gutbürgerlicher Häuser, die nur ein paar hundert Meter entfernt stehen. Die Mittellosen und die fast Reichen, nur durch eine Grasfläche voneinander getrennt, die vielleicht einmal ein Bolzplatz war. Am äußersten Ende einer langen, dunklen Sackgasse stößt ein einstöckiges Gebäude dicken Rauch aus, Flammen lecken aus geborstenen Fenstern im Obergeschoss. In einiger Entfernung brennen mitten auf der Straße einige Feuer. Es ist derselbe Anblick wie vor einer Stunde, als sie weiter nördlich über den Marlboro Drive fuhren.

Jacob klettert hinunter und trabt über die breite, von Schlaglöchern übersäte Straße hinüber zu Mosetsane und King.

»Sind wir ein bisschen außer Atem, Inspector?«, fragt Mosetsane.

In banger Vorahnung, was sie dort vielleicht erwartet, zeigt Jacob auf das brennende Haus. »Sag mir, dass das nicht das Haus ist, wo wir hinwollen.«

King versucht mit seinen Blicken den Regen zu durchdringen, der von Sekunde zu Sekunde dichter wird. Der nächste Blitz beleuchtet das rosa Haus wie helles Tageslicht. Der darauffolgende Donnerschlag ist so laut, dass Mosetsane sich instinktiv die Ohren zuhält.

»Doch.« King muss schreien, um das Rasen der Elemente zu übertönen. »Man kann es gar nicht verwechseln. Es sieht aus wie ein ...« Er streift Mosetsane mit einem verlegenen Blick, und als er sieht, wie sie ihn anfunkelt, entwickelt er plötzlich brennendes Interesse für seine Schuhspitzen. »Die Farbe ist einfach potthässlich«, murmelt er.

Vergeblich bemüht sich Jacob, seinen Anorak am Hals zuzuhalten. »Ist die Straßenbeleuchtung da drüben nie an?«

»Letzte Nacht hat sie noch funktioniert.«

Ein schreckliches Bild macht sich in Jacobs Kopf breit. Ein Wagen voller Polizisten – ein paar von ihnen korrupt, von falschen Vermutungen ausgehend, rasend vor Wut, er kann nur raten, was sie so weit getrieben hat – rollen diesen dunklen Hang hinunter auf das Grundstück ganz unten am Fuß der Anhöhe zu, als plötzlich aus den Häusern auf beiden Straßenseiten Maschinengewehrfeuer eröffnet wird. 7,62-mm-Projektile, abgefeuert aus AK-47-Sturmgewehren und stark genug, um leichte Schutzwesten zu durchschlagen, würden niemandem, der in ihr Kreuzfeuer gerät, auch nur eine Außenseiterchance lassen.

Du hast es verkackt, Mfana. Du kommst zu spät.
Wie zur Bestätigung dieses Gedankens leuchtet plötzlich ein greller Blitz zwischen zwei der im Dunkeln liegenden Häuser auf. Einige Sekunden später ist ein dumpfer Aufschlag zu hören, der von einer Granatenexplosion kommen könnte. Mosetsane will ihn eben etwas fragen, als das Rattern von Maschinengewehrfeuer losbricht wie tausend Kugellagerkugeln, die in einer leeren Kaffeedose klappern.

Kapitel 14

1

Ncolelas selbstzufriedenes Grinsen rutschte ihm vom Gesicht, als Swarts Harry zur Seite stieß und mit einer schallgedämpften Pistole auf den Anführer der Abasindisi zielte, die weder Swarts' Privat- noch seine Dienstwaffe war, und, zusammen mit den Patronenhülsen, in dem Moment vom Erdboden verschwinden würde, indem die Arbeit hier erledigt war. Für diesen Gesichtsausdruck allein, dachte Swarts lächelnd, hätte sich jeder einzelne Moment der Untersuchung schon gelohnt, die nach heute Nacht sowieso unvermeidbar ist.

Buh, Arschloch, dachte er. *Damit hast du nicht gerechnet, was? Dass ich dir den Krieg nach Hause bringe?*

Es ging nicht nur darum, ein bisschen aufzuräumen, wie Franklin nicht müde wurde zu wiederholen. Das war auch für Kommie, redete Swarts sich immer wieder ein.

Er wusste nur zu gut, dass die Chancen, mit diesem Trick durchzukommen, von Anfang an minimal waren. Blieb die Frage, wie sehr die Leute hier darauf vertrauten, dass die Polizei in diesem speziellen Fall gegen ihre eigenen Leute ermitteln würde. Wie groß war der Glaube dieser Menschen, dass ihre Zeugenaussagen etwas daran ändern würden, wie es nach dieser Nacht weiterging?

Er hörte schon das Frage-und-Antwort-Spiel im Vernehmungsraum: *Schüsse?*, würden sie dem Ermittler antworten. *Nein, da war nur Regen und Donner. Schlafen Sie mal bei so einem Unwetter unter einem Blechdach, da können Sie sich selbst nicht mal denken hören.*

Swarts ging davon aus, dass diese einfachen Bürger keinen Wert darauf legen würden, die Polizei oder irgendwelche anderen Ermittler an ihrer Version der Ereignisse teilhaben zu lassen. Sie würden in keinen öffentlichen Prozess verwickelt werden wollen, denn jeder, der da eine Aussage machte, musste hierher zurückkehren und mit den anderen zusammenleben, die ihre eigenen Pläne hatten. Darunter auch die, die zu neuen Abasindisi-Führern aufsteigen würden, denn zweifellos würden schon morgen zwei andere den Platz der Phalisos einnehmen, ohne groß Fragen zu stellen. Also war sein größtes Problem nicht, ob der Haufen hier bei der ICD oder einer anderen Polizeibehörde ausplauderte, welchen Anteil die *Ballies* an den Ereignissen dieser Nacht hatten. Die große Unbekannte für ihn war, wie sie reagieren würden, sobald die ersten Schüsse fielen.

»Wären Sie jetzt nicht froh, wenn Sie diese verreckte Pistole noch hätten, Bond?«

Doch Harry antwortete nicht.

Russell Swarts' Zeigefinger krümmte sich um den Abzug und ein Lächeln zuckte um seine Lippen. Das hier würde wirklich ein Spaß werden. Bei Ntombini war die Befriedigung zu keinem Zeitpunkt so groß gewesen, ja, um ehrlich zu sein, hatte er nach dieser Aktion noch monatelang eine Heidenangst gehabt, dass jemand von Mord und Raub ihn drankriegen würde, weil der, der Ntombini verkauft hatte, dasselbe irgendwann auch mit ihm tun würde.

Aber das hier, das war einfach zu perfekt, um es zu versauen.

»Russell«, begann Harry in versöhnlichem Ton, vielleicht, weil er ahnte, was dieser als Nächstes vorhatte.

»Ein Wort noch von Ihnen von wegen Recht und Ordnung, Harry, und Sie sind Teil des Problems, und zwar nicht der kleinste.«

»Superintendent Swarts, ich bin nicht bewaffnet.« Ncolela hob vorsichtig sein Sakko, dann sein Hemd und drehte sich dabei langsam um die eigene Achse. »Sehen Sie?«

»Maul halten.«

»Bevor Sie mich erschießen, möchte ich Ihnen sagen, dass dieser Mann hier, Wally Khuzwayo, allein gehandelt hat. Die Abasindisi …«

»Maul halten, hab ich gesagt, Ncolela! Diesen Scheiß hab ich schon eine Million Mal von dir gehört. Ich hab ihn dir damals nicht abgekauft, und ich kauf ihn dir jetzt nicht ab. Du hast heute Abend einen Haufen Polizisten umgebracht, und dafür stirbst du hier und jetzt.«

»Ich hab keinen Abzug betätigt. Ich hab keinen Knopf gedrückt. Ich war nicht einmal in der Nähe dieser Bombe, von der die Rede ist.«

Ein Blitz schlitzte einen übervollen Himmel auf, und Regentropfen fingen einen langsamen Stepptanz auf dem Asphalt an. Ärgerlich zischten und dampften die Straßenfeuer.

Der ältere Phaliso sah prüfend in die Menge, welche Swarts und Harry, die neben einem der Feuer mitten auf der Straße standen, inzwischen rundherum eingekreist haben muss. Mit der geheuchelten Unschuld in seiner Miene hätte er sogar einem als Sinatra verkleideten Teufel die Schau gestohlen.

»Aber ich bin unschuldig«, sang er der Meute ins Ohr. »Genauso wie mein Bruder.«

Diese Bemerkung brachte Swarts unwillkürlich zum Lachen.

Der nächste Blitz lenkte Swarts' Aufmerksamkeit auf das Haus am Ende der Straße, das von Sekunde zu Sekunde heller brannte. Und ganz in der Nähe entdeckte er Franklin, der soeben über eine niedrige Mauer sprang und gleich darauf in einem nicht weit von den Phalisos entfernten Garten verschwand. Tosend ergoss sich ein neuer Schwall eiskalten Regens vom

Himmel, und die drei schon weit heruntergebrannten Feuer spuckten und sprühten nur mehr schwache Funken.

Ncolela machte Wally Khuzwayo ein Zeichen. »Komm her. Sag ihm, was du mir gesagt hast.«

»He, Wally. Da wären wir also wieder, was, *Boet?*«, schrie Swarts. »Nur dass du diesmal nirgendwohin abhauen kannst. Was sagst du jetzt dazu?«

Wally Khuzwayo kam mit schleppenden Schritten nach vorn. Ein Gedanke bohrte sich in Swarts' Hirn, das der Cognac zusammen mit der großzügigen Dosis Myprodol- und Norflex-Tabletten, die er noch rasch gegen seine Muskelschmerzen eingeworfen hatte, vernebelte. Was da auf ihn zukam, dachte Swarts, war jedenfalls nicht der Wally Khuzwayo, den er kennengelernt hatte.

Es sah ihm ähnlich, das schon – verdammt, das Ding hier hatte sogar dieselben Verletzungen wie das Schwein, das ihnen seine Retter abgejagt hatten – aber irgendwas stimmte nicht mit ihm. Das Ding, *er,* war völlig aus dem Lot. Irgendwie hatte er sich in den vergangenen Stunden total *verändert.*

»Harry«, sagte Swarts, ohne Khuzwayo, dessen zombiehafte Erscheinung ihn doch ein wenig aus der Fassung gebracht hatte, aus den Augen zu lassen, »was macht diese *Squeeza* da hinten.«

»Die glotzt uns nur an.«

»Und die ganzen anderen Idioten?«

»Gucken auch.«

Der Wolkenbruch machte es immer schwieriger, irgendetwas zu sehen, und das wenige Licht, das von den Scheiterhaufen gekommen war, war beinahe erloschen. Swarts blieb also nicht mehr als eine Minute, um diese Party hier zu Ende zu bringen. Wenn er seine Chance, wie immer die aussah, verpasste, würden ihn die Phalisos bald zum Abendessen verspeisen, ehrenwerte Mitglieder der Johannesburger Handelskammer hin oder her.

Aus irgendeinem Grund wurde Wally Khuzwayos Hemd trotz des strömenden Regens nicht so richtig nass. Nur auf seinen Armen, seinem Gesicht und seinem Haar waren Wasserperlen zu sehen, als er heranschlurfte.

Dann öffnete sich der Mund des gebrochenen Mannes, und eine gequälte Stimme sagte in Khuzwayos schlechtem Englisch: »Superintendent, Sie wissen, die Bombe, die ist von mir«, sagte er. »Ncolela und Godun, die wissen nichts, ganz sicher. Und die Waffen, die sind auch von mir.«

»Was soll der Scheiß?«, rief Swarts.

»Ich will sie wegnehmen von den Abasindisi. Ich war ganz sicher.«

Ncolela zog sich das Sakko über den Kopf und setzte für einen Augenblick wieder dieses Grinsen auf. »Sehen Sie? Hier haben Sie Ihr Geständnis.«

Mit einem Schlag fühlte Swarts sich stocknüchtern. Unsicher machte er einen Schritt zurück. »Weg mit dir!«

»A-a-a-a«, krächzte Godun Phaliso. Swarts hatte diesen unheimlich aussehenden Stummen vollkommen vergessen.

»Wir haben ihn für Sie gefangen, Superintendent«, schrie Ncolela über den prasselnden Regen hinweg. »Das ist unser Bei…« Die nächsten Worte gingen im Krachen des Donners unter. »… verantwortlich für den Großteil der Lügen, die über mich und meinen Bruder verbreitet wurden. Und über eine ehrenwerte Organisation.«

Ncolela wendet sich an die Massen, zeigt auf Swarts und verkündet in triumphierendem Ton etwas, das Swarts beim besten Willen nicht verstehen kann.

»Red Englisch, du verdammtes Arschloch!«, schrie er. Die Erkenntnis, dass er womöglich gleich nicht mehr Herr der Lage war, zehrte an seinen Nerven.

Ncolela wandte sich wieder an ihn und lächelte. Dieser Blick sagte Swarts deutlicher, als Worte es vermocht hätten, wie tief er sich in die Scheiße geritten hatte, und dass es daraus kein Entkommen gab. Und als der Gangster mit einer kaum merklichen Kopfbewegung jemandem hinter ihm zunickte, wusste Swarts, dass er das Dreckschwein hätte erschießen sollen, gleich, als er ihm zum ersten Mal begegnet war.

»Russell!«, schrie Harry warnend, und im selben Augenblick gellte der Schrei einer Frau durch den Regen.

Darauf gefasst, dass die Tollwütige ihm jeden Moment auf den Rücken springen konnte, hätte Swarts sich blitzschnell umgedreht und geschossen, wäre da nicht dieses Etwas gewesen, das einmal Wally Khuzwayo war. Mit einem Satz erwachte es plötzlich zum Leben und rannte direkt auf ihn zu. Sein Blick war leer und wild, die Hände erhoben und die Finger gespreizt, als erflehe er eine letzte Gnade von Gott. Doch genau in dem Moment, als Swarts ihm eine Kugel verpassen wollte – was heißt eine Kugel, ein ganzes Magazin, wenn er damit die Kreatur davon abhalten konnte, ihn zu berühren –, stürzte die brodelnde Meute mit Pistolen, Knüppeln und Installationsrohren, Kreuzschlüsseln und Wagenhebern, zugespitzten Ästen und zahllosen Messern in den Händen nach vorn.

Doch nicht auf ihn stürzten sie sich, auch nicht auf Harry. Auf Wally Khuzwayo hatten sie es abgesehen, den Mann, der seine Anführer verraten hatte, der Mann, der Männer wie Russell Swarts mitten in ihre Welt geführt hatte. Sie prügelten auf ihn ein, mit Knüppeln, Fäusten, Füßen. Sie rissen an ihm, spuckten ihn an, oder beschimpften ihn nur. Ihre kostbare Munition sparten sie sich auf für einen lohnenderen Gegner. Dann war auch die Verrückte unter ihnen, ihre ersterbende Fackel schwingend. Als Wally unter der Wucht der Hiebe auf die Knie fiel, schlug sie sie ihm mit aller Kraft über den Schädel. In diesem Augenblick verstand Russell Swarts, warum die Regentropfen von Wally Khuzwayos Haut und Kleidern nur abperlten, warum er aussah, als sei er von oben bis unten eingefettet worden. Es musste irgendein Brandbeschleuniger sein – Diesel, Paraffin, Glyzerin –, denn im nächsten Augenblick ging der Mann in Flammen auf.

Eine Sekunde später war er auf den Beinen und taumelte vorwärts, mal hierhin, mal dahin, als suche er verzweifelt nach dem richtigen Weg. Dann drehte er sich ruckartig um, kam direkt auf Swarts zu, einen Flammenpfad durch seine Angreifer schlagend.

Swarts riss seine Pistole hoch und drückte den Abzug herunter. Einmal. Die Waffe ruckte in seiner Hand, und über Wally Khuzwayos Auge klaffte ein schwarzes Loch. Swarts gab noch einen Schuss aus seiner schallgedämpften Pistole ab, und dieser zerschmetterte Khuzwayos Nasenbein. Doch der Mann taumelte weiter.

Swarts senkte den Arm, wartete auf den richtigen Augenblick, und schoss dem Mann in die Kniescheibe, als dieser eine brennende Hand nach ihm ausstreckte.

Das half. Als Swarts einen Schritt zur Seite machte, um Wally Khuzwayo aus dem Weg zu gehen, geriet dieser ins Schwanken, verlor das Gleichgewicht und stürzte zu Boden.

Als Swarts von dem brennenden Körper hochblickte, sah er Franklin erneut auftauchen. Er war jetzt näher, aber noch immer hinter einer der niedrigen Gartenmauern zur Straße hin versteckt. Der nächste Blitz erfasste ihn in perfekter Werferpose, und darüber hinaus etwas Kleines, Schwarzes, das genau auf sie zuflog.

»Granate!« Swarts packte Harry und riss ihn mit sich zu Boden.

2

Sekunden, bevor Russell Swarts seinen Warnruf ausstieß, entdeckte Harry Naidoo, der vorsichtig über eine niedrige Mauer spähte, zwei Häuser von der Stelle entfernt, an der Franklin sich soeben zu seinem Angriff bereitmachte. Beim nächsten Blitz sah er auch die Waffe, die Naidoo am Mauerrand abstützte. Da wusste er, was geschehen würde. Die zwei *Ballies* würden sich nicht damit begnügen, die beiden Phalisos unter Beschuss zu nehmen, sondern waren vermessen genug, die ganze Menschenansammlung anzugreifen.

Harry bedeckt seinen Kopf mit den Händen, als die Granate ganz in der Nähe explodiert. Sein Bauch brüllt unter der neuerlichen Misshandlung, doch angesichts des über ihnen hinwegzischenden Schrapnells ist das nur eine kleine Ablenkung. Schon sind Wut- und Schmerzensschreie zu hören, Schüsse knattern wahllos in alle Richtungen.

Steh auf und renn!

Er versucht aufzustehen, doch das Bein unter der Wunde in seinem Bauch reagiert nicht gleich, und er muss sich wieder ducken, denn schon fliegen die nächsten Kugeln dicht über ihn hinweg, und aus der Straße gerissene Asphaltsplitter zerkratzen ihm die Handrücken. Mit auf den Boden gepresster Stirn daliegend, ist er in Sekundenschnelle völlig durchnässt von dem eisigen Regenwasser, das den Hang heruntergespült wird.

Wäre Harry nicht so damit beschäftigt zu verhindern, dass ihm der Dreck von der Straße in den Mund rinnt, wäre sein Kinn nicht so tief in seiner Brust vergraben und seine Hände nicht so fest auf die Platzwunde auf seinem Kopf gepresst, könnte er die Schuhe sehen, die, neu und gebraucht, in alle Richtungen davonlaufenen, weggeworfene Waffen, kopflose Menschen, die über Gartenmauern springen, Menschen, die unter den Schüssen anderer zusammenbrechen, und wiederum andere, die blindlings über die Schulter feuern und davonrennen.

Als dieser von Panik ausgelöste Kugelhagel schließlich verebbt, dreht Harry vorsichtig den Kopf, um den Hang hinunterzuschauen. Links versperrt ihm die geschwärzte Leiche von Wally Khuzwayo einen Teil der Sicht. Ein Stück weiter liegt eine massige Gestalt mit dem Gesicht nach unten auf dem Boden, die nur Russell Swarts sein kann. Mehr als das kann Harry trotz des flackernden Lichts von dem noch immer brennenden Haus nicht zweifelsfrei erkennen.

»Supe!«, flüstert er, so laut er es wagt.

Der Regen strömt zwar mit unverminderter Heftigkeit, doch Donner und Blitz, die sich über Alexandra weitgehend ausgetobt haben, jagen einander Richtung Norden weiter.

Intensive Blicke belauern die schmale Straße. Harry ist überzeugt, zu spüren, wie sie sich in die auf der Straße verstreuten Leiber bohren, darauf wartend, dass einer sich in der Dunkelheit regt und sich als neues Ziel anbietet.

Die Gestalt von Superintendent Swarts bleibt unbeweglich, nichts deutet darauf hin, das er Harry gehört hat. Hält er still, weil auch er sich der Gefahr ihrer momentanen exponierten Position bewusst ist? Oder weil etwas Schlimmeres geschehen ist? Harry kann es nicht erkennen, doch der Gedanke, dass er möglicherweise der letzte Überlebende aus Swarts' Gruppe ist, macht ihn nervös. Wie lange noch, bis sie wieder hervorkriechen, um die Toten zu zählen und nachzusehen, wer noch lebt?

»Russell, antworten Sie doch!«, zischt er.

Der Blitz hat beschlossen, ein letztes Sperrfeuer über den Himmel zu legen, und taucht die Straße sekundenlang in blendende Helligkeit. Harry registriert das brennende Haus der Phalisos und drei durchnässte, graue Aschehaufen, die sich wie Klärschlamm über die Straße ausbreiten. Und dann ist da Russell Swarts, der in seine Richtung schaut und sich den Regen aus den Augen blinzelt. Er liegt jetzt auf dem Rücken, die Beine zur Seite gedreht, und die Pistole in seiner Hand zeigt in Harrys Richtung. Dann flackert das Licht, erlischt und verwandelt sich in einen dumpfen Donnerschlag. Doch Harry hat gesehen, dass Swarts mit weit aufgerissenem Mund daliegt und seine Brust bei jedem Atemzug erzittert.

»Mensch, Russell!«

»Keine Panik, Bond«, antwortet eine ruhige Stimme aus der Dunkelheit. »Das ist nur ein Kratzer. Diese Arschgeigen könnten doch einen fetten Fisch wie mich nicht mal in einem Fass treffen.«

Auf weitere Blitze achtend, die seine Bewegungen verraten könnten, robbt Harry auf Ellbogen langsam auf die Stimme zu. Sie hat plötzlich so schwach, so verdammt *fremd* geklungen, als könne sie unmöglich von dem Mann kommen, der für ihn noch immer sein Supe ist. Was immer zwischen ihnen vorgefallen ist, ist jetzt vom Tisch. Alles, was noch zählt, ist dieser gemeinsame Augenblick mit Russell Swarts, den kein Polizist mit einem anderen erleben will: das Sterben im Regen, die Angst, die übergroß in den Augen des anderen zu lesen ist.

Als Harry seinen Superintendent erreicht, muss er aufsteigende Übelkeit und Schwindel abschütteln. »Leck mich am Arsch, Russell. Wo hat Sie's denn erwischt?«

Russell Swarts lacht trotz seiner Todesqualen, und es ist ein hässliches Geräusch, wie ein rostiger Motor bei seinen letzten Umdrehungen. »Sie am Arsch lecken, Harry? Hab ich richtig gehört? Was ist das denn für ein Ansinnen in einem Moment wie diesem?«

Einen Augenblick lang ist Harry baff. Dann lässt er den Kopf auf die Unterarme fallen und lacht mit.

»Was für ein verdammter Schlamassel, he, Bond?«
»Sie sind ein Idiot, jawohl, das sind Sie!«
»Nein, nicht blöd, Bond. Nur ein falsch plazierter alter Dreckskerl.«
Russell Swarts klingt erschöpft, als würde er jeden Moment wegdösen.
»Reden Sie, Russell, reden Sie, sonst erleiden Sie einen Schock, und wer soll dann Ihren fetten Arsch hier rausschaffen?«
»Das hab ich schon in mein Testament geschrieben. Sie, und nur Sie, sind mir dafür verantwortlich.«
»Ich würde Ihren fetten Arsch nicht mit der Kneifzange anfassen.«
»Dann küss ihn, Captain.«
Harry fängt an, die Kleider seines Superintendent abzutasten, muss aber einsehen, dass er ohnehin keine Wunde erkennen würde. Alles ist zu nass, um zwischen Regen und Blut unterscheiden zu können.
»Wo?«, fragt er, doch gleich darauf wird ihm klar, was für eine sinnlose Frage das ist. Es gibt keine Hoffnung auf rechtzeitige Einlieferung in ein Krankenhaus, nicht bei all der Flüssigkeit, die schon in Swarts' gurgelndem Atem zu hören ist.
Eine kalte, plumpe Hand streicht über Harrys Gesicht. »Spiel deine Karten richtig aus, Captain, dann hast du Montag nach Feierabend noch einen Job. Schieb's auf mich, schieb's auf uns, schieb's auf die Scheiß-Phalisos, mir scheißegal, aber versuch alles, dass es nicht umsonst war.«
»Warum Sind Sie diesen Weg gegangen, Russell?«
»Was meinst du?«
»Wer hat auf mich geschossen, verdammt? Wer von euch? Franklin?«
»Es war einer von den Viehhirten. Von den Abasindisi.«
Seine Stimme wird schwächer, und als noch ein Blitz über den

Himmel zuckt, sieht Harry, dass sich Russell Swarts' Augen schon nach oben verdrehen.
»Schwachsinn!« Er schüttelt Russell heftig. »Bleib da, du Hurensohn! Warum, zum Teufel, wolltest du mich umbringen? Warum war es dir so wichtig, dich selbst zu schützen? Ich hatte … Scheiße, Russie, ich hatte doch gar nichts gegen dich in der Hand.«
Swarts holt mit einem gurgelnden Geräusch tief Atem. »Warum willst du mir partout nicht glauben, Harry? He, gib doch endlich Ruhe.«
»Wenn's einer von den Hirten gewesen wäre, hättest du mir das schon längst gesagt. Dann wärst du auch nicht abgehauen, als du im Krankenhaus gesehen hast, wie ich wieder zu mir komme.«
»Harry …« Russell versucht, sich aufzusetzen, sinkt aber wieder auf den Asphalt. »Scheiße, so geht das nicht.« Er starrt in den Himmel. Als er versucht, Atem zu holen, muss er husten. »Frag mich bitte nicht. Ich habe gesagt, ich halt dir den Rücken frei, und ich hab's getan.«
»Wen deckst du dann?«
Harry wartet auf Antwort, doch das Gurgeln in Swarts' Kehle wird zu einem langgezogenen Röcheln. Harry setzt sich auf. Es kümmert ihn nicht, dass er jetzt ein gutes Ziel für eventuelle Heckenschützen abgibt. Er schüttelt seinen Kommandeur bei der Schulter. »Sag's mir! Was kann dir das denn jetzt noch ausmachen? SAG'S MIR, VERDAMMT NOCH MAL!«
Doch die Spannung in Russell Swarts' Muskeln ist weg, und sein Kopf rollt schlaff gegen Harrys Knie. Plötzlich gibt es zwischen ihnen nichts mehr zu sagen oder zu fragen, nur mehr das Wissen, dass ein Mensch, den er kannte, jetzt tot in seinen Armen liegt.
Das Scharren schwerer Stiefel ist zu hören, und vom unteren

Ende der Straße kommt eine nur in ihren Umrissen erkennbare Gestalt näher. Harry hört das Klicken eines Hahns, der gespannt wird.

»Franklin?«

Harry späht noch immer in die Dunkelheit, um zu erkennen, wer da auf ihn zustolpert. Da registriert er Schritte, die von hinten näher kommen. Ihm fällt die Waffe ein, die Swarts noch immer in der Hand hält, und mit zitternden Händen holt er sie sich. Doch er muss feststellen, dass der Verschluss klemmt und er ihn nicht freibekommt.

Hinter den Häusern zu seiner Linken krachen drei Schüsse – erst einer, dann zwei in kurzer Folge. Gespannt hält er den Atem an und lauscht, was als Nächstes kommt – neue Schüsse oder eine Erklärung für die, die er gerade gehört hat. Doch da ist nichts als das Scharren auf dem Asphalt. Jemand schleppt sich mit einem verletzten Bein auf ihn zu.

Der letzte Überlebende, denkt Harry ironisch, dann wirft er die unbrauchbare Waffe weg. *Und dann auch noch mit nichts als einer billigen tschechischen Kurzwaffe zur Unterstützung.*

Sein Superintendent hat diese Reise zusammen mit dem Rest der *Ballies* gebucht, aber wie es jetzt aussieht, bleibt Harry allein auf der Rechnung sitzen.

Schließlich kann Harry erkennen, dass die Gestalt so wuchtig gebaut ist wie Swarts.

»Ich nehme an, du bist der *Gata,* der in den Bergen angeschossen wurde?«, sagt Ncolela Phaliso. »Wie heißt du noch mal?«

»Lassen Sie mich raten«, antwortet Harry. »Sie wollten sich bestimmt nach meinem Befinden erkundigen.«

Etwas Spitzes bohrt sich in Harrys Rücken, und als er über die Schulter blickt, sieht er zwei junge Schwarze, die zornig auf ihn herunterschauen und dabei unverständliche Worte mit Ncolela wechseln. Harry sieht von einem, der eine Art Speer in der

Hand zu halten scheint, zu dem anderen, der ein mindestens fünfzig Zentimeter langes Installationsrohr auf der Schulter trägt.

»Mach nur so weiter, dann geht's dir wie diesem Scheißkerl, den du da auf dem Schoß hältst.«

»Weg mit der Waffe, Ncolela. Es ist vorbei.«

Er kann den Mann in dem schwachen Licht, das noch von dem brennenden Haus heraufleuchtet, zwar kaum sehen, doch er spürt, dass zwei Augen ihn gründlich studieren. Ncolela keucht wie ein Asthmatiker, und Harry vermutet, dass auch er die eine oder andere Verletzung abgekriegt hat.

»So redest du mit mir, *Gata?* Hier draußen, wo die einzigen Ohren, die dich hören können, alle *mir* gehören?«

»Alle? Sind Sie sich da sicher? Was glauben Sie, wie lange es dauert, bis jemand anderer Anspruch auf den Thron der Abasindisi erhebt? Sie sind erledigt, mein Freund. Vielleicht schon jetzt, keine Ahnung. Ihren Bruder sehe ich jedenfalls nicht.«

Ncolela hebt die Hand mit der Waffe, um ihm mit dem Handrücken ins Gesicht zu schlagen. Harry schließt die Augen und wappnet sich gegen den Schlag. Doch der kommt nicht. Er öffnet ein Auge, und sieht Ncolela Phaliso wild um sich blicken, wie ein in die Enge getriebenes Tier auf der Suche nach einer Fluchtmöglichkeit. Dann bemerkt Harry noch etwas: Das entfernte Heulen von Polizeisirenen, und das schwache Blinken von Blaulicht, das sich in der Dunkelheit nähert?

Lieber Gott im Himmel, denkt er, *mach, dass die Kavallerie hierher unterwegs ist.*

»Was ich damit andeuten will, Ncolela«, sagt er kühn. »Alles in allem sind Sie auch nur ein Straßendealer unter vielen.«

»Maul halten.« Diesmal zieht Ncolela Phaliso Harry mit der Pistole eins über. Der Griff trifft ihn voll aufs Kinn, und die Explosion des Schmerzes ist schlimmer als das, woran er sich bei den Schüssen in Tsolo erinnert. Harry kippt um wie ein gefällter Baum.

»Ich bin Geschäftsmann, hast du mich verstanden? Ich habe Geld. Ich kriege *Respekt!*«

Harry kann seine Worte kaum verstehen, denn die Welt um ihn herum verschwindet in dickem Nebel.

Einer der jungen Männer hinter ihm steigt unruhig von einem Fuß auf den anderen und stellt Ncolela in beschwörendem Ton eine Frage. Harry kämpft gegen eine Ohnmacht an und versteht ohnehin kein Wort, doch er weiß, was für eine Frage das gewesen sein muss: »Was machen wir jetzt?«

Ncolela reagiert mit einer Flut von Schimpfwörtern, und gleich darauf hört Harry, wie neben ihm eine Waffe zu Boden fällt und Füße, die auf der nassen Straße klatschend davonlaufen.

Er pendelt zwischen Bewusstsein und Bewusstlosigkeit, und trotzdem tut Harry alles, um sich auf das einzige zu konzentrieren, was jetzt noch wichtig ist: Überleben. Höchste Zeit, dass diese verfluchten Sirenen endlich daherkommen, aber manchmal klingen sie, als wären sie schon über ihm, dann wieder, als gebe es sie überhaupt nicht, und als wäre das, was er hört, nur das Klingen seiner Ohren in Folge der Granatenexplosion.

Zu guter Letzt richtet sich Harry ein wenig auf und greift nach der .38er, die Ncolela hat fallen lassen. Dann sieht er sich aufmerksam um. Keine Menschenseele auf der Straße, und von den Sirenen ist jetzt auch nichts mehr zu hören. Also waren sie doch nicht zu seiner Rettung unterwegs, sondern irgendwo anders hin.

Er sinkt wieder auf den Asphalt und beginnt zu lachen. Er wird hier sterben – entweder an Unterkühlung oder an einem blutenden, zwei Wochen alten Bauchschuss – je nachdem, was ihn als Erstes erwischt. Als diese Hysterie schließlich zu schmerzhaft wird, stemmt er sich in den Vierfüßlerstand hoch. In einem weiteren Kraftakt, bei dem er glaubt, es müsse ihn in der Mitte zerreißen, gelingt es ihm, aufzustehen.

Hundert Meter steil bergauf, und er würde das obere Ende der Straße erreichen, von dort sind es noch einmal etwa hundert Meter wieder hinunter Richtung Fluss, wo Franklin den Minibus hinter einer Reihe von Taxis abgestellt hat. Doch ohne Autoschlüssel, und in einer Gegend, in der ihn jedes schwarze Gesicht zweifellos als Feind betrachtet, braucht er sich keine Hoffnungen auf Rettung zu machen, so viel ist sicher. Da am Ende der Sackgasse allerdings gibt es ein verglühendes Feuer. Und die Wärme, die es ihm schenken könnte …

Er dreht sich um, um einen kurzen Blick hinunter zu werfen. Vor den Toren dessen, was einmal das Haus der Phalisos war, sieht er Schatten, die sich bewegen. Ein klares Indiz, dass der Ärger dort unten noch nicht ausgestanden ist. Es gibt also nur einen Weg für ihn: bergauf.

Kapitel 15

1

Jacob sprintete los, in seinem Kopf trommelte nur ein einziger Gedanke: Die Stimme seines Vaters hatte recht – er kam zu spät. Als die Granate hochging und das Maschinengewehrgeknatter losbrach, gab es für Harry keine Rettung mehr. Das Einzige, was ihm jetzt noch zu tun blieb, war, Zeugnis abzulegen vom Tod eines Freundes, und der Tochter dieses Freundes in die Augen zu sehen und sie davon zu überzeugen, dass die Welt trotzdem noch ein annehmbarer Ort war.

In großen Sätzen überquerte er das weite Veldt. Klatschnasse Grasbüschel und Schlamm saugten und zerrten an seinen Füßen. Der herabprasselnde Regen stach ihm in die Augen. Er hatte eine Automatikpistole, die er sich von dem jungen King geliehen hatte. Irgendwo dicht hinter ihm musste Busi Mosetsane sein. Er hatte sie inständig gebeten, mit King irgendwo vor dem Wetter Schutz zu suchen und dann sowohl Chief Molethe als auch Superintendent Niehaus zu Hause anzurufen.

»Ich komme mit Ihnen«, hatte sie gesagt.

»Um was zu tun?«, fragte Jacob, während er den Ladestreifen herausdrückte, um sich zu vergewissern, dass das Magazin voll war, und ihn dann wieder hineinrammte.

Sie funkelte ihn zornig an. Hätte sie einen zur Hand gehabt, wer weiß, ob sie ihm nicht einen Kreuzschlüssel über den Schädel gedroschen hätte?

»Was ich meinte, war, Sie haben ja noch nicht mal eine Waffe.«

»Aber Sie brauchen Rückendeckung.«

»Gehen Sie mit King und rufen Sie die Leute an, Busi. Das brauchen wir jetzt am notwendigsten.« Er sah zuerst zu dem brennenden Haus, dann zu der Straße hinüber, die dahin führte, und bildete sich ein, in der Ferne winzige, zigarettenkopfgroße Punkte von Mündungsfeuer aufblitzen zu sehen. »Und vielleicht noch ein Wunder«, hatte er hinzugefügt.

Als er jetzt durch immer größer werdende Pfützen patscht, kracht ganz in der Nähe ein Donnerschlag, und in dem aufflammenden Licht sieht er unzählige Menschen über niedrige Gartenmauern springen und aus hinteren Garteneingängen auf das offene Veldt hinausstürzen. Doch wovor sie fliehen, kann er immer noch nicht erkennen.

Dann stürmen sie an ihm vorüber: Zuerst eine junge Frau, womöglich noch keine zwanzig, die in äußerstem Entsetzen über die Schulter nach hinten sieht, gefolgt von einem Mann, an dessen blutigem weißem Safarihemd die Knöpfe fehlen. In gut fünf Metern Entfernung schreit eine Frau, dass sie so nicht mehr leben kann, dann stolpert sie und fällt kopfüber ins lange Gras. Eine männliche Gestalt dreht sich um, um ihr auf die Beine zu helfen, und stößt sie weiter. Andere kauern sich hinter Gartenmauern und warten, dass die Schüsse aufhören, weil sie es noch nicht riskieren wollen, über offenes Gelände zu laufen, um sich in der weiter südlich gelegenen Hüttensiedlung in Sicherheit zu bringen. Es sind ganz normale Menschen, ganz genau wie die, mit denen er in der Township aufgewachsen ist, und jetzt sind sie völlig kopflos vor Angst.

Jacob rennt gegen eine niedrige Mauer und duckt sich, damit sein Kopf nicht darüber hinausragt. Mittlerweile ist er völlig durchnässt und zittert vor Kälte, obwohl ihm das Blut heiß in den Ohren pocht.

Er späht hinüber zu den schwelenden Überresten eines rosa Hauses, die über den einzigen Elektrozaun der Gegend ragen,

und entdeckt ein paar Gestalten, die, einen Verletzten tragend, über das dahinterliegende Grundstück laufen. Einen Augenblick lang hofft er, es möge Harry sein, doch dann sieht er ein, wie unwahrscheinlich das wäre.
Er merkt, dass es keinen direkten Weg zur Straße jenseits der Grundstücke gibt, und wendet sich nach links. Hinter den letzten Häusern der Reihe steigt eine breite verwilderte Böschung an, und Jacob erkennt, dass dies das Überschwemmungsgebiet des Jukskei sein muss. Etwa zweihundert Meter weiter Richtung Norden versperrt ein Dickicht ihm den Blick auf eine Straße, die von Osten nach Westen führt und einer auf einem kleinen Hügel nahe am Fluss errichteten Häusergruppe als Zubringer dient. Durch das Gewirr nackter Äste kann er eine Reihe von Taxis ausmachen, die unter dem Schein einer einzelnen Straßenlampe parken. Um einen der Minibusse hat sich ein Menschenauflauf gebildet.
Vor ihm entdeckt er jetzt ein Gartentor, das sperrangelweit offen steht. Langsam und darauf achtend, seinen Kopf geduckt zu halten, schleicht er sich dorthin. Beim Näherkommen stellt er fest, dass es sich hier um eine selbstgebaute Konstruktion aus Stahl und Stacheldraht handelt. Regen läuft gurgelnd an der Wand daneben ab und prasselt laut in einen Rinnstein. Das Schießen wurde inzwischen zwar weitgehend eingestellt, doch es herrscht noch eine Atmosphäre banger Erwartung.
Jacob versucht, die nasse, rutschige Pistole fester zu packen. Sie ist schwerer und unhandlicher als seine 9-mm-Dienstwaffe. Er ist sie nicht gewöhnt, und was soll er überhaupt mit ihr anfangen? Wenn er auf Swarts oder einen der *Ballies* trifft, ruft er ihnen dann einfach zu, dass sie verhaftet sind? Immerhin sind sie Polizisten. Die Vorstellung, Kollegen mit einer Waffe zu bedrohen, ist nicht besonders angenehm.
Bestimmt würden sie sich nicht widerstandslos ergeben, wenn

sie schon so weit gegangen sind, um sich zu schützen. Jedenfalls nicht, wenn Jacob ihnen ganz allein gegenübertritt.
Jacob bleibt stehen. Er spürt plötzlich ein seltsames Kribbeln auf der Haut, als dringe Hitze durch diese Gartenmauer zu ihm durch. Aufmerksam lauschend versucht er zu verstehen, ob ein Geräusch ihn hellhörig gemacht hat oder nur dieses Gefühl der Ungewissheit, das seit einiger Zeit sein Denken beeinträchtigt. Er wartet noch ein paar Sekunden, um sich darüber klarzuwerden, schiebt es dann jedoch als reine Paranoia beiseite.
Am Tor hockt Jacob sich einen Moment hin, um sich den Regen aus dem Gesicht zu wischen. Dann, darauf achtend, dass er zumindest einen toten Winkel mit der Waffe absichert, wagt er sich in dieses klaffende Maul.
Im selben Augenblick hört er ein leises schmatzendes Geräusch, und ein Schatten springt hinter der Mauer hervor.

2

Gleich darauf spürt er ein Brennen auf seiner Wange. Etwas hat seine Haut durchschnitten. Es blitzt, und noch im Fallen sieht Jacob Tshabalala, wie aus dem Schatten eine sehnige menschliche Gestalt mit langem Gesicht, hohen Wangenknochen und runden, starr auf ihn gerichteten Augen wird. Godun Phaliso schwingt ein großes Jagdmesser, das im Straßenjargon als Siebenstern bekannt ist, für die Länge der Haftstrafe, die einem aufgebrummt werden kann, wenn man damit in der Öffentlichkeit erwischt wird. In der Hand eines Experten kann dieses Ding im Umkreis von zwei Metern mehr Schaden anrichten als jede Schusswaffe.
Jacob landet mit voller Wucht auf dem Rücken, sein Kopf schlägt auf von der Sonne ausgedörrte Erde, die trotz des Regens noch immer so hart ist wie Beton, und ein spitzer Stein

bohrt sich so tief in eine Niere, dass er unwillkürlich aufschreit. Bis er sich zur Seite gerollt und die Pistole schussbereit hat, ist sein Ziel schon auf und davon, und nur mehr schnelle Schritte in der Dunkelheit.

In der Hoffnung, den Mann beim nächsten Blitz wieder zu Gesicht zu bekommen, dreht sich Jacob auf den Bauch und stützt sich auf den Ellbogen ab. Da stürmen zwei andere Gestalten durch das Tor, direkt in seine Schusslinie, und rasen schon hinter Phaliso die Böschung hinauf, ohne dass Jacob sie hätte erkennen können. Er will aufstehen, doch die geprellte Niere löst auf einmal einen so heftigen Krampf im Rücken aus, dass er sich vor Schmerzen krümmt und es ihm einen Moment den Atem verschlägt.

Steh auf, Mfo! Wütend schlägt er mit der Faust auf die Erde. *Sofort!*

Ein leiser Knall lässt ihn aufsehen, den Bruchteil einer Sekunde ehe ein lauter Schuss durch die Nacht peitscht. Wieder erhellt ein Blitz den Himmel, und Jacob erkennt zwei Gestalten, eine schlanke und eine gedrungene, beide über eine dritte gebeugt, die auf allen vieren im Schlamm kauert. Vor seinen Augen versetzt der Schlanke der Gestalt auf dem Boden einen Tritt ins Gesicht, ehe er eine mit einem Schalldämpfer versehene Pistole hebt und der Person aus nächster Nähe zwei Kugeln verpasst, anscheinend nur, um das Ganze abzurunden. Dann schießt auch der zweite Mann zweimal auf die mittlerweile liegende Gestalt, allerdings ohne Schalldämpfer.

»Polizei!«, schreit Jacob instinktiv. »Naidoo! Franklin! Lassen Sie die Waffen fallen!«

Erst senkt sich wieder Dunkelheit herab, und plötzlich sprühen weiße und orange Flammen in Jacobs Richtung. Kugeln schwirren über ihn hinweg, und er lässt sich bäuchlings in den Schlamm fallen. Er spannt die Muskeln an und erwidert das

Feuer auf zwei jetzt anscheinend fliehende Gestalten. Zwei kurze gezielte Explosionen lassen seine Hände zucken, und beim zweiten Schuss hört er einen Schmerzenslaut und ein Platschen wie von einem Baum, der in einen Sumpf fällt. Jacob bleibt noch ein paar Sekunden reglos liegen und atmet den Gestank von Kordit ein, der den Geruch von nassem Gras und frischem Schlamm überlagert. Das einzige Geräusch ist das Keuchen aus seiner eigenen ausgetrockneten Kehle. Dann sind in der Ferne plötzlich Sirenen zu hören.

Jacob rappelt sich hoch und macht sich bereit, die Verfolgung aufzunehmen.

Kapitel 16

1

Der Regen hat fast aufgehört. Harry stößt sich von der Gartenmauer ab und schleicht sich langsam und vorsichtig zu den unter der Straßenlampe stehenden Taxis, zu den Leuten, die den Minibus der *Ballies* ausplündern. Mit seinen kaum den Befehlen seines Gehirns gehorchenden, über den Asphalt schlurfenden Füßen kommt er sich vor wie ein Statist in einem dieser Zombie-Filme. Er drückt mit einer Hand auf seinen Bauch, der sich hart und aufgetrieben anfühlt. Die Blutung unter dem dicken Verband scheint allerdings zum Stillstand gekommen zu sein.

Sein erster Gedanke beim Anblick der marodierenden Meute war, wieder umzukehren und von einem der verlassenen Häuser aus zu telefonieren. Doch als er auf den mit Leichen gepflasterten Hang hinuntersieht, besinnt er sich rasch eines Besseren.

Hier aus der Nähe sieht der Menschenauflauf noch immer ziemlich gefährlich aus. Es wird geschrien und gestritten, erhobene Finger werden drohend auf Gesichter und Oberkörper gerichtet, und nicht zum ersten Mal bereut Harry, keine der indigenen Sprachen dieses riesigen Landes gelernt zu haben. Das Risiko in Kauf nehmend, von den Leuten in ihrer Wut in Stücke gerissen zu werden, schleppt sich Harry weiter. Er geht mitten auf der Straße, als warte er direkt darauf, dass sie ihn sehen. Manchmal ist es einfach besser, sein Glück zu versuchen, als nichts zu tun.

Harry ist noch etwa zehn Meter von den Plünderern entfernt

und noch immer unbemerkt, da hört er, wie die hintere Tür des Busses aufgeschoben wird. Jäh brandet das Wehgeschrei von Frauen auf. Ein unförmiger Gegenstand wird hoch über den Köpfen der Männer weitergereicht, bis er unter der Laterne auftaucht. Da fällt Harry wieder ein, dass ja die Leiche von Makhe Motale in dem Leinensack im Fond des Wagens zurückgeblieben ist.

Rasch wird der Sack abgestreift, und die Klagen werden noch lauter, als die Menschen in der zu einer grotesken Imitation eines zusammengerollten Babys erstarrten Leiche ihren Helden erkennen. Harry bleibt wie versteinert stehen. Die Vorstellung, dass Makhe in diesem Sack steckte, war eine Sache, doch ihn hier über den Köpfen so vieler Fremder getragen zu sehen, die für Harry völlig unverständliche Worte rufen, ist etwas ganz anderes.

In diesem Augenblick wird Harry entdeckt. Ein junger Mann mit einem in sein kurzgeschorenes Haar rasierten Blitz ruft den anderen etwas zu. Wie auf Kommando drehen sich viele Köpfe gleichzeitig in seine Richtung. Angst, Schrecken und Hass spiegeln sich in den Gesichtern. Die Wehklagen verstummen, und Makhes Leiche verschwindet zwischen den Menschen.

Vor Schmerz ächzend hebt Harry die Hände hoch über den Kopf, ohne jedoch die Pistole loszulassen, die er vorhin mitgenommen hat. Schon will er ihnen zurufen, dass er Polizist ist und Hilfe braucht, doch dann wird ihm klar, dass das hier bestimmt kein Argument zu seinen Gunsten ist. Fieberhaft überlegt er, was er sonst sagen könnte, doch alles, was ihm einfällt, klingt so absurd, lahm und aus der Luft gegriffen, dass er schweigt. Diese Leute um Hilfe bitten, wo sie doch davon ausgehen müssen, dass er einer der berüchtigten *Ballies* ist?

Eine Weile starren die beiden Seiten einander nur an, dann gerät Harry von der Anstrengung, die Hände über den Kopf zu halten, ins Stolpern. Der Schmerz im Bauch zwingt ihn, sich nach unten zu beugen, um die Muskeln und Organe von dem ansteigenden Druck des Blutes zu entlasten. Umgehend flammen zornige Stimmen auf, und der Jüngling mit dem Blitz auf dem Kopf macht einen entschlossenen Schritt auf Harry zu.

»Wartet!«, schreit Harry so laut er kann und macht ein paar Schritte vorwärts. »Ich heiße Harry Mason. Ich war sein Freund ...« Er bekommt keine Luft mehr, und alles um ihn herum beginnt sich zu drehen. »Makhe und ich ... Seine Mutter heißt Letia, seine Schwester ...«

Harrys Worte sinken zu einem Flüstern herab, er stolpert wieder und wäre um ein Haar gestürzt.

»Du bist tot, *Gata!*«, schreit jemand. »Tot bist du!«

Als er aufblickt, hat sich die Menge schon in Bewegung gesetzt.

O Scheiße, denkt Harry.

Er schaut auf die Pistole in seiner Hand, und ihm fällt einer von Swarts Lieblingssätzen ein: Nicht die Knarre rettet dir in einer brenzligen Situation das Leben, sondern dein Ruf. Doch was ist dieser Ruf hier draußen wert? Mit nichts und niemandem zu seiner Verstärkung, einer Meute frustrierter Zivilisten ausgeliefert, für die nur zählt, dass jemand in ihre Welt eingedrungen ist und ihre Sicherheit gefährdet. Und dass ihr Anführer tot ist. Ist es nicht gerade sein Ruf, der ihn jetzt hier das Leben kosten wird? Und wie soll er einen kühlen Kopf bewahren, wenn er kaum mehr fähig ist, die heranziehende Menschenmenge richtig wahrzunehmen?

Anders gesagt: Wie schlimm kann's eigentlich noch kommen?

Plötzlich entsteht Unruhe in den hinteren Reihen der Menge, gefolgt von einem lauten Krachen im Unterholz, das an das offene Gelände hinter den Häusern anschließt. Einen Augenblick später stürzt eine Gestalt aus dem Gestrüpp und direkt in den

Lichtkegel der Straßenlampe, die schützend vor ein weißes Gesicht erhobenen Arme voller Dornen und abgebrochener Zweige. Noch im Laufen dreht Franklin sich um in die Richtung, aus der er gerade kommt. Er ist so auf eventuelle Verfolger konzentriert, dass er die Situation vor ihm überhaupt nicht erfasst. Er atmet schwer, wie ein Blasebalg, der einen Schmelzofen anfeuert, und seine hellen Augen leuchten mit ihrem ganz eigenen Licht. In einer Hand hält er noch immer eine Pistole mit Schalldämpfer, und eine Tasche seiner Jeans ist ausgebeult von der zweiten Granate. Ein triumphierendes Lächeln zeigt sich auf seinem Gesicht, als er feststellt, dass er den Minibus erreicht hat. Dann dreht er sich um.
Die Menge hat sich bei dieser sonderbaren Unterbrechung wie ein Mann umgedreht und steht in sprachlosem Staunen da. Doch nun hat es den Anschein, als beugten sich alle gemeinsam vor, wie ein Betrunkener, der sich bereitmacht für eine Wirtshausrauferei.
Franklin bleibt wie angewurzelt stehen. Die Kinnlade fällt ihm herunter beim Anblick der etwa fünfzig Menschen, die keine zehn Meter von ihm weg sind und ihn mit Mörderblick anstarren. Seine Brust bläht sich in einem einzigen langen, keuchenden Atemzug.
»Scheiße«, stößt er hervor.
Was es auch war, das das Denken dieses Mannes zu dieser überheblichen Haltung pervertiert hat, die er auch im Büro an den Tag legt – Wahnsinn oder die Lust an der Gewalt, denen er stets freien Lauf gelassen hat, in all den Jahren als Soldat, als Polizist und was er in seiner Freizeit sonst noch gewesen sein mag –, ohne auch nur einen Augenblick zu überlegen, reißt er seine Waffe hoch, um wahllos in die Menge zu schießen.
»Franklin!« Harry bringt seine eigene Pistole in Position.
Der *Ballie* hält inne, sieht hinüber zu Harry, dann zieht er ver-

wundert die Brauen hoch. »Mason, du schaust ja scheiße aus. Wo ist Russie?«

»Er ist tot.«

Franklin zuckt kaum mit der Wimper. »Oh.«

»Es reicht, James«, sagt Harry. »Bis hierher und nicht weiter.«

Franklin wirft einen raschen Blick auf die Menge, dann sieht er gleich wieder zu Harry zurück. Das vertraute schmallippige Lächeln ist wieder da, wie etwas Giftiges, das durch Risse in Beton sickert. »Das werden wir ja sehen.«

Dann hechtet er nach rechts, und in den folgenden Wochen wird Harry nicht aufhören, sich zu fragen, ob es ihm gelang, als erster zu schießen, weil er das ohnehin vorhatte, oder weil Franklin nie vorgehabt hatte zu schießen, sondern sich nur duckte, um die Menge in Harrys Schusslinie zu bringen, damit er selbst fliehen konnte.

Warum auch immer er sich bewegt hat, Harrys erster Schuss trifft ihn in die Schulter. Der zweite zerfetzt ihm das Schlüsselbein. Die Menschen verstreuen sich in alle Winde, als Harry, mit einem Mal von unversöhnlicher Wut übermannt, auf Franklin zugeht. Der Schmerz in seinen Eingeweiden ist vergessen. Gedanken, die ihn schier in den Wahnsinn treiben, ergießen sich in seinen Kopf, wie der Kamm einer Welle der Raserei, die er nie zuvor empfunden hat. In Sekundenschnelle werden Erinnerungen hochgespült, die diese unbezähmbare Wut weiter nähren, wie Benzin, das in ein Feuer gegossen wird: Franklin, wie er vorgibt, Jeanie das Genick zu brechen; wie er ihm ankündigt, mit ihr zu tun, was er will, sobald er Harry getötet hat; wie er Makhes Leiche behandelt hat, als wäre sie ein Sack Scheiße. Diese Emotionen, töricht und irrational und maßlos, trampeln jede Vernunft, jede Logik, jede Barriere nieder. Obwohl der Mann auf dem Boden liegt, feuert Harry im Näherkommen noch drei Schüsse auf ihn ab. Die ersten beiden treffen ihn im Zwerchfell, der dritte bohrt sich direkt in seine Leber.

Einen Meter von Franklin entfernt bleibt Harry stehen, die Pistole so fest umklammert, als wolle er sie zerquetschen. Die Waffe dampft jetzt in der kalten Luft. Franklin will etwas sagen, doch die Worte ersterben auf seinen Lippen, und aus seinem Mund kommt nichts als ein langer Blut- und Speichelfaden.

Wieder krümmt sich Harrys Finger wie von selbst um den Abzug, und er hätte bestimmt das ganze Magazin in den Mann auf dem Boden entleert, hätte ihn nicht ein Rascheln im Unterholz innehalten lassen. Er zielt in diese Richtung, genau auf Jacob Tshabalala, der in diesem Augenblick, schlammbedeckt und aus einer klaffenden Wunde in der Wange blutend, aus dem Gestrüpp gestürzt kommt. Jacob bleibt mit einem Ruck stehen, ihre Blicke treffen sich. Jacob ringt nach Atem, die Zähne vor Anstrengung gefletscht. Dann wandert sein Blick von Harry zu Franklin, und seine hohe Stirn legt sich in Falten. Die Waffe in der Hand seines Freundes ist noch immer auf seine Brust gerichtet.

»Harry, was machst du?« Er senkt seine eigene Waffe, und presst sich die andere Hand ins Kreuz. Er verzieht das Gesicht vor Schmerz. »Tu die woanders hin.«

Harry starrt Jacob an, unfähig zu denken, unfähig zu sprechen, bis ins Innerste aufgewühlt. Er spürt das Mahlen seiner Backenzähne. Der Griff der Pistole ist rutschig, und seine Hand zittert. Ein Schweißtropfen rinnt ihm seitlich am Gesicht herunter, und er riecht Blut, heiß und metallisch, überall um ihn herum.

Franklin sinkt mit einem letzten Schnaufen zurück auf den Asphalt. Das Geräusch lenkt Harrys Aufmerksamkeit wieder zurück auf den Mann, der gedroht hat, eines Tages seine Tochter zu vergewaltigen, und die Hand, die die Pistole hält, kriecht langsam wieder nach oben.

»Runter mit der Waffe, hab ich gesagt, Harry.« Jacobs Stimme wird zu Stahl. »Er ist hinüber.«

Harry blinzelt. Franklins Augen sind noch offen, aber sein Blick ist jetzt in den pechschwarzen Himmel gerichtet, der soeben aufbricht und die ersten stecknadelkopfgroßen Diamanten hervorblitzen lässt. Letzte Regentropfen platschen auf seine entblößte Haut. Im orangen Lampenschein sieht seine Brust aus wie mit roter Farbe übergossen, und die Granate in seiner Hosentasche gleicht einer obszönen Erektion.

Ja, er ist tot. Aber ist er auch tot genug?

»Er ...«, setzt Harry an, doch die Worte wollen nicht kommen. Plötzlich ist seine Kehle staubtrocken. Sein Blick kriecht seinen Arm hinunter und bleibt schließlich an der Waffe in einer Hand hängen, die nicht mehr die seine ist.

»Es ist gut, *Mfana.*« Jacobs Stimme ist beruhigend, doch aus irgendeinem Grund kann Harry ihr noch nicht vertrauen. »Jetzt ist alles gut. Hörst du das? Das ist Molethe. Das sind unsere Leute. Gleich sind sie da.«

Da ist mit einem Mal der Bann gebrochen, wie ein trockener Zweig in der Nacht, und Harry spürt, wie die Spannung aus seinem Arm schwindet.

»Ja«, sagt Harry. »Das sind wir.«

Er fällt auf die Knie. Um ihn herum flattern Termiten mit goldglänzenden Flügeln in den orangen Lampenschein, nur um dort Opfer der geräuschlos wie Schatten aus der frisch gewaschenen Finsternis herabstoßenden Fledermäuse zu werden.

Kapitel 17

1

Man fand Ncolela Phaliso mitten auf der Straße, die zu seinem zerstörten Haus führte. Er war an der Wunde verblutet, die ihm die Splitter der von Franklin geworfenen Granate in die rechte Seite gerissen hatten. Nach Angaben der Sanitäter, die die Leiche entdeckten, lag er da mit ausgestreckter Hand, die Augen geöffnet und auf seine Fingerspitzen gerichtet. Was er gesehen hatte, würde für immer sein Geheimnis bleiben, doch wie Jacob Harry später erzählte, sah er heiterer aus, als er es verdient hatte.

Harry Mason hingegen, der den älteren Phaliso als Letzter lebend gesehen hatte, musste für eine weitere Woche ins Krankenhaus, diesmal ins Johannesburg General, wo die Luft durchdrungen ist von Uringeruch, und ein ständiges Scheppern durch die Gänge klingt wie durch eine dunkle Höhle. Wenn er es noch ein wenig bunter getrieben hätte, hatte der Arzt gesagt, hätte er den Rest seines Lebens mit einem Kolostomiebeutel herumlaufen müssen.

In dieser Woche bekommt er nur wenig Besuch, in erster Linie von Tanya, Jeanie und Jacob, gelegentlich auch von seiner Mutter, die ständig darauf herumreitet, dass Harry von seinem eigenen Vorgesetzten entführt wurde. Auch ein paar alte Freunde aus seiner Zeit bei Mord und Raub schauen herein, von der SVC jedoch so gut wie niemand. Nur allzu schnell hat sich herumgesprochen, dass er einen seiner eigenen Leute erschossen hat, und dass Supe Swarts in seinen Armen gestorben ist. Etwa um die gleiche Zeit macht auch die Nachricht die Runde, dass die SVC aufgelöst und die Spezialermittler, die Jahre auf die Verbesserung ihrer Qualifikationen verwendet haben, nun gemeinsam mit einem Haufen unfähiger Drückeberger in der Abteilung Allgemeine Ermittlungen landen, alles im Namen eines Qualifikationstransfers. Man spricht auch davon, dass Harry zur Belastung geworden ist.

Eines Tages erhält er eine als Geschenk verpackte Schachtel mit Hundescheiße, am nächsten eine Vase mit verwelkten Rosen, am dritten bündelweise Polizei-Briefpapier in nicht adressierten Umschlägen – vermutlich, um ihn daran zu erinnern, dass man bei dieser Behörde noch an ihn denkt. Er bemüht sich, sich davon nicht beeindrucken zu lassen, und rechtfertigt diese Drohungen mit der Theorie, sie kämen wahrscheinlich von Leuten, die Swarts und seine *Ballies* seit Jahren kennen, während Harry, der Emporkömmling in dieser Einheit, keine nachweisbaren Erfolge hat, die ihn von der Schuld für deren Tod freisprechen. Wenigsten ist das die Erklärung, mit der er Tanya zu beruhigen versucht, als ihr Gesicht beim Anblick der verwelkten Rosen aschfahl wird. Doch nachts, wenn die Lichter in seinem Zimmer ausgehen und die Krankenschwestern sich auf ihre hell erleuchtete Station zurückziehen, liegt er wach und lauscht auf jeden Schritt draußen auf dem Flur, auf jede fremde Stimme, die nach ihm fragen könnte. Denn nach allem, was Jacob ihm über Franklins Waffenschiebereien erzählt hat, kann Harry nicht abschätzen, wie viele Polizisten womöglich in den Schmuggel von Waffen aus der Asservatenkammer verwickelt sind und ihn jetzt für eine Bedrohung halten – oder wie viele Waffenschieber sich eines übereifrigen *Gata* entledigen wollen.

Das Schlimmste sind jedoch nicht die stummen Drohungen. Es sind seine Träume. Denn Nacht für Nacht erscheint ihm Makhe Motale, nachdem dessen völlig aufgelöste Mutter Harry

eines Tages in Begleitung des jugendlichen Riesen King im Krankenhaus besucht hat. Draußen regnet es in Strömen, als sie ihm sagt, wie froh sie sei, dass ihre beiden »Jungs« sich wieder getroffen haben. Auch, dass sie ihm nicht die Schuld daran gebe, was geschehen sei, dass ihr Sohn für seine Entscheidungen selbst verantwortlich gewesen sei. Er dankt ihr für ihre freundlichen Worte, doch in den Geisterstunden ist Makhe Motale bei ihm, ein kalter, nasser Leichnam, der in einem versteckten Winkel seines Bewusstseins weitertropft und ihn immer wieder fragt, warum um alles in der Welt Harry ihn in diese Abasindisi-Sache hineingezogen hat.
Noch jemanden gibt es, von dem Harry immer wieder träumt: Franklin, wie er auf den regennassen Asphalt fällt und fällt und fällt, wie es ihn bei jedem Schuss aus einer übergroßen Pistole reißt, und das Blut wie ein Fluss die abschüssige Straße hinunterströmt. Dieser Traum ist so lebendig, dass Harry, wenn er schweißnass unter der fremden Bettdecke aufwacht, das Blut und den Regen noch immer vor sich sieht, das Kordit und das Waffenöl noch immer an seinen Händen riecht.
Er weiß, eines Tages wird er damit leben können, dass er Captain James T. Franklin umgebracht hat. Ob er je aufhören kann, sich zu fragen, ob dieser Mann tatsächlich auf ihn geschossen hätte, steht auf einem anderen Blatt. Doch Harry musste eine Entscheidung treffen, und er hat sie getroffen. Nicht, *dass* er geschossen hat, als sein Leben in Gefahr war, ist für ihn das Problem, sondern *wie:* Er hat abgedrückt, einmal, zweimal, dreimal, bis der Lauf so heiß war, dass er sich daran hätte verbrennen können. Harry hatte seinen kühlen Kopf verloren, er war zu weit gegangen. Er hatte sich mit ihnen gemein gemacht, war einer der *Ballies* geworden.
Er muss sich glücklich schätzen, dass anscheinend niemand ein Interesse daran hat, ihn wegen der Schüsse auf Franklin in

die Mangel zu nehmen. Die ICD erhebt nun doch keine Anklage, und die Polizei selbst ist nicht besonders scharf darauf, ihn bei der Untersuchung unter Beschuss zu nehmen. Für die Behörde ist wichtig, dass diese Scheiße so schnell wie möglich vom Tisch ist, für sie hat Harry in Notwehr gehandelt, und außerdem stand er unter einem dermaßen großen emotionalen Stress, wie er eigentlich keinem Polizisten zugemutet werden dürfte.

Oder so ähnlich.

Sie können sagen, was sie wollen, für Harry stellt sich das Ganze so dar: Niemand zieht ihn zur Verantwortung für das, was er getan hat, ebenso wenig, wie Swarts sich für den Mord an Ntombini verantworten musste. Und im Schatten dieser Wahrheit steht sein ehemaliger Vorgesetzter und fragt ihn, ob er, wenn er das nächste Mal die Waffe zieht, es wieder aus selbstgerechter Wut tun wird, und ob er wieder so lange feuern wird, bis ein hohles Klicken ihm verkündet, dass er das Magazin leer geschossen hat.

Während Harry, nach Hause zurückgekehrt, seiner Tochter vom Fenster aus zusieht, wie sie schlecht gelaunt im Garten herumschleicht, Rosenknospen und Gänseblümchen abrupft und dem Nachbarn unreife Pfirsiche in den Garten wirft, schreibt seine Behörde bereits einen verklärenden Untersuchungsbericht über die Ereignisse jener Nacht, der die *Ballies* als einen Haufen anständiger Polizisten hinstellt, die einfach überreagiert haben, nachdem einer der Ihren bei dem Anschlag auf das Maloney ums Leben gekommen war. Bestimmt trifft diese Beschreibung auf eine bestimmte Spezies von Polizisten nur allzu genau zu, denkt Harry. Wie es aussieht, wird Naidoo als Einziger die Suppe auslöffeln müssen, die sie sich in Tsolo und dann in Alexandra eingebrockt haben, und damit ist die Sache erledigt. Keine Fragen mehr danach, wie weit die Fäulnis sich schon in der SVC ausgebreitet hat, oder wie es überhaupt so weit kommen konnte.

Er steht auf, öffnet das Fenster und ruft nach Jeanie. Sie kommt mit schuldbewusster und zugleich trotziger Miene dahergeschlichen. Harry ist sich sicher, sie wusste, dass er sie sehen konnte.

»Würdest du bitte aufhören! Was haben dir diese armen Pflanzen denn getan?«

»Tut mir leid, Dad.«

»Warum tust du das überhaupt? Was ist denn in dich gefahren?«

Jeanie sieht einen Augenblick auf ihre Schuhe hinunter, lässt ihren Oberkörper einmal kreisen und fragt dann in einem Ton, der ihn anfleht, sie ernst zu nehmen: »Dad, bringst du mir das Schießen bei?«

Die Frage versetzt ihm einen Schock, doch er sieht sie ruhig und gelassen an. »Meinst du nicht, dass du dafür noch ein bisschen zu jung bist?«

»Es ist nur ... es gefällt mir nicht, wie diese Männer dich weggeholt haben. Wenn ich eine Pistole gehabt hätte wie du, hätte ich sie aufhalten können.«

»Kleines, ich hatte in dieser Nacht eine Pistole in der Hand und konnte trotzdem nicht verhindern, dass sie uns weh getan haben.«

»Schon, aber ...«

»Kein Aber, Jeanie. Eine Pistole ist keine Lösung. Anderen weh zu tun ist niemals eine Lösung.« Während er diese Worte ausspricht, zerreißt ihm das Gefühl, ein Lügner zu sein, das Herz. Er selbst darf einen Mann wie Franklin ungestraft erschießen und dann seiner Tochter etwas anderes predigen?

»Aber sie haben dir doch auch weh getan!«

Damit stürmt sie davon, zu ihrer Schaukel am anderen Ende

des Gartens, und reagiert nicht mehr, so oft er auch nach ihr ruft.

In vieler Hinsicht ist die Arbeit von Polizei und Kriminalpolizei so politisch wie Politik selbst: Sie kümmert sich vor allen Dingen um sich selbst – meistens natürlich mit legalen Mitteln. Während Franklin, dem Einzelgänger, der noch nie große Sympathien erweckt hat, jetzt für alle Fehler der *Ballies,* und selbst der Abasindisi, die Schuld in die Schuhe geschoben wird, zeichnen die PR-Leute Russell Swarts als einen desillusionierten Helden, und die Medien, die von seiner Haudegen-Manier schon immer höchst begeistert waren, lecken das begierig auf wie durstige Hunde. Naidoo, der von Jacob Tshabalala an der Wade verletzt wurde und dann alles über die vierundfünfzig AK-47 ausplauderte, die sie in dem Durcheinander während Harrys Rettung aus Tsolo herausschmuggeln konnten, ist anscheinend heimlich, still und leise in der Versenkung verschwunden und erwartet dort sein weiteres Schicksal. Die SVC braucht beinahe einen Monat, um ihn vom Dienst zu suspendieren, weil Anwälte der Gewerkschaft vor Gericht mit aller Vehemenz dagegen ankämpfen, und dann noch einmal einen Monat, um ihn mit einer Liste von Anklagen zu konfrontieren, die so lang ist wie eine Rolle Klopapier – wobei der Mord an Godun Phaliso an oberster Stelle steht.

»Was sinnierst du denn da so ernst?«

Harry riecht den Blumenduft ihres Shampoos schon, bevor ihre Finger sich um die Griffe des Krankenhausrollstuhls legen. Er reißt den Blick von seiner Tochter los, die auf ihrer Reifenschaukel schmollt, und sieht zu Tanya Fouché hoch.

»Nichts«, lügt er.

Die Wahrheit ist, dass nach allem, was passiert ist, nachdem er zwei Tage lang vor allen möglichen internen und externen Gremien seine Aussagen zu Protokoll gegeben hat, nach den

Untersuchungen der Umtriebe der *Ballies* und der Todesfälle in Alexandra, nachdem angeblich immer mehr Abasindisi aufgespürt werden konnten, weil die populistischen Anführer tot sind und die Nachfolgekämpfe die Mitglieder so verschreckt haben, dass sie die Organisation scharenweise verlassen, Harry noch immer nicht die geringste Ahnung hat, wer in Tsolo auf ihn geschossen hat. Und es sind auch keine neuen Beweise aufgetaucht, die jetzt zur Aufklärung beitragen könnten. Naidoo gibt sich genauso zugeknöpft, was die Schüsse auf Harry angeht, wie Swarts es getan hat, und die Kugel, die am Ostkap aus Harrys Bauch geholt wurde, hat das kriminaltechnische Labor nie erreicht. Swarts hat diesbezüglich genauso gelogen wie in vielem anderen.

»Du schaust wütend aus.« Sie kniet sich neben ihn und legt ihm eine ihrer schmalen Hände auf den Oberschenkel. »Was ist los? Sag's mir.«

Lange Ohrringe baumeln von ihren weichen Ohrläppchen, und ihr rabenschwarzes lockiges Haar ist mit einem scharlachroten Tuch zu einem Pferdeschwanz zusammengebunden. Wie gerne hätte er die Kummerfalten um ihre Augen und ihren Mund weggewischt und ihr strahlendes Lachen wieder hervorgezaubert.

»Es ist nichts«, sagt er noch einmal. Er will sie nicht mit einer Sache belasten, die immer mehr zur Obsession wird, weil er fürchtet, dass er nie erfahren wird, wie es so weit kommen konnte. »Ich bin einfach frustriert, weil ich in dem verdammten Ding hier sitzen muss, während meine Tochter mir den Garten ruiniert, statt mir zu sagen, was sie wirklich auf dem Herzen hat. Ich komme mir vor wie im Gefängnis.«

»Vielleicht wartet sie nur darauf, dass du mit ihr redest.«

»Worüber?«

»Über euch.«

»Über uns?«
»Ja, über dich und sie.«
»Was soll das denn heißen? Wir reden doch dauernd miteinander.«
»Harry, den ganzen Tag über Nichtigkeiten zu reden ist nicht schwer. Manchmal muss man auch ein bisschen was von sich selbst preisgeben und schauen, was rauskommt. Sie sieht dich, wie du stundenlang hier am Fenster sitzt und auf die Telefonleitungen hinausstarrst. In der Nacht kann sie dich mit deinem Rollstuhl im Haus herumfahren hören, denn der quietscht wie ein verirrter, rostiger Rasenmäher. Jeanie weiß, dass du Angst hast und dir Sorgen machst, und das macht auch ihr Angst und Sorgen. Aber du sagst ihr, es ist nichts, genau wie mir. Also hör auf mit dem Scheiß, Harry. Wir sind doch nicht blöd. Ich lass dich im Moment in Ruhe, weil mir gar nichts anderes übrigbleibt, aber Jeanie wird keine Ruhe geben.«
Seine Wangen glühen, als ob sie ihn geschlagen hätte.
»Tut mir leid.« Er sieht wieder zu seiner Tochter hinaus, doch Tanya packt ihn am Kinn und dreht sein Gesicht herum, dass er gar nicht anders kann, als ihr in die Augen zu schauen.
»Entschuldigen ist leicht. Mach's wieder gut, Bond. Das ist, was zählt.«
Sie beugt sich vor und küsst ihn auf die Wange, dann hakt sie ihm ihre Finger hinter die Ohren und zieht seinen Mund zu ihrem. Er gibt sich ganz diesem innigen Kuss hin, bis sie schließlich mit ihren Zähnen zärtlich an seiner Unterlippe zupft und den Kopf wegzieht.
»Für einen Mann in deinem Alter musst du noch eine Menge lernen, Bond.«
»Und wenn ich nicht in diesem idiotischen Ding hier festsäße, Tante Tanya, dann könnte ich auch dir noch das eine oder andere beibringen.«

»Ach ja?«
»Ach ja!«
»Tja, aber du sitzt nun mal fest, du dummer Halbwüchsiger.« Sie zwinkert ihm zu und packt die Rollstuhlgriffe, um ihn vom Fenster wegzuziehen. Als sie ihn aus dem Zimmer schiebt, klappern die Räder seines Gefängnisses über den Teppich.
»Fahren wir also jetzt zu Russells Beerdigung oder nicht?«
»Ich glaube, wir fahren«, sagt er und streckt die Hand aus, um sich eine Jacke von einem der Kleiderhaken in der Diele zu angeln.

2

Es ist eine unbehagliche Trauerfeier. Nicht nur für Harry Mason, der spürt, wie sich viele der versammelten Augen in seinen Rücken bohren, sondern auch für Russell Swarts' Familie. Bessie, seine Witwe, trägt ein schwarzes Kleid voller Rüschen und Spitzen, die im Wind flattern, und ihr Gesicht ist von einem Schleier verdeckt. Hin und wieder schiebt sie ein weißes Taschentuch verstohlen darunter, um feuchte Augen oder einen rosenroten Mund abzutupfen. Ihre beiden Söhne, die mit ihren breiten Schultern aussehen, als wären sie ein Gewinn für jede Universitäts-Rugbymannschaft, flankieren sie wie zwei Wachposten.
Von ganz oben war die Genehmigung für ein Polizeibegräbnis gekommen, und trotz aller Gerüchte wurde alles getan, um Swarts' Namen reinzuwaschen – weniger um ihm, als der Behörde einen Dienst zu erweisen. Zweifellos wird er auch eine letzte Medaille bekommen und seine Frau eine ordentliche Rente. Wenigstens das. Der Umstand jedoch, dass außer Chief Molethe kein höherrangiger Vertreter der Polizei an der Trauerfeier teilnimmt, ist ein klares Signal an alle versammelten

Polizisten und ihre Familien: Er war einer von uns, mehr aber auch nicht. Von jetzt an reden wir nicht mehr über ihn, und wir wollen auch nichts mehr über ihn hören.
Es geht das Gerücht, dass Bessie Swarts bereits drei Wochen nach Russells Tod die Aufforderung erhalten hat, das große Haus zu räumen, das der Staat ihrem Mann zu Lebzeiten vermietet hat. Harry wüsste gerne, ob sie jetzt auch die Farm verkaufen muss, die Russell Swarts so sehr liebte.
Obwohl es bis zum Hochsommer noch einige Monate hin ist, herrscht im Freien schon eine unangenehme Hitze, und die Trauergesellschaft wischt sich diskret den Schweiß von Stirn und Nacken. Der Pastor hält eine langatmige Ansprache auf Afrikaans, seine Stimme steigt und fällt wie ein Schiff auf rauher See. Harrys Gedanken schweifen wieder ab zu der Frage, wie er beweisen kann, dass Franklin versuchte hatte, ihn umzubringen, und sei es nur, um sein eigenes Gewissen zu beruhigen, weil er den Mann erschossen hat.
Von Makhe, Khuzwayo, den Phalisos kann er nichts mehr erfahren. Und ein ausführliches Telefongespräch mit Moqomo ergab auch nichts weiter, als dass der Revierleiter von Tsolo und seine Leute genauso wenig wussten wie Harry selbst. Die Nachricht, dass das Waffenarsenal aus Tsolo herausgeschmuggelt und anschließend von Franklin verkauft worden war, kam für Moqomo ebenso überraschend wie für Harry. Ob von den Ortspolizisten irgendjemand in die Pläne eingeweiht war, weiß er noch immer nicht, aber die Tatsache, dass Swarts Harry überredet hat, Moqomo und seine Leute in einen Abschnitt des Zielortes zu führen, wo die Waffen am allerwenigsten zu finden waren, legt die Vermutung nahe, dass das Tsolo-Team tatsächlich unschuldig war.
Auch Swarts ist tot. Die ersten Erdbrocken fallen auf den Rotholzsarg, und ein Signalhorn begleitet Bessies Schluchzen. Er

hat sein Geheimnis mit ins Grab genommen, genauso wie die Sturheit eines Mannes, der gewohnt ist, seinen Willen durchzusetzen. Harry, der weiß, was für ein Typ Swarts war, loyal vor allem zu seinesgleichen, ist sich sicher, dass Swarts Franklin um jeden Preis decken wollte. Franklin war seine rechte Hand und hatte die Verbindungen, die ihnen zu einigen höchst willkommenen Nebeneinkünften verhalfen, insbesondere, wenn einem ein kostspieliger Umzug nach Lyon bevorstand. Franklin stand Swarts am nächsten, also muss er es gewesen sein, der den Finger am Abzug hatte. Combrink war nicht hart genug, ihn zu erschießen, davon ist Harry überzeugt, ebenso wenig wie Naidoo.

»Warum hat Franklin auf Mason geschossen?«, hatte Chief Molethe seinen ehemaligen Captain in einem Vernehmungsraum mit Donnerstimme gefragt. Harry hatte mit wie zum Gebet gefalteten Händen in dem Beobachtungsbereich hinter einem Einwegspiegel gesessen und alles mitverfolgt. Ein Anwalt mit Aktentasche saß am Kopfende des Tisches und betrachtete seine Nägel. Naidoo hatte in Gegenwart der anderen *Ballies* vielleicht den Eindruck eines Schlappschwanzes gemacht, doch als er plötzlich allein unter Beschuss stand, zog er sich sehr geschickt aus der Affäre. Er hatte sogar zu trinken aufgehört, und es ging das Gerücht, dass er Jacobs Abteilung wegen des Schusses ins Bein auf Schadenersatz verklagt hatte. Er machte geltend, er sei nicht angemessen gewarnt worden, dass ein Polizist vor Ort und im Begriff war, auf ihn zu schießen. Der Drecksack, dachte Harry. Was für eine *Chuzpe!* »Hat er es getan, weil er fürchtete, Mason würde die Waffenschieberei aufdecken, oder weil er Swarts einen Gefallen schuldete?«

»Also wirklich, Chief«, hatte Naidoo mit seelenruhiger Stimme gesagt, auch wenn seine Hände gleichzeitig Samba und Salsa getanzt hatten »Warum schreien Sie denn so, ich kooperiere doch, oder? Ich habe Ihnen alles erzählt, was ich über Russie und Blondie weiß, reicht das denn nicht?«

»Sie waren doch nicht irgendein Hampelmann, der einfach so mitgedackelt ist, Sie Armleuchter!«, brüllte Molethe. Er beugte sich vor, und seine schwere Boxerstatur drohte auf den sitzenden Zeugen herabzusacken. »Sie sind eine gottverdammte Schande für uns alle. Uns fliegt hier die Scheiße um die Ohren, und in einem Monat werden sich anständige Männer, hoch qualifizierte Männer wie gewöhnliche Uniformierte um häusliche Gewalt und Alkohol am Steuer kümmern müssen, und alles nur wegen Ihnen vier. Ist Ihnen das völlig schnuppe?«

Naidoo hatte nur die Achseln gezuckt. Allerdings war er ein Stück von Molethe abgerückt, näher zu dem dürren Anwalt hin. »Diese Scheiße war doch schon längst im Anflug. Schieben Sie das nicht mir in die Schuhe.«

»Mr. Mason?« Harry wird in die Gegenwart zurückgeholt.

Eine schwere Hand legt sich auf seine Schulter, und der Chief sagt: »Harry, das ist Bessie Swarts.«

Er kehrt aus seinem Tagtraum zurück und sieht der kleinen Frau in die Augen. Sie steht unsicher auf hohen Absätzen, die immer wieder im weichen Boden versinken. Ihre stark geschminkten Lippen leuchten rot wie ein Stoppschild durch ihren Schleier. Sie hält einen steifen weißen Umschlag in derselben Hand wie ihre kleine Samthandtasche mit der goldenen Schließe.

»Mrs. Swarts.« Harry schüttelt ihre zierliche Hand. »Mein Beileid. Ich habe verdammt viel von Ihrem Mann gelernt in der Zeit, in der wir zusammengearbeitet haben.«

»Stimmt es, was über ihn geredet wird?«

»Ich weiß nicht, was über ihn geredet wird. Ich war im Krankenhaus, wie Sie sehen.«

Sie lüftet den Schleier, und Harry sieht ihr fahles, stark gepudertes

Gesicht. Die Wimperntusche ist verlaufen, und ihre Lippen sind von den unverkennbaren Raucherfältchen gesäumt.

»Keine Sorge, ich kann bald wieder laufen.« Er lächelt. »In der Abteilung nennt man das eine ›vorübergehende Beeinträchtigung‹.«

Die Erleichterung steht ihr ins Gesicht geschrieben. Harry hätte gerne gewusst, wie gut sie über die Machenschaften ihres Mannes Bescheid wusste. Ob das Wohlergehen anderer Polizisten sie tatsächlich interessierte. Und ob sie sich auch Sorgen machte über die zahlreichen Beschwerden, die wegen des brutalen Vorgehens ihres Mannes eingereicht wurden. Ihr Gesicht ist jedenfalls hart unter der Schminke, das ihrer Söhne noch härter, und Harry hat den Verdacht, dass die Ansichten ihres Mannes über die Kriminalität in diesem Land, und wie man ihrer Herr wird, von ihren nicht allzu weit entfernt sind.

»Es tut mit leid, was Ihnen da passiert ist. Das war am Ostkap, stimmt's?«

»Sie müssen sich nicht entschuldigen«, antwortet Harry. Er weiß nicht, was er von ihrer Entschuldigung halten soll.

Bessie Swarts lächelt, aber es ist ein gezwungenes Lächeln. Dann streckt sie ihm den Umschlag hin. »Den habe ich im Arbeitszimmer meines Mannes gefunden, als ich nach Versicherungspapieren suchte. Ihr Name steht drauf, also finde ich, dass Sie ihn auch bekommen sollten.«

Der Umschlag ist ziemlich leicht, doch als er ihn ihr abnimmt, spürt Harry, dass etwas Hartes darin hinunterrutscht.

»Danke«, sagt er, und sein Herz klopft plötzlich wie rasend. Auf einer Seite steht in Russell Swarts' vertrauter kühner Klaue Harrys Spitzname geschrieben: *Bond.* »Ich weiß das wirklich zu schätzen.«

Der forschende Blick, mit dem sie ihm noch immer in die Augen sieht, bereitet ihm Unbehagen.

»Ich war schon immer ziemlich neugierig auf Sie, weil Russell Sie anscheinend so mochte. Es klingt vielleicht seltsam, aber ich glaube, in gewisser Hinsicht hatte er vor Ihnen vielleicht mehr Respekt als vor dem hiesigen Polizeichef. Es ist wirklich schade, dass ich Sie nicht besser kennenlernen durfte.«

Die ganze Zeit über dreht Harry den Umschlag in seiner Hand herum und spürt, wie der geheimnisvolle Gegenstand darin hin und her rutscht.

»Jedenfalls war es schön, Sie zu sehen, und ich hoffe, Sie sind bald wieder auf den Beinen.«

Er lächelt ihr zu, und sie wendet sich ab. Seine Zunge macht ein knackendes Geräusch in seinem ausgetrockneten Rachen. Er steht auf und sieht ihr nach. Ihre Söhne greifen ihr zu beiden Seiten unter die Arme, damit sie ohne zu schwanken über die weiche Erde gehen kann, die gierig an ihren Absätzen saugt.

Eine Stunde später kann Harry seine Neugier nicht mehr bezähmen. Kaum zu Hause angekommen, holt er ein Steakmesser aus der Besteckschublade. Er setzt sich an den Tisch und schlitzt den Umschlag an einer Seite auf. Dann lässt er den Inhalt in seine Hand fallen.

»Und?«, fragt Tanya, die in der Tür steht und ihre beigen Stiefel mit den Troddeln an den Seiten auszieht. »Was ist es?«

Er sieht den Gegenstand in seiner Hand an.

Es ist ein 9-mm-Kupfermantelgeschoss, praktisch unverformt.

3

Eine Woche später verlässt Harry die Abteilung Ballistik in Silverton. Er hat einen Gefallen eingefordert und fährt jetzt, mit einem druckfrischen Laborbericht auf dem Beifahrersitz nach Fordsburg. In einer heruntergekommenen Gegend sucht er die Einzimmerwohnung, in die Naidoo eingezogen ist, nachdem ihn seine Eltern offensichtlich mit Schimpf und Schande aus dem Haus gejagt haben. Überall blättert die Farbe von den Mauern wie ein schuppendes Ekzem, selbst die Werbeplakate sehen aus, als stammten sie aus einem anderen Jahrtausend, und in den Rinnsteinen hat sich zentimeterhoch der Abfall gesammelt. Die Kulisse dazu bilden Schwalben, die träge über einen Himmel in der Farbe von Polareis gleiten.

Harry drückt auf den Knopf neben der weißen Tür und lauscht dem Ratschen eines rostigen Mechanismus, das man kaum als Klingelton bezeichnen kann. Kinder schreien, Hunde bellen und Fernseher plärren wie überall, wo Arbeitslose sich zusammenfinden und darauf warten, dass etwas passiert. Der Eindruck allgemeiner Verwahrlosung wird noch verstärkt durch den Geruch von liegen gebliebenem Müll auf dem Flur im ersten Stock.

Einen Augenblick ist es still, dann ist das schwere Tappen nackter Füße auf einem Fliesenboden zu hören und die Schlösser werden der Reihe nach aufgesperrt. Schließlich ragt Naidoos massige Gestalt vor ihm auf, die violetten Schatten um seine Augen noch dunkler als üblich, die Lippen aufgesprungen, die Wangen unrasiert, das Netzhemd, das seinen korpulenten Oberkörper bedeckt, mit Oregano und geschmolzenem Käse von einer kürzlich verspeisten Pizza beschmiert. Er begrüßt Harry mit einem herzhaften Rülpser.

»Was machen Sie denn hier?«

»Ich muss wissen, was wirklich in Tsolo passiert ist, Sammy.«

»Ich hab denen in der Abteilung alles gesagt, was ich weiß. Und jetzt verpissen Sie sich.«

Sein Atem riecht, als hätten seine Zähne schon monatelang keine Zahnbürste mehr gespürt, und hinter ihm kann Harry mit Zeitungen und leeren Wodkaflaschen übersäte Fliesen erkennen. Sammy hat also wieder zu trinken begonnen.

»Die Polizei ist mir im Moment egal. Hier geht es jetzt um Sie und Franklin, Swarts und mich. Bitte helfen Sie mir.«

Naidoos Blick wandert zu dem Ordner unter Harrys Arm, dann dreht er sich auf dem Absatz um und schlurft in eine Wohnung, in der es noch schlimmer riecht als auf dem Flur. Harry folgt ihm und schließt die Tür hinter sich.

»Wie läuft's?«, fragt er. Er hat immer noch dasselbe ungute Gefühl bei diesem Gespräch wie heute Morgen beim Aufwachen.

»Beschissen, wie sonst?« Sammy lässt sich wieder auf die Couch fallen. Von dem Holzrahmen im Inneren kommt ein unheilvolles Knarzen. »Was haben Sie da?«

Über den auf dem Boden verstreuten Abfall steigend gelangt Harry ins Zimmer und zieht ein einzelnes Bündel Blätter heraus. Mikroskopaufnahmen der Riefen und Kratzer an dem Projektil, das Bessie Swarts ihm gegeben hat, sind daran befestigt. Dazu Vergleichsbilder mit weißen Linien, die Ähnlichkeiten zwischen den Projektilen aufweisen.

Er reicht Naidoo den Bericht. »Das könnte Sie interessieren.«

Naidoo nimmt ihn, ohne Harry aus den Augen zu lassen. Was vor allem an ihm auffällt, ist seine Erschöpfung, keine Spur mehr von der passiv-aggressiven Pose, die er vor einigen Wochen Molethe gegenüber an den Tag gelegt hat.

»Ein Bericht aus der Ballistik«, sagt Sammy, als er schließlich die Papiere überfliegt. »Aber was soll ich damit?«

»Die Kugel rechts kommt aus einem Umschlag, den man in Russell Swarts' Schreibtisch zu Hause gefunden hat. Die Blutspur darauf ist identisch mit meinem Blut.«

»Und?«

Harry atmet hörbar aus und lässt seine Hand fallen. Er hatte gehofft, Naidoo würde es ihm nicht ganz so schwer machen. »Daraufhin wurden Tests mit sämtlichen Ihrer Dienstwaffen

gemacht: denen von Swarts, Franklin, Combrink ... und mit Ihrer.«
Naidoo beugt sich vor und wirft den Bericht auf einen kleinen Couchtisch der vollgeräumt ist mit Tellern und Whiskygläsern. Er fährt sich mit der Hand durch das Haar, das in den Wochen, die er bereits auf seinen Prozess wartet, lang und fettig geworden ist. Ein Prusten kommt über seine Lippen, ein Geräusch fast wie ein Lachen.
»Warum?«, fragt Harry.
Naidoo lehnt sich auf dem Sofa zurück und starrt eine Weile an die Decke.
»Es war ein Unfall«, sagt er schließlich.
»Blödsinn!«, schreit Harry, mit einem Mal rasend vor Wut. Die Kugel auf der linken Seite, die zu Analysezwecken aus Naidoos Waffe in einen Wasserbehälter abgefeuert wurde, gleicht der aus Harrys Bauch herausoperierten wie ein Ei dem anderen. »Was waren Sie Swarts schuldig, dass er Sie dazu gebracht hat, mich zu erschießen?«
»Reden Sie nicht so von ihm, klar?«, brüllt Naidoo auf einmal los, und in seine Augen ist plötzlich wieder Leben zurückgekehrt. »Ich hab die Nase voll davon. Er hat Sie ausgebildet, er hat auf Sie aufgepasst, dass Sie es nicht für möglich halten würden. Um Ihnen das Leben zu retten, ist er mit Ihnen auf dem Rücken einen Kilometer weit gerannt, und Ihr Blut hat ihm seine liebste Khakiuniform ruiniert. Der *Wallah* hatte Tränen in den Augen, als wir Sie beide endlich eingeholt haben, Sie Arschloch.«
»Ach so, zuerst will er mich aus dem Weg räumen, und als er mich dann in einer Blutlache liegen sieht, kriegt er plötzlich Gewissensbisse? Was ist daran so toll?«
Naidoo lacht auf und fährt sich mit der Hand über seine geröteten Wangen. »Scheiße, Mason, was sind Sie bloß für ein

egozentrischer Hurensohn! Die Welt dreht sich doch nicht um Sie.«

»Dann klären Sie mich auf.«

Sammy steht auf, geht zu einem Fernseher, der in einer Ecke des Zimmers auf einem Stuhl steht, und holt von irgendwoher eine Flasche Whisky hervor. Er schraubt sie auf und schüttet sich das letzte Viertel ihres Inhalts in die Kehle.

»Werd nicht viel von dem Zeug zu Gesicht kriegen, da wo ich hingeh, he?« Zärtlich sieht er das Etikett an, streicht mit dem Daumen darüber. »Wie ich bei der Vernehmung schon gesagt habe: Franklin hatte den Verkauf der Waffen, von denen Sie erzählt haben, schon eingefädelt, aber er brauchte unsere Unterstützung, weil er es allein nicht geschafft hätte, sie wegzubringen, und wären sie mal in Johannesburg in der Asservatenkammer gewesen, wären diese AK-47 viel zu heiße Ware gewesen, um sie einfach verschwinden zu lassen. Es brauchte keine große Überzeugungskraft, Kommie und mich zu motivieren, sie abzuzweigen, solange sie noch da draußen waren. Wir konnten beide das Geld gut brauchen, und die Typen, denen wir sie wegnahmen, waren sowieso nur ein Haufen Dreckschweine. Russie wollte erst nichts davon wissen, weil er schon einmal so ein Ding mit Franklin gedreht hatte, und es hat ihm nicht besonders gefallen. Aber, na ja, da war dieser Umzug nach Frankreich, und der Wechselkurs Rand-Euro ist nicht unbedingt ein Bombengeschäft für uns, he? Zu guter Letzt konnten wir ihn zu dritt überreden mitzumachen.«

Er seufzte schwer. »Sie waren von Anfang an das Problem. Sie waren der ermittelnde Beamte, der alles kontrollierte, also konnten wir Sie nicht einfach da stehen lassen und uns auf die Suche nach diesen Knarren machen. Combrink war sogar der Meinung, dass Sie vielleicht mit von der Partie sein würden, aber Swarts hat ihm gesagt, er soll bloß die Finger davon lassen.

Ich glaube, er wollte Sie da nicht reinziehen. Stattdessen hat er dafür gesorgt, dass Sie mit der einheimischen Truppe in eine andere Richtung losmarschierten, während wir uns um die Waffen kümmerten.«

»Darüber habe ich auch lange nachgedacht.«

»Das merkt man. Welcher Ermittlungsleiter ist denn so blöd, und lässt sich davon abbringen, sich seinen Pokal selbst zu holen?«

Harry zuckt die Schultern. »Irgendjemand musste ja dafür sorgen, dass die Hinterwäldler keinen Scheiß bauen.«

»Sie wissen ja selbst, wie's da unten zugegangen ist. Der Nebel, und diese Scheiß-Bauern, die auf alles geschossen haben, was sich bewegte. Überall Leichen. Wie am Drehort eines Films über den Vietnamkrieg. Mir sind fast die Nerven durchgegangen. Ich hatte die Hosen gestrichen voll, das kann ich Ihnen sagen. Franklin, der war ja schon so gepolt, bevor der Teufel ihn ausgekotzt hat. Aber ich – nachdem ich damals diese Schüsse abgekriegt hab, hat mich der Gedanke, noch mal eine Kugel verpasst zu kriegen, ganz schön kirre gemacht. Und wenn schon. Jetzt geht mir das auch am Arsch vorbei.

Wir haben diese Kisten in einem Schuppen in Abschnitt eins gefunden, gleich auf Anhieb. Genau dort, wo Motale gesagt hat, dass sie sein würden. Bei dem dichten Nebel dachten wir, dass wir es bis zu den Fahrzeugen schaffen würden, bevor ihr überhaupt gemerkt hättet, dass wir weg sind. Also haben Blondie und ich uns die eine Kiste geschnappt, Kommie und Russie die andere, und dann sind wir losgerannt. Eins kann ich Ihnen sagen, *Boet,* ich hab nicht oft in meinem Leben so eine Scheiß-Angst gehabt, erschossen oder erwischt zu werden. Und plötzlich steht da dieser Typ vor mir, und er dreht sich zu mir um, als ich mit dieser idiotischen Kiste über einen Baumstumpf gestolpert bin. Was hätte ich denn tun sollen? Drauf warten, dass es mir so geht wie Moqomo? Ich konnte doch nicht sehen, dass Sie das waren. Woher hätte ich denn wissen sollen, dass Sie nicht bei Ihrer Gruppe waren? Ich habe als Erster geschossen. War eh ein Wunder, dass ich überhaupt getroffen hab bei dem Wetter – ein Wunder, nur leider in die falsche Richtung. Glauben Sie's oder nicht, *Boet*, aber so war's.«

Naidoo kramt unter ein paar Zeitungen herum, die über einen Tisch voller Flaschen gebreitet sind, offensichtlich auf der Suche nach mehr Alkohol, findet aber nichts. Harry sieht ihm zu, krampfhaft bemüht, die Wut unter Verschluss zu halten, die ihm wie Galle aufsteigt. Er glaubt Naidoo die Geschichte nicht, *kann* sie einfach nicht glauben – aber vielleicht nur deshalb, weil er hören will, hören muss, dass er aus einem wichtigeren Grund beinahe gestorben wäre. Dass er tatsächlich einen Grund hatte, bis zum Schluss auf Swarts wütend zu sein.

»Wie weit willst du das eigentlich treiben?«, hatte Tanya ihn vor zwei Tagen gefragt, nachdem sie zum ersten Mal nach einer Ewigkeit wieder miteinander geschlafen hatten.

Er hatte den Arm ausgestreckt und mit einem Fingernagel über ihren Arm gestrichen, bis seine Hand auf einem Hinterteil so glatt wie Marmor zu liegen kam. »Bis zum bitteren Ende. Anders geht's nicht.«

»Aber wenn dabei nichts herauskommt?«

»Ich werde was finden«, hatte er ihr geantwortet. »Ich muss.«

Und hier ist es, es kling absolut plausibel, und er kann es immer noch nicht akzeptieren.

»Was ist mit diesen Waffen, die ihr vernichtet habt?«, knurrt er. Er wird die Schwachstellen in Naidoos Geschichte schon finden.

»Soll das ein Witz sein, Mason? Das da unten, das war ein Armeelager im Kleinformat. Zwischen Qumbu und Tsolo ist so viel Material im Umlauf, dass es ein Kinderspiel war, ein paar

Waffen zusammenzuramschen, unseren Chefs die Razzia als Erfolg zu verkaufen und die echten Juwelen zu verhökern.«

Harrys Fäuste ballen sich langsam. »Ihr habt Makhe nur deshalb umgebracht, weil ihr Informationen über noch mehr Waffen wolltet, die ihr klauen und verschieben konntet? In Wirklichkeit ging es gar nicht um einen Hinterhalt, stimmt's? Niemand von euch hat je geglaubt, dass er uns über den Tisch ziehen wollte. Es ging immer nur um Gier.«

»Die Sache mit dem Hinterhalt ist Russie eingefallen, als in Tsolo plötzlich die Hölle losbrach, aber, nein, es ging um die Waffen. Für neue AKs kriegt man wesentlich mehr als für heiße Ware aus der Asservatenkammer. Das Bankraub-Geschäft floriert und hat schließlich auch dafür gesorgt, dass die SVC im Geschäft bleibt, oder?« Er kichert wie ein Mädchen, beherrscht sich jedoch sofort wieder, als er Harrys Gesichtsausdruck sieht. »Makhe war Franklins Idee. Russie wusste davon nichts, bis zu dem Tag, an dem wir zu Ihnen kamen, und da war er schon tot. Nach dem einen gelungenen Deal war Franklin klar, dass er mehr rausholen konnte, wenn wir zusammen halfen.«

Harry stiert auf Naidoo hinunter, der jetzt auf der Sofakante hockt, die Hände zwischen den Beinen baumelnd, die Miene so ausdruckslos, dass sie beinahe erleichtert wirkt. Was soll er jetzt damit anfangen, und wozu ist er überhaupt hergekommen? Was hat er sich von diesem Besuch erwartet? Er hatte die Wahrheit doch schon mit dem Bericht der Ballistik in Händen gehalten, das kann es also nicht sein. Die Wahrheit, das war jetzt eine Sache fürs Gericht. Will er eine Entschuldigung? Ja! Und er will mehr über Russie erfahren.

»Sie sind ein selbstzufriedenes Stück Scheiße, Naidoo.«

»Wie bitte?«

»Russie hat das alles mit ins Grab genommen. Sein Ruf ist im Arsch, und alles nur, weil er Ihnen den Ihren bis zum Schluss gerettet hat, und nicht mal da wollten Sie ihm diese Bürde abnehmen. Ich hab's Ihnen schon mal gesagt, und jetzt sag ich's Ihnen wieder: Sie sind eine feige Sau.«

»He, schieben Sie diesen Scheiß ja nicht mir in die Schuhe. Das Ganze ist doch nur wegen Ihnen passiert. Und wegen *ihm*. Wenn diese Ntombini-Sache nicht zwischen Ihnen gewesen wäre, wär's doch gar nicht so weit gekommen, also versuchen Sie nicht, mir das anzuhängen, klar?«

Harry will noch etwas sagen, doch er erkennt, wie sinnlos es ist, diese Diskussion fortzuführen. Naidoo ist genauso selbstgerecht und stur wie Russell Swarts es war, genauso überzeugt davon, dass seine Handlungen immer mit denen anderer zu entschuldigen sind. Ihm geht es nicht so sehr um seine Schuld oder Unschuld, sondern darum, das perfekte Alibi zu fabrizieren, und wie ein Lebenslänglicher wird er bis zu seinem letzten Atemzug daran festhalten, auch wenn die Last der Beweise gegen ihn erdrückend ist.

Harry schüttelt resigniert den Kopf und wendet sich der Tür zu. Er kann hier stehen bleiben und sich den Mund fusselig reden oder Tanya Fouchés einfachen Rat befolgen: »Lass los, Harry. Es gibt Wichtigeres, um das du dir Gedanken machen musst.«

Hinter ihm steht Naidoo auf. »Was ist?«

»Nichts, Sammy«, ruft er ihm über die Schulter zu. »Gar nichts.«

»Was?«, fragt Naidoo noch einmal.

Vor der Tür hebt Harry, ohne sich umzudrehen, eine Hand. »Ich hoffe, Sie haben ein wunderschönes Leben oben in C-Max, das ist alles.«

Kapitel 18

1

Jacob macht einen Schritt zurück und begutachtet den Schrein, den er in einem dunklen Winkel seines Hauses errichtet hat, wo früher der Schrank mit Nomsas Porzellansammlung stand. Der *Umsamo* besteht aus einem kleinen Tisch aus unbearbeitetem Kameldornholz, einer Schale mit Erde vom Grab seines Vaters, einer Kalebasse mit frischem Sauerbier darin und brennendem Weihrauch. Neben einer brennenden Kerze steht eine Schwarzweißfotografie, die seinen Großvater und seinen Vater zusammen zeigt.

So. Seid ihr jetzt zufrieden?

Sprich nicht mit uns, als hättest du uns einen Gefallen getan, Junge, dröhnt sein Großvater. *Sei lieber froh, dass wir keinen Blitz auf dich geschleudert haben in der Nacht, als du deinem* Umlungu *hinterhergerannt bist.*

Es ist gut, Jacob, sagt eine andere Stimme. Sein Vater klingt ruhiger als je in seinem Leben. *Jetzt brauchst du nur noch eine anständige Frau.*

Jacob lässt die Schultern sinken und betet mit zur Decke erhobenem Blick zu seinem Gott um die Gnade von ein wenig Ruhe und Frieden. Nachdem Nomsa fort war, und seine beiden Ahnen ihm ständig mit allerlei Forderungen im Kopf herumspukten, sah er keinen Grund mehr, die Trauerzeit für seinen Vater nicht zu Ende zu bringen, wie die Tradition es gebietet und seine Mutter es sich von ihm gewünscht hat. Immerhin sind seine Ahnen ein Teil von ihm, genauso wie er von ihnen, und sie werden keine Gelegenheit auslassen, ihn daran zu erinnern.

Außerdem hatte Nomsa recht gehabt, vor vielen Wochen, in den Tagen unmittelbar nach dem Tod seines Vaters. Vergebung ist das zentrale Element seines Glaubens, und wenn das der einzige Weg ist, seinem Vater das zu zeigen, dann bitte.
Er dreht sich um und macht eine Bestandsaufnahme seines Hauses. Es riecht bereits staubig und sieht so leer aus wie ein ausgeräumtes Lager. Die Geräusche und die Musik, die von den Wänden in diesen leeren Räumen widerhallen, klingen ungewohnt und fremd. Die Blumen, die Nomsa dienstags immer auf die Anrichte neben der Stereoanlage gestellt hatte, obwohl sie damit rechnen musste, dass er ihr Geldverschwendung vorwarf, sind schon lange verschwunden. Der Mülleimer in der Küche quillt über von Fast-Food-Behältern, im Kühlschrank gibt es nur Bier und die Überreste von gebratenem Hähnchen. Er verbringt hier nicht mehr viel Zeit, denn was dieses Haus zu einem Heim gemacht hat, gibt es nicht mehr. Hitzige Debatten über sein besitzergreifendes Wesen folgten seinem Angriff auf Teddy Bakwena. Nur Nomsas unermüdlichem Zureden war es zu verdanken, dass diese Schlange Jacob nicht angezeigt hatte. Auf dem Höhepunkt seiner Raserei suhlte Jacob sich in der Vorstellung, mit Bakwena die Sache vor Gericht auszutragen, denn irgendwie war er überzeugt, rechtfertigen zu können, was er getan hatte; überzeugt, dass der Richter seine Handlungsweise angesichts der ehebrecherischen Absichten Bakwenas verstehen würde; überzeugt auch, dies sei der einzige Weg, Nomsa zu beweisen, dass sie im Unrecht und er im Recht war. Seine Ohren glühen vor Verlegenheit, wenn er an diese Zeit nur denkt. Hat er ihr das alles wirklich ins Gesicht gesagt?
Selbst Busi Mosetsane, die an ihren Schreibtisch im Präsidium zurückgekehrt war, ihn aber trotzdem die ersten ein, zwei Wochen noch im Büro zum Mittagessen abgeholt hatte, sagte ihm,

das sei das Dümmste, was sie je gehört habe. Etwas in seinem Verhalten in diesen Tagen bewog Busi dazu, sich immer seltener mit ihm zum Abendessen und später auch zum Mittagessen zu verabreden. Zu guter Letzt verpasste sie immer häufiger seine Anrufe und rief auch nicht zurück.

Mit ein paar ihrer Brüder und Cousins war Nomsas Vater eines Tages in einem Geländewagen aufgetaucht, und in kürzester Zeit hatten sie alles ausgeräumt, was seiner Tochter gehörte. Die ganze Zeit hatte er Jacob angesehen, als sei der ein Kinderschänder oder Schlimmeres. Als Jacob Nomsa zufällig in einem Einkaufszentrum in Orlando mit Bakwena Cappuccino trinken sah, hatte er beinahe fluchtartig das Gebäude verlassen. Mit der Zeit hatte er aufgehört, nachts bei ihr anzurufen, war nicht mehr bei ihr vorbeigefahren in der Hoffnung, sie auf der Straße zu sehen, um mit ihr sprechen zu können, ohne sich die Flüche und Drohungen anhören zu müssen, die ihm ihr Vater durch das Küchenfenster zuschrie. Bis zu diesem Zeitpunkt hätte Jacob sich niemals vorstellen können, so eines Benehmens fähig zu sein.

Das Haus ist leer, sagt er sich, um sich von diesen unangenehmen Erinnerungen abzulenken. *Der ideale Moment, es zu streichen, damit es schön ist, wenn sie zurückkommt.*

Aber wird sie zurückkommen?

Lass gut sein, Mfo, rügt er sich, angewidert von sich selbst, und froh, dass sie nicht da ist, um sein hässliches Inneres zu sehen.

2

Jacob arbeitet auf der hinteren Seite des Dachs, die Sonne brennt ihm auf den nackten Rücken, um ihn herum stinkt alles nach Farbe, und ein kleines Radio mit schlechtem Empfang leistet ihm Gesellschaft. Da hört er den Dieselmotor eines Geländewagens, der in seine Einfahrt fährt.

Er wischt sich den Schweiß von der Stirn und läuft die paar Schritte zur Vorderseite des Blechdachs, der Schrei der Freude über Nomsas Rückkehr drängt sich schon auf seine Lippen.
Eine Autotür schlägt zu, und Harry blinzelt zu ihm hoch. »Pinselst du immer noch rum?«
Jacob hofft, dass sein Freund ihm die Enttäuschung nicht allzu deutlich ansieht. Er seufzt und lässt den Farbroller fallen. »Ja«, schreit er hinunter.
»Wie lang willst du denn noch so weitermachen? Du kannst doch nicht alle zwei Monate alles renovieren. Das ist albern, Jakes, und neben allem anderen ist es auch noch eine sinnlose Geldverschwendung.«
Jacob hockt sich auf die Unterschenkel und faltet die Hände auf den Knien. »Es war nicht die richtige Farbe. Drum hab ich's neu gemacht.«
Harry kann diese Antwort nicht überzeugen, und er schaut sich prüfend im Vorgarten um. »Wo sind denn dann die anderen?«
»Welche anderen?«
»Wenn du an deinem Haus rummachst, ist normalerweise von hier bis Dobsonville alles auf den Beinen, um dir zu helfen. Das ist doch immer ein richtiges Dorffest, wenn Tshabalala auf dem Heimwerkertrip ist.«
»Diesmal mach ich's eben allein. Eigentlich ist mir das sogar lieber. Man könnte sagen, die Ruhe und der Frieden tun mir gut.«
»Wenn du meinst«, sagt Harry.
»Und wie geht's dir?«
»Gut. Hör mal, darf ich da jetzt zu dir raufkommen, oder möchtest du weiter auf mich runterstarren, eremitischer Junggeselle, der du neuerdings bist.«
Harry lächelt spöttisch und sieht ihm fest in die Augen. Einen Augenblick lang weiß Jacob nicht, was er sagen soll. Die Stelle

auf Harrys Kopf, wo die Ärzte ihn rasiert haben, um die Streifwunde zu nähen, ist noch zu sehen, heilt aber schnell. Jacob bricht in unerwartetes Gelächter aus, und er kann gar nicht mehr damit aufhören. Wie Öl aus einem frischen Bohrloch sprudelt es aus ihm heraus. Und es fühlt sich gut an: Erleichterung und die Rückkehr zu etwas wie Normalität vereinen sich zu einem fröhlichen Klang.

»Willst du wohl aufhören?« Jetzt muss auch Harry lachen. »Sonst fragen sich die Leute noch, was das für ein Irrer ist, der da halbnackt auf dem Dach rumturnt. Und wenn dich schon nicht ganz Soweto für verrückt erklärt, muss ich dich wegen Erregung öffentlichen Ärgernisses festnehmen.«

»Im Kühlschrank gibt's Bier.« Jacob hebt den Farbroller auf und macht sich wieder auf den Weg auf die andere Dachseite. »Und, bitte, hilf mir hier oben.«

Sie arbeiten den ganzen Nachmittag. Zikaden zirpen in den Bäumen, Kinder schreien und zeigen nach oben, wo ein weißer Mann das Dach eines Schwarzen streicht, und junge Männer und Frauen schieben Supermarktwagen durch die Gegend und preisen potenziellen Käufern an diesem trägen Nachmittag ihre Waren an. Zur Abwechslung ist es heute einmal Harry, der die meiste Zeit redet, und Jacob spürt, wie er sich allmählich entspannt bei der angenehmen monotonen Stimme, die über lauter Dinge spricht, die nichts mit Polizeiarbeit zu tun haben, eine Stimme, die mit ihm redet, weil sie sich mit ihm unterhalten und ihm zeigen will, dass er nicht vergessen ist. Unter der brennenden Sonne glühen Harrys blasse Haut und die Narbe auf dem Bauch bald rosa, und er ist gezwungen, sein Hemd wieder anzuziehen. Zum Schluss sitzen sie am Dachrand wie zwei Kinder, die nach der Schule noch herumalbern, und Jacob dreht sich der Kopf wie ein Kreisel von all dem Bier und der Sonne und der anstrengenden Arbeit.

»Jakes, was wirst du wegen Nomsa unternehmen?«, fragt Harry schließlich.
»Nichts. Sie hat ihre Entscheidung getroffen. Ich kann ihre Meinung nicht für sie ändern.«
»Warst du in der Kirche?«
»Nein.«
»Warum nicht.«
»Ich gehöre da nicht mehr hin.«
»Das klingt aber gar nicht nach dem Mann, den ich kenne.«
»Inzwischen hat sich einiges geändert, falls du es noch nicht gemerkt hast.«
Harry nimmt einen tiefen Zug aus seiner Bierflasche. Er riecht jetzt nach Schweiß und Deo und Farbe. Seine Hände sind mit Terrakottafarbe beschmiert.
»Vielleicht wartet sie ja darauf, dass du den ersten Schritt machst.«
»Ich?«
»Du hast sie doch vertrieben. Also musst du sie auch zurückholen.«
»Ich habe sie nicht vertrieben. Sie ist mit dieser Schlange weggegangen.«
Harry beobachtet zwei Falken, die einander in der Ferne über den Himmel jagen. »Darf ich mit der Tür ins Haus fallen?«
»Ja.«
»Normalerweise bin ich derjenige, der sich was vormacht, nicht du. Du weißt selbst, dass du hier Scheiße gebaut hast, und ich muss es dir nicht erst sagen.«
»Ich glaube nicht, dass ich das kann«, antwortet Jacob.
»Warum nicht?«
»*Mfo*, wo soll ich anfangen? Hältst du es für normal und vernünftig, wenn ein Mann Nacht für Nacht zur unmöglichsten Zeit alle halbe Stunde am Haus seiner Ex-Freundin vorüber-

fährt? Ist es in Ordnung, Bakwenas Kennzeichen durch den Polizeicomputer zu jagen und ihn eine Woche lang zu observieren, in der Hoffnung, ihn bei irgendwas erwischen zu können? Wie oft kann man denn jemanden anrufen und nicht wissen, was man sagen soll, wenn dieser Jemand endlich abhebt und mit einer so verängstigten Stimme spricht, dass man sie kaum erkennt? Wie lang wird es deiner Meinung nach dauern, bis die Leute anfangen, sich Sorgen zu machen, ob du vielleicht mit deiner Dienstpistole eine Dummheit begehst – und du selber auch?«

Harry sieht ihn verblüfft an. Ist es wegen der Dinge, die Jacob jetzt gesagt, aber so lange für sich behalten hat? Oder wegen des Zitterns, dass sich in Jacobs Stimme geschlichen hat? »Das hast du alles getan?«

»Wenn du wüsstest.«

»Scheiße, Jakes, warum hast du denn keinen Ton gesagt?«

Jacob lacht, aber es klingt hysterisch. »Wem erzählt man denn so was?«

Harry trinkt sein Bier aus und steht auf, um seinen schmerzenden Rücken zu strecken. »Die Menschen machen nun mal verrückte Sachen, wenn sie verzweifelt sind. Und die meisten anderen Menschen verstehen das wahrscheinlich auch, weil sie wissen, wie leicht es ist, irgendwann mal selbst auszuticken.«

»Aber nicht so.«

»Auch so, Jakes.«

»Ihr Vater wird mich umbringen.«

»Du liebst aber nicht ihren Vater, oder?«

Jacob lässt die leere Bierflasche hinunter auf den Rasen fallen und überlegt, ob er seinem Freund sagen soll, das Leben sei nicht so einfach, und Harry könne nicht im Traum verstehen, wie schwierig die Situation tatsächlich ist. Denn eines steht fest: Er hat sich aufgeführt wie die meisten Ehemänner, die er nach dem Mord an ihren Frauen verhaftet hat. Er konkurriert mit einem reichen Mann, der Nomsa zweifellos das Blaue vom Himmel herunter versprochen hat, einem reichen Mann, dessen Ansichten über Religion, ganz nebenbei, viel besser mit Nomsas Erziehung übereinstimmen als Jacobs. Und wenn er noch tiefer gräbt und ehrlich zu sich selbst ist, muss er auch das zugeben: Er liebt noch immer eine Frau, die ernsthafte Zweifel hegt, ob ihre Einstellung zu Religion und Tradition mit der seinen in Einklang zu bringen ist. In ihrer orthodoxen Geisteshaltung gibt es keinen wirklichen Platz für seinen Großvater und seinen Vater, für den *Umsamo,* den seine Ahnen von ihm verlangen.

»Was meinst du?«

»Ich meine, in fünfzehn Minuten ist Anpfiff Sundowns gegen Ajax, und irgendjemand muss sich auch um das ganze Bier in der Garage kümmern.«

3

Das Gesicht zum Fenster gedreht, genießt die Mutter die Sonne, die ihr durch die gazeartigen Gardinen Tupfen auf die Haut malt. Wie so das weiche Material manchmal von dem lauen Lüftchen ins Zimmer geweht wird und ihr übers Gesicht streicht, erinnert sie sich an eine Zeit, als sie noch eine Mutter und einen Vater, dieser Vater noch Arbeit im Bergwerk hatte und sie sich noch die Miete für ein kleines Ziegelhaus auf dem Grund irgendeines Unternehmens leisten konnten, dessen Namen sie längst vergessen hat.

Sie streckt die Hand aus, streicht über die weiche, von der Sonne erwärmte Bettdecke und atmet den Duft von frisch gewaschener Wäsche ein. Sie gräbt die Zehen in den flauschigen Teppich und lächelt, weil sich das so gut anfühlt.

Ist das ein Traum, oder was?, denkt sie.

Die Tür zu dem kleinen Schlafzimmer fliegt auf, und drei Mädchen in gebügelten Blusen und hübschen blauen Röckchen stürmen herein. Zuerst jagen sie einander um das Bett herum, dann darüber. Bald springen sie auf der Matratze herum und kreischen vor Freude wie über ein eben entdecktes Wunder, das sie ihrer Mutter aber in ihrer Aufregung noch nicht beschreiben können. Sie bringt es nicht übers Herz, sie von der Matratze zu scheuchen, und so lacht sie mit ihnen, bis ihr die Tränen aufzusteigen drohen.

»Ich sehe, ihr habt euch schon eingewöhnt«, sagt eine Stimme von der Tür her.

Die Kinder verstummen sofort und rutschen vom Bett, die Mutter springt auf, als hätte sie in einem Haufen roter Ameisen gesessen, und versammelt ihre Kinder instinktiv um ihre Beine. Sie sieht zu Boden und wendet den Blick beschämt ab.

»Tut mir leid«, sagt sie und wischt sich die Nase mit dem Unterarm ab. »Wir werden nicht mehr so laut sein.«

Die Frau an der Tür, jünger und zierlicher als sie, mit einem runden, mädchenhaften Gesicht und einem offenen Lächeln, lacht nur. Sie kommt mit ein paar zusammengelegten Kleidern auf dem Arm ins Zimmer und legt sie auf eine Kommode neben einem hohen Spiegel.

»Machen Sie sich darüber mal kein Sorgen«, beruhigt sie sie.

Die Mutter sieht die Frau scheu an, sie traut ihrer Großzügigkeit nicht ganz. Doch diese registriert den Seitenblick und kommt näher.

»Ich heiße Nomsa. Ich bin eine von den Ehrenamtlichen hier. Die Sachen, die ich da auf die Kommode gelegt habe, die sind für Sie und die Kinder.«

»Noch mehr Kleider?«, fragt die Mutter ungläubig.

»Ja«, sagt Nomsa lachend. »Sie können ja nicht immer nur mit ein und demselben rumlaufen. Was ist, wenn die mal gewaschen werden müssen?«

»Danke. Ich weiß nicht, was ich sagen soll.«

Die Frau namens Nomsa sieht die drei kleinen Mädchen an, dann setzt sie sich auf die Unterschenkel und faltet die Hände im Schoß. *»Dumela, Sisies.«*

Die Mädchen drücken sich scheu an die Beine der Mutter, doch die Jüngste, deren Verletzungen gut heilen, macht einen zögerlichen Schritt vorwärts. »Hallo.«

Nomsa fährt dem Mädchen mit einer Hand mehrmals über den Arm, als wolle sie sie wärmen. »Sie sind so süß.«

»Das sind meine.« Die Mutter strahlt vor Stolz.

Die andere Frau steht auf und streicht ihren Sommerrock glatt. »Ich muss noch einiges erledigen, aber wir sehen uns beim Mittagessen, gut? Dann können Sie mir ein bisschen mehr von sich erzählen.«

Die Mutter lächelt schüchtern. »Das wäre nett.«

Nomsa geht zur Tür, dann hält sie sich am Rahmen fest und schaut zurück. Obwohl ihr Lächeln aufrichtig ist, liegt etwas Distanziertes, sogar Trauriges in ihrem Blick.

»Übrigens, wie haben Sie denn von uns gehört?«

Die Mutter zuckt die Achseln und wendet den Blick wieder ab. Sie empfindet große Scham bei der Erinnerung daran, wie sie hierhergekommen ist. »Da war ein Polizist. Er hat mir diese Nummer gegeben.«

Nur dass ich ihm ins Gesicht gespuckt und sie weggeschmissen hab. Sie konnte Gott nur danken, dass damals, an dem Tag der Zwangsräumung, einer der Sanitäter die Karte aufgehoben und darauf bestanden hat, dass sie sie behält. Vielleicht würde sie ja einmal nach Soweto kommen.

Einen Augenblick sieht jetzt auch Nomsa zu Boden und runzelt die Stirn bei der Erwähnung des Polizisten. Sie scheint schwer zu schlucken, und anscheinend ist ihr ein Gedanke gekommen, der ihren Mund zucken lässt. Doch dann schaut sie wieder auf, und es ist, als habe das Lächeln nie ihr Gesicht verlassen.

»Oh«, ist alles, was sie sagt, dann ist sie aus dem Zimmer.

Die Mutter tritt langsam ans Fenster und schiebt die weiße Gardine zur Seite, die schwach nach Lavendel duftet. Geblendet von dem hellen Tageslicht, blinzelt sie in den Garten mit seinem vergilbten Rasen, der für sie in diesem Moment trotzdem wie ein Schlosspark aussieht. Sie lächelt beim Anblick der anderen alleinstehenden Mütter, die auf Bänken sitzen, während ihre Kinder vergnügt auf Klettergerüsten und Schaukeln herumturnen oder in einem Sandkasten voller Plastikspielzeug und Sandförmchen spielen.

Das muss ein Traum sein, redet sie sich ein.

Links von ihr bleibt ein kleiner roter Pick-up vor einem niedrigen Tor stehen, das sie von ihrem Fenster aus nur teilweise sehen kann. Sie drückt ihr Gesicht an die Fensterscheibe, um den Neuankömmling besser in Augenschein nehmen zu können. Sie möchte gern mehr wissen über die Menschen, die in diesem Refugium ein und aus gehen. Der Mann steigt gerade aus, als Nomsa mit einem Korb voller Wäsche zum Aufhängen aus dem Haus kommt. Sie bleibt bei seinem Anblick wie versteinert stehen. Er blickt von seinem Schlüssel auf und schaut ihr in die Augen. Dann erstarrt auch er. Sie sehen sich lange an. Rundherum lärmen Kinder, und eine Gruppe von Müttern schwatzt und lacht und trinkt süßen Tee aus Blechtassen, anscheinend ohne von dem Mann Notiz zu nehmen. Die Mutter will schon wegsehen, es ist ihr unangenehm, Zeugin eines so intimen Moments zu sein, da löst sich der Bann, unter dem die Frau steht, und sie macht einen zögernden Schritt auf den Mann zu, dann noch einen, diesmal schon entschlossener.

Ein Name gleitet ihr von der Zunge. Er erinnert die Mutter an das, was der Polizist ihr eilig auf die Karte geschrieben hat, die sie als Talisman unter dem Kissen aufbewahrt.
Sie lässt die Gardine los und dreht sich um zu ihren Kindern.
»Kommt, Mädchen«, sagt sie. »Gehen wir raus.«

Glossar

Aikona!	*Zulu:* Wirklich nicht! Nie im Leben! Bewahre!
Amadlozi	*Zulu:* Geister der Ahnen
Amandla awethu!	*Xhosa/Zulu:* Alle Macht dem Volk! *wörtlich:* Die Macht ist unser! Begrüßungsformel innerhalb der südafrikanischen Freiheitsbewegung
APLA	*Azanian People's Liberation Army,* Azanische Volksbefreiungsarmee, bewaffneter Arm der Anti-Apartheid-Organisation Panafrikanischer Kongress (PAC)
Assegai	traditioneller Kurzspeer der Bantu-Völker
Baas	*Afrikaans:* Boss, Herr, Meister (Anrede von Schwarz zu Weiß)
Bafana → Mfana	*Zulu:* Jungs, die südafrikanische Fußball-Nationalmannschaft
Ballie	*Afrikaans:* Alter; alter Freund, Kumpel
Bantu	1. Völkergruppe im südlichen und mittleren Afrika 2. die dort gesprochenen afrikanischen Sprachen.
Beeya(t)ch, Biatch, Bitch	*Gangster Rap:* Luder, Bitch; aber auch: beste(r) Freund(in)
Bekha!	*Zulu:* Stehenbleiben!
Bizza	*Slang:* Kumpel

Bobotie, Boeboetie	*Afrikaans/Malaiisch:* Hackfleischauflauf mit Eierguss
Boet(ie)	*Afrikaans:* Bruder; Kumpel
Boer, Pl. Boers	*Afrikaans:* Bure; Nachkomme niederländischer und deutscher Siedler in Südafrika
Boer seun	*Afrikaans:* Burensohn, Burenkind
Boere	*Afrikaans:* Polizei (aus der Zeit der Apartheid, heute weniger gebräuchlich)
Boeremag	*Afrikaans:* Burenmacht: rechtsextreme weiße Separatisten in Südafrika
Bro, Broer, Broo, Bru, Bra(h)	Bruder
Casspir	*Anagram aus SAPS & CSIR* (s. unten), gepanzerter Truppentransporter
Chom(m)ie	*Slang:* Kumpel, Freundchen (von *englisch:* chum)
C-Max	Hochsicherheitsgefängnis in Pretoria. Einzelhaft
CSIR	*Council for Scientific & Industrial Research,* Rat für Wissenschafts- und Industrieforschung, größte Forschungs- & Entwicklungs-Einrichtung in Afrika
Dagga	*Afrikaans:* Marihuana [von *Khoikhoi:* dachab = Großblätteriges Löwenohr)
Donga	*Zulu:* Donga, (durch Erosion entstandener) natürlicher Graben

Dumela!	*Sotho:* Hallo!
Dun!	*NY-Slang:* (von *son*) Junge, Junge!
Eish!	*Xhosa:* Ausruf der Überraschung, Enttäuschung, Erbitterung
Fanakalo, Fanagalo	*Nguni:* künstlich geschaffene Verkehrssprache der Minenarbeiter in Südafrika
Fa shizzle!!	*Gangster Rap, auch:* Fo sho! For sure, Klar doch! Was sonst?
Gat	*Afrikaans:* Arsch(loch)
Gata	*Sotho:* Polizist
Goodwill Zwelithini	König der Zulu (gemäß südafrikanischer Verfassung)
groot Kokkedoor	*Afrikaans:* großer Lärm, daraus: hohes Tier; Ass; abwertend: Wichtigmacher
Gunbull	*US-Slang:* Bewacher einer Sträflingskolonne (sog. Chain Gang) in Texas
He banna!	*Sotho:* Meine Güte! Du liebe Zeit!
Hi wena!	*Sotho/Xhosa/Zulu:* He, du/Sie! Hallo! Hör(en Sie) mal!
Homza	*Slang:* Bruder
Impi	*Zulu:* Gruppe von Zulu-Kriegern, Regiment

Induna	*Zulu:* Ratgeber, traditioneller Anführer, Heerführer
Inyoka	*Zulu:* Schlange, Wurm
Jirre!	*Afrikaans:* Herrgott!
Knobkerrie	*Zulu:* Knotenstock; traditionelle Schlagwaffe
Koelie	*Malaiisch/Afrikaans:* abwertend für Inder
Kokosnuss (coconut)	»außen braun, innen weiß«; abwertende Bezeichnung für einen Schwarzen, der weiße Werte verinnerlicht hat
Laaitie	*Afrikaans:* Kind, Junge, »Jungspund«
Lobola, Lobolo	*Zulu:* Brautpreis
Magogo	*Zulu:* alte Dame; Großmutter
Magosha	*Tswana:* Nutte
(Miss) Malaika Show	afrikanischer Schönheitswettbewerb
Mampara	*Slang:* Idiot
Makhonya	*Zulu:* Boss
Majat	*Kap-Slang:* schlechtes Dagga, unter Zugabe von Lösungsmitteln getrocknet
Maye babo!	*Zulu:* O nein!
Mfana, uMfana (Pl. Bafana)	Zulu: Junge

Mfo	*Xhosa:* Bruder
Mkhulu, uMkhulu	*Xhosa/Zulu:* Großvater
Monkey-Gland-Burger	typischer südafrikanischer Burger mit Chutney-Sauce (= Monkey Gland Sauce)
nè?	*Afrikaans:* nicht wahr?
Ndoda	*Zulu:* Mann
Nguni	versch. Bantu-Ethnien, insbes. Zulu, Xhosa, Swazi u. Ndebele
Nja, ntsa	*Tswana:* Hund
Ntombi	*Zulu:* Mädchen, Tochter
Ntwana	*Xhosa/Zulu:* Kind
Nyanga, Inyanga	*Zulu:* traditioneller Kräuterkundiger und Weissager
Pap	s. Putu
Plaasjapie	*Afrikaans:* Bauerntrampel, Hinterwäldler
Pom(my)	*Slang:* abwertende Bezeichnung für Engländer (eigentlich in Australien und Neuseeland gebräuchlich)
Praat met my, ou!	*Afrikaans:* Red mit mir, Alter! Sag was!
Putu, Phutu	*Malaiisch/Afrikaans:* Mais- oder Kürbisbrei
Rooineck, Rooinek	*Afrikaans:* Rotnacken; abwertende Bezeichnung der Buren für Südafrikaner britischer Herkunft

Samp	Brei aus grob gestampftem Mais (und Bohnen), Spezialität der Xhosa
SANAB	*South African Narcotics Bureau,* frühere südafrikanische Drogenbehörde (bis 2004)
SANDF	*South African National Defence Force,* südafrikanische Streitkräfte
Sangoma	*Zulu:* Sangoma, spiritueller Heiler und Hellseher, berufen durch die Geister der Ahnen
SAPS	*South African Police Service,* südafrikanische Polizei
Sawubona!	*Zulu:* Hallo! wörtlich: Wir sehen euch.
Sjambok	*Afrikaans / Malaiisch:* Nilpferdpeitsche
Shebeen	*irisch:* Shebeen, Hinterhofkneipe; *ursprünglich:* illegale Kneipe in den Townships
Shebeen Queen	[resolute, machtbewusste] Kneipenbesitzerin
Sheriff	in Südafrika ein vom Justizminister ernannter Angestellter des öffentlichen Diensts, zuständig für Zustellung und Durchführung gerichtlicher Anordnungen
Sisie (von sister, auch sistah)	Schwester (Koseform)
Skollie	*Griechisch/Afrikaans:* Gangster
Spaza-Shop	»Wohnzimmerladen«, Minimarkt in Townships und abgelegenen Gebieten (»Untergrundladen« aus der Apartheid-Ära)

Squeeza	*Fanakalo, eigentlich:* Schwägerin; Frau, Mädchen im Allgemeinen
Suka!	*Zulu:* Hau ab!
Sun City (= Diepkloof Prison)	Gefängnis von Johannesburg; Anspielung auf Luxus-Resort Sun City im Nordwesten von Südafrika
Thixo	*Xhosa/Zulu:* höchstes Wesen, Schöpfer (in der afrikanischen Mythologie)
Tjoekie	*Malaiisch/Afrikaans:* Kittchen
Tjotjo	*Sotho:* Bestechung, Schmiergeld
Troepie	*Afrikaans:* einfacher Soldat
Tsotsi	*Sotho:* Gangster, Straßenräuber
Tsotsitaal	*Sotho / Afrikaans:* Sprache der Tsotsi, ursprünglich Gangsterjargon, heute Umgangssprache in den Townships
Twasa	*Zulu:* Schülerin, Novizin
Toyi-Toyi	Protesttanz aus der Apartheid-Ära (ursprünglich aus Simbabwe)
Twenty-Eights	eine von mehreren Gefängnisbanden (die Vergewaltiger)
Ukukubuyisela Idlozi	*Zulu:* Ritual der Heimbringung eines Ahnen
Ukuthwasa	*Xhosa / Zulu:* eigentlich plötzliche Erscheinung, Wiedergeburt; Ruf der Ahnen, Berufung zum Heiler
Umlungu	*Zulu:* Weißer (abwertend)

Umsamo	*Zulu:* geheilige Stätte im Haus einer Familie, Ort der Kommunikation mit den Ahnen
Veld(t)	*Afrikaans:* offene, flache Graslandschaft, Steppe
Wallah	*Hindi, eigentlich:* Person, die etwas tut, z. B. chai-wallah = Teeverkäufer auf der Straße. Typ; du/Sie da!
yebo	*Zulu:* ja

Danksagung

Folgenden Menschen möchte ich danken für die sorgfältige Lektüre der Entwürfe für dieses Manuskript sowie für die großartige Unterstützung und die notwendige Ehrlichkeit: meinen Eltern Julius und Silke, meinen hoch geschätzten Kritikerinnen Erica, Willemien und Nicci – und Phuti, der mich dazu brachte, viele meiner vorgefassten Meinungen über das Leben auf Johannesburgs Straßen zu hinterfragen.
Viel verdanke ich den verschiedenen Macmillan-Teams in Großbritannien und Südafrika, die die Ärmel hochgekrempelt und sich die Hände schmutzig gemacht haben, um mein Werk auf Hochglanz und unter die Leute zu bringen. Mein besonderer Dank geht an meinen Lektor Peter Lavery, sowie Terry Morris und Dusanka Stojakovic in Südafrika. Stefanie Bierwerth, Vivien Bassett, Rebecca Saunders, Liz Cowen und Katie James möchte ich sagen: Tolle Arbeit! Vielen Dank meiner Agentin bei Aitken-Alexander Associates, Mary Pachnos, die wahre Wunder vollbracht hat, um einen Autor über Wasser zu halten.
Nicht zuletzt möchte ich den vielen Buchhändlern und Journalisten danken, die mich in den vergangenen Jahren unterstützt haben. Es wäre ein Fehler zu behaupten, ein Buch sei allein das Werk des Autors. Das wahrhaft Erfüllende an der Schriftstellerei ist das Zusammenwirken von Autor, Lektor und Leser.

Richard Kunzmann

BLUTIGE ERNTE

Thriller

In Johannesburg wird eine Mädchenleiche gefunden, ohne Organe und Blut, daneben ein Fetisch. Detective Harry Mason glaubt an die Tat eines Serienkillers. Jacob Tshabalala hingegen, sein Partner, sieht einen bösen Zauber am Werk und hat Angst, die Ermittlungen weiterzuführen. Daran droht ihre Freundschaft zu zerbrechen. Da bringt ein weiterer Ritualmord Bewegung in den rätselhaften Fall …

Ein explosiver, schockierender Thriller aus Südafrika!

Knaur Taschenbuch Verlag

Ava McCarthy

DER TODESKURIER

Ein Fall für Henrietta Martinez

Henrietta Martinez, genannt Harry, lässt sich überreden, den hochmodernen Safe ihrer Klientin Beth aufzubrechen, als sie plötzlich Zeugen des kaltblütigen Mordes an Beths treulosem Ehemann werden. In Panik verstecken sich die beiden Frauen in dem wandschrankgroßen Tresor, in dem Rohdiamanten lagern. Als die Luft wieder rein ist, ist nicht nur Harrys Visitenkarte vom Schreibtisch verschwunden, sondern auch Beth. Für die Polizei ist Harry die mutmaßliche Täterin. Ungerührt von den Verdächtigungen, stellt sie ihre eigenen Ermittlungen an und gerät so zwischen die Fronten illegaler Diamantenschmuggler. Eine heiße Spur führt sie nach Kapstadt, wo nicht nur die Polizei, sondern auch der Killer sie bereits erwarten …

Nick Brownlee

DIE SPUR DER HYÄNE

Thriller

Eine Serie mysteriöser Todesfälle erschüttert Mombasa. Einem Baulöwen ist jedes Mittel recht, um in dem kleinen Hafenort Jalawi ein exklusives Hotel zu errichten. Verkohlte Leichen inklusive. Die Ermittler Daniel Jouma und Jake Moore können sich da schnell die Finger verbrennen, und nicht nur das …